纺银线的女孩

Spinning Silver

［美］娜奥米·诺维克 著
Naomi Novik

雏城 译

天地出版社 | TIANDI PRESS

图书在版编目（CIP）数据

纺银线的女孩 /（美）娜奥米·诺维克著；雏城译. —
成都：天地出版社，2023.7
ISBN 978-7-5455-7237-7

Ⅰ.①纺… Ⅱ.①娜…②雏… Ⅲ.①长篇小说—美
国—现代 Ⅳ.①I712.45

中国版本图书馆CIP数据核字（2022）第165787号

Spinning Silver © Naomi Novik
This translation published by arrangement with Del Rey, an imprint of
Random House, a division of Penguin Random House LLC
Simplified Chinese copyright © 2018
By Beijing Huaxia Winshare Books Co., Ltd.

著作权登记号　图字：21-2018-552

FANG YINXIAN DE NÜHAI
纺银线的女孩

出 品 人	杨　政
作　　者	［美］娜奥米·诺维克
译　　者	雏　城
策划编辑	陈文龙
责任编辑	陈文龙
责任校对	马志侠
封面设计	日尧设计
内文排版	挺有文化
责任印制	王学锋

出版发行	天地出版社
	（成都市锦江区三色路238号　邮政编码：610023）
	（北京市方庄芳群园3区3号　邮政编码：100078）
网　　址	http://www.tiandiph.com
电子邮箱	tianditg@163.com
经　　销	新华文轩出版传媒股份有限公司
印　　刷	玖龙（天津）印刷有限公司
版　　次	2023年7月第1版
印　　次	2023年7月第1次印刷
开　　本	880mm×1230mm　1/32
印　　张	16.25
字　　数	367千字
定　　价	78.00元
书　　号	ISBN 978-7-5455-7237-7

版权所有◆违者必究

咨询电话：(028) 86361282（总编室）
购书热线：(010) 67693207（营销中心）

如有印装错误，请与本社联系调换。

目　录

| 第一章 /001/ | 那个古老的童话故事，其实也有真实的部分：你必须足够残酷，才能成为一名优秀的放贷人。 |

| 第二章 /013/ | 又有风吹过白树叶，我听到树叶子说："快跑回家，旺达！" |

| 第三章 /020/ | 明明没有风的，但白树却在叹息，它的树枝在颤动，一小片树皮弹开，一端脱落。 |

| 第四章 /034/ | 我们都在遥望林中那条大道，只有旺达就事论事地说："这是星魔干的。星魔来过这里。" |

| 第五章 /050/ | 六枚小小的银币，它们又薄又平，是完美的正圆形，滑到桌面上成为一小堆，碰撞声像铃铛一样悦耳。 |

| 第六章 /059/ | 那枚银戒指像被太阳照射一样放着光芒，尽管天空是暗灰色的，还下着小雪。 |

第七章　我丢下钱包，两手提起裙摆，挣扎着向后，摇摇
/ 082 /　摆摆地踏雪逃离，积雪深过我的大腿。

第八章　那星魔之前说的话，肯定只是个玩笑，因为他完
/ 100 /　全不相信我能完成他的委托。

第九章　他向我伸出手，我在绝望之下说道："我甚至都
/ 124 /　不知道你叫什么名字！"

第十章　我的手轻易就穿过了冰层，像伸入浴盆水里一样
/ 134 /　简单，我看到这只手出现在对面的房间里。

第十一章　等到火焰终于变成灰暗的余烬，他才开始动，动
/ 168 /　作很慢，表情痛苦，像是遭受过毒打的人。

第十二章　他的法力带着一股热浪，涌入我的身体，流入我
/ 200 /　饥渴的戒指中，我本人完全没有受到影响。

第十三章　尽管他们这里的人都极为看重承诺，但他马上就
/ 220 /　已经觉出，在这件事情上我势在必得。

第十四章 "是星魔,"我说,"星魔族正在施法,让冬天延长。"
/ 241 /

第十五章 我感到喉咙很紧,但还是说:"如果你们有孩子,告诉我各有几个。"
/ 265 /

第十六章 我知道无论怎样,那些星魔都不会留情,这里没有宽容的可能。
/ 289 /

第十七章 我付出了巨大的努力,才让自己声音不发颤,这只恶魔喜欢眼泪和苦难,所以我尽可能不制造它们。
/ 306 /

第十八章 "怎样?"米纳修斯没好气地问,"这张脸到底是美还是不美?"
/ 324 /

第十九章 在银链的束缚下,星魔发出了被窒住的惨叫声,他身上的冰盔甲碎成了大块,掉在地上发出脆响。
/ 355 /

第二十章
/ 391 / 我抚摸着她的头发,轻轻告诉她:"一切都好了,小艾丽,一切都好了。"

第二十一章　这是一条求生之路，我为挽救这个星魔，可能会
/414/　　让我的同胞们永远失去它。

第二十二章　光线越来越强，我的脚步越来越慢；每走一步，
/435/　　心里那个需要解答的问题就变得更加紧迫。

第二十三章　侍卫脸上的颜色开始变深，他颧骨上面的皮肤绽
/458/　　开，在霜冻影响下变成黑色卷曲起来。

第二十四章　星魔国王在下面，他所有的骑士都跟他一起，站
/484/　　在环形的冰面上——国王用法力让它冻结在切诺
　　　　　　伯格周围。

第二十五章　我坐下来，用力眨眼，忍住泪水，他坐在我身
/498/　　旁，雪橇向前飞驰，掠过雪原。

第一章

　　真实世界里的故事，远没有你儿时听过的童话那样美好温馨。事情的真相是：磨坊主那位金色长发的女儿一直都想嫁给有权有势的大老爷，或者一位王子、某个富二代之类的，所以她才去了放贷人那里，借钱买了一枚戒指、一根项链，然后把自己打扮得花枝招展的，去参加节日庆典。因为她的确长得很美，所以这位老爷或者王子或者富二代也就注意到了她，跟她一起跳舞，在舞会结束后，把她推倒在某个僻静的干草堆里为所欲为。事后这男的回家，娶了他家人为他选定的富裕女人。再然后，被抛弃的磨坊主的女儿告诉所有人说，放贷人才是万恶之源。村民们会把放贷人赶走，甚至用石头砸死他，这样，那女孩至少还可以吞掉那几件珠宝当作嫁妆。此后村里的铁匠娶了她，婚后第一胎，照例来得偏早了一点儿。

　　这，才是他们讲那类故事的真正用心：找借口赖账不还。他们那些人当然不这样讲了，但我一直都了解真相。要知道，我爸爸以前就是放贷人。

他其实不是特别会放贷。如果有人没能按时偿还借款，他甚至都不会跟那些人提到这件事。除非我们家真的揭不开锅，或者我们脚上的鞋子破烂到即将解体，然后还得我妈妈趁我睡着之后压低嗓音说服他，他才会出门，很不情愿地敲开几家人的门，催人还钱的态度就像在道歉。如果家里还有余款，任何人提出想借，他都不想拒绝，即便在我们自己手头也紧张的时候。所以，他所有的钱长期都在别人手上，尽管其中大多数还来自妈妈，是她出阁时候的嫁妆。外人当然都喜欢这样啦，尽管他们也心虚。所以他们才经常讲那个故事，即便是我能听到的时候——尤其是我能听到的时候。

　　我的姥爷也是个放贷人，但他是相当精明的一个。他生活在维斯尼亚，那座城市在四十英里[1]之外，沿着坑坑洼洼的古老商路走好久才能到达，道路弯弯，一路都是小村庄，俯瞰就像一根打满肮脏绳结的绳子。妈妈经常带我去看他们，趁她手头有几个小钱可以雇辆雪橇，或者搭小贩的马车坐在车尾的时候。一路可能要换乘五六次。有时候，我们会透过树木看见另外一条路，那条属于星魔的路，那里的路面会闪光，就像冬季积雪被吹开时的河面一样。"别看那个，梅瑞姆。"妈妈总会对我说。但我总会用眼角的余光偷看，希望那条路能一直靠近我们，因为这样子，行程就会变快：不管谁在赶车，都会策马扬鞭，快速行进，直到那条路消失为止。

　　曾有一次，我们听到过身后的蹄声，那是星魔们离开他们大

1　英美制长度单位。1英里合1.6093公里。

道的声音,听上去像是冰面在开裂,车夫忙不迭地打马,迅速让车子躲到一棵大树后面,我们都蜷缩在那儿,藏在车厢里那些麻袋中间。我妈妈用胳膊揽住我的头,把我按得紧紧的,以免我忍不住偷看。他们飞快地从我们身旁驰过,没有停留。我们所乘的只是一个穷苦小贩的破马车,车上堆放的都是些寒碜的白铁罐。而星魔骑士出来掠夺的目标,永远都是黄金。马蹄声伴着响铃声一响而过,刀子一样的寒风掠过我们头顶,到我坐起来的时候,小辫子的末梢已经结了一层白霜,霜花同样覆盖在妈妈的两袖上,还有我们所有人的后背上。但那层霜转眼就消失了,白霜消失以后,小贩马上就对我妈妈说:"好啦,我们休息的时间够长了。"就好像他根本就不记得我们为什么停下似的。

"好的。"妈妈点头回答,就像她也不记得刚才发生过什么。然后小贩回到驾车的位置,招呼马儿继续拉车上路。我遇见这事时已不算太幼小,会记得一点当时的情形,但又不太懂事,所以并不那么关注星魔,更在意的是透进衣服里的寒冷,还有肚子发紧的感觉。我不想说任何可能让马车停下来的话,只着急赶到城市里,到我姥爷家去。

我姥姥每次都会有新衣服送给我,衣服暗棕色,式样平常,但是很暖和,做工也不错;每年冬天她还会给我一双新皮鞋,这鞋不会瘦到夹脚,也没有到处打补丁、边角开裂。她每天都会让我吃到特别饱,肚子快爆的样子;在我们走之前那天晚上,总会做奶酪蛋糕——这是她特别擅长的,总是烤到外皮金黄酥脆,馅料白嫩爽口,吃起来略带苹果味儿,还会用超级甜的葡萄干放在上面做装饰。等我放慢速度恋恋不舍地吃完比自己手掌还宽的一大块蛋糕之后,他们会把我送到楼上的小床上休息——是我妈妈小时候跟她的姐妹们同住的宽敞卧室里那张雕着小鸽子图案的狭窄木床。妈妈会跟她的妈妈一起坐在壁炉旁,妈妈头靠在老太太肩膀上。她们会聊天,但到我长大一点儿,不那么容易睡着的时候,我会在火光中看到,她们脸上会有一点湿漉漉的泪痕。

我们本可以留下来不走的。我姥爷家有的是空房间,也欢迎我们来。但我们总是要回家,因为我们爱我的爸爸。他特别不擅长理财,但他极为热情和温柔,而且总是在竭力弥补自己的短处:他几乎每天都在寒冷的森林里,寻找食物和柴火;在家时,他什么事情都肯做,一心帮助我妈妈。我们家没有什么"女人的活儿",如果我们真的挨饿,他总是饿得最惨的那个,总把自己那份食物让给我们。当晚上坐在炉火旁边时,他手里总是忙个不停,要么就是在给我制作新玩具,要么就是在为我妈妈赶制什么东西,椅罩或者木勺之类的。

但冬天总是漫长又寒冷,从我记事儿开始,年景就越来越差。我们的小村镇没有围墙,也没有名字。有些人说,这儿名叫衢镇,因为靠近大路,可供马车歇息;但也有人特别讨厌这名字,因为这让大家想起我们也临近星魔之路。后面这批人就会喝止把这儿叫衢镇的那一帮人,说我们的镇子叫港镇,因为靠近一条河。没有人费力气把我们标注在地图上,所以地名始终没有定论。我们提到这儿的时候,就管它叫小镇。这里很受旅人青睐,因为它在维斯尼亚通往米纳斯克城的大路旁,正好三分之一距离的位置,还有一条自东向西流的小河跟大路交叉。很多农夫用小船载了他们的产品来卖，所以我们这儿的集市也很繁忙。但我们镇的重要性也就仅此而已。没有领主大人对我们这里特别关心，而考兰宫里的大沙皇更是当我们不存在。本来，我连镇上的税吏为谁工作都不知道，直到有一天偶然听说，维斯尼亚公爵很生气，因为我们镇的税收逐年下降。这也难怪，每一年，寒冷的冬季到来得都会更提前一点儿，让我们的庄稼深受其害。

我满十六岁那年，星魔又来了，那个时间，本来应该是秋天的最后一周，晚大麦的收获还没有完成。他们的骑手一直都到处掠夺黄金，隔段时间就来一次。人们会讲各种故事：模糊记忆中的一瞥，还有他们留下的死尸。但在过去七年间，随着冬季越来越寒冷，他们也愈加嚣张起来。这些魔怪从他们的银色道路冲出来，闯到我们大道上的时候，树上还有些残叶未落。他们去了离我们镇仅有十英里的地方，洗劫了大道旁那座富裕的修道院，杀死了十几名僧侣，抢走了金烛台还有金杯，以及所有的镀金塑像，然后把这些金光闪闪的宝物带到他们大路的尽头——属于他们的那个神秘王国去了。

那晚他们经过的时候，路面都冻得铁硬，之后每天都有冷风不断从密林里吹来，带来刺骨的冷雪。我们家的小房子孤零零地矗立在镇子最外围，附近都没有别家的墙壁一起挡风。我们全家都日渐消瘦，越来越饿，哆嗦得越来越厉害。我爸爸总在找新的借口，回避他不忍心去做的那份讨债工作。但即便是我妈妈最终开始对他施压，他也开始尝试的时候，他也只能带回很少一点儿钱，然后替债户们解释说："今年冬天太冷了，所有人的日子都不好过。"我觉得,就连这样勉强的借口,那些人恐怕也懒得跟他讲。第二天我步行穿过小镇,带了面团到面包师那里去烤,路上还听到那些欠我家钱的女人们聊天,讲她们打算做的大餐、准备到市场去买的美食。冬至快要到了。她们都想在过节的时候吃点儿好的。节日里总要享用些好东西。

所以,这些女人打发我爸爸两手空空地回家,但她们自己家却灯火通明,照亮外面的雪地,烤肉味儿从门缝里飘出来,而我却慢腾腾地走回面包师那里,给他一个破旧的铜币,拿回半条烤得半糊的面包,那根本就不是我揉好的面团烤成的。他把好面包给其他顾客,然后留了最差的给我们家。家里,我妈妈在煮蔬菜稀汤,然后收集做饭剩下的油渣来点灯,这已经是我们年度节庆的第三天,什么好东西都没有,我妈妈不停地咳嗽,还要干活儿;又一股寒流从密林里涌出来,透进我们小破房子的每一条裂缝。我们的灯才点亮几分钟,就被一阵冷风吹熄了,然后我爸爸说:"好吧,也许这是个征兆,告诉大家应该上床睡觉了。"他并没有再把灯点亮,因为我们剩下的灯油已经很少了。

到了第八天,我妈妈已经咳到浑身乏力,根本起不了床了。"她很快就会康复的,"我爸爸说,一面回避我的眼睛,"严寒很快就会过去。毕竟已经冷了那么长时间了。"他在用木头削成细棒充当蜡烛,因为我们前一晚已经用光了最后一点儿灯油。在我们漆黑的家里,你没办法幻想奇迹会带来光明。

我爸爸出了门,到积雪下面找更多的柴火。我们取暖用的木柴箱也快要见底了。"梅瑞姆。"他走了以后,妈妈哑着嗓子叫我。

我给她倒了一杯淡茶，加了一丁点儿蜂蜜，我只有这点东西能安慰她。她喝了一点点，倚在枕头上对我说："等到冬天过去，我想要你去姥爷家里住，爸爸会把你送到他家。"

上次我们去姥爷家，有那么一天晚上，我妈妈的姐妹们带了她们的丈夫和孩子来聚餐。他们都穿了厚实的毛衣，把毛皮外套放在门廊那里，手上戴着金指环和金手镯。他们欢笑、歌唱，尽管外面是深冬时节，整座房子里却温暖如春。那天晚上，我们吃的是新鲜面包和烤鸡，还有热乎乎的金色浓汤，味道鲜美，咸淡适中，蒸汽升腾到我的脸上。

我妈妈说话时，我从那段记忆里汲取着暖意，一面把冰冷的双手握成拳头，感受那份痛。我想到将来要寄人篱下，像个乞丐一样，丢下我爸爸孤苦伶仃一个人，我妈妈的金子将要永远留在邻人家里。

我用力咬紧嘴唇，又亲吻了妈妈的额头，告诉她好好休息。之后，她在痛苦中沉沉入睡，我走到壁炉旁我爸爸存放大账本的木箱旁。我把账本取出，从笔架上拿下他的旧鹅毛笔，然后用壁炉灰掺水充当墨水，拟出一份列表。放贷人的女儿，哪怕是个糟糕的放贷人的女儿，也会掌握基本的算术。我写写算算，算算写写，利息、时间，还有偶尔出现的杂乱的偿还记录。我爸爸把每一笔收支都小心记录了下来，那份认真用心的态度，是他面对任何一个借款人时都没有表现过的。等我把列表完成之后，我把背包里所有的针线活取出来，戴上围巾，在寒冷的清晨走出了家门。

我去了欠我们钱的每一家，大声敲他们的门。时间还早，非常早，天还没亮，因为我妈妈咳嗽，我家人一般都是半夜醒来。所有人都还在家。所以都是男人们开门，他们吃惊地瞪大眼睛看着我，而我也直面他们，冷漠又强硬地说："我是来收账的。"

他们当然会试着挫败我。有的人对我冷笑。奥列格，那个手掌特别大的车夫，还攥起拳头两手叉腰狠狠瞪着我，而他那位长得跟松鼠一样的小个子媳妇低头看着炉火，时不时偷看我一眼。在我出生之前那年借过两个金币的卡居什，用那笔钱买了几口大铜缸酿造蜜酒，挣了不少的钱，他倒是对我笑脸相迎，请我进屋暖和一下，喝点儿热的。我拒绝了。我不想暖和。我站在这些人家门口，取出我的欠款清单，告诉他们每个人都借过多少钱，还过多少微不足道的一点儿，除了本金，现在积欠了多少利息。

他们口沫纷飞地争辩，有些人还冲我大吼大叫。我这辈子，之前都没有被人吼过：我妈妈一贯和颜悦色，我爸爸也特别温和。但我在自己内心发现了某种怨愤，那是严冬吹入我心深处的苦涩：我妈妈的咳嗽声，他们在镇上广场讲了那么多遍的故事——关于那个用别人的黄金得到皇后金冠的女人，她从来没有偿还过那笔钱。我停留在那些人家门口，一步也不退。我的数字都是真的，他们和我都心知肚明，等到他们叫嚷得累了，我就问："你现在有钱还债吗？"

他们以为这是破绽。他们会说没有，当然没有。他们可没有那么大一笔钱。

"那你现在可以先还我一点儿，然后每周再还一些，直到你们的账目还清。"我说，"没有还清的钱要付利息。如果你不想让我派人请我姥爷来,我们就去打官司。"

他们这些人,没有一个经常出门旅行的。他们早就知道我姥爷很富裕,住在维斯尼亚城中的一座大宅院里,曾经放贷给骑士们,甚至有传言说,他还是一位大老爷的债主。所以他们那天还给了我一点儿钱,尽管不情愿。有些家只给了几个铜币,但的确,每个人都给了我一点东西。我允许他们给我实物:十二码长的深红色羊毛布、一罐油、两打长长的由白色蜂蜡做成的优质蜡烛,铁匠给的是一把新菜刀。我给所有这些物品定了个公道的价格——相当于他们在市场上把这些东西卖给别人的售价,而不是卖给我的价格。然后我当着他们的面写下相应的金额,告诉他们,我下周还会来。

我在回家途中,去了一趟柳德米拉家。她没有借过钱。她本人富裕到足以借钱给别人,但她不会收利息。反正在这个镇子上,没有人会蠢到找我爸爸之外的任何人借钱,因为我爸爸会放任这些人随便什么时候还钱,甚至一直赖着不还都行。柳德米拉打开门,脸上带着一贯的笑容:旅行者是可以付钱在她家过夜的。看到我,那笑容消失了。"什么事啊?"她冷冷地问。她以为我是上门乞讨的。

"我妈妈病了,夫人。"我礼貌地说,就为了让她心里稍微多忐忑一会儿,然后我才继续讲道,"我来您这里买些食物。汤要多少钱一份?"听我说到这儿,她才放了心。

然后我又问她鸡蛋和面包的价格,就像我钱太少,需要精打细算一样。因为她并不了解我的底细,所以她就简短地告诉了我通常的价格,而没有多涨一倍。之后她就后悔了,因为我最终拿出了六枚铜钱，买了一罐半只鸡炖的热汤、三枚新鲜鸡蛋、一条软面包，还有一碗盖了手帕的蜂蜜。尽管心有不甘，她还是卖了这些东西给我。我带着它们，穿过长长的巷子回家了。

我爸爸在我之前回到家，他正在给炉火添柴，我用肩膀顶开门进来时，他担忧地看着我，然后瞪着我带回来的大量食物和羊毛布。我放下这些东西，把剩下的铜钱和一枚银币放进我们壁炉旁边的钱罐里，那里本来只剩几枚铜钱了。我把那份欠款清单交给他，上面列出了所有人的偿还情况，接着我转身去照顾妈妈。

那之后，我就成了我们小镇上的放贷人。而我是个优秀的放贷人，很多人都欠我们家钱，所以很快我们家地上铺的稻草就变成了金色木地板，壁炉上的裂缝用上好的黏土泥上了，房顶也更换了新的稻草，我妈妈有了一件毛皮大衣，晚上可以盖，白天可以穿，给她的胸口保暖。她一点儿都不喜欢家里的新局面，我爸爸也一样不喜欢。我把那件皮衣带回家那天，他跑到外面僻静的地方，一个人痛哭。面包师的老婆奥黛塔提议，要用这件皮衣抵清她家全部的欠款。衣服很好看，有深棕和浅棕两色。这是她出嫁时从老家带来的，是用她爸爸从大贵族家的林地里猎到的貂的皮做成的。

那个古老的童话故事，其实也有真实的部分：你必须足够残酷，才能成为一名优秀的放贷人。但我愿意无情地对待这些邻人，就像他们当初对待我爸爸一样冷酷。我并不会真的抱走别人家的头生子女,但那年晚春时节,的确有那么一次,出城的路终于变好走了,我去了偏远乡村的一户农家,他完全没有什么东西能还给我,甚至连多余的面包都没有。这人名叫高瑞克,借过六个银币,这么一大笔钱,就算他余生里年年丰收,也还是还不起。我怀疑,他手里的现钱从来都不会超过五个铜币。他一开始想把我骂出家门,跟其他人一样,以为可以随随便便把我打发走,但当我坚持下来,并且提醒他,欠债不还可能要吃官司的时候,他听起来是真的绝望了。"我家还有四张嘴要吃饭呢。"他说,"你再狠,也不能从石头里吸出血来。"

或许我应该同情他吧。我爸爸肯定会的,我妈妈也会,但我却有绝对的冷漠护体,我只感觉到这个瞬间暗藏危险。如果我原谅他,接受他的借口,那么到下周,每个人都会有借口不再还钱。我能预见到,那之后,我所有的努力都会付之东流。

这时他高大的女儿摇摇晃晃地进屋来了,黄色的长辫上包了条头巾,肩上有根大扁担,挑了两桶水,运水量足有我本人的两倍,尽管我去挑水的时候也并不多。我说:"那你女儿就得到我家做工,这样来还债。每天算半个铜币的工钱。"然后我就回了家,像一只得意的猫儿那样。独自走在树林里的时候,我甚至还跳了一段舞。

她的名字叫旺达。第二天天刚亮,她就默不作声地来了我家,像头公牛一样干活,一直干到午饭时间,其间她一直低着头。她很强壮,虽然只待了半天,却把几乎所有的家务活都包揽了。她挑水、劈柴、照顾家里那几只母鸡，还擦地、刷洗壁炉和所有的锅碗瓢盆，我对自己的解决方案非常满意。

她走了之后，我有生以来第一次目睹了我妈妈冲我爸爸发火，责怪他——妈妈在病得最重、饥寒交迫的时候都没有这么生气过。"你还能对她受到的毒害无动于衷吗？"我听到妈妈对爸爸大声叫嚷，我在门上敲掉靴跟上的泥巴。因为早上不必再忙家务，我借了一头小毛驴，去了很远的村子收债，那些债户可能以为这辈子都不会有人上门收钱了。冬播小麦已经收获，我收到了满满两袋粮食，还有两袋羊毛，外加一大包我妈妈最爱吃的榛子，这些榛子去年冬天都一直在冷处保存着，很新鲜；此外还有一副铁胡桃夹子，有点儿旧，但很好用，这样，我们就不必用铁锤敲榛子壳了。

"那我应该对她说什么？"爸爸也叫嚷起来，"你让我说什么？现在这样不行，你应该挨饿受冻，你应该一直穿破衣烂衫？"

"如果你自己足够冷酷，能做好那些事的话，我也就不说什么了，那样的你也会狠心到让她这样做。"我妈妈说，"但你不是。我们的女儿在变啊，约瑟夫！"

那天深夜，我爸爸想要小声跟我商量点儿什么，他说话支支吾吾，大意是说我已经做了够多，这不是我该做的工作，明天我就留在家里吧。我埋头夹榛子，没看他，也没回答，把那份寒意留在自己内心里。我想到妈妈沙哑的嗓音，但不去回味她说过的内容。过了一会儿，我爸爸说不下去了。我用内心的冷酷面对他的质疑，并且击溃了他，就像他以前在村里索要自己应得的东西，却被其他人的冷酷击溃一样。

第二章

我爸爸老是说,他要去放贷人那儿借钱。如果他借来钱,就能买架新犁,或者买几头猪、弄一头奶牛啥的。钱是什么东西,我不是很明白。我们家的木屋离镇子很远,我们用成袋的粮食交税。爸爸说钱就跟魔法似的,但妈妈说这东西会让人觉得它很危险。"你别去,高瑞克。"她会说,"欠了别人钱,早晚会有麻烦。"然后爸爸就会冲她喊,叫她少管闲事,但他自己喊完了,也不去借钱。

我十一岁那年,他还是去借钱了。那天深夜,家里又多了个孩子,然后那孩子又没了,接着我妈妈就生了病。其实我们家不用再要孩子了。我们已经有了谢尔盖和斯特潘,还有那棵白树下面的四个死孩子。爸爸总是把死掉的小孩埋在那儿,尽管那儿的地很硬,不好掘。因为他不想留出耕地建坟。反正那棵白树周围,他也种不了东西。那棵树会把周围任何东西都妨死。比方说要是种大麦,它们也能发芽,然后突然一个寒冷的早上,麦苗就全枯了,白树上还会多长出些白叶子。而且他还不能砍倒那棵树。那棵树整个儿都是白的，所以说它属于星魔。如果爸爸把那棵树砍了，那些星魔就会来杀了他。所以，我们就只能往那儿埋死孩子。

　　那天晚上爸爸埋完新的死孩子回来，挺生气的，一身汗。他挺大声地说："你妈得吃药。我要去找放贷人。"我，还有谢尔盖和斯特潘，我们几个小孩大眼瞪小眼。他们都还小，非常害怕，啥也不敢说。妈妈又病了，也说不了什么。我也没说啥。妈妈还躺在床上，流着血，她浑身发热，皮肤发红。我跟她说话，她也不应声。她就只咳嗽。我想让爸爸带回那种魔法，让我妈从床上起来，变好起来。

　　然后爸爸就走了。他在镇上喝酒花掉两个银币，赌钱又输了两个银币，然后才带大夫回到家。大夫拿走了最后两个银币，给了我一些药粉，让我用热水泡开，喂给我妈妈喝。那药没能让她退烧。三天以后，我试着给她喂水，她又咳嗽了。"妈妈，我这里有热水。"我说。她都没能睁开眼看我。她就用她的大手摸我的头，我感觉很怪，一时觉得她手上完全没劲儿，一时又觉得力气特别大，然后她就死了。我一直坐在她身边，坐了一整日，直到我爸爸下完地了回到家。爸爸也没说话，就低头看她，然后跟我说："把稻草换了。"他把我妈妈扛在肩膀上，跟扛土豆袋子没什么两样，然后就把她带到白树那里，把她埋在死孩子们旁边了。

　　几个月之后，那个放贷人来了，要我们还钱。他来的时候我放他进了门。我知道他是魔鬼的仆人，可我不怕他。他是个瘦长形的人，手、个子、脸都瘦长。妈妈曾经在墙上钉了一个圣像，是用细树枝做成的。放贷人长得就像那东西。我给了他一杯茶，还有一块面包,因为我记得,以前有人到我家来的时候,我妈妈总会给人一点吃的。

爸爸到家之后,就把那个放贷人嚷走了,之后用他的皮带狠狠地抽了我五下,说我不该放他进门,更不该给他吃的。"他到咱家里来有啥用?谁也没法从石头里吸出血来。"他这么叫嚷着,又把皮带穿回去。我用我妈妈留下的围裙捂着脸哭,直到不哭了,才把围裙放下。

税吏到我家来的时候爸爸也老说那句话,但只敢小声嘟囔。税吏老是能在我们刚收完粮食的时候来,冬天一回,春天一回。我也不明白他咋知道的,可他就是知道。等他走了,税也缴完了。他没带走的,就是我们能吃的,从来都没有多少。冬天,妈妈生前会跟爸爸说:"这些我们十一月份吃,那些留到十二月份吃。"她分这个分那个,直到所有东西都分配好了,能撑到第二年春天。但现在家里没妈妈管着了。我爸爸就把一只小山羊带去了镇上。那天他回家特别晚,还喝醉了。我们都睡着了,躺在炉子旁边。他进屋的时候踩到斯特潘,给绊倒了。斯特潘就哭了,然后爸爸就生气,解开皮带打我们姐弟三个人,直到我们都从屋里跑出去。母山羊也不下奶,冬天快过去的时候家里断了粮。我们只能到雪地里挖橡子吃,一直撑到开春。

可是第二年冬天,税吏来的那天,爸爸还是又带了一口袋粮食去了镇上。我们都躲到外面的羊圈里睡了。谢尔盖和斯特潘这次倒没事儿,可是爸爸还是打了我,还是他第二天清醒了之后,因为他到家的时候没吃上现成饭。所以之后那年,我自己在家等他,直到看见爸爸沿路走回来。爸爸拿了个灯笼，那亮光直晃圈儿，因为他醉得太厉害了。我把热乎饭放在碗里，摆在桌上，然后就跑开了。那会儿天也黑了，我没拿蜡烛啥的，因为不想让爸爸看到我离开。

我本来想躲到牲口棚里的，可是路上老是忍不住回头看，怕我爸爸追出来。他的灯笼已经在我们家屋里晃了，家里的窗户跟人眼睛似的，像在找我。但后来光不动了，就是灯笼被放在桌上了。我那会儿觉得，我应该也能安生了。我就看自己这是走到哪儿了，可是黑影里啥都看不清，因为老看那个亮晃晃的窗户，眼睛就看不清黑地儿了。当时也没走在那个去牲口棚的路上。我周围都是厚厚的雪，听不到山羊叫，甚至都没有猪哼哼。那天夜里特别黑。

我以为摸黑乱走也行，早晚能找到篱笆墙，或者大路。我就伸着手继续走，想摸到篱笆墙，可也没摸着。天很黑，我一开始害怕，后来就觉得冷，再后来就觉得困，脚指头都冻木了。那雪都从我树皮鞋的缝里钻进去了。

后来我看到前面有光，就朝那个方向走去。我当时都快走到那棵白树了。它那树枝都细长细长的，都冬天了，那白叶子还都长在上面。风一吹，那叶子就发出响声，像有人说话，声太小，听不清。白树对面有条路特别宽，很像那冰面，还反光呢。我那时候就知道，这是星魔的大路。可是那路太漂亮了，我当时脑子还是昏昏的，又冷又困。我顾不上害怕，就想到那条路上走走。

那树底下一溜儿都是我们家的坟。每个坟头上都摆了一块小石板。妈妈生前从河里找的这些石板，摆在别人坟上。她那块石板是我找的，还有小婴儿那块也是。他的石板要更小一些，因为我那时候还不能搬动我妈妈搬的那么大块石板。我踩过那排石板，要上那条大路的时候，有根树枝打在我肩膀上。我重重地摔倒，疼得喘不上气来。又有风吹过白树叶，我听到树叶子说："快跑回家，旺达！"然后我就不困了，特别害怕，爬起来就一直跑到家。我从老远就能看到我家，因为灯笼的光还照在窗户上。爸爸已经在他床上打呼噜了。

一年之后，我们的邻居老雅各布上门来，管我爸爸要我。他想叫爸爸给他一只山羊。因为这个，爸爸把他扔出去了，一个劲儿说："大好的新闺女，没病没灾还这么壮，他还管我要一只羊！"

那次之后，我干活就特别卖力气。我尽可能把爸爸的活多担下一些。我不想生一堆死孩子，然后自己也死。可是我越长越高，头发变黄、变长，胸那儿也变大了。之后两年，又有俩男人想要我。后来那个，我根本就不认识他。他是从镇子另一头来的，离我家六英里地呢。他甚至还肯出什么聘礼，说给一头猪。可是到这时候，我卖力干活的事儿，把我爸爸变贪心了。他说要三头猪。那人往地上啐了口唾沫，就走了。

可是地里的收成越来越差。每年春天，雪化的时候都在变晚，秋天又早来。等到税吏取走他的那份，就剩不了多少能换酒了。我已经学会了到处藏吃的，以免像第一年冬天那样，饿得那么惨。可是谢尔盖、斯特潘还有我都在长大。我十六岁那年,春季收获之后,爸爸从镇上回来,只喝了个半醉,一肚子怨气。他倒是没打我,可是他看我的眼神,就像我是家里的一头猪似的,他在脑子里盘算着我的斤两。"下星期,你跟我赶集去。"他跟我说。

第二天我去了白树那里。我自从看到星魔大路那晚,就一直回避那个地方。但是这天,我一直等到日头升高之后。我说要去打水,其实是去了白树那里。我跪在树枝下面说:"帮帮我吧,妈妈。"

两天以后,那个放贷人的女儿来到我家。她长得像她爸,也跟细树枝似的,棕黑色的头发,脸颊也瘦。她还没有我爸爸的肩膀高,可是她却敢站在门前,长长的影子投进屋里,还说要是我爸爸不还钱,就要跟他打官司。爸爸倒是也凶了她,可她不怕。等他说完"石头里吸不出血"那套词儿,给她看了空空的碗柜之后,那女孩说:"那就叫你的女儿到我家,给我干活儿,这样来抵债吧。"

她走了以后,我去了白树那里说:"谢谢你,妈妈。"我还在树根之间埋了一个苹果——一整个苹果,尽管我当时肚子那么饿,真想把它吞了,连籽都不想放过一颗。在我头顶,那棵树开出一朵特别小的白花。

第二天早上,我去了放贷人的家。我以前都害怕一个人去镇上,但这还是比跟着爸爸去赶集要强。反正我也不是真的要去镇子里面,树林边上的第一座房子是他们家。房子挺大的,有两间屋,铺了平整的木地板,闻着还有新鲜木料味儿。放贷人的老婆躺在里屋的床上。她生着病,正在咳嗽。这声音让我紧张,听着就难受。

放贷人的女儿名叫梅瑞姆。那天早上她炖了一锅汤,蒸汽飘在木屋里，香味儿让我的肚子馋得难受。然后她拿了屋角正在发起的面团儿出了门。她到下午临近傍晚才回来，脸上模样很凶，鞋子上沾满泥土，带了一条深棕色的面包，是面包师刚出炉的，还有一桶牛奶、一盘黄油，肩上背了一个口袋，里面装满了苹果。她在桌上摆餐盘，有我一份，这我可没想到。我们坐下时，放贷人对着面包念起了什么咒，反正我还是吃了，味道挺好的。

我尽可能多干活儿，这样他们就会想让我再来。我离开那座房子之前，放贷人的老婆问我话，她嗓子都咳哑了："你能告诉我你的名字吗？"我愣了一下才告诉她。她说："谢谢你，旺达。你真是帮了我们的大忙。"我离开她家之后，还听见她在说我已经做了那么多活儿，那笔债应该很快就能还清。我停下来，在窗外听。

梅瑞姆说："他爹借了六个银币！要是一天算半个铜币的工钱，她要干四年才能还清这笔账。别跟我说这工钱不够多，她还能跟我们吃午饭呢。"

四年！我的心像小鸟一样欢快起来。

第三章

春天已经到来了很久,可是还时不时下雪,我妈妈也时不时咳嗽。天气终于真的转暖,咳嗽声也终于在同期消失,被滋补汤、蜂蜜和休息联合消灭掉了。妈妈刚刚能开口唱歌,就对我说:"梅瑞姆,下个星期,我们去看望姥爷。"

我知道她是被绝望驱使,试图让我远离我的工作。我并不想离开,但我的确想见到我的姥姥,让老太太知道,她的女儿现在不用日夜受冻,她的外孙女也不再活得像个小乞丐。我想要有那么一次,看望她的时候不必让她哭泣。我最后一次去收了一轮债,其间告诉所有人:我要去城里一趟,如果他们不能自行上门结算欠款的话,我就不得不加收额外的利息。我告诉旺达她还得每天来,给我爸爸做好午饭,喂鸡,打扫房子和庭院。她默不作声地点头,并没有提出质疑。

然后我们就向姥爷家出发了,但这次,我雇了奥列格送我们直达目的地,用他最好的马、最舒服的雪橇,上面备好了稻草和毯子，马轭上挂了叮当响的小铃铛，我们还有皮斗篷用来挡风。我们的雪橇停在门口的时候，我的姥姥惊讶地迎接了我们。我妈妈扑进她怀里，没说话，把自己的脸隐藏了起来。"好吧，快进来暖和一下。"姥姥说，她看着那副雪橇，还有我们用红色羊毛布做成的兔毛镶边的新衣服，尤其是我的那件，上面还有一枚来自镇上织工钱箱的金纽扣。

她派我去给书房里的姥爷送开水。这样她就可以单独跟妈妈聊天了。以前，姥爷很少跟我说话，只是含糊地应个声，不屑地上下打量姥姥给我买的新衣。我也不太明白，自己是怎么知道他不太喜欢我爸爸的，我不记得他说过任何跟这件事有关的话，但我的确知道。

他这次细细打量着我，犀利的目光从杂乱的浓眉下射过来，然后他皱了下眉："你穿皮衣，这节气？还有了金扣？"

我应该强调一下，其实我的家教挺好的，也的确没有不懂事到跟自己姥爷争吵的地步。但我当时已经在生气，因为我妈妈对我的状况不满，姥姥也没有为我高兴，现在，他又来挑剔——偏偏是他老人家挑我毛病。"我为什么不能有这些东西？难道留给那些用我爸爸的钱买下它们的人吗？"我反问道。

我姥爷当然很意外，像任何一位被自己外孙女顶撞的老人一样。但随后，他理解了我说的内容，然后再次冲我皱眉："那么，这些是你爸爸给你买的啰？"

对家人的忠诚和爱让我没再多说什么，我垂下眼帘，默默地把热水倒入俄式小圆壶，换好茶叶。姥爷并没有阻止我离开，但到第二天上午，他就已经知晓了全部真相，知道我接替了爸爸的工作。他突然就表现得对我很满意，到了前所未有的程度，在他眼中我似乎超过了其他所有人。

他的另外两个女儿都嫁得比我妈妈好，那两位丈夫是城里的有钱人，经营着不错的生意，但姐仨都没有生出儿子来继续姥爷的生意。在城里，我们同族的人口较多，可以不必从事放贷，也不必当农夫自给自足。城里的人们更愿意购买我们出售的商品，而在我们聚居区的围墙后面，有很繁荣的市场进行各种交易。

"女孩子做这个不够体面。"姥姥试着劝服我，但姥爷对她的话不以为然。

"黄金从不挑选主人。"他说，继而向我皱眉，但这表情却神奇地令人愉悦。"你会需要仆人的，"他告诉我，"最开始有一个就成，要是正派、单纯又强壮的男人或者女人，不介意为犹太人做事的那种类型。你能找到吗？"

"能。"我说着，想到了旺达，她已经习惯了来我家，而且在我们的小镇上，穷苦农夫的女儿挣到工钱的机会并不多。

"很好。别再去自己收钱，"他说，"派你的仆人去，如果有借款人想要争吵，他们就得自己到你家来。准备一张桌子，这样你就可以坐着，让他们站着说。"

我点了点头。到我们回家时，他给了我一个钱包，里面全是零钱，价值五个银币。这些可以拿到邻近的其他没有放贷人的城镇去放贷。我们到家之后，我问我爸爸，我不在家的时候旺达是不是每天都来。他伤感地看着我，眼窝深陷，一脸哀戚，尽管我们已经有段时间没挨过饿了。"是的。我跟她说过她不必来,但她还是每天都来。"

我很满意。那天她干完活儿之后,我跟她谈了一下。她的爸爸就是个大块头男人,她本人也是高个子,宽肩膀,手掌又大又厚实,由于经常干活导致皮肤红红的,指甲剪得很短。她的脸有些脏,长长的黄头发藏在头巾下面,整个人显得迟钝木讷,像一头公牛。"我想要有更多时间管理账目,"我说,"我需要一个人到处去替我收钱。如果你愿意接下这份工作,我会每天付给你一个铜币,而不是原定的半个。"

她站在那儿愣了好半天,就像没完全明白我在说什么。"我爸爸的钱,会更快还清吧?"她终于这样说,像是为了确认一下。

"等那笔账还清了,我还会继续付钱给你。"我说。这样子多少有点莽撞,但如果旺达能在追债方面帮到我的话倒也值得。我想要把姥爷给我的那一小笔钱贷出去,让自己有一笔稳定如小溪的利息收入。

旺达又沉默了一阵儿,然后问道:"你会给我现钱吗?"

"是的,"我说,"成不成?"

她点了点头,我也点头回应。我没有主动要求握手,没有人会愿意跟一个犹太人握手,反正我也知道,如果他们肯握手的话,也是虚情假意。如果旺达不肯履行诺言,我就不再付钱给她——这个保障,比我能得到的任何其他保证都要更好。

自从我到放贷人家里工作以后，爸爸就老是生气，闷闷不乐。他现在不能把我卖给任何人，我也不能在家里干活儿，我们还是没有多少吃的。他喊叫的次数比以前更多了，动手打人也更狠了。斯特潘和谢尔盖大多数时间都跟山羊们待在一起。我尽可能躲过责打，避不过，就咬牙忍住。我闭着嘴挨打，心里在盘算着：如果一天半个铜币的工钱，本来要花四年还清我爸爸欠的债，那么现在两年就够了。所以说，两年就是六个银币。而且我可以在爸爸认定还清债务的时间之前，有两年时间自己工作。那我就会有六枚银币。六枚银币，完全属于我自己。

我以前只瞥见过一眼这么大数目的钱——我爸爸把两个闪亮的银币交到大夫摊开的手掌里时。也许，要不是他喝酒赌钱输掉了另外四枚银币，那笔钱就足够救我妈妈的命。

我并不介意去陌生人家里，敲开门，管他们要钱。要钱的不是我，是梅瑞姆，这本来就是她的钱，而且她会把其中一部分给我。我站在这些人家的门槛上，可以看到房子里的情况：漂亮的家具，温暖的炉火。他们家里没有人生病咳嗽着。"我是替放贷人来的。"我说，然后告诉他们该还多少钱，当他们试图告诉我数目不对的时候，我什么都不说。有几家会说他们不愿还钱，我就对这些人说，如果他们不想吃官司，就要去梅瑞姆家，向她本人解释。然后他们就会给我一些东西，所以之前他们是在撒谎。然后，我就更不介意收钱的工作了。

我带了一个又大又结实的篮子，把那些人给我的所有东西都放在里面。梅瑞姆曾经担心我记不清谁给过什么，但我从来都没忘记过。我记得清所有的钱款数量和各种不同的货物。她把这些全都写在她的大黑账本里，那支粗大的鹅毛笔在她手里稳稳地不停书写。到了有集市的日子，她会把不想留下的货物拣出来，然后我会挎着篮子跟她去镇上。她会出售或交换，直到篮子全空，钱包变满，把布匹、水果和纽扣都换成钱。有时候，她在售卖之前还会先做些别的：如果有农夫给了她十束羊毛，她会把这些带到欠她钱的织工那里，让这人把羊毛做成斗篷，抵掉一笔欠款，然后她去市场卖掉这件斗篷。

完事以后，她会把成堆的铜币倒在地板上，把它们整理好了用纸包起，换成银币，跟我食指一样长的一卷铜币可以换成一个银币。我知道这个，因为她下一次去市场的时候会特别早，她会找个从镇外来的商人，这人还在摆摊位，她会给他那种纸卷，对方打开后数完铜币的数量，就会给她一个银币。那些银币她不会花掉，也不会在市场兑换。

她把银币带回家，也用纸包起来，像我小拇指那么长的一卷儿，就等于一枚金币。她把这些银币放进她姥爷给的皮包里。我只有在每逢集市的日子才会看到那个皮包。那些天我来的时候，这包就放在桌子上，我走的时候也在原处。她不会把包藏起来，也不会放在我看不到的地方，而她的父母从来不碰这个皮包。

我一开始不懂，她是怎么知道每件东西对别人来说值多少钱的，她自己都不想要那些东西。但渐渐地，我开始能读懂她在账本上写下的数字。她用这些数字估算抵债物品的价格，当我听到她在市场卖货得到的价款时，我发现两者几乎每次都是一样的。我想要搞懂她是如何做到的。但我从来都没问过。我知道在她眼里，我就像一匹马或者一头牛，是那种迟钝、木讷又强壮的角色。我自己感觉也是那样，在她周围，在跟她的家人相处的时候。在我看来，他们整天都在说话，要不然就是在唱歌，甚至争论。但他们从来不大喊大叫，也不动手打人。他们总是互相爱抚。她的妈妈会把手放在梅瑞姆的脸颊上，她的爸爸会轻吻她的额头，每次她经过时都可能这样。有时候我收工了离开他们的家，沿路走出一段距离，到了田野里，不再有人看到我的时候，我会把自己的手放在脑后，我的手已经变大变粗，强壮有力，但我还是想要记起妈妈的手抚摸我的感觉。

在我家，只有一份像大地一样沉重的静默。我们整个冬天都有些饿，即便是每天都能得到额外午餐的我也是如此。我毕竟要多走六英里地呢。现在春天来了，我们还是在挨饿。我在走回家的路上会采蘑菇，运气好的时候，会遇到野萝卜或者随便什么绿色野草。这些东西都不多见，其中大多数我们也不能吃，不能吃的那些就给山羊了。然后我会在自家菜园里挖点儿新土豆，它们太小了，还不适合吃，但我们还是吃了。我会挖出有芽眼的小块，重新再埋回土里。我进屋以后，把锅下边儿的炭火拨旺，早上出门前，就已经把卷心菜炖在上边了，现在我把小块土豆跟其他任何能找到的食物一起放进去。我们全家围着饭桌低头吃饭，从来不说话。

没有什么长势好的庄稼。地面直到四月份还是又冷又硬，大麦也长得很慢。终于等到我爸爸能种豆了，一周之后又突然下雪，冻死了一半的庄稼。那天早上我醒来时，以为还是夜里。但外面的天空是石头一样的灰色，雪下得很大，邻居家的篱笆都看不清。爸爸开始骂人，把我们从床上打下来。我们全都被赶到外面，然后把山羊带回屋。那五只小山羊，其中一只已经冻死了，其他小羊跟母羊一起被带到屋里来。它们咩咩地叫，啃我们的毯子，险些闯进炉膛里，但它们毕竟活了下来。等到雪停，我们收拾了那只死羊，把那点肉腌了。我用骨头熬了汤，吃了羊肝羊肺。好歹有一天没挨饿。

谢尔盖本来可以吃掉再多三倍的食物。他也开始长壮了。我怀疑他可能有时候去打猎，尽管他也知道，盗猎的人可能会被吊死，如果去密林深处打猎，结局甚至更可怕。我们能从森林里猎取的，只有那些毛皮有斑点的动物——有棕色或黑色皮毛的那种。但那类动物几乎已经绝迹了，而剩下的白色动物——纯白的那些，都属于星魔。我不知道他们会对猎杀那类动物的人做出什么事来，因为没有人敢那样做，但我知道他们一定会报复。星魔绝不容许别人抢走属于他们的任何东西。他们会来抢劫人类，但他们不喜欢被别人掠夺。

但有时候谢尔盖回到家就低头吃饭，一刻也不停，吃完自己那份，跟我一个样。就像他自己心里知道，自己吃的东西比饭桌上其他人更多。所以我认定，他在别人看不到的地方打猎了。我没有劝他别再这样做：他心里清楚。而且我们家跟放贷人的家里不一样。我没有想过那个词：爱。爱，早就跟我妈妈一起被埋葬了。谢尔盖和斯特潘跟那些死掉的孩子没两样，都是害我妈妈生病的原因。他们自己没死，但这样只是更多地连累了妈妈，现在还在连累我。他们会吃掉一部分食物，而我不得不用山羊毛纺线，给他们织衣服，洗衣服。所以我并没有那么担心星魔对谢尔盖做出什么事来。我的确想过，应该告诉他把兽骨带回家来熬汤，但随后我又想，如果我们都吃了，我们就都会有麻烦，就为了几块他已经敲开吸净骨髓的骨头，不值得那样冒险。

但斯特潘的确爱着谢尔盖。我妈妈刚去世的时候，我曾经叫谢尔盖看着他。我当时十一岁，已经会纺羊毛了，谢尔盖才七岁，所以他听我的。等到谢尔盖长大到足以下地干活，他已经习惯了忍受斯特潘，没有把他推还给我。斯特潘会跟着他，不碍他事儿，而且给他们两个人取水喝。他还会帮忙照顾山羊。如果我爸爸生气了，他们可以一起躲在外面过夜，甚至冬天也能熬过。谢尔盖有时候会打他，但都不太用力。

所以那天谢尔盖病倒时，斯特潘跑来找了我。时间还没到中午，我还在放贷人家的菜园里干活，给他们家收卷心菜。那些菜还没有完全长好，但前天夜里已经有了些霜冻，虽然时间才到初秋，但梅瑞姆说，还是早点儿把菜收了更保险。我留心着屋门，很快，门就会打开，放贷人的妻子就会叫我去吃午饭。那天上午喂给鸡吃的谷粒里面，混着一块放久了的硬面包，我自己吃了那块面包，一点点咬，从雨水管那里喝了点儿冰层下面的水，把面包泡软一些，但我的肚子还是饿得发疼。斯特潘喊我的时候，我又在看屋门。"旺达！"他伏在篱笆上，大口喘气，"旺达！"

听到他叫我名字，我身体抽搐得像是被爸爸用鞭子抽到一样。

"你有什么事啊?"斯特潘跑来让我很生气,我不想看到他来。

"旺达,你快来。"他说着向我招手。他平时都不爱说话。谢尔盖多数时候都能猜到他的意思,用不着他说话;而当我爸爸在家叫嚷时,他有机会就会逃走。"旺达,你快来。"

"你家里出什么事了吗?"放贷人的妻子站在门口,围了一条披肩御寒。"你去吧,旺达。我会告诉梅瑞姆,是我叫你回家的。"

我不想走。我猜是谢尔盖出了什么事,因为这样斯特潘才会来。我不想放弃自己的午饭去帮助谢尔盖,他就从来不帮我。但我不能这样跟放贷人的妻子说。我直起身,默默走出大门。等我们沿路走远,进入树林之后,我就用力摇着斯特潘的身体,生气地对他说:"你以后别再跑来找我!"他才十岁,幼小到能被我摇倒在地上。

但他只是抓紧我的手,拉着我继续走。我跟他去了。其实我也做不了什么,只能跑回家告诉爸爸,说谢尔盖惹了祸,但我又不想那样做。我并不爱谢尔盖,但因为他不会到爸爸那里告我的状,所以我也不会告他的状。斯特潘总想跑。我开始被他的急躁感染,所以会不假思索地跑上一会儿,然后就不再跑,他也停下来歇口气,接着又催我快走。我们只用了一个小时就赶完了六英里路。快要回到我们家的时候,他开始带我远离大路,进入森林。然后我开始警觉。"他到底怎么了?"我问道。

"他就是起不来了。"

谢尔盖在那条小河边。每到夏天,附近的小溪断水的时候,我们有时要到这里汲水。他侧身躺在河岸上,看上去像是睡着了。

他眼睛还睁开着，我把手放在他嘴唇边，能感觉到他在呼吸，但是却一动不动。我试着抬起他的胳膊，那手臂沉重又无力。我环顾周围。他身边的水里有只死掉的白兔，腿上缠着用山羊毛捻成的粗糙绳子。这兔子一根杂毛都没有。路上到处是白霜，溪水边有冰延伸出来。这时候我已经明白，是星魔抓到他盗猎，所以取走了他的灵魂。

我放下他的手臂。斯特潘看着我，就像他本以为我能做些什么。但实际上我无法可想。离城镇这么远，修士们也不会赶来帮我们，反正谢尔盖也是明知危险还去偷猎的。我想，如果你是自寻死路的话，上帝也不会保佑你免受星魔的伤害。

我当时啥也没说。斯特潘也没说什么。但他总是盯着我看，就像他确信我一定能做点儿什么，直到我心里开始明白，我的确能做，尽管自己并不情愿。我咬紧牙关，努力不让自己想起该尝试什么，然后我试着把谢尔盖叫醒，之后尝试向他脸上泼冷水，尽管我明知这样做没有用处。事实上也真的没用。他没动弹。那水珠从他脸上流过，有些水滴甚至流过他的眼睛，又从眼角流出来，跟眼泪似的。但他并没有在哭，他只是躺在那儿不动，像根死掉的树桩一样，开始从心里腐烂。

斯特潘根本不看谢尔盖。他始终都在看我，几乎目不转睛地看。我想揍他，或者用棍子赶走他。他们两个可曾给过我一点儿好处，让我欠他们任何人情吗？我不再乱尝试，站起来，两手握拳。我开口说话时，那句话感觉像是腐烂的橡子塞在我嘴里。"抬起他的腿。"

谢尔盖还没有长大到让我们两个人抬不动。我把他推成仰面躺着的姿势，然后两手伸到他腋下，斯特潘把谢尔盖的脚踝放在他瘦弱的肩上，我们两个慢慢把他抬出森林，到了我家的田边，直到白树那里。我们到那里之后，我比出发的时候更愤怒。我在森林里摔倒了三次，因为不得不倒退着走，两手被他的重量拖着，脚被树根绊到，在半结冰的泥地上滑倒。我撞到一块石头，受了瘀伤，浑身都是土，衣服上还沾了不少毒莓汁，这些都得自己洗。但这些都不是让我愤怒的真正原因。他们从我这里抢走了妈妈，都怪他们几个，谢尔盖、斯特潘，还有地下埋的那几个死掉的男孩。他们夺走了我妈妈。我从来都不想跟他们分享她。他们有什么权利来烦她？

但我什么都没有说出来。我让谢尔盖的身体躺在白树旁边的地上，瘫成一小堆，靠在我们妈妈的坟墓边，我站在树的旁边说："妈妈，谢尔盖病了。"

那天很冷，完全没风。我们身后，大麦东倒西歪地立着，半黄半绿的农田向远处延伸，庄稼要比往年快收获的时候矮小很多，我能看到我们家房子里的炊烟笔直地升向天空。看不到我们的爸爸。明明没有风的，但白树却在叹息，它的树枝在颤动，一小片树皮弹开，一端脱落。我抓住那片树皮，把它从树干上扯下来，长长的一条。

我们抬起谢尔盖，把他抬回我们家附近的小溪边。我让斯特潘回家，给我拿块热炭和一个杯子来。我拔了些干草、收集了几根细树枝，把它们堆起来，等斯特潘回来，我生起一堆小火，用那片树皮熬成一份药茶。那水变成了浑浊的灰色，杯子里冒出一股子土腥味儿。然后我们扶起谢尔盖的头，让他喝了一些。他全身哆嗦，就跟夏天牲口抖掉苍蝇那样似的。我又让他喝了一大口，然后再喝了第三口，之后他翻身向下，开始呕吐，吐了一遍又一遍，一堆冒着热气的生肉被他吐在泥地上，又臭又难看。我赶紧闪到一边，免得自己也呕吐。

等他终于不吐了，他也从那堆东西旁边爬开去，哭了几声。

我给了他一点儿水喝，斯特潘把他吐出的那堆生肉埋了起来。谢尔盖又哭了一会儿，喘息着。他看起来非常憔悴，瘦得不行，就像他已经饿了很长时间，但他至少活过来了。我们站起来的时候，他得靠着我才行。我们沿着小溪去了山羊们喝水的那块岩石旁，羊儿们都在那里，吃草，啃河边的树叶。最老的母山羊来到我们面前，两只耳朵向前摆动，谢尔盖抱住它的脖子，脸贴在它身体侧面，我挤了一杯奶出来给他喝。

他吞下了每一滴奶，连杯子都舔干净了，然后他警觉地看着我。我们的爸爸会注意到有只羊产的奶减少了，如果他不知道是谁取了奶的话，我们可能都会因此挨打。但我把杯子从谢尔盖手里取过来，又给他挤了一杯奶，让他喝下去。我不知道我为什么这样做。但我做了。等到第二天早上，当我爸爸从挤奶栏里出来，开始喊叫时，我站起来，大声对他说："谢尔盖需要更多的食物。"

我爸爸瞪着我，谢尔盖和斯特潘也一样。我如果能分身的话，也会吃惊地瞪着自己看。过了一会儿，他扇我耳光，叫我闭嘴，但他随后就出去了，这件事就此作罢。谢尔盖、斯特潘和我都站在屋里，都在等着下文，但他没再回来。没有人被痛揍。谢尔盖看看我，我看看他，我们什么都没再说。一分钟后，我戴了头巾和口袋，离家去工作。我的衣服还很脏，上面的泥巴都干掉变硬了。直到洗衣日之前，我都没时间洗它们。

等我中午回到家，谢尔盖已经把洗衣桶取了出来，斯特潘从溪边取水注满了它。他们甚至还烧了些热水，这样衣服就更容易洗净了。我看着这些，然后从衣袋里取出三枚鸡蛋，这是放贷人的妻子给我的。她问我之前出了什么事。我说是我弟弟吃坏了东西呕吐，她说生鸡蛋最适合养胃，就给了我三个。我吃了一个，谢尔盖吃了一个半，斯特潘吃了剩下的半个。然后他们替我收割我们家的小卷心菜，我去洗衣服，等我洗完了，再去做饭。

第四章

那年一直都很冷,我也一直在播种自己的银币。春天又一次姗姗来迟,夏天短暂,甚至连蔬菜都长势缓慢。直到四月份还总是下雪。很远距离的人也来找我借贷,覆盖周围十几个村子,他们借钱用来渡过难关。等到我们第二年春天再次回到维斯尼亚,我把姥爷送我的钱包带了回来,里面装满了卷好的银币,准备兑换成金币,存入大银行里。金库有坚固的石墙,加上外面更厚的城墙保护,我的金币就不会被星魔抢走。姥爷没多说什么,就把钱包放在手掌心里,掂了一下重量,但我能看出,他为我感到骄傲。

以前我们来访的时候,姥爷家很少有客人来,除了我的两位姨妈。我以前都没注意到,但现在发觉了,因为突然之间,房子里到处是来喝茶用餐的人,灯火通明,长裙飘曳,人们欢声笑语。我在这两周内见过的城里人,比以前来过的那么多次见过的总数还要更多。我以前一直隐约觉得姥爷是个重要人物,但现在我看出,他的重要性是我猜测的十倍:人们特别郑重地称他为穆赛尔大人,甚至连拉比都不例外。在餐桌上，姥爷和另外几个人一脸严肃地讨论本地政局，还经常会互相争论起来，就像他们可以主宰局势一样。

我当时还不明白这些客人以前为什么都不来。他们所有人都彬彬有礼，一副很高兴看到我的样子。"这个就是小梅瑞姆吧？"伊丁夫人笑着说，一面抚摸我的脸颊——她是我姥爷一位朋友的夫人。我都不记得以前见过她，上次见面一定是很久以前了。"这孩子都这么大了！我们肯定很快就会在你婚礼上跳舞了。"姥姥听她这样说，噘起了嘴巴；我妈妈看上去更犯愁。客人来的时候，妈妈总是坐在客厅角落里，低头给我爸爸缝制一件简朴的亚麻布上衣，对所有客人都是惜字如金，能不显得特别无礼就好——这可是我妈妈！她在我们那村镇对谁都特别好，即便是那些抢占我们口粮，又不肯邀请我们踏进他们的家门一步的人。

"我不会为上不得台面的人浪费时间。"我终于向姥爷问起客人来访的事，他特别直率地告诉我，"你爸爸不能给你得体的打扮，让你符合客人们对我外孙女的预期。而且你妈跟他结婚的时候我就发过誓，绝对不会再给他们一分钱，免得都被他亏掉。"

我那时候才明白，之前他为什么不邀请那些富人朋友上门来，还有他为什么不愿让姥姥给我买华贵的衣服，像他上次看到带金纽扣的皮衣时的反应。他不会用借来的华服把磨坊主的女儿打扮成公主的样子，以给她骗来一个蠢到足以上当的丈夫，或者撞上某个看穿真相之后就会溜走的男人。

这并没有让我生气。我因为他那份冷酷而坚定的诚实而更喜欢他，这也让我更加感到骄傲，因为他真的为我邀请了客人，甚至在他们面前赞美我,说我如何接手一袋银币,就带回来一袋黄金。我喜欢受人关注的感觉,感觉到他们在揣度我的分量,就像掂量钱包一样,我喜欢昂首面对这些人,喜欢对自己价值的那份自信。

相反,我感觉自己对妈妈的表现越来越不满。她的姐妹们又来聚餐了,那是我们离开的前夜,我们十二口人围坐在桌旁,很多小孩子在庭院里喊叫打闹,声音很吵。我的表姐贝茜亚坐在我身旁,她比我大一岁,很漂亮,胳膊圆润,有一头柔顺的棕色长发,配戴项链和珍珠耳环,她自我感觉良好,模样也的确优雅可人。她在一个月前去拜访过媒人,当她的妈妈谈到一个正在考虑的女婿人选时,她眼际嘴角都透着笑意,低头不语。这人叫艾萨克,跟表姐的爸爸一样,也是位珠宝匠,而且技艺高超,尽管姥爷有点怀疑地摇头,问了很多关于这个人生意状况的问题。表姐的双手皮肤细腻柔软。她这辈子从来都不需要干重活,她的衣服做工极好,上面绣着花草和各种会唱歌的鸟雀图案。

我并不嫉妒她,现在更不会了,因为我如果想要像她那样花钱,也可以给自己买绣花围裙。我很高兴自己有这份工作。但我感觉到妈妈靠近了我,似乎急于伸手阻止,让我不要看到贝茜亚的生活,并产生任何一点向往。第二天,我们急速回家,坐着雪橇在冰面上飞驰,穿过幽深的树林。就春天这个时节来说,天气算是很冷了,但我有自己的皮斗篷,外衣下层还有三件衣服保暖,我们俩还盖了三条毯子,暖和又舒适。但我妈妈却是一脸愁苦。我们一直都没交谈。"你是宁愿我们全家继续受穷挨饿吗?"我终于发作了,我们之间的静默,在幽暗的森林里格外令人压抑。她伸开双臂抱住我,吻了我,然后说:"我亲爱的好孩子,我真是好难过啊。"她哭了。

"你难过?"我问,"就因为现在你暖和了,没有受冻吗?就因为你有了钱和舒适的生活?就因为你有个能把白银变成黄金的女儿吗?"我挣脱了她。

"我难过是因为,你为了要做到这些事,把自己变得像冰一样冷酷。"她说。我没有回答她,只是蜷缩在自己的外衣里。奥列格正在焦急地对他的马说些什么。远方的树木之间出现了一道银光,那是星魔之路在隐约闪现。马儿们加快速度奔跑,但星魔之路一直跟我们回到家,始终都在树木之间放光。我能感觉到它从身体侧面袭来,那是一丝比平常更为寒冷的风,试图穿透到我的肌肤里去。但我不在乎。我心里的冷,远超过身外的严寒。

第二天上午,旺达到我家的时间晚了,她进门时已经气喘吁吁,满脸通红,大汗淋漓,袜子和裙子上沾了一层雪,就像她是从旷野里新开了一条路赶来,而不是从村里的大路上来的。"星魔出现在附近树林里了。"她头也不抬地说。我们走到自家院子里时,看到星魔之路仍在那里,在树木之间泛着银光,距离我家不到四分之一英里。

我从未听说过星魔之路如此靠近村镇。我们镇没有围墙,但我们没有富裕到能吸引他们的注意。我们这儿的税收都用谷物和羊毛支付,富裕的人都会到城里兑换金币,然后把黄金留在银行里,像我做的那样。或许个别妇女拥有金项链或金戒指——我为时已晚地想到自己那颗金纽扣——但即便星魔把主要街道两旁的房子全都洗劫了，也不可能凑够一小箱金子。

刺骨的寒气正在从森林中溢出，如果你跪下来，伸出手掌触地，你可以感觉到那份寒冷沿着地面传来，就像远方某个巨人的气息，空气中有浓重的松枝被折断后散发的气味。森林里的积雪的确还很厚，但即便这样，冷到这种程度也很反常。我回望城镇，看到附近房子里的居民也站在他们的院子里，和我们一样眺望那条路。盖芙莱特夫人跟我目光接触时向我皱眉，然后就回到房子里去了，就好像天冷也怪我们似的。

但并没有发生其他事，早上的工作还得做，所以我们渐渐都回到房子里。看不到那条路的时候，我们也就不再想它。我坐下来查对账本，检查过去两周里旺达收回来的钱物。她拿起装了发霉面包和谷粒的篮子去喂鸡，收捡鸡蛋。我妈妈终于放弃了想要做室外工作的努力，我为此感到高兴：她现在坐在桌旁削土豆，准备做午饭，火旁很温暖，她脸上也开始有点儿血色，脸颊也有点儿鼓起来，不像去年冬天那样深陷了。我拒绝让自己在意她看我和账本时的眼神。

所有数目都毫无问题，该收的钱也都如数收回。姥爷问过我仆人的状况，想知道她是否可靠。他并不认为我答应付给旺达现钱的做法愚蠢。"要是仆人给你挣钱，自己却一无所得的话，是很容易产生二心的。"他说，"要让她感觉到跟着你可以发财。"

我对自己的财富增长并不是很有信心，尽管我已经有十四枚金币存在姥爷防卫森严的金库里。我知道这些钱并不是我放贷的成果，它们来自我妈妈的嫁妆，很久之后终于回到了我们手中。我爸爸在婚后放贷太快，几乎在我出生之前，这些钱就都进入别人口袋了，而偿还过的数目又那么微不足道，以至于几英里内所有的邻居都欠我们家钱。他们用这些钱修缮房屋和畜栏，购买牲畜和种子，给女儿们置办嫁妆，让儿子们成家立业；与此同时，我妈妈却经常挨饿，我爸爸被他们赶出家门。我下定决心要收回每一个铜币，以及全部的利息。

但我现在已经收回了所有容易收到的钱。有些欠账是再也收不回来了。有些从我爸爸这里借钱的人已经死了，或者搬到太远的地方，以至于我查不着他们的下落。我已经有一半的应收欠款不得不通过实物、劳务或者其他东西充抵，这些东西换成现钱并不容易。我们家现在已经改造得比较舒适。我们养的鸡数量已经到了上限。曾有人提出给我一只绵羊或者山羊，但我们不知道该怎么养它们。我可以转卖，但羊又不容易出手，而且我也没有蠢到给我的债户们少算一分钱。我总是按我在市场出手的价格抵掉欠款——否则他们就会说我骗人，尽管都是我在花时间卖那些东西。

我现在新放出去的钱，都是给那些有足够理由相信他们可以偿还的人，我谨慎地规划了小额偿还的计划，但这样也只能得到微薄的收益，而且我也不知道在全额还清之前，又会有多少人违约。但即便如此，我读着自己清晰的账目记录，看到所有这些数目准确无误地收回，我还是决定现在就给旺达发钱。她每天会抵掉她爸爸半个铜币的欠款，同时可以带半个铜币回家，这样就可以真正存到钱，她和她的爸爸就会真实地感觉到她在挣钱，而不仅仅是在我的账本上有个数字记录。

我刚刚决定下午告诉她这件事，赶在她回家之前，门就突然被撞开了，她冲进屋里来，那只鸡食篮子紧抱在她胸口，里面还满是谷粒。她说："他们到房子外面来过！"

我一开始没明白她指的是谁，但还是警觉地站了起来。她脸煞白，很害怕的样子，而她平时都不会大惊小怪的。我爸爸说："带我去看看。"随后从壁炉里抽出一根通条。

"你是说有贼吗？"我妈妈小声问。我一开始也是这么想的，第一个念头就是贼。我很高兴自己把大笔钱带走，存在了银行里。但随后我们跟着爸爸到了外面，转到屋后，见那群鸡还在失望地咯咯叫，等着它们的食儿，旺达让我们看了那里的痕迹。那根本就不是贼。

那蹄印浅浅的，留在新雪表面。它们并没有踏穿到下层冰面，但蹄印的确非常大，有马蹄那样大，只不过是多爪形的，像鹿的脚印，而且在前端有尖刺状的突起。印迹一直通到房子后墙，然后有人下了坐骑，透过我们家的窗户往里窥探过：这人穿了奇怪的长靴，靴子前端又尖又长。

一开始，我并不完全相信这件事。这状况当然有点奇怪，但我以为，肯定是有人想捉弄我们，就像我小时候，镇上有些小孩会对我扔石头那样。有人偷偷跑来，留下这些奇怪的印迹来吓我们，或者他们甚至怀有更险恶的用心：他们计划来抢劫，所以布下疑阵掩藏罪行。但我还没来得及张口这样说，就已经意识到，这样子布局的人，本人也会在雪中留下痕迹，除非他们用长竿撑着，从房顶吊下来。但房顶又毫无痕迹，而且那分叉的蹄印留下了长长一行，穿过我们的院子，一直深入密林，直至消失在树木之间。而当我朝那个方向遥望，我又一次看到了那条闪光的银色大道。

于是我什么都没说。我妈妈和爸爸也都没说什么。我们都在遥望林中那条大道，只有旺达就事论事地说："这是星魔干的。星魔来过这里。"

但是星魔不应该出现在我家院子里，跟一群母鸡待在一起，透过窗户偷窥我们家大屋。我弯下腰，自己往里看：我那张小床上方没什么好看的，就是壁炉，上面摆着做饭用的小锅，以及我爸爸自己做好送给我妈妈的碗架柜，还有我们食品柜里成袋的粮食。我家看起来太平常太平淡，这只会让星魔偷窥的猜想显得更荒唐。我直起腰，再次盯着那些脚印看，期望它们全部消失，别再把整个世界搞得杂乱又难以理解。

我爸爸拿起通条，直接拨乱那些脚印，接着沿着脚印一路拖行，直到森林边缘，又踩着蹄印走回来。他来到我们面前说："我们别再说这件事了。谁知道这痕迹是什么人留下的？也许就是些孩子想开个愚蠢的玩笑。你去忙你的吧，旺达。"

我吃惊地瞪着他。我以前从未听过爸爸说话如此强硬。我甚至不知道他会用这种语调说话。旺达犹豫了一下。她看着刚才那些脚印所在的地方，但随后她慢慢踩过踏乱的雪地，开始喂鸡。我妈妈静静地站在一旁，披肩围得很严，闭紧双唇，两手用力握着。她说："回屋吧，梅瑞姆，我需要你帮忙削土豆。"我跟着妈妈回屋，中途她朝城镇方向看过。但其他人都开始忙自己的事儿了。没有人在外面观望。

我们进屋以后，爸爸走到我床前那扇小窗前，拿了一根窄木条，量了窗子的长宽，用小刀在木条上刻了标记。然后他拿了自己的外衣、小斧头还有帽子，带着那根木条再次出门了。我目送他离开，然后我看看妈妈，她正在窥探旺达，那女孩已经忙着打扫院子了。

"梅瑞姆，"我妈妈说，"我觉得你爸爸晚上要是有个年轻人帮忙更好。我们可以让旺达的弟弟来我们家过夜，给他工钱。"

"付给人钱来家里睡觉吗？要是真有星魔来到，他又能帮什么忙呢？"我说出这段话时，自己都觉得荒谬可笑。我都不怎么记得自己当时是怎么想的，怎么会以为妈妈是认真的，而不是仅仅开个玩笑。我当时的感觉是自己做了一场梦，而梦境已经在渐渐消失。

但妈妈严厉地说："你别说这种事。我不想再听到你说这样的话。而且，星魔的事不要对任何人说，在镇上任何地方都不要提到。"这我就更不明白了。每个人都会谈论星魔，毕竟星魔大道已经出现在旁边森林里，明天又是赶集的日子。"明天你也不要去集市。"她补充说。我表示反对，因为手头有从维斯尼亚带回来的货物要出售。她按住我肩膀说："梅瑞姆。我们要花钱请旺达的弟弟来咱们家过夜，这样她就不会告诉任何人星魔来过咱们家了。而你也不要告诉任何人说他们来过附近。"

我不再争辩。妈妈低声说："两年前，在米纳斯克郊外，有一帮星魔穿过乡间，去过三个城镇，那些小镇都比这里大不了多少。他们烧毁了教堂和富人的庄园，抢走了能找到的少量黄金。但他们经过雅朱达村的时候并没有下马，那里是犹太人居住的村落，星魔没有烧毁那里的房屋。所以人们传说，犹太人跟星魔有勾结。现在，雅朱达村已经没有犹太人幸存了。你明白吗，梅瑞姆？你绝不能把星魔来过咱们家的事告诉别人。"

这些可不是尖耳朵精灵、魔法或者其他胡扯淡的故事。这是我非常理解的东西。我过了一会儿说："我明天还是要去赶集。"赶在我妈妈再次开口之前，我继续说："我不去反而会惹人注意。我会去，卖掉我买来的两件长裙，跟人聊维斯尼亚的着装潮流。"

我妈妈点头同意了，用手抚摸我的头，捧我的脸颊。我们一起坐在桌旁，开始削剩下的土豆。我听到旺达在外面劈柴，斧头的咔嚓声节奏均匀。爸爸过了一会儿回来了，夹了好多绿树枝，上午余下的时间，他坐在炉火旁修剪树枝，将它们编成一块小小的挡板，正好可以安在我们的窗框上。

"我们在考虑雇旺达的弟弟晚上来守夜。"我妈妈低着头一边做针线活儿，一边对忙碌的爸爸说。

"有个年轻男人在家挺好的。"我爸爸同意了，"家里有现钱的时候，我总是会担心。反正，我觉得这样有帮助。毕竟我已经不那么年轻了。"

"也许我们还可以养几只山羊。"我说，"那孩子可以替我们看羊。"

梅瑞姆回来之后的那天上午，她对我说："旺达，我们想找个年轻人晚上待在这里帮忙看家，顺便照顾我们将要饲养的几只山羊。你弟弟可以来帮我们吗？"

我没有马上回答她。我想要拒绝的。她离开的那两个星期，都是我在替她记账。每天我去各处收账，每天去不同的房子，回到家，把饭炖在火上，准备给我和她的爸爸吃，然后我就坐在桌前，用略微颤抖的双手小心地打开那本账册。我手中的皮革如此柔软，里面每个薄薄的纸页上都写满了字母和数字。我一页页翻查，找到我当天去过的那些人家。她在那些纸页上给每座房子编订了不同的号码，旁边写着里面住的人的名字。我用鹅毛笔蘸上墨水，擦一下笔尖，然后重新蘸一下。我写得很慢，力争把每个数字都写到最好。写完我把账本合上，把笔擦干净，连墨水一起放回架子上。这些都是我一个人做。

那年夏天，白天很长，我可以多待一会儿的时候，梅瑞姆教会了我用笔写数字。她会在午饭后带我出门，用棍子在泥地上写数字，一遍一遍练习。但她不只是教我记下数字。她还教了我创造数字的办法，有两个数，就可以长出一个新数，还有从一个数字上扣掉另一个数字的方法。不只是那些小数字——我可以用自己的手指或者小石头摆弄清楚的那种，她也教我处理大数字。她教我如何用一百个便士换一个银币，二十个银币换一个金币，还有如何把银币换成铜币。

她刚开始教的时候我有点害怕。过了五天,我才拿起那根小棍子,开始描画她的笔迹。她讲起来,似乎一切都很平常,但我知道,她是在教我魔法。我后来还是会害怕,但我已经沉溺其中,无法自拔。我学会了在泥地上画出那些有魔力的形状,然后改用磨坏的旧笔,蘸上掺水的炉灰在平整的石板表面写,最后改用她的笔,在旧纸片上写,那纸已经变成灰色了,因为上面写过太多字,又褪色过太多次。等到那年冬末,她再次出门探亲时,我已经能替她记账了。我甚至开始会读那些字母。我能读出每一页上的姓名,可以轻声读给自己听,用手指抚摸那些字符,能看出哪些字母发出哪个音。有时候我搞错了,梅瑞姆就会打断我,告诉我正确的读法。她给了我这么多的魔力,我本来是不想跟别人分享的。

如果是一年前,我真的会拒绝她,就为了把一切留给自己独享。但那是在我从星魔手里救下谢尔盖之前。现在,如果我回家晚了,他就会替我准备好晚饭。他和斯特潘从灌木和草丛里替我收集山羊毛,坚持了一整个冬天,足以让我给自己织一条围巾,走路到镇上的时候可以戴着。他现在真的成了我弟弟。

即便那样,我还是险些因为害怕而拒绝。要是他把秘密泄露了怎么办?这件事儿太大,反正连我自己都很难憋得住。每天晚上我睡觉时,都会想到自己手里紧握着六个银币,凉丝丝的,闪闪发亮。我一个个累积铜币凑出它们,坚持尽可能久地想象这些,直到睡着。

但过了一会儿,我慢慢地问道:"那么,他的工作会帮我们快些还债吗?"

"是的,"梅瑞姆说,"每天,你和他会挣到两个铜钱。一半会抵偿欠款,直至还清,另一半我会付现钱给你。这是第一笔,今天的。"

她取出一枚铜钱,圆圆的,干干净净,闪着亮光,放在我手里,像是一份奖励,因为我想到了同意而不是拒绝。我瞪大眼睛看着它,然后我攥起它,握起拳头。"我会跟谢尔盖谈。"我说。

在森林里,我爸爸听不到的地方,我低声告诉了谢尔盖这件事,他反问我:"他们只想让我待在那座房子里吗?这样就肯给我钱?就待在那房子里,喂一下羊就给钱?为什么?"

我说:"他们害怕小偷。"但这句话说出口之后,我就想起来这不是真的。但真相是什么,我已经想不起来了。

我不得不站起来,做出手挎篮子喂鸡的样子,走来走去,直到那天早上的记忆渐渐回到我脑子里。我出门之后偷吃了一些发霉的面包,当时站在屋外角落里——他们看不到我,鸡也看不到的地方,然后我转过屋角,就看到了那些脚印——

"是星魔,"我说,那个词在我嘴里令我感觉特别冷,"星魔去过他们家。"

如果梅瑞姆没有给过我那枚铜钱的话,我不知道这时候我会怎样做。我知道,我爸爸的债已经不重要了。没有任何法律会逼我去一座星魔来过并且朝里面窥探的房子里工作。但谢尔盖看了看我手里的那枚铜钱,我也看着钱,然后他说:"每人一枚铜钱,每天都有?"

"一半的钱要用来抵债,暂时是这样,"我说,"每天有一枚铜钱。"

"那么这枚归你,"他考虑了一会儿说,"下一枚归我。"

我没有说"咱们去趆白树那里,问问妈妈的意见",我当时就像我爸爸。我不想听到妈妈的声音说"别去,会有麻烦的"。我现在明明知道将来会有麻烦,但我也知道,如果自己停下来不工作会遭遇什么。如果我把一切告诉爸爸,他会说,"一分钟也不许回那个地方,因为那是魔鬼之家",然后他就会把我带到市场卖掉,换两头山羊,买主是个想要老婆既强壮又不会算数的家伙。那样的话,我甚至都不值六个银币。

所以我跟爸爸说的是,放贷人想找人看管山羊,如果他让谢尔盖晚上去他们家的话,他的债就能更快还清。他皱起眉头对谢尔盖说:"你日出之后一个小时就得回来。那样要到什么时候还清债呢?"

谢尔盖看着我。我张开嘴,说道:"三年以后。"

我以为他会打我,骂我是笨蛋,连简单的加法都不会算。但爸爸只是怒吼着:"吸血鬼,害人精!"然后就接着对谢尔盖说:"你跟他们说,早饭要在他们家吃!你也别再从我家羊那里挤奶喝!"

所以我们现在有了三年时间。开始是每隔一天有一枚铜币的收入,然后将是每天一枚。谢尔盖和我在房后握手庆祝。他低声问道:"我们用这笔钱买什么?"

我不知道该怎么回答他。我从没想过用这笔钱买东西。我只想拥有它,将它真实地握在手里。然后谢尔盖说:"如果我们花钱,他就会发现,然后就会逼我们把钱给他。"

一开始我想，爸爸至少不会把我带到市场卖掉了。如果我每天都能给他带回一枚铜钱，他会很高兴让我继续为放贷人工作。但随后我就想到他拿走我的铜钱，我不得不把每一枚闪亮的钱币放进他的脏手里。我想到他去镇上，把钱换酒喝光，用它们赌博，再也不干活了。他倒是每天都会很得意。"我不会。"我说，我感觉肚子里像是有团火，"我不会让他得到一分一毫。"

但我们不知道该怎么办。于是我说："我们把钱藏起来。我们全都把钱藏起来。如果我们能工作三年，钱都攒起来不花，我们每人就能有十个银币，加起来那就是一个金币了。纯金的钱呢！然后我们就带上斯特潘，远走高飞。"

那我们又能去哪儿？我不知道。但我确信，等我们有了那么多钱，我们去哪儿都可以，我们什么都能做。谢尔盖点头同意，他也是这样想的。"我们能把钱藏在哪儿呢？"他问。

于是我们到底还是去了白树旁，我们在妈妈坟墓的石板下面掏出一个空洞，把那枚铜钱放进去，用石头重新盖好。"妈妈，"我说，"请替我们看好它。"然后我们赶紧离开，没有等着看后面会发生什么事。谢尔盖也不想听到妈妈告诉我们不要去。

那天晚饭后谢尔盖去了镇上，我用破布给他做了一顶帽子，以免他冻到耳朵。我站在前院看他离开。星魔大道还在附近森林里隐现，闪着微光。那光芒不像人间灯火，而更像多云的夜里微弱的星光。如果你想直视，反而会看不清它。如果你看别处，它却会在你眼角余光处闪亮。谢尔盖一直都竭力远离那条大道。他现在不喜欢去森林里了。他一路都走在村路一侧，远离树林那一边，不惜蹚过积雪，现在雪还挺厚的。很快，他就消失在黑暗里了。

早上我去镇子里，还能看到他在雪地上留下的脚印。我有点儿希望一直能看到他的脚印，因为担心那痕迹突然消失。但实际上并没有。我循着脚印一直到了梅瑞姆的家，谢尔盖在那里的餐桌旁，喝着一碗坚果味儿的奶茶。这让我的肚子也开始饿。我们家已经不吃早饭了，因为没有足够的粮食。

"晚上一切都好。"他对我说。我拿了篮子，往鸡窝方向走。篮子里有一整段面包，中间部分还是软的。我吃掉它之后才去鸡窝前，但它们并没有跑出来接我。

我缓缓走近。鸡窝周围到处是蹄印。蹄印像是鹿的，但很大，还有尖爪。鸡窝上面的小窗户，我昨天离开时明明关上了的，现在却敞开着，像是有什么东西伸了鼻子到鸡窝里。我弯下腰，把手伸进鸡窝。母鸡们还在里面，蜷缩在一起，全身的毛炸开来。窝里只有三个蛋，我把它们拿出来，其中一个蛋壳是灰色的——惨白的那种浅灰色，像炉膛里的草木灰。

我用尽力气把那只灰蛋丢向森林方向，想过要把那些脚印扫掉，装作没有看到它们。如果放贷人因为谢尔盖没能阻止星魔出现，就让他不必再来了呢？也许他们还会连我一起赶走，而如果我把雪扫平，我自己也会忘掉那些脚印，就像昨天发生过的一样。这简直就像是它们没来过一样。我想去拿平时扫院子的扫把来。但它在房子侧面，我去取它的路上，又看到了靴子印。有很多。那只星魔又来了屋后，还是那个穿尖头靴子的家伙，而且他沿着墙，足足走了三个来回，就在放贷人他们一家睡觉的地方墙外。

第五章

旺达的弟弟也就是个大男孩：高个子宽肩膀，愣头愣脑，像匹快要饿死的马一样，肘上、手腕上骨节都特别突出。他来我家的第一个晚上，就低着头说，他爸准许他来的条件，是我们要管他晚饭跟早饭。等他坐到餐桌旁，我发现高瑞克这条件开得可是不傻：他吃东西像只饿狼。现在食品价格这么贵，这两顿饭相当于把他工资涨了一倍。但我什么都没说，即便是在我妈妈多给他一片抹黄油的面包时。我父母已经把我的小床搬进他们的房间，给了谢尔盖两条毯子，让他睡在我原来的位置。

我在漆黑的午夜时分醒来。我爸爸正打算走到外屋，房门吱吱嘎嘎地被打开，放进一股冷风来。我听见谢尔盖跺掉靴子上的雪，简短地告诉我爸爸："没什么动静。"

"睡觉吧，梅瑞姆。"我妈妈轻声说，"谢尔盖只是到外面看看。"

那晚我还醒过两次，听到有人出门的声音，还有感受冷风吹进来，但我随后马上闭了眼。什么都没发生。我们早上起来，开始煮麦粥当早餐。谢尔盖在外面，往地上钉木桩，准备建一个围栏圈养山羊。星魔之路还在树木间闪现，但当我透过窗户看它时，感觉它似乎远离了一点点。天气阴冷，太阳还没出来，但那条路反正都是自带光晕的。镇上有几个男孩在野外，比我们的房子还靠近森林，他们互相挑衅，看谁敢往星魔大道上面扔石头，或者去摸一下那条路。我能听到他们互相鼓动的欢快声音。

旺达来到时，她弟弟还在吃早饭，她取了鸡食篮去了房后。她回来时，篮子几乎是空的，仅有两枚鸡蛋，尽管我们现在有九只下蛋的母鸡。她把篮子放在桌上，我们都在看那两枚蛋。蛋很小，蛋壳非常白，她很突兀地说：“房子后面，又有了更多脚印。”

我们都跑去看它们。我一看就认出来了，尽管此前已经忘掉了它们的模样；直到旺达说起，我才有回忆，我甚至已经淡忘了此前出现过脚印的事。那只尖头靴在卧室墙外来回逡巡，往返三次之多，而那个蹄子分瓣的坐骑就站在鸡窝旁，在周围雪地上留下众多脚印，就像一只狐狸到处嗅，想找个洞钻进去一样。母鸡们全都缩在窝里，挤成一团大毛球。

"我晚上来看过的，我发誓！"谢尔盖说。但我爸爸说："别多心，谢尔盖。"旺达打扫庭院清除了脚印，我们把那两枚鸡蛋丢进了粪堆。我们回屋时，妈妈的胳膊紧紧揽着我的肩。

谢尔盖回他爸爸的农场去了，旺达做完打扫工作，就去挑水。我这次没有忘记脚印的事，尽管我想要忘掉它。但当旺达回来后，我站起来说："来，我们去赶集。"我去取自己的围巾，就像今天没有发生过任何反常的事情一样。我们出门后，我让自己背对树林。背后吹来的风很冷，像弯曲的冰凉手指拉扯我的裙摆。我没有回头看星魔之路是否还在原处。

旺达带的篮子里，装着我从维斯尼亚带回来准备出售的各种小玩意儿，但也有两件华美的长裙，那是我特别任性地花高价买的。它们极其美丽，羊毛质地，大花镶边儿，底料是红色，并用深绿和天蓝两色装点。我直接去了裁缝玛尔亚的摊位，扯出裙边儿，对她说："你看，这是维斯尼亚今年新出的装饰图案。"

马上就有一帮女人聚集在我周围，来欣赏那两条长裙，这就像一堵防御墙，挡住了任何可能在传播的流言。对她们来说，新的装饰图案要比星魔之路更重要，反正她们也没有真的想多考虑星魔们的事儿。在市场广场上，人们也看不到那条路。当然，当玛尔亚问我想把那两条裙子卖多少钱时，我没有马上回答她。这里有六位女士围着我，她们全都盯着我的脸，像准备啄食的乌鸦。有一个短暂的瞬间，我考虑过便宜出手这两条裙子，给别人留点儿好印象。假如有人开始谈论星魔之路，以及那条路离我家有多近之类的话，这可能会对我有利。突然之间，我更理解爸爸的处境了。

我吸了一口气，说："我不知道我能不能马上卖掉它们。你们也看得出，这两件衣服都是花了很多工夫做成的，而且出自维斯尼亚最杰出的巧匠之手。它们本来是嫁衣，我花了好多钱才买下它们，又大老远带回这里。我最低也要卖一枚金币，每件一枚。"

我一整天都站在同一个地方，女人们纷纷赶来，看这两件单价一枚金币的长裙，低声议论那刺绣多么精美，裁剪多么巧妙，颜色多么艳丽。她们细看每一条缝合线,当我指出这做工无可挑剔,用料也极为上乘时,大家纷纷郑重点头表示同意。其间我把所有其他货品都卖给了这些人,就是我从维斯尼亚带来的各种东西。所有商品的售价都高于我的预期,就像这些东西全都被罩上了一层奢侈品光环。到最后,税吏大人来了,他也喜欢时不时来市场逛逛,尽管他有仆人替他买常规物品。他付了我两枚金币,买下那两条长裙,用来给他的女儿当嫁妆。

我回到家,心跳得很快,有一种极为强烈的成就感,同时也有些害怕:我都不知道该怎么面对自己了。其实我买每条裙子只花了一枚银币。当我把两枚金币、三枚银币和所有那些铜钱堆在桌上的时候,我的爸爸妈妈什么都没说。这些都是卖货赚到的。爸爸微微叹了口气,几乎没有出声。"好吧,我女儿真有变银为金的法力啊。"他几乎是很无奈地这样说,他用手抚摸我的头,看上去他为此感到难过,而不是骄傲。

愤怒的热泪涌入我的眼眶,但我咬紧牙关,把金币放入我的钱包,然后我把那罐买回来犒劳大家的樱桃干交给我妈妈。午饭后,她泡了浓茶,把樱桃干放在玻璃盘里,摆上一柄小银勺,这是她嫁妆里面那套茶具中仅剩的一件。其他那些,都在过去那些年我们挨饿的时候被拿到市场变卖掉了。我把甜甜的樱桃放进茶水里,喝掉香甜的茶,然后再吃掉每颗柔软温热的樱桃,再轻轻地把核吐在小勺里。

旺达擦完桌子,裹上头巾,准备回家。突然,她停下来抬头看,因为整个房间一下子变暗了。窗外有雪花飘落,当我们开门看时，雪已经大到看不清小镇方向的房子。在另外一个方向，星魔之路还能看到，在雪中似乎更为显眼，有一会儿，透过树影，我几乎怀疑自己看到有什么东西在上面移动。

我妈妈说："天气这么糟，你不能现在出门。等雪停了再走吧。"旺达后退一步，吃力地顶着风把房门关上。

但整个下午，雪都没有停，甚至都没有缓过劲儿。夜幕降临，旺达和我爸爸到外面，把鸡窝顶上还有四周的积雪清理了一遍，以免那些鸡被闷死。然后我们都躲在房子里，也跟蜷在窝里的那群鸡一样。炖肉的香味消失了，尽管剩下的部分还煨在火头上。我妈妈在灰里埋了些土豆，烤熟了当晚饭。空气里弥漫着浓重的寒意，冻得我鼻子生疼，嗅不到任何温暖的、有生气的东西，甚至都嗅不到泥土和腐叶气息。我试过查对账本，然后尝试做针线活儿，但都放弃了。天太黑，烛光似乎难以照到桌子以外的地方。

"来，咱们别这么干坐着。"我爸爸终于说，因为我们的确都沉默着蜷成一团，裹着皮衣、围巾还有毯子。"我们一起唱歌吧。"

旺达听我们唱了一会儿，趁我们歇息的时候，很突兀地问道："那个，是魔法吗？"

我爸爸停止了歌唱，我妈妈很坚决地告诉她："不是啊，旺达。当然不是。这是给上帝的颂歌。"

"哦。"她说完，就闭了嘴。但这之后，我们也都安静了，没再唱歌。"所以说，歌声会让那些东西不敢靠近，对吧？"旺达问道。

过了一会儿，我爸爸小声说："我也不知道，旺达。上帝并不会拯救我们免受此生的苦难。星魔也会残害正直的人，像危害罪人们一样，疾病和冰雪，也对凡人一视同仁。"

然后他讲了《约伯之书》里的故事，凭记忆讲的。这故事当然并不会让人安心，除非你喜欢那个结局，反正我连结局都不喜欢，但我爸爸那天根本就没讲到结局。他刚讲到约伯的家人都已经离世之后，就开始抱怨上帝不公，这时候传来了敲门声，特别沉重，像是有根铁硬的棒子撞在门上。我们都吓了一跳，我爸爸也不再说话。我们都瞪着门，不敢出声。终于，我爸爸突然说："怎么会？这样的天气，谢尔盖不应该赶来的吧？"

他站起来，走向房门。我想要大声阻止他，告诉他别过去。我看到旺达缩进她的毯子里，瞪大眼睛，一脸警惕。她也不认为敲门的会是她弟弟。甚至我爸爸也并不是真的相信这个。他去门口时带了拨火棍，他伸出左手迅速把门拉开，右手高高举起拨火棍。

但门口却没有人。甚至连风都没有吹进来。雪停得很突然，外面只是和平时一样的茫茫暗夜，几片飘落的雪花被火光照亮，缓缓飘过门前。我呆望了一下，转身看放了挡板的窗户，朝森林方向看——星魔之路消失了。

"怎么了，约瑟夫？"我妈妈问。

我爸爸还在门口，低着头看。我把毯子推开，走到他身旁。外面已经不那么冷了，我的围巾已经足够保暖。但我家门前的小路上已经落了齐膝的深雪，甚至在屋檐下，我们家老旧的石头门槛上也盖了厚厚一层雪，一双尖头长靴留下的脚印，清晰地留在门口的新雪上。而在门槛正中，雪的表面上，放着一个白皮包，链扣是拉上的。

我爸爸环顾周围。我们现在能看到邻居们了：所有的房屋都变成了矮胖的白蘑菇，顶上有放出黄光的小窗户、照亮积雪的窗台。村路上一个人都没有，但就在我们观望时，我看到一扇窗户那里有动静，孩子的一只小手在冰冻的玻璃上擦出一个圆圈。很快，我爸爸弯腰捡起那个白皮包。他把包拿进屋，我随后关上了门。

他把皮包放在桌上。我们都聚集过来，盯着它看，就像它是一块通红的火炭，随时能把整座房子点燃。它是皮革做成的，白色皮革，但不是用我听说过的任何办法染色而成的：它看上去就像一直都是白色的，而且是纯白。它的侧面也没有缝隙或者缝合的痕迹。终于，因为没有其他人动这件东西，我把顶盖打开了，只要扯动一根白色丝绦就可以。我倒出了里面的钱币——六枚小小的银币，它们又薄又平，是完美的正圆形，滑到桌面上成为一小堆，碰撞声像铃铛一样悦耳。我家房子里本来是充满了暖光的，但它们却反射出冷光，就像仍在月色照耀下一样。

"他们还真是好心啊，送我们这样一件礼物。"我爸爸干巴巴地说。当然，星魔才不会做这种事。你可能听过小仙子送人礼物的故事，我自己的姥姥就曾给我讲过一个故事，是她的祖母给她讲过的。话说后一位祖母的祖母小时候住在西方的埃尔库特，她有一天发现一只狐狸躺在她阁楼卧室的窗台上奄奄一息，伤口流着血，像是被狗咬伤了。她把狐狸抱进来，给它包扎伤口，喂水给它喝。狐狸喝过水，说起人言："你救了我一命，将来有一天，我会来报答你的恩情。"然后它就跳出窗子离开了。等到这女孩长大之后，有了自己的孩子，有一天她听到挠门声，打开厨房门就看到了那只狐狸，狐狸对她说："带上你所有的家人，还有手头的现钱，马上躲到地下室里去。"

她听从了狐狸的话，其间听到外面怒吼之声不绝。好多人闯进他们家，推倒家具，砸坏东西。他们头顶乱成一团，空气中有刺鼻的烟火味儿。但幸运的是，那帮人并没有找到地下室入口，烟火也没有烧到地下。

那天深夜他们再次爬上地面，发现他们家的房子、附近的犹太教会堂，还有所有邻居的房子，全都被烧毁了。他们带了仅剩的一点点财物，逃到偏远地带，雇了一辆车送他们去东方，这样才来到了维斯尼亚，当时的公爵愿意开门接纳犹太人，假如这些人带了钱来的话。

但那是另外一个国家的故事。你不可能听到有关星魔的故事里出现这种情节。这儿你会听说，曾经有只奇怪的牲畜来到一位农夫的畜栏，有个受伤的星魔骑士伏在它背上，农夫因为害怕，把他收留在家，为他治好了伤。等到骑士醒来，他就举剑杀死了农夫一家，挣扎着跑回坐骑那里，流着血驰回森林。而人们之所以能了解事态真相，是因为农夫家里的女主人让她的两个孩子躲在畜栏的草堆上面，星魔离开之前都不许露面。

所以我们知道，星魔并不是出于好心送了我们一袋银币。我想不出他们为什么会留下这件东西，但它们真的就在桌子上，放着光芒，像一个我们无力解开的谜。我妈妈突然深吸一口气，看着我，低声说："他们想让你把这些变成黄金。"

我爸爸坐在桌旁，捂住了脸，但我知道这是我的错，因为我在密林深处雪地里飞驰的雪橇上，说过能把白银变成黄金的话。星魔一直都渴望得到黄金。

"我们去银行把存的钱取出来。"我妈妈说，"至少我们能凑出这笔钱。"

我说的是："我明天就回城里去。"但我出了门，站在积满新雪的院子里，两手紧握成拳。冰面已经冻结实了——这样子适合旅行，可以走得很快。包里有六枚银币，而我上次就存了十四枚金币。我可以雇奥列格的雪橇，回到维斯尼亚，从姥爷的银行里取出六枚金币给星魔，舍弃我辛勤工作得来的钱，换取我们的安全。

旺达裹了围巾出来，去喂我们从市场新带回家的几头山羊。因为暴风雪的关系，谢尔盖当然没来。而她现在走回家也太晚了。她看了看我，默默走进畜栏，出来以后，突然问我："你会把自己的金子给他们吗？"

"不。"我说，我在回答她，也在对森林里的那只星魔喊话。"不，我什么都不会给他们。他们想把白银变成黄金。我就变给他们看。"

第六章

第二天一早,梅瑞姆带了星魔的钱包去奥列格家,要求他送自己返回维斯尼亚。她没有要求我坚持记账,甚至没有提醒过我去催债。她妈妈送她到门口,在那儿站了很长时间,用披巾裹着自己的肩膀,直到雪橇走远了还没回家。

但我并不需要提醒。我还是带了大篮子,继续出门收钱。那天是当月第六天,所以我在镇里收。没有人喜欢看到我来,但卡居什看到我还是一脸笑容,就像我们关系很好一样,其实我们关系并不好。我刚开始替梅瑞姆干活的时候,他总是用成罐的蜜酒抵债。梅瑞姆不喜欢他这种做法。因为他每周都在市场出售同样的蜜酒,冬天还是刚煮出来热乎的,所有人都会从他这里买,而不会去找梅瑞姆。她后来找了一家愿意买酒的酒馆,一次可以卖十罐,但梅瑞姆不喜欢这样折腾,况且还要花钱雇人去送酒。

但随后,卡居什给了我一瓶变质的酒。它从外表看没有问题,但梅瑞姆只在瓶塞那里闻一下,就知道它有问题。她把酒瓶打开,里面发出臭叶子一样的味儿。她瞪着那瓶酒,很生气的样子,但她就让我单独把那瓶酒放在屋角,什么也不要对卡居什说。他在随后的两个月之内又连续给过我两瓶变质酒。第三次之后,梅瑞姆把三瓶酒一起交给我,让我把它们带回到卡居什那里,告诉他臭酒不过三,以后再也不肯收他的蜜酒了。所以现在他必须用铜钱还债。那次,他可没有对我笑。

但今天他还是笑脸相迎。"进来暖和一下!"他说,尽管今天已经没有那么冷了。"你可得等一会儿呢。我家老大去了柳德米拉夫人家送新酿的酒。他会带钱回来。"他甚至给了我一杯蜜酒喝。通常他都会备好现钱,这样就不必招待我了。"那么,梅瑞姆又回维斯尼亚买更多裙子了吗?她还真是生意兴隆呢!而且她也真是幸运,有你在家给她管理生意。"

"谢谢您。"我礼貌地说,放下了杯子,"您的蜜酒也很好喝。"我暗自纳闷,不知他是否想要贿赂我,让我少收他的钱。其他人也这样尝试过。我不太明白他们为什么期望我会这样做。如果我带了较少的钱回去给梅瑞姆,撒谎说他们付不出更多的钱,她就会在账本上写下较小的数目,这些人没还上的钱,将来还得还。他们省钱的唯一办法,就是在将来还钱的时候,声称我偷了上次的钱。假如我帮他们骗别人,又怎么保证他们不会骗我呢?

"是啊,她是个精明人。"卡居什继续说,"她真有眼光,能找到你这么勤劳可靠的女孩帮她。你可不是那种徒有其表的人!啊,卢卡斯回来了。"

他的儿子回到了家,带回一箱空酒瓶。他比谢尔盖年龄大一点儿，个头没有他高，也比我矮，但他的脸圆圆的，肌肉也比较结实。他平时可没挨饿。他看看我，上下打量。他爸爸说："卢卡斯，给她七枚铜钱，这是还给放贷人的。"卢卡斯数出七枚铜钱放在我手里。这超过了他们应付的数目。"我最近生意也不错。"卡居什对我说，友好地挤了下眼睛。"因为天总是太冷，人们需要多喝点儿暖身的东西。你们农场远离城镇，可能更冷吧！"他补充说，"我有段日子没见你爸爸来镇上了。"

"是啊。"我警觉地说。我爸爸最近没来，是因为我们已经省不出任何东西来给他换酒喝了。

"这个给你。"卡居什说着，给我一个密封的酒瓶，这瓶比较小，是他在集市上便宜出售的那种，喝完要把瓶子退还给他。我瞪着那东西，没有接过来。我不明白这是什么意思，他已经付过钱给我了。但卡居什再次把酒强塞给我。"送给你爸爸的小礼物。"他说，"你有机会再来的时候把瓶子还我就好。"

"谢谢您，西莫内斯先生。"我说，因为不得不这样说。我并不想给我爸爸带回去一瓶蜜酒，他在家喝醉了就会打我们，但我找不到直接拒绝的理由。爸爸下次来镇上，卡居什会等着他来表示感谢，如果我没把酒带给他的话，到时候就真的要挨打了。所以我把酒放进了篮子里。

其他房子里的人都没有邀请我进去喝蜜酒。裁缝玛尔亚是仅有的几个除了给钱，还跟我说过话的人之一。"这么说来，梅瑞姆又去维斯尼亚买更多的裙子了吗？"她突然问。这次她只给了我一枚铜钱。"这路程挺远的，那衣服还么贵。谁知道她下次还能不能顺利卖掉啊!"

"我不知道她是否还会带更多的裙子回来啊,夫人。"我说。

"哼,她反正永远替她自己考虑,不会顾及任何其他人,这个毫无疑问。"玛尔亚说完,重重地把门摔上了。

我回到放贷人的家,把收来的钱物放下。有位债户给了我一只老母鸡,它已经不再下蛋了,适合炖汤。"您今天想吃掉它吗,曼德斯塔姆夫人?"我问梅瑞姆的妈妈。"如果您想吃,我可以扭断它的脖子,把鸡毛拔掉。"

她当时在缝衣服,我问她时,她抬起头,朝房间里四下看看,就像在寻找丢掉的什么东西。"梅瑞姆去哪儿了?"她问我,像是已经忘了之前的事儿。然后她摇着头说:"哦,我真是健忘。她回维斯尼亚,买更多的裙子去了。"

"是啊,她回维斯尼亚买更多的裙子去了。"我缓缓地说。这句话在我听来有些不对劲。但当然,她回城的原因就是这个。其他人都是这样想的。

"那个,家里有足够的食物。那只鸡就先留着吧。"曼德斯塔姆夫人说。"暂时先把它跟别的鸡放在一起,你就回屋来吧。该吃午饭了。"

我把老母鸡拿到鸡窝旁,把它塞进去。然后我看着屋后的积雪,现在雪已经很深,上面没有一点痕迹。扫帚倚在墙上,被雪埋住了一半:我就是用那把扫帚扫掉了星魔留下的脚印,他们昨晚又来过这座房子,还留下一小袋银币,要梅瑞姆把银币变成黄金。我吓得浑身发抖,马上回到屋里,好让自己赶紧忘掉这些。

午饭后,我得回家了。我爸爸肯定已经在发火,因为我昨天遇到暴风雪,没能回家给他做晚饭。但我离开前还是擦了地板,看了下鸡窝,还把一切都记到了账本上。我昨晚睡在他们给谢尔盖准备的地铺上,这里温暖又舒适,在宽大的客厅里,有炉火,还有发面、肉汤、蜂蜜和大麦粥的香味儿。我们家的房子可不是这样的气味。梅瑞姆的妈妈晚饭时给了我一杯鲜牛奶,那是从泽吉斯夫人还债的大桶牛奶里倒出来的。她还给了我两天的工钱——两枚铜钱,尽管昨天谢尔盖没来;另给了我一包食物放在篮子里,有面包、黄油还有鸡蛋。"谢尔盖都没吃上晚饭和早饭。"她这样说。我裹上围巾走了,臂弯上感觉到她浓浓的善意。

我特别绕远穿过森林,把那包食物藏在白树的须根之间,又把铜钱埋好,在我和谢尔盖的小堆上各加了一枚。做完这些我才回家。斯特潘在家里,试图把一锅已经凝固成坨的粥搅和开。他脸上有刺眼的红印子,一动就疼得脸色惨变。他抬头看看我,很不开心。我们的爸爸昨晚一定是指派他去做晚饭,因为不会做,他挨了打。"坐下来休息一会儿。"我告诉他,"晚点儿我有好东西给你。"

我加了些水,把粥弄得稀了一些,然后做了些卷心菜。我爸爸气哼哼地进来,冲我叫嚷,说我不能因为下了一点小雪就留在镇上不回家,雪早就停了。而且放贷人应该因为留我过夜的行为,多给抵掉一天的债。"我会跟他们说的。"我说着,迅速把卷心菜摆上桌,他甚至还没有来得及走进房间来。"爸爸,西莫内斯先生交给我一件东西,是给您的礼物。"我把那瓶酒放在桌上。我觉得还是用它免掉眼前这顿打比较好，反正他回头也是要喝醉的。

"卡居什安的什么心，为啥送东西给我？"爸爸说。他打开瓶塞，怀疑地嗅了嗅。但很快他就开始大口喝酒，全喝光了，还吃掉了一半的卷心菜和粥。我们其他人很快吃完了自己那份食物，避免抬头看他。

"我现在去捡柴火，因为昨天没回家做这个。"我说。爸爸没有说不让我去。谢尔盖和斯特潘跟着我溜出来，我带他们去了白树旁。食物包还在我放的地方，也没有冻上。我们分享了食物，他们帮我拾柴。这之后，谢尔盖沿着大路去镇上。斯特潘跟我蜷在外面木柴堆旁边，我们互相温暖，透过屋墙上的裂缝，能听到爸爸在家里特别吵闹地唱歌。

他一度停下来，大声叫我："蠢丫头，跑太远了！"他没听到我回应，就咕哝着说："现在火都快灭了。"他过了好长时间才上床，开始打鼾。那时候斯特潘和我都已经很冷。我们尽可能安静地溜回房子里，给炉火添了些柴，以免它到明天熄灭。我把粥锅放在上面慢炖，粥煮好了明天可以当早餐。我教了斯特潘怎样做这活儿，下次他就会做了。然后我们爬上床睡觉。早上，我爸爸用皮带用力抽了我六下，怪我昨天跑太远，尽管炉火没有问题，早餐也做好了。我觉得他打我，只是因为我昨天没有回来挨他的打。但他这时候头疼，而且肚子饿，所以，当斯特潘把一大碗热粥放在桌上时，他就不再打我，坐下去吃东西了。我擦了把脸，咽了口唾沫，坐在他身旁。

我坐奥列格的雪橇到达维斯尼亚时天色已晚。我那晚在姥爷家里过夜，第二天一早，我就去了我们族人聚居区里的市场，到处打听，直至找到珠宝匠艾萨克的摊位，就是我的表姐贝茜亚想嫁的那个人。他是个戴眼镜的年轻男子，手指短粗但是特别灵巧，蛮帅气的，牙齿整洁，一双好看的棕色眼睛，胡子修剪得很短，以免妨碍工作。他当时正弯腰站在一具小砧铁前面，用细小的工具打造一副银盘，动作极其精准。我站在那儿看他干活，足足十分钟后，他才叹了口气问我："什么事啊？"他有点儿听天由命放弃抵抗的样子，似乎本来是希望我走开，不要带来更多生意麻烦他。我取出我的白皮包，把那六枚银币倒在他工作台的黑布上面。

"这点儿钱不够买我摊儿上的任何东西。"他就事论事地说，几乎都没正眼看过那些银币。他已经准备继续忙他的工作了，但随后却微微皱眉，又一次转过头来。他拿起一枚银币，细细打量它，然后在手指里翻转，捻着搓了搓。他把银币放下，瞪大眼睛看着我："你是在哪儿得到这些东西的？"

"这些是星魔给的，如果你打算相信我的话，"我说，"你能把它们做成某种首饰吗？手镯或者戒指之类？"

"我愿意从你手里买下它们。"他提议。

"不，谢了。"我说。

"把它们打造成一枚戒指的话，你要付给我两枚金币。"他说,"或者,我也可以给你五枚金币买下它们。"

我心跳加速:既然他愿意用五枚金币从我这里买,那他一定能把他做成的东西用更高的价格出售。但我没有试着让他多出钱。相反,我告诉他:"我必须还给那个星魔六枚金币。所以,要么我付给你一枚金币,你给我打一枚戒指;要么,如果你愿意,你可以随意出售自己打造出来的东西,把星魔那份钱还上之后,赚到的钱你我平分。"后者是我真正想要的方案,我确信艾萨克比我更擅长出售珠宝。"我是贝茜亚的表妹,梅瑞姆。"我最后才补充说,这招留到了最后。

"哦。"他说,再次低头看那六枚银币,用手指摆弄它们,终于同意了我最后的一条提议。我坐在他柜台后面的凳子上,他开始工作,用珠宝匠们公用的小熔炉熔化了那些银币——炉子在他们摊位中间。然后他把液体状态的银倒入模具——厚厚的铁模具。等白银冷却到一半,他戴了皮护指,把金属块取出来,在表面刻上花纹,图案是奇幻风格——好多叶子的树枝形状。

他并没有花多长时间:那白银很容易熔化,冷却也快,他的雕刻动作也极流畅。等他完成之后,他把那枚戒指放到黑丝绒上面,我们两个默不作声呆望了它好半晌。那图案有点怪,像是会自行移动、变幻:它会吸引人的眼光,让人挪不开视线,甚至在正午的阳光下,也在放出冷光。艾萨克说:"公爵大人会买下它的。"艾萨克派了他的学徒跑进城里去。一位神气活现的高个子仆人,穿着黑丝绒衣服,身披金色穗带,跟着那男孩回来了。他脸上的每个线条都表明他很不高兴,因为这件事打断了他极为重要的其他工作,不管他具体在做什么。但即便是他，看到那枚戒指，把它放在手心之后，也已经不再生气了。

他当场付了十枚金币买下那枚戒指，把它收进盒子里，小心翼翼地用双手捧走了。艾萨克手上有了十枚金币，即便如此，我们两个还是呆坐在原地，目送那位仆人，直到他走出视线，就好像那枚被装入盒子里的戒指依然可以锁住我们的视线。那人都已经在繁忙的市场街走出好远，我还是能在人群里找到他。但最终他走出了犹太区的大门，消失了。我们终于得到自由，可以低头看我们的报酬——我们用星魔的银币赚到的十枚金币。

我把六枚金币放进小白皮包。艾萨克留下两枚——这些钱可以帮他准备一份体面的聘礼。我把最后两枚带回姥爷家，骄傲地把钱交给他，存入金库，跟我的其他黄金放在一起。他强势的脸上泛出一丝微笑，很是满意，用食指点了下我的额头。"这才是我的聪明丫头。"他说，我也报以微笑，同样强势，也同样满意。

"你不是要这么晚出发吧！"姥姥有些责怪的意思，因为我吃过午饭就准备穿上外衣了——这天是星期五。

"如果我们路上足够快，日落之前就能到家。"我说，"而且是奥列格赶车，不是我。"我要求奥列格等我一晚上，交换条件是免掉他下次还款。这样还是比从维斯尼亚雇车回家便宜。他和他的马在我姥爷马厩里过的夜，但他肯定不想继续多待，除非给他更多的钱，而明天，按犹太风俗，我们只能到日落之后出发。反正呢，星魔不过安息节，我也不清楚他们想怎样让我交还兑换过的钱币。我觉得，或许我得把它放在我家门槛上，由他们自己上门取走。

"她会及时赶回家的。"姥爷斩钉截铁地说。这样就没问题了。我爬上了奥列格的雪橇。

雪已经冻结实了，雪橇上只有我一个人，又不重，马跑得很轻快。树荫之下很快就暗了，但太阳还没有真的落山，我们已经快要到家了。我希望能在天黑前赶到，但是马跑得渐渐慢下来，随后变成小步走，再之后，完全停住了。它站在那里不动，耳朵紧张地竖起来，鼻端往外喷着白气。我想，它或许是需要休息一下，但奥列格之前没有对它说过话，现在也没有催它重新开始跑。

"我们为什么停下来？"我最后问道。奥列格没有回答我：他软瘫在座位上，像是睡着了。一阵冷风吹起，在我背后吟哦，慢慢爬上雪橇边缘，扭动着钻入毯子，到达我的皮肤。雪地上有蓝色影子在伸展变幻，由我背后某处一个灰蒙蒙的细长光源投下，我呼出的寒气在我脸的周围迅速变成一团团白雾，雪地上传来吱吱的声响，是某种巨大的动物正在向雪橇逼近。我咽下口水，裹紧斗篷，聚集自己体内全部的像冬天一样寒冷强硬的勇气，回头去看。

那个星魇，第一眼看上去并不十分可怕怪异——但这正是他真正令人恐惧的原因。但我持续观察之后，他的脸与人类的不同之处渐渐明显起来——那是由寒冰与玻璃组成的，而他的双眼就像银白的刀剑。他没有胡须，像年轻男孩，但脸形却完全是成年男子模样，而且他很高，太高了，他靠近了矗立在我面前时，就像维斯尼亚广场上的大理石雕像，那些雕像是比真人更大的。他白色的头发结成长长的发辫。他的衣服，就跟他的钱包一样，也是那种不自然的白色皮革做成的。他骑了一头公鹿，那头鹿比拉雪橇的马还要大，鹿角有十二个分叉，上面挂着透明的玻璃串，当它伸出红舌头舔舐口鼻时，露出的牙齿像狼牙一样尖利。

我想要哭泣，想要缩成一团。但相反，当他靠近雪橇时，我却只是一手按在皮衣的领口处，抵挡他身上涌来的寒气，另一只手把那个皮包递了过去。

他停顿了一下，用一只银蓝色的眼睛打量我，头侧向一边，像一只鸟儿看人的模样。他伸出戴着手套的手，接过皮包，打开它，把六枚金币倒进自己掌心里。周围很静，金币轻微的撞击声显得格外清晰。那些金币在他手里看似变了模样，显得很暖，像太阳一样放射金光，照在他诡异的冷白手套上。他俯视着这些金币，看似很吃惊，也微微有些失望，就像他为我的成功感到不忿似的。他把金币放回钱包，把丝绦系紧，金光被隔断了，就像阳光被挡住了一样，然后那皮包消失在他的长袍下面。

星魔之路在他身后，是一条又长又宽的通道，就在树后。他一句话都没说，拨转坐骑朝向那条路，带走了我耗费心力、担惊受怕才赚到的六枚金币，就好像这完全是他应得的一样。我心里开始生气。"我下次需要更多时间哦，如果你还想兑换更多的话。"我在他身后喊道。我把这句话扔出去，周围却只是冰冷的寂静，像硬壳一样困着我们。

他转回头来，盯着我看，似乎很吃惊，我居然敢对他说话，那只尖角巨鹿一步踏上大道，他就已经消失不见了。奥列格全身抖动了一番，开始招呼马儿，我们继续小跑前进。我躺倒在毯子堆里，全身发抖,就像周围的空气突然变冷了很多,我拿出皮包的指尖已经变木了。我摘掉手套,把手指塞进腋下,让它们暖和起来,它们触及我的皮肤时,冷得我直做鬼脸。我们最后一段行程期间,羽毛似的雪花开始纷纷落下。

我那天晚上才注意到我爸爸手上戴的那枚银戒指,当时他的手指正在敲打酒杯侧面,发出持续的轻响声,表达他的不满。他每周一次会命令我到他面前出席正餐会,他说是为了提升我在上流人士中间的行为举止。我的行为举止并不需要什么提升——玛格瑞塔早就把我教好了,但不管我爸爸真正的目的是什么,那绝对不是为了让他自己开心。他每次看到我都不满意,就好像他一直希望我能变得更美丽,更机智,更有魅力。可惜啊,我做不到。但我现在还是家里唯一年长到足以让他操心的子女,因为我那几位同父异母的弟弟都还在育婴室里,而我爸爸不喜欢让他拥有的任何东西闲待着。

所以我就下楼出席正餐会,表演正确的上流社交礼仪,这样玛格瑞塔就不必出来受罚了。当席间有到访的骑士、子爵或者偶尔有男爵时,我就谦逊地垂下眼帘,听他们谈军队、税收、边界防卫或者政治。我会因此瞥见外面更广阔的世界,它们如此远离我在楼上的狭小闺房,感觉就像天堂一样遥不可及。我也愿意去设想,自己将来某天能成为那个世界的一部分;我的继母就做到了,她会面带微笑，伸出双手问候我们的客人，确保她的餐桌和她本人的热情符合每个人的权位和本分，无论是我们去别家造访，还是接待其他显贵要人，她都会珠光宝气、楚楚动人地坐在我爸爸身旁。她会从大人物们的妻子、姐妹和女儿们那里洞察这些人产业的真相。每到夜晚，我爸爸就会听取她的忠告和建议，非常尊重她的意见。我也希望能有自己的如意郎君。

但我爸爸的不满却让我知道，这件事很难如愿。我从一开始就令他失望，我妈妈花了太多年才生下我，此后不久又怀了一个男孩，先是错过产期，继而流产，母子双亡。决定最好的替换人选花掉了几年时间，尽管伽利娜已经竭尽全力，但爸爸膝下目前还是只有我和育婴室里的两个男孩，别无其他人选可供栽培。恰在此时，他的那班同僚们——一起辅佐老沙皇登基的那些人，都有了待嫁的女儿，还有众多子嗣向往着美丽优雅的妻子，我是达不到那种水准的，我爸爸也没有那么多钱来填补我外貌和风度上的欠缺。

在我年纪更小一点、还有希望成为有用角色的时期，他有时候会问我一些尖锐的问题，问我读过哪些书，或者要求我给他背诵立瑟瓦王国每位贵族的姓名，从沙皇一直到伯爵，以权位高低为序，但后来，他就不肯费那神了。我最后一位家庭女教师，现在已经开始教我最大的弟弟识字，如果我有书读的话，也是我自己设法抓住少有的机会，自己从楼下书架上顺走的。而每当餐桌上没有其他人能转移爸爸的注意力，他只能看我那张苍白、狭小的脸庞时，他就会对我皱眉，并用手指敲杯子。

那天，餐桌上一个客人都没有。沙皇很快就要来访，这之前的几个月我们都没有请其他人上门，就是为了省钱，来应对之后不可避免的开销。我爸爸打算尽可能少花钱来接驾，但即便如此，这件事要引发的浪费还是让他对我的不满更胜平时。也许这件事让他不得不更直接地面对现实，意识到他从我身上得不到太多回报。话说回来，就算我长得更美，他也肯定不是那种愚蠢的领主，会疯狂举债接待沙皇，把女儿像诱饵一样摆在沙皇面前，丑态百出，就为了自己的痴心妄想。

沙皇不会娶她们中间的任何一个，不管这些女孩有多美。他会跟瓦茜莉亚公主结婚。她并不比我更美，但她的爸爸是乌尔里希亲王，这位亲王统治着三座城市，而不是一座，手下有一万名士兵，还掌管着一座大型盐矿，所以她用不着花容月貌，也能成为皇后。沙皇本应该现在就跟她结婚了的，但他显然想让其他贵族们的妄想持续得更久一点。这种挑战乌尔里希亲王自尊心的手法很危险，但却让沙皇有理由四处游玩，并把奢华宫廷生活的开销分摊给其他人，而不是自己出钱招待客人。

而我的爸爸，理论上还有一个待嫁的女儿，所以也是沙皇可以强行造访的对象。这么说来，我现在能造成的损失已经超过了我本人的价值，尤其是我爸爸显然都没有抱过希望得到安慰奖——比如某位得力的沙皇近臣想把我许配给他的某个子侄辈。我很高兴自己丑到无须被沙皇垂青，他本人年轻、帅气、生性残忍，但我的确想要拥有一点美貌和魅力，至少让这个世界上有人想要娶我为妻，而不是把我当成附属品勉强接受，只为从我爸爸那里榨取一点嫁妆。哪怕只是不那么难看，让随便哪个人愿意娶我就好：只有这样，我才能逃离这种被困在窄墙之间的生活。我爸爸的不满，无声地向我预示了我将来悲惨的命运。

但当他的戒指在酒杯边缘轻触，发出清晰又动听的声响时，我开始观察它冷冷的银色在光线中的样子，我忘记了爸爸敲杯子的原因是不耐烦。我只想到雪花飘过灯火照亮的窗口，冬天静静来临，还有树叶裹上闪亮霜华时站在花园中的感觉。我甚至忘了去听他在对我说的话，直到他没好气地质问："艾丽娜，你到底有没有听我说话？"

我只有老实承认。"请原谅，爸爸，"我说，"我刚刚一直在看您的戒指。它有魔法吗？"

其实那也曾是我妈妈带来的另外一层失望：她没有魔法。她的奶奶曾在某一年冬至遭遇的袭击中被一名星魔骑士强奸，其夫也在那天遇难，她的奶奶后来生下的男孩有银色头发、银色眼眸，能在暴风雪中通行无阻，还能把触及的物品变得冰冷。他的子女们也都有银色头发，尽管他的魔力没遗传下去多少，而我爸爸当年跟我妈妈结婚，部分原因就是被那段传说鼓动，因为她有一双灰白色的眼睛，还有一缕弯曲的银发长在额前。

妈妈仅有的魔力也就是外貌而已，而我连她的美貌都没有，只有平常的棕色头发，还有我爸爸那样的棕色眼睛，到了冷天，我会跟其他人一样冻得打寒战。但当我看到爸爸的戒指时，我心里却感觉到了雪花落下的样子。我爸爸愣了一下，低头看他自己手上那枚戒指。那戒指对他来说有点儿小，只能戴在他食指指节上方，在他右手上。他用拇指擦了下戒指表面。其实整顿饭期间，他都在无心地触碰那枚戒指。过了一会儿他说："制作技艺高超,仅此而已。"他说得很坚决,表示我们不能再聊这个话题。所以,他并不知道那是魔法,不了解这枚戒指拥有的魔力,也不希望其他任何人比自己了解得更多。

我没再说什么,垂下眼帘,认真听他一板一眼地告诉我,沙皇来访期间他想让我如何表现——具体就是什么都别做。他不想花钱给我准备几套新的礼服裙。所以我将会有点儿不舒服,待在楼上——不会引人注意的地方,而伽利娜将会得到三套新装。他没再提到那枚戒指,也没有提到之前我走神的事。

我很高兴可以避开沙皇,但三套新的礼服裙,对我来说真的比对伽利娜更有用,如果近期爸爸还打算给我找归宿的话。那天晚上玛格瑞塔为我梳头时,我把自己那根蜡烛放在窗台上,看雪花在烛光里纷纷落下。她用她一直挂在颈间的小袋里的银梳和小刷子细心地梳开我头发上任何打卷的地方,再从发根梳起,连梳十七次,每一次代表头发生长过的一年时间。她像看管花园一样侍弄我的头发,而我的头发也回报了她的勤劳。现在,它的长度已经超过我的身高,我可以坐在窗前,而她坐在火旁的椅子上就能梳到发梢。"奶娘,"我问道,"爸爸爱过我妈妈吗?"

她吃惊到停止了梳头。我知道在我出生之前,她曾经侍奉过我的妈妈,但我以前从来没有问过妈妈的事。我从来就没想过要问。她去世的时候我还太小,我只是把她看作很久以前离世的先辈。爸爸曾经跟我讲起过她,用的都是特别中性的词儿,足以让我知道她很失败。爸爸的话并没有勾起过我的好奇心。

玛格瑞塔说:"当然啦,小亲亲,他当然爱过你妈妈。"如果事实不是这样,她也会这样说。但她这次没有犹豫,也就是说,至少她相信自己说的话。"他娶你妈妈的时候,你妈妈可是一点嫁妆都没有的,你知道吗?"她这样补充说完,轮到我吃惊地回头看她了。爸爸可从来没有跟我讲过这个。这简直是不可想象的事儿。

"爸爸说起她的时候,可不像是爱过她的样子。"我说。这次,我也是没顾上想这话是否该说。

这回,玛格瑞塔的确是先犹豫了一下,才回答说:"这个嘛,总要考虑你继母的感受啊。"

我并不需要玛格瑞塔告诉我,爱情应该是在爸爸毫无防备的时候俘虏了他,像是捉到一条不情愿上钩的鱼,等到摆脱鱼钩之后,他很高兴忘记自己曾经上钩的黑历史。当然,我继母过门的时候,可是带了丰厚的嫁妆——很多金币,那个沉重的箱子比当时的我还要沉,它现在仍保存在地下金库里。我爸爸没有第二次被爱情俘获。可能他会因此对我妈妈更加失望吧,她有足够的魔力把爸爸迷到神魂颠倒,却没有能力做到其他任何事。

那天夜里我梦到那枚戒指,只不过戴着它的是个女人,银发从她额头上披拂下来。她的脸我在梦里看不清楚,转身远离我,穿过一大片银色树木组成的森林。我醒来后想到的并不是我的妈妈,而是那枚戒指。我想要有机会触碰它,把它握在手里。

玛格瑞塔通常会让我远离爸爸,但每天,她都要带我去花园一角散步,活动一下身体,即便在冷天也不例外。那天上午我转到花园里较为老旧的部分,那儿远离房舍。那里还有一座已经弃用的小礼拜堂，一半被没有叶子的藤条遮挡，灰色木料已经有点腐朽，突出的尖顶像荆棘一样，从房顶的灰雪下面刺出。玛格瑞塔留在下面，唠叨着让我小心，但我还是踏上嘎吱响的阶梯，进入空空的钟塔，这样就可以躲在能够俯瞰花园的圆窗后面，看到我爸爸每天都去训练士兵的演武场。

他从不忽视这份职责。他现在已经不再年轻，但他生来就是一位勇士，而不是什么公爵。很多年前，他曾经在一场战斗中击杀过三名骑士，并且为沙皇的爸爸攻下了维斯尼亚城，因此获得了掌管这座城市的权利。他现在仍然亲自督促自己手下的骑士们操练，还会从农民子弟中选拔健壮的年轻人，编入城市民兵队。甚至有两位大公爵和一位亲王特地送了他们的儿子来我家当养子，因为他们知道，这些年轻人被我爸爸送回家时，一定已经得到了良好的军事训练。

我以为，他来练兵时或许会把那枚戒指摘掉。如果是那样，戒指就会在他书房里的某个地方，很可能就在书桌上。我已经在制订计划了。玛格瑞塔不会允许我闯进书房，但我可以哄她陪我去隔壁的图书室，然后在书架之间甩开她。我或许有机会溜进书房，有一点儿时间能拿到那枚戒指。

但当我观察演武场时，我爸爸的双手却是露着的，士兵们正在他威严的号令下演练队列，这时候，他通常会戴厚厚的皮手套，有时还戴金属掌套。今天，他两手松弛地背在身后，左手握着右腕。那枚银戒指像被太阳照射一样放着光芒，尽管天空是暗灰色的，还下着小雪。这戒指还是遥不可及，对我来说，简直像在另一个世界。

即便在我回家之后,那个星魔人的样子还时不时闪回在我脑子里。我并不是时时刻刻都会想着他,只有当我独处,或者正在做其他工作期间才想。当我到屋后去照顾鸡群,我就会想起那里曾有过他的脚印,很高兴看到那里的雪上现在并无痕迹。在畜棚中,晨曦里给羊喂食期间,我望着角落里的草耙,就想起他从幽暗的树林里出来,发辫纯白,一脸残酷的微笑。当我出门,想取点雪化成水用来烹茶时,我在两手变冷后就会想:要是他再回来该怎么办?这让我生气,因为生气比害怕好点儿,但当我取了那桶雪进屋,站到炉火前面时,我就已经忘记了自己生气的原因,而我妈妈会看着我,一脸的不解。

她一点儿也没有向我打听过星魔的事,只问我姥姥和姥爷的近况,以及我路上是否顺利,就像她完全忘记了我为什么要去维斯尼亚。我现在也没有任何一枚神奇的小银币来把这件事固定在我脑子里,甚至连那个小白钱包都没了。我记得去过市场,记得艾萨克在忙,但我脑子已经记不起他做出的那枚戒指的模样。

但我还有足够的残留记忆,足以让我每天都去房后察看。星期一那天,我还在那里的时候,旺达出来喂鸡。她跟我一起,低头看平整无痕的雪地,然后,她出乎意料地问我:"这么说,你给了他要求的回报?他已经走了?"

有一会儿我险些反问,"你在说谁啊?"但我又记起了那件事，两手不自觉地握紧。"我给了他要求的回报。"我说。旺达稍后点头，只点一下，就好像她完全明白我的言外之意。我只知道他或许还会回来，或许从此不再来。

我这次从维斯尼亚带了一些围裙回来，也是新的刺绣风格，是围裙而不是长裙，这样我就可以把售价定到一枚金币以下，而且不会让上次的长裙售价令人生疑。这次赶集，所有围裙都卖得很快，顺便带回的手绢也一样畅销。有个来自农村的女人甚至还主动问我近期会不会再去维斯尼亚，她想知道她的毛线在那边能不能卖出个好价钱。之前都没有人主动跟我做生意，他们尽可能避开我，除非从我这里买便宜货，或者高价卖东西给我。通常遇到这种情况，这位农妇会去问车夫，找奥列格或者佩特罗夫，托他们到城里卖掉她在集市上无法脱手的货物。但过去几年里，因为天冷的时间太长，所有的绵羊和山羊到冬天都会长出很厚的羊毛，现在羊毛价格下跌明显，车夫们不可能给她卖上好价钱。

她的毛线比一般货色更好，柔软又厚实，我能看出，她一定是很小心地梳毛、洗毛、纺线。我把一根毛线放在手指间搓动，想起我的姥爷之前说过，到春天的时候，他会顺着河道运些货品去南方出售：他已经雇好了一艘驳船。他本来打算用稻草来隔断货品，以免磕碰，但或许他可以用羊毛取代稻草，而且羊毛到了南方能卖得更贵一些，那边的冬天没那么冷。

"你有多少毛线可卖呢？请给我一份样品，我下次进城会带去，我会告诉你我能卖到怎样的价钱。"我只对她说了这么多。她本人只有三包，但我看出其他人在倾听我们的谈话。市场上有很多人都卖毛线，换点儿零花钱，甚至以此当作主要的生活来源，而现在，他们都在被低廉的售价挤压。我确信，如果我回到市场，告诉这位农妇我能出个好价钱给她，很多人就会主动来找我。

等到那天从市场回家，我脑子里就已经认定了，我上次去维斯尼亚，只是为了买到更多商品并转卖，给自己招揽更多的生意。我身后牵了三只新买的山羊，买价很便宜，因为羊毛在降价。我脑子里有了更多新计划：我会要求姥爷拿出我在贩卖羊毛制品方面的利润，从南方购买一些裙装，样式风格要略微有点儿异域色彩，在维斯尼亚和小镇集市上出售。

那天晚上，餐桌上有一只棕香的烤鸡，还有油亮的胡萝卜。这次很难得，妈妈分发美食的时候，表情不像我们即将分吃毒药。我们吃过饭后，旺达回了她家。我们围坐在炉火旁。爸爸在读书，口唇微微翕动，默读那本我从维斯尼亚给他带回来的新《圣经》。妈妈在用上好的丝线编织花边，这个将来可能会用在结婚礼服上，也许吧。金色的火光照在他们脸上，他们的样子和善又透着沧桑，有一会儿，我感觉整个世界都沉浸在幸福祥和的氛围里，就好像置身于一个此前我连想都不敢想的完美世界里。

敲门声突然传来，沉重又霸气。"我去开门。"我说，一面把自己的针线活儿放在一旁。但当我起身时，我发现爸爸妈妈甚至都没有抬眼看我。我愣在那里，待了一会儿，但他们还是没有看过来。妈妈在轻轻哼歌儿，她的钩针在线丛里穿进穿出。我慢慢走到门前，打开门，那星魔就在门口，他的身后似乎是整个冬天的缩影，雪花纷纷扬扬，而在房子另一端的窗外，根本连一片雪花都没有。

他向我递过来另一个钱包,就像锁链那样,叮当作响。他开口说话,声音尖厉,像寒风吹过缝隙。"这一次,时限三天,我到时就来,取走我应得的回报。"他说。

我瞪大眼睛看那钱包。这包很大很重,里面应该都是银币,这白银的数量,已经超过了我现有的全部金币,哪怕是我全部交出一块不留,还会差很多。雪花正在飘进房门,冷冷地融化在我的脸颊上,沾在我的围巾上。我想过默默接受,想过低下头,一脸惶恐。我是真的害怕。他靴跟上有马刺,手指上有珠宝饰品,看上去像是大块的冰,所有那些被冻死者的冤魂,似乎都在他身后的暴风雪中哀号。我当然是害怕的。

但我更怕其他的东西——被人藐视,每次丢掉一点自尊,被耻笑,被欺凌。我仰起脸,用我最冷漠的声音反问道:"你又打算给我什么作为回报呢?"

他两眼瞪大,大惊失色。他身后的暴风雪也在吼叫,一阵冷风像长枪一样,挟着冰雪刺在我露出的脸庞上,我的两颊针扎一样剧痛。我以为他会殴打我,他看起来也的确是很想打人的样子,但相反,他对我说:"三次,凡人女孩。"他说话节律分明,跟唱歌似的,"你要三次为我化银为金,否则你将被变成冰。"

我感觉自己有一半已经是冰了,我的两手那么冷,似乎能觉出麻木肌肤下面的骨头都在剧痛。至少我已经冷到顾不上打寒战。"然后呢?"我追问,我的声音可没发抖。

他对我大笑,声音高亢狂野,然后说:"然后,如果你能设法做到,我就会让你成为我的王后。"他语带讥诮,把钱包丢在我脚边,钱币撞击的声音很响。等我抬起眼睛再看,他已经消失了,妈妈在我身后说话,声音迟缓,很吃力的样子:"梅瑞姆,你为什么不关门?冷风都吹进屋里来了。"

第七章

　　星魔留下的钱包,这回比上次重了十倍,里面全是闪亮的银币。我把它们数出来,堆成四周圆滑的塔状,同时也尝试着理清自己纷乱的头脑。"我们离开这里吧。"我妈妈看着我堆积它们,这样对我说。我没有告诉她星魔的承诺,也没提到他的威胁,但妈妈还是不喜欢这件事:一个传说中的大领主,跑来要求我进献黄金。"我们去你姥爷那里,或者其他地方,远离此地。"但我确信这办法行不通。我们需要走多远,才能逃过冬天?即便在千里之外,有他无法到达的国度,我们也需要行贿才能穿越每一道国境线,最终不管到处安身,也需要重建家园。谁知道我们到了其他地方,又会面临怎样的威胁?我听了足够多的故事——关于我的同胞们在其他国家的遭遇,他们被国王和主教们欺压——这些人也都想免付他们自己欠下的债,还想用没收来的财富填满自己的钱箱。我有一位叔祖父来自炎热的国度,他的老家还有柑橘园;现在是其他人在采摘他的柑橘了,尽管树是他家人种植并且养大的,但他们能活着逃到这里，已经算是幸运了。

而且即便是在炎热的国度，我也并不认为自己能永远逃脱。总有一天会有冷风吹起，气温降低，到了深夜，将有霜冻爬上我的门槛。他会来履行他的承诺，给我最后的报复，哪怕我一生都在恐惧中疲于奔命，最终也还是要变成一坨冰。

所以我把那六叠银币，每叠十枚，重新又放回了钱包。这时候谢尔盖已经来到，我派他去找奥列格，要他驾雪橇来，当晚就送我去维斯尼亚。"告诉他，如果他能送我去，到周六晚上再带我回来，我愿意免掉他一个银币的债。"我是狠下心来这样说的：这已经是通常车费的两倍。星魔的确是给了我三天时间，但我只能在周五日落之前完成这项工作，我并不认为他会接受"安息日不能工作"的事实来充当延期借口。

第二天天刚亮，我就已经到了市场里。艾萨克一看到我出现在他摊位前，马上就急切地问我："你又有更多的那种银币了吗？"说完他才察觉自己很失礼。他涨红了脸，改口说："我是说，欢迎你回来。"

"是的，我的确得到了更多。"我说完，把沉重的钱包倒空，在他面前的黑丝绒布上，摆开一小堆闪亮的银币。他甚至还没来得及摆出他当天准备出售的商品。"我这次需要偿还六十枚金币。"

他已经在用手翻动那些银币，脸上全是饥渴的表情。"我突然想不起来了。"他说，一半是自言自语。他听到了我说的话，瞪着我说："这件事我得出力，我也要赚点儿钱的！"

"这些都够做成十枚戒指了，每个能卖十枚金币呢。"我说。

"但我不可能全卖掉。"

"不，你当然能。"我说。这件事，我还真有信心——公爵已经拥有一枚用神奇的白银打造的戒指，那么现在，城里所有的富裕男女，都会想要购买同款，马上就要。

他皱着眉看那些银币，用手指搅动它们，然后叹了口气。"我要做一根项链，看看我们能赚多少钱。"

"你真的认定不能卖掉十枚戒指吗？"我惊问，想知道自己的猜想是不是错了。

"但我想做一根项链。"他说。这个决定，在我看来并不十分理智；但也许他觉得，做项链更能展示他的高超技艺，让他因此扬名。我其实并不在乎他做什么，只要能再次达成那只星魔的要求，并且让我自己多活一阵子就行了。

"而且，这件事必须在安息日之前完成。"我补充说。

他开始叫苦。"你为什么提这种不可能做到的要求！"

"那这堆东西，在你看来可能出现吗？"我指着那堆银币问他，他还真是无言以对。

我不得不在他工作期间坐在一旁，应对那些来摊位找他提各种要求的人们。他当时不想跟任何人谈话，以免分心。那天来的大多数人，都是公务繁忙、脾气暴躁的仆人们，有些是来取原定已经完成的货品。他们冷言冷语，眼睛瞪得溜圆，想让我退避，但我对他们的怒气毫不畏缩，总是冷冷地回答："您当然可以看到，艾萨克大师正在赶做的是多么伟大的艺术品。我确信，贵府的老爷或者夫人，肯定不愿误了这位我不能泄露身份的顾客的大事儿，但这位神秘人物，可是要买下这件东西的哦。"然后我就神气地一挥手，把他们的眼神引向工作台，阳光正好照射在艾萨克手中那块耀眼的白银上面。那里放出的冷光让所有来客闭上了嘴巴，他们站在那儿呆望片刻就会离开，不敢再多啰唆。

艾萨克一直一刻不停地工作，直到阳光彻底消失，第二天黎明时继续。我发觉，他在工作期间，曾经想要省出几枚银币，就像要留下来做纪念似的。我也想过给自己留一枚。但这些想法都没用。到了中午，他叹了口气，把之前预留的最后一枚银币也化掉，给他设计的项链加了最后一处装饰花纹。之后他说："完工了。"他用双手把它举起：那件银器挂在他肥嘟嘟的手掌上，像冰凌，我们默默地呆望了它一会儿。

"你要派人去通知公爵吗？"我问。

他摇摇头，从桌子下面取出一个盒子，是方形的，由细木雕刻而成，里面铺了黑丝绒。他小心翼翼地把项链放了进去。"不，"他说，"为这个，值得我亲自上门找他。你想一起去吗？"

我们一起出了族人聚居区的大门，进入城中街道。我以前从来没在城中这个区域步行过。最靠近围墙的那些房子低矮简陋，破烂不堪，但艾萨克带我走上更宽的街道，途经一座巨大的灰石教堂，它的窗户看上去就像宝石一样华丽，最终我们到了贵族们巨大的府邸中间。我不知不觉看直了眼，那些铁栏杆上都有狮、龙之类的图案，墙上攀爬的藤蔓上挂着果子，石墙上刻着盛放的花朵。我也想要表现出信心满满的样子，时刻提醒自己是姥爷的亲外孙女，自己也是存了黄金的人，但我还是很高兴自己不是孤身一人走在雪都被打扫干净了的宽大石阶上。

艾萨克跟一名仆人谈过之后,我们被带到一个小房间里等着。没有人给我们喝的,也没有人请我们落座,屋里还有个男仆站在一旁,带着一脸轻蔑打量我们。不过,我却对这样的待遇有点儿感激:那份反感让我觉得自己不再那样渺小,因此也不再那么想四处呆看。终于,上次去过市场的那位仆人现身了,问我们有什么事。艾萨克取出木盒,让他看了那条项链。他低头看了半晌,然后简短地说:"很好。"说完就又走了。半小时后他再次出现,命令我们跟他走。我们被引领着登上后楼楼梯,进入一个厅堂,这里比我以前见过的任何地方都更豪华,墙上挂着色彩鲜艳的帐幔,地上铺着图案精美的地毯。

地毯消掉了我们的脚步声,我们沿着它进入一个客厅,这里更是富丽堂皇,里面有个身着华贵服饰的男子,身上挂着金链子,坐在写字台后面的黑丝绒座椅上。我看到那枚神奇白银做成的戒指戴在他食指上。他并没有低头看戒指,但我发觉,他时不时就会用拇指触碰它,就像是为了确认它没有从自己手指上消失一样。"好吧,让我们来看看它。"他说着,放下了手中的笔。

"大人请看。"艾萨克深躬一鞠,向他展示了那条项链。

公爵瞪着盒子里面。他的脸色倒没有变,但他轻轻用一根手指接触那条项链,力度仅可以让纤细的花边饰纹微微晃动。他终于深吸一口气,从鼻子里慢慢呼出。"那么,你想把它卖多少钱呢?"

"大人,我最低也要一百五十金币才能卖掉它。"

"荒谬。"公爵叫嚷起来。我自己也是竭力咬紧嘴唇才没出声：这要价，确实太狠了。

"否则的话，我还不如把它熔掉，做成戒指更划算。"艾萨克说着摊开双手，一脸无奈。这还真是相当狡猾的议价策略——公爵当然不希望别人有跟他一样的戒指。

"你是从哪里得到这种白银的？"公爵询问。"这可不是普通材料。"艾萨克犹豫了一下，看向我。公爵循着他的眼光看过来。"怎么说？"

我行了个屈膝礼，深到我还能直起身来的最大程度。"这些，是一名星魔送给我的，大人。他想把这些银币换成黄金。"

我其实很担心，不知道他会不会相信我。他的视线压在我身上，跟重物似的，但他并没有说"胡扯"，或者直接说我是骗子。他又看了看那条项链，咕哝说："而你们的对策，就是用我的钱包来付账，我明白了。你们还能拿到多少这种白银？"

其实我也一直在担心这件事。星魔下一次会不会拿来更多银币？如果他真的那样做，我又该如何应对？第一次六枚，第二次六十枚，第三次，我怎么搞到六百枚金币呢？我咽了下口水。"或许——或许比这次还多得多。"

"唔。"公爵说，然后他又开始观察那条项链。接着他把手伸到一边，拿起一个铃铛摇了下，那名仆人出现在门口。"去告诉艾丽娜，我想让她来一下。"他说。那人鞠了个躬后退下。我们等了几分钟，不是很长时间，就有一个女孩来到门口。她跟我年龄接近，瘦削，拘谨，穿了一件式样平常的羊毛裙，很保守的高领式样，配了纤薄的灰色丝绸面纱，披拂于颈后。她年长的女仆人跟在她后面，这位老太太看到我就皱眉，看到艾萨克，脸色就更加难看了。

艾丽娜对她爸爸行礼，没有抬起她低垂的眼帘。公爵站起身，把项链拿到她面前，戴到她脖子上。然后他向后退三步，停在那里观察她。我想说，这女孩并不是十分美丽，相貌平平，只有头发长而浓密。但当她戴上那条项链，外貌突然就不重要了。别人甚至很难从她那里移开视线，凛冬的魔力环绕在她的颈项中，银光荡漾在她的面纱里，她那双黑眼睛里也突然有了无穷的光彩，愣愣地看着墙上镜中的自己。

"哦，我的小艾丽。"老女仆低声赞叹。

公爵点头，他的视线还在女儿身上，但已经在对我们说话。"好吧，珠宝匠，算你运气好。你这条项链可以卖到一百枚金币，而你要制作的下一件饰品，将是一顶适合皇后配戴的银冠，它将是我女儿的嫁妆——等我看到那顶后冠戴在她额头上，你将得到十倍于这次的报酬。"

"公爵大人请您去，尊贵的小姐。"那名使女说完，甚至还向我行了屈膝礼。家里的高级仆人通常不会对我这样做。对他们来说，只有我的继母才是尊贵的夫人。身着整洁灰裙的使女本人也是个信号：她是一名高级女仆，有权擦拭家具，不是那些卑微的只能擦地板、看火炉的农家女孩，后者是我房间里仆人的常态。反正我这儿也没有什么过于贵重、怕被她们打坏的东西。

"快点儿，快点儿。"玛格瑞塔说着，已经丢下她的针线活儿，她围着我忙，帮我整理衣装，抚摸了一下两天前给我盘好的发辫。我能感觉到，她真心希望现在就有时间把我的头发重新盘过，但随后她摇摇头，只是让我摘下围裙，替我刷了几下我的鞋子，帮我把衬衣纽扣扣好。我静静地站着，任由她忙碌，一面考虑几种可能性。

我爸爸在这种时候召我去他的书房，这件事以前从来没有发生过，毕竟他到晚餐时就能见到我。这种反常举动，当然只能有一个原因：到底还是有人想要娶我了，而且这件事已经进展到相当程度。双方要么已经认可了嫁资数额，要么已经在认真谈论这件事。我确信一定是这样，尽管我上次跟他共进晚餐时，还没有得到一点风声。

这件事的仓促完全在意料之中：既然他无法避免沙皇驾临带来的花销，那么至少，他可以省掉单独为我操办婚礼的那笔钱，还有很多零碎支出。如果沙皇和其近臣们都能出席他女儿的婚礼，不只是省钱，面子上也好看。他们将不得不向我和我的丈夫敬酒，而且会送给我们礼物，这些显然也会在嫁资谈判中作为值得考虑的因素。

但我无法想象，在这样一桩婚姻里能有什么值得我本人期待的东西。我当然愿意成为自己家里的女主人，这样就可以避免我担心的另外那些可悲的前景，但我并不想如此仓促地把自己嫁出去，而且显然是爸爸为了省事才做出如此安排。一个愿意在这种情形下娶我的人，他实际上根本就不是在跟我本人结婚；他只是便宜地买到了一个女孩形状的木偶，打算按照他自己想要的方式随意利用。而且他也不用把我太当回事儿，因为我爸爸的行为显然表明他本人就不把我当回事儿。我能希望的最好状况，就是对方仅仅是爵位低微、富裕而且有野心的小贵族，一直从属于我爸爸，愿意迎娶公爵的女儿，当作换取公国内更高权位的筹码。那样的话，我至少还可以满足他的预期。但我却想不到任何人符合这样的期望。连续七个严寒的冬天之后，我爸爸治下的贵族们更担心的是他们瘪下去的钱包，而不是公国内的地位。他们中没有一个人想要付出高昂的代价娶妻。

反正，这样一个男人，对我爸爸也没什么大用。更可能的是，我爸爸找到了某位贵族，出于某种原因，这个人很难娶到门当户对的年轻妻子。他或许是品位低下，让至少一部分爸爸不愿意把女儿嫁给他；他或许是个残忍的人，这种人会愿意找个父母不甚疼爱的女儿为妻，反正不管这女儿将来有什么样的悲惨遭遇，也没人追究。

当然，即便如此，我还是下了楼。我别无选择。我们下楼梯时，玛格瑞塔几乎在发抖。她跟我一样，深知这件事关系重大，但她不愿意在事情真正变糟之前多担心，所以她还在替我梦想着一桩美满幸福的婚事，自己成为女主人身旁退休静养的奶娘，而不是被困在阁楼里，伺候一位被冷落的老姑娘。我任由她充满期待，自己却在好奇，不知会不会亲眼见到提亲的男子。如果见到他，我该如何判定他是否值得让我大闹一场，惹怒爸爸，让我在他眼里更不值得向往？只能抱着这么点儿希望，还真是挺让人郁闷的。

但当房门打开，那里却没有什么未婚夫等着我，甚至都没有媒人。那里只有两名犹太人，一男一女，两人都很清瘦，棕色皮肤，深色眼眸。那男子手捧一方木盒，里面全是冬天的感觉。我忘记了去想任何其他事，甚至完全放弃了思考：那条项链躺在黑丝绒布上，向我闪耀着银色的光芒，我如同置身花园的小窗前面，冬天的气息吹在我的脸颊上，霜冻在我的指尖下钻入窗棂，渴念着某种可望而不可即之物。

我几乎就要伸出双手，不管不顾地向它走去；我用力握住自己的羊毛裙摆，吃力地向爸爸屈膝行礼，迫使自己的眼帘垂下一会儿，但当我站起身来，我忍不住又看那条项链。我还是无法思考，甚至当我爸爸走过去，把项链从盒中取出时，我脑子还是一片空白。当他把项链拿到我面前，我也只是眼神空洞，惊异地抬头看他：这一切都不对劲。他不可能想要给我这么好的东西。但他却不耐烦地向我示意，我稍微愣了一下，才缓缓转身，低下头，任由他把项链戴在我脖子上。

这房间本来很暖和，比我在楼上的小房间要温暖很多，旺盛的炉火噼啪作响地燃烧。但当那金属触及我的皮肤时，我感觉还是很凉，冷冷的，但很美妙，令人舒爽，就像在大热天里，有一双湿湿的手贴在你燥热的脸上。我抬起头，转回身来，我爸爸在看着我。所有人都在凝视着我。"啊，小艾丽。"玛格瑞塔温柔地喃喃呼唤。我抬起手指，抚摸那精致的链条。即便是贴在我肌肤上之后，感觉上它还是凉凉的。我看镜子里的自己，镜中的我并不是站在我爸爸的书房里。我置身于一丛幽暗的冬日森林里，头顶高处是灰白的天空，我几乎可以感觉到雪花飘落在我的肌肤上。

我停留在那里，时间像是不复存在。我吸入芳醇清冷的空气，让它充斥我的肺叶，其中满是新砍的松枝、厚重的积雪，还有荒野丛林的气息，在我周围无边无际。然后，我隐约听到爸爸对那两个人许诺，说他会给这些人一千枚金币，假如他们能做出一顶皇后的银冠作为我的嫁妆。所以我的预料终究还是对的：他的确想到了一个夫婿人选，而且这件事的确需要加紧安排。

他当然没有让我留下那条项链。那两个犹太人走了以后，他示意让我靠近——尽管犹豫了一下，又凝视我片刻，但他还是把手伸到我颈后，把项链摘下来，放回盒子里。之后他很专注地看着我，就像他不得不提醒自己，不戴项链的我本来是什么样的，然后他摇摇头，很干脆地对我说："沙皇下下个星期就会来。你练习一下跳舞。在那之前，你每天晚上都跟我一起用餐。替她准备好衣物。"他向玛格瑞塔补充说，"她必须再做三套新的礼服裙。"

我屈膝行礼，回到楼上房间，玛格瑞塔在我周围焦急地乱转，像一只受惊的鸟儿冲出枝叶到处乱飞，还没落回树上的样子。"我必须找几名侍女来帮我。"她说，一面弯腰捡起她之前编织的东西，这样至少两手可以抓着点儿什么了。"有那么多事情要做！什么都没准备好。你的衣柜连半满都不到！况且还要做三套礼服裙！"

"是啊，"我说，"你应该马上去跟管家谈。"玛格瑞塔闻声说："没错，没错。"然后她就飞快地出了房间，终于留下我一个人独处，坐在火前，面对自己的针线活儿。这是一件白色睡裙，我正在给它绣花儿，让它适合新婚之夜穿着。

之前我见过沙皇一次，那是七年前，当时他的爸爸和哥哥刚死。我的爸爸赶到考兰宫参加加冕典礼，觐见新皇，更准确地说，是参见新摄政王迪米特大公。我第一次看见米纳修斯是在教堂里，主持典礼的教士长篇大论期间——但那时我没有特别注意他，我觉得太无聊了，那身衣服又硬又热，我已经开始在伽利娜身边打瞌睡，直到我突然惊醒，跳了起来，才发现他们终于在给新皇加冕。我当时感觉像是被针狠狠扎了一下，站起来得甚至比其他人都早了一点点，之后，别人才开始集体起立向他欢呼。

其他人没有特别注意这位小沙皇。大贵族们在沙皇的主桌饮宴交谈，但完全是在讨好迪米特，米纳修斯独自出去，到了宫殿后面的花园里，我当时也在那里玩，因为我本人也完全不重要。他用一副小弓箭射松鼠，如果射中，他就走上前，得意扬扬地看它们的尸体。他不会像普通男孩子那样，因为自己是个好猎手而开心；他会抓住箭，摇晃它，尽可能让那小动物扭动或者抽搐，而他瞪着眼睛俯视，一副陶醉忘形的样子。

他发现我忿忿地瞪着他。我当时还小，不懂得小心谨慎。"你看什么看？"他问，"这些臭东西只不过还剩了一口气，所以会动。这又不是魔法。"

他的确可能懂得这种区别：他妈妈生前就是个女巫，在老沙皇第一任皇后去世之后迷惑了老沙皇。当然，并不是所有人都赞同这桩婚事，几年后，她就被处以火刑烧死了，因为她试图杀死第一位皇后的儿子，好让她自己的儿子成为皇位继承人。但现在，老沙皇和最年长的皇子都因为寒热病死了，所以女巫的儿子到底还是成了沙皇。这段故事——就像玛格瑞塔以前常说的，是要告诉所有人：女巫并不一定都有智慧。

我当时也没啥智慧，尽管我可以找借口，说自己只是个小女孩。尽管他是沙皇，我还是对他说："你都杀死它们了。现在放过它们的尸体不好吗？"这话也不是很通，但当时的我心里清楚自己想说什么：我不喜欢他在那儿折磨这些小小的垂死的动物，让它们扭动抽搐，就为了让他自己高兴和满足。

他原本好看的绿眼睛眯起来，变成一条缝，很生气的样子。他举起小弓，搭箭瞄准了我。我已经年长到足以明白，自己当时有生命危险。我本来想跑的，但却怔在了原地，整个身体都僵了，心跳也几乎停止。他大笑起来，让弓垂下，嘲笑我说："请诸位向松鼠的保护者致敬！"然后他一本正经地向我鞠躬，像新郎在婚礼上做的那样，之后就走开了。那个星期剩余的时间，每次我到花园里玩儿，都会撞见死松鼠——它们总被藏在园丁看不到的地方，但我的球却会滚到那里，或者如果我跟玛格瑞塔玩捉迷藏，我就会碰巧爬进一片灌木丛，发现一只松鼠被开膛破肚，躺在那里等着吓我。

我考虑过要去告发他。我当时确信所有人都会相信我，因为米纳修斯美得反常，也因为他的妈妈。人们甚至已经在悄悄议论他。但我首先告诉了玛格瑞塔，当她从我这里得知整件事情的来龙去脉之后，她对我说，惹麻烦的人都会麻烦缠身，就像那些松鼠的悲惨结局理应让我明白的那样，我不应该再去惹事。然后她就让我一直待在房间里，除了匆匆进餐，我在那里住的剩余时间里一直都在纺毛线。

那之后我们再也没有谈过那件事，但我知道玛格瑞塔一定也没有忘记，会像我一样记得清清楚楚。四年前，我们又去过一次考兰宫，去参加迪米特大公的奢华葬礼。米纳修斯吸引了大多数贵族的注意，很可能是为了证明他当前没有，也不再需要一位摄政王，而且他迫使这些人再一次向他本人宣誓效忠。我们在那里待了两个星期。玛格瑞塔始终让我紧紧跟在她身边，从不让我不戴面纱就离开房间，尽管我当时还没成年，她还是每餐亲自从厨房取食物给我。米纳修斯当时担任了主祭人：他当时已经十六岁，身量颀长，体形健硕，甚至更加俊美迷人。他一头黑发，眼睛却是浅灰色的，牙齿整齐白皙，配上鞑靼人一样的黝黑肤色，更加神采奕奕。戴上皇冠，身披金袍的他，简直就像一尊雕像，或者一位圣人。我透过薄面纱观察他的模糊形象，直到他的脸转向我，我赶紧垂下眼帘，确保自己显得极为渺小、微不足道。幸好我站在公主和公爵小姐队列的第三排。

但是两周以后，他却要到我爸爸的家里，我再也无法伪装。我爸爸不会只管他三顿好饭，带他到幽深的密林里猎取野猪，力争把开销降到最低；相反，他会举办奢华宴席，持续整整三天，中间有杂耍艺人、魔术师和舞女助兴，让沙皇和他的朝臣们足不出户就可以寻欢作乐，他毕竟还是要给我做三套新的礼服裙，把我隆重地祭献出去。看起来，我爸爸真的是要试着给他自己的女儿钓到沙皇这位贵婿，而他这个陷阱的诱饵，就是用魔法白银打造的一枚戒指、一条项链，加上一顶后冠。

我在镜子里观察自己的脸，想知道当我戴了那条项链时，我爸爸严峻的眼睛里到底看到了什么，让他认定他有机会成功。我不知道。我戴项链时，没能看清自己的脸。但我并不能把他当作傻子，以此安慰自己不必担心。

　　我还站在窗前，两手扶着冷硬的石头，针线活儿丢在一旁。这时玛格瑞塔回到房间，嘴里还在不停地自言自语，把一杯热乎乎的甜茶塞在我手里。她甚至还带回来一片我爱吃的蛋糕，这一次是她从厨师那里哄来的。我不是每天都能得到这类美食。一名使女跟在她身后，带了些额外的木柴来。我任由她把我拉回壁炉前，对她努力去做的事情心怀感激，而我没有告诉她这一切完全不对。我真正想要的是那条项链，凉凉地围在我的脖子上，就算它给我带来的是毁灭，那也没有关系。我想要戴上它，找一面长长的镜子照照，然后溜走，到一片广阔、幽暗的冬日森林里去。

　　当我爬回奥列格的雪橇，时间已经是周六日落之后了。我已经把新得到的二十枚金币存入姥爷的金库，现在带着星魔变鼓了的钱包，那根皮绳被金币的重量扯紧了。我们进入森林之后，我感觉自己肩膀发紧。我每个瞬间都在好奇，不知道星魔是否会出现，将在何时出现。直到在森林中的某处，雪橇开始放慢速度，停在昏暗的枝条下面。我像兔子一样静止，环顾周围，寻找他出现的迹象，却毫无发现；马儿踏着地面，喷出热气，奥列格并没有昏睡，而是把缰绳挂在踏脚板上。

"你听到什么动静了吗？"我压低了嗓音问道。他爬下车，从衣服下面扯出一把刀来，一步步向我逼近。我意识到，自己只顾担心魔法，却忘了防备其他危险。我把成堆的毯子和稻草推到身前，筑成脆弱的防线，自己从雪橇另一端爬下去。"别这样，"我结结巴巴地说，"奥列格，别这样。"我的厚裙子令我在雪地里行动不便，而他却绕过雪橇逼近我。"奥列格，求求你。"但他的脸却阴沉着，那股杀气比任何冬天都更冷。"这个不是我的黄金！"我绝望地叫着，把钱包举起在我俩之间。"这些不是我的黄金啊！我必须把它们还给——"

他没有停步。"这些全都不属于你！"他吼叫着，"全都不属于你，你只是肮脏的小秃鹫，从诚实工作的人们手里抢钱的货色罢了。"他嘴里说的每个词都那样熟悉，像刀子一样伤人：这还是那个故事，只不过变换了一点点，奥列格找了这样一个故事，来证明他做的没有错，证明他有权得到自己强夺或者骗取的东西。我知道他现在不会听我说任何话。他会把我的尸体留在这里喂狼，把那些黄金藏在衣服底下回家，说我在森林里面失踪了。

我丢下钱包，两手提起裙摆，挣扎着向后，摇摇摆摆地踏雪逃离，积雪深过我的大腿。他向前扑，我向后仰身躲避。雪面上那层薄冰被我压碎，雪下面的灌木枝条划过我的脸颊。我起不来。他已经站在我面前，一手持刀，另一只手伸过来抓我。突然他停住了，他的两手垂在身侧。他并不是对我手下留情。另一种更深的寒冷在进入他的面庞，悄悄地把他的嘴唇变蓝，白霜爬过他浓密的棕色胡须。我挣扎着站起来，冷得浑身哆嗦。那只星魔此刻站在他身后，一只手放在他的后颈上，像主人在制止一条狗。

过了一会儿，星魔放下他那只手。奥列格表情空洞，站在我俩之间，面无血色，一身白霜。他转过身，慢慢回到雪橇那里，爬回车夫的位置。星魔并没有目送他走开，就像对自己做过的事情毫不在意；他只是看着我，眼睛像奥列格的刀一样寒光闪耀。我全身都在发抖，并且想呕吐。泪珠凝固在我的睫毛上，让它们粘在了一起。我用力眨眼，让自己能看清，两手用力互握，直到它们不再发抖，然后我弯下腰，从深雪中捡起那个钱包，递了过去。

星魔走近了，从我手里取走钱包。他没有把东西倒出来：太满了，不方便。相反，他伸进去一只手，取出一把金币，让它们从指尖掉落，回到钱包里，直到他戴了白手套的指尖仅剩一枚金币，放射着太阳一样的暖光。他皱眉看着那枚金币，然后看我。

"钱都在这里了，总共六十枚。"我说。我的心跳已经在放缓，因为我估计，它要么放缓，要么我的心就要炸裂了。

"你也别无选择。"他说，"令我失望的话，你就只能被冻成冰，死在我手中；或者成功，赢得一顶后冠。"他说得一本正经，就像他真打算这么做一样，而且还带着怒气，尽管这条件完全是他自己定的。我觉得，他其实宁愿把我冻成冰块，也不想得到他的黄金。"现在回家吧，凡人女孩，我会再去找你的。"

我无助地看着那副雪橇：奥列格还坐在车夫的位置上，冰冻的脸朝向冬日森林，我极度不想再与他同橇。但我又不能从这里步行回家，甚至不能去别的村子雇其他雪橇回家。奥列格之前已经远离大路，特地来到这个僻静的地方：我完全不知道我们现在何处。我转身想要争辩，但那匹星魔已经消失了。我独自站在覆满积雪的松枝下面，周围只有寂静和雪上的脚印，还有那片被我自己砸出来的凹坑，风吹平的雪地上有一个女孩的身体轮廓，很像小孩玩游戏留下的样子。

我站在那里时，已经又开始下雪，雪势很大而且持续不断，这让我别无选择。我小心地回到雪橇旁，爬上去。奥列格一声不响地摇动缰绳，母马又开始小跑。他让马把头转向密林，更加远离道路。我想要搞清楚自己到底更怕哪样——是向他喊叫得到答复呢，还是他不理睬我，还有自己是否应该跳橇逃跑。突然之间，我们穿过树木之间的狭窄空隙，上了另外一条大道：这条路的表面是灰白色的，像冰面一样平滑，闪着白光。雪橇扶手晃动了一下，那是进入路面的瞬间，然后它就完全安静了。马的四蹄上都有厚厚的蹄铁，在冰面上跑得很快，雪橇在它身后滑行。在我们周围，好多树木长得极高，泛着白杨树一样的银光，上面挂满沙沙作响的叶子。这些树不会在我们的森林里生长，而且我们的树在冬天应该是干枯无叶的。我看到白色的鸟儿，还有纯白的松鼠在林间快速穿行，雪橇的铃铛发出奇异的音乐声，音域很宽，响亮里透着清凉。

我没有回头，没去看这条路的源头。我蜷缩在毯子中间，用力闭上眼睛，一直不肯睁开，直到我们脚下再次发出雪地被碾压的声响，雪橇已经停在我家院子外面。我几乎是一下子跳出去，冲过大门，一直到我家屋门口才回头看。但我本来不用逃的。奥列格已经赶着马离开，根本就不曾回头看过我一眼。

第八章

　　梅瑞姆回家之后的第二天早上对我说:"旺达,你可不可以带这个去奥列格家?因为他在维斯尼亚花了时间等待,我决定给他免掉一个银币的债。"她给了我一张手写的收条,但说话的时候却在回避我的目光。她下巴和两腮都有红色划痕,就像树枝刮到过她,或者被某种动物的尖爪抓到了似的。

　　我说:"行啊,我这就去。"我裹上围巾,拿了收条,但当我走过小巷,又转过一个弯到了奥列格家附近时,我却停在街对面,观望了起来。两个人正抬着他去教堂。有一会儿我能看到他的脸。他眼睛还睁着,但却一动不动,嘴唇变成诡异的蓝色。他的妻子蜷缩在桌旁,邻居们捧着盖上的碗盘,正在向他们家集中。其中一个人停在我面前。我之前见过瓦尔达:我开始收账时,她还欠着一小笔债,后来她用三只正在下蛋的小母鸡抵清了余下的债。她尖刻地对我说:"哦?你来这座房子干什么?想从死者身上割肉吗?"

　　卡居什跟他的妻儿一起,也在向这座房子走近,手捧着一大罐冒着热气的蜜酒。"算了吧,库布琉斯太太,今天是礼拜天。旺达肯定不是来收债的。"

"他送梅瑞姆去维斯尼亚,赚到的钱可以抵掉一枚银币的债。"我回答,"我是来送收条的。"

"你看,我说的没错吧。"卡居什对瓦尔达说,后者皱起眉头来看我。

"一枚银币!"她说。"他可怜的老婆至少不用从孩子们嘴里省出这笔钱来,养肥犹太人的钱包了。收条给我!我拿去交给她,你就别去了。"

"好的,夫人。"我说着,把纸条给了她。然后我回到梅瑞姆那里,告诉她奥列格已经死了,死在他自家的马厩外面,人们看到他的时候,发现他躺在地上,已经冻僵,眼睛还在茫然地向上瞪视,马和雪橇都收拾好了。

她默不作声地听我说完,什么都没说。我陪她站了一会儿,但我想不起还能做什么,就说:"那我去喂山羊了。"她点了点头。

第二天我去了镇外收账,走的是城东大路。那个时候,所有人都已经听到了奥列格去世的消息。他们问我传说是否属实,当我确认时,大家都很难过。奥列格生前是个快乐的大块头,到冬天,他会在酒馆圆屋里买啤酒和伏特加请朋友们喝,赶车给自家运木柴时,也会给孤苦的寡妇送去一车。即便是我爸爸,在我回家时告诉他这件事之后,也是连声说可惜。他们周二安葬他的时候,在场悼念的人纷纷落泪,只有他的妻子离开墓地的时候眼睛还是干的。

所有人都在谈论这件事,但没有人相信这跟星魔有关。他是心脏爆裂了,那些人摇着头说。这种事情发生在身体强壮的人身上,总是会让人觉得可惜,尤其是他平时都那样健康。但在深冬的半夜,像他这样的人被冻得失去知觉从而丧命这事,其实也并不罕见。

我没有跟任何人谈过自己对这件事的想法,只有谢尔盖例外。那次我们一起站在大路旁,周围的树林一片寂静,月光明亮。他正在去值夜的路上。梅瑞姆并没有让他别再来,尽管谢尔盖根本没办法阻止那个星魔,她也从未中断过付钱给我们。大多数时候我们都可以忘记本来的安排,自欺欺人地认定,他去那边过夜的职责就是看山羊。所以他每天继续去,每天在那座房子里吃两顿饱饭,而我们在回家的路上,会把铜钱埋在白树旁。

"你还记得那次吗?"我问他,他身体僵住了。我们以前从来不谈他在森林里的那次遭遇,一次都没谈过。

他不想谈那件事,我能看出来。但我还是站在他身边,我的静默在替我追问,最后他只好说:"我当时在洗一只兔子,他就骑着那怪东西从森林里出来。他说森林属于他,而我是个偷东西的贼。他还说……"谢尔盖停下来,脸色变得很奇怪,表情呆滞,只是摇头。他想不起更多细节了,他也不想回忆起来。

"他是不是骑了一只蹄子上有尖爪的怪物?鞋子尖是不是很长?"我问。谢尔盖点了一下头。

所以说就是同一个星魔——不只是星魔,还是星魔里的贵族,如果他没有说谎的话,他是整个森林的主人。我听市场上的人说过,这片森林一直延伸到北方的海洋。星魔中间一位领主频繁找梅瑞姆勒索黄金，如果她交不出来的话，我们就可能发现她本人死在自家庭院里，周围留下尖角靴子印。我确信。

如果这样的话，就不再有什么债可还了。只要听说她死了，我爸爸马上就会告诉我，从此不必再去还债。他会乐于用喊叫声赶走梅瑞姆的爸爸，但他其实不必这样做。她妈妈会哭到眼睛通红，但即便是在哀恸中，她也会为我着想。我下次上门，她就会对我说，债已经还清了，我已经做了足够多的工作。要继续工作，我就不得不告诉爸爸，他们在付钱给我，而他就会抢走那些钱。每天他都会喝得醉醺醺地从镇上回家，抢走我的钱，打我，让我给他做晚饭。每天都将是那副样子，直到永远。

"我们可以告诉他我们在挣钱，但把数量说少一点。"我告诉谢尔盖，但他看上去很怀疑，而我能理解。我们的爸爸现在什么都怀疑。为什么会有人付钱给我们？既然他派我们去干活的时候并没有要钱，对方也就没有这份义务。如果我们为了继续来做工，就告诉他我们在挣钱的话，他就会去问梅瑞姆的爸爸，我们总共挣了多少钱，曼德斯塔姆先生就会实话实说。我们不可能要求他替我们撒谎。他只会难过地看着我们，同情我们不得不对爸爸撒谎的可悲处境，但很抱歉，他不能帮我们撒谎。

而一旦爸爸知道我们在挣到的钱数方面撒了谎，他就会想要弄清楚我们已经挣到了多少，他就会知道我们在某些地方藏了钱。对于我们瞒着他藏钱这种事，他不会用腰带或者那双大手来打我们，他会用通条狠命地打，即便我们说出钱藏在哪里，恐怕他还是不会住手的。

教堂的钟声为奥列格而鸣响,他是回来三天之后下葬的,钟声听起来就像他雪橇上的铃铛声,在白树森林里,它们格外响亮。如果我没能给星魔他要的黄金,人们就可能会发现我像他一样被冻死。但如果我再次做到,我还是一样担心。他会不会把我放在他身后那只白鹿背上,然后带我去那片寒冷的白色森林,戴上一顶自己的精灵银王冠,永远住在那里?我以前听村民们讲侏儒怪传说时,从未同情过磨坊主的女儿;那时我一直都为爸爸和我本人感到难过,对那个故事感到愤怒。但话说回来,有谁会真的喜欢那种处境呢?虽然嫁给了一位国王,但如果不能把他的稻草纺成金线的话,就会被他毫不留情地斩首。我并不想做星魔的王后,正如不想做他的奴隶,也不想被他冻成冰块。

我现在已经忘不掉他。他始终占据我头脑的一角,每天盘踞得更深一点,越来越像窗框上的白霜。我晚上会突然惊醒,总觉得喘不上气,内心的寒冷让我浑身战栗,即便是妈妈温暖的怀抱也驱不散那份严寒。记忆中他那双银色眼眸令我备受折磨。

"你能为他弄到那些黄金吗?"旺达那天早上问我。她说话还像以前一样突兀。

我不需要问她指的是谁。我们当时在照顾山羊,而我妈妈也在院子里,仅仅几英尺之外,所以我不能放声大哭,即便是我很想哭;她和我爸爸已经起了疑心,总用困惑又关切的眼神看我。我用手背挡在嘴边,让自己语调中的反感不要过于明显。"我能,"我简短地回答,"是的,我能弄到那些黄金。"

旺达什么都没说,只是凝视着我,嘴巴抿成一根平直的线。我的喉头有点发紧。我对她说:"假如,假如我有事离开家一段时间——你会留下来继续帮我爸爸妈妈吗?他们会继续付钱给你的。他们会把你的工钱翻倍。"我补充说,突然感到了绝望。我想到妈妈和爸爸孤零零地留在这村子里,没有了我,却要面对我在所有人那里激起的怒火,这些将来全都报复在他们身上。有一会儿,我仿佛又回到密林中的那片空地,我在雪堆里挣扎,奥列格扭曲的面孔在高处,没有冻僵,而是涨得通红,写满仇恨。

旺达有一会儿没有回答我,然后她缓缓地说:"我爸爸会想让我留在家里。"她抬起头,不再看食槽,而是从侧面看我。我惊异地看着她,但我当时就明白了。当然,她没有把挣到的钱交给他爸爸。如果她每天带一枚铜钱给那家伙的话,他是绝对不肯让女儿待在家里的。旺达把钱都留给自己了。

我一边继续给羊刷毛,一边考虑这件事。一直以来,我都以为自己在跟她的爸爸讨价还价,而不是跟她本人,而我需要做到的,就是给他一点点钱,比他从女儿在农场的劳动中赚到的多就成。我以前从未想过,她会想要自己留下那些钱。"你想攒钱当嫁妆吗?"我问她。

"绝不!"她非常坚决地说。

我无法理解,不当嫁妆,她把钱藏起来做什么?我已经付给她十二枚铜钱,给她和她弟弟两人,但她还是穿着她的破裙子,还有她用藤条编的鞋，而我第一次去高瑞克的农场收债时，整个农场看上去荒芜一片。给他们十二枚铜钱再乘十倍，应该也已经花光了才正常。我缓缓地问她："你爸爸当年借到的六枚银币，他是怎么花掉的？"

她告诉了我。当然，了解了那段往事也没什么大用。那是她爸爸。他有权向愿意借钱给他的人举债，也有权用最愚蠢的方式花掉那笔钱，有权派他的女儿去做工偿还他自己欠下的债，还有权拿走她挣到的钱。如果旺达不想结婚的话，她就没有任何办法摆脱这样的爸爸。她没说自己怎样处置了那些钱，但其实她根本不能用那些钱去做任何事情，除了把它们囤积起来，就像恶龙把黄金藏在某处一样。如果她花钱买过任何东西，都可能已经被她爸爸发现了：所以她才没有买过一件像样的裙子或者靴子。她的幸运，仅在于她爸爸最近很少来镇上：如果他跟我谈过话，或者大声抱怨我们如何盘剥他这样穷苦的人，我都会在激动之下反驳他，自己什么都没想，却足以让他得知真相。我不愿想象那样会带来何种后果。在我看来，像这种能因为赌博酗酒挥霍掉四个银币的男人，也是那种会把自己的女儿毒打到浑身是血的类型。他甚至不会去想，如果让女儿继续工作的话，能给自己挣来多少钱。

"将来你可以告诉他，我离家是要嫁给一个富人。"我告诉她。毕竟，这个也是实话。"告诉他，我一旦回家，就会重新查对所有的账簿。"这个也将是事实。"而且……等到那笔欠账还清，你可以告诉他，我们提议每周付给他一枚铜钱的现金，换取你们姐弟俩继续来工作。钱每个月支付一次。然后马上给他四枚铜钱。一旦他花掉那笔钱，重新恢复欠债状态，他就没办法拒绝让你们继续来了。到下个月，继续这样做。"

旺达对我点头，只点了一下。我突然向她伸出手，自己都没有想过是否应该这样做。我随即觉得自己很傻，因为我的手悬在我俩之间的半空中，她只是愣愣地看，但就在我垂下手之前，她伸出手来握住了我的手。她的手掌大而且宽，红红的手指有些粗糙。她握手时略微有点过于用力，但我并不介意。

"我明天就回维斯尼亚城里去。"我冷静了一点点。我并不认为城墙就能把星魔隔在外面，但试一下也无妨。至少我可以离开自己家。他将不会在我爸爸家院子里到处留下脚印，那些脚印如果被村民看到的话，他们只会编出恶意的谣言来中伤我们。"反正等他来了，我也必须回到城里去。"我向旺达讲了艾萨克的事，还有我前两次得到黄金的办法。

但我没有对妈妈坦白这些事。我完全没有向她提到星魔，即便她询问："你这么快就又要回去吗？"我很高兴她不记得之前的事，因而还只是感到困惑，并没有为我担惊受怕。

"我想带回更多的围裙来。"我说。那天下午，我整理好了账册，工作完成后，到了屋外，看我们家的房子，现在它看起来挺舒适的，木匠为我做了新的窗格，屋后有一大群鸡，院子里几只山羊咩咩乱叫。我拿了自己的篮子，慢慢踱过小镇。我不知道自己为什么这样做。当天并不逢集，旺达也已经完成了例行的收债。我到镇里也没什么事情可做，所有事情都没什么改变，只不过现在所有人看到我经过，都会皱起眉头看我，而不像以前我身穿破鞋子烂衣服出门时窃笑的模样。那时他们看到我，就会想到自己无须偿还的债务，因而感到得意。

也许这就是我到镇上的原因：我一直走到镇子远端才返回自己家，我并不为离开这些人而难过。我对这座小镇毫无感情，也不喜欢他们中间的任何一个人，即便是现在，当我最终熟悉了它之后。我并不会因为他们不喜欢我而感到难过，我也并不后悔自己对他们毫不留情。我很开心，开心得要命。他们本希望我会埋葬自己的妈妈，留下爸爸孤苦伶仃一个人等死。他们本想让我成为姥爷家里的乞食者，余生都像厨房里的耗子一样默默无闻。他们本想吞掉我们全家人，用我们的骨头剔牙，并且从不为此感到内疚。跟这相比，被星魔变成冰块的结局还略好一点儿，他至少不会装作是友善的邻居。

现在没有奥列格等着受雇了，所以第二天一早，我去到大路旁站着等过路车。一个貌似可靠的马车夫经过，他的大雪橇上装了好多从海边运来的腌鲱鱼。我招手让他停下，表示假如他允许我搭车去维斯尼亚，我愿意出五枚铜钱。我其实有能力付更多钱，但我已经吸取了教训。我那件有毛皮镶边的体面长裙已经被藏了起来：我故意穿了爸爸那件老旧的羊毛外套，我已经为他买了新皮衣，本想把这件旧衣服撕了做抹布的。

一路上，老车夫跟我聊他的那些孙女儿们，还打听我的年龄。他很得意，因为他有个比我小一岁的孙女已经嫁人，而我却还没有出嫁，他问我进城是不是去找婆家。"到时候再说吧。"我说完，大声笑起来，突然觉得特别畅快，因为这对话太荒诞了。我，坐在一辆臭臭的雪橇上，靴子上沾满泥巴，身穿我爸爸的补丁外衣，寒酸得像个稻草人：星魔为什么娶我啊？我不是公主，甚至都不是金色头发的农家女孩。我觉得，对他来说，我的犹太人身份应该也无关紧要，但我的确又矮又瘦，脸色灰黄，我的鼻梁中间有点儿塌，整个鼻子也有点儿太大。事实上，我到这个年龄还没结婚，是自家有意安排的：姥爷之前就特别客观地对我说，应该再等两年，等我稍稍长胖一点儿，嫁妆也变得更丰厚一些，再去找媒婆，这样更有可能确保我嫁的人有足够的头脑，不只在意外貌，更注重新娘给婚姻带来的其他利益，同时又不至于过度贪婪，到了完全不注重女方长相的地步。

一个眼神清朗、头脑清醒、真正懂得欣赏我的人，应该是适合我的那种男人，我并不适合充当精灵国大人物的猎物。那星魔之前说的话，肯定只是个玩笑，因为他完全不相信我能完成他的委托。他不可能真心想要娶我为妻。等我将来把第三袋金币交给他，他只会气急败坏地在雪地里跺脚——或者我感觉更有可能的，是他清醒过来之后，还是把我变成冰块，尽管我证明了他是错的。我揉搓着冻木的胳膊，朝密林中张望：今天并没有看见星魔大道的影子，只有黝黑的树木、白皑皑的雪，还有冻结实的冰面，在雪橇下面滑过。

我很晚才到姥爷家，太阳马上就要落山了。我的姥姥连说了三遍"这么快就见到你真好"，然后就有些焦急地探问我妈妈的健康状况，以及我是否已经卖掉了所有货物。姥爷根本没问任何问题。他那双犀利的眼睛透过浓眉审视着我，只是说："行，客套够了。

待会儿就吃饭。"

我把东西放好,吃饭时跟大家聊了我卖出的那些围裙,还有那批要放到姥爷驳船上的羊毛,等河道解冻就可以出发:三十捆,不算很大量,但至少可以当作开端。我很高兴周围有姥爷家的砖墙充当防护,这道墙坚实而又色彩斑斓,就像我们聊天的内容一样。但那天晚间,我跟姥姥一起坐在客厅里编织时,我们身后的厨房门开始晃动,尽管那声音很大,但我的姥姥却根本没有抬头看过。我慢慢放下手里的活儿,起身走到那扇门前。我把门打开,吓得向后退开:那名星魔站在门口,但他身后却不是狭窄的通道,也没有隔壁房子的砖墙,他脚下也不是硬实的灰泥地面。他站在门外,身处一片空地,周围都是白色树干的林木,他的身后,那条白色的冰冻之路一直延伸到远方的灰色天穹下,天空中充斥着清澈的冷光,就像我只要踏过眼前这道门,就将进入另外一个魔法世界。

门槛上放着的不是皮包,而是一口箱子——小宝箱,用白如枯骨的木料打造而成,周围裹了厚厚的白色皮革,折叶和锁钮都是白银铸成的。我跪下来打开了它。"这次我将给你七天时间,将我的白银变成黄金,然后随即归还。"我还在瞠视里面成堆的银币,星魔就已经用他歌唱一样的调子说道。这些白银,的确足够打造一顶后冠,它的魔力足够与月亮和星星争辉。我一刻也不曾怀疑,有了这样一顶后冠做嫁妆,沙皇一定会娶艾丽娜。

星魔正在用他尖锐的银色眼睛俯视我,眼神里都是贪念和邪恶,像只老鹰。"你真以为凡人的道路能帮你避开我,凡人的城墙能把我阻挡在外吗?"他这样问道。而我,的确也没有真的相信过这样就能阻止他。"你休想逃过我，凡人女孩，因为七天之后我就会找到你，不管你逃向何方。"

他这样说的时候，得意地笑着看我，又残酷，又满足，就像他确信已经给了我一个不可能完成的任务，而这种态度让我非常愤怒。我站起来，扬起下巴，冷冷地说："我会在这里等，并且备好你要的黄金。"

他脸上的笑容消失了，这让我满意，但这份满意也让我付出了代价。他的回应是："如果你真能做到刚刚说过的话，我会带你跟我一起离开，让你成为我的王后。"而这次，听起来已经不像玩笑了。我姥爷家的门槛上已经爬满了白霜，那是他的巢穴里透出的寒气凝成的，而那银币的光芒已经在宝箱里闪耀。

"你等等！"我说，他已经准备转身离去。"你为什么选我啊？你一定知道的，我并没有什么魔力，没有真正的魔力——如果你带我回去的话，我并不能在你的王国里，把白银继续变成金币。"

"你当然可以的，凡人女孩。"他略微侧头对我说，就像我才是那个在说傻话的人。"一种力量经过公开宣示，受到挑战，并且三次迎战成功，那就是真实的法力。证明过程就已经足以令它成真。"他向前踏步，厚重的门在我面前重重关闭，留下我守着一箱银币和满肚子的惶惑。

在那疯狂的一周时间里，艾萨克做成了那顶后冠，他整天都在摊位上劳作。他一杯杯倾倒融化的银，打造出宽大的装饰片，组成扇形后冠，足以让配戴者的个头高出半个头高。他又极度小心地添加小滴银汁，模拟出珍珠的样子，令它们排成雅致的螺旋形，随后再翻卷、扩散开去。他从整个市场的所有珠宝匠那里借用模具，浇铸出数以百计微小平整的链片，组成闪亮的链条，从后冠一端连缀到另一端，还盘绕在宽大冠冕的基部。等到第二天，就已经有众多男女看客赶来，单纯就为了看他工作。我坐在旁边，不说话，表情超凶，专门挡住这些人。每天夜里，他都把工作带回家继续赶做，而我把变轻的宝箱带回，姥爷的两位男仆帮我搬运它。没有人找我们麻烦。就连那些小贼——本来很想盗走一两枚神奇银币的那类人，也被那种冬日奇光迷惑了：每当他们凑得太近，这些人的嘴巴就会张大，表情变缓和，只顾着惊叹，他们眼睛里会透出困惑的神色，我一看他们，他们就会吓一跳，回头消失在人群中。

等到第五天结束，宝箱变空，那顶后冠也已经完成了。艾萨克组装了所有部件之后，转身对我说："过来一下。"然后就把它戴在我头上，看它的平衡性如何。那后冠清凉又轻盈，就像我额头上只是沾了一点绒毛细雪。在他的铜镜里，我看上去就像投在深潭里的影子，午夜的星光闪耀在我眉头之上，我周围的整个市场逐渐变得一片死寂，像是以我为中心发出了强大的冲击波，令这里静得就像星魔出现的那片林间空地。我并未放声大哭，或者马上逃走。相反，我只是摘下那顶后冠，把它放回艾萨克手中。等到他小心翼翼地用亚麻布和黑丝绒把它包裹起来收好之后，人群才终于散去，大家一路上轻声议论。

姥爷的男仆一路护送我们到公爵府邸。我们发现那里忙作一团，所有人都在做各种准备：两天以后，沙皇就将驾临，整个府院都在压抑着的兴奋中，他们都对公爵的计划略有所知，我们经过走廊时，仆人们的眼睛纷纷追随着艾萨克手里那顶层层包裹的后冠。我们这次被带到设施更好的一间小室内等候接见，有侍女来宣召我，"你带上东西来。男人们请在此等候。"她说，然后带着强烈的怀疑瞪了他们一眼。

她带我上楼，进入两个彼此相连的小房间，这里远不如楼下的房间气派：我觉得，应该是因为这位女儿相貌平平，此前都得不到更好的住所。艾丽娜直挺挺地坐着，身体像耙子杆儿一样僵直，对着一面玻璃镜子。她穿了一件银灰色丝质上装，下身是纯白色长裙，这次胸口开得很低，为了凸显那条项链。她长而浓密的头发被编成几根粗长辫，将来也可以盘在头顶。而她的两手紧紧互握，放在身前。

她的手指微微互搅，显然是因为紧张。侍女用簪子固定了她的发辫，接过我手里的后冠，小心地戴到她头上。它在十余支蜡烛的光焰下闪烁光芒，那侍女一下子怔住了，瞪大双眼望着这个由她侍奉的女孩。艾丽娜本人缓缓站起，向着她在镜中的影子跨近一步，她向镜面伸出一只手，像是要去触摸镜中那个女人。

不管那些白银曾有着怎样的蛊惑力，它们要么是消退了，要么就是已经影响不到我本人。我宁愿它还能影响我，宁愿自己的眼睛也会被惊艳到，这样就不会留意其他任何细节。但事实相反，当我看到艾丽娜在镜中的那张脸，我看到的形象苍白又瘦弱，迷醉地看着自己戴着后冠的模样。我当时有点儿好奇，不知她是否乐于嫁给沙皇，离开她安静的小房间，去一座遥远的宫殿，得到皇后宝座。当她放下手，转身看房间里的人时，我们有一刻四目相对：我们并没有谈话,但有一个瞬间,我感觉她是我的姐妹,我们的生活都被掌握在别人手中。她跟我完全一样,在当前处境下,我们都没有太多另外的选择。

房门打开,公爵本人亲自来检视她了。他在门口停顿了一下。艾丽娜向爸爸行屈膝礼,然后挺直身体,她的下巴微微扬起,以便让后冠保持平衡。她看上去已经像是一位皇后。公爵看着她的样子,貌似已经认不出自己的女儿。他微微晃动身体,让自己稍稍摆脱那份迷茫。"很好,小姐。"他毫不犹豫地说,尽管我还没说过一句话。"你将得到你的黄金。"

他真的给了我们一千枚金币,足以把星魔的宝箱再次装满,就这样都有几百枚金币的盈余——一笔巨款,尽管现在这对我本人并没有什么意义。姥爷的男仆们帮我把宝箱和成袋的金币搬回家。听到姥姥的尖叫声,姥爷本人也下楼来看,检视了所有财宝。他取走四枚金币——这是保管费用,又给了两位仆人各两枚金币,打发他们离开。"花掉一份,存起一份,你们都应该牢记智者们的箴言。"两人都鞠躬致谢,欣喜若狂地离开,一路上用手肘互相触碰,满面笑容。

接着,他找借口打发我姥姥离开房间,要她去做奶酪蛋糕,庆祝我的好运。等姥姥去了厨房之后,他才转向我说:"现在,梅瑞姆,你该把故事剩余的部分讲给我听了。"我一下子哭了起来。

我没有跟父母讲过,也没告诉过姥姥,但我告诉了他——我相信姥爷能够承担这份重负,但是我并不相信其他亲人可以做到,我不想让他们试图救我,最终却空自伤心。我知道我爸爸会做什么,也能预料到我妈妈的做法,假如他们发现真相的话,他们会用自己的身体筑成肉墙,挡在我跟星魔之间,那样我就将看到他们被冻成一坨倒地,我自己还是要被星魔抓走。

而且我现在相信,他就是要抓我走的。之前我都没有真正理解这件事:一个凡间女子,对精灵世界的领主有什么用?吹牛怎么就让我得到了值得被迎娶的价值?哪怕我能搞到六百枚金币当嫁妆,又能怎样?当然,星魔国王肯定想要得到一个真的能把白银变成黄金的王后,不管她是不是凡人。星魔一贯最想得到的,从来都是黄金。

但在我哭诉这一切的过程中,姥爷一直都只是冷静地听,听完才说:"为了这样的原因选定妻子,至少那个星魔不傻。这样的婚姻,可以令任何一个王国变富足。你对他还有什么了解?"我呆呆望着他,仍旧一脸泪痕。他耸耸肩:"这的确不是你期待的局面,但在现实生活中,比当王后更惨的事儿多了去了。"

他这句话,等于送了我一份厚礼:他把这件事当成普通婚姻,可以讨论,可以权衡,即便它并不是普通婚姻。我咽下口水,擦掉眼泪,感觉好多了。毕竟,在冷冰冰的事实层面,这个星魔还真的就是个金龟婿——对一个穷人家的女儿来说。姥爷看我冷静了许多,向我点头。"很好,你需要冷静的头脑来考虑这件事。领主和国王们时常傲慢无礼,但他们能承担礼貌不周的后果。这件事没有牵扯上其他人,对吧?"

"没有。"我轻轻地摇头。的确没有人真的牵涉其中,尽管我是跟艾萨克一起从公爵家走回来的,但当他带走自己那份报酬——

115

整整四袋金币时，也的确开心地对我说："请转告您的姥爷，我明天会上门跟他谈件事儿。"意思是他现在有了足够的钱，无须继续等待，可以马上结婚了。我当时特别嫉妒贝茜亚，恨不得当场化作一团火焰燃烧起来。但这并不是因为艾萨克，而只是因为我想到她嫁了一个心灵手巧，还有深棕色眼眸的好男人，以后都可以住在自己家，可以在人世享受爱情和舒适的生活，而这一切都是靠我辛勤工作赚来黄金才实现的。

"你将双手带着财富投奔你将来的丈夫。"姥爷说，他向装满金币的宝箱示意，就像已经读懂了我的心思一样。"而他至少明智到足以珍视你带给他的东西，即便他还不了解你在其他方面的价值。这些并非无关紧要，它是你能昂首挺胸生活的资本。"他单手托住我的下巴，用力扶住，"要昂首挺胸地生活啊，梅瑞姆。"我点了点头，尽管再一次忍不住哭泣，但嘴巴却闭得紧紧的。

米纳修斯来了，坐了一辆巨大的封闭式雪橇，橇身漆成黑黄两色，用四匹黑马拉着，马儿们浑身冒着热气，在寒冷的室外刨蹄，士兵们跟在后面，更多的战士穿着鲜艳的战甲，骑着马在雪橇周围驰骋。现场一定还有其他人、其他雪橇，但旁观者真的很难注意到沙皇之外的任何人，当他打开门走下阶梯，带出的暖气在周围结成一团云雾。他身上的衣服也是黑色的，有精致的金线刺绣花纹，在厚外套的羊毛镶边处闪亮。他的黑头发长而卷曲，每个人都朝他侧着身体，像一群飞蛾渴望火苗。

他问候了我的爸爸，但只是敷衍了事。当被问及旅程时，他似乎对特别寒冷的冬季颇有微词，还提到现在的猎物常常瘦而且弱。这句话会不着形迹地挫败我爸爸原来的图谋，如果他还打算用打猎活动来敷衍沙皇的话——当然，他本来是有过这种想法，而米纳修斯显然想要用这番话来刺激他。但相反，爸爸鞠躬说道："的确如此，陛下，现在去打猎已经没什么意思了。但我希望我在府中所做的种种安排，都不会令您失望。"沙皇闻言，似乎吃了一惊。

我藏在一副窗帘后面，但我还是向后退开来。我发现沙皇仰起头，把整幢建筑所有的窗户扫视了一番，像是一只老鹰巡视猎场，试图惊出任何可能的猎物。幸运的是，他看的主要是主厅所在的楼层，而不是我处在高处的小窗。爸爸并没有给我新的房间。沙皇随员中有很多他想结交的人选，反正他也希望我很快就可以离家。

米纳修斯向我爸爸微笑，带着预料到有机会损人利己的那份得意，他说："我也希望如此。跟我说说，厄迪维勒斯，你的家人怎样？小艾丽娜现在一定已经长成大姑娘了。我听说她是个美人儿，对吧？"这更像是讥讽，他当然没听说过类似的话。我之前跟随爸爸出门旅行过，朝臣们和他的主要随员都知道我相貌平平，算不上能吸引年轻沙皇注意的美女——假如他也会为任何人动心到回头观望的话。我感觉，他的脖子只需要小心别被暗杀者扭断就够了。

"家人都很好，艾丽娜也很健康，陛下。身为爸爸，我能向上帝要求的仅此而已。"我爸爸说，"我不会在别的男人面前说我女儿是大美女。但我也不会撒谎。我觉得，她有一种内在的魅力，超过世上大多数女孩。您在此期间也会见到她，事后您不妨屈尊告诉我您的印象。我会非常欢迎您的意见，因为她也到了谈婚论嫁的年龄。如果能安排的话，我会找一个配得上我女儿的女婿。"

这可以说是非常坦诚的宣言，按宫廷对话的标准来衡量，几乎算得上唐突无礼了。沙皇身边的人都极其看重脸面，说什么都绕来绕去，不肯直奔主题。但这样的处理方式，却能帮助爸爸达到目的：米纳修斯的脸上，已经不再是那副轻松自在、随时准备恶意寻衅的模样。他跟随爸爸进门时，已经是眉头微皱，若有所思。他已经读懂了这条信息——我爸爸是认真地想要把我推出来充当他的新娘人选，尽管这桩婚姻在政治上可以说极为不便，而且我爸爸也不是那种傻瓜，会试图借助昏暗的灯光或者酒精影响，把一个丑姑娘冒充绝世美人偷偷送到沙皇床上——所以他明白，他在这里将会面临的局面一定是非同寻常的。

宾客们全都进了门，以摆脱外面的寒冷，我继母率领家中其他人集体迎接。我继续站在窗帘后不动，沙皇的其他随员被分批带走，士兵、朝臣和仆从们纷纷消失在主楼和马厩中的各个角落里。现在没有什么可看的了，在我拥挤的小房间里，刚刚聚在另一扇窗户前看热闹的其他女人，纷纷回到座位上继续疯狂缝补，清洁女仆们提着木桶，继续清空火前的两只大浴桶：一只是给我洗澡用的，另一只专门用来给我洗头发。

"请原谅，尊贵的小姐。"其中一个人怯怯地对我说，她是想问能否使用我旁边的这扇窗户,这下面有一段突出的屋檐可以挡水,从这里泼水的话,不会直接流到下面楼层的窗户上。我向后退开,给她让出空间来。我的头发还湿着,长而蓬松地披散在肩上和后背上,头发里有点儿迷迭香味儿,因为玛格瑞塔在水里泡了些花枝。"传说它可以保护人免受诅咒和巫术侵害。"她一本正经地说,"但实际上,它只是气味好闻而已。"

炉火被烧得很旺,呼啸着,足以驱散我周围的寒气,以至于其他女人都在出汗,脸涨得通红。我站在远离她们的地方。她们对我来说,几乎都是陌生人,我认得她们的脸,知道她们的姓名,但几乎没什么真正的了解。我的继母大包大揽,亲自雇用家里全部的女佣,了解她们,跟她们谈话,确保她们对自己忠心耿耿,恪尽职责,但她从来都不会让我参与家政管理。她将来毕竟还可能会有亲生女儿呢。

但她也没有刻意虐待过我。她甚至还派了她手下最得力的女佣来帮我缝制衣物,尽管她本来更希望借沙皇来访的机会给自己添置衣裳。当然,她明白让我得到这样一个位置的种种益处——如果真能成功的话。其他女人看完了沙皇,返回各自位置之后,都偷偷看我,并露出怀疑的神色。我倒希望自己也有这种感觉。但她们都没见过我戴上那条项链、那顶后冠的样子,只有玛格瑞塔见过。她以为我自己没看出来的时候,急得扼腕叹息,发现我也能看到时,就向我微笑着鼓励我。

女人们现在忙着缝制亚麻内衣。我的礼服已经完工,等着我穿了。它们是三种不同的灰色,像冬日的天空。我爸爸下令把它们做成几乎没有装饰的样子，用的是上等丝绸，只加了一点点白色绣纹。昨天那个陪同首饰匠来的女人送来后冠时，我正好在试穿其中一件。她把后冠交给玛格瑞塔。奶娘把后冠戴在我头上，在镜子里，我成了一名皇后，身处冰雪组成的黑暗森林。我把手伸向玻璃，感觉到严寒用它的利齿刺痛我的指尖。我不知自己是否真能逃进镜中的冰雪世界里去。我指尖的寒冷感觉像个警告，在我看来，任何凡人都很难在那个冰天雪地的世界里生活。

我转开视线，对那里又是向往，又是畏惧。这时我碰巧面对着送首饰来的女人，她跟我年龄相仿，尽管她那么瘦，表情也很严厉，但她盯着我的样子，就像她完全知道我在镜子里看到了什么。我本想向她提出上千个问题——那后冠是怎样制作出来的？白银来自哪里？——但她又怎么能知道呢？她只是个仆人。我爸爸那时候走进来，检阅我的状态，我反正也没机会跟她谈话了。爸爸没还价，就给了她原定的报酬，但话说回来，那笔钱能买到皇后的宝座，已经是便宜的了。我继母过门时带来的那口大箱子，他连一半都没有花掉呢。

稍晚些时候，朝臣们都已经被安置妥当，我的继母伽利娜上楼来到我的房间。她一直小心保持的平和表情受到了搅扰，就像水面被下面来回游动的鱼儿们扰动一样。"真是乱啊。"她说，"皮奥特闹了一个小时才去睡觉。你头发干了吗？它可真长啊！你把头发盘起来的时候，我总是忘了它有多长。"她显然考虑过抬起手来抚摸我的头发，但实际上只是冲着我微笑。如果她真那样做，我会感觉自己受到了冒犯，但她没这样做，我又有点儿失落。但让我真正难受的，是她十年前没能这样做，当时我还小，特别闹，刚刚失去了妈妈，在她眼里是另外一个女人的孩子——而且是她丈夫曾经深爱到胜过她的女人。我现在意识到，这是她当时没有抚摸我的原因，尽管这可能是明智的选择。

但这样也好，她没有爱过我，也没有使我爱她，因为她本来就做不了任何真正能够帮助我的事。如果我告诉爸爸，说沙皇是个邪恶的魔法师，问题也不在于爸爸不肯听我说，或者不相信我。每个人都早就知道，沙皇的妈妈是个女巫。但我爸爸只会告诉我抓紧时间，赶在沙皇被黑魔法吞噬之前，快速生个孩子出来，这样我就可以成为下一任沙皇的母后。沙皇将是他的外孙，成为他手中又一个好用的工具，如果在小孩仍不懂事的时候，他的爸爸又碰巧死掉，导致国家需要一名摄政王，那就更理想了。如果说嫁给这样一个男人对我来说很困难、很不幸，那也没什么。毕竟他也经历过困难和不幸，打仗的经历就是那样的。他把我们的家庭带到如此显赫的地位，现在轮到我——如果可能，就把家族地位进一步提升。他会毫不犹豫地要求我做出牺牲，就像当年逼迫他自己一样。

而伽利娜又有什么理由保护我，帮我逃离这样的命运呢？她也是做出过牺牲的。她之前曾是寡妇，没孩子。她本来可以独自过着奢华富足的生活，但她给我爸爸带来了那口装满金币的箱子，为的是让自己成为公爵夫人。现在，她有机会成为沙皇的丈母娘：她的投资将因此获得超值回报。

玛格瑞塔说："是的，您说的没错，夫人，艾丽娜的头发已经干了。现在该梳理了。"她拉我坐到墙角的一张椅子上，她的确是将双手放在我头发上。她今天对打卷的头发也特别温柔，放慢速度——平时她并不这样，而且她对着我的头发轻轻唱歌，那是我小时候一直都喜欢的歌儿，讲的是一个聪明的小女孩是如何逃离芭芭雅嘎在密林深处的小屋的。

她花了一小时，才把我的头发梳理成她想要的样子，又花了一小时，才结好所有的发辫，接着她把辫子盘在我头顶，像一顶皇冠。我爸爸的随身仆人上楼来，敲了下门，但没进来，他送来了珠宝盒。今晚我将只戴戒指，明天加上项链，如果届时还没能解决问题的话，第三晚才会戴后冠，争取成功。我曾想过尝试用赝品取代戒指，我妈妈曾经留下几件小银饰，伽利娜不屑于取走的，其中有一枚戒指。那戒指也很漂亮，而且保养得不错，但没有人会因看到我手上有那枚戒指，就认为我本人很美。

但我爸爸将会看出两者的区别，明天又轮到项链登场，而我并没有任何东西替代它。今晚，我们预料沙皇只会看看我，然后皱眉，再看。第二天总是想起我，有如芒刺在背，无法摆脱，就像我爸爸的拇指不停地摆弄他手指上的戒指一样。明晚，我才真的是被带入了市场。而到第三晚，我爸爸的如意算盘将得以圆满实现，他和他的未来女婿一起，得意扬扬地展示我的无限魅力。

但事实是，我自己就想要戴那枚戒指。我想把它戴在手指上，感觉到那凉丝丝的白银触及我的皮肤，它属于我。我站起来，跟随玛格瑞塔进入我的卧室，去穿我的裙子。她为我系好衣袖，为我穿好如同一朵肥云的丝质无袖衬衫，等我穿戴停当之后，我就返回客厅，唤入爸爸的男仆。那枚戒指，爸爸只能戴在他粗大的、惯于抡刀使剑的食指指节上面,而在我这里,它轻易就能滑到我右手大拇指根部,而且非常适合那个位置。我把手伸在自己面前,凉凉的白银在闪光,我周围坐着的那些女人不再叽叽喳喳地聊天,或者就是我自己的听觉消失了。外面,太阳正在迅速落山,整个世界,渐渐变作一片灰蓝。

第九章

　　周三晚上，在姥爷家，我的两位姨妈都带了全家人来赴宴，大家集中在餐桌旁，一堆人闹哄哄的。我的表姐贝茜亚当然也在场，我们都在往桌上摆放餐盘时，她把我拉到一边，紧紧拥抱我，小声在我耳边说："一切都谈好了！谢谢你，梅瑞姆，谢谢，谢谢。"她吻了我的脸，之后才跑回厨房去。是啊，贝茜亚当然开心啦！但我其实宁愿她扇我的耳光，嘲笑我，这样我就能恨她了。我不想充当她人生故事里善良的仙女，没事就在她家壁炉上边散布祝福。那么多仙女，都从哪儿冒出来的？这帮家伙得有多闲，才会满世界乱飞，替那些值得的、不值得的女孩忙碌，帮她们实现各种心愿？我能相信的仙女教母，只能是隔壁住着的老妇人，死了都没人哭，留下一座空房子任人掠取，院子里仅有几只鸡，家里有一箱亚麻布裙子等着改做。贝茜亚怎么有胆子跑来感谢我的？我根本就没想给她任何东西。

　　在餐桌上，我为自己切了好大一块奶酪蛋糕，默不作声地吃掉。我举止粗鲁，肚子总觉得饿，而且气鼓鼓的。我努力让自己相信，我很想离开这些人，到星魇的世界里去当皇后。我想让自己足够冷酷，冷酷到足以向往这样的生活，但我身上从爸爸那里遗传来的特质还是太多。我想要拥抱贝茜亚，为她感到高兴；我想要逃回家里找爸爸妈妈，求他们救我。奶酪蛋糕还是熟悉的味道，软软甜甜地滑入口中，但我却觉得难以下咽。好容易吃完了，我悄悄溜走，逃入姥姥的卧室里，从脸盆中掬水洒在自己脸上，用湿毛巾捂住脸，透过亚麻布呼吸了一会儿。楼下传来响亮又欢快的叫嚷声，我回到楼下，原来是艾萨克带了他的父母登门，要跟我们一起喝一杯。贝茜亚的父母刚刚宣布了两人订婚的消息，当然，房子里的所有人都已经事先知道了。我为他俩的健康干杯，也努力让自己高兴起来，真的，即便是当我看到艾萨克拉着贝茜亚的手站在姥爷面前，听到他对姥爷讲他将来的打算时：有座小房子刚刚入市待售，跟他父母的住所只隔两个门儿，他会马上买下这所房子，用我帮他赚到的黄金；一周以后(仅仅一周以后！)他们就要结婚，这事儿解决得就是这么快，快得简直就像有人在他们头顶挥动魔杖。姥爷点头说，既然那座房子比较小，更适合年轻夫妇入住，那么或许他们更愿意在这座房子里举行婚礼，这也是他赞同这桩婚事的表现。他喜欢艾萨克没有花更多钱买更气派的房子的安排。姥姥已经召集了两位妈妈，她们小声讨论派送喜帖的人选、邀请参加婚礼的亲朋名单。艾萨克和贝茜亚一起来找我，两人都面带微笑，贝茜亚向我伸出手来说："请一定答应我，你要来我们婚礼上跳舞，梅瑞姆！我们只要求你送我们这样一份礼物。"我勉强报以微笑，说我愿意这样做。但房间里的蜡烛已经渐短，今晚要定下的婚事并非只有这一桩。就在他们喜悦的喧嚣里，我开始听到雪橇铃铛的声响，音域过宽，音质也透着怪异感。那铃声越来越响，直到它们来到门前，沉重的兽蹄起起落落，有拳头用力砸门的声音传来，这算是敲门。其他人没有一个听到的。他们继续谈话、欢笑、唱歌，尽管在我听来，他们的声音都已经因为巨大而浑厚的敲击声变得模糊了。

我缓缓离开他们，离开客厅里的所有人，独自走下门廊。那装满了金币的箱子还在门口，半掩在衣帽架上的众多外衣和配饰后面。我们都在某种程度上忘记了它。我打开门，外面的白色大道上，停了一辆无篷雪橇，狭窄、轻便，用灰白木料打造而成，有四只鹿形生物用白色皮带套在橇前，前座上有一个赶车的，橇尾还有两名男仆，他们都是面无血色那种苍白模样，身材同样很高，就像我的那位星魔。我觉得，现在只能把他当自己人了，尽管这些新来的星魔没有那样气派。他们的白头发都绾成单髻，身上只配了几颗闪亮的珠子，衣服也都只是深浅有别的灰色。

他们的主人站在门槛前，他这次可算是盛装出场：他戴了一顶王冠，是金银两种材质的空心束冠，周围突起的装饰物末端像冬青狭长的叶子，每片叶子的中央都镶嵌有透明的宝石；他身穿白色皮衣，披了一件白色毛边的白斗篷，更多透明的晶体悬在斗篷边缘，像玻璃做成的流苏。他居高临下地俯视我，既生气又不满的那种样子，嘴角下拉，就像他并不满意眼前的情形。他有什么可喜欢的呢？我的确穿了自己最体面的外衣，衣袖上有红色镶边，裙摆上也有同样的红色，马甲和围裙上都有橙色花纹，但没有一样特别出众的：就是普通商人家女儿的常见装束，别无其他，即便是马甲上的小金扣和黑色毛皮衣领，也只是小家子气的炫富。我个子矮小，肤色偏黑，像只鹩鹩鸟一样不起眼，对他来说，完全是个糟糕透顶的妻子人选。他甚至还没说什么，我就已经憋不住开了口："你不可能想跟我结婚的，别人会怎么想呢？"

他的嘴形显出他更不高兴，眼神也变得像刀锋一样犀利起来。"我自己许下的诺言，一定要兑现。"他嗓音低沉地对我说，"哪怕整个世界都因此灭亡。你把我的银币换成黄金了吗？"

这次，他听起来甚至不那么阴险了，就像他已经放弃了等着我失败的指望。我弯下腰，把箱子盖儿掀开，它就展示在众多外套和羊毛披肩下面。我单凭自己的力气，甚至都没办法把箱子推到他脚下。"好啦！"我说，"黄金拿走，别再来烦我就成。你都不情愿还硬要娶我，这完全是胡闹，我也不想要这样的婚姻。你为什么就不能随便给我一个无关紧要的承诺呢？"

"只有凡人才会满不在乎，这样轻易做出以次充好，或者为办成大事提供微薄回报之类的丑事。"他说，那份轻蔑简直能化成水滴下来了。我瞪着他，很高兴自己可以生气，这比害怕强点儿。

"我本人的账目清清白白。"我说，"而且我并不认为硬把我从家园和亲人身边拖走也算什么报酬。"

"报酬？"星魔说，"你是我什么人啊，我就要给你报酬？是你，主动要求一份合理的回报，来对应被证实了的高等魔法。你以为我会自甘下贱，装作自己是低等魔怪，无力应对你的挑战吗？我可是玻璃山的主人，不是什么无名的孤魂野鬼。我不会留下任何债

127

务不去偿还。你已经三次接受挑战，三次证明自己言下无虚——不管这样的概率有多么不正常。"他补充了一句，听起来对这件事特别不理解以及不甘心，"而我不会被证明为骗子，不管付出多大代价。"

他向我伸出手，我在绝望之下说道："我甚至都不知道你叫什么名字！"

他极其愤怒地瞪着我，就好像我刚刚要求他砍掉他自己的脑袋一样。"我的名字？你居然还想知道我的名字？你将得到我的承诺、我的王后之位，在我的王国里随心所欲。你怎么还敢提出这样过分的要求？"

他抓住我的手腕，他的手指尽管隔着手套，还是会把我冻得像被烧伤一样疼。他把我拖过门廊，那份寒冷马上在我体内消失了，就像朝霞映在宽阔的河面上那样短暂，尽管我站在那片白色森林里，室内穿的软底靴下面就是冰雪，甚至都没有一条披巾裹在肩上。我试图甩开他。他的握力大到出奇，但当我用尽力量挣扎时，他就放开了我。我摔倒在雪地上，又爬起来，同时转身想要逃走。

但我却已经无路可逃。眼前只有那条白色大道，一头延伸到背后的白色密林，另一头通向我前方的某处，我完全看不到姥爷的家门，连城墙也不见踪影。只有那口枯骨色的箱子还在，盖子打开，就在我面前。在林中的冷光下，里面那些金币放射的光，就像是阳光被困在每一枚金币里，如果你把它们拿起来，它们可能会像融化的黄油一样到处流淌。

两名男仆走过我身旁，小心地把箱盖扣上，几乎是一脸虔诚。在他们脸上，我看到的是跟市场上那些人同样的眼神，那里的人是被神奇的银币蛊惑了。他们同样小心地抬起箱子，但似乎并不费力，尽管姥爷家的两名健壮男仆抬这口箱子都特别吃力。我转过身，目送这口箱子，看它被抬到雪橇上，又看我那位星魔领主。他冲我摆了下手，态度很蛮横。

我还能怎么办？我走到他身边，毫无风度地涉过深雪，又在他后面爬上雪橇。我仅有的安慰，是他身体挺直，跟我保持着距离——尽可能大的距离，同时又要保证没有从雪橇中轴线那里缩后哪怕一指头的距离。"走。"他严厉地对车夫说。鹿铃鸣响，我们迅速沿着宽大的白色通道飞驰。雪橇底部有一小块白色毛皮，我把它拿起来盖在腿上，只为了让紧张的手指能握住软软的皮毛。我根本就没感觉到冷。

玛格瑞塔和我一起坐在爸爸的书房里，等着被宣召。我已经能听到楼下传来的音乐声，但他打算让夜间娱乐节目再进行一阵子，然后再让我登场，不要什么排场，而是悄然出现，静静地进去，坐在我继母身边。玛格瑞塔还在忙着缝纫，欢快地谈着所有那些要用亚麻布做成的衣物，它们还没有备好，但嫁妆里面却是少不了的。只不过，每当我手上有动作，她的眼睛被戒指吸引时，她就会不知

129

不觉停下来。之前，当伽利娜来告诉我到这间书房等待时，连她都曾经停下来看我，显出略微有些困惑的样子。

我没有尝试缝纫。我从爸爸的书架上拿下一本书来，放在腿上看，这本来是难得的享受，但现在我却感觉不到这种乐趣。我低头凝视着书中插图里的说书人和苏丹，还有一个线条模糊的黑影，从火盆冒出的烟里面渐渐成形，它出现在说书人挥动的双手之间。我甚至读不到句子的末尾。我能看到窗外，雪花还在继续飘落。它是今晚突然开始落下的，积雪已经很厚，就像它们也特地来嘲弄我，让我本来就很荒谬的逃跑计划更加不可行。

一阵哄笑透过地板隐隐传来，几乎掩住了门钮的声响，但我还是听见了。门钮旋转时，我把书合上，迅速把戴戒指的手藏在书的下面。时间太早，我爸爸不会派人来找我，不知道为什么，当我看到米纳修斯从宴会场溜出来，独自站在门口时，我并不觉得意外。玛格瑞塔一下子怔住了，像只受惊的兔子一样愣在我身旁，两手握住她的针线活儿。我甚至没有用面纱蒙脸，但现场只有我们几个，玛格瑞塔本可以赶走他。当然，他毕竟是沙皇，但就算他不是沙皇，玛格瑞塔也了解他在其他方面的品行。

"啊，哈！"他说着，走进房间。"当年那些松鼠的小小保护神，现在已经没那么小了。但我觉得，我们还是不能说你变美了。"他补充说道，笑容可掬的样子。

"没错，陛下。"我说。我无法迫使自己垂下眼帘。他可真美，近看尤其迷人：那双软软的性感嘴唇配上剪短的小胡须，相得益彰，两眼看上去没有一点尘世渣滓，像完美的宝石。但这并不是我两眼盯着他脸的原因——我只是对他太戒备，不敢看别处，就像小老鼠紧盯着猫儿来回踱步。

"没——错吗？"他轻声说，又靠近一步。

我从座位上站起来，让他没机会站在贴近我的地方。玛格瑞塔尽管哆嗦着，也站到我身旁，当他开始向我伸手时，她赶紧问："陛下您要不要来一杯白兰地？"她指的是壁柜上放着的那瓶酒，酒瓶都是用水晶切割而成的。玛格瑞塔也是在绝望之下，才提到了它。

"好啊，"他马上回答，"但我不要那瓶。我要楼下他们提供的那种。你去给我取一杯来。"

玛格瑞塔站在我身旁，眼睛望向别处。"爸爸不允许她离开我身边。"我说。

"不允许？胡说。我已经允许她了。我会亲自在这里捍卫你的荣誉。走！"他告诉玛格瑞塔，那道命令像块通红的烙铁一样擦过我身旁，玛格瑞塔面对这样的威压，也只好逃离房间。

他的眼睛转回到我的方向，我的手指紧紧握在戒指两边，从上面汲取那份凉意，我为此觉得感激。他又上前一步，单手托起我的脸，迫使我抬头。"那么，我勇敢的灰松鼠，你到底跟你的爸爸说过什么，让他相信他能迫使我娶你为妻呢？"

他以为我爸爸是想勒索他。"陛下说什么？"我问道，仍然试图求助于刻板的礼节，但他的手指开始用力收紧。

"你的爸爸花钱如流水，用来准备各种娱乐活动，而他以前从来都不会这样大手大脚地花钱。"他用拇指轻抚我的下巴，身体向前探。我感觉我能闻到他身上的黑魔法气息,一股刺鼻的浊气,混合了肉桂、胡椒和松脂的气味,还有潜藏在更深层的木柴烟火味儿。这气味像他身上其他特质一样,有点可爱,充满诱惑力,我感觉自己快窒息了。"告诉我。"他温和地劝导。这些话让我的脸发烧,就像冬天对着冷玻璃哈气,就能在上面结出水雾一样。

但我的戒指保持着清凉,我感受到的那股热力在体内渐渐消失了。我无须回答他。但如果不回答——那也等于给了他一种答复。"什么都没说。我不必说。"我这样回答,多少也向他透露了一点儿实情,我想要赶紧摆脱他。

"为什么不说呢?难道你不想头戴金冠,成为沙皇的妻子吗?"他嘲讽地问道。

"不想。"我说着,向后退开。

我的回答使他惊异得手指一松,离开了我的脸。他呆望着我,然后他的脸上居然浮现出一抹可怕的急切表情,暂时扭曲了那张英俊的脸,就像篝火上的热空气造成的扭曲效果一样。我感觉,他眼睛里似乎有红光闪动,当时他已经又向我逼近了一步——此刻房门打开,我爸爸进入房间,他很担心,也有些愤怒:他的计划正在被打乱,而他却无法阻止。

"陛下。"他说,当他发现我那只手藏在书后面时,嘴唇不觉抿紧了。"我刚好上楼来,要带艾丽娜下去的。没想到您皇恩浩荡,亲自帮我找到了她。"

爸爸来到我面前,伸手索要那本书,我不情愿地把书交给他,在他拿走书的过程中,戒指在我们之间闪耀着银光。我看了下米纳修斯，怀着不祥的预感，等着他脸上现出迷惑的样子，看到魔法影响到他。但他的眼睛早就已经被另一种饥饿和快意点燃，他的表情完全没有变。他在看我，只看我本人，他根本就没有多余的精力注意那枚戒指。

他又瞪了我片刻，然后眨了下眼睛，眼中那份热切的光芒隐去，转而面对我爸爸。"请您务必原谅我，厄迪维勒斯，"他顿了一下才说，"之前你说过的话让我产生了强烈的愿念，一定要再次见到艾丽娜，但不要让大厅中的喧嚣隔在我俩之间。你说的果然是真的。她身上的确有极为罕见的特质。"

我爸爸愣了一下，也很意外，就像看到猎场里的兔子突然掉头，跳向猎狗。但他的决断力帮他应对了眼前这个意外的瞬间。"陛下您这样说，令寒舍蓬荜生辉。"

"是啊。"米纳修斯说，"或许她可以独自下楼，不必你我陪同。我觉得我们应该马上谈谈她的婚事。她的确是命中注定，会得到一位特别的新郎。我必须先警告您，这位可是性急得很呢。"

第十章

那周的每一天,梅瑞姆的爸爸都会带点儿困惑地问我:"旺达,你看见梅瑞姆了吗?"每天我都会提醒他,她去维斯尼亚城里了。然后他会说:"哦,当然是这样,我真蠢啊,连这个都忘了。"每天吃晚饭时,梅瑞姆的妈妈都会摆出第四个座位,摆好食物,然后当发现梅瑞姆不在时,两人又都会显出吃惊的表情。我没有事先提醒他们,因为他们会把整盘的食物给我吃。

我每天都去收债,把所有条目小心翼翼地记录在账册里。谢尔盖和我照顾所有的山羊和鸡。我们让庭院保持整洁,把积雪扫清堆实拍平整。每个星期三我去市场,购买日常所需,有个从北方来卖鱼的人问我梅瑞姆还有没有剩余的围裙出售——他看到过别人戴,想给他的三个女儿也买几件回去。房子里还有三件围裙。我感觉到喉头发紧,但勇气倍增。我对他说围裙还有,又补充说道:"如果你真心想买,我可以回去拿来,每件要两枚银币。"

"两枚银币!"他惊叫道,"我最多也就出一枚。"

"价钱我可改不了。"我说,"我们女当家的出门去了。她从未向任何人卖过更低的价钱。"我补充说。

他皱起眉头,但随后说:"好吧,那我只买两件。"当我点头,说要回家去取时,他又在身后叫住我,说还是把三件都拿来好了。我去了,取回围裙给他。他反反复复验看,试图寻找任何开线或者褪色的地方。然后他取出钱包,数出了那笔钱,交在我手中:一,二,三,四,五,六。六枚银币,亮闪闪地躺在我手心里。它们并不属于我,但我合上手掌攥紧它们,咽了一下口水说:"谢谢您,先生。"然后我拿了篮子,走出市场,直到没有人看到我,我一路跑回房子,气喘吁吁地冲了进去。梅瑞姆的妈妈正在往餐桌上摆放食物。她吃惊地看着我。

"我把围裙卖掉了。"我说。我感觉自己可能会哭出来。我喉头涌动,把钱递过去给她。

她伸手接过了那些钱,但她甚至都没去看那些银币。她把手放在我脸上——那么小、那么瘦的一只手,但很暖。她仰面向我微笑,然后说:"旺达,要没有你,我们该怎么办啊!"她转身,把那些钱放进壁柜上的罐子里。我用手捂住脸,然后用围裙擦掉眼泪,坐在餐桌旁。

她这次又把食物做多了。"旺达,你还能再吃点吗?好好的食物扔掉太可惜了。"梅瑞姆爸爸又这样说,把第四个餐盘推过来给我。梅瑞姆的妈妈脸上表情很奇怪,她望着窗外,似乎很困惑。"梅瑞姆离家多久了?"她缓缓地问道。

"一星期了。"我说。

"一星期了。"她重复我的话,像是要把这个时间记在脑子里。

"她很快就会回家来的,瑞切尔。"梅瑞姆爸爸说,态度过于热切,似乎在努力说服自己。

"距离挺远的。"梅瑞姆妈妈说,脸上依然是那副奇特的、担心的神情。"她要去那么遥远的地方。"然后她打起精神来,向我微笑。"好啦,旺达,看你吃得这么香,我真高兴。"

我不知道为什么,但那个念头特别清晰地进入了我的头脑:梅瑞姆回不来了。"饭菜挺好吃的。"我说,自己喉头有一种异样的感觉。"谢谢你。"

梅瑞姆妈妈给了我当天的铜钱,我慢慢地走回家。我想,梅瑞姆会一直都是即将回家。他们会一直那样等着,等着。他们每天都会摆出额外一份食物,每天都会因为她还没回家感到困惑不解,每天都会给她准备的食物让我吃掉。也许他们会把原本属于她的其他东西也给我。我会接管梅瑞姆的工作,梅瑞姆的妈妈会像今天那样对我微笑,梅瑞姆的爸爸会教我掌握更多数字。我试着不去贪求这些东西。如果是那样,就像是我本人想让她一去不回似的。

我去把自己的铜钱埋在白树下,当我回自家的房子时,却在门口停住了。我一路走来的大路上有很多脚印。这个本来不奇怪,因为还有其他人家住在这条大路旁。但现在我看出,那些脚印已经离开大路,折向我们家门口:两个男人,穿了皮鞋,这个就很奇怪了。现在不是税吏上门的季节。我慢慢靠近。靠近房门时,我听到欢笑声和男人的谈话声,他们在碰杯祝酒。显然是喝上了。我不想进门,但又不得不进去。我走了这么远的路,已经觉得很冷,我需要让自己的手脚暖和一下。

我打开门,完全不知道自己将会面对什么。不管是什么场景,都会令我意外。来的是卡居什和他的儿子卢卡斯。他们在桌上摆了一大罐蜜酒和三个杯子。我爸爸已经满脸通红,所以,他们已经喝了一阵子了。斯特潘蜷缩在火炉旁的角落里,尽量不引人注意。他抬头看着我。"她回来了!"卡居什在我进门时说。"关上门,旺达,过来跟我们一起庆祝吧。过去啊,卢卡斯,去帮帮她!"

卢卡斯起身来到我身边,伸手想要帮我解下披肩,我不明白他何必多此一举。我自己把披肩解开了,挂在靠近火炉的地方,把头巾也挂在一起。我回头来看。卡居什一直笑吟吟地看我。"我确信,你离开她一定会难过。"他对我爸爸说,"但养女儿的爸爸都会经历这一关!而且她的新家又不远。"我怔住了。我看着斯特潘。"旺达,"卡居什继续说,"我们全都谈妥了!你要嫁给卢卡斯。"

我看了下卢卡斯。他看上去并没有很开心,但也没有很难过。他只是在打量我,心里盘算着。我就等于是市场上的一头猪,他已经决定要买下来了。他的希望,无非是我迅速长膘,在被做成香肠之前,给他生好多小猪仔。

"当然了,你爸爸跟我讲了他负债的那些事儿。"卡居什说,"但我已经告诉他,他以后都不用继续还债了。我们把两家的债都记在我头上,你还留在那儿干活,给两家还债。而且每个星期,你都可以回这里,给他送来一罐我最好的烧酒,这样他就不会忘记自家女儿长什么样子了。这杯祝愿你健康幸福!"他向我举杯,让酒稍微沾了下嘴唇。而我爸爸也举起他的酒杯,一下子全部喝光了。

137

卡居什马上给他重新倒满了酒。

所以说,我爸爸将我出卖之后,甚至都得不到一头能下奶的山羊,也得不到几头猪。他同样不会得到每个月四枚铜钱的收入。他打算把我卖掉换酒喝,售价是每周一瓶酒。卡居什还在笑。他一定是猜到了,我现在已经能挣到现钱。或者就是他认为,如果我嫁到他们家,梅瑞姆就会减免他的一部分债务。如果他去找梅瑞姆的爸爸谈话,这些预想都不会落空。他欠的债会被全免,当作他们给我的新婚礼物。然后,或许卡居什会让我继续为他们工作,但他会向他们索要越来越高的报酬。梅瑞姆已经离开,她不会来跟这个老家伙战斗。现在那边只剩她的爸爸妈妈,而他们根本就不会跟卡居什争斗。他们不会跟任何人争斗。

"不行。"我说。

他们全都看着我。我爸爸在快速眨眼。"你说什么?"他问道,已经口齿不清。

"这事不行,"我又说了一遍,"我不会嫁给卢卡斯。"

卡居什已经不再笑了。"那个,旺达……"他准备开始劝说,但我爸爸没有等他继续说下去。他迅速跳起来,那么用力地劈头打我,我立刻就摔倒在地上了。

"你敢说不行?"我爸爸咆哮着,"你敢说不行?你以为这个家里你说了算?你绝对不能对我说不!闭上你的贱嘴!你今天就得嫁给他,你这头蠢牛!"他在解裤腰带,想解下来打我,但却解不开扣。

"高瑞克,我看她就是没做好准备。"卡居什说,他伸了一只

138

手出来，但没有起身。"我相信，她再过一会儿就会想清楚的。"

"我会教她快点儿想清楚！"我爸爸说，他揪住我的头发，把我的头扯起。我瞥见了卢卡斯。他已经退到了门口。他看上去被吓到了。我爸爸是个大块头，比他和卡居什都更强壮。"你也敢说不？"他在重复刚才的话，一遍又一遍，左右扇我耳光，来来回回地扇。我想要用手护住自己的头，但他把我的手拨开到一边。

"高瑞克，你再打下去，她出嫁的时候可就不好看了。"卡居什说，就像他想把这场冲突淡化成一场玩笑。但在我嘤嘤作响的耳朵里，他听起来有些害怕。

"谁管她那张臭脸！"我爸爸说，"那小子会得到女人身上管用的部分。你少拿那双手来挡我！"他冲我喊。"你说不行是吧？"他已经放弃了解裤腰带的打算，从火炉旁边把通条抓了过来。

突然，斯特潘说："不要啊！"他伸手抓住了通条另一端。我爸爸停住了。哭到半瞎的我，也抬头怔怔地去看。斯特潘很矮小瘦弱，像是刚长一年的小树苗一样单薄。我爸爸只要一用力，就能用通条把他挑到空中。但斯特潘还是紧紧抓住通条，不肯放手，又对爸爸说了一遍："不要啊！"

我爸爸过于震惊，以至于有一会儿什么都没做，想要把通条夺过来，但斯特潘抓得很紧，身体跟着通条一起被拽了过来。我爸爸抓住他的肩膀，想要把他推开，但是通条比他胳膊长，他喝了太多酒脑子不清醒，完全想不到放下通条再推人，所以他开始来回摇晃通条，推得斯特潘满屋子乱撞，但还吊在通条另一端。我爸爸越来越生气,他猛然吼了一声,那响声已经不像是人类了,他终于把通条丢下,抓住斯特潘,用他的大拳头在斯特潘脸上猛击。

斯特潘倒在地上,血从脸上流下来,手里还紧紧握着那根通条,哭着又说了一句:"不要……"

我爸爸已经气到吼不出声。他抓起自己的板凳,重重砸到斯特潘背上,凳子裂成了碎块。斯特潘直挺挺地倒在地上。我爸爸手里还剩一条凳子腿,他用这东西猛抽斯特潘的手,特别用力,直到斯特潘惨叫起来,手指终于从通条那里撤开,我爸爸抓住了通条。

我爸爸脸上完全是不可抑制的狂怒。他眼睛都红了,嘴唇后咧,露出满嘴牙齿。如果他现在开始用通条打斯特潘,他就不会停下来。他会打死这孩子的。"我愿意嫁给卢卡斯!"我说,"爸爸。我愿意嫁给他!"但随后我透过肿起的脸颊找人,发现卢卡斯已经走了,卡居什也正在尝试着溜到门口逃走。

"你要去哪儿?"我爸爸冲着他吼叫。

"那个,既然你家闺女不同意,我看这事儿就算了!"卡居什说,"卢卡斯也不想娶个不喜欢他的女孩。"他真正的意思,是不想在自己家发生这种暴力冲突。是他带了烧酒和自作聪明的计划来我家,把我爸爸灌醉,把他的坏脾气像野火一样点燃的,现在大火将要毁灭一切,他就只顾着自己逃跑了。

而他的确能逃走。他马上就会脱身,卢卡斯已经逃了。我爸爸除了大喊大叫,并不能逼着他们听自己的话。他们是富裕的小镇居民,能支付数目可观的税款。如果爸爸打他们,他们就可以去告状,请当地的领主用鞭子教训爸爸。我爸爸也知道这个。所以他对我嚎叫:"这都怪你! 男人要你这种不听话的女人有什么用!"

他当时正要冲过来用通条打我,卡居什正在拉开门准备逃离,谢尔盖却正好来到门口。他听到我们惨叫了。他跑进屋门,在通条击中我头部之前抓住了它。我爸爸想从他手里把通条夺回去,但没成功。谢尔盖没有放手。他现在已经跟爸爸一样高了,而且最近也壮实了一些,因为每天都可以在梅瑞姆家里吃两顿饭。而我爸爸因为过冬加上酗酒,这时候很瘦。爸爸又试了一次,想用单拳去打谢尔盖,谢尔盖趁机夺走了通条,挥动起来,反而用通条打中了他——爸爸。

我想这大概是全世界最让我爸爸吃惊的事儿了,他自己成了挨打的人。没有人敢跟他打架,即便在镇上也一样。他块头太大了。他跟跄后退,被仍旧蜷缩在炉火前面的斯特潘绊了一下,于是向后栽倒。他的头"砰"的一下撞在那一大锅热粥上,把下面撑火的支架也给撞松了。他直挺挺继续向下倒,摔进火里,而那一大锅滚烫的东西直接就倒在了他脸上。

卡居什惊叫一声,跑出了房子,当时爸爸还在尖叫,胡乱挣扎。我把汤锅从他身上拿走时烫伤了手,我们把他从灰堆里拽出来,但他的头发着火了,衣服也烧了起来。他整个脸上全是泡,眼睛肿得跟大个儿圆葱似的,挤在眼皮下面。我们脱下身上的衣服扑灭了火。但那时候,他已经不再尖叫,也不再动弹。

我们三个站在他周围。我们不知道该怎么办。他看上去已经不像人样了。他整个头都变成白白的肿起的一坨,只有个别地方是血红色。他现在不说话,也完全不动。"他是死了吗?"谢尔盖终于问。爸爸还是没有动,也没说话,我们这时候才知道,他真的已经死了。

斯特潘转过身来,一脸害怕地看着我和谢尔盖。他的脸上还血淋淋的,鼻子看上去很不对劲。他想知道我们现在该怎么办。谢尔盖脸色苍白。他咽了一下口水。"卡居什会告诉所有人,"他说,"他会跟所有人说……"

卡居什会跟所有人说,谢尔盖把我们的爸爸杀死了。领主的手下会来,把他抓走然后吊死。谢尔盖是失手伤人这一点,是不会有人考虑的。我们的爸爸当时想要打死我们,同样不会有人去管。反正任谁都不能杀死自己的爸爸。他们或许也会把我抓走。卡居什会告诉所有人说,是我拒绝嫁给他儿子,谢尔盖为了阻止爸爸打我,才杀死了他的。所以我也是同谋。不管怎样,他们肯定会把谢尔盖吊死。即便他们不把我抓去吊死,领主也会没收我们的农场,赏赐给其他人。斯特潘太小,不可能独自耕种这些农田,而我是女人。

"我们只能逃走了。"我说。

我们去了白树那里。我们挖出那些铜钱。总共只有二十二枚,但这已经是我们所有的财产了。我们低头看着铜钱。我已经知道二十二枚铜钱能买到什么了。它们不能给三个人买到很多食物和喝的,但我们想到任何地方找到活儿干的话,都需要逃出很远才行。

"斯特潘,"我说,"你必须到曼德斯塔姆夫人那里去。"斯特潘瞄了我一眼。他很害怕。"你还小。没有人会说是你做了那件事。她会让你留下的。"

"她为什么愿意啊?"谢尔盖问,"小弟帮不了她什么忙。"

"他可以给他们家看羊的。"我这样说,其实只是为了让谢尔盖和斯特潘感觉好一点儿。我知道梅瑞姆的妈妈会收留他,哪怕他什么都做不了。但他实际上真能帮忙。斯特潘很擅长侍弄山羊。所以就算没有人出门收债,他们一家人也不会挨饿。而且他还可以陪伴他们,度过这段梅瑞姆离家的日子。过了一会儿,斯特潘揉了下眼睛,点头答应。他能理解。谢尔盖和我会走得很快,而且长途跋涉很久。我们可以帮人干活,挣到一点报酬,但他还做不到。这样安排,我们大家都更安全一些。但这也意味着我们现在就分手,甚至可能永远不再见面。谢尔盖和我都不能回来。斯特潘也不会知道我们去了哪儿。

"妈妈,对不起。"我对那棵树说。这些钱到底还是带来了麻烦。我们本应该听她的话。风声吹过白树叶,像一声幽长的叹息。然后那棵树缓缓垂下三条矮枝,靠近我们,每一条树枝分别抚摸着我们三个的肩膀。那感觉就像有人用手抚摸我的头。那条接触斯特潘肩膀的树枝上,有一颗白色果子,看上去已经成熟。他看看果子,又看看我们。

"把它摘下来。"我说。这完全公平。妈妈曾经救过我一次,也救过谢尔盖,反正这次的麻烦也是我们两个人惹下的。斯特潘从来没有主动参与过。

于是斯特潘摘下那枚果子,把它放进自己的衣袋。谢尔盖问我:"我们去哪里呢?"

143

"我们先去维斯尼亚城。"我考虑了一会儿之后说,"我们可以去找梅瑞姆的姥爷。或许他会给我们一份工作。"我知道她姥爷的名字叫穆赛尔,但我当时并不相信我们能真的找到维斯尼亚城,找到他。但我们总得走向某个方向。而且我记得梅瑞姆曾经说过,等到河冰融化之后,要运送一些羊毛去南方。如果我们先到城里,再沿着维斯尼亚城中的河道去南方,那边就再也不会有人追捕我们了。没有人会为我们这样的小人物追那么远。

谢尔盖听我这样说之后点头称是。我们去了羊圈,把剩下的四只瘦山羊拴在一根绳上牵着。斯特潘带着它们,慢慢沿着大路离开,每走几步就回头看我们,直到他走出我们的视线。我们把铜钱分成两份,一人一半,两人都把自己那份钱放在最结实的衣袋里。我们不想再进入那座房子,因为我们的爸爸还躺在那里。但最终我们还是进去了,从墙上拿了我爸爸的外衣,还把那口汤锅从灰烬里取出来带上,好在路上做饭用。

我们进入了森林。

米纳修斯和我,在他来访第三天的早晨就结婚了,我戴了我的戒指、项链、还有后冠。我爸爸拿出这三件珠宝当作嫁妆,声称它们都是我妈妈的遗物。米纳修斯纯属客套地说:"好的,有这些就够了。"其实他完全不在乎。我觉得,即便什么嫁妆都没有,他也会娶我，但我爸爸却有些忐忑，因为这次成功得过于轻易，这让他疑神疑鬼。他想要相信，这结果是他多方谋划才促成的。我步入教堂时，朝臣们都满脸仰慕地盯着我看，就像我的颈项和额头上戴着全世界所有的星辰，但对我的新郎而言，那种魔力白银简直跟破铜烂铁没什么两样。他不在乎，甚至没有察觉。尽管是他坚持要迅速成婚的，但他说誓言的时候却一脸的不耐烦，之后他尽早放开我的手，就像害怕被我烫伤一样。我只能猜想，他大概是能从这桩出人意料的婚姻中得到某种满足。他偏要娶一个不想要他的女孩，尽管这个王国里的其他淑女都在遥望着他长吁短叹，如果能嫁给他，就算被砍掉脚趾头都心甘情愿。

我们在婚礼之后马上离开。我那口只刷了一半油漆的嫁妆箱子被胡乱塞在雪橇后面，雪橇被漆了银白两色——油漆还很新；这是我爸爸辖区里一位领主仓促准备的礼物，他只是找了一架自己用的雪橇，翻新了一下，箱子放好以后，我也被塞到座位上。没有人跟我一起出嫁。米纳修斯跟我爸爸说，他宫里已经不需要再多一位老太婆了，于是玛格瑞塔被丢在了老家。她很伤心，弯着腰站在大门侧面的露台那里哭，缩在公爵府里所有的其他女士后面。

米纳修斯亲吻爸爸的脸颊作别，这是近亲之间的正常礼节，然后他爬上雪橇，坐在我身旁。我很感激，没有被困在那架封闭式雪橇里面。那架雪橇不适合坐两个人，假如其中一位是立瑟瓦王国沙皇的话。话说回来，我们这架雪橇也几乎可以说是太闷热了，我们身上盖了好多厚厚的毛皮，脚下和座位下面还塞了好多装着热石头的暖袋。他身体向后靠，放松地伸展四肢，递了钱包给我。"我们出发时,请向围观民众丢出三把钱币,我的爱人,好让所有人都分享我们的快乐。"他拖着长腔说。"另外请尽量表现出幸福的样子,我知道你心里一定觉得很幸福。对他们微笑吧。"他补充说。这又是一道强硬的命令,像暖袋里涌来的热气一样冲入我的身体,但那枚戒指藏在我手套里面,它的白银材质让我内心冷静了下来。我只是警觉地伸手接过钱包,只是向雪橇两侧丢出满把的银币和铜钱,却没有向外看。街上的人不会注意到我并没有向他们微笑,他们只要有钱可以捡就好。而且我也无法从沙皇身上移开视线。他皱着眉,一直观察我,眼睛里阴云密布,又说了些什么。

结冰的河面充当道路,雪橇行驶如飞,沿途曾经四次停下来换马,直到天黑之前,我们才在阿佐拉斯公爵府上停下来过夜。他是一位富裕的领主,拥有广阔的农田,但他的驻地却是个更小的城镇,那城墙也就只能挡一下星魔掠夺者,却无法阻挡正规侵略军。那是个宁静的小地方,无法容纳沙皇的全体随员在那儿过夜。米纳修斯命令他几乎所有的随员都继续前进,到沿途的其他小领主和骑士那里投宿,明早再来聚齐。我站在公爵府前的台阶上看着他们离开,所有这些人都见证了我的婚礼,我感觉后背涌起一阵凉意。府里面至少有足够的空间容纳其中一部分人。很多骑士的脸色都很难看,貌似怀有不满,不愿意被打发到别处过夜。仆人们正在把我的箱子从雪橇里搬下来,把它抬进府中。我看了下米纳修斯。或许是夕阳的影响吧,但他回望我的眼睛里,的确闪过一道红光。

我进入室内用晚餐,全套的银饰在烛光下闪亮,我甚至连后冠都没有摘掉,餐桌周围所有的男人都直愣愣地盯着我看,他们一脸无助的样子就像一群小孩，困惑的同时，又嫉妒沙皇，同时又说不清楚这是为什么。我尽可能多地跟这些被魔力白银蛊惑的男人们谈话。但最后一道菜我才刚吃了几口，米纳修斯就编了个借口让我离席，命令我跟随早已在一旁等待的女仆们离开，他的两名侍卫在后跟随。"守在我的宝贝皇后门口。我可不想让她逃了。"他对侍卫们说，每个人听到他的小笑话都在笑。我离开了餐桌，他突兀地转身，抓住我的手，扯到嘴边亲了一下，他的嘴唇热到灼人。"我很快就会来找你的。"他压低嗓子，凶横地说，这是个热切又执着的承诺，然后他才放我离开。

那个吻让我两颊潮红，等着我的侍女们叽叽喳喳地说笑，以为我是热切期待着帅气的新郎。我对她们的误解心怀感激。我卧室的门关闭之后，我马上让她们离开，而不是让她们帮我宽衣。"我的夫君会帮我的，我觉得。"我说，一面故作羞涩地低头，以免让她们看出，我心里其实在害怕，而不是在兴奋。她们又都笑了起来，没有人质疑就悄然离开，留下我一个人还穿着我的厚外套。

两天前，我曾对伽利娜说："从这里驾车往返考兰城，路上又远又冷，我的旧皮衣都已经太小了。"我知道，无论是朝臣们，还是我爸爸的下属贵族和骑士们，都会疯狂寻找结婚礼物，因为这婚事太仓促，我觉得他们很可能会咨询我的继母。所以，现在我已经有了一套美丽又厚实的貂皮大衣，华贵程度配得上一位皇后。我之前把它放在房间一角，白白软软的一小堆，侍女们一关上门，我马上就把皮衣穿上，又披上厚斗篷，戴了防寒手筒。我没有办法同时戴上后冠和皮帽，但我又不想让帽子留在原处，所以我把它也塞进了手筒里。

我走到墙上挂着的高大镜子对面，看着镜中的自己，镜中那个我，站在灰暗森林中飘飞的雪花里。我上前几步，来到紧贴镜面的位置，酷寒扑面而来。我闭上眼睛，又上前一步，我害怕任何一种结果：鼻子撞到坚硬的玻璃，无法逃脱，或者真的穿过了镜面，发现自己独自步入暗夜，置身于另一个世界，我甚至可能无法返回。

但我的脸并没有撞上玻璃，只有严冬，严寒刺痛我的脸颊。我重新睁开眼睛。我现在独自一人，在一片黑黢黢的松树林里，树冠上挂满白雪，在每个方向都无边无际地延伸。头顶的天空是深灰色的，黄昏将过，最后一点残霞仍在，但没有一线星光。这里太过于寒冷，以至于我不得不把手筒放在嘴边，才能让呼出的气息不会马上把我的脸冻住。我的周围有细细的雪花飘落，像细针一样刺痛我的皮肤。这份寒冷不是普通冬天深夜里的那种，甚至也不是暴风雪那种冷，而是一种极具吞噬力的、不自然的严寒，它想要直接爬入我的心肺，逼问我闯到这里来干什么。

周围没有任何藏身之处——没有可以请求借宿的房舍。但我转身环顾，发现我站在一条深深的河流旁边，这条河几乎通体结冰，光彩闪耀，犹如玻璃。当我俯视河面，我看到的却不是自己的影子，而是我刚刚逃离的空房间，就像我是从镜子另一侧观察一样。

就在我观察期间，房门打开了，我身体马上紧绷得像弓弦一样，但转瞬之间我就确信，米纳修斯没有看到我。他进入房间时还咧着大嘴得意地笑，一脸饥渴难耐的样子，当他发现房间貌似全空的时候，甚至更兴奋了一点。他回手关上门，用后背倚住。他单手下垂，甚至没有回头看，就煞有介事地把门锁上了。门锁的咔嗒声传到我这里，略微有些扭曲，就像我是在水下听到的一样。"艾丽娜，艾丽娜，你是在躲避我吗？"他轻声说，嗓音里带着浓烈的兴味，一边拔出钥匙，放进衣袋里。"我一定会找到你……"

他开始找我，在壁炉帘后、床下面、衣柜里。他甚至来过镜子前，我见他径直向我走来，吓得向后退缩，但他只是来看镜子后面有没有空间可以藏人。当他退走时，脸上的微笑终于开始消去，他去了窗前，扯开窗帘，但他之前就是特意选择这个房间的：这里只有一扇小窗，而且依然紧闭着。

他转身回来，愤怒已经开始扭曲他的脸。我两臂抱紧身体，承受着严寒的折磨，而他已经开始大肆破坏整个房间。他终于喘息着住了手，床罩都已经被扯掉了，半数家具都被推倒，他本人气急败坏。"你在哪里？"他尖叫，嗓子里发出可怕的、非人类的沙哑嚎叫。"出来，让我看到你！你是我的，艾丽娜，你完全属于我！"他用力跺脚，重到连雕花大床都在颤抖。"否则我就会杀死他们，杀死他们所有人！你的家人、你的亲戚，他们都将死于我手！除非你马上出来……我不会伤害你……"他这样补充道，语调突然变成哄骗式的，就像他真以为我会相信他。他停顿，又等了一会儿，但我没有出现，他又暴发式地开始疯狂破坏。他不再搜寻，只是一味猛击、撕扯，像只疯狂的野兽，凌虐整个世界的同时，也在伤害自己。

那种癫狂一直持续，直到他突然愤怒地长啸，像中风一样倒在地上，在地面上用力撞击身体，全身都在抽搐，口吐白沫。这种暴力行为仅仅持续了一会儿，他又突然地软瘫在地板上，嘴唇无力地张开，两眼无神地盯着某处。它们看似直视着我，但又什么都没看到。我回望那双眼睛，感觉是经过了很漫长的一段时间，那双眼睛才重新开始眨动。

米纳修斯翻了个身，腹部向下卧着，先是撑起身体变成跪姿，然后才一脸痛苦地站起身。他的衣服都被扯破了，松松垮垮地挂在肩上。他环顾周围，看着那张被毁掉的床，还有被他破坏得乱七八糟的房间。那副饥渴难耐的模样已经从他脸上消失了；他只是有些警觉，还带着几分困惑。"艾丽娜？"他叫我，甚至还掀开被扯烂的床罩，往下面看，就好像他真的相信我会突然出现一样。他放下床罩，甚至还去了窗前，又察看了一遍，就好像不记得自己刚刚曾去那里看过一样。

米纳修斯脸上还带着困惑的表情，大步走过房间，去了壁炉前面，很大声地在那里说话，就好像他认定了会有人回答一样。"这次你真的很过分，也把我害惨了。这可是一位公爵的女儿啊！你甚至连尸体都没留下。你到底对她做了什么？"

那火焰呼啸着，猛地蹿起好高，一大批火星被抛洒到房间里。米纳修斯无视它们，火星落在他的皮肤上，小小的烧伤痕迹刚在他身上出现，就马上消失了。"找到她！"那火焰说，它的声音全是嘶嘶声，是由哔啵的爆裂声和吞噬声组成的。"带她回来！"

"什么？"米纳修斯问，"她之前不在这里？"

"我一定要得到她！"那火焰说。"我就是要得到她！替我把她找来！"这妖怪的声音也提高到刚才米纳修斯自己发出过的尖啸声强度了。

"哦，棒极了。她一定是贿赂了那两名侍卫，请求他们放自己逃走。你想让我怎么处理这件事？是你非得坚持让我娶这个女孩，全世界唯一愿意从我卧室里逃走的这位！我本来就已经快要受够了，哪怕仅仅需要在发生了某种悲剧或者意外之后安抚她的爸爸；要是她已经失踪了的话，这件事会更加棘手的。"

"那就杀了他们！"那团火恶狠狠地说，"她是我的，他们已经把她交给了我。如果那些人帮她逃走的话，就把他们全杀掉！"

米纳修斯做了个不耐烦的手势。"你别傻了！公爵本来就很高兴自己把她献出来的。他不可能把那女孩劫走藏起来。她这次逃走，一定是她自己的主意。现在已经逃到邻国去了吧？很有可能。或者就是躲进了某个女修道院：那样可就好玩了，对吧？"

那火焰发出一种声音，听起来像是水泼在红热的炭块上。"那个老太婆，"它恶狠狠地说，我害怕到咽喉发紧。"那个老太婆，你不想让她目睹的那个。派人带她来！她一定了解内情！她会告诉我的！"

米纳修斯一脸苦相，像是觉得那火魔很没品，但他只是说："好的，好的。派人带她来也要一天时间。与此同时，我估计你是要让我自己去编故事，设法说服所有人，让他们相信我亲爱的妻子半夜逃走了是吧？还有，眼前这骇人听闻的破坏怎么解释啊？你现在得给我一月份的魔力来修复一切，我才不管你现在在有多焦渴。"

火焰骤然冲高，充满了整个壁炉，还沿着烟囱继续向上，橙色的火光照亮了沙皇的脸庞，但他两臂交叉，怒目而视。过了一会儿，一根火苗不情愿地离开炉火，向他伸展过来。他闭上眼睛，头向后仰，张开嘴唇，那根火苗突然加速，像鞭子一样冲下他的喉咙，一团闪亮的热力由内向外照亮他整个身体，以至于有个瞬间，我能看到他体内一些奇形怪状的阴影，还有皮肤下面线条组成的网络。

他站在那儿，身体紧绷，微微战栗，处在那根火焰细流的下方，直到那根火苗最终与炉火那边分离，最后的尾梢也消失在他喉咙里，光线渐渐黯淡。他睁开眼睛，身体无助地摇晃，有如醉酒，脸上一副满足相，两腮潮红。"啊！"他长出一口气。

那炉火正在从最高处渐渐低迷。"找到她，找到她！"它还在叫嚷，但声音很低沉，像残灰中偶尔爆出的闷响。"我饿啊，我渴……"然后它终于失势，静静地熄灭。火焰消失，炉膛里只剩下红热的炭块。

米纳修斯回身面对房间，嘴角还挂着一丝微笑，但眼睑沉重。他举起手臂，懒洋洋地挥了个大圈，房间里到处散落的碎木残缕都开始重新聚合，恢复成完整的家具和美丽的织物，一切都随着他手掌的动作优雅飞舞。他面带微笑望着一切，跟当年他戳弄死掉的小松鼠时的表情一模一样。

他终于让自己的手松弛下来垂在身边，那动作还是像舞台表演一样流畅。这房间现在一副没有人动过的样子，只是多了些艺术气息：床上的花纹变得更加繁复，修复后的床罩有了银、绿、金三色图案，跟窗帘遥相呼应。他满意地环顾四周，点头，再次走出房间，一面自得其乐地哼着歌儿，一面轻轻地揉搓手指，就像他仍然能感觉到指尖激荡的魔力。

他离开之后,房间变得空旷又宁静。刚才熊熊燃烧的炉火已经熄灭:那里现在只剩下普通的木炭,它们温暖的微光让人难以抗拒,即便是周围仍有危机潜伏。我不想回到那里去——我怎么知道那个魔鬼一样的家伙是否还藏在炭块下面啊!但我的脚已经被冻木了,全部的手指中,也只剩下戴着银戒指的那根拇指还有点知觉。我浑身发抖,但再熬下去,怕是连发抖都做不到了,而且这边根本无处可去。我不得不回去,哪怕只是为了让自己暖和一会儿。

我必须这样做,但我的手还是会发抖,我迫使自己跪下来,把它伸向平整如玻璃的河面。我的手轻易就穿过了冰层,像伸入浴盆水里一样简单,我看到这只手出现在对面的房间里。我只让手指头通过,就停下来等待、观望,眼睛看着炉火。但我真的已经无法继续等待下去了。我的手现在暖和了,暖和到让我身体的其他部分感觉更冷了一千倍,当我发现并没有火焰妖怪马上跳出来扑向我时,我深吸一口气,全身向冰面扑去。

我摔出镜面,倒在地板上,周围是无比舒适的温暖感觉。我马上跳起来,一手放在镜面上,准备好了马上跳回去,但那炉火并没有发出爆裂声或者嘶鸣声。不管刚才是什么怪物,它都已经离开了。我爬向壁炉,警觉地又等了一段时间之后,把冻硬的皮衣脱了下来。我两手都不听使唤,仍在发抖,我要让房间里的温暖回到我的身体里。但我没有摘下我的珠宝、我的银饰,即便是在自己抖到全身难受的时候,这不只是因为冷,也源自恐惧。我早知道沙皇对我不怀好意,但我真没想到会是现在这样。我以前从没有害怕过童话里的恐怖场景，诸如芭芭雅嘎打算把我放在火炉里烤熟了吃掉，一根根把我的骨头全都挑出来之类的。而现在，我却只有去一个快要把人冻死的地方避难，才能躲过这些。

等我的身体终于静下来，然后甚至在只穿薄衣服都有点儿热的时候，我将自己依然冰凉的手掌放在脸颊上，迫使自己稳住，好好思考。我站起来，观察这个房间，还有它表面的完美折射出来的恐怖事实：这只是米纳修斯和他的恶魔告诉全世界的又一个谎言，为了掩盖被毁掉的家具和扯碎的各类装饰，如今它们都被藏在美丽的表象下面。他已经取走了钥匙，但我放了一把椅子在门把手下面，这样如果有人想要进门，我至少能提前一点儿得到警示。然后我回到镜子前。

我把后冠取下，小心翼翼地把它放在地板上。我还能看到自己刚刚去过的地方，河岸上的积雪有一片被踩得下陷，那是我站过的地方，现在已经开始被更多的新雪掩埋。当我触碰玻璃时，感觉我像在厚厚的帘幕间推挤，但当我用力前倾时，至少我的两手可以穿过去，即便是只戴了戒指和项链。所以说，戒指加项链的法力是够用的。我又把项链取下来，再试了一次。但这回，我的两手都被玻璃挡住了，尽管我还能看到对面的冰雪，感觉到手指周围有从那个世界传来的寒气。镜子表面不完全坚实，似乎能被按变形，但不会让我穿过。我把三样银饰全都试过了，单独哪一件都不能让我直接过去。我需要两件饰品才能穿越。我可以全天戴戒指，甚至睡觉的时候都不摘下来，没有人会觉得奇怪，但项链和后冠如果总戴着，那就太引人注目了。如果米纳修斯猜出我是怎样逃离他的，他会让我再也找不到下一次逃走的机会。

我回到镜中世界的河边察看过。我现在已经完全暖和过来了。我可以穿上自己所有的内衣,我的三件礼物裙可以全套在身上,一件叠一件,再套上所有袜子,包括厚实的羊毛袜,然后再穿靴子。我可以进入镜中再次消失。如果我沿河行走,或许我可以找到某个藏身处。我珠宝箱里还有几件小饰品,都是新婚礼物,我可以把这些装在衣袋里,试着去换取帮助或者住所,假如那片森林里也有居民的话。我不知道魔法世界的规则到底怎样,但我宁愿冻死在雪地里,也要远离那个藏身火焰之中的妖怪。

但明天一早,沙皇就会派人去接玛格瑞塔来。她会毫不犹豫地赶来。她会特别开心,一路上都乐,她会满怀希望,以为是我说服了自己的丈夫,求他允许她来陪我。玛格瑞塔会觉得,沙皇说到底还不是很坏,而且肯定是已经爱上了我,所以会善待她本人。然而,米纳修斯却会把她交给自己的恶魔,折磨她,逼问她一无所知的情报,想知道我到底逃到了哪里。

星魔的雪橇带着我们沿着银光之路飞驰。道路两旁都是高高的白色大树,它们的灰色树皮渐变成较浅色的枝条,上面挂着奶白色的叶子,叶脉是透明的。小小的六角形花朵时而飘落到我们肩上和膝盖上,像雪花一样。鹿蹄踏地,像鼓点一样,路面平整得像是结

155

冰的池塘。我看到的全都是冬日景观，四面八方都一样。我几次尝试打破沉默，探问我们要去哪里，行程可能要多长时间，但效果还不如对鹿说话。那星魔看都没看过我。

但终于，一座山开始出现在道路尽头，愈靠近愈显高大：它笼罩在云雾中，一开始距离远的时候很难看清，我猜是这样，但即便在靠近之后显得高大了，还是不容易辨认出它的轮廓。光线能透过那座山，有些边缘会反光，但只闪一会儿，然后反光的变成了山的其他部位，就好像整座山都是切割玻璃做成的，而不是由土石堆积而成，道路沿着山体侧面的一段斜坡，通往一座高高的银色大门。

我们看到门之后，路面通行的速度就诡异地变慢了。鹿蹄还在飞快地腾跃，树木也保持着原来的速度向后飞掠，但那座山却没有变得更近，它就矗立在那儿，占据着跟刚才一样的空间。我们看似一点儿都没有接近它。那星魔在我身旁稳坐，一动不动，两眼凝视前方。赶橇人的头微微侧转，他也并没有回过头来看，只是朝那个方向略微示意。那星魔的嘴唇略微抿紧了一点点，他并没有做其他动作，也什么都没说，但那座山突然就开始向我们靠近，就像此前都是他的意志力把山挡在远处一样。

我们离开了森林，头顶不再有白树枝条。星魔之路跟逆向流动的一条河并行，那河从山里流出，河面上有一层薄冰，中流部分已经解冻，有大片的浮冰在黑水里，棱角分明，缓缓向下流漂走。我们靠得更近时，我看出山上流下一条狭窄的瀑布，水汇入那条河，它像一条长而且薄的面纱，从玻璃山边缘垂落，末端是一片模糊的水雾，河水就从那片雾中流出。我不明白这水是从哪里来的，那奇特的透明斜坡上并没有积雪，所以也没有融化的雪水充当源头，同样也没有土，所以不应该有地下渗水的来源。但我们经过的地方离瀑布很近，上坡时，我脸颊上感觉到有细碎的水沫喷溅，我们再靠近，大门就开了。

雪橇没有减速就冲进大山里，眨眼间就从一种光线切换到另一种光线环境里，这里有奇异的辉光，看上去像是被困在墙里的，墙面上有扭曲的银色脉络，时不时有颜色鲜艳的晶石一闪而过。我们周围有分支隧道黑黢黢的入口闪现，但我们的路线是不断盘旋上行，光线愈来愈亮，直到我们再次进入一片霜白色的草地。我一开始以为我们已经穿透了整座山，从另一个地方出来了，但并没有：我们还在山里边，位置是靠近顶峰的巨大空洞，头顶高处有闪亮的晶体平面。在这里，灰白色的天然光被分解成了珠宝一样的七彩光芒，到处是细微又炫目的彩虹线条，而在钻石房顶下方的草地上，生长了一大片白树。

即便是满怀恐惧、愤怒和无助的我，也被这地方超乎想象的奇景吸引了。我仰面凝望这座山中仙府，两眼都被冬日强光刺痛，我几乎成功说服自己这是一场梦。我无法把自己安置在这样的图景中。我更容易把自己塞进外婆家狭小的木床上，甚至能想象自己生病发烧。但眼前这幅画面却不肯放我逃离。雪橇减速停了下来，车夫拉扯缰绳，让鹿停在环形树园外围，树下，大群星魔族人的脸转过来看着我。

转眼之间，与我同行的那只星魔站了起来，动作僵硬地爬下雪橇。他站在那里，背向我，肃立不动，直到我慢慢地、小心地在他身后爬出来。我的靴子踩到地面上咯吱轻响,地上长满了银灰色的草,上面挂着白霜,叶子很脆。这感觉太过于真实。他还是一句都不肯向我解释。他客气地对车夫说:"把东西送去储藏室。"手向着雪橇后面放着的箱子略微示意。车夫点头,拨转鹿头驶离,穿过草地,绕过白树,渐渐消失了。星魔领主转身,马上进入树园,我不得不一路小跑,才能跟上他的大步子。

树园里的白树种植的位置组成几层同心圆,在这些隔开的圆形空间里,其他星魔按照等级列队,或者说,至少是按气派程度排列的。最外层树圈里的那些,空间最拥挤,身着灰衣,略有银色装饰;里面一层的星魔身上会有些较深颜色的珠宝。随着树圈减小,珠宝和衣服的颜色越来越浅淡,而在最小圈里的那些星魔个个珠光宝气,饰品颜色是最浅的那种粉色、黄色或者云白色,衣服也是纯白或者极浅的灰色。

但即便是走在最狭小的圈子里,我也只看到极少的黄金光泽,就算看到,也无非是斗篷扣或者银戒指上镀了一点儿金边,就像这里的黄金跟我的世界里的星魔银一样稀少似的。在所有星魔中,只有带我来的这只身穿纯白的衣服,戴着透明的珠宝,而且他的银冠基部有一圈真金环绕。他带我穿过所有人,一刻不停,上到树园中央高出地面的平台上。一大堆参差不齐的冰柱子或者透明晶体柱立在那里,闪着光。

在那些晶体旁边站着一位仆人,一动不动,看上去跟冰雕似的。他双目低垂,捧了一个白色软垫,上面有一顶高冠,纯银质地,在我眼里莫名熟悉:艾萨克或许借鉴它的形状打造过首饰。

星魔领主到了王冠面前停顿了一下，低头看那件精致又美妙的宝物，然后他转身面对成群的臣民，他的脸也变成死一样呆板的模样。他没有看我，语调也极度冷漠。"这是我的妻子，你们的王后。"他说。

我扫视周围这片闪烁的星魔面孔之海，这些让人难以置信的、表情冻结的面孔也毫无表情地看着我，很反感的样子：他们同样无法把我融合在这个画面里，而且他们也不想这样做。最近的圈子里的确有几张脸露出微笑的表情，残忍又熟悉：这是我从小到大看惯了的那种微笑，就是人们跟我讲磨坊主女儿的故事时带着的同款笑容，也是我第一次敲开他们家门时的那种微笑。只不过这次，他们甚至不是在冲着我本人微笑：我过于渺小，不值得这样对待。他们在用微笑对付他，这笑容里带着一点难以置信，贵族们很高兴看到他们的国王蒙受屈辱，不得不娶一个棕色皮肤、其貌不扬的凡人女子。

他马上从软垫上拿起银冠——动作快点儿就可以早些完事，结束他本人的屈辱。我自己也根本不想出现在这种场合，被他们暗中嘲笑什么的，但我知道外公会怎样对我说：如果我容许他们，这些面孔会永远这样奸笑下去。我现在还看不出自己怎样才能让他们停下来。这些高大的骑士，长着苍白的颧骨和冰凌一样的胡须，身边佩着银质长剑和短刀，背后斜挎白弓，他们惯于用这些弓猎杀凡人取乐，而且我也亲眼见过他们的国王用手一触，就硬生生摄走了一个人的灵魂。他们随便一个人，肯定都是有能力砍翻我的。

但当国王转身面对我，两手捧起王冠，带着一脸冷漠和不满靠近时，我勇敢地伸出手，抢在他直接把王冠扣在我头上之前，跟他一起握住了那顶银冠。他隔着银冠瞪我，震惊之下，脸上至少有了一点点表情，我同样瞪他，铁了心要强硬到底。我心里那份古老的愤怒再度觉醒，但在这个地方，我不会因为忿恨感觉到冷；我反而觉得很热，热到足以让蒸汽从我脸颊上升腾起来，足以透过我的手掌放出光芒。在我的双手接触那顶银冠的地方，它开始变热，而在我周围，所有那些刀子一样伤人的微笑都开始融解，因为细细的金色线条开始从我手指下面悄悄延伸，贯穿手中的白银，金痕扩展开来，旋卷着漫过所有细微的花纹、每个单独的链环。

星魔国王站在那里没有动，他的嘴巴保持直线形态，眼看着银冠变幻，直到在我俩手中的整只王冠像初升的太阳一样金光闪耀，在阴沉的天空下怪异又显眼。这件事完成之后，所有人一起惊叹，现场响起一阵轻柔的耳语声。他把王冠又举了一会儿，我们两人一起把它戴在我头上。

金冠可比之前的银冠重多了；我能感觉到它的重量压在我的脖子和肩膀上，试图让我低头。而且我为时已晚地想起，这种魔力正是他来找我的原因，他一直都想利用我的这份能力，现在我已经向所有星魔展示了，我真的有这种力量。当然，他现在更加没有放我离开的理由。但我还是高昂着头，转回身来面对他们所有人。他们现在没有人"微笑"了，之前的轻蔑都变成了警惕。看着这些人冰冷的面孔，我断定，如果有机会重来一遍，我还会像刚才那样做，不会后悔。

我们没有交换誓言，现场也没有酒宴，当然也没什么祝福。

有几张切割玻璃式的面孔搭配斜睨的眼睛看着我，但多数人直接转身，从我们周围飘然离开树园，只留下我们两个在那座平台上。就连那位仆人都躬身告退，消失了。等到所有人都走了，星魔国王在那儿又站了一会儿，然后他突然转身，同样走开，沿着那条被冻成玻璃一样的溪流离开。

我跟在他后面走。我还有其他选择吗？当我们接近那片空洞闪亮的大玻璃墙时，我看到其他星魔进入各种开口、门廊和隧道口，就像他们都住在那座晶体墙里边，跟凡人住在环绕草地的房子里一样。我们沿着冰冻的小溪向前；越向前走，那条溪流就越宽。接近树园的尽头，我们到了闪亮的墙边时，它结冰的表面变薄了一些，足以让我看到下面的流水；而在它到达墙面的地方，水流冲开了冰面，流水显现出来，然后才冲入一条幽暗的隧道消失了。

就在那条隧道入口旁边，是一段长长阶梯的起点，这段攀爬让我头晕腿疼，让我们到达了超过白树树顶的高度。我向下看了一眼——我已经尽可能避免这样做了，因为害怕直接摔下去，台阶旁边都没有护栏——我可以更清晰地看到那些圆圈，还有树圈周围继续延伸的草地。我一手扶在身边的山壁上，每一步都加着小心。他已经远远把我落在后面。阶梯尽头是一间大大的窟室，等我终于到达顶端，他已经在那里等我，双拳紧握放在身侧，背对着我来的方向。

这房间极其长，贯穿整座山：它的尽头是远端的一面薄墙，完全透明，直接能看到山外。我慢慢走到那里，俯视极遥远的低处山坡。在我的下方，瀑布直接从山体侧面的洞里倾泻出来，边缘烟雾

161

缭绕，像一团被火逐渐融化的玻璃。它滚滚而下，变成一团烟云，从上面看不到更多了，那条一半结冰的河流在更远处现身，流入暗色密林。那些冷杉色调的树木披着白雪。我到处都找不到那条两边种植白树的大道。我们仅仅行驶了几个小时，但远处一点儿也看不出维斯尼亚城存在的迹象，完全看不到任何人类村庄。只有无边无际的冬日森林，向四面八方延伸。

我并不喜欢看到这样的情景，无边无际的昏暗王国，到处是白雪覆盖出来的小布丁；我不喜欢看到维斯尼亚应该存在的方向空无一物，连返回我们村庄的大道也都完全不见踪影。家里人有没有想念我呢？还是我直接从他们的意念中消失了，就像之前我不去寻找星魔时，它们就会从我记忆里溜走一样？我妈妈会不会忘记了我早就应该回家？还是会彻底忘记我，忘记了她曾经有个女儿？这个女儿挣了好多钱，开始吹牛炫耀这件事，后来因此被某个国王拐走了。

这个大房间的墙面上挂了薄薄的丝织品，带一点银色，地上也没有令人安心的泥土，只是每隔一段固定的距离，就有巨大的晶体台冒出来，高过我的头顶，它们会吸取光线，并在内部折射。下面没有什么宴会安排，但这里有一张小白桌子上摆好了食物等着我们，上面有一对高脚杯，已经斟满了酒，杯子是银的，表面有浮雕，一只刻的是雄鹿，另一只刻了雌鹿。我把后者拿起来，但我还没能喝到酒，星魔国王就转过身来，把酒杯从我手里抢走，把它摔在墙上，发出刺耳的声响，那么用力，杯子滚开的时候已经被摔得变了形。酒洒在地上，好大一摊，残酒流出来的地方，有奇怪的泡沫状残留，杯子里显然被人添加了奇怪的东西。

我瞪着那酒杯。"你本来打算毒死我！"

"我当然是打算毒死你啊！"他生气地说，"想杀你的愿望如此强烈，以至于不得不先跟你结婚，但要说自甘堕落到——"他忿忿地向房间对面看了一眼，我这才意识到那些薄纱后面隐藏了某种内室、寝宫之类的地方。

"你根本就不是必须得娶我！"我说。那个瞬间，我的惊讶甚至超过了害怕，但他又激动地做了个轻蔑的姿势，就像我在揭他的伤疤一样。所以说，出于维护声誉的考虑，他不得不娶我，因为他答应过要这样做，但他们的荣誉信条并不禁止他马上害死我吗？毕竟，他没有向我许下过任何誓言；他只说了我现在是他的王后，把一顶后冠扣在我头上，没有答应过要珍惜我、保护我。

然后他就带我到这个地方，打算害死我，他放过我的原因只是……我慢慢走过去，从地上捡起酒杯。我回想之前那银冠在我手中转变的感觉，那份温暖的光，此时，就在我捏紧杯子柄的地方，黄金透过白银扩散开来。我转身面对他，酒杯已经被完全变成黄金的了，而他瞪着那酒杯，就好像看见了自己的末日，而不是一个黄金酒杯。他刺耳地说："我不需要你再次提醒。你会从我身上得到应有的权益。"他抬起手，把白色皮斗篷脱下来挂在椅背上。他随后解开了衣袖，接着是衬衫领口，显然他打算马上脱掉衣服，然后——

我差点儿就说他不必这样言出必行，但我心里已经越来越警觉，并且知道这样说不会有任何用处：他已经娶了我，给我戴上后冠，这是因为他欠我这份回报，我是否拒绝都不重要，尽管他曾经打算给我喝毒药，但他却不会公然欺骗我。我们的婚姻关系，让我有权得到婚床上的满足，所以我会得到它，不管我本人是否想要。这就好像我向某个坏仙女许了愿，要得到一位永远准时还债的顾客一样。

"但是，你为什么这么想要黄金呢？"我绝望地问他。"你有白银，有珠宝，还有一整座钻石山。黄金真值得你花费那么多工夫吗？"

他无视我的问题，就像坐雪橇的时候一样：我只是他不得不承受的某种物品而已。他本来有一共五十几颗纽扣需要解开的，但现在只剩下最后几颗快速滑过他的手指。看着纽扣一颗颗解开，我在慌乱中脱口问道："如果我放弃新婚权益，你可以给我怎样的交换条件呢？"

他马上转身面对我，他的衬衣现在几乎完全敞开，露出赤裸的胸膛，胸部的皮肤是奶白色的，像公爵府里的大理石。"从我的宝库里取一盒珠宝给你。"

我松了一口气，几乎当场就答应下来，但我迫使自己做了三次深呼吸，再考虑一下，就像我在村镇市场里，别人开出的价钱我非常想要接受的时候那样。星魔国王正在眯起眼睛打量我，他也并不蠢。尽管他本人的确不想跟我上床，但他同样知道，我也不想跟他上床。他给我开出的实际上是个虚价，对他来说不值一提，他只是想试试我会不会仓促接受。

我当然还是想接受啊——现在我总是会看到那些帘幕后面的

床，而且我确信他会很粗暴；不管是纯属意外，还是赶时间想早点儿结束，就算他没有故意那样做。但我迫使自己想象祖父会对我怎样说：如果议价结果糟糕，那还不如不谈，因为别人会认定你好骗。我硬着头皮，无视自己内心的忐忑，说："我能把白银变成黄金。你不能用珠宝类的东西当报酬。"

他皱眉，但并没有当场发飙。"那你想要什么呢？想清楚再说，不要太过分。"他随后补充，这是个冷血的警告。

我小心翼翼地吁出一口气，这口气憋了好久了。当然，我现在面临着新的困难：之前我不想被占便宜，现在我又不想太得寸进尺，那我又怎么知道他会把怎样的要求当作过分呢？此外，我知道他肯定不会放我走，现在我还知道，他也不愿意杀死我，除此之外，我也想不出太多对他的要求。除了想知道这些问题的答案，我终于想到了这一点。于是我说："每天晚上，作为我应得权益的取代，我会问你五个问题，你必须回答，不管这些问题对你来说听起来有多蠢。"

"一个问题。"他说，"而且你永远都不能问我的名字。"

"三个。"我说，胆子马上大起来：他至少没有马上发怒。他两臂交叉，眼睑收缩，但没有马上拒绝。"怎样？你们这里需要握手表示成交吗？"

"不需要。"他马上回答，"你还有两个问题。"

我有点烦，闭紧了嘴唇，然后我问道："那么，你们这里的人如何达成共识呢？"因为我能想到，这件事会很重要。

他轻蔑地看着我："有人提出建议，对方接受。"

165

这完全是废话，我还是不想为细节争吵，但我能看出，他又是在考验我。这样子每天只问三个问题，我永远只能从他这儿得到些鸡零狗碎的情报，像刚才这回答一样。"刚才这句话，并没有真正回答我的问题，如果你的回答对我没有用的话，那么明晚我就不问了。"我不怀好意地说。

他皱眉，但还是为刚才的答案做了补充。"你列出你的条件，我们双方来谈，直到我不再争取让你进一步修正条件。所以呢，你现在问问题就是按照你最后提出的条件来问，我也做出了回答。等你问完了第三个问题，我也回答过了，这次交易就将完成，我就不再欠你任何东西。其他还有什么必须做的吗？我们并不需要你们那种纸片和姿态组成的陷阱，而且那些不值得信赖的东西，本来就没有任何保证能力。"

所以他表示成交的方式，就是回答我的第一个问题——在我看来，这做法也算是作弊。但我不想争这个。这也意味着，在明天之前，我只剩下一个问题可以问，但我心里却有上千个问题需要答案。于是我首先问了最重要的那个："你要得到什么才会放我走？"

他狂笑。"看看我为了得到你，都已经付出了什么？我的承诺、我的王冠、我的尊严，而你还想让我给你定个更高的价码吗？不可能。你应该满足于你已经从我这里得到的东西，我用这个换取你的能力。而且，凡人女孩，我郑重地警告你——"他呼出一口冷气，两眼收窄，变成暗蓝色的窄条，像是冰冻河流中一条幽深的裂缝，警告来人，如果掉进去，就可能被下面的流水淹死。

"你能待在当前的位置,完全是因为那种特别的天赋。你记住这个。"

说完,他抓起自己的斗篷,把它甩开,披上,威风凛凛地走出房间,重重地关上了门。

第十一章

我喜欢山羊，因为我知道它们会做什么。如果我没关上圈门，或者围栏有根柱子松动，它们就会钻出来跑掉，乱啃庄稼；如果我给它们挤奶的时候不小心，它们就会用脚踢我；如果我用棍子打它们，它们就会跑；如果我真的特别用力打它们，它们一看见我就总是会跑掉，除非是它们特别饿而我又有吃的。山羊的想法我都懂。

我曾经试图理解我爸爸，因为我觉得如果我理解了他，他就能少打我，但我从来没成功过。有很长一段时间，我也无法理解旺达，因为她总叫我走开，但她会给我做吃的，像对待家里其他人一样，偶尔也会给我衣服穿。谢尔盖大部分时候对我挺好的，但有时候他也变脸，这点我也没法理解。有一回，我觉得可能是因为我出生的时候杀死了我们的妈妈，但我后来问过谢尔盖，他说我们的妈妈死的时候我已经三岁了，是另外一个婴儿杀死了她。

那天我去了那棵树旁边，看了她的坟，还有那个小婴儿的坟，我告诉她，我为她的死感到难过。她告诉我，她也对不起我，然后让我别惹麻烦，要听旺达和谢尔盖的话，所以我这样做了，尽可能做到。

但现在，旺达和谢尔盖都走了，爸爸也死了，只剩下我和几只山羊，还有通往镇上的长路。我以前只去过镇上一次，就是星魔抓到谢尔盖的那天，我那次险些就决定不去了。我找到他的时候，最开始的想法是没有人会帮我，但随后我觉得自己可能搞错了，就像在其他事情上我也经常弄错一样，所以我至少应该试一下。然后我就想该去找谁帮忙，爸爸还是旺达。爸爸的位置更靠近，他就在地里干活儿，而旺达在遥远的镇上，还要好几个小时之后才能回到家，整个这段时间谢尔盖都会躺在森林里。但我还是无法决定，于是我跑去问妈妈，她告诉我去找旺达，所以我就那样做了。那也是我仅有的一次去镇上。

我这次去走得没那么快，因为要赶羊，但我反正也不想走快。我知道旺达喜欢曼德斯塔姆夫人，她有时候还送给我们鸡蛋吃，但她又是个我从前不认识将来也不会理解的人，我不知道如果她叫我走开，我该怎样做。我不认为自己能回去要求树里的妈妈帮忙，否则她就不会给我那枚果子了，因为那果子是给我带走的。所以我现在害怕到达镇上，因为担心曼德斯塔姆夫人不肯收留我，然后我就会在陌生的镇上带着四只山羊孤身一个人，那时候我肯定不知道该怎么办。

旺达说的没错，因为当我终于来到那座房子时，曼德斯塔姆夫人马上出门来，问我："斯特潘，你怎么来了？"就好像她一直都认识我一样，虽然我只来过她家一次，而且根本没跟她说过话，只跟旺达说话了。我心里纳闷,不知她是不是巫婆。"谢尔盖生病了吗?他是不是今晚上不能来?但是,你带山羊来干什么?"

她说了这么多话,问了这么多问题,我不知道该先回答哪个。"你会收留我吗?"我反问,因为太绝望了,我忍不住就想先知道这个问题的答案。我觉得,她可以回头再问我其他的问题。"山羊能收留吗?"

她不再追问,看看我,然后说:"可以。把羊放进院子里,然后进屋来,吃些茶点。"

我按照曼德斯塔姆夫人说的做了,等我进了屋,她给我一杯热茶,这比我在家喝过的茶好喝多了,接着她给了我一片抹黄油的面包,等我吃完又给了一片,等我又吃完又给了一片抹蜂蜜的。我肚子已经很鼓了,用自己的手都能摸出来。

我还在吃,曼德斯塔姆先生就走了进来,我一开始很担心,因为我觉得这之前的所有事情可能都没有问题,因为曼德斯塔姆夫人是位妈妈。我并不真正懂得妈妈到底是什么,因为我的妈妈在一棵树里面,但我确实知道她们是很好的人。如果你失去了妈妈,你会生气,会伤心,因为旺达是这样,谢尔盖也是如此。而且反正在我们家,爸爸走进屋子的时候我总是想逃跑,跟山羊一样。但曼德斯塔姆先生走进房间,却跟我爸爸进屋的感觉很不一样:屋里并没有变吵闹。他只是看了我一眼,走到曼德斯塔姆夫人身边,很小声地问她,就像不想让我听见一样:"旺达跟他一起来了吗?"

夫人摇头:"他把家里的山羊带来了。出什么事了,约瑟夫?有麻烦了吗?"

他点头，把头凑到妻子那边，我听不到他小声说了什么，但我并不需要听，因为我当然已经知道这麻烦是什么——是旺达和谢尔盖已经逃走，因为爸爸死在了我们家屋里。曼德斯塔姆夫人听丈夫说这件事时，抓起围裙捂住嘴巴，特别激动地说："我不相信这个！说什么都不信。我们的旺达不会这样！那个卡居什简直就是个贼，他一直都那样子。非要给那可怜的女孩找麻烦——"曼德斯塔姆先生示意她小声点儿，但她还是扭过头来对我说："斯特潘，镇上那些人在散布可怕的流言，涉及旺达和你哥哥谢尔盖。他们说——说他俩杀死了你们的爸爸。"

"是他们做的。"我说，他俩呆望着我。他们面面相觑，然后曼德斯塔姆先生坐在我身边，小声对我说——就像山羊害怕时我跟它们说话时一个样，"斯特潘，你能告诉我到底发生了什么事吗？"

我早就在担心跟他们讲整件事的经过，因为要用很多句话才能说清楚，而我不那么会说话，经常连什么时候该停下来断句都不知道。"我讲起来要好长时间。"我说。但他只是点头答应。于是我尽力去讲，他们没有说任何话来打断我，虽然我的确讲了好长时间。曼德斯塔姆夫人过了一会儿也坐了下来，她的手还捂着嘴巴。

我讲完了，他们还是有一会儿没说话，然后曼德斯塔姆先生说："谢谢你告诉了我们一切，斯特潘。我很高兴旺达让你来找我们。只要你愿意，你就可以把这里当成你的家住下来。"

"那要是我想一直住下去呢？"我问，为了让自己心里有底。

"那么你就和我们共享一个家，只要我们自己还有家。"他说。曼德斯塔姆夫人在我身旁哭,但她擦干了眼泪,站起来,又给了我一些面包和茶。

我成为皇后的第一夜过得很怪异。我用白色皮衣打了个地铺,就在那面镜子前,我就睡在那儿,这样子,我只要有一点点时间,就能抱起皮衣跳进镜子。我睡得很不踏实,每隔一会儿就抬头静听。但夜里没有人来。当天空泛起鱼肚白,晨钟响起,我也终于醒来。过了一会儿,我站起来,把椅子从门把手下面拿开,然后我轻轻敲门,直到打着哈欠的卫兵从外面把它打开——这是另外两名士兵,不是昨晚带我上楼的人。我不知道另外那两个人经历了什么。我猜,恐怕没什么好事儿,如果米纳修斯真的以为我贿赂过他们的话。

"我必须去做晨祷。"我告诉新来的卫兵,我尽可能把这句话说得斩钉截铁:我必须去。"你们可否带路呢?我不太了解这座府邸。"

有个恶魔想要吞掉我,我的确是想要表现得虔诚一点,这里也没有人能告诉卫兵们,我在父母家里并不是这样的,所以这两人不担心什么。他们带我去了府中的小礼拜堂,我跪在那里垂首祈祷,让我的双唇翕动,跟着念祈祷词。这里没几个人,只有教士和府中几位年长的女士,她们赞赏地看着我,这可能会对我有帮助。不合时令的寒风透过木板墙吹进来。但我并不在意，跟镜子另一面那个冬日王国——我的避难所里的严寒比起来，这实在是不值一提。冷一点儿对我更好，适合思考。

我身旁的壁龛里有一尊雕像，圣索菲亚，被锁链捆绑着，两眼仰望天堂。有个异教徒沙皇用那些锁链捆住她，因为她传教而砍掉了她的头。虽然输掉了这场战斗，但她赢得了整个战争。现在，那副锁链跟其他圣器一起被保存在考兰城的大教堂里，在沙皇加冕还有其他重要场合拿出来展示。那副锁链还曾被用在前皇后，也就是米纳修斯的妈妈身上，她被发现试图使用魔法谋杀米纳修斯的兄长；就算她也有自己的恶魔同党，那副锁链至少把她禁锢了足够长的时间，足以让她被烧死在火刑柱上。

所以，米纳修斯有很好的理由避免在人多的场合展示自己的魔力。他并没有在餐厅直接扑向我，在雪橇里也同样没有这样做，而且他也并不想让所有人相信我已经逃走，自己承受那份不便。我想要从这些事实中汲取信心，但这点保障还是太微不足道了。我可以试着给他的强权画出界限，但他的确拥有强大到可怕的特权：他是我丈夫，他还是沙皇，他又是个魔法师，有个火魔同党，那个恶魔想要得到我。而我仅有的法力，就是能逃到一个冰雪世界里，让自己死得没那么难看。

但我不能永远留在这间小教堂里。早晨的法事已经结束。我不得不站起来，跟随那些年长的妇女们返回府邸，当我走进大厅去吃早餐，米纳修斯已经到场，正在问公爵夫人："今天早上有人见过我亲爱的妻子吗？"就好像完全不知道我可能遭遇到什么，而且他

173

眼睛里有一副严厉又专注的神情，盯紧了谈话对象，就好像他正要试图把某种意见塞进对方头脑里。

我周围的妇女们都笑出了声，房间里有仆人们在摆放早餐，阿佐拉斯公爵本人也正走进来；我因为他们在场而鼓起了勇气，清晰地对他说："我去做晨祷了，陛下。"

米纳修斯大吃一惊，险些跳起来，他猛地转过身瞪着我，仿佛我是个鬼魂，或者就是恶魔本身。"你昨天晚上跑哪儿去了？"他激动地问，即便在这么多外人面前也未加掩饰。

但他并没有召唤出他的恶魔，也没有扑向我，叫嚷着把我拖走，我暗自松了一口气，故作顺从地垂下眼帘。"您离开以后我睡得很好，陛下。"我说，"我希望您也睡得好。"

他上下打量我，又看了看那两名跟在我身旁的卫兵，他们正在冲着沙皇微笑，以示祝贺，显然没有起疑心。我们周围所有人都在掩饰他们的笑意，以为我表现出的，是新婚初夜之后的柔情。等到我丈夫的眼神回到我脸上，他已经起了警觉之心。他昨天破坏我卧室的时候，我的嫁妆箱也没能幸免，我所有的礼服裙都遭了殃，他的魔法又把所有衣物修复过。我能从他眼神里看出，他在我外衣上的蕾丝花边里，认出了自己用魔法显现出的图案。他显然无法理解眼前的情景。

我鼓起勇气，挽起他的胳膊。"我好饿，"我说，装作没有发觉他身体僵直、略微避开我的样子，"我们去吃早饭好不好？"

我并没有说谎。结婚当晚的正餐，他没有让我吃太多，昨晚的寒冷让我胃口大开。在早餐桌上，我吃了足有两人份，而我的丈夫只是心不在焉地偶尔吃一点儿,时不时侧目看我,就像在确认我还没消失。"我刚刚才意识到,亲爱的,我在激动之下,带你离开爸爸府邸的安排有些仓促。"他终于对我说,"没有老家来的人陪伴你,你一定感觉很孤单吧!"

我没有抬头看他,但用无忧无虑的语调回答说:"亲爱的夫君,有你在我身边,我其实并不需要其他人来陪伴,但我承认,我的确会想念老家那位年长的奶妈,我妈妈去世以后,她一直都没离开过我。"

他张开嘴,本想要告诉我说,他会派人去请她来,但随后他犹豫了。"好吧,"他甚至更加警觉地说,"等我们回到考兰城,安顿下来,我们会请她搬来住——暂时不着急。"这样一来,我至少又给玛格瑞塔赢得了一点点安全,他以为我真心想让她来,所以暂时不去请她。我非常真诚地感谢了他。

昨晚下过一场大雪,让我们不得不在室内多停留一天,我抓紧一切机会逃离我丈夫身旁。我从前的教区神父一定会特别震惊,看到婚姻给我的宗教习惯带来如此彻底的改变。我在早饭后表示又想去教堂祈祷时,公爵夫人也有一点儿吃惊。但我向她坦承,我的妈妈就是难产死的,所以我在求圣母赐福给我,然后她就对我表示认可,因为我很懂人妻的本分。

当然,没有人喜欢沙皇依然没有继承人的局面,尤其是在他本人看上去并不健壮的情况下。在我爸爸的餐桌上,他的宾客们会纷纷摇头,说沙皇早就该结婚了。我们无法承担王位继承权之争。如果我们能承担,七年前就会有争夺王位之战,当时老沙皇和长子一

175

起去世，只留下一位十三岁的少年继承人。这少年容貌俊美，出身可疑，所有的大公爵和王子们都在眉来眼去，像一群狮子一样在少年的背后密谋。

其中几位甚至还在过去几年间来过维斯尼亚，争取我爸爸的支持，我曾默默坐在爸爸的餐桌旁，两眼盯着自己的餐盘，听他的回答。他们从来不肯实话实说，而爸爸也从来不会正面回答。他会给来客一盘新鲜的果酱烤饼，里面那种小莓果来自瑞西亚。他会貌似随意地说："我们在这边的市场里会见到很多瑞西亚国来的商人。他们总是抱怨关税太高。"他其实是在指出，瑞西亚国王有一支强大的舰队，对我国北方各大港口虎视眈眈。或者他会说："我听说草原部落可汗的第三个儿子上个月洗劫了东方的热德那城。"这话的言外之意，可汗有七个儿子，全都喜欢进行掠夺战争，他们都是身经百战的勇士，统率众多骑兵。

仅仅是在去年，我们还亲自去拜访过乌尔里希亲王。每到晚上，在瓦茜莉亚和她爱说悄悄话的朋友们离开餐桌之后——她总会得意地看我几眼，因为我没有变美的迹象——我会留下来坐在爸爸身旁。乌尔里希，他的女儿瓦茜莉亚还是没有跟沙皇成婚，尽管这件事早该发生了，他谈了盐价看涨的行情，这让他越来越富裕，还有他手下的骑士马术造诣日渐提升的事。我们访问的最后一天晚上，我爸爸把手伸过桌子，从碗里取走一些榛子，然后貌似无心地说："星魔们烧毁了一座距离维斯尼亚一天路程的修道院，就在今年冬天。"他一边说，一边夹开榛果，吃掉果肉，把空壳留在自己的碟子里。

所有这些领主们都理解了我爸爸的用意：胜利并非唾手可得，而且即便是胜利，也会让他们成为国境外更强大势力能够轻易打垮的目标，或者被国内的敌人击败。截至目前，所有人都把他的劝告放在了心上。只有迪米特大公爵原本有机会抢占王位，又不至于激起大规模反抗：他一直是东部边境的统治者，直辖五座城市，还有大批鞑靼骑士为他效力。但即便是他，也满足于充任摄政王，等到米纳修斯足够年长，能娶他的女儿为妻就好。

当然，一旦等到王位继承人出世，一贯病弱的沙皇就会遗憾地患病身亡，迪米特将继续出任摄政王，王位由他的外孙占据。但事与愿违，就在婚礼之前三天，他出人意料地死于重感冒——我现在相信，肯定有人运用了恰到好处的魔法，而且老沙皇跟他的长子死得也太及时了——葬礼之后，米纳修斯宣布自己哀伤过度，短期内都不可能考虑结婚。那位公主消失在一座修道院里，以后就杳无音讯，那五座城市分别被赐给了她的五位堂兄弟。

从那以后，米纳修斯一直是名正言顺的统治者，也还没有人冒险尝试推翻他。但有权势的领主们还是会坐到爸爸的餐桌上，或者给他发来请柬，最近尤其频繁。上次那桩破产的婚姻已经过去了四年，但米纳修斯依然没有迎娶瓦茜莉亚或任何其他人，传言说他床上也没别人。我曾听一位从考兰城来的大嘴巴男爵抱怨，按照当前的势头判断，米纳修斯将来连私生子都不会有。那时候已经很晚，男爵也喝多了。当然，领主们并不知道沙皇在这些事情上还要参考某只魔鬼的意见。但他们的确知道，如果米纳修斯不能搞个继承人出来，王位之战迟早都会发生，而且的确有足够多的贵族宁愿早点儿开打。

我爸爸有不止一个原因想看到沙皇成婚,否则,他很快就必须做出决定,要把自己的命运押在哪一边,并承受所有随之而来的风险。他也不是唯一预见到战争就在地平线上,而自己很难从中获益的领主。阿佐拉斯公爵本人处境也大致相似:他没有强大到能够亲手染指王位,但又足够强大,以至于无法作壁上观。所以当我一遍又一遍祈祷时,他府上的人们并不反对。后来我问哪些食物可以提高受孕几率时,所有女人都乐于帮忙。等到傍晚,我已经有了一大篮子的食物,所有人都鼓励我从厨房拿这些东西。"你需要长胖点儿,小宝贝。"公爵的老妈妈轻轻拍着我的脸颊说,仅仅是她选的东西就已经塞了半个篮子。

那篮子被放在镜子旁边,我开始佩戴自己的银饰,准备去吃晚餐。有一大帮贵妇跟着我,当我戴上后冠之后,我又把它摘下来,向大家抱怨,说自己觉得头疼,也许我还是不下楼比较好,不如安静地待在自己房间里,这样等我丈夫来的时候,我的体力能更好一些。她们都点头,表示这是个明智的选择,然后就都离开了。我迅速穿上自己的三件羊毛衣服,套上皮衣,又把银冠戴回头顶。然后我拿起自己的食物篮,迈步跨过镜面。

米纳修斯听说我不肯下楼,马上就冲上楼梯。他本来打算从晚餐开始一直盯着我,直到亲手把我拖进卧室,我猜是这样。但就在他的钥匙插入锁孔发出声响时,我带了篮子溜走了。现在我安全地坐在河边,身边有我的牡蛎晚餐,还有棕黄色花生酱面包,加上新鲜樱桃。他这时候才闯进房门,发现我又一次消失了。

他环顾空空的房间，气急败坏地高举双手。这次他没有马上进入嚎叫加疯狂的状态，尽管他还是花了几分钟时间撩开床罩和窗帘，察看桌底；之后他回到房间正中站住，望着窗外的夕阳，咬着牙，握着拳。最后一缕橙色阳光掠过他的脸颊，突然之间，他的面目扭曲成狂野的暴怒状，满是挫败感和不甘心，我以为他又会把卧室砸个稀烂。

但他却用几乎窒息的声音挤出一句话："你还会给我足够的法力修复它吗？"他紧紧闭上眼睛，全身战栗，突然之间，火焰怒吼着蹿起好高，伴着响亮的噼啪声，米纳修斯双膝跪地，身体向前栽倒，两手撑在地板上。他全身颤抖着保持这个姿势，不停地喘息，头低垂着。然后他突然又带着冷笑，自己爬起来站立着，对火焰说："这个就是你想得到她的原因吗？因为她是个女巫？"

那火焰嘶声回答："她不是！她只是跟那些寒冬精怪很像，清凉又甘甜；她很深邃，像一口井，我可以畅饮很长时间，才能把她吸干……我想得到她！给我找到她！"

"你想让我怎么做？"米纳修斯问，"她既然不是女巫，现在又是怎么消失的？守门的侍卫并没有被贿赂，昨晚和现在都没有。除了门之外，并没有其他通道可以逃出这个房间——严格来讲，出去了也无法返回。"

那火焰用噼啪的声音自言自语："我也不知道，我看不见，"它抱怨着，"那个老太婆，你有没有让人把她给我？"

"没有。"沙皇稍停顿了一下才回答，他很小心。"艾丽娜想让我派人带她来。假如她所有这些花招都是老太婆教她的，岂不糟糕?"

"放手去做!"那团火焰说,"带她来!要是到时候艾丽娜还能逃走的话,我就吸干那个老太婆代替艾丽娜……但是,啊,我真不想要她!她太老了,太虚弱,她很快就会被耗尽的!我想要的是艾丽娜!"

米纳修斯皱起眉头。"然后你就会丢下我来解释,为什么我的妻子和她年迈的奶奶会在一天之内先后不明不白地死掉。你能不能讲点道理呢?我不能迫使所有人轻易忘掉她们!"

他突然向后退开,很害怕的样子,那火焰吼叫着冲出壁炉。一张可怕的脸在火中显现,嘴巴和眼眶里都是空的,那脸不断涨大,向他扑去。"我要得到她!"怪物逼近到沙皇面前吼叫,它变成一根结实的火焰大棒,左左右右疯狂地抽打他,就像有只硕大无比的猫妖,在残酷地折磨一只小鼠,然后它才缩回去,沉落到燃烧的木柴中间,留下沙皇被丢在地上,浑身衣服冒着烟,火焰接触过的地方,都已经被烧焦了。

火焰缓缓熄灭,嘶嘶作响,唠叨不休。米纳修斯躺在那里,身体蜷缩,一动不动,一只胳膊护着头,蜷曲成护住要害的姿势。等到火焰终于变成灰暗的余烬,他才开始动,动作很慢,表情痛苦,像是遭受过毒打的人。但他的模样还是完美无瑕:尽管他的衣服从身上掉落,变成灰烬和残片,他身体上却完全没有一丝伤痕。那只魔鬼喜欢保留完美的表象,我猜。但沙皇身体虚弱,摇摇晃晃,他朝门看了一会儿,然后却没有出去,而是爬上了床——那是我的床,然后他几乎是马上就睡着了。

在冰河岸边,我双手紧紧互握。我的身体并不像昨晚来时那样冷,因为多穿了几层衣服,还带了一篮食物。我曾担心这些东西会马上结冰,但相反,每吃一口,都会有一点记忆涌上心头,就像温柔地触摸到了给我食物的那些善良女人的心灵世界,就像她们轻声说出的每一句忠告和鼓励。每种味道都让我全身变暖,但却无法融化我内心那块恐惧凝成的寒冰。明天,米纳修斯会真的派人去带玛格瑞塔来,不管我在早餐桌上还能说出多少聪明的话,我还是没有办法救她,也救不了我自己。

星魔国王离开之后很久,我还在自己的新卧室里来回踱步,又怒又怕。那只被摔变形的金杯立在桌上,像在挑衅我,强调他并没有必要向我重述的事实。从现在开始,我的生活就将是这副模样:被困在这帮铁石心肠的星魔中间,给他们的国王藏宝库里添加黄金。如果我胆敢拒绝他一次的话,很快就会有人给我准备新的毒酒,绝对的。

在那些丝质帘幕后面的床上,我睡得很不踏实,那些隔帘互相摩擦时,会发出奇异的声响,我到第二天早上才意识到,其实我还是没有问那个最重要的问题,我还不知道怎么走出自己的房间。周围的墙完全没有门的迹象。我确定自己是从玻璃对面进来的,国王也是从那里离开的,但我用手摸遍了所有位置,还是找不到任何出口。我没有办法得到任何吃喝,也没有人来看过我。

我仅有的安慰,是他对黄金的渴望足够强烈,强烈到足以因为这个跟我结婚,所以他不会把我困在这里活活饿死,而且我还要求他每天晚上都来回答我的问题,但他依然可能让我很长时间都过得极不舒服。而且,什么时候才到夜里啊?我时不时就在房间里走,直到自己累了,然后我去坐在玻璃墙边,遥望周围无边无际的森林,等着。但几个小时都过去了,或者我以为几个小时都过去了,外面的光线始终没有任何变化。只有一点小雪还在下,松树上那层白被,昨晚已经又变厚了。

我越来越饿,越来越渴,直到我喝掉了他丢下的酒杯里剩余的东西,这让我头晕,发冷,并且在他终于出现时特别愤怒。他走进来的那道门,很短时间之前根本就不存在——而且我确信它并不在我们昨天进屋的同一个位置。有两名仆人跟着他,抬着好大一口箱子,把它放在我脚下时发出清脆的碰撞声。但当他们想要打开箱子时,我用脚踏在盖子上,两臂交叉,没好气地说:"如果你运气足够好,能够捉到一只下金蛋的鹅,"我瞪着星魔国王,"还想定期得到回报的话,你最好让它得到良好的照顾并且心满意足,假如你还有一点儿脑子的话。问题是:你有吗?"

两名仆人都警觉地后退,星魔国王身体挺直,一副高大又威武的样子,浑身都在用他特有的闪光方式表达愤怒:冰凌从他肩膀上延伸出来,像闪亮的匕首,他的颧骨也变得棱角分明有如切割宝石。但我在盛怒中挺直了腰杆,扬起下巴不服输。他突然大步走过我身旁,去到玻璃墙前面。他站在那里,两手在体侧握拳,遥望外面的森林,就像在努力抑制自己的坏脾气,然后他转回身来,冷冷地说:"我可以有理智,假如那只鹅的要求合情合理。"

"目前,我要求的是一顿正餐,"我迅速回答,"坐在你身旁,跟你吃同样的食物,就好像我是个宝贝王后,你娶到之后心里乐开了花。尽管让你的想象力延伸那么远可能并不容易。"

他还是一身寒光,但他不耐烦地向仆人们摆了一下手。他们鞠躬,迅速离开房间,很快,大群的仆人出现了,很快就摆出一桌盛宴,我要相当努力才能不被它打动:银盘,镶着珠宝的清透酒杯,雪白的桌巾铺展开去,菜式足有两打,全部是冷的,大多数我都认不出来,但让我松了一口气的是,我依然可以吃掉它们。味道辛辣的粉红色鱼肉;某种灰白色水果切片,表皮是黄绿色的;一种透明果冻,里面漂着些又硬又咸的方形小块;一碗看上去像雪但闻起来像玫瑰、吃起来甜甜的东西。我以为自己认出了其中一样,应该是用绿菜豆做的,但那些豆子极小,而且几乎完全冻结了。

桌上也有鹿肉,虽然是生的,但切得极薄,还是能直接吃,它们被摆在盐块上。

等我们吃完,仆人们收拾了餐具,他选出两名女仆,让她们充当我的近侍。这两人看似对这个安排都不太满意,我的心情也没有改善多少。他也没有告诉我这两人的名字,我几乎没有办法把她们跟其他人区分开。其中一位头发稍微长一点儿,挽了一个单薄的发髻,左侧装饰了小小的晶体珠;另一位在右眼下方长了一颗小小的美人痣,我能看出的区别就只有这么一点儿。两人的头发都是灰白相间,她们也穿了同款灰衣,跟国王的其他仆人一样。

但两人衣服正前方都有竖排的银纽扣，于是我走到她们面前，用手指触碰它们，一个接一个把它们变成了闪亮的黄金。我这样做的时候，所有的仆人都在偷眼观看。我变完之后，冷冷地说："这样所有人都会知道，你们是我的仆人。"她们看上去对自己的命运淡然多了，星魔国王则一副不开心的模样，这让我有点儿开心。我知道我这样子有些小心眼儿，但我不在乎。"如果我需要什么东西，该怎么叫你们来呢？"我问她们，但她们什么都没说，只是看着国王——我马上意识到，他当然已经嘱咐过仆人们不许回答我的问题，这样我就只能把问题消耗在他本人这里。我咬住嘴唇，然后冷冷地问他："怎样？"

他很隐晦地笑着，满意了。"用这个。"他向长了美人痣的仆人侧头示意。她给了我一个小铃铛，可以用来摇。然后国王让仆人们退下。等他们都离开房间以后，他冷淡地对我说："你还可以问一个问题。"

我有上千个现实问题需要答案，尤其是在其他人什么都不肯告诉我的情况下——比如我去哪里洗澡，怎样得到干净衣服——但更紧迫的，却是一个不那么现实的问题，这问题几乎要自己冲出我的喉咙，尽管我已经知道，自己并不是真的想听到他的回答。"我怎样才能回到维斯尼亚？或者回到自己家？"

"就凭你？想开辟一条路从我的王国通往阳光照耀的世界？"他的轻蔑表明，我到达那边的希望跟飞到月亮上一样渺茫。"你去不了那里，除非我亲自带你去。"他已经站起来，衣袂飘扬着离开房间，而我冲进我的卧室，把隔帘拉上，隔断永无止境的黄昏，把脸埋在胳膊上，咬紧牙关，几颗热泪在眼眶里打转。

但第二天一早，我起床之后，就坚决地摇响铃铛。我的新仆人的确马上赶到了，我不再问她们问题，而是直接提出要求。这样做的结果还算理想：她们的确给我送来了浴盆，这盆巨大而且线条优美，长度超过我的身高，它的边缘有一圈薄冰，盆口上结满白霜，但当我小心翼翼地把手放进水里试温度，发觉水温刚刚好，所以，我尽管带了一点儿担心的表情，还是爬了进去，以为自己随时会冷到惊叫，但显然，不管星魔国王用了什么法术带我来到他的王国，他也已经顺便让我适应了这里的寒冷。

她们也给我带来了食物和新衣服，一切都是白色或者银灰色——我固执地把所有银色的东西都变成了黄金：我准备继续自己已经开始的策略，尽我所能吸引所有人的关注。尽管两个星魔女人整个上午都在伺候我，但她们却都没有跟我提起过她们的名字，我也不想花费两个问题向我家那口子问这事儿。相反，当我终于坐下来吃早餐时，我对那个长了美人痣的仆人说："我会叫你点点，叫她高姬。"后面这个名字来自她的发髻，"除非你们愿意我用其他称呼。"

点点被惊到了，险些把她往我杯子里倒的饮料洒出来，她震惊地偷瞧了我一眼，又跟高姬对视了一下，后者也在盯着我，一脸惊悚。我有一会儿在担心，我是否惹怒了她们，但她们随后都是略显害羞，表现为脸上掠过一丝蓝灰色。点点说："我们甚感荣幸。"她低眉垂目，看似很真诚。我个人并不认为我给她们乱起的名字包含着什么特别的善意——我没有尝试起好听的名字，我只是想套问出她们的真名而已。

反正呢，我自己还挺满意的，直到我吃完了东西，感觉到长日无聊，无事可做，除了那箱白银还等在地板中央。我皱起眉头看它，但又没有其他更好的选择，我根本就没有其他事情可做。至少国王也算已经答应了我的要求。我并不想给他任何他想得到的东西，更不要说是他最渴望拥有、如此贪恋的黄金了，但我也清醒地看到，就是这桩交易买到了我活命的机会，如果我不想做这件事，那还不如砸开那道玻璃墙，直接跳到下面瀑布边的石头上摔死算了。

"把那个全都倒在地板上。"我不情愿地告诉高姬和点点。她们照办，并没有费什么力气就把箱子放倒，放在溪流状的银币尽头。然后她们鞠躬三下，留下我一个人做事。

我捡起一枚银币。在我的世界里，它们光滑无痕，但在这里，在晶体墙外射入的诡异亮光照耀下，却有浮雕图案显现出来：一面是那种修长的雪白色树，另一面是玻璃山，山底下的银色大门清晰可见，只不过图中并没有瀑布。但在我手里，只要我稍微动一下念头，金色就会漫过它的表面，蝴蝶黄色的光芒映在我的指尖上。

这景象又一次惹怒了我，或者说，是我本人试图被它激怒。我受不了那份对比，日光照耀下的暖意，像囚徒一样被困在我手里，外面却是无穷无尽的冷灰。我把它丢回箱子，很用力，然后又一枚，再一枚。我抓起满把银币，自得其乐地让它们逐个跌落到箱子里，每一枚都在掉落过程中变成黄金。这并不难，但我也不赶时间。等我变完这些，他只会让我变更多。

等我装满了箱子的四分之一之后，我去坐在玻璃墙边，坐在那里看我的新王国。更多的雪花开始飘落。那条细细的、黑银两色的河流蛇一样向远处延伸，载着木筏一样的浮冰流向远方，它是森林中仅有的中断处，雪很快就掩藏了它。没有任何农场、道路，或其他我能理解的东西，天空也是那种深灰色的阴沉模样，看不出任何一片单独的云。这座闪亮的山就是一座明亮的孤岛，就像它捕捉到了冰雪世界里反射出来的所有光线，然后全都吝啬地留给自己，做出特别炫丽的反光表面。在山壁中有上千种不同强度的光闪烁、消失，当我把手指用力按在它冰冷的表面上，有一会儿，我碰到的位置周围都有彩光消散。

"从什么地方——指一下这些食物的来源地。"我对点点说，在她给我送来午餐之后。这次是简单的一大盘，薄薄的鱼肉片，然后是叠放的水果片，围绕在鱼肉周围组成圆圈。她犹豫了一下，脸上满是迷惘，但当我走到玻璃墙边，向外面的原野示意时，她只是紧张地向外面的森林扫了一眼，并没有来到我身旁。她摇头，然后直指脚下。

我皱眉看着那盘食物。"那就带我去鱼的来源地好啦！"我有些不成熟的逃跑设想，比如沿着某条河游出这座山之类的，反正我想要离开自己的房间。据说我还是个王后呢，我应该是可以巡视自己王国的。

点点看似高度怀疑这件事，但她还是去了墙边，替我打开门。我没有看出她做任何动作。她没有扳动什么把手，也没有做特别的姿势，或者念什么咒语。她只是走向那堵墙，又转身面对我，突然她身边就出现了一道拱门，就好像它一直都在那里一样。我跟着她走进一条走廊，那或许是条隧道。这里的墙壁像玻璃一样平滑，我没有看到任何缝隙，像人类建筑物连接嵌板之类的位置。走廊向下倾斜，很陡，她带我向下走时犹豫不决，经常心神不定地回头看，我们途中经过若干房间，我意识到那些是厨房，尽管他们根本就没有火：只有长桌，灰衣的星魔仆人小心翼翼地用刀准备各式菜肴，原料是箱子里取出来的灰色水果、银白色鱼类，还有大块的紫红色畜肉。

我看到他们还有点儿高兴，因为他们会让我觉得这地方略微正常了一点：至少还有些人在做我能理解的事情，但每当他们中有人抬头看到我，他们就会毫不掩饰地显出震惊的表情，也会去看点点，而点点则回避这些人的注视。我猜，王后通常不会跑到仆人区乱逛，我目前是在出乖露丑。但我只是扬起下巴，跟在点点身后大步向前，又转过一个大弯，我们经过了最后一间厨房，来到一段连续的廊道。点点在那儿停了一下，回头看着我，就好像她希望我看过厨房之后就满意了。但隧道前面还有好远，而且我也好奇，于是我说："继续走。"她转身，继续向更下方走。

我们越向下，墙里的光线就变得越暗，直到那里只剩下小小的闪亮光点彼此追逐，昏暗的光点微微起伏，就像我们已经进入地下，只有地面上的反光还能到达此地。我们走了好久，几次沿着狭窄的弯曲阶梯向下，直到突然之间，点点转弯离开隧道，穿过另一道拱门进入一座窟室，它的墙壁是凹凸不平的晶体，有狭窄的步道环绕着一片幽深的黑水潭。

水面平滑如镜，但墙边却有长柄兜网整整齐齐地竖立着。我站在那儿看了几分钟后，有一瞬间看到某种巨大银鱼的侧面，它看似是瞎的，在深黑的水面下巡游，转眼就消失在更深处。我跪下来触碰水面，尽管我现在可以把手放进冰水，把它当成洗澡水的温度，但这里的水却冻得我手指发麻。我看到水波漾开，从我手指触及水面的位置扩散开去，直到远端，然后又传导到我面前，水波互相扰动，渐渐又恢复了绝对的平静。

我不知山底深处还有多少座这样的水池，晶体墙内又有多少座果园；我不知这一切到底有多大规模，这是个包藏在山腹中的、令人难以置信的世界，一座珠光宝气的堡垒。点点默不作声地站在我身边，等着。她已经执行了我的指令，但我的处境却没有什么改善，而且她不会回答我的任何问题。这里并没有可行的逃走路线，除非是寻死，有淹死这一项可选。"好啦。"我说，"带我回我的房间。走另外一条路线。"我补充说。如果有机会，我想看到更多。

她在犹豫，又一次显得紧张，但她在我们离开池塘后，的确转到了另外一个方向，带我继续下降，就像她必须再继续向下，才能找到另一条路线。这里光线变得更暗，我们经过更多的拱门，里面是更多幽暗的池塘。更低处，在光线极微弱的地方，我们又经过一间水池样式的石室，但当我向内张望，却没看到水面反光。我跨过拱门向下看：那里只剩了一座空空的石穴，由粗糙的晶体组成，一直向下，向下，底部有一条巨大的裂缝，就好像这里本来也有一座水池，后来水漏光了，流去某个地方。当我回头看时，点点站在门口，看着空池塘，两臂直挺挺地垂在身侧，面无表情。

我们又经过了几间干涸的石室，才到了一个通道交叉点，点点急匆匆地转入一条向上斜行的隧道，就像她很盼望往回走似的。我自己也很快开始后悔让她带我深入了这么远：我几乎感觉不到时间长短，但我的腿能感觉到爬上爬下的负担，四壁中的光线开始变强时，我已经很累了。但我们还有很远的路要走。点点带我经过一条通道，这里穿过一间极其巨大的石室，昏黑中我甚至看不到边际，通道两旁从始至终都是大片的浅紫色小蘑菇，它们的伞头在细长柄上摇曳，像某种奇怪的野花。我们经过两名星魔仆人身旁，他们都带了采蘑菇的篮子，衣服比我见过的其他人略微更灰了一级。他们并没有惊异地看我，只是迅速扫了点点一眼，然后就低下了头。点点也扫了他们一眼，动作同样迅捷，然后就保持两眼直视前方，直到我们离开那间石室。

我们从那里进入一段高高的螺旋形阶梯，这里很窄，围着一根纺锤形的晶体转来转去。光线更亮了，我能感觉到我们在上升，但其他方面都毫无变化，感觉这条路没完没了。"如果你能做到的话，带我们离开这鬼梯子吧。"我说，当我无法继续承受的时候。点点只是回头看了我一眼，低下头继续攀爬，下一个转折碰巧就带我们到了一座平台上。

我不知道这平台是否一直都在那里等我们，反正我不在乎；我只是因为能离开狭小的阶梯心怀感激。但我们离开平台就进入了一座果园，一开始，我以为这又是另外一种奇异景观而已，然后我发现这里一片死气：灰白色桦木搭成的狭窄木架清晰可见，但架子上却只剩下枯干的深灰色死藤，一直枯萎到根部，生长在开裂的、焦渴的土地上，有些小而且硬的黑块，那是枯死在藤上的水果，散布在少数深灰色薄纸一样的叶片之间。点点快步走过这片枯死的果园，我也很愿意跟她一起快步行走，在这儿走，感觉像是穿过了一片墓地。

之后又爬了三段阶梯，但都没有之前那段狭小，终于，我们进入一条更明亮的通道，向上的坡度也更平缓了些，直到我们出乎意料地转过一道拱门，已经回到了我的房间。我之前完全不知道自己已经靠近了。

还好不用再走路。我感觉就像去了老家周边最偏远的村庄又走回家，好多好多里路，只不过在这里，我是上上下下攀爬，始终都在他们这座大山深处。但我却不会因为回到自己房间感到开心。这里只不过是间牢房，而整座山就是个监狱而已。点点给我拿来了我要的水，然后鞠躬，显然很着急地走掉了，她肯定是想早点儿脱身，免得我又提出要求，去其他愚蠢而且不舒服的地方。因为我根本不了解要去的地方，也不能打听，甚至不能得到警告，假如我的要求意味着要穿过她们平时回避的区域，那我也同样懵懂无知。

她走后一会儿，离开房间的通道就消失了。但其实我也没有什么地方可去。我坐在箱子旁边，捡起一把银币，把它们变成金币丢回去，内心很抗拒。我不是故意要加快速度的，只因为这件事简单重复，慢不下来。高姬进来时，我发现自己正在捡起最后一把银币丢入箱子。我想到过要求星魔国王再来陪我吃饭，单纯为了惩罚他，但我本人不该受这份罪的，所以我坐下来，自己吃饭，他只是在我将要吃完时才现身。

他马上走过餐桌,去到箱子旁边,扯开盖子。他好半天都没说话,只是站在那儿低头看,朝阳一样的暖光反射在他闪亮的、饥渴的眼睛里,给他脸上冰冷的边缘镀上一圈金色。我吃过饭,推开餐盘,走到他身边。"仆人们做得很好,我提出的要求都能满足。"我故作可爱地对他说。我想让他知道,我把自己照顾得很好,过得很舒坦,尽管他本人并没有做出多少贡献。

但他甚至没有从箱子那里移开视线,只是说:"这是她们该做的。提问吧。"他一脸不耐烦,我马上发觉,我这样的安排,对他来说还真是相当方便。他现在甚至一整天都不需要想到我。我会坐在自己房间里,化银为金,无聊到只能掰拇指玩,在他看不见的地方接受仆人伺候,他每天只需要回答三个问题,这个真的不算什么大麻烦。

我紧紧闭上嘴唇。"星魔王后有哪些职责?"我想了一会儿,冷冷地问。我当然不想被他利用得更多,但在这个世界上,人要靠工作来证明自己。假如出现了不太可能出现的情况,我成了一位大公爵夫人,身边围着一大群仆人,我大致能猜出自己需要做什么——管好庞大的家业,生了孩子之后养育他们;做出精美的刺绣和编织品,把家里布置得富丽堂皇。但在这里,我甚至不知道别人想让我做什么,就算我不喜欢这样的生活,我还是更愿意有意忽略我的职责,而不仅仅是因为我是个傻丫头,不知道自己该做什么。

"这个要取决于王后本人的才能,你的才能仅有一个。"他说,"那就做好这件事。"

"生活如果总是一成不变，可能会让我特别厌烦，以至于不想继续再做那件事。"我说，"你不如告诉我还有什么其他事情可做，然后让我自己决定要做哪些尝试。"

"你能否在炎炎夏日中，制造持续上百年的寒冬，或者由泥土中召唤出雪域之树？"他这样说，听起来完全是在嘲弄。"你能否在举手之间，就修复玻璃山受损的侧面？等你做到这些事，那么你就将成为星魔之国真正的王后。在那之前，就不要愚蠢地想象自己是别人了。"

他的语调里带着一份深邃和厚重，几乎像在吟诵史诗，我有一种不好的直觉，感觉他是在用事实真相来打击我，而并不仅仅是挖苦。就好像星魔王后真有可能会突发奇想，就在炎炎夏日里召唤出寒冬，并且一挥手就把裂开的山体侧面补好。而事实上却是我坐在这里，取代了某个伟大的女性冰系魔法师，但本身只是一个乏味的凡人女孩，别无长处，只能制造出长河一样的大量黄金，供他呆看。

我当时确信他想用取笑的方式，让我感到自卑，我完全不想让他得逞。所以，等他的讥诮告终，我冷冷地回应说："因为我还没学会随心所欲地控制雪，我就暂时满足于自己当前的状态吧。我的下一个问题是：我怎么知道在凡人的世界里，太阳什么时候落山呢？"

他皱着眉头看我。"你没办法知道。这个又有什么区别？反正你又不在人间！"

"我还是要庆祝安息日啊，"我说，"今天太阳落山就要开始了——"

他不耐烦地耸肩，打断了我："这个不关我的事。"

"好吧，如果你不能帮我搞清楚什么时候是真正的安息日，我从现在开始，就只能把每天都当成安息日对待了，因为没有日落和日出来当作参考，我肯定会搞不清楚日期的。"我说。"安息日禁止从事各类工作，我很确信，把白银变成黄金也是一份工作。"

"也许你能给自己找个借口克服这困难。"他不怀好意地提醒。我不用太动脑筋也能听出他暗藏的威胁。当然，如果我不肯使用自己的能力，我对他就不再有利用价值，他不会让我在这儿活太久的。

我直视他的脸。"这个是我们民族的信条，即使我饿了也不会犯戒做饭，再冷也不会犯戒生火，贫穷时也不会犯戒接受施舍，你也不必奢望我会因为你开始破戒。"

这当然是胡扯，如果他用刀逼在我喉咙上，我还是会照他的命令去做的。我的族人并不认为殉教是什么特别光荣的事情——我们觉得没那个必要——你可以打破安息日的戒条去救人性命，包括救你自己。但他不需要了解这些。他皱着眉头看我，然后他再次离开房间，几分钟之后回来了，拿了一个吊在链子上的小镜子，镜子又小又圆，周围镶银，像个项坠。他两手捧着它，专心致志地凝视，只见落日的暖光从里面照射出来，跟箱子里堆放的金币的光芒有几分相像。他转过身，提起链条，让镜子在我面前悬空轻摇，那情形，就像透过一个锁孔看见一窄条的地平线，橙光渲染天空，深蓝的冷色夜空正在扩大范围，天就要黑了。但当我伸手想要接过它，他却把镜子取走，冷冷地说："如果你那么想得到它，就向我提出要求吧。"

"请问可以把镜子给我吗?"我从牙缝里狠狠挤出这句话。他把镜子举到我手掌上空再放开,这样我们就不用有肢体接触,之后他马上转身,离我而去。

谢尔盖和我并没有到达通往维斯尼亚的大路。我们开始的确是穿过森林朝那个方向走的,但我们走了大概一小时之后,我们开始听到密林里发出的各种声音,还有狗在叫。村里剩下的狗已经不多了。多数人都已经把狗吃掉,因为冬天过于漫长。目前留下的只有最好的猎狗。现在它们在围猎我们。我们停了下来。过了一会儿,谢尔盖说:"我可以……自己去找他们。"

如果那些人抓到他,很可能就会停止追踪。他们不会继续追捕我,反正大多数人是不会的。这样至少我一个人能逃走。如果我们继续一起逃,如果我们不得不开始跑,我会是先累倒的那个人。谢尔盖比我更高更强壮,而且我的裙子不适合在森林里跑步。但我想到他们要吊死谢尔盖,会在他脖子上套上绳圈,硬把他从地上扯起来,迫使他两腿在空中乱蹬,直到断气。我曾经见过他们吊死一名在市场上被抓到的小偷。"不要。"我说。于是我们一起掉头又躲进了森林里。有一会儿,周围安静了,但随后声音又传到我们耳边。一开始是远处有一声狗叫,接着又是一声,他们在靠近。我们加快速度,周围又没了声音,但随后我们都累了,慢了下来,接着又听到狗叫,开始在我们这一侧,后来另一侧也有声音。他们在围捕我们,办法就和把山羊赶进羊圈一样。地上还有积雪没融化,我们会留下脚印。这个是难免的。

突然之间,天开始变黑。现在还没到日落的时间。感觉我们好像已经走了很长时间,但这只是因为我们太累了。其实是有一大块乌云飘过天空。一阵冷风迎面吹来,带着雪的气息。我本来觉得应该不至于下雪,现在下雪实在太晚,都快到六月份了。但雪花还是开始飘落,一开始很稀少,后来越下越大,就剩下我们独自站在林间空地,周围是帘幕一样的大雪。

我们没再听到更多的犬吠声和人声。雪下得又大又急,空气中有一份沉重感,预示着雪要下很长时间。每个人碰到这种情况都会尽快返回村子。我们尽可能快速赶路,尽管没有什么地方可去,只想逃走而已。新雪覆盖了旧雪,我们完全区分不了结冰的地方、泥坑,还有松软的雪窝。我被一块隐蔽的石块绊倒,膝盖受了伤。谢尔盖滑了一跤,脸朝下摔在又冷又湿的地面上。他头上开始沾上雪花,我们继续赶路时,他头上那团雪越来越大。

我本来是习惯于走远路的,但我们现在走过的,已经远远超过了从我家到梅瑞姆家的距离,而且我之前走的都是大路。但我们却只能继续向前走。我们已经不是朝大路走了。我这时候也根本不知道大路在哪个方向。我们甚至可能是在原地转圈。严寒从我手指蔓延到胳膊,也从脚趾向上侵入双腿。我的鞋子都湿了,有几块树皮已经在断裂。我隐约还能感觉到不舒服,尽管双脚已经在变麻木。

有时候，谢尔盖不得不停下来等我。终于，我的鞋子完全脱落，我又一次跌倒，那口锅也飞了出去。

我们花了好长时间才找到它。我们本应该继续赶路的，但当时没有想到这个，直到我们挖遍了周围所有的雪窝，四只手都冻到几乎失去知觉。我们一直找，直到我终于发现某个松软的大雪堆里有个洞，我们一直挖到底才找到了它。锅边被摔得凹进去一块。我们呆呆地看着它，它只是一口空锅，我们也没有任何吃的可以用它来做。这时候我们两个都明白，我们本应该继续赶路的，但我们都没有说出来。谢尔盖背起锅，我们站起来打算继续走。

我多看了一眼那个大雪堆。有些雪从顶上塌落下来，雪的下面有一堵墙，高度仅仅到我腰际，但确实是真正的墙，是有人用石头砌成的。墙也不是很长，在墙的另一侧，大部分都是空地，只不过有个超大的雪堆，高度足有谢尔盖的两倍高。那可能是几棵树跟周围的灌木，被雪盖住了，但当我们攀过墙走近时，我们看出，大雪堆下面是个小木屋，下半截是石块，上半截是木料。一丛古老的常春藤覆盖着整座小屋，现在已经枯死了，仍然遮挡着墙面、窗户，还有本来是屋门的那个空洞。干叶子上结了冰，雪又覆盖在冰上。当我们想把藤条扒开时，它们马上断裂，掉落在地上。

我们马上走进木屋，甚至没有等到眼睛适应过来，能看清周围。屋里有什么并不重要，反正比外面好。过了一会儿，我们看出屋里有一桌一椅，还有一张木床和一口火炉。椅子和床上的板条都已经腐朽了，床垫也一样，但火炉仍然完好坚固。炉边还有一堆古老的柴火。

我扒出一些碎床板跟床垫上脱落的稻草来充当引火物，坐在火炉旁，开始用几根细木棒生火。这套办法我用得很熟练，因为有时候我们的木柴会用光，火会熄灭，我们就得重新生火。谢尔盖已经放下被摔出凹痕的锅，跺了会儿脚让自己暖和了一点儿。然后他又一次出去了。等他回来时，我已经点着了一堆小火。他带回两把湿木头和另一种奇迹般出现的东西：土豆。"外面有个菜园。"他说。那些土豆还小，但他挖了十个，而且只有我们两个人吃。

我用老木头烧火，让火头更旺。我们把谢尔盖带回来的湿木头放在炉子顶上和炉膛前烤干。我们把土豆放进炉膛，用我们的锅装满雪放在火上煮。我们坐在炉前取暖，直到水开，喝了几杯热水暖身，又烧了更多的开水，我把烤得半熟的土豆切开，放进锅里继续煮熟。这样我们不仅能吃掉土豆，还可以把土豆汤喝掉。感觉土豆花了好长时间才熟，但终于做好了，我们全部吃掉了，热乎乎的，冒着蒸汽，会烫到舌头，但味道真的特别好。

我们始终都没有动脑筋去想，吃的时候也只顾吃。我们太冷太饿了。我虽然早已习惯了饥寒交迫，但都没到这种程度。这比之前断粮的那个冬天还要更惨。所以我当时什么都没想，只要暖和起来，得到一点食物。但等我们吃完土豆，身体也暖和了，我把土豆汤从锅中倒在杯子里准备待会儿喝的时候，我想起了那口锅盛满滚烫的粥扣在爸爸的头上，我禁不住全身发抖，这次并不是因为冷。

那之后我又在想事情。我想的不是爸爸，而是我们自己。他们没有抓到我们，他们没有吊死谢尔盖和我。我们没有在森林里被冻死。相反，我们来到了这里，坐在森林中的一座小房子里，我们有火取暖，还找到了土豆，我知道这些并不寻常。

谢尔盖也知道。"这里已经没人住了，空了很长时间。"他对我说。他说得很大声，就好像为了确保周围的人都能听见似的。

我想要相信这个。但当然，这里没有住过任何真正的人类。这片森林属于星魔。根本就没有路通向这里。这儿没有农田，只有一座小小的空房子在密林深处，够一个人独自居住。它肯定属于一位女巫，而谁又能确定那位女巫到底死了没有，什么时候可能回到故居？

"是啊，"但我当时只是这样说，"不管是谁以前住在这里，她都已经离开了。你看看这床还有椅子。它们都已经腐烂了好长时间。反正，我们也会很快离开的。"谢尔盖像我一样热切地点头。

我们还是害怕睡在这间女巫木房里，但我们也没有其他地方可去，所以这件事怕也没用。我们让火慢慢烧着，然后爬到炉台上面躺下，因为那里暖和。我本来还想告诉谢尔盖，我们应该轮流把风，但我还没有说出这番话，自己就已经睡着了。

第十二章

我独自待在玻璃和冰块房间里,镜子里的太阳慢慢落山了,我撕开点点给我留下的面包,喝了一口葡萄酒。我没有办法点蜡烛;我让她们拿根蜡烛给我时,点点和高姬只是困惑地看着我。我念诵过祈祷词,自己的声音听起来很单薄,因为没有爸爸和妈妈在我身边一起吟诵,也没有姥姥姥爷。我想起了在维斯尼亚度过的最后一晚,房子里到处是人,大家都那样开心地围着贝茜亚和艾萨克。贝茜亚明天要跟姥姥姥爷还有她的父母一起庆祝安息日,在场的还有我的表姐妹们、她的朋友们:因为这是她出嫁之前的最后一个安息日。我躺下睡觉时觉得喉咙干涩,应该是流了太多眼泪的结果。

我没有什么书可读,也没有人能跟我聊天。我第二天度过安息日的方式,就是给自己背诵《托拉经》,尽可能复述我记得的部分。我承认,我以前从来都不是很喜欢经文。我爸爸喜欢它,非常喜欢;我觉得在他心里,他曾梦想过要成为一名拉比,但他的爸爸很穷,他到现在阅读能力都不太强;他辨认字词经常特别吃力,但数字对他来讲很容易掌握。于是长辈们让他到放贷人那里当学徒，那名放贷人认得穆赛尔先生，放贷人的学徒后来见到了穆赛尔先生的小女儿，我父母的故事就是这么开始的。

反正呢，我爸爸在以前的每个安息日都要读经文给我们听，多次重复之后，那些字词他终于能说流畅了。但那些时间我大半都在走神，设想大人们不让我干的工作，或者努力胡思乱想，让自己不觉得饿，或者在较好的日子里，努力提出最刁钻的问题，让我爸爸绞尽脑汁才能回答，其实我就是为了逗他。但对经文的记忆，却比我意识到的更深，当我闭上眼睛，试图回想他的声音，自己跟着轻轻念诵时，我发现自己或多或少能背下来。等到太阳再次落山，我已经跟着约瑟住进了法老的监狱[1]，安息日结束了，我的丈夫又一次回来找我。

我没有马上睁开眼睛，很愿意让他干等，但令我意外的是，他竟然什么都没说，所以我比原计划更早抬头，发现他脸上是满意的表情，居然不是他一贯的那种带着不情愿的不耐烦。这让我恨恨地咬牙。我靠着椅背，身体远离桌子，问他："你有什么可高兴的？"

"那条河又静止了。"他说，但一开始，这句话我完全没搞懂。我站起来，去了玻璃墙那里。山峰侧面的裂缝被鼓起的大块冰凌补上，那条细瘦的瀑布冻结在水路上。就连下面的那条河，也变成了一条闪亮的道路，根本就不再流淌了。之前下过很大的一场

---

1 典故出自《圣经·创世纪》。

雪，大到黝黑森林里的树木都被盖在新雪下面。

我不懂他为什么这么愿意把自己的世界冻成一坨，但那片连绵不断的闪亮的白色世界，还是透着点儿诡异和可怕。这景象很刻意，所有的绿色植物和泥土都被从世界版图上抹掉，这让我想起我们经历过的漫长寒冷的冬天，想起大麦被冻死在田里，果树渐渐枯萎。当他站到我身旁，我看着他那张喜不自胜的脸，缓缓说道："你的王国下雪的时候——我的王国也会下雪吗？"

"你的王国？"他反问道，一面居高临下地睨视，对我这份自高自大有点儿瞧不上。"你们这些凡人倒是想要把那里变成自己的王国，你们生火，建造城墙，试图把我挡在外面，冬天一过就忘掉它的存在。但那里仍然还是我的王国。"

"这样啊，"我说，"那么它现在也是我的了。"我很满意地发现他很不爽，因为我用这样粗暴的方式提醒他跟我结了婚这件事。"但如果你介意的话，我可以重新措辞：尽管已经是春天了，但今天，太阳照耀的世界上是否也下过雪呢？"

"是的。"他说，"只有在凡人世界下雪时，这里才会下雪。所以我辛苦了好久，才带来这场雪。"

我瞪着他，一开始脑子里一片空白，几乎感觉不到这件事的恐怖。我们早知道星魔会在冬天来到，风暴让他们的力量增强，他们会乘着暴风雪从他们的冰封王国里蜂拥而出，我们早知道冬天会令他们强大。但我之前没想到过，我认识的所有人都没曾想到，他们还会制造冬天。"但是——立瑟瓦所有人都会饿死的，如果他们没有先被冻死的话。"我说，"你这样会冻死所有庄稼——"

他甚至没有看我,他就是那样不在乎;他已经在用那双清澈明亮的眼眸向外遥望,满意地欣赏他的王国里无边无际的白色覆层。我看到的是饥荒和死亡,他脸上却只有胜利的快意,就好像那些恰恰是他想要的。我两手攥成拳。"我猜你还挺自豪的。"我咬牙切齿地说。

"是啊。"他马上回答,一面转身朝向我,我为时已晚地想到,刚才这句也可以被当作一个问题。"冬天继续的话,这座山就不会继续失血,我因此的确感到自豪。我坚持下来了,尽管付出了惨重代价,我所有的愿望都已经实现了。"

他已经答完了自己的定量问题,马上转身,准备神气地离开房间,此刻他停顿了一下,突然垂目看着我。"但在此之前,我的做法有偏差。"他很突兀地说。

"尽管你在这个世界和你的世界里,都不是什么重要人物,但你还是高等魔法的承载者,而我必须对这件事表现出适当的重视。从此以后,你将得到你想要的任何舒适条件,我也会派来更合适的随从,选择出身高贵的女士来为你服务。"

这听起来非常烦人:要被那么一群皮笑肉不笑的贵妇人围着。这些人对我的痛恨或者轻蔑,应该跟她们的国王不相上下。"我不想要她们!"我说,"我现在的随从就行了。你倒是可以允许她们回答我的问题,如果你想对我好一点儿的话。"

"我完全不想对你好。"他说,脸上显出被冒犯的样子,就好像我提议他去踢某只无助的动物似的。那种事他倒是有可能很愿意做。"但你这样说,就好像我禁止过她们似的。其实是你自己选择了从我这里得到答案,当时你本可以选择任何礼物。你既然给答案定了那么高的价格,现在还有谁肯免费提供它们呢?而且,低级仆人又怎么敢向你开价?"

他走的时候,我真想两手向天表达绝望。但他离开这件事,就已经让我很开心了。我更不喜欢他的满意和快乐,远远超过他的气恼和冷漠。我坐在那里,盯着窗外的雪——它就像覆盖了整个世界的厚厚的白毯子,直到小镜子完全变黑,表示时间已经是深夜。我并不替公爵担心,我也不是很为城市居民担心。但我知道我的亲人们会遭遇什么——等到庄稼的收成全都被毁,欠债的人变得足够绝望时。

我想到我妈妈和爸爸相依为命,积雪渐渐爬上他们的屋檐,而更冷的仇恨也同样逼到了门前。他们会去维斯尼亚我姥爷那里吗?他们到了那里是否安全?我毕竟留下了一大笔钱,他们甚至能够用它去南方,但尽管想要放心,我却无法骗自己相信他们会忘记我到那种程度。他们不会丢下我自己离开的。即便是姥爷能告诉他们我被带到了哪里,他们还是不会走。我可以给他们写封信,里面写满谎言:我现在是王后了,过得很好,别再惦念我。但他们不会相信。或者如果他们信了,那我会伤透他们的心,让他们比死了还难受。我妈看我从某个女人那里收了一件皮衣抵债都会哭,明明那个人还曾故意向她脚边吐痰。她会觉得我是彻底冷透了,才会离开他们,做一个杀人狂星魔的王后,这个国王会宁愿冰冻整个世界,就为了让他的山峰堡垒更坚固一些。

第二天上午,点点和高姬收拾早餐用具时,我宣布:"我要出门兜风。"我只瞎猜了一下星魔贵族们可能会做什么类型的消遣，顺便探索一下新的逃跑路线。这次运气很好；点点难得毫不犹豫地点头，马上带我出了房间，进入那段又长又令人晕眩的阶梯，从这里可以返回位于山峰中央的巨大空洞。

从这里往下走，比向上爬还要恐怖：我这次更担心脚下那些貌似脆弱的阶梯，它们像是玻璃做成的，而且总能看出这里有多高，离地面有多远。我并不想看，但还是清晰地看到了广场中一环套一环的白树，组成中央圈的树最高，枝叶最繁茂，而最外圈的树还只是幼苗，有些甚至只是光杆。

但我们终于到达地面，然后点点带我穿过树园，这路线在我看来简直就是个规模惊人的迷宫，经过的地方全都像结冰的池塘表面一样光滑，边缘有透明石材组成的马赛克图案。我就算有一整天时间在这儿探索，恐怕也找不出一个转弯处跟其他路线的区别。我们途中偶遇了一些其他高等级的星魔贵族，他们身着灰色衣服，有些人的肤色甚至是象牙白或者接近纯白，身后也跟着自己的随从，他们公然盯着我看，有些人脸上显出好奇的微笑，因为我的黑头发、深色皮肤，还有闪耀的黄金装饰：我又一次戴上了自己的黄金后冠，看起来有必要提醒这些家伙，我是他们的王后。

在远端，我们沿着另一条隧道进入山体侧墙，但这条隧道很宽，足够容纳一台雪橇穿行，隧道尽头是又一片山中草场，这里有一群尖爪鹿在啃食透明的野花，雪橇就直接停在空地上——我估计，他们不需要棚舍和畜栏。那位带我们来山里的车夫就坐在雪橇旁，手里握着几根挽工具用的皮绳——也许是在加工它们，尽管我看不到他手里有工具。当点点告诉他我想出门兜风时,他默默站起来,去牵了两头鹿回来,迅速把它们套上雪橇。然后他为我打开雪橇侧门,就这么简单。

其实这也相当于说明了,我并没有驾驶雪橇逃走的希望,这次来纯粹就是浪费时间。但我还是爬上雪橇。他对鹿说了几句什么,然后摇动缰绳,它们轻快地向前跳出,雪橇顿了一下,就冲入另一条隧道,开始沿着两侧积雪的道路飞驰。我抓住雪橇侧板保持平衡。在我看来,我们这次比来时快了很多,但或许是因为这次是下坡,飞驰在通往银色大门的黑暗隧道里,鹿蹄在冰冻的地面上,发出像高明的舞者落地的那种轻响,直到耀目的强光割破前方的黑暗,大门敞开,让出通道,我们飞快地冲出玻璃山侧面,沿着坡道,向外面冰雪覆盖的森林进发。

我还是紧握着雪橇侧板,但随着冷风扑面吹来,我深深呼吸,感觉自己还是很高兴能够行动起来,并且进入露天,尽管我不太可能到达任何有用的目的地。这还是值得一试。

"车夫啊!"我招呼说。车夫吓了一跳,跟点点和高姬之前的表现一样,他回头扫了一眼,似乎要确定一下我真的是在对他说话。"我想去维斯尼亚。"他茫然地看看我,于是我补充说:"就是你之前去接我的地方,婚礼之前那次去过。"

他打了个寒噤,就像我提出的要求,是把我送到地狱入口。"你要去阳光世界?这段路是无法通行的,除非是顺着国王大道走,并且事先获得国王的许可。"

他这样说完我才意识到,这儿的确没有那种白树,也没有我们来玻璃山时见过的银白色大道。我转身向后看，眼前是同样的景观：玻璃山在前方矗立，高大而且寒光闪耀，雪橇在雪地上留下两条辙痕，一直延伸到银色大门。我可以看到那条瀑布，现在已经冻结，也能看到那条河，闪亮的河道向树林深处延伸。但星魔之路的确消失了，就好像从来没有存在过一样，而后我在前方能看到的，全都是黑黢黢的松柏之类树木，只因为上面盖了一层雪，才显得有些白。

我瘫坐在位子上，沉思默想，因为我没有说让掉头，车夫就一直走。其实林中也没有另外一条路：他只是在结冰的河面上行驶而已，这也是我能看到的唯一能轻易在树木间穿行的通道。鹿在冰面上跑，看上去丝毫没有困难，也许它们蹄子前端的尖爪有帮助。

除此之外，星魔的王国似乎就是无边无际的森林。我在周围没看到任何特别的景观，完全没有其他建筑。当我忘记了国王之前的警告，问车夫是否有人居住在玻璃山之外时，他没有回答，只是回头看了我一眼，等于说，去问国王吧。我们行驶了很长时间，景观总是一成不变。时间应该是渐渐接近中午，但天色却越来越昏暗，越是远离大山就越黑，天空中本来混沌一团的灰色，已经渐变成黄昏时的幽暗，我们周围的树和积雪开始变得轮廓模糊，难以分辨。

远处，一条更深的黑色出现在地平线上，就在河流与天空的交界处，树木出现中断的地方。鹿慢下来，车夫回头看了我一眼。他不想继续前进，就像上次点点不想继续再走，到地底更深处一样，而我酸痛的双腿提醒我，现在一意孤行可能会受到惩罚。但如果我让这些人决定我能去哪里的话，我肯定就永远没办法逃走了。

"我们是不是该回去了？"我问道，故意使坏，把这句话用提问的方式说出来，看他是否会上钩。他犹豫了，然后他没回答我，直接回头对两头鹿说了句严厉的话。我们继续向黑沉沉的天际线进发，很快，树下的光线就已经像深夜一样黑，我几乎看不清楚河边的树干。这儿没有月亮，没有星星点缀夜空，树叶在炭灰色的天空背景上，也只是更浓黑的阴影而已。鹿在不断甩头，焦躁不安，它们也不喜欢这地方，我能看出来，而且它们才不管雪橇上坐的是什么人。那条冰冻的河流一直向前深入黑暗，消失在前方。

"好啦，掉头吧。"我终于放弃，刚这样说，车夫就迅速掉转鹿头，看似长长地松了一口气。但我在他掉转雪橇时，最后回头看了一眼，就看到了她们：两个人出现在河岸边，在黑暗中隐约可见——这是两个身上裹了厚厚皮衣的人，其中一个是位皇后。

当严寒终于把我赶回镜子另一边，米纳修斯甚至没有动弹过一下。我尽可能放慢动作，爬回壁炉前，就着火苗让自己暖和起来，同时仍旧警觉地观察他，以防出现任何他要醒来的征兆。他的魔法让这张床跟他自己的俊美相得益彰，即便是在毫无知觉、四肢张开沉睡的情况下，他还是美得像一件艺术品。他在睡梦中叹息，辗转，用难以辨认的、叹息一样的嗓音轻声低语，一条赤裸的胳膊从被子下面伸出来,他微微侧头,正好显出颈部的线条,他的双唇张开了。

我本应该跟他一起躺在床上,我是新娘,本应该害怕些平常的东西,比如举止笨拙、对方过于自私之类的。这些其实本来就够让人担心的了;我从未想象过更多,除了忍受,就是在卧室之外找到自己能够发挥作用的机会,赢得尊重,那个才是无价的硬通货。但有了这样俊美的丈夫,我本来应该有权怀有一些其他小奢望的,为了不管是什么的那类乐趣——好多女人都给自己惹上麻烦的那种,以前我只是从流言蜚语中隐约听说过。

事实相反,那个里面装有珍珠的贝壳里,还藏了一个大妖怪,想把我像一杯美味葡萄酒一样吸干,而我只是想要活下去,就已经需要每天用智慧战胜它。我现在搞不清楚,在国王身体里,到底哪个是主,哪个是仆,但那个妖怪的确在七年前把米纳修斯扶上了王位,之后又一直用魔力喂养他,而他显然是心甘情愿把我交出去充当报酬的,只是小小抱怨过几次善后处理方面的麻烦,就像面对他被烧坏后丢在地上的衣服碎片一样。

我把那些碎片丢入火中,在壁炉旁小睡了片刻,睡得很不踏实。天一亮,我马上快速起身,穿上睡裙,就好像我整晚都穿着它们一样,然后我摇了铃,让仆人们马上进来。米纳修斯被惊醒了,吃惊地环顾四周,奇怪怎么会有响声,但他们已经进入房间。我要求他们准备洗澡桶,并且给我们送来早餐,让另外一名仆人帮我穿衣服,这样她们马上就在卧室各处忙碌,不可能再让我们两个独处,接着我用甜美的声调问我的丈夫:"您睡得好吗,陛下?"

他瞪着我，又是生气，又是困惑，但房间里还有四个人在场。"很好。"他过了一会儿才回答，眼睛始终没有从我身上移开，而且我能看出，他根本没考虑过自己说的话，也没有想到这件事会对我在他宫廷里的地位带来怎样的影响。他的仆人们很快就会对所有人说，这位向来对肉欲毫无兴趣，因而让大家颇为担心的沙皇，昨晚绝对是在他妻子的卧室里过了夜，而不是回自己的房间，并且睡得很好。

我并不认为他会在意自己朝臣的好感，因为假如这些人想要反对他，他只要当场施展催眠术就行了。他只是更愿意把反感控制在一定限度以内，不至于浪费太多他从恶魔那里借来的魔力。但我却需要我能掌握的一切武器、一切可能用到的力量，所以我又爬回床上，陪他躺着——他略微避开我一点点，对我侧目而视——当他们送来早餐盘，我为他倒了茶，我已经察觉，他喜欢喝特别甜的茶，于是额外多放了几勺樱桃酱，才把杯子交给他。他尝了一口，看似很警觉，就好像他觉得这茶合他胃口，一定也是使用了魔法。

有那么多仆人在场，他也没办法对我说什么——而且这里有那么多的流言素材，仆人们也不愿去其他任何地方，既然我已经给了她们留下来的借口——尤其是那些年轻侍女们。米纳修斯是全裸的，因为昨晚上那只火魔把他衣服全毁了，被子总是会从他肩膀上和精壮的胸脯上滑下去。侍女们以为我不会发觉时，全都在用眼光跟他调情，找出一切借口向他靠近。其实她们本不必枉费心机，因为他的两眼一直盯着我，从我手上吃东西也保持着警觉，平静地回答我的所有闲谈，直到洗澡水就绪，这时候我站起来说："陛下您沐浴期间，我就去做祷告了。"然后我就逃走了。

但这次，当我从教堂里出来，雪橇就已经在院子里等着了，我的行囊也都装在了上面。"我们要上路，赶回考兰宫了，我的小鸽子。"米纳修斯站在大厅里对我说，他眯起眼睛，似乎很得意，我别无选择：现在我得单独跟他坐进雪橇，驶入黑暗森林里，去他的宫殿，那里到处是他自己的士兵和朝臣。

我去了卧室，戴好我的银项链，穿上三件羊毛衣服，再套上皮衣，自己拿了珠宝盒下来。这个并不奇怪，我继母出行时，就一直亲自掌管她的首饰。没有人知道，这个盒子里只有我的银冠，其他小件首饰全都跟衣服塞在了一起，好让首饰盒轻便些。我把它放在我身体一侧。如果迫不得已，我会跳出雪橇，跑进森林，找一片结冰的水面，在能照出影子的地方，穿越过去逃走。

但我们出发时，恶魔的饥渴并未在米纳修斯眼里闪出红光，我这才想起，之前也从未在白天看到过那种眼神，只有夜幕降临后才有。他一直等到我们离开公爵府很远——府中所有女人都在挥舞手绢向我告别——才用他自己的人类声音低低地对我说："我不知道你每天晚上都溜去了什么地方，但你不要以为我会一直给你机会溜走。"

"这您可得原谅我，亲爱的丈夫。"我小心考虑了一会儿才回答——我想让他知道我已经知道了什么。"我是向您许下了相守终生的誓言，但却总有其他人代替您进入我的卧室。当猎人靠得太近，松鼠的本能反应就是逃走啊。"

他身体僵住，避开我，躲到雪橇的角落，沉默下来，又生气又警觉，两眼总是盯着我。我刻意保持平静，身体放松，倚住靠垫，眼睛直视前方。我们正在快速穿过森林中茂密又宁静的地带，树枝被新雪压低，我利用周围一成不变的环境稳住自己的心态。这里也有点儿冷，但跟我每晚去避难的冬日王国相比就好多了，而且我手指上的戒指，也是个清凉的慰藉。

我们行驶了很长时间，米纳修斯突然问："那么当松鼠想要隐藏时，它们会逃去什么地方呢？"

我看着他，有点儿困惑。我等于已经告诉他，我知道他有个恶魔附身，也知道那怪物对我的不良企图，所以，他本来不应该期望我告诉他任何事情，或者以任何方式与他合作。但当我没有回答时，他很夸张地皱起眉头看着我，身体前倾向我逼近，并且怒喝："告诉我你逃去了哪里！"

他的法力带着一股热浪，涌入我的身体，流入我饥渴的戒指中，我本人完全没有受到影响。我差点儿就问他为什么要这样白费力气，他理应早知道这招不管用。但我估计，他就是一直以来过于信赖魔法，以至于从来没学会动脑。而在我爸爸家里，唯一对我有益的事情就是思考，之前一直没有人关心我想要什么，或者我是否开心，我想得到任何想要的东西，都得自己动脑筋。我之前从未对这种状况产生过感激，直到现在。目前我想得到的，是自己活命的机会。

但我能看出，如果我只是坐在那儿什么都不说，米纳修斯就有可能发脾气。他眉头上已经阴云密布，即便他的恶魔在天黑之前都不会亲自现身，他还是可以命令他绝对平庸的卫兵们把我丢进牢房，等候发落。人们当然会相当震惊，假如他把新婚妻子关进牢房，后者又不明不白地失踪，我的爸爸肯定会利用这件事，而从米纳修斯的表现看，他给我的印象就是很难看到长远，也不太注重自己行为的后果。

除非是我引导他那样做。"四年前你为什么不娶瓦茜莉亚？"我直截了当地问他，抢在他再次对我吼叫之前。

这话的确收到了效果，止住了他发脾气的进度。"什么？"他反问道，一脸茫然，就好像这个问题对他来说毫无意义。

"乌尔里希亲王的女儿。"我说，"亲王手下有一万将士，还拥有那座盐矿，如果他杀掉你，尼姆斯克的国王会乐于接受他的投诚。你让人杀掉迪米特大公之后，实际上需要得到他的支持。你当时为什么没有娶她？"

困惑和忿怒，两种情绪在抢夺他面孔的主导权。"你听起来就像那些老母鸡中的一只，整天在宫廷会议上向我聒噪。"

"你是指自己从来都不肯倾听，如果烦你太甚，你就把他们变成白痴的那些人？"我说道。忿怒获胜了。但这次已经不是同一种怒火：在政治问题上被人说教，对他来说应该是日常烦恼。"但他们并没有错。立瑟瓦需要一名王位继承人，如果你不能提供的话，你早晚都会被推翻。现在你已经娶了我，而不是瓦茜莉亚，乌尔里希或许会抢在你能提供继承人之前，先把你推翻。"

"没有人能推翻我。"他没好气地说，就好像我在侮辱他。

"那你打算怎样阻止他们呢？"我问道。"如果乌尔里希把瓦茜莉亚嫁给卡什米尔王子，他们就不会到考兰宫来拜访你，方便你用魔法命令他们不得派军队攻城。你能从数百里外控制他们的头脑吗？你能在战场上阻止一千名弓箭手中的一位射中你吗？或者，你能让十名暗杀者同时放下武器——如果他们已经闯入你的卧室，决心刺杀你的话？"

他瞪着我，就好像他从未想过对自己回答这类问题。很可能他一直都把所有的朝臣当作笨蛋和胆小鬼，这些人完全不了解他的法力，而他认定这法力足够让他避开一切可能存在的风险。但他的恶魔看上去并不是法力无边，他妈妈的魔法，当年也没能帮她自己逃离火刑柱。在坦诚的诘问面前，他似乎已经感觉自己不再那样所向无敌了，而且他当然没有说，我对他魔力有限的论断有错。

"你管这些干什么？"相反，他向我反问，就好像我只是假装慈悲地对他表示关心。"到时候你肯定会开心。"

"我的开心持续不了多久，最多到他们顺便把我捅死为止。"我说，"乌尔里希和卡什米尔肯定更愿意让我爸爸成为盟友而不是敌人，但他们并不是必须跟他联手，当然，他们也不希望在杀掉你之后，我却不识趣地生下一位继承人出来。"我补充说。"当然，前提是你没有用某种可疑的方式抢先杀死我，给他们一个理想的理由联合起来向你进军。"这个才是我真心想要强调的要点。

米纳修斯平静下来，思考着，坐回了自己的角落，但我把这当成一场小胜，他至少不是死盯着我看，而是望着雪橇外面，皱着眉考虑我塞进他头脑里的这些事。显然，在此之前，他都成功地避免了为这类事情操心。

那天漫长又寒冷，我们一直在赶路；车夫停下过几次歇马，两次在中级小贵族家里换马，那儿的人殷勤地鞠躬致意。我两次都下了雪橇，在院子里走走，和善地跟主人交谈，对出来鞠躬行礼的小孩子们礼节性地夸奖两句。我想要尽可能让更多人记住我，如果他想让大家忘记我的话。米纳修斯始终高高在上，其间一直垂着眼帘注视着我，这样子，倒更能塑造我受宠的娇妻形象。

那天的夜来得很晚：这样寒冷、刮风的天气，地上有那么厚的雪，给人的感觉还真是反常。我感谢上天，但即便如此，太阳落山这件事，还是开始引燃米纳修斯眼中的血红凶光，当时我们正在进入他在考兰城的宫殿院子。宫墙上站着他手下的士兵，全副武装，玛格瑞塔站在台阶上，双手紧紧互握在胸前，她身披黑斗篷，在两侧的卫兵衬托下，显得年迈又瘦小。好像昨天晚上他就已经派人去了维斯尼亚，一路马不停蹄地带她赶来，以确保她能在天黑之前到达。

当我走上台阶时，她伸开双臂拥抱我，哭了一两声，说道："小宝贝啊，我的小宝贝。"她的确感谢我还记得她这名老仆人，特地派人接她来。但我之前确实低估了她。她声音颤抖，双手过于用力——她显然知道，我们两人都有生命危险。

我自己也作秀一番——感谢我丈夫如此好心，在这里看到她真是意外之喜——然后我硬起心肠，在台阶上当着卫兵的面亲吻了沙皇，把他吓了一跳。我猜想之前他可能一直觉得这类武器是他本人专用的，所以他没有动弹。我用自己的嘴唇轻触他温暖的双唇，又迅速避开他，就好像我为自己的冲动之举感到害羞一样。我转身面对卫兵们，问玛格瑞塔他们有没有善待她，玛格瑞塔点头，说即便在从维斯尼亚赶过来的漫长旅途中,她也一直觉得相当安全。我对他们表示了感谢。

"告诉我你们的名字,这样我就能记住了。"我说着,把手从手筒里抽出来伸向他们,我的戒指在上面闪耀,他们笨拙地握住我的手,支支吾吾地回答,尽管他们得到的命令肯定是去把老太婆抓来,不管别人怎么说,她本人怎么哭喊,而他们也把自己当成狱卒,而不是保镖。他们的言语支吾,部分是受戒指魔力的影响,但剩余的部分,我怀疑就是更精妙的现实反差魔法了;我并不认为米纳修斯对他的手下表现出过多少礼貌。"马塔斯和弗拉达斯。"我重复说,"感谢你们照顾我年迈的奶奶,现在我们进屋里去吧。你们一定要到厨房去喝杯烧酒,毕竟都赶了那么远的路。"

米纳修斯很难撤销这么小的恩典,同时又不让自己显得尖刻又小气,但是当然,他并不喜欢让自己的手下从我这里接受任何命令。"你和你的奶妈上楼去我的套间,在那里等我。"他等我一进入大厅,马上就冷淡地说,然后利落地向门口的另外两名卫兵招手。"带她们去楼上,在我到达之前,你们就在房间里守着。"他下令道,这正是我害怕的那种陷阱,之后他大步进入主厅。我上楼梯时紧紧抓住玛格瑞塔的手。她也同样用力地抓紧我,并没有问我的丈夫对我好不好,我现在是否幸福。

"你能否坦白地告诉我,我刚才让卫兵们去喝烧酒,是不是做错了呢?"我们上楼途中,我问一名卫兵,"陛下是否特别讨厌别人喝酒呢?"

"没有,夫人。"那名士兵回答,迅速扫了我一眼。

"哦。"我说，同时做出垂头丧气的样子，似乎对我郎君善变的情绪感到不安。"我猜，一定是国家大事让他烦心了。好吧，我今晚会努力让他放松的。也许我们可以在房间里吃晚餐。玛格瑞塔，你要帮我梳头，重新编一下辫子。"

这间卧室跟我爸爸府里的舞厅一样大，珠光宝气而且极其不实用，布局堪称荒谬。我几乎不用假装，就已经瞪大眼睛茫然四顾，头顶大约二十英尺有副镶嵌画，主题是夏娃被蛇诱惑，让我觉得在目前状况下极端的不公正。还有那张床，本身就足够当一间卧室用了，它被安排在墙内特别宽大的凹室里，周围到处是浮雕图案。它有漂亮的主柱，还有富丽的帷帐，以及用浅色丝线和锦缎绣出的各种精美的装饰图案。内侧的窗子方向安了一道门，打开之后就可以进入外面的阳台，那一侧全是精致的铁艺设施。花园里的树遮挡在阳台上方，现在树上还有积雪。

房间里有四个彼此独立的壁炉，全都被烟熏黑了，即便在大白天，五月份，还是燃着熊熊火焰，就在我进门时，还有仆人往里面添柴。这房间比较适合塞尔瓦亚或者伦金地方的公爵，那是些冬天只会稍作停留、转瞬即逝的地方。没有任何头脑清醒的人会在立瑟瓦建造这种卧室，事实上我能看出，这的确不是头脑清醒的人建造的：墙上有细微的裂缝，那肯定是米纳修斯亲自下令，让人把上面一层楼连同所有的房间一起打通，才开辟出这样荒谬的巨大空间来。

但即便有那么多夸张之处，这房间还是很漂亮——它夸张、不便、不舒适，这都没错，但整体来说，它还算是有点儿品位，而不仅仅是疯狂。它像是从童话书里搬出来的,由一双富有创意的手绘制而成,这里的一切都有它的内在和谐,虽然是勉强维持住的和谐,却在某种程度上令它更能打动人。这就像看到一位杂耍艺人,同时保持七把刀飞舞在空中那样,观众知道,只要略有闪失,所有的刀都会掉落在地,表演完全失败。我觉得,无论什么人到这个房间,都会被它打动,无论有多么不情愿。卫兵们自己进入房间以后,也跟我们一样一直四下张望,忘了摆出一副凛然不可侵犯的模样。

他们没说什么,眼看着我取了首饰盒,拉着玛格瑞塔一起走到沐浴屏风后面。屏风背面还有一个壁炉,把一个相当豪华的浴池周围加热到温度宜人,那浴池也是镀金的,大到足以让我伸展身体躺进去。但更重要的是,浴池旁边立了一面镜子,外形甚至更为豪奢,好像米纳修斯出浴时,也会对自己的完美身材特别沉醉似的。

我在屏风后大声对卫兵们说话,让他们叫人送茶上来;同时,玛格瑞塔看懂了我的手势,开始帮我戴项链和后冠。她服从指令的同时,看上去有些困惑。当我把多出来的斗篷裹在身上,让她也同样裹上的时候,她就更困惑了。我又跪下来,把壁炉前的厚毛皮拖过来,给她裹在肩上。我把毛皮末端交到她手里,她紧紧按住,没有出声,但她的嘴巴有动作,无声地提出了她的疑问。我把手指放在自己嘴唇边,示意她别出声,招呼她来到镜子前。

黝黑的森林就在镜子另一面,覆盖着厚厚的深雪。我不知道这计划能否成功,我是否能带她一起穿越过去,但我完全没有其他希望。甚至就在我伸手拉住玛格瑞塔的手时,我就已经听到了走廊里有声音——是脚步声在迅速靠近,然后门被粗暴地撞开。我听到那只恶魔在低吼,它用了米纳修斯的嗓音:"艾丽娜在哪里?我的宝贝儿在哪里?"

玛格瑞塔已经在发出低低的惊呼声:我已经握住她的手,她在瞪着镜子,脸色苍白,本能地抗拒我的拉扯。我更用力地拉住她。"不要放开我的手。"我轻声告诉她。她回头,惊恐地看了一眼,就点头同意了。我转身朝向镜子,抬脚跨入,拉着她跟我一起,踏上了冰雪覆盖的河岸。

第十三章

早上，曼德斯塔姆先生进了门，踩掉靴子上的雪，小声告诉曼德斯塔姆夫人："那些人没抓到他们。关键时刻开始下大雪了。"所以我很高兴下了这场雪。但随后，我就不确定自己该不该因为下雪高兴了，因为要是旺达和谢尔盖被冻死在什么地方怎么办啊？再后来，我决定还是为下雪高兴吧，因为以前我在雪地里干活的时候也曾经很冷，觉得困，我爸爸就会打我的头，让我醒过来，说难道我想被冻死吗，所以我就没被冻死，但那感觉就像睡着了，既不疼，也不会害怕。我不知道爸爸死的时候有没有觉得害怕。我感觉他好像并没有怕。

早饭时间，曼德斯塔姆夫人给了我两碗粥，上边淋了羊奶，里面还有些蓝莓干，她还加了一点红糖在上面。我吃掉了粥，特别好喝还很甜。然后我去照顾那些山羊，因为这是旺达说让我来做的事。"天这么冷，它们也该吃点热乎东西当早饭。"曼德斯塔姆夫人说，她帮我做了一大锅糠粉糊。我特意给我带来的几头山羊盛了大份。它们站在曼德斯塔姆家的山羊旁边,显得特别瘦弱,而且在昨晚,其他山羊对它们又顶又咬。但现在,原有的山羊却很高兴有了新同伴,因为它们的厚羊毛已经被剪掉了,而我的山羊还有过冬的那身毛,尽管到处打着卷儿,还粘着些脏东西。羊儿们吃完热糠糊之后,都蜷缩在一起躲在畜棚里。

院子里有好多积雪。我用铁锹把它们堆成大堆,这样羊和鸡就能吃到下面的草了。地面还冻着,我取出那枚来自白树的坚果,看着它,想着也许我应该把它种在这儿。但我不确定,而且我也不想搞错,所以我把它放回衣袋,回到屋子里。中午,曼德斯塔姆夫人给了我三片面包,抹了黄油还有果酱,另外还有用两枚鸡蛋、一些胡萝卜和梅子干在一起做成的食物。这些也都很好吃。

然后就是下午了,我不知道该做什么。曼德斯塔姆夫人坐在她的纺轮前,但我不知道该怎么做这活儿;曼德斯塔姆先生在读一本书,我也不懂该怎样做这个。"那我该做什么呢?"我问。

"你为什么不出门去玩一会儿呢,斯特潘?"曼德斯塔姆夫人说,但我也不知道这事儿该怎么做。曼德斯塔姆先生对她说:"其他男孩子……"夫人就闭了嘴,向他点头,他们的意思是镇上的男孩会对我很差,因为我可能帮忙杀死了我的爸爸,或者只是因为我是新来的。

"旺达在这儿的时候做什么呢?"我问,但问完之后就想起答案来了。"她去收债。"

"但你太小了,不能做那个。"曼德斯塔姆夫人说。"你为什么不去树林里看看能否找到些蘑菇呢?你知道怎么分辨哪些蘑

221

菇能吃吗？"

"知道。"我说。于是她把篮子给我，但今天树林里有很多雪，并不那么适合出去采蘑菇。我出了门，看见到处都是雪，没看到一只蘑菇。我想我还是试着去收债吧，尽管我年龄还太小，因为如果曼德斯塔姆夫妇不去收，旺达不去收，那么我觉得也没有别人去做这件事了。这房子里还住过其他人，我记得旺达跟我说过名字，但我现在想不起来了。这让我感觉很怪异，努力回想却想不起那个名字，因为我以前想名字的时候总是很容易想起来的。但反正现在我确定，房子里和畜栏里都没有住着其他人，因为我到处都看过了。如果我找到那些人，我就会问他们的名字，然后就不会感觉那么怪异了。我甚至还往鸡窝里看过，以免有人爬到那里面躲着，但那里只有一些鸡。

这是集市过后的第二天，也是这个月的第四个星期，所以说，旺达本来要去东南方向路旁的两个村子收债，债户的名字有雷伯尼克、胡罗尔、甘迪斯、普罗夫娜、楚米尔，还有德乌里。路上我还对自己重复这些名字，因为它们串起来，就在我脑子里组成了一段好听的歌儿。当我到了那里，我就敲开我能看到的所有房门，问他们叫什么名字，如果是这些名字中间的一位，那我就把篮子伸过去。他们看看我，就会把东西放进去。楚米尔夫人轻声对我说："可怜的孩子！"她还把手放在我头上。"那些可恶的犹太人这就开始逼你工作了？"

"不行吗？"我问。但她只是摇头，把几团毛线放进篮子，又给了我一个吃的东西，那个叫作小甜饼。旺达曾经往家带过一次这东西,那是曼德斯塔姆夫人给她的,很好吃。所以我没有跟楚米尔夫人争论,我只是吃掉了小甜饼。这个也很好吃,我说:"谢谢你。"之后就继续去下一家了。

我把篮子带回去交给曼德斯塔姆夫人,告诉她:"其实我根本不算太小。"她看了下篮子里的东西,变得特别不安。我不知道为什么,但之后曼德斯塔姆先生特别轻地把手放在我肩膀上说:"斯特潘,我们本来应该解释清楚的。收债的时候,很重要的一点就是不能有差错,并且要做翔实的记录。如果你非常努力地回想,你能精确地告诉我们你都去过哪里、这些东西都是什么人给你的吗?"

"能啊,"我说,"每月的这一天,旺达要去的人家有雷伯尼克、胡罗尔、甘迪斯、普罗夫娜、楚米尔,还有德乌里。"然后我指着每件东西,告诉他这些都是谁给我的。我觉得那之后曼德斯塔姆夫人还是有些不开心,但她晚上给我吃了汤包,里面的馅料有好多东西,包括胡萝卜、土豆,还有真正的鸡肉,另外她还给了我一杯茶,里面加了两大勺蜂蜜,所以,我一定是看错了她的情绪。

谢尔盖和我不喜欢待在那座小房子里,但我们也没有马上离开。第二天我们醒来时,已经有雪漫过门槛,窗台上也有积雪,窗下面更是积成了大堆。当我们出门时,整个森林都是白茫茫的一片，只有一点点的黑树干露出来，所有的树都被大雪压弯了。它们在这场大雪之前都已经开始发芽长叶，所以它们现在被压得很惨。我们不知道大路在哪儿。

我们在房子里到处察看。我们找到了好多东西。菜园里有土豆和胡萝卜，还有个棚子，以前养过山羊，那里有一堆陈年老稻草，还有一大堆被剪下来的羊毛，高度跟我的个头差不多。这些羊毛没有洗过，最底下几层已经发霉，但上面还有不少好羊毛。棚子里一个架子的顶层有个篮子，屋角还有一把铁铲，这样挖土豆就容易多了。在房子里，我们还在另一个架子上发现了一条叠起来的毯子。

太阳一整天都照耀着，天气很暖，尽管地上还有积雪。它们很快就开始融化。谢尔盖出门去收集木柴，我把土豆和胡萝卜炖上，然后开始用稻草给我俩编新鞋。我有一只鞋子已经全毁，我俩的其他那三只鞋也快要解体了。我用了一些羊毛，这样那些鞋子就不会太硬，因为我们并没有任何真正的皮革来做鞋子。那些羊毛里面混了好多草籽、碎叶和尖刺。我烧了一锅水用来洗羊毛，但没有梳子。那些尖刺扎伤了我的双手，我干活的时候就会一阵阵地疼，但我们必须得有鞋子穿啊！

谢尔盖带着柴火回来时，我已经给他做好了一双鞋。他试穿了一下，感觉还不错。我给鞋里面又加了些羊毛，这个也有帮助。我们吃掉了土豆和胡萝卜。之后我给自己做鞋，等这个做完了，我又给所有窗户做好了挡板。谢尔盖在一棵树上发现了鸟窝，里面有棕色斑点的鸟蛋，我们断定这蛋能吃。我们吃掉了那些鸟蛋，天就黑了，于是我们又去睡觉了。

第二天早上我们找到一个谷物箱，因为它侧面的雪终于融化了，所以我们发现里面还有半箱燕麦。我们仔细察看了一下，这些粮食足够让我们住下来吃好长时间。谢尔盖和我面面相觑。女巫到现在都没回来过，这让我觉得她或许不会再回来了。但我并不喜欢我们轻易就能找到这么多东西的状况。

"也许我们应该离开。"我不情愿地对谢尔盖说。我既想走，又不想走。谁知道我们在大路上会遇见什么？但随后谢尔盖仰头看天，我也仰头看。太阳正在慢慢消失。天已经又一次开始下雪。我们哪儿也去不成了。

谢尔盖半天没说话。他并不开心。他说："我们可以把椅子和床修理好，万一有人回来的话能用上。"

这个在我看来是好主意。如果我们只顾取用土豆和胡萝卜，还有羊毛和燕麦，还住在房子里，却不给任何回报的话，那我们就是贼了。回到这里来的人会很生气，而且他们生气也很有道理。我们必须给出回报。

于是我把燕麦放进锅里，炖煮的同时我们给椅子做了个新面儿：谢尔盖冒雪出去，从小树上折了些细枝做成框架；我用稻草和羊毛把它包裹起来，就像做我们的鞋子一样，直到它足够结实，可以固定到椅子上，可以坐人。这样椅子就修理好了。

本来我们只打算用同样的办法做个床垫，放到床上就好，但当我们吃过饭，谢尔盖出门去找柴火时，他几乎马上就回来了。他在房后的积雪下面发现了一小堆木料，旁边有个劈柴墩儿，墩上插有一柄斧头，被人留在了那儿。斧头已经生锈，斧柄也有点儿腐朽，到处是木刺儿，但谢尔盖用石头磨掉了锈迹，这样他就可以用斧头劈木柴了，虽然会累到他手疼。所以，我们现在可以把床架也重做一下，而不仅仅是做个新床垫。

我们本来害怕待在这里，现在又害怕半途离开，没把活儿干完。看起来，是上天注定要我们完成许诺过的事情。反正，外面还在下雪。所以谢尔盖就开始重做床架，我做床垫。

等到第二天早上，外面的积雪又有足足两尺厚了。至少我们有吃的，小房子也很暖和。谢尔盖翻新了那张床，我织好了六大块床垫，形状都跟椅子坐垫差不多。坐垫排好之后，我们在上面铺了稻草和干净的羊毛。我觉得，我们终于把活儿做完了，想走的话就可以安心离开了。这一整天都晴着，更多的雪融化掉了。谢尔盖和我商量好，我们第二天就出发。

第二天上午，我们到外面菜园里去找更多可以带在路上吃的食物，竟发现一整片草莓。那些秧苗已经快要被冻死了，莓果被冻得挺硬，但还可以吃。我到屋里去找东西装它们。在火炉旁黑暗角落的架子上，我发现了一些古老的坛罐，之前我都没注意到它们，尽管我几乎确定自己看过那里。有个大罐子是空的，正好可以用来装草莓。另一个罐子里面装满了盐。还有一个罐子里面装了一点儿蜂蜜，吃起来味道还可以。

这已经够意外了，但在最大坛子旁边的架子上，居然还有一只老旧的木头纺锤，加上几根编织针。所以这就意味着我们的活儿还没完成，因为现在我可以把羊毛纺成线，再用自己纺出的毛线编织，这也就意味着我们可以做一张真正的羊毛床罩，就像床上本来有过但后来腐烂掉的那条一样。我把这些指给谢尔盖看。"这个要花多长时间？"他不安地问我。我摇头。我也不知道。

我那天剩余的时间都在纺羊毛，谢尔盖帮我洗出更多羊毛用作原料。我纺出六大团毛线，动作尽可能地快，但我觉得，要做成一条羊毛床罩，怕是要用更多的线。然后谢尔盖出去，找了更多柴火。他找到的木柴很多，我又做了一大锅粥，这样我们第二天就没有什么必须出门的理由了。我们可以一整天从锅里挖粥吃。我们又爬到炉膛上方去睡觉。

"旺达。"谢尔盖第二天早上叫我。他在看桌上。我也看了过去。貌似一切正常。桌子被收拾干净了，椅子被放到桌下，以免碍事。此时我才想起来，我们昨天晚上是把椅子靠墙放的。也许我们睡觉之前把它搬回桌子这边了。但我还是觉得我们没有这样做。"我们吃饭吧。"我最后说。

那一大锅粥还在炉火上温着。我拿掉锅盖，看了眼里面，愣住了。我本来是煮了满满一锅粥的。这不是一口很大的锅，我俩一整天就能吃光里面的粥。但已经有人从里面吃掉了一大碗。我甚至不能骗自己说也许不是外人干的，或许是谢尔盖先取了些粥吃，因为锅里插着一个大木勺，昨晚我还暗自想着，我真想有把大木勺，而在这之前，整个房子里都没有过这样一柄木勺。

当我说"停下"时，车夫扯住缰绳让鹿停住，但他回头，警觉地看了一眼河岸上的两个人影之后，就焦急地压低嗓子说："只有鬼魂才会来这个地方。"

但我知道那人是谁，那女孩身穿白皮衣站在那里，头上戴着一顶式样熟悉的后冠，那顶后冠也给我自己带来了另一顶后冠：她是艾丽娜，公爵的女儿。既然她能找到一条路来到这里，那就一定有路回去。"去她们那里，或者回答我的问题：我们为什么不能去？"我不管不顾地说。过了一会儿，车夫不情愿地调转雪橇，沿河行进，直到我们停在她们身旁。艾丽娜戴着那顶后冠，项链闪着寒光，银戒指也在她手指上，而且她的气息不会在周围寒气中凝结。她双臂环抱着另外一个人——一位老妇人。那老妇人抖得很厉害，尽管她身上裹了一张很厚的毛皮，她的气息就在她头部周围化成了寒雾。

"你们是怎么来到这里的？"我问。

艾丽娜抬头看我，脸上并没有显出认出我来的迹象。"我们并不想擅闯贵地，"她说，"您能给我们一个避寒的地方吗？我的奶妈受不了这里的寒冷。"

"坐上雪橇来。"我说。车夫闻言大惊，我伸出手，艾丽娜仅仅犹豫了一瞬间，俯身看了下河面，就催促那老妇人坐上雪橇，自己也随后爬上来。我摘下自己的斗篷，像毯子一样盖在老人身上。

她现在抖得更加厉害了，嘴唇都已经在变青。"带我们去最近的房屋那里。"我告诉车夫。

他又一次大惊失色，但过了一会儿，他就让鹿转向，雪橇攀上河岸，进入幽暗的林地中。在我们左边是暗沉沉的夜幕，右边，曙光在远处乍现，就好像我们正好处在明暗分界线。艾丽娜转过头，去看那条渐渐消失在我们身后的河，然后她又看我。她长长的黑发被白皮衣和银色后冠衬托着，显得特别醒目，雪花从树上飘落，沾在发丝上，像是小小的宝石。身后的曙光照亮她苍白的皮肤，像冰面一样略有反光。我突然意识到，她身上一定有星魔的血统，在她祖先的某一代。她戴上闪亮的银饰之后，本可以跟我互换位置，她特别适合这个王国，就像这里本来就属于她一样。"你是怎么来到这里的？" 我又一次追问。

但她却还在盯着我打量，皱起眉头，慢慢地说："我认得你。你是那个珠宝匠的妻子。"

她当然不了解真相：没有人会告诉她我的名字或者艾萨克的名字。她是公爵的女儿，而我们是无足轻重的小人物。我忿忿地想着，自己倒宁愿继续做小人物，以她误解的那种身份；我宁愿待在家，跟贝茜亚交换位置，或者留在我原来的位置上。"我不是，"我说，"我只是给了他那些白银。我名叫梅瑞姆。"

车夫在我前方座位上，又一次惊到哆嗦，他回头迅速看了一眼，满眼震惊。艾丽娜只是微微点头，仍然皱着眉思考，她抬手碰了下咽喉附近的项链。"那白银来自这里。"她说。

"原来如此，"我明白了，"是那些白银带你来了这里？"

"我能穿过镜子,来到这个世界,"艾丽娜说,"它救了我,救了我俩——"但随后她伏在老妇人身上。"奶娘!奶娘!现在不能睡啊。"

"我的小艾丽。"老妇人咕哝着。她的眼睛已经闭上了一半,也不再继续哆嗦了。

雪橇猛然停住了:车夫用力扯住缰绳,鹿儿们昂起头,焦躁不安。他在死死盯着我们前方,后背挺直,两肩僵硬。我们来到了围绕菜园的一堵矮墙前,这墙几乎已经被雪埋掉了,而在墙的那一边,我看到了一点模糊的、熟悉的橙色亮光:房子里闪耀的炉火,温暖又令人向往。但从车夫的脸色看,这东西在他眼里,约等于一大群愤怒的暴徒。

"谁住这儿啊?"我随口一问,但车夫仅仅向我投来痛苦的一瞥,反正我也想不出现在还有什么别的办法,那位老婆婆的状况恶化得很快。"帮我们把她抬出来。"我说。他极不情愿地把缰绳挂在座位侧面,下了雪橇。他轻轻松松就把老妇人抱了起来,就像她只是个小孩,但是老人被他触到之后就发出痛苦的呻吟,尽管中间还隔了那么厚的衣服和那张毛皮。

他抱着老人向前走去,脚步轻盈,踩在雪地表面都不会下陷,但艾丽娜和我都会踏破绒雪下的薄冰,挣扎着蹚过下面的积雪。我们吃力地跟在他身后,直到积雪突然变薄,我们来到菜园围墙边。这座房子很小,只能算是农夫小屋,一口土灶就已经占去了多半空间,但屋里有热粥炖煮的香味儿,炉火的暖光正透过窗板和门上的缝隙照射出来。车夫停在了离房子还有一段距离的地方,他的恐惧也感染了我，但艾丽娜径直走到门口，毫不犹豫地把它推开：门只是一层薄板，外面缠了些稻草，勉强能挡一下风而已，它掉落在地上，甚至都没有多大声响。

"这儿没有人。"过了一会儿，艾丽娜转回头对我们说。

我跟在她身后进了房子，很容易看出这里是空的。因为里面只有一个房间，只有一张小床，上面堆了好多稻草。艾丽娜把我盖在奶娘身上的斗篷铺在床上，车夫极不情愿地进了屋，把老太太放在床上，他的眼睛始终瞅着封闭的炉门周围的一小点火光，放下老人之后，他迅速退回门槛之外。炉旁有个木箱，里面放着些木柴。我打开炉门，发现里面有口铁锅，有满满一锅刚煮好的稠粥。

"让我来喂她喝点儿。"艾丽娜说，我们在架子上找到一个木碗和一把木勺。她盛了满满一碗粥在碗里，热气从粥的表面腾起到空中，她跪在小床边喂粥给奶娘，后者微微动了一下，闻到味儿就略微起身，至少有足够的体力小口喝粥。车夫每次看到她吃一口就惊一下，就好像亲眼目睹了有人吞吃毒药似的。他看着我，嘴巴乱动，似乎想说什么，但因为某种更害怕的东西而不敢开口。我一直在等着发生什么可怕的事儿：我察看了房间里的所有角落，确保那儿没有躲藏着什么可怕的东西。我还去了外面，把院子里也察看了一遍。本来应该有人就在附近，因为火明明在燃烧，而且还有热腾腾的食物刚做好，但我在房子周围的雪地上，却连一个脚印都没看到。只有我和艾丽娜从雪橇那儿跋涉过来时留下的印迹。星魔是可以踏雪无痕的，但是……

"这个不是星魔族的房屋。"我对车夫说，我用了判断式的调子，而不是疑问那种。他没有点头，但也没有带着困惑或者吃惊的表情看我，就像我搞错了什么事情之后，点点和高姬常做的那样。我再次低头察看菜园。房子正好建在分界线上——花园的一半在晨曦里，另一半却完全笼罩在夜色中，花园夹在两者之间。我看看他，说道："我要把门关上了。"

"我还是留在外面吧。"他马上说，这让我内心产生了一点希望。我进去，拿起那扇简陋的门板，把它放回原处，我又等了一会儿，迅速把门挪开——

但外面只有空荡荡的院子，车夫焦急地站在一段距离之外等着。他已经退后很多，都到了菜园围墙那里了。我回到房间里，有点儿失望。奶娘已经睁开眼睛，她握着艾丽娜的手。"你安全了，小艾丽，"她轻声说，"我一直祈祷你安然无恙。"

艾丽娜看着我问："我们能留在这里吗？"

"我其实不知道这儿是否安全。"我说。

"至少比我们之前待的地方更安全。"

"沙皇是拒绝娶你了吗？"我问道。我以为，如果沙皇拒绝的话，公爵可能会很生气，他看上去是那种图谋落空就不会善罢甘休的人。

"并没有。"她说，"我现在是皇后了。有生之年都是。"她干巴巴地说，似乎并不指望自己还能活多久。"沙皇是个黑魔法师。他被一只火魔附身，那火魔想把我吃掉。"

我笑出了声。我就是忍不住想要笑。这笑不是欢欣愉悦，而是苦涩。"这么说来，神奇的白银给你带来的是个火魔丈夫，而我得到的是个冰系大妖怪。我们真应该把这两只放进同一个房间里，让他们努把力，把咱俩都变成寡妇。"

我这么说的时候纯属无意，就是太生气了开个玩笑，但随后，艾丽娜却缓缓地说："那个火魔的确说过，我可以让他的焦渴平息很长时间。他想要吃掉我是因为……我是寒性的。"

"这是因为你有星魔血统，还有星魔的白银饰品。"我说道，同样放慢了语速。她点头。我欠身靠在门上，透过一条窄缝向外看：车夫还站在离房子很远的地方，远远超出了能听到我们对话的距离，而且完全没有愿意靠近的迹象。我深吸一口气，转身回来。"你觉得那只火魔愿不愿意跟你谈条件？为了有机会吞掉一位星魔国王，就放过你？"

艾丽娜向我展示了星魔的白银如何帮助她往返于两界：我们一起到房后，找到一只巨大的浴盆。我们把热水倒进去，浇在里面的积雪上，制造出一片有倒影的水池。她俯视水面，说："我看到的地方跟我们来时的位置一样：那是宫殿里的一间卧室。你能看到它吗？"她问我。但我却只能看到我俩的面孔，苍白地浮在荡漾着的水面上。当她握起我的手，试图让它穿越过去时，我的手腕被水浸湿了，尽管艾丽娜的手缩回来的时候却完全干燥，没沾一滴水。她摇头。"我没办法带你一起穿越回去。"这就好像我在真实世界已经不复存在，就好像星魔国王已经把我连根拔起，彻底掳走了。

"那我就需要说服他带我回去。"我沉重地说，"就像他跟我说过的一样。等我的丈夫成功地被引导至英年早逝的结局时，我可不想留在水面的这一侧。我并不认为其他星魔会接受我当女王，替他统治臣民，至少在我本人学会制造无尽的寒冬以及从地下召唤出冰雪树等奇迹之前，不可能。"

我们很快就完成了计划的制订：因为根本就没有多少可计划的内容，只有时间和地点，剩下的就是拼死一搏，努力把握我们两人仅有的一线希望。"火魔白天不能行动。"艾丽娜说，"他只能在夜间出现。我不知道为什么，但如果他白天能活动的话，他肯定已经在这之前就动手抓我了，他今天曾有机会单独面对我，或者说几乎单独面对我。"她停顿了一下，若有所思地补充说："沙皇的妈妈因为施行巫术被判死刑时，他们抓到她后就是在同一天处决了她，在太阳落山之前就已经行刑了。"

"那就定在晚上吧。"我沉默了一会儿，想着我要给星魔国王什么样的理由，他才能接受，才能送我回去。"你能说服沙皇返回维斯尼亚吗？"我缓缓地问道，"时间是三天后。"

"这个跟其他事没有区别。除了杀我，我说服他做任何事都一样难。"

我们谈好之后，艾丽娜回屋去照看她的奶奶，我走回雪橇那里。车夫没有问任何问题，他单纯就是太急着离开了。整个回去的路上，我都坐在那里，对一切视而不见，我头脑乱作一团，肚子里翻江倒海，情绪极其激动。

我当然害怕啦。怕尝试，怕失败，也怕成功。这感觉像是蓄意杀人——不，我不要骗自己，这就是蓄意杀人，假如成功的话。但话说回来，那只星魔显然觉得，谋杀我也是完全合理的选择，而我也没有对他做出过任何许诺。我甚至不确定自己是否真的算是已婚。他给了我一顶后冠，但我们绝对是没有领结婚证的，我们在那之前甚至都不认识。我会去问拉比，假如我这辈子还有机会跟一位拉比谈话的话。但不管是否已婚，我相当确信拉比们会告诉我，我可以理直气壮地拿经文里的女英雄茱蒂斯作榜样，如果星魔给了我机会，我就砍掉他的头。他是我们全族的敌人，不只是与我一人为敌。但想通这些之后，这件事依然是难如登天。

车夫把雪橇停在通往我房间的陡峭阶梯下：高姬坐在那里的一块矮石头上，就好像她已经等了我一整天，并且很焦急，从她看到我时脸上掠过的释然表情可以判断。我身体僵硬地爬出来：坐雪橇的时间太长了，我全身都酸痛。高姬带我回房间，步伐快到足够让我气喘吁吁，她在不得不停下来等我时，明显不耐烦地左顾右盼。她总在向下看，我循着她的视线望去，看到的是那片树园：那些白花全都在缓缓闭合，就好像这个就是夜晚将至的信号。我估计，如果我不能按时就位，让国王可以如期交付他的三个答案，他就会很不安。我又想到，如果他错过了每天晚上用回答问题的方式履约的机会，说不定他会较真起来，认定自己需要尽到婚床上的责任，所以我才尽可能加快了脚步。

他已经在我房间里等着，两臂交叉，脸上显然有怒意，亮光在他的颧骨棱角和眼睛里闪耀。"提问！"我刚进门，他就咬着牙说。在他给我的镜子里，太阳已经落下去一半了。

"夜幕边缘的房子里住的是谁？"我问道。其实之前我们都没有什么其他选择，但我还是不希望自己把玛格瑞塔留在那里，结果只是让她被之后返回的某种怪物吃掉。

"没人。"他马上回答。"再问。"

"这不是真话。"我说,高姬正在躬身退出房间,闻言大惊,像是突然被抽了一鞭子的马。星魔王的两眼吃惊地瞪大,拳头也握了起来。他向我逼近一步,就像打算打我。"炉火上面煮着粥呢!"我本能地警觉起来,赶紧说明。

他一下子停住了,双唇紧紧闭合,又过了一会儿他说:"据我所知没人。"他等于是接上了刚才那简短的回答。"再问。"

我险些就问出下一个问题了。他的怒气已经到了爆发的边缘,皮肤下面有一缕微光在游走,我情不自禁地想起车夫抱起玛格瑞塔时,就好像她轻得像一袋羊毛,而不是一个人,我还想起高姬和点点轻而易举就能倒出一大箱银币。如果随便一名星魔就能做到这些,那他打我会有什么后果?我还是想缓解眼前的僵局。这份诱惑很熟悉:随波逐流,让自己显得足够渺小,借此避开近在咫尺的潜在危险。有一会儿我像是又回到了雪地里,奥列格向我逼近,他面容扭曲,握着巨大的拳头,我想要逃避开去,哀求他的饶恕。恐惧像一股热流,在我背后涌动。

但其实每一次,我面对的都是同一种选择——马上死,还是慢慢被折磨死。星魔在瞪着我,那样子既诡异又恐怖。但我怕他又有什么用?尽管他有那么强的魔法和力量,但他如果杀死我,我也并不会比被奥列格杀死更糟,他会把我掐死在雪地上。如果我已经把他气到真要杀死我的程度,那无论我怎样哀求,他也不会住手,就像当时森林里的奥列格,我怎么求他饶命都没用一样。我不可能在别人的手卡在我脖子上的生死关头靠哀求活命。我只有提前臣服,才能苟且偷生，就像《天方夜谭》里的谢赫拉扎德，卑微地请求杀人成性的丈夫一夜又一夜地饶恕我。而我完全清楚，就算那样，也难保万全。

我不会做那种买卖。我会试图杀死他，即便是我几乎肯定要失败，但是现在，我也不要怕他。我挺起肩膀，直视他露出凶光的眼睛。"我想说：你欠我一个合理的猜想和分析，如果你能作出来的话。比如，你是否知道是谁建造了那座房子？"

"欠你的？"他狠狠地说。

我在眼角看到，高姬已经缓慢而且小心地一寸寸退开，现在已经完全退出了房间。"我欠你的？"

他突然一晃身，就已经站在我面前，他的行动太快，我根本就看不清具体动作。他一手放在我喉咙上，拇指抵住我下巴上的凹陷位置，把我下巴顶起来，逼我看着他的脸。我的脖子向后仰起。"如果我说，我现在欠你的只有一个答案呢？"他压低声音问我，目光灼灼地瞪着我。

"你想说什么，当然随你便了。"我毫不示弱地回答。我的声音从喉咙里硬挤出来，非常吃力。

"我再问你一次：你确定吗？"他低声吼道。

他的声音里有一份用心险恶的警告，就好像我已经把他逼到了不可逾越的底线。但我已经做了选择。我在前年冬天就选择过了，那时我坐在妈妈床边，听她咳嗽着挣命。我已经坚持过来，站在上百个人家半结冰的门前，索要我应得的东西。我把恶臭的恐惧感咽了回去。"是的。"我回答。这态度，跟我的那位冬日大魔王一样冷酷。

他怒吼一声，转身远离我。他大步走到房间边缘，站在那里背对着我，双拳紧握。"你胆敢——"他对着墙说，没有转身朝向我，"你胆敢向我挑战，敢把自己当作跟我平起平坐的人！"

"是你逼我的，是你把后冠硬扣在我头上！"我说。我双手想要颤抖，因为胜利感，也因为怒火，又或者两者皆有。我硬让它们静住。"我不是你的臣民，也不是你的仆人。如果你想要的妻子要像只老鼠一样在你面前唯唯诺诺，那就去另找一个人替你把白银变成黄金好了。"

他低吼着，声音里满是挫败和不忿。他又站了一会儿，胸口只是不断地猛烈起伏，肩膀时起时落。但随后他说："有个强大的女巫，受够了那些凡人没完没了地求她帮忙，就在阳光世界的边缘盖了一座房子，如果她不想见人的话，谁来了也看不到她。但她很久以前就离开了，也没有回来过。因为假如她回来的话，那么强大的魔力进入我的领地，我一定会察觉。"

我的呼吸同样剧烈。我还非常生气，而且一开始没明白这个就是问题的答案——我已经取得这场对抗的胜利。我觉得这答案像是凭空出现的。"很久以前，具体是多久？"我过于仓促地说。

"你以为我会在意你们蜉蝣一样渺小的生物在阳光世界里计算日期的方式吗？除非是万不得已的时候。"他说，"总之那时候出生的凡人小孩早已经去世，他们儿女的儿女也已经是老人，我只能说这些。你还可以再问一个问题。"

到此为止，这答案还算乐观：至少我可以抱有希望，相信不会有强大到逆天的女巫突然出现,决定用玛格瑞塔当晚餐,以代替她被取走的那碗粥。我本来还想进一步了解那些食物来自何处,是谁点的火,但我却不能再问。我还有更紧迫的问题。"我答应了我的表姐,要在她婚礼上跳舞。"我说,"而她将在三天后结婚。"

我以为自己还需要说下去,但他已经转身回来看着我,眼睛里闪过一道寒光:尽管他们这里的人都极为看重承诺,但他马上就已经觉出,在这件事情上我势在必得。其实他的猜想也没错,只不过我的用意并不是他设想的那样而已。"那么,现在看来,你必须求我帮忙,"他幽幽地说,明显很得意,"而且希望我不会拒绝。"

"好吧,你当然不会出于好意直接帮我。"我说道。他哼了一声,似乎觉得我很可笑。"而且你也已经说得很清楚,我在你眼里也只有一个用处。那么,你想让我为你转化多少黄金,才能带我去参加贝茜亚的婚礼呢?"

他皱着眉,略微有点儿遗憾的样子,就好像他很期待我卑躬屈膝,哀求他提供帮助,但他还是足够务实,并不会让这点儿缺憾阻止自己敲竹杠。"我有三库白银,"他说,"每一座都比上一座更大,你要在我带你去的时间之前,把库里的每一枚银币都变成黄金。而且你必须快速行动,因为如果你没有按时完成任务的话,我不仅不会送你去,还会认定你违反约定。"他得意地说完这番话,就好像他在用斧头威胁要砍我的头一样,也许他就是在这样做。我高度怀疑,如果我违反约定并且被他知道的话,他会把这个当成死罪。

"行。"我说道。

他愣了一下，突然很不高兴地看着我："什么？"

"我说行！"我说，"你刚刚提出的要求是——"

"哈，这是第一次，你居然没有试着讨价还价——"他猛然挺直身体，脸上再次光芒闪耀。我觉得自己的心渐渐沉了下去，听他恶狠狠地说："我们双方都同意了。希望你尽可能多地完成你的任务。"

"话说回来，你那几座仓库到底有多大啊？"我问，但他已经在离开房间，一步不停。

我也没有停顿。我急急地摇响铃铛，高姬怯生生地回来，时不时偷眼看我，似乎想确定我有没有——我也不知道她以为会怎样——被掐死，被痛打，或者因为我刚才的鲁莽而受到其他惩罚。

"这座宫殿里有三座存放银币的仓库，"我说，"我需要你带我去那里。"

"现在吗？"她怀疑地问。

"就现在。"我回答道。

第十四章

　　我目送梅瑞姆离开，返回小屋。奶娘还蜷缩在火炉旁，身上裹着她全部的衣物，以及那件斗篷，还有那张毛皮。我要她躺下，但她摇头：小床上除了那堆稻草，其他什么都没有，她说床板太硬，自己这把老骨头实在吃不消。"你睡会儿吧，小宝贝。"她说。她已经给自己那双闲不住的手找了一点活儿——一根纺锤，还有一团毛线。她总是不喜欢闲着。"你躺下休息会儿，我唱歌给你听。"

　　那张小床真是又窄又硬，很不舒服，但我从结婚那晚开始，就没睡好过，虽然我身上这把骨头还不太老。耳边听着玛格瑞塔苍老又熟悉的声音，我沉沉地睡去。当我再次坐起来的时候，小屋外面还是黑的，但我觉得体力已经恢复了不少，不太可能是半夜醒来。奶娘也在椅子上坐着打瞌睡。我披上皮衣，走到外面去。

　　那条隔开夜晚和黄昏的灰线仍然贯穿花园，还在原来的位置。墙的外面，茂密的森林默然矗立，完全没有一点活物的迹象。在这沉重的寂静里，我开始怀念小鸟和野兽们的声息。我转到屋后，往那浴盆里看，它还没有完全冻结。我用一根木棍砸开表面那层薄冰，在深色水面上，我看见阳光照进沙皇的卧室，在所有镀金的器物表面闪耀。米纳修斯已经醒来，穿好了衣服，正在房间里徘徊，腿脚略有些不灵便，有些吃痛的样子。几位仆人低着头，正在抓紧时间给他摆上早餐。我不知道在他们的猜想中，我到底已经怎样了。

我回到房间里，亲吻了一下奶娘的脸颊。她还在炉火旁纺毛线。"小艾丽，你不应该再回那里去了。"她声音颤抖着嘱咐我，抓住我的手不放。"你们两个想的这个计划，它真的太危险了。那个邪恶的怪物，它可是想把你的魂儿都吞掉啊！"

"但我们不能永远在这里躲着。"我说。

"那就先等到他不注意的时候。"奶娘劝我，"先等着，然后我们再回去，回到那边就逃走。"

"逃离沙皇？想在没有人发现的情况下离开皇宫？"我摇头。"即便能逃走，之后怎么办？"

"之后我们就去找你爸爸……"奶娘开了个头，但她却没法说下去了。如果我被杀，我爸爸还有可能替我报仇，但他却不能拒绝把我交还给丈夫。他根本就不会尝试那样做。

我并没有把手拿开，我也在思考。"不管出于什么原因，如果我现在消失的话，"我说，"都会爆发战争。爸爸会去找乌尔里希和卡什米尔，给他们起兵的理由。而米纳修斯和他的恶魔也不会束手就擒。他们会毫不犹豫地烧掉半个立瑟瓦王国，他俩都是这样。不管最后哪方取胜，王国都会变成一片废墟。然后星魔就会趁火打劫，把我们所有人都埋在冰雪之下。"

奶娘不安地说："小宝贝啊，这个不是你需要操心的事情，也不用你去想啊！"

"那你指望谁去想这些？我是皇后。"理论上，这身份意味着我需要生出一位小沙皇，并在其他场合保持沉默，与世无争，但实际上很少有皇后这样做，反正我是不可能做这种抉择的，也根本没机会低调。"我必须回去。"

"那要是火魔不想要星魔国王呢？"她说，"你甚至根本就不应该尝试跟这样一只怪物谈条件。"

我并不反对她的判断，但我轻轻挣开她的双手，轻声对她说："请把我的头发梳起来吧，玛格瑞塔。"我取下银冠，背向她，坐在地板上，方便她干活儿。她双手按在我肩上，过了一会儿，从随身小包里取出那把小银梳和刷子，开始给我梳头。对我来说，她双手的力度和动作像面包的味道一样熟悉。等她梳完了，我们一起把银冠重新戴在我头上，然后我出门，到了水边。

仆人们已经离开了米纳修斯。这个时刻，他独自坐在那里生闷气，背对水面，只顾着每隔一段时间喝一大口酒；他的食物盘完全没有动过。我尽可能缓慢又小心地跨入浴盆，从他背后墙上那块巨大的镀金边镜子里面出来。我从镜子旁走开了几步，轻轻伸手到背后，打开了一扇通往阳台的门，就像我刚刚进屋一样。"早安啊，夫君。"我开门的同时对他说。他重重地从椅子上摔了下来，酒杯掉落在地板上，温热的红酒冒着热气洒了一地。他迅速转身，瞪着我看。

我离他还有一段距离：为此我应该感谢他这个大到荒谬的房间，这样我的脖子才没在下个瞬间被他扭断。等到他冲到我面前，我已经把手放回门上，强硬地对他说："你是想让我一去不回，让你看看那只火魔会怎么对待你呢，还是愿意跟我谈谈当前的局面？"

他欠身向阳台门外看——雪花已经飞进来，落在我脚边，就好像我是被冬季的寒风吹来，突然就从某个神秘地点现身一样，让人感觉我也能同样轻易地离开。"你说清楚点儿，到底有什么可谈的？"他咬牙切齿地说，"你还总是跑回来做什么？"

"我爸爸的税收数额。"我说。我之前略微想了一下，什么样的事情能够打动他——他本人，而不是他的恶魔；我需要他充当中间人，而我相当确信，他只想让那只愤怒的恶魔吃饱，不要动不动就发脾气打他。"你了解这方面的情况吗？你知道自己的税收状况吗？"我补充了半句，为求稳妥。

"我当然了解自己的税收状况！"他冷冷地说，这也等于承认，他对我爸爸的税务收入毫无概念，尽管他本应该很清楚。"我应该相信，你是想让我减少你爸爸承担的税负吧——"

"那你的税收状况最近怎样？"我严厉地打断他，"是不是收入一直在下降？"

"是啊，当然，税务收入每年都在减少。我本来想要提高税率的，但是御前会议那帮老家伙一听这个就要闹翻天——我们为什么要谈税收问题？"他不耐烦地叫嚷起来，"你是想耍我吗？"

"不是。"我说，"为什么你的税务收入在下降？御前大臣们又为什么不同意你提高税率？"

他开始冲我吼叫，"因为这可——"他顿住了，后半句放慢了语速，"因为冬季的严寒越来越严重。"

他至少不蠢。即便在说话时，他也在看我身后的阳台，现在已经是六月来临之前的最后一天，那里还堆着厚厚的积雪，仍在飞舞的雪花从我身后飘进来，消失在我的皮衣上，他看到的不再是单纯的反常天气。他一旦开始转变思路，不再把这个看成独立的偶然事件，他就开始明白事情的其他方面：更多的暴风雪，庄稼频繁歉收；农民在挨饿，领主们掀起叛乱；邻国军队补给充足，向他的领土逼近，他本人被饥饿的火魔折磨，而他华丽的宫殿也在被外敌摧毁。我看出，这些事开始一件件出现在他的头脑里，他开始感到害怕，而我就是想让他害怕。

"是星魔，"我说，"星魔族正在施法，让冬天延长。"

他还是并不开心，但他的确开始用心听我说。他跌坐在一张镀金丝绒的软座里，我坐在他对面。我们之间是一张巨大的桌子，桌板是镶银的镜面，我能在那上面看到深邃的夜空、飘落的雪花，还有一片方形水塘，我其实很想跳进去一走了之。当我身体向后靠，让自己的影子不出现在桌面上时，那画面就会隐去，变成屋顶的样子，那条盘着苹果的绿蛇在我们之间的镜面上闪现。米纳修斯靠着椅背，一手放在唇边，听我小心谨慎的提案，保持着闷闷不乐的沉默。

在镜面的另一边，我同意梅瑞姆的意见，我们需要把星魔国王带入这个世界。在镜面这一侧，我有爸爸的名声和他的实力充当后盾，头上还戴着皇后的宝冠。如果我们够幸运，我们的两只妖怪同归于尽，很有可能就连米纳修斯手下的士兵们都会暂时听从我的命令，因为他们没有其他人可以服从，我爸爸手下还有他的两千官兵可以支持我。到时候，他仍然还会不那么关心我真正想要什么，但他至少会有一个目标跟我一致：保住我这条命。

我当然不会把我计划的这部分告诉米纳修斯。我只告诉他一点点背景：星魔们如何用延长冬天的办法，来强化他们自己的王国。"你的恶魔想得到我，只因我体内有星魔的血脉，"我最后说，"那样的话，能吃到血统纯正的星魔不是更好吗？何况又是他们的国王？如果它同意，我会把他带到你面前，你可以拯救你的王国，同时满足你的恶魔，一举两得。"

"那你倒是说说，我凭什么相信你啊？"

"你以为我为什么一直去而复返啊？你现在应该已经看出来了，我并不是必须回来，你也无法阻止我离开。你真心以为派更多士兵看守我就能管用吗？如果那样就能控制我，我又何必回来冒险？"

他纤长的手指不耐烦地在空中摆了摆。"反正我是完全搞不懂，你到底为什么要做这些事！就算星魔冰冻了整个王国，这跟你又有什么关系？你几乎就是他们中的一员。"

这是个很好的问题：玛格瑞塔之前就曾经问过我。我当时无言以对。"如果森林里的树全都死掉，松鼠也会死的。"我说。

"松鼠！"他狠狠地瞪我，尽管我只是随口打了这个比方，但这句话用这种方式从我嘴里说出来，显得格外真实、有说服力。

"是的，松鼠们。"我说，就势认真了起来，"所有无辜的农民、孩子们，还有老太太们，所有那些对你没有利用价值，因而你几乎看不到的普通人，所有这些人，都会在你和你的士兵们之前死亡。"我不知道自己内心到底是怎样一种状态，才突然说出这番话。也许是愤怒吧，我觉得。我都不记得这辈子曾经真正愤怒过。愤怒这种情绪，在我看来一直都特别没意义，就像一条狗毫无理智地转着圈儿追咬自己的尾巴一样。对我爸爸生气有用吗？对我继母生气呢？对那些无礼地面对我的仆人们生气有没有用？有时候，别人甚至会因为天气而生气，或者因为他们自己踢到石头，或者用刀切到了自己的手，就好像这些事都是别人有目的地施加在他们身上的伤害。在我看来，对这些生气同样毫无用处。愤怒就像是炉膛里的火焰，而我从未有多余的木柴投给它。现在，局面似乎有变化。

米纳修斯皱起眉头，嫌恶地看着我，还是跟七年前他在皇家花园里面对我的时候一样狂妄无礼，那时候我只是让他别再虐待那些松鼠。我怎么敢认为其他生灵也重要呢？它们的存在，难道不是仅仅为了取悦他本人的吗？这件事还是会令我愤怒，我的语调不知不觉变得尖刻起来。"你真的在乎我的动机是什么吗？就算我在撒谎，你的处境也不会变得比现在更糟。"

"我或许会更倒霉的，如果你没有对我说出全部事实。而你的确在遮遮掩掩。"他反击道。"你还是没有告诉我你是怎么消失的，也没说你去过哪里——还有你把那个老太婆藏到哪里去了。而且你显然也没有详细说明，你到底打算怎样把那位星魔国王搞过来。"

"我当然不能说。"我说,"我凭什么相信你啊?从我们宣誓结婚以来,你根本没有任何正面的表现,一心只想把我投喂给你的大恶魔而已。"

"就好像这事儿我能决定似的。你真以为是我想娶你啊?是他想吃你,所以我才会踏上结婚礼坛。"

"我爸爸想让我坐上皇后宝座,所以我才会被迫走向结婚礼坛。在身不由己结婚这件事上,我俩攀比没有意义。"

"什么?难道高尚如您,竟然也不仅仅是为了拯救那些松鼠和肮脏的农夫才跟我结婚的?"他冷笑,但却没有直视我的眼睛,过了一会儿,他说:"好吧,今晚我会问他是否愿意接受一位星魔国王,作为交换放过你。"

"好的。与此同时,"我补充说,"你要写信给你手下的那些公爵们,命令他们全部前来,跟我们一起举行新婚庆典。在你写信给乌尔里希亲王时,你一定要特别通知他,我坚持要见到我亲爱的朋友瓦茜莉亚。等她来了,我要任命她为首席命妇。"

他皱眉看着我。"这些都有关系吗,跟你的——"

"我们不能任由她嫁给卡什米尔。"我提醒他,有些不耐烦。这事儿我们甚至还谈过的。

"假如卡什米尔和乌尔里希真心想要夺走我的王位,你以为他们会在乎某人的女儿在你这里充当首席命妇的事儿吗?"他质问道。

"他们会在意的,因为两家之间没有姻亲关系作为纽带。"我说,"如果你和乌尔里希又结了亲家的话,那就更好了。我们会在她到达之后马上把她嫁出去。你有没有什么合适的近亲现在在朝廷里任职的？可能的话，最好是年轻帅气的类型。"算了。我看出他一脸茫然，不再追问。他有两位姑母，我知道这两位生了十几位后代。我并没有全部见过，记不太清楚，但我希望，其中至少有一两位是未婚，或者碰巧丧偶的。"我会去找合适的人选。反正你今天也需要把我介绍给朝臣们。"

"那么请问这是为什么？我向你保证，你不会享受这段经历的。我的宫廷，在美貌方面的标准可是很高的。"

显而易见，他本来不相信我能撑到需要介绍给朝臣们的阶段。也许他现在依然不信。"我可是你的皇后，所以就算我有缺点，他们也得忍着。"我说，"我们需要在流言开始扩散之前扑灭它们。仆人们一定已经在满城乱讲，说我到了深夜就会消失，而我们无力承担这类流言。今年的庄稼收成一定会很糟，即便我们想到办法阻止冬天继续延长。你也已经惹怒了手下很多的贵族。"

他还想要继续反对的，我能看出来，但他不安地瞥了一眼阳台上堆积的白雪，就没再说什么了。他毕竟不蠢，只不过在我看来，他从未费心去考虑过政治问题。我觉得，他一直以来想要的，都只是统治者的表面光鲜——财富、奢华和精致的生活，他完全不喜欢作为统治者需要做的那些工作：他根本就是个毫无野心的人。

当然，如果他曾经想过政治问题，他就会问另外一个更加重要的问题：我们要让卡什米尔王子娶谁。而我给这个问题的答案，就是：我本人——只要米纳修斯和他的恶魔被冻僵，或者被绑上火刑柱烧死，或者被揭穿了面目被迫出逃之后，我就会让人废除我当前这份完全有名无实的婚姻。

我并不是特别喜欢卡什米尔王子这个人。他曾有一次来我爸爸家小住，当时对我就不屑于理会。而他的行为举止也不是那么检点。他曾经让一名侍女坐在他大腿上，被他摸胸拍屁股的同时，还要对他笑，摆出一副很喜欢他这样做的样子。他三天后离开了，后来那名侍女身上多了一条金项链，靠她自己的工钱，肯定是买不起的，所以，他至少还给了这女孩一些回报。他几乎跟我爸爸差不多年纪，大致是个毫无深度的粗人。但他并不蠢，也不残忍。更重要的是，我相当确信，他不会试图吞噬我的灵魂。是的，我对丈夫的预期标准已经大幅度降低了。

我会在我们周围织起一张关系网，把整个立瑟瓦维系在一起。卡什米尔跟我结婚并且登上王位，他会满意的。瓦茜莉亚跟前沙皇的某个侄子结婚，至少会让乌尔里希安分一阵子，而且我会安排人在他耳边说，最好是让我的好朋友跟我同期怀孕，许诺他的外孙到底还是能登上王位。这会让他和米纳修斯的亲戚们都满意。我现在真正需要的就是一个位置——米纳修斯现在占据的那个。幸运的是，他正巧站到了一个翻板门上方，脚下直通地狱深处，我只要找到适当的方法打开门就好。

但首先，我还需要他的恶魔帮我杀死一名星魔国王，否则的话，就没有立瑟瓦王国可以拯救了。我离开椅子站起来，愣了一下，微微皱眉，就像突然想到了新的主意。"等等，"我突然补充说，"我们应该回我爸爸家去庆祝新婚。你给亲王和大公们写信时，告诉他们去维斯尼亚，不要来这里。"

"我为什么——哦，算了。"他咕哝着，一手甩到空中，优雅得像是一只鸟儿伸展羽翼准备腾空，他的蕾丝宽袖像是张开的尾羽。我很满意。我倒是准备了几个借口，但它们都有些勉强，能不用是最好的。我并不想提前告诉他，三天后，会有一位星魔国王碰巧也出现在维斯尼亚，作为嘉宾出席另外一场婚礼庆典。

星期一正午，我收债之后走回曼德斯塔姆夫人的家，路上遇见两个家住镇里的小孩在树林里玩。我不像谢尔盖那样高大，但还是比他们要更高更壮一些，因此他们并没有试着跟我打架，但曼德斯塔姆先生的预测还是没有错，他们确实不想跟我一起玩。其中一个小孩冲我喊："杀掉自己爸爸的感觉怎么样啊？"

他们自己逃进树林里，并没有等着听我回答，但我在剩下的路上，一直在回想这句话。我不确定自己到底有没有杀死自己的爸爸，因为我只是不想让他用通条打旺达；我并不想让他绊倒在我身上，但他的确是被我绊倒了。这也是他死了的部分原因，所以有可能，我想不想那么做，说到底并不重要。我不知道。

但我的确知道，跟曼德斯塔姆先生和夫人一起生活的感觉很好。我现在一点儿都不会觉得饿。但每一次，当我想起谢尔盖和旺达，就算我就坐在餐桌旁，也会觉得我吞吃的是石子而不是食物。如果谢尔盖和旺达都和我在一起，大家全生活在曼德斯塔姆夫妇家里，我会感觉很好。这房子很小，不过我和谢尔盖可以睡牲口棚。

但我们不能这样，因为谢尔盖推了我爸爸一把，他就死了。

是我一个人跟曼德斯塔姆夫妇住在一起好呢，还是我们姐弟三个一起跟爸爸生活更好？我觉得，毕竟还是跟爸爸一起过更好，如果谢尔盖和旺达都在，而且都没遇上意外。只不过我们也不可能那样过，就算我爸爸没有被杀，因为他要逼着旺达嫁给卡居什的儿子，然后我就不得不考虑，到底是在这里跟曼德斯塔姆夫妇一起好呢，还是去另外一个可能没那么好的地方，但是能跟谢尔盖和旺达在一起好呢？这个问题很难想清楚，因为我不知道那个另外的地方会是什么样，但想了好长时间之后，我慢慢决定了，我还是想跟谢尔盖和旺达在一起。如果肚子里总是有装满了石头那种感觉，我是不可能开心的。

从白树上摘下来的果子一直在我衣兜里。我一直在考虑把它种在曼德斯塔姆家的院子里，但我还是没有这样做。我把它拿出来，看着它，然后我小声地说："妈妈，我不能把它种在这里，因为谢尔盖和旺达永远都不能再回来了。我暂时不会种下它，直到我找到一个地方，我、谢尔盖和旺达能都安全地住在一起。"然后我又把果子收起来。我很难过，因为不能种下那颗果子，因为我想要那种妈妈就在附近的感觉，但这个决定还是让我感觉是对的。谢尔盖和旺达给了我这颗果子让我播种，但妈妈肯定想让他们也能来看我。

我拎着篮子回到那座房子，当曼德斯塔姆先生小心翼翼地把所有事情写下来的时候，我问他："有没有人知道谢尔盖和旺达这会儿在哪里呢？"

他停下来，抬头看着我说道："那些人今天又去找过他们了。

他们什么都没发现。"

我为这个感到高兴,但随后我又想了想,意识到这也是一件坏事儿。"但我必须要找到他们。"我说。如果其他人都找不到他俩,甚至连一大群壮汉都做不到,那我又怎么能做到呢?

曼德斯塔姆先生把手放在我头上。"也许等到了安全的地方,他们会送信儿给你。"他说,但他的态度过于友善,就像你对山羊说好话,其实却是为了哄它们靠近,好把它们拴起来。我的意思并不是他想伤害我,他只是想让我待在安全又温暖的地方,这样我就不会被冻死在某片雪地里。但如果我一直停留在这个温暖又安全的地方,我就会再也见不到谢尔盖和旺达了。

"他们不能送信儿回来的。"我说,"如果他们这样做,所有人都会知道他们在哪里,那些人就会去抓他们回来了。"

曼德斯塔姆先生没再回答,只是看着曼德斯塔姆夫人,她停止了纺线,也在看着他。所以我知道我这次说对了,因为如果我说错了的话,他们会指出来的。

我说:"谢尔盖和旺达本来想去维斯尼亚。他们想找人求份工作。"我必须努力回想,因为他们要找的这个人是某人的外公,而我并不知道这个"某人"是谁,这挺奇怪的。但我的确还记得那位外公的名字。"穆赛尔先生。"

"那是我爸爸的名字。"曼德斯塔姆夫人说。她对曼德斯塔姆先生说:"贝茜亚的婚礼定在星期三。我们可以去参加。而且……"她中途停下,很困惑地皱眉。"而且……"她又说了一遍,就好像她以为会有什么内容自然而然地从她嘴里出来,但却没有。她的丈夫也皱起眉头看着她，同样困惑。夫人从纺轮前站起来，两手互握，在房间里转着圈子走，对一切视若无睹，直到她停在壁炉架前方。她盯着那里放着的几只木刻娃娃。"梅瑞姆在那里。"她突然说，"梅瑞姆去看望我爸爸了。"

她这么说的时候，感觉像是在用力推开一面墙，才能让那个名字出来。曼德斯塔姆先生很快就站了起来，他的笔都掉在地上了，他脸色变白。我本打算问他们刚刚提到的名字是谁，但等我张嘴提问时，我就已经不再记得她刚刚说过的名字了。曼德斯塔姆夫人转回身，伸出手来。"约瑟夫，"她说，她的语调起伏不定，"约瑟夫——到底，多久——？"她不再说话，我不喜欢看她的脸变成这样子。这让我想起我爸爸躺在地上，嘴里先是发出奇怪的声响，然后他就死了。

"我要去雇个雪橇。"曼德斯塔姆先生说。天已经快黑了，但他还是开始穿外套，就好像他打算让我们马上出发一样。曼德斯塔姆夫人快步走到壁炉上方藏钱的罐子那里，数出六枚银币装进布袋里给他。他拿了袋子，出门去了。

他一出门，曼德斯塔姆夫人就拿了个大口袋，到卧室里收拾东西去了。我很高兴我们要出发去找谢尔盖和旺达，但我不喜欢这份仓促。我感觉她是在害怕，担心如果停下来，就会发生什么变故。她跪下来，开始从衣箱里向外拿衣服。我帮她撑开布袋口，好把每件衣服都放进去。她跪坐在自己脚后跟上，瞪着箱子里的某些衣服，对她来说它们显然太小。那里还有一双黑色小皮靴，靴子有点旧，补过几次，但大致完好。她用手抚摸着那双靴子，那只手在颤抖。

"那双靴子是你从前穿的吗?"我问她。她什么都没说,只是摇摇头。她又拿了几件东西装进袋子,合上箱盖。我以为我们这就完事儿了,但她还是跪在那里,两手扶在箱盖上,然后她看看我,再次打开箱子。她取出那双靴子给了我。我试穿了一下。它们穿在我脚上略微有点大,但感觉很软。我以前从来没穿过皮靴。

"再多穿一双袜子。"她说,从箱子里给我取了一双,毛线织的,很厚,也比较小。套上袜子以后,靴子就合脚多了。即便是到院子里照顾山羊的时候,我也感觉两脚特别暖和。我就算直接走进雪地,应该也不会觉得冷了。

"我们离开了,谁来喂鸡和羊呢?"我回来的时候问。

"我会去跟盖芙莱特夫人谈谈。"她说完,就穿上外衣,包上头巾,从罐子里拿了些铜钱,出门去了。我站在门口看,见她去了街对面的房子敲门,盖芙莱特夫人没有请她进去,而只是两臂交叉在胸前,像把自己变成一堵墙似的,让来人只能站在门口说话。盖芙莱特夫人一直没把那堵墙撤下,直到曼德斯塔姆夫人拿出那些铜钱,她接过钱,进屋去,还反手把门摔在曼德斯塔姆夫人面前。

曼德斯塔姆夫人回到房子里来的时候显得很累,就像她走了很远的路,或者一整天都在农田里干活一样,但她什么都没说。她取出一个篮子,在里面装上了路上要吃的食物。然后她搅动火炉里的炭块,用灰把它们盖上,直到火光变暗,炉膛变冷。等她忙完,雪橇已经停在门口了。曼德斯塔姆先生坐在橇上。他爬出来,取了篮子和装衣物的口袋,帮夫人上了雪橇。我坐在她旁边,曼德斯塔姆先生放了两件厚皮衣和几条毯子盖在我们身上，他锁上屋门，又关上院门，爬上雪橇，坐在我另一侧。

赶车的是个枯瘦的年轻人，大概是谢尔盖的年龄。他穿了一件过于肥大的外衣，我猜里面还套了两件厚衣服，所以他坐在座位上之后，看上去还很健壮。他向他的马儿们吆喝，雪橇向前冲出，我们开始上路。我们沿着穿过城镇的大路走。路上有很多人。我觉得所有人都已经干完了当天的活儿。反正雪还没有化，地里也没有太多事情能做。人们看我们经过，脸上都是冷漠又气恼的样子。在路的尽头，有几个人从一座好大的房子里跳出来，那房子有粗大的烟囱，还有一个牌子，上面画了大大的一杯冒着热气的烧酒。他们把雪橇拦在街上，对曼德斯塔姆先生说："别以为你能瞒过我们，犹太人，假如你想帮助杀人犯逃脱罪行的话。"

"我们想去维斯尼亚，参加一场婚礼。"曼德斯塔姆先生平静地说。

那人哼了一声。他抬头看我们的赶橇人。"你是奥列格家的孩子，对吧？你叫艾吉斯？"他这样说，赶橇人点了点头。"你跟着这些犹太人。盯紧他们。你明白吗？"艾吉斯再次点头。

我看了一眼那房子，卡居什站在门口，两臂交叉在胸前，高扬着下巴，就像他为什么事情感到骄傲似的。我不知道他在神气什么。我盯着他看。他扫了我一眼，皱起眉头，但也就不像刚才那样神气了。他很快转身回屋去了。艾吉斯摇动他的缰绳，马儿们再次出发。我们坐在他身后的雪橇上，都没说话。我们以前也有过不说话的时候，但这次不是好的那种沉默。尽管我们坐在雪橇里，后座是敞开的，但我还是感觉像是跟这个人被关在了一起。我们离开小镇之后，那些树很快就都围上我们。我转头去看它们向后飞去的样子，觉得它们全都连在了一起，组成一道木墙，围在路的两旁，把我们挡在森林之外。

高姬带我下去看那几间储藏室之前，我对将要看到的情形就已经有了预感，但当大门打开，看见第一间也是最小的一间储藏室时，我还是有些惊讶，它本身已经是我外公藏宝库的三倍那么大，每侧墙边都摆满了装满银币的木箱和口袋，一直堆到房顶。我面色沉重，走过银币之间留下的狭窄通道，到达第二个房间，这个房间又比第一间大了三倍，不过这里至少还有小道留在银币堆之间，也有木架来码放这些财物。

但是这间房间的另一头，就是通往第三个房间的门廊：两扇沉重的大木门，由白木做成，镶了银边。当我把门推开，我看到门后的石室，那肯定是历经上千年的岁月才从山腹处开凿出来的；它极为巨大，有堆积如山的成袋银币，还有散放的耀眼银币组成大堆，高过我的头顶。那条河本身就穿过这个房间中央，像一条闪亮的、结冰的道路，从一端的拱门流入，由另一端流出：就像它从白树园那里出发，一直穿透整个山腹流到这里，然后又绕出去，形成山峰一侧的瀑布。我之前曾花一整天时间转化过一箱银币。我无法想象要消耗多少魔力，才能把这一切都变成黄金，以及这需要多长时间——肯定比我现有的时间要多。

高姬当时站在我身旁，侧目看我。"去给我拿些吃的跟喝的。"我沉着脸说，然后退回到第一个房间。我已经度过了漫长的一天，我这时候想做的就是上床睡觉，但相反，我倒空口袋，两手抓起银币，把它们变成黄金后装回去。我的确尝试过把两手都伸进口袋里，把里面所有的银币一次变换完成，但这样做效果不够彻底：银币变得不均匀，当我把它们倒出来检查时，发现有十几枚还是银的。我不能变换完这里所有的其他银币，却因为有一枚银币滚到角落里漏网了，而被国王割断了喉咙。我很确定，如果我真的因为某种差错漏掉一枚银币没有变换，他一定能找出来。还是仔细点做更快，胜过做完了再仔细检查。这样并不是说这份工作真能特别快。高姬拿来一盘食物跟饮料时，我才刚刚变换完几口袋。

当我狼吞虎咽地吃掉几口食物之后，我看了下托盘里的餐巾布，就把它展开了铺在地上。我取来下一袋银币，把其中一半倒在餐巾布上，把银币摊开为单层，所以我能看清哪些已经转变。试过几次之后，我找出一个办法，用手拂过银币表面，就能把它们转化——手的移动不能太快，否则转变就不能完全透到银币另一面，但如果我保持着稳定匀速移动，并且心无旁骛，那就能全部变好。

"给我找一块巨大的黑色桌布来，要你能找到的最大块。"我告诉高姬。等她拿来之后，我开始把整袋整箱的银币倾倒在上面。有这么大一块布，我一次就可以变换完两三个容器里的银币，等我处理完一批之后，我把桌布从下面抽开，把金币留在地上，又把桌布在它们上面展开。

看起来，这种事情会渐渐变得无聊，这么说很荒谬。我是在大批量倾泻魔力，用自己的手指化银为金，但这感觉很快就不那么神奇了。我会更愿意把其中一些变成小鸟，或者直接让它燃烧起来也好。钱太多那就不是钱了，这感觉就像同一句话连着重复太多次，那感觉就是胡扯。我当时特别累，身体僵硬，两脚和手指都特别疼，但我继续工作。我坐在黄金上，在成堆的金币上打滑，从架上取下更多的银币，把瘪成一坨的空口袋丢在一边，翻倒的箱子在屋角堆积得越来越多，时间悄悄溜走，我却并未察觉，直到我把第一个房间的最后一箱银币倒出，把其中最后一枚银币变换完。我摇摇晃晃地找遍房间里所有的木架，寻找还能被变的东西，我找了三遍还是什么都没找到，之后我傻傻地又站了一会儿，然后我躺在堆积成山的金币上，像一条不成体统的恶龙一样，身不由己地睡着了。

我突然惊醒，抬头就看到星魔国王站在我面前，打量着我给他制造出来的那堆财物，他已经捧起一把金币，正在凝视它们发出的暖光，脸上容光焕发，写满贪婪跟渴望。我挣扎着站起来，很紧张，身体在滑动的金币堆上打晃。他倒是完全不用费力就能保持平衡。他甚至还伸出手来抓住我的胳膊，帮我稳住身体，尽管这姿态里面没有多少好心，多半是不想让我在他身边手脚乱摇，样子难看。"什么时辰了？"我脱口问道。

他不理我，没有回答，这意味着时间至少还没到傍晚，我还没有失掉一整天。我也感觉自己没有睡多久：我的眼睛还是疼痛又疲劳。我深吸一口气。他已经走开，去察看整个房间，扫视空了的箱子和口袋,手里还拿着那一捧闪亮的金币。"怎样?"我向他挑衅。"如果我错过了任何一枚,就请当场指出来。"

"没有遗漏。"他说。他让金币从手中滑落,叮叮当当地掉落在地板上其他金币中间。"你已经转化过了这间储藏室里的所有银币,现在还剩两个储藏室。"他听起来几乎是彬彬有礼,事实上还侧头向我致意,这让我吃惊到只顾呆看,直到他离开。我突然警醒,连滚带爬地从金币堆来到地面上,之后跑上楼回到自己的房间。

但在我床上,我发现他给我做的小镜子里面,朝阳已经在升起,到处是粉色和金色的朝霞。我绝望地坐在床上,瞪着手里的镜子。我花了一整夜时间,或者是接近一整夜,才处理完最小的储藏室里的银币。我可以寄希望于转化完第二间储藏室里的银币,如果我不再睡觉,但在我的时间用完之前,怕是都来不及转化第三间储藏室里的任何一枚银币。

我考虑了逃走的可能。我最远可以逃到森林里的那间小屋,但那样对我又有什么用?我无法离开他的王国。但我也没有马上返回楼下。相反,我摇了铃,告诉高姬和点点给我送来早餐。我并没有着急吃完,我带着满肚子委屈,吃掉一盘又一盘鱼肉和冷水果,就好像完全没有任何心事一样,更不像是有把巨大的银色大砍刀正悬在我的头顶。我丈夫的礼貌让我更加确信,如果我这次不能成功,一定会丢掉小命,而高姬和点点甚至在以为我看不到的时候交换眼神,就好像她们奇怪我到底在搞什么。但我现在努力又有什么用?如果我能做到的,只是在他砍掉我的头之前,给他留下更大一笔财富的话。他们的法律似乎不允许别人犯错，如果你说过之后又不能做到，他们就会修复你的行为给这个世界带来的错误，办法是请你离开这个世界。

我刚刚准备再喝光一杯酒——话说，为什么不醉到人生最后一刻呢——但随后我突然停下来，又把酒杯放下了。我站起来，告诉高姬和点点："跟我下楼到储藏室去。派人叫车夫到那里等我们，告诉他套好鹿厩那边最大的雪橇，我想让他把雪橇赶到那里。"

高姬怔住了，看着我问："进入储藏室里去吗？"

"是。"我说，"反正那条河也已经结冰，所以告诉他，只要从树园那里沿着河道一直向下走，就到宝库了。"

鹿们从隧道出来的时候，看起来相当迷惑，小心地在成堆的银币之间寻路穿行。车夫不得不走到前面来牵着辔头引领它们。等我布置了差使之后，点点、高姬和车夫看起来比鹿还要困惑。我小心措辞，没有问他们能否这样做，而是直接下令。

"但是……你想让我们带它去哪里呢？"高姬稍稍停顿后问我。

我指着房间另一端河道穿出的那条隧道。"把雪橇赶到那边，然后把银币倒掉。但你们要确保留出足够的空间，能容下这里所有的银币。"

"就丢在那里吗？"点点问，"丢在隧道里？"

"我就丢在那里，有人敢偷吗？"我冷冷地问。他们都畏缩了一下，迅速避开我的视线，以免我能从他们脸上读出任何答案。我实际上并不在乎那些银币是否安全。我在乎的是：我承诺的，是要转化三间储藏室里面的每一枚银币。所以这里的银币数量需要迅速地大量减少。如果我丈夫不喜欢他的钱被放置的地点，他可以在我的任务完成之后，再把它们搬回来。

过了一会儿，车夫默默开始行动，每只手里拎起三袋银币，丢在雪橇里。鹿们感觉到强烈的震动，耳朵乱晃。过了一会儿，点点和高姬也开始帮他。

我看到他们已经真的开始行动，就马上回到第二间储藏室，用我的黑布开始工作。这次比昨天还要累人：我现在四肢酸痛，精神却没有上次那样疲劳，所以这轮工作更无聊而且更让人痛苦。但我一直不停地倒出一袋又一袋银币，把它们变成黄金，转变的同时，又把金币推倒在原来空出的通道里。我没有再停下来吃喝；我把那镜子挂在脖子上，太阳已经在变亮，速度快到惊人。第二间储藏室里有六个巨大的木架，上面装了数不清数量的整箱银币。我甚至还没变完半架，正午的金色阳光就已经开始变得暗淡。夕阳的第一缕橙光开始闪起时，我才刚刚开始处理第二架。我三天时间里的第一天已经过去了。

我丈夫稍后现身，仍旧保持着他那要命的准时风范。他从门口散乱的金币堆里捡起一把，让它们从自己的指缝里掉落，又环顾周围看我的进度。他抿起嘴唇，摇摇头，似乎感到烦恼，因为还有那么多事情要做。"婚礼具体是几点举行？"他问我。

我当时在非常努力地集中精神——此前我已经发现，如果我真正投入的话，一次是可以变换两层银币的，但他这个问题打断了我。我呼出一口气坐下。"我许诺的是在她们婚礼上跳舞，而乐师们会一直演奏到午夜。"我冷冷地说，"在那之前我都可以去。"

尽管我努力给自己鼓劲儿，时间还是感觉不够用，还剩下两夜加两天——我相当于要用一柄勺子挖通一座大山。

"你还没干完这里的事儿，而且还有第三间储藏室需要转化。"他说，语气很不忿的样子，原本就是他给了我这个不可能完成的任务。我很高兴大门关着，所以他看不到自己的第三座宝库里正在进行的事情。"好吧，在你失败之前，你就努力变换你能变换的部分吧。"

我瞪着他。如果我不是还有点儿希望成功的话，我真的会马上就停下来的。

他无视我凶猛的眼神，冷冷地说："提问吧。"

我更想要时间，不想要答案。我觉得，我也可以问他，如果我不能成功，他会怎么处置我，但我其实并不是那么想知道，那样只能多一件需要提前害怕的事。"我怎么才能变换得更快一点呢？如果你有办法的话。"我这样问道。我的确没对他的答案抱太高期望，但他的确比我更了解魔法。

"你当然只能发挥到你的最快速度。"他说，几乎是狐疑地看着我，就像这个问题过于简单，因此无法相信我居然会问。"如果你自己都不知道，我怎么可能会知道？"

我失望地摇头，把手背压在额头上揉了几下。"越过你的国境，外面是什么？我是说光明消失之后。"

"是黑暗。"他说。

"这个我也能看得出来啊！"我恨恨地说。

"那你还问这个干什么？"他同样很生气地反问道。

"因为我想知道，黑暗中有什么！"我说。

他做了个不耐烦的手势。"我的王国！我的人民还有我们强大的力量！这个令群山强大。在你们凡人眼中的无尽岁月里，我们建起了光芒耀眼的高墙，我们一起从黑暗手中赢得了这座要塞，让我们可以在冬日世界里居住。你以为那很容易啊？以为随便走出我的国度，就能进入下一个世界？"他看着这个房间和周围剩下的大批银币，嘴角下拉，一脸酸相。"可能你现在已经对自己那个像凡人生涯一样匆促的诺言感到后悔，所以想知道你可以逃到哪里，躲在我的国度之外逃避违背誓言的责任？不要以为你能找到通道进入矮人国，或者以为你能在那边找到藏身处，躲避我们的报复。"

他冲着我冷笑，仿佛我应该为逃离他身边的想法感到羞耻。好吧，我的确会一有机会就毫不犹豫地逃走，但我的确对逃往矮人国的路线毫无头绪，就像我不知道该怎么逃到月亮上一样，但我确信，他对另一世界的居民并不好客的判断一定是准确的。但这样我就没有第三个问题可以问他了。我已经不再关心他们国内的习俗和王国状况：无论成败，我都是要离开的人了，我现在唯一想做的，就是继续工作。"在这件事上，你有任何方面能帮到我吗？"我问道。

他不耐烦地做了个手势。"在我看来，没有，而且就算是有，你也已经没有剩余的东西来跟我交换了。"他说，"你愚蠢地做出了过高的承诺，在我看来，你能挽回声誉的机会已经极其渺茫。"

他转身离开了我，我看了下周围堆积如山、像毒药一样令人讨厌的大批银币，感觉他很可能是对的。

第十五章

艾丽娜离开以后,我一个人在那小屋里,可把我冻坏了,看外面,那些白白的树木像是偷偷靠近了窗户,想把枝条伸进来似的。我用那条厚毛皮裹着肩膀,把椅子拖到火炉前,坐在那儿发抖。我全身的老骨头都在酸痛,感觉每个关节都磨得咯咯响,一动就疼。最可怕的就是独自一个人,也没个伴儿,外面就是可怕的严冬。我又往火里添了一根柴,让火炉烧得更亮堂一点儿,就像有东西能陪着我似的,也为了驱散外面一成不变的黑暗和寒冷。这儿真不是我这样的老太婆待的地方,我已经太老太疲惫了。"你要远离大森林,否则星魔就会把你抓走,把你带到他们的王国去。"我小时候,我妈妈总这样说。现在,我却像只耗子一样藏在星魔的王国里,要是火灭了我该怎么办?粥吃光了呢?还好,至少火炉边的木箱里还剩不少柴火。

住在这里的人,还真是个奇怪的家伙。艾丽娜跟那个怪异的犹太女孩谈话时,我找到了草莓、蜂蜜、盐,还有燕麦,外加六大团粗糙的毛线。这些毛线粗细不均，就跟满是面粉疙瘩的粥似的，放在一根老式纺锤旁边，摸着都扎手，但下边的羊毛还挺好。这毛线的问题啊，就是纺之前没有好好梳过毛，纺的过程中也不太用心，干活的人过于心急，所以纺不好。我们家公爵夫人要是看见我做这么糙的活儿，一定会用她的棍子敲我手脖子的。当然不是现在的公爵夫人——伽利娜是个精明的管家人，但她纺线还没那么讲究；也不是在她之前的艾丽娜的妈妈——她很少纺线，偶尔亲自动手，也是哼着歌儿凝视窗外，任由像雪花石膏一样耀眼的毛线慢慢从纺轮里出来，她从来不看别人手里的活儿。我是说在她们俩之前更早的那位公爵夫人。

当然，她在老早以前就去了修道院；据我听说，她现在死了也有十年了，愿上帝保佑她。我最后一次看到她，是在那个可怕的日子，艾丽娜的爸爸攻破城墙的那天，他就是在那场战斗中成为公爵的，也帮助现任沙皇的爸爸登上了皇位。我们一起在公爵府里看战场上腾起的狼烟，我们这些人——她所有的女仆，全都在一起，直到黑烟开始移动到城市里。然后她从窗前转回身，对我和其他女孩说："跟我来。"我们六个人都还没结婚，她带我们进入地下室，躲进一间偏僻的小屋，屋门伪装成跟墙上的石头一个样子，她把我们锁在了里面。那是我最后一次见到她。

那里又冷，又黑，又挤。现在，我又一次真真切切地感受到了那个地方，因为这个寒冷的小黑屋外面，也有致命的寒冬。我们当时互相拉着手，哭泣，发抖，但那些士兵还是在那儿找到了我们。他们把房子里所有的东西全都找到了——珠宝、家具，还有那架美丽的金色竖琴——阿尼亚小姐发热病夭折之前经常弹奏的那个,我眼看着它在大厅里被人砸坏。他们人太多了,就像一大群蚂蚁,任何人要是留下一点儿面包渣没有清扫,都会被找到。

但等到他们打开小屋那扇门的时候,夜已经很深了;他们已经累坏了,而且当时只有几个人,其他官兵大多数都已经睡着了。他们能找到我们,只因为那时候我们都已经吓蒙了,我们感觉已经过了好几天,其实却只在里面躲了几个钟头,有一个女孩开始发抖,说以后再也不会有人发现我们,我们会死在石墙里。我们都被她的恐惧感染了,于是当我们听到附近有说话声,有人先带头,我们所有人都开始喊救命。当他们把我们带出来时,我们扑在这些士兵怀里哭,他们对我们也不错,我们要水时给了我们水喝,其中一个人是小头目,他带我们去见他们的领主,说我们都被锁在地下室了。

厄迪维勒斯,他当时还是厄迪维勒斯男爵,其时正在公爵的书房里,已经准备长住,他自己的文件放得到处都是,他的手下进进出出。在我看来,这里也没多大变化。我以前只去过那里一两次。我没有漂亮到足以让公爵召唤我,也没有丑到足以令公爵夫人主动派我去,在她有消息需要传递时。新公爵要比以前那位表情更严肃。但他察看过我们之后说:"这样也好。带她们去内宅,告诉士兵们不许骚扰她们;我们并不需要任何时候都那么暴力。你们几位姑娘,也尽可能帮别人做事。"他告诉我们。我尽我所能帮忙,等到手头不再有其他事情可做时,我就去夫人的房间,用她留下的羊毛纺线,纺出好多上等毛线。同时,城里的人们在灭火,所以等事态更安定一些之后，公爵把我留在了府里，遣散了其他没有像我这样勤劳的人。

我当时为此觉得感激，就像我被敌人的士兵从地下室房间里放出来也会感激他们一样。我一生没有丈夫，没有嫁妆，也没有朋友，我的妈妈生前是一名穷骑士的妻子，我爸爸因为赌博，又向犹太人借债，失去了他那份小小的封地。他在公爵夫人那里给妻子找了个差事，自己就参加十字军找死去了。公爵夫人发善心，在我妈妈死后让我跟她的其他女仆们一起当差——我妈妈的死因也是寒热病。那年冬天特别冷，她又因为阿尼亚小姐的死伤心。我只比阿尼亚小姐小几岁。但城市陷落那年，我已经不年轻了，我还没从地下室出来，公爵夫人就已经去了修女们那里。

我在世上再没有什么亲人了。其实我本来也没有什么亲人，从我妈妈去世之后，就不再有了。我待在内宅，纺线织布，时间就那样一年年过去，渐渐地，如果我纺线太多，两手就开始疼，眼神也不那么好了，不再适合做精细的针线活。所以当希尔维娅——艾丽娜的妈妈，跟那个难产的男孩一起走了之后，我没有跟其他女士们一起，按照本分要求去哭丧。我悄悄溜走，去了小丫头睡觉的婴儿房。没有人喜欢她，因为没有人喜欢她的妈妈，因为她们母女俩好像都不在乎别人是否喜欢她们。她过于安静，始终都很安静，尽管她没有像她妈妈一样奇怪的眼神，她还是显得心思过重，想太多。我进门的时候，艾丽娜正从床上坐起来，就像她被号哭声惊醒了一样。她没有哭，她只是用那双黑眼睛仰视着我，我感到很不自在，但我还是坐在她身边，给她唱歌，告诉她一切都会好起来的，所以当厄迪维勒斯来到婴儿房，发现我已经在照顾她，就告诉我以后继续这样做。

我为这个感到高兴，这样我又有了安稳的位置，但在他离开房间以后，艾丽娜还是那样，过于懂事地看着我，就好像她完全明白我为什么要来照顾她。当然，我很快就开始喜欢这个小女孩。我没有其他人可以爱，就算她不是我亲生的，至少我也是被允许来照顾她的。但我从来都不是很确信她对我的感情。其他小孩会跑向他们的奶妈，张开双臂，亲吻她们，她却从不这样做。这么多年我一直告诉自己，这只是因为她的个性与众不同——她冷静，不爱说话，像新落的雪，但在我内心深处，我一直都不放心，直到沙皇派人来抓我，想利用我来伤害她，我看出这计划本来是可能成功的。哦，因为这样的事感到幸福，还真是很奇怪呢！

她在这间小屋的这张小床上睡了一会儿，我唱歌哄她睡觉，哄我的小女孩，我自己坐在炉火边，像这么多年来经常做的那样，现在我知道，她真的属于我，而不是借来相处一小段时间。我找到的那团毛线实在太松，即便用我现在骨节宽大的手，我也能轻易把它拆开，我手头还有小银梳和发刷。梳子和刷子，是艾丽娜的妈妈留给女儿的仅有的遗物。我把羊毛重新梳软了，从头开始再纺成线，然后卷成线轴，每纺完一轴，我就往火炉里添一根柴，就这样坐着纺线打发时间，直到艾丽娜醒来。

但她现在已经回去找那个男人去了，去面对那个盘踞在皇宫里的怪物——表面是美男子，真面目却是邪恶的黑魔法师。如果他伤害了艾丽娜，如果他不听劝告……但我担心又有什么用？我什么也做不了，我只是个老太婆，被生活的洪流冲着卷着漂泊了那么久，如今被冲到这个奇怪的地方。我能做什么？我爱她，我曾经尽我所能地照顾她，但我却没有办法保护她免受那个男人和妖魔的伤害。我今天又替她梳过头，还把后冠戴在她头上，然后我放她走。等她走了我就做自己能做的事，就是坐在这里等着，纺线，直到两手变重，才把它们放在腿上休息一下，闭上眼睛眯一会儿。

我突然惊醒，最后一根柴棍儿正在裂开。外面有脚步声，我感到害怕，一时也不太明白，努力回想我身在何处，以及这里为什么这么冷，而脚步声渐渐接近，艾丽娜开了门。有一个可怕的瞬间，我还没有认出她——她站在门口，样子是那样怪异，一身银白，宽大的后冠扣在她额头上，外面的冬日景象簇拥在她周围，仿佛她就是冬天的一部分。但那还是她的脸。可怕的瞬间过去了，她进了屋子，关上门，然后一下子愣住，观察那扇门。"这个是你做的吗，奶娘？"她问我。

"做什么？"我迷惑地问。

"门啊，"艾丽娜说，"它现在已经正常安在墙上了。"

我还是没明白：之前门没有安好吗？"我一直都在纺线。"我说，我想要让她看毛线，但我却想不起线轴放到哪里去了，反正没在桌上。但这个不重要。我站起来，走到我的小丫头面前，握住她冰凉的小手。她带了满满一篮子东西给我。"你没事吧，小宝贝？他没有伤害你吧？"她又一次安全度过了这些瞬间——又一段时间，毕竟，生命不就是由很多个瞬间连成的吗？

谢尔盖和我一起看熬粥的锅，我们俩都没再说什么。我们转身去看房间的其他部分。我突然想起，之前我曾经把纺好的线放在架子上，跟纺锤和编织针放在一起，但现在它们却被放在桌面上。或者，只是我以为这是我的毛线，但其实并不是。它们被绕成了精致的线轴，当我拿起一支来看时，发现它们变了，这毛线平滑又柔软，做工精细了好多。毛线旁边有把小银梳，特别漂亮的一把梳子，像是皇后之类的人物才配拥有的，上面还刻了一幅画，是两只长角的鹿在积雪的森林里拉雪橇。

我朝架子上看，找自己的线团，但它们却不见了。那些精细又平滑的毛线是同样的颜色。当我仔细观察时，发现它们也用了同样的羊毛，只是纺线的方法不同，就好像要给我展示一下要求达到的程度似的。

谢尔盖在看木柴箱。箱子已经空了一半。我们面面相觑。夜里天又变得特别冷，所以我们中间的一个可能从炉膛上爬下来，往炉膛里添加过木柴。但我知道我肯定没做过，我从谢尔盖的表情中看出，他也没有。然后谢尔盖说："我出去一趟，看能不能打到一只松鼠或者野兔，顺便再找些柴火回来。"

谢尔盖替我洗好的羊毛还剩了好多。我以前从来没有纺过像这轴毛线一样精致的线，但现在，我开始尝试把活儿做得更好。我用小银梳把羊毛梳了好长时间，动作很小心，以免弄断梳齿。我终于开始纺线。我突然想起妈妈曾经教过我，怎样把毛线纺得更紧。现在你可以试着快一点儿了，旺达。我都忘记了。她去世以后，我纺线就不再那样用心了。我们家没有其他人比我更懂得应该怎样纺线。我低头看自己的裙子，这就是用我纺的粗劣毛线草草编织成的。妈妈去世之前，会用我们家的羊毛纺成大团毛线，然后带它们去三座房子距离之外有纺车的那位邻居家里，然后带羊毛布回来。但织布匠却不肯接受我的毛线，所以我总是不得不手工编织家人的衣服。

我花了长达好几个小时的时间，才纺成了一团好的毛线。谢尔盖在我完工的时候回来了。他抓到了一只野兔，是棕灰两色毛。我趁他剥兔皮的时候又炖了些粥，连骨带肉一起放进锅里，加上些胡萝卜，跟粥一起炖成肉汤。我做到了这口锅能容纳的最大量，超过我们两个能吃的。谢尔盖看到我这样做，他没说什么，我也没说什么，但我们都在想同一件事：我们不想让那个吃我们燕麦粥又替我们纺线的人挨饿，不管他是什么人。如果他们不吃粥的话，谁知道他们会想改吃什么啊！

炖肉汤的时候，我觉得可以开始编织了。我想要搞清楚用我现有的毛线，已经可以覆盖床的多大一部分，这样就不必浪费时间纺出超过自己需要量的毛线。我先编出一根细长条，达到这张床宽度的两倍，其间不断比对，直到长度足够，我就开始给它加宽。这活儿进展并不快。我努力多加小心，让线条匀细，平整。但我同样不习惯这样小心地编织。光是记住不要松松垮垮，对我来说就已经很吃力了。之后在某个位置，我又编得过紧了，一开始并没发觉，直到我又编了三行之后，才发现要很用力，才能把针扎进去。我试着继续编织，从发觉之后开始调整，但最后一行过紧，我的速度非常慢，就像在泥泞的泥巴地里走路一样，所以最终我选择了放弃，把三大行全部拆开，把做错的部分全部重做。

用完了第一个线轴之后，我停下来，看自己已经做成了多少。这一条的宽度大约跟我手掌的长度相当。线纺得太好，缠得又紧，毛线的量比我预计的更多。我用手量了下床的长度，共是十掌那么长。加上我今天纺的那个毛线球，我还有五个线轴。所以，如果我再做三个毛线球，就够用了。我把编织出的东西小心地折好，放在架子上，继续纺线。

我整个下午都在纺线。天越来越冷。门窗周围都有小团雾气涌起，那是外面的冷空气从缝隙里钻了进来。谢尔盖帮不了我，所以他做了一副木头折叶，把门固定在墙上。他在羊圈角落里找到几颗旧钉子，还有一把生锈的锯子，才做成这件事。在房间内侧，他沿着门框多固定了一些树枝，让门洞变得比门更小，这样更能挡风。他对每扇窗户也都做了这样的处理。然后他又用稻草和泥巴封堵裂缝。之后，冷空气就不会吹进来，我们可以温暖舒适地待在房子里了。火炉和肉汤让房间里弥漫着香味儿。这感觉很奇怪——能待在这个温暖宁静的地方，有吃有喝。我说感觉奇怪，是因为我已经习惯了这些。这里的生活，还真是很容易让人习惯呢！

我纺完线之后，我们就停下工作来吃饭。"我觉得，我再有三天就能完工了。"我们一起吃好吃的肉粥时，我告诉谢尔盖。我们还在锅里留了足够的食物。

"我们来这里多久了？"谢尔盖问我。

我不得不停下来，在自己脑子里数。我从赶集那天开始回想。我去市场卖掉了那些围裙。我上午做成了这件事，然后回家，卡居什已经在那里等着。即便在脑子里，我也加快速度略过剩余部分，但那些都发生在同一天里。然后我们逃进森林，走了很长时间，直至深夜，直到我们发现这座房子。我们就是那天找到这座房子的。感觉所有这些事不太可能都发生在同一天，但事实的确如此。"星期一了，"我最后说，"今天是星期一。我们到这里五天了。"我把这句话说出来之后，我们都对着饭碗沉默了，感觉不像我们已经在这座房子里待了五天。但这并不是因为我们感觉自己才刚来到，而是我们感觉像是自己一直都生活在这里。然后谢尔盖说："或许他们会把关于我们的消息传到维斯尼亚城里呢。"我暂停吃饭，抬头看他。他的意思，是我们或许永远都不应该去那里，我们应该留在这儿。"这么大的雪，派人报信还是挺难的。"我缓缓地说。我自己也不想离开。但我还是有些害怕这个地方：东西总是凭空出现，还有什么人替我重新纺线，吃了我们的粥，还烧掉我们的木头。而且我不觉得我们能理直气壮地住下来。只有在我们快冻死的时候，躲在这儿求活命还成。那时候我们别无选择。我们也做了一些事，充当那些食物的回报。我们修理了椅子，也修理过床。我们还把窗户和门都弄得更能挡风了。但这并不意味着房子从此属于我们，也不等于我们可以永远住下。别人建造了这座房子，并不是我们。我们不知道盖房子的人是谁。我们也没办法问他们我们是否可以留下，即便他们有可能同意。"反正我们三天以内还不能走，"

谢尔盖说，"也许到时候雪就已经融化了。""我们等等看吧，"我过了一会儿说，"或许编织活儿不会花掉我那么多时间。"

但等我们清理过桌子，我回到放着编织活儿的架子旁，它们却都不见了。架上却有半条仍然新鲜的面包，还有一条漂亮的餐巾，下面盖了一小块火腿、一块圆奶酪和一块黄油，每种都只被切掉了一点点。那里还有一大盒茶叶，有一罐糖水樱桃——就像梅瑞姆有一次从市场买回来吃的那种一样。甚至还有个食物篮，大到足以放下所有这些东西。

我站在那儿呆看了好久，谢尔盖都已经开始担心了，也过来看。我们不知道该怎么办。这种事情，我们甚至都不能让自己真正相信它可以发生。我们无法装作之前只是没注意这些食物，也没办法骗自己说，刚刚有人进过屋子，把食物放在那儿就走了。我们又没有睡着过。

当然，看到这么好看的食物，我们也想吃一点儿。我的嘴巴还记得那种樱桃的味道，那浓稠的枫糖浆带着夏天的味道。但我们很害怕，比上次找到燕麦和蜂蜜时还要害怕。这些食物跟这座房子完全不般配。我们又刚刚吃过东西，甚至都不能算饿。

"我们应该留着它们以后再吃。"我过了一会儿说，"我们现在不需要它们。"

谢尔盖点头，他拿起斧子。"我去劈柴。"他说，然后就去了院子里，尽管外面很黑。我们的确需要更多木柴。我们一整天都没有往炉膛里加过柴，但木箱还是快要空了。

我发现编织的东西被放在小床上。它变了，当我打开细看时，发现它跟我做过的尺寸一样，但已经被彻底重做过。它现在有了一种规则的图案，设计得很漂亮，像凸起的藤条上面开着花儿，我用手指都能摸出来。我以前从来没见过这样的东西，除非是在市场上卖钱的那种，但即便是那些，也没有这么美。

我拆开了一点儿，想看看那图案是怎么做出来的，但每一行都太不一样了，每一针用的技巧都不同，我想不出怎样才能记住下一针怎样织。忽然，我想到，当然，这是魔法。我从炉火里取出一根末端被烧黑的柴棍，使用了梅瑞姆教我的魔法。我从第一行藤蔓图案开始的地方开始数，先数出一行用了多少针，记下这个数字：如果是正向编织，我就在数字上方做记号；如果是反向编织，我就在数字下面做记号。我还得做其他记号，因为有些针被合在了一起，或者额外多加了几针之类。我不得不把数字写得很小，就像在梅瑞姆的账本上写字一样。我一直记了三十行，每一行都不一样，然后才回到跟第一行同样的内容。

等我记完之后，我就已经在地面上记下了整个图案，只是把它转化成了数字。这看起来很不一样。我也不确定自己是否相信两者相同，但我记得梅瑞姆账本上的数字是怎样变成真金白银的。我拿起针线，开始添加新的一行。我干活的时候没有再返回去看图案。我觉得我必须相信那些数字。于是我就这样做了，我按照数字来，重做了全部的三十行，然后我停下来，看我完成的结果，所有藤蔓和花朵全都在，同样美，而且是我亲手做的。这魔法对我有效。

谢尔盖回屋来，跺掉脚上的雪。他肩膀上有一层白。他把一大抱木柴放进箱子，但也只装到半满。"我必须去再拿一些来。"他说,"天又开始下雪了。"

"你觉得够暖和吗,斯特潘?"曼德斯塔姆夫人问我。我说我够暖和,因为不管我现在感觉有多暖和都得算是够暖和,假如我觉得冷,现在也没有办法可想。我已经坐在雪橇上最好的位置,蜷缩在曼德斯塔姆夫人和先生之间,盖着毯子和毛皮,但我确实是感觉越来越冷。一开始我以为,我感觉冷,是因为艾吉斯在监视我们,但这并不是真正的原因。整个下午,天都越来越冷,头顶上深灰色的云层也越来越厚。我们去维斯尼亚的路还没走一半,就已经开始下雪了。开始只是一点儿小雪,但之后就下得越来越急,直到我们已经看不到马头前面有什么。过了一会儿,曼德斯塔姆夫人说:"或许我们应该在下个村子找地方过夜。应该不远了。"

但我们却没有遇见任何房舍,虽然雪橇继续前行了好长时间。"艾吉斯,"曼德斯塔姆先生终于问赶橇人,"你确定我们还在大路上吗?"

艾吉斯微微蜷紧身体,回头看了我们一眼。他什么都没说,但脸上的表情很紧张。他也知道自己是迷路了吧。一段时间之前,大路转弯时,马儿们穿过了两棵树之间,但它们并不是分别位于大路两侧,它们只是距离远了点儿。大雪已经完全覆盖了大路和灌木丛,所以艾吉斯没有察觉,他就一直傻傻地往前走。现在我们已经在森林里迷了路。这片森林很大,远离大路跟那条河的地方根本就没有房子。因为不管是谁在远离河道的地方建房,都会被星魔杀掉的。

马儿们的速度也不那么快了。它们都很累,拖着沉重的步子向前走。它们的大脚会深深陷到新雪里,每走一步都得再拔出来。很快它们就会停下的。"我们该怎么办?"我问道。

艾吉斯已经转回身背对我们,无精打采地弓着腰握着缰绳。曼德斯塔姆先生看看他的后背,说:"没关系的,斯特潘。我们会找个风小一点的地方,给马盖上毯子,给它们吃点草料和我们能找到的青草。我们会在马中间待着,互相温暖直到天亮。等到太阳出来,我们就能看清自己的位置了。我确定你能找个好地方过夜的,艾吉斯。"

艾吉斯什么都没说,但过了一会儿,他让马调头,停在一棵很大的树旁边。如果我们之前还不确定已经进入森林的话,那现在也信了。因为大路旁边根本就没有这么巨大的树。如果它靠大路够近,早就有人把它砍下来搬回去用掉了。它的树干宽度几乎跟马的身长接近,而且树身的一侧有个被腐蚀出来的洞,正好有点儿空间可以躲人。

曼德斯塔姆夫人和我牵着马缰绳,曼德斯塔姆先生和艾吉斯一起把树旁边的雪踩实,又在那片空间周围筑起一道雪墙。马要比山羊大好多,我有点儿害怕它们,但我又必须帮忙牵着它们,好在它们很安静,不像山羊那样喜欢乱跳,我能看出它们都很累了。终于,我们把马儿牵到那片空地里,从雪橇上取下所有的毯子给它们盖在身上。曼德斯塔姆先生把袋子从雪橇上取出来，放在小树洞里，他又帮着曼德斯塔姆夫人从雪橇上下来，穿过雪地走来，坐在那些行囊上。他直起身体，看着艾吉斯。

艾吉斯站在雪橇背后，低着头。他压低声音说："我没装桶子。"他说的是草料桶。所以，马儿们现在没有吃的。

曼德斯塔姆先生有一分钟什么都没说。那段沉默感觉好漫长。最后他说："还好这是一场迟来的雪。雪下面应该还有些新长出的草芽。我们必须挖开雪，给它们找点儿青草，或者其他任何能找到的东西给它们吃。"

他还是很客气，但我觉得他之前并不想对这人客气，这是他不说话的原因。我觉得，这一定意味着他非常担心。所以我也很担心。我尽我所能帮忙挖雪。因为曼德斯塔姆夫人给了我那双靴子，我可以踢开雪找到地面，但在这棵老树下面，找到的大多数都是松针。

我们去了不同的方向继续找。"别走太远，一定要保持在能看见这棵大树的距离之内。"曼德斯塔姆先生告诉我，"大雪会覆盖你的脚印，那样你就很难原路返回。每走十步就回头看一次。"

那棵大树太大了，我走出很远都能看到它。我一路数数，每十步一回头，最后我找到一片能看见天空的地方。雪下面有好大一棵死树，堆作一团。它原先生长在这里，后来倒掉了，所以才有这片空地。我用靴子和一根断树枝扒开积雪，找到一些草。因为下雪，草都快要冻死了，但还没有死彻底，而且下面还有陈年干草。我尽可能多拔一些草。这些草看起来还不是很多，但当你特别饿的时候，就算一小点儿食物也是很好的。我想，这方面马跟人应该是一样的。当我弄到一抱草带回来时，曼德斯塔姆夫人一直陪着马，她在抚摸它们的头，轻轻唱歌给它们听。马儿们的头都低垂着。她至少给了它们水喝。我不知道她从哪儿找到的不是冰雪的水，但随后我看到她在打寒噤，就明白了。她是把雪放进水桶里，自己抱着水桶，让水融化了给马儿们喝。

我把找到的草给它们吃，每匹马分到一半。它们没有马上开始吃，但曼德斯塔姆夫人拿起草来，用手喂给它们，它们就肯吃了，而且很快就吃光了。曼德斯塔姆先生和艾吉斯也回来了。他们一点儿草都没找到。但艾吉斯拿回了一些木头，想要用来生火。不过木头是湿的，我不认为用它们能顺利地生火。

"我找到这些草的地方还有更多。"我说。

"我愿意跟他一起去。"艾吉斯对曼德斯塔姆先生说。他还是不肯抬头看。我觉得他是感到羞愧了，先是迷路，又没事先装好草料桶，现在他是想用行动表示抱歉。我并不真的想听他说抱歉，但不能说不想让他跟我一起去那片空地。艾吉斯把他的外衣铺在雪地上，我们挖出更多的青草，直到在外衣上堆成一大堆，艾吉斯把草送回去，我继续找更多的草，直到他再次回来帮忙。

有艾吉斯在，比我自己干活更容易些，因为他比我更高、更强壮。但我更希望跟我们一起的不是他，而是谢尔盖和旺达。他们两个都比艾吉斯高，比他强壮，他们能弄到更多的草，而且，他们从一开始就不会忘记装好草料桶。也许他们也会有不装草料桶的时候，但那肯定是没有草料能往里面装，而不是单纯忘记了。而且他们还不会暗中监视我们。

我的心里可是一点儿都不想对他友好。我觉得，我们所有人都可能会被冻死。我觉得假如我们没有被冻死，马儿们却因为被累得那样惨又没足够的东西吃而死掉的话，那我们就会被困在森林里无法动身，那就相当于在这里住下了。之后，可能星魔就会跑来追杀我们。我不愿回想以前星魔对付谢尔盖的方式，但有时候夜深人静，我又会身不由己地想起来。我现在就在想那件事儿。

终于，艾吉斯和我采集了所有能找到的青草和干草。现在，当我们踢开积雪，已经能看到我们拔过草的地面了。于是我们回到大树旁。马儿们把所有的草都吃掉了，但吃完之后还是耷拉着脑袋，因为它们还饿。它们也冷，因为没有火。曼德斯塔姆先生尝试过，但是这些枯枝碎木都太湿了，根本点不着。我们还有些食物，因为曼德斯塔姆夫人带了食物篮。她也不会忘记给马儿带草料的。但她还是把食物分给了艾吉斯，她给这家伙的那份，甚至跟曼德斯塔姆先生的一样多。

我们吃完之后，一匹马特别响亮地长吁了一声，慢慢趴到了地上。地上很冷，但它太累了，已经无法起身，即便是曼德斯塔姆先生和艾吉斯一起努力，想让它重新站起来。曼德斯塔姆夫人在抱着另外一匹马，努力哄它站住，但过了一会儿，它也趴下了。它们的头垂得更低了。我觉得，它们可能都要死了。然后如果我们不死，到明后天就会被孤零零地困在森林里，跟谢尔盖和旺达一样，但我们又不像她俩那样强壮。他们把我留下来，就是因为我不能像他们一样，在森林里逃出很远。除非他们也没能继续赶路。或许他们在森林里停下了脚步，然后死在了冰天雪地里，像我们将要面临的结局一样。

我什么都做不了，我的身高，甚至都不够向上扯马缰绳。其他人放弃之后，曼德斯塔姆夫人让我坐在她身旁，背靠着一匹马的侧面，我们用一条毯子盖住身体。马的身体挡住了风，树干也挡了一点儿风。天还是冷，但我们也只能做到这些了。曼德斯塔姆先生和艾吉斯同样坐在另一匹马身旁。我两手伸进衣兜，蜷缩在曼德斯塔姆夫人身旁，那颗坚果还在我的衣袋里，我用手握住它，抓得紧紧的。

星魔国王离开之后，我站起来，去了那间最大的储藏室，看看工作进展如何。我并没有抱太大期望，因为这里银币太多了。现在安排，只比完全不抱希望好一点点，另一个好处，就是可以让我丈夫烦一下，就算他最终还是把我干掉。

但是高姬、点点和车夫三个，却做到了超过我预期的程度。扔钱果然要比攒钱容易，星魔族的巨大力量也让他们工作起来很轻松：他们已经在房间中央开出一片圆形空地，雪橇又已经装到半满。他们把几乎所有的口袋都扔出去了，剩下的主要都是散钱。但这些散碎银币极其多。我进来时，他们都直起身来，尽管拥有神奇的力量，他们现在也是一脸疲惫。我对扔掉丈夫的钱并不觉得可惜，但是把他们累成这样，我就有些过意不去了，何况要是想成功，就得让他们一直这样干到底。今夜直到明天，然后还有一夜一天，舞会结束之前的每个小时，我都要尽可能利用起来。幸运的是，贝茜亚的婚礼要到天色很晚才开始，因为她是个城市女孩。未来几天将是不眠不休，我跟他们三个都一样，但我的麻烦是自找的，他们凭什么这么累啊？

"我需要些吃的和喝的，"我说，"也给你们自己拿些食物来。"我又补充说："如果我做完这件事还活着，你们可以把自己拥有的，加上能够借到的所有白银都拿来，我把它们都变成黄金交给你们，以此感谢你们所做的工作。"

他们三个人，一下子全都愣住了，不说话也不动。过了一会儿，他们互相看看——是要确认我刚刚的确那样说了。高姬冲动地说："我们只是奴仆。"

"我宁愿你们有更好的理由帮助我。"我小心翼翼地回答。这话没能缓解气氛。他们的表情，就好像是我刚刚邀请他们到蛇窟里边散步。点点两手放在胸前，用力互搅，低头盯着它们。

然后车夫突然对我说："慷慨者。"他把这个词儿说得像一个称号。"尽管你并不知道此举意味着什么，但我接受你的承诺，并会亲自给出公允的回报，假如你接受这样的交换。"他单拳握起放在锁骨那里，并向我鞠躬。高姬咽了一下口水说："我也是。"她也鞠躬。她看了下点点，后者面容扭曲，特别苦闷，过了一会儿，点点用勉强能听到的声音说："我也愿意。"点点也将两手放在胸前，躬身行礼。

好吧，被车夫说中了，我的确不知道自己做了什么，但我肯定是做了某件事，而且是值得尝试的。"好的。"我马上说。点点跑出房间，去给我们取食物，与此同时，高姬和车夫开始把最后几袋银币丢上雪橇，匆忙得就好像他们自己的生死也在此一举，而不只是我一个。在我看来，也许事实已经是这样了。一点点黄金，似乎不足以让他们这样拼，但假如他们愿意这样投入，我是不会反对的。

"我必须去换两头鹿。"点点回来时，车夫对我说，我跟他们一起在大储藏室吃饭。我点头答应。我们都狼吞虎咽地吃了几口。我喝了几口冷水，回到第二间储藏室，独自工作。

我觉得，那天晚上我的确睡着过一两次，但时间都不长，我只是坐在那里打会儿瞌睡，过一会儿就惊醒了，因为听到隔壁有鹿蹄踏地声，又一车银币被运出去倒进隧道。我两眼灼痛，困倦至极，后背和肩膀都在疼。我强打精神，用手扫过桌布上的银币，再把它们丢落到地上。

每个小时就这样过去了，感觉极为漫长，但时间又耗得太快。这是一种折磨，我只想早点结束，只不过，当初升的太阳出现在小镜子里的时候，我的心不再狂跳。我一旦掌握了同时转化两层银币的方法，就已经加快了进度：我已经把第三架银币变完了好多，但还有三个整架呢：要成功完成，我需要一直保持现在的高速度。但我不得不停下来吃东西。高姬给我送来一盘食物和一杯水，我两手哆嗦得厉害，杯子险些从托盘边上倒下去。我吞掉她带来的所有东西，但完全感觉不出味道，就又投入到没完没了的可怕工作中。

日落景象刚刚在我镜子里消失，我的丈夫就来了。我坐在自己脚后跟上,用胳膊抹了下额头。我并没有出汗,但我感觉自己应该在出汗。他环视房间,估算我还有多少工作未完成,脸上带着冷漠和不快。我当时已经快把第四架变完了,但时间只剩一夜一天,在他看来,我还有极为巨大的第三间储藏室有待处理。

"在你们族人中间,送出一份礼物意味着什么呢?"我问道。我其实很想知道自己对我的几位仆人做了什么。

他皱眉看着我。"礼物?你是说给出一件东西,却不要回报吗?"他把这件事说得像谋杀一样可怕。

我试着想出描述自己行为的语句。"就是为了表示感谢,主动提出赠送某件东西,不需要别人提要求。"

他那副轻蔑的表情并没有改变。"只有毫无价值的家伙,才会想出这类行为。一切都要给回报的。"

其实他自己就曾逼我给他变换黄金,并且没给任何回报,直到我开始用话刺激他。但我没有提那件事。"你以前也给过我不需要回报的东西啊。"我说。

他瞪大了银色的眼睛。"我给你的那些,全都在你应有的权益范围之内,并且是你明确向我提过要求的,没有例外。"他赶紧解释,就像是担心我觉得自己受到了严重冒犯,随时会发火一样。他又补充说:"你已经是我妻子了,你不能怀疑我还想把你变成我的铁卫。"

所以,如果有人送出了无法正常得到回报的礼物,默认的回报就是那个吗?"铁卫又是什么?"

他愣了一下,再一次被我对常识的无知程度震撼到了。"就是跟另外一个人命运相关的人。"他放慢语速，像是在向一个笨小孩讲解。

"上述内容不足以让我听明白。"我嘲讽地提醒他。

他不耐烦地举起双手。"跟另一个人命运相关的人！如果一位领主崛起，他的铁卫也随之崛起；如果一位领主失势，他的铁卫也失势；如果领主的名誉被玷污，他们的名誉也一样被玷污，因而也需要用生命之血，来洗刷一同遭受的屈辱。"

我瞪着他，内心一阵发毛。我之前并没有真的想到，点点、高姬还有车夫居然真的押上了身家性命，尽管我早料到自己如果失败，就可能要丢掉小命，但听他这样毫无疑问地说出来，还是感觉更可怕。玷污，那就像布匹被毁了一样，仅有的修复方式，居然是用血彻底重染过。"这听起来，真是好可怕的安排。"我感觉喉咙发紧，一边这样说，一边尝试从他嘴里挖出更多情报。万一我刚才理解偏了呢？"我都没法想象会有人愿意充当铁卫。"

他两臂交叉，并没上当。"你的想象力不够用，并不能说明我的回答不适合。"

我抿紧嘴唇，但我之前的确大意了。我最后一个问题的措辞就更加小心。"好吧。那么请列举几个常见的原因。人们会在何种情况下接受或者拒绝这样的机会呢？"

"最常见的目的，当然是提高自己的地位。"他马上回答，"铁卫永远只比他们的领主低一级。铁卫的子女可以继承这份职责和地位，但其子女的子女就只能继承官位。还有在他们出生时，铁卫享有的其他待遇，都可以传袭给第三代。至于说拒绝接受的人，通常是当前地位就已经够高的人，或者怀疑他们要效忠的领主很快就会失势的人：只有傻瓜才会为了一点点利益，就献出命运的主导权。"他一直很得意，因为回答问题的过程中可以居高临下，但他突然停住，警觉了起来。"你为什么突然这么关心铁卫的事？"他质疑道。

"我欠你答案吗？"我反问道，用了自己能说出的最优美的语调，而且刻意地用了疑问语气。他张了下嘴，然后又闭上，很不爽地瞪着我，然后一句话没说，气哼哼地走了：毕竟，他不能免费给我一个答案。

但他离开之后，我独自坐在那里，沉默了一阵，并没有马上重新开始工作。我之前不知道我对车夫、高姬和点点做了什么，但现在我真的知道了。我试图让自己相信，即便事先了解到规则，我还是会那样做。毕竟我只是提出了要约，他们自己选择了接受，尽管他们比我更了解其中的风险。

但我还是忍不住想起此前婚礼上一层套一层的圈子，所有那些身穿灰衣、站在偏远外层树圈里的仆人，沉默着，低着头。我不只是向他们承诺了财富，还突然给他们指出一条金光大道，从最外层直通贵族等级的最高层。我就像个仙女，一手拿着有毒的水果，另一只手里握着梦想成真的机会。即便是要冒生命危险，谁能无视这样的机遇？我背后慢慢涌起一股寒意：点点险些就真的拒绝了。车夫和高姬也害怕，但他们果断做出了选择，而她曾经犹豫过。

我不想知道这是为什么。我不愿意去想这件事。我不能去问她。我想把这个当成给自己推脱责任的借口，但当我把手伸到银币上空时，它们却在颤抖，银币也不肯转变。我终于站起来，推开通往下一间储藏室的门。那道门后面，车夫、高姬和点点都在竭尽所能往雪橇里装银币，尽管她们棱角分明的脸上已经写满疲倦，蓝冰一样的眼睛也变得迷蒙起来，像玻璃被哈上了寒气。他们几乎已经清空了整个房间的一半。还有机会，这机会属于我，我要靠他们的勇气和力量来把握这一线生机。他们停下来看我。我不想说这些话。我不想开始关心这些事。

我感到喉咙很紧，但还是说："如果你们有孩子，告诉我各有几个。"

高姬和车夫没出声，但都看着点点。她没有正视我的脸。她轻声说："我有一个女儿，只有一个。"她的语调很温柔。她盲目地转回身去，继续用锹铲起银币丢入雪橇，银币从铁锹边缘溢出，响亮地跌落在地上，发出可怕的金属撞击声，像雨点一样密集。

第十六章

我本来不想醒的,但我以为听到了妈妈叫我,声音听起来像铃声,我就睁开了眼睛。马儿们背上有雪,曼德斯塔姆夫人盖在我们身上的皮毛外衣上也有雪,其他人都已经睡着了。我觉得我或许应该叫醒他们,但雪还在下,特别冷。我觉得,反正大家很可能也活不到明天了,把他们叫醒了在这儿害怕,似乎并不值得。我也很怕,但我听到一个声音,就是把我吵醒的那个声音,它距离我们不是很远。

过了一分钟,我打起精神从皮衣下面钻出来。天很冷,我马上就开始打哆嗦,但我还是去找声音的来源了。我终于听清,其实那是斧头发出的声音,我停了下来。有人在劈木头,我想不出什么样的人会深更半夜在下着雪的森林里劈柴,因为这样子太诡异了。但如果他们真的在用斧头劈柴,说明他们很可能是想用这木柴烧火,如果他们有火并且允许我们坐在火边的话,我们就不会被冻死了。

所以我继续走。声音越来越响亮,直到我看到那个劈柴的男人。一开始,我以为他是谢尔盖,但我认为当然他不是谢尔盖,只是长得比较像谢尔盖。我就试着叫:"谢尔盖?"他转过身来看,还真就是谢尔盖,我就跑向他。我有一会儿觉得,可能我们都已经死了,这里是天堂,就像爸爸带我们去教堂时,那些传教士说的一样。但我觉得,我在天堂里应该不会感到又冷又饿。我希望我们不会因为杀死爸爸的事儿下了地狱。

"不,我们还活着!"谢尔盖说,"你是从哪里来的?"

我拉着他的手,带他去大树旁边,让他看其他睡着了的人。"但他是个探子,"我指着艾吉斯说,"村里的人告诉他,如果我们看到你,就让他回去报信。"

谢尔盖想了一下,耸了耸肩。他的意思是我们反正不能任由艾吉斯在这里被冻死,就算他是探子,就算他忘了装满草料桶,还让我们迷了路。我觉得这话也对。还有,要不是他害我们迷路,我就找不到谢尔盖,所以,我或许不应该再生艾吉斯的气。

我们叫醒了曼德斯塔姆夫妇和艾吉斯,他们看到谢尔盖都很吃惊,当然他们也很高兴,尽管艾吉斯同时也有些害怕,但就连他也很高兴能有个暖和的去处。谢尔盖去看那两匹马,其中一匹已经死了,另一匹不想站起来。但谢尔盖把胳膊伸到它前腿下面,艾吉斯拉缰绳,曼德斯塔姆先生和夫人和我也都帮着从下面抬,最终,那马起来了。

谢尔盖带我们穿过森林,经过他之前劈柴的地方,继续向前走,再走几步我就看到前方有小小的火光。我们看到火,全都加快了脚步,连马都一样。那边有个小房子,房子上面有烟囱,旁边还有个小棚子，里面有一堆稻草。谢尔盖把马放在棚子里，它马上就开始啃稻草。"屋里还有燕麦粥呢，"谢尔盖说，"进去吧！"

旺达本来在屋子里，她开了门，因为已经听到了我们的声音。曼德斯塔姆夫人看到她就高兴地叫起来，跑向旺达，抱着她亲她的脸颊。我能看出旺达不知道该怎么回应，但反正她看起来也很高兴，她说："进来吧！"我们进了屋子，里面很暖和，而且有特别好闻的粥的气味。屋里只有一张椅子和一根横放的木桩可以坐，但还有一张小床，炉膛上面还有临时床铺。我们把椅子让给曼德斯塔姆夫人，让她坐在火前，旺达给她盖了一条厚毯子。曼德斯塔姆先生坐在她身边的木桩上。艾吉斯坐在炉火前的地上，蜷起身体。旺达让我爬到炉膛上面去，我照做了，感觉特别暖和。

"我泡点儿茶吧！"旺达说。我还奇怪她怎么泡茶，这房子又是怎么出现的，但主要的是，我觉得现在能喝杯热茶真是太好了。但茶还没泡好，我就又睡着了。我一直睡到第二天一大早，我听到木头摩擦的声音，感到冷风吹到我头上。我抬头看。我还在炉膛上头，曼德斯塔姆先生和夫人睡在我两边。旺达和谢尔盖睡在火炉前的地上。

那声音是门擦着地面被关上的声音。艾吉斯冒雪出了门。我低下头。紧接着我再次抬头叫："谢尔盖！"但已经太晚了。等我们来到外面，艾吉斯已经走了。他骑走了那匹马。谢尔盖给它喂了燕麦，帮它揉过腿，还给它温水喝，所以到了早上，它的状况已经好多了。它是一匹高大健壮的马，用来拉雪橇的。只有艾吉斯一个人骑在它背上的话，我估计它能跑得很快。或许如果他让马给他带路，就能回到家，因为马想回马厩。他会告诉村里所有人我们躲在哪里。

"我们必须在雪化之前试着赶到维斯尼亚。"曼德斯塔姆夫人说，"我们现在有食物，也有保暖的衣服。我们可以走出森林，到大路旁，找人带我们去城里。在这个区域，没有人会去告发我们，而且我在银行里也存了一点钱。如果可以，我们会给某些人行贿，来洗刷你们的罪名。我爸爸会知道应该去找什么人。"当时我们都围坐在桌子周围。旺达泡了茶，她正在煮粥，让我们吃完了好上路。谢尔盖和曼德斯塔姆先生已经搬了更多的木墩进来，可以当板凳坐。

"我们走之前，我必须完成这条床罩。"旺达说，她走到一旁，拿起她一直在织的巨大毯子。我这才看出它不是毯子，而是床罩。它很好看，上面有叶子形的花纹。

"旺达，这活儿做得真漂亮。"曼德斯塔姆夫人摸了下，甚至特别夸奖了她，"你应该带它上路。"

但旺达摇了摇头。"我们需要先把床弄好。"

我不知道这是为什么，但如果她这样说，那一定是必须这样做。我看了下那张小床，还有这条床罩。"它已经快做好了，对吧？"我问道，"它现在尺寸就大致合适。"

旺达举起床罩比量，它果然已经是合适的尺寸。床罩比她本人的身体还要长。她把手举过头顶，床罩还能一直垂到地上。她再次把床罩放下，我觉得她看起来似乎有点害怕，尽管我不知道既然她也想把床罩做完，现在床罩做完了她为什么要害怕。"是的，"她说,"我现在很快就能完成它。"

"旺达。"曼德斯塔姆先生缓缓开了口,似乎想问一个问题,但旺达很激动地摇头,她不想聊这个。尽管曼德斯塔姆先生是那么爱说话的一个人,他还是看出旺达不想谈这个,所以他就闭了嘴。

"没关系的,旺达。"曼德斯塔姆夫人过了一会儿说,"你继续做你需要做的事儿。我去再煮一些粥。"

旺达迅速缝上床罩开着的两端,往里面塞了好多羊毛,又把最后一点儿开口的地方缝合,然后把床罩放在小床上。小床配上床罩,看上去非常漂亮。与此同时,曼德斯塔姆先生和我帮着谢尔盖整理了院子和牲口棚。我们又一次把木柴箱装满。它一晚上就空了。我不知道这火炉怎么需要这么多木柴,但我现在明白谢尔盖为什么会深更半夜在森林里劈柴了,还好他当时在做这个。曼德斯塔姆夫人让我给她找根长树枝,她在树枝一端绑了些稻草,把房子角落都清扫了一番。

粥煮好了,我们吃完之后端着各自的盘子到屋外来,这些盘子只是谢尔盖从一棵树上劈下来的木片,现在我们用雪把它们擦干净。我们把木盘放在屋里的一个架子上。旺达又做了一锅粥,放在炉灰上面慢慢煮,尽管我们都要走了。她闭上了炉门,我们环顾周围,房子看起来漂亮又整齐,它几乎像我们原来的房子一样大,但我更喜欢这里——墙壁的木板更紧凑,火炉更结实,屋顶也更精致。我很不舍得离开它,我觉得,谢尔盖和旺达也不想离开。

"谢谢你收留了我们。"旺达对小房子说,就像它是一个人。她拿起篮子走到外面。我们都跟着她出来。

时间一分钟一分钟地在我手指间流逝，像那些银币一样，在变成黄金的同时，本身已经消失。我现在已经很靠近那道门，能听到另一个房间里铁锹发出的声响，那声音听起来十万火急，被同样致命的最后期限逼迫，但我没有允许自己去那边，看他们进展如何。我们一整夜都在忙碌，一刻不停。等到镜面中开始有晨曦闪亮，我仍然不得不强迫自己继续有条不紊地转化银币：我现在头脑发昏，抬头看下镜子就觉得恶心。现在还有一整架银币需要转化，而我跳动的神经做出的本能反应，就是要把所有箱子全部倒空，一下子把它们全都转化掉。我闭上眼睛，收拢双手，让自己休息片刻，再继续工作。

我没有停下来吃早饭，隐约觉得有些感激，至少我丈夫今天早上没来察看我的进度，这已经是我能感动的最大程度了。我全身酸痛，就像自己真的被痛打了一顿似的。但那份恐惧让我一直继续工作。我总是在设想他们会怎样惩罚罪人，具体用什么方式。他们会给小女孩一把刀，指望她割断自己的喉咙吗？还是他们自己动手杀掉那孩子？他们会让小孩亲眼看到妈妈被杀死吗？他们会不会逼迫点点动手？我知道无论怎样，那些星魔都不会留情，这里没有宽容的可能。死人是无法回报恩典的。

在中间储藏室，我接连倒空箱子，转化里面的银币，直到我终于倒空了最后一箱，让所有银币化为了黄金。我把最后一堆金币从桌布上抖掉，摇摇晃晃站起来。镜中天空的蓝色刚刚开始变暗，黄昏将至。最后期限之前，我大约还有一小时时间。我把桌布拖在身后，打开第三座宝库的门。

储藏室几乎已经全空。雪橇在远端的隧道口那里，上面再一次几乎全满，而在隧道口那里，我能看到银币的寒光从冰面一至延续到洞顶。点点和高姬正在河道近端的角落里忙碌，而车夫在另一端。我跑向两名女仆。"去帮他！"我告诉点点和高姬。她们甚至没有点头，就直接跑到另一端车夫忙碌的地方，跟他一起努力。我放下我的大桌布，空手把银币推到上面，变换它们。现在剩下的只是小小一堆，在这个巨大的空间里，简直小到不值一提，相当于蜂蜜罐空了之后，在瓶口残余的一点渣渣。但这可是超级巨大的蜂蜜罐，剩下这点儿渣也必须是金的，不能是银币。

我变完最后一枚金币时，两手都在发抖。车夫已经出去倒了又一车银币在隧道里，他这样做的同时，点点和高姬把最后角落里剩余的银币推到河边堆成一堆，这样等到车夫回来，就能迅速把它们装上去。我把这任务交给她们做，自己走遍储藏室，在所有角落里搜寻任何一线银光，寻找任何可能漏掉的钱币。我的镜子里已经几乎全黑了。

但他们已经清空了房间。我只在墙壁突出的一小块石头上，找到了单独一枚卡在上面的银币。鹿蹄踏响我背后的冰面，车夫掉转雪橇，橇底只有一小堆银币。他们已经把隧道塞得太满，以至于他只能让雪橇倒退到门口，才能有空间把最后一橇银币倒在冰面上。点点和高姬缓缓走向我。我拿起最后一枚银币，举起它，在我拇指和食指之间，金色漫过银币表面，宝库大门恰在此时被用力推开，我丈夫走进了房间。

他脸上本来是严峻的、怒气冲冲的表情，但进门之后瞬间变了样。他张大嘴巴站在那里，瞠视着被搬空的宝库。我本来因为疲惫和劳累已经在发抖，现在硬让自己挺起胸膛，哑着嗓子强硬地告诉他："好啦。我已经把你宝库范围之内的银币都变成了黄金。"

他侧头盯着我。我以为他会极端愤怒；相反，他看似有些迷茫，就好像他完全不知道该如何应对这种情况，也不知该如何面对我。他缓缓转头去看：看到外面隧道里堆积的银币；看到车夫没精打采地站在那里，手挽着雪橇鹿的缰绳；看到点点和高姬都摇摇摆摆，像风中的柳树苗一样；最后他又再次打量我。他缓缓穿过房间，从我手里拿走最后一枚金币，看看它，然后赤手把它折断成两半。

"它可是十足真金的哦！"我冲他叫嚷。

"是的，"他这样说，面无表情。"它的确是。"他又在那里站了一会儿，才终于抬头，不再是失魂落魄的样子。他把两半金币放在突出的小石头上，向我鞠躬，姿势庄重，态度谦恭。"我设定的任务已经完成。我会遵守承诺，带你去阳光照耀的世界，让你可以在你表姐的婚礼上跳舞。请提出你的问题吧，尊敬的夫人。"

这份礼貌让我大为困惑；我本来一直在强打精神，准备跟他吵闹的。但是，我现在只能一脸茫然地看着他。我一个问题也想不出。愣了一会儿，我说："我有时间洗澡吗？"我现在可谓蓬头垢面，因为过去的三天时间里，我几乎一直都处在崩溃边缘，不停地变换黄金。

"你可以随便做各种准备。要多长时间都可以。"他说。这听起来并不是正面回答，但既然他那么确信，我就不想争论了。"请再问两次。"

我看看点点、高姬和车夫，说："我答应把他们自己的白银都变成黄金，用来换取他们的帮助。他们接受了，并且给出了公平的回报。他们现在是我的铁卫了吗？"

"是的。"他说，并向三人微微颔首为礼，就像他完全没有任何障碍，就可以把三名仆人看作贵族，就这样简单。对这件事，那三位接受起来还略微困难一点儿，他们都已经开始准备行大礼，又不得不中途停下，点点直起身来之后，看似突然意识到我们已经大功告成，一切都结束了，她像个木偶人一样全身乱抖，转过身用两手捂住脸，止住了自己的尖叫，那声音一半是痛楚，一半是解脱。

我自己也想坐下来大哭一场。"我有没有时间现在就给他们转化白银呢？"我问。如果有办法，我是不打算再回来了。

"那个你已经问过了，我也已经回答过，"他说，"换个问题吧。"

这还真烦啊，偏偏赶上这次我在努力用光我的问题。"你这是什么意思？"我问，"我去洗个澡，跟转化他们的白银，这两件事怎么就一样了？"

他冲我皱眉。"因为你说到做到，所以我也会这样，而且程度上不会输于你。"他有点儿自我陶醉地说，"如果需要的话，我会动手干预时间之流，这样你就会有任意长度的时间可用。所以现在你就可以去做随便什么样的准备，等你要出发了，我们就出发。"

他略微停留了一下，再次环顾整个宝库，我这才迟钝地弄明白他刚才那段话的真正含义。等到我终于想起发火，喊着："这么说，其实不管多晚，你都可以带我按时赶到那里的！"我这话已经是向空无一人的门洞喊出的了。我估计，单论对这事儿的在意程度，他跟那些石头没什么两样。

我还在瞪着他刚才出现过的地方，高姬有些怯怯地说："但，他本来是做不到的。"

"什么？"我问。

高姬用手比量整个宝库。"你完成了一项伟大的工作，所以他现在才能做到另一件大事回报你。但高等魔法从来都不会没有代价。"

"我把超过一半的财宝都丢进外面隧道里去了，这算哪门子的伟大工作啊？"我有点儿崩溃地问。

"别人向你提出的挑战，本来就是不可能完成的，但你却找到了办法兑现诺言。"高姬说。

"哦。"我说，这才想起另一件事，"你刚才回答我问题了！而且是两个！"

"我现在是您的铁卫啊，慷慨者。"她说，听起来有点惶恐。"您无须再跟我谈交易。"

"所以现在你们会回答我的问题吗？"我说，我还在努力理解这件事，他们三人全都点头。偏偏赶在这个我完全想不出问题的时候。或者说，我其实有很多问题想问：你怎样才能杀死一位星魔国王呢？他有怎样的魔法能力啊？要是他跟某只恶魔单挑，谁会赢呢？但看似说出来不太明智，即便是在这种情况下。当时我只说：

"好吧,既然我现在完全不用赶时间,那么现在,我真的想去洗个澡。然后我就会在出发之前,帮你们变黄金。"

我自己写了给乌尔里希亲王和卡什米尔王子的信,但米纳修斯的确在上面签了名,他甚至不情愿地带我下楼去他的餐桌用膳——在做了一些准备之后。"那个,你两天前就穿过了。"当我从更衣室出来后,米纳修斯尖刻地说。我心跳停了一下,以为他终于发现了我那套用星魔白银打造的首饰,但随后我才意识到,他抱怨的是我的浅灰色长裙,那是我继母的侍女们最得意的作品。是的,我打算多穿一下这件衣服,甚至不用考虑。就算是大公爵家的夫人,也不可能富裕到随便一个日子都换一套礼服的。

但他本人显然是坚持每天都要穿完全不同的衣服,这实在是奢侈过度了,他一定得给自己的顾问们施加魔法,才能避免他们在每次查看皇家支出账目时叫嚷起来。显然,他现在打算让我步他后尘。"你真应该多了解一下税收状况。"我说。而他则皱着眉头翻检我的嫁衣箱,确定我的确只有三件合适的礼服!而且这三件都已经穿过太多次,配不上他的皇后了。

他直起身,瞪着我,突然两手放在我肩上,在他的手掌下面,我的礼服裙自动展开,变成绿天鹅绒配蓝灰色花边的样式,就像一只鲜艳的蝴蝶,挣脱灰色茧壳现出真相一样,披拂的长袖一直下垂到地面，银质流苏叩击地面，发出轻响。他自己穿了套浅蓝色礼服，斗篷有深绿色花边，所以当我们下楼会见朝臣时，衣服颜色很搭。他对我的长相还是相当不满意。"至少你的头发还算漂亮。"他咕哝着，显然很是不满，眼睛盯着我复杂的发辫，他显然以为别人会取笑他选了这样一位新娘。

我已经四年没来考兰宫廷，但在我爸爸餐桌上已经听了足够多的抱怨，知道自己会面临什么。米纳修斯尽其所能，让朝廷变成他自己个性的镜子，当然，立瑟瓦最有权势的那些人，有相当一部分定居都城，而其他人——那些由他选定的朝臣和随员们，全都是相貌出众，服饰奢华。半数女宾身穿无领装，袒露肩膀，尽管外面的窗台上积雪足有一尺厚。所有男士都身着丝绸或丝绒料子的衣饰，跟他本人的装扮一样不适合骑马，但又没有魔法来让自己保持一尘不染，或者随时更换衣服。他们像一群饿狼一样，寻找其他人装扮上的问题，不管米纳修斯选定哪位女孩推到这群人面前，我都会同情她，不管她天生有多漂亮。

但在星魔银光的辉耀下，这些人就变得没那么挑剔了。我们进入大厅时，他们眯起眼睛，从房间的所有角落审视我，一开始他们在窃笑，等他们定睛细看后，就显出困惑的表情，再之后他们就失魂落魄地看着我，神情恍惚，忘记了他们还需要不失礼数地对答。有些男人看我的眼神像恶龙，特别贪婪，就算是在跟米纳修斯本人交谈时，也目不转睛地看着我。在第四个人因为看直了眼被绊倒在王座前之后，米纳修斯自己也茫然地看着我问："是你在迷惑他们吗？"当时朝觐略有中断，因为两位地位完全相当的贵族在跟引荐官争执，都想抢先来朝见我。

我并不特别想让他去思考我是怎样提升自己魅力的这个问题，于是故作高深地侧身靠近他。"我妈妈有足够的魔力，在她去世前给我三个祝福。"我说，而他本能地弯腰靠近来听。"第一样是智慧，第二样是美貌，第三样是——让愚蠢的人完全看不到。"

他红了脸。"我的宫廷里到处是蠢货。"他冷冷地说，"所以看起来，她是把第三项弄反了。"

我耸耸肩。"好吧，就算我在施法，肯定也没有比你做更多。巫师们总是会在生命的尽头失去美貌，不是吗？当他们的法力减退时。我一直都觉得，巫师们一直都是他们在生命尽头时的丑模样，只不过，平时都在用魔法遮掩罢了。"

他瞪大了眼睛。"我可没有遮掩任何东西！"但他以为我在看别处时，还是下意识地用手指触碰自己的脸，就像他在担心，在自己帅气的外表下面，也有个丑恶的魔怪隐藏着。无论如何，这转移了他的注意力。

"这些男的，哪些是你近亲啊？"我问道，为了让他继续分神。他不耐烦地指出五六位表兄弟。他们大多数是先皇那种类型：高大，胡须茂密，靴子肮脏，带着一脸"特别不喜欢穿这么正式来宫里"的表情。他们当然都比米纳修斯年长。他本来就是他爸爸的第二位妻子生的。但还是有一位相貌俊美、器宇轩昂的年轻人，站在米纳修斯姑母的身旁，这位身穿华服的贵妇正在炉火旁打盹儿。这位年轻人显然是妈妈上了年纪之后才生下的娇儿，尽管没有米纳修斯那么俊美，但至少是在穿衣服品位上，向这位沙皇表兄看齐了。而且他个子很高,肩膀也很宽。"他结婚了吗?"

"伊利亚斯吗?完全搞不清楚。"米纳修斯说。但他还算识趣,毕竟站了起来,带我走过去,介绍给了他的姑母,后者马上补足了我们这方面知识的欠缺。

"你爸爸是谁啊?"她特别大声地问我。"厄迪维勒斯——厄迪维勒斯,姓什么?哦,原来是维斯尼亚公爵。"她听到这些,有些怀疑地看着我——我爸爸甚至都不是大公爵?但考虑过一会儿之后,她摇摇头,对米纳修斯说:"够好了,够好了。你早该结婚了。也许下一次,就轮到这位让他的老妈妈喝喜酒了。"她补充说,用戴了戒指的手指捅身边的伊利亚斯。

伊利亚斯躬身吻了我的手,态度相当冷淡,尽管我已经戴了全套银饰,这情况,在他接下来看米纳修斯时就得到了很好的解释。米纳修斯更感兴趣的,是伊利亚斯的宽衣领,上面绣了两只孔雀,头部有小块宝石充当眼睛。"这设计很漂亮。"沙皇告诉他的表弟,后者高兴得容光焕发,又瞪了我一眼,那眼神又凶又充满嫉妒,还有点儿可怜。

"至少,他一定会对你忠心。"当我们回到自己位置上时,我说道。对我来说,这当然不是什么优点。他那位眼神犀利的妈妈坐在那儿,每一位有实力的贵族都会停下来向她致敬——米纳修斯指出来的一半表兄弟都是她的儿子。伊利亚斯看到米纳修斯倒台或许会不开心,但他的妈妈却会乐于把亲爱的儿子送到瓦茜莉亚床上——不管这男孩是否喜欢那地方。我觉得,她或许会把儿子方面的收益当作预付金,补偿侄子被推翻的损失。

"你为什么这样想？"米纳修斯酸溜溜地说，"这地方的人啊，如果没有自己的利益，连五分钟的忠诚都保持不了。"

"但他对你有兴趣啊。"我干巴巴地说。

我以为他会感觉自己受到了冒犯，但他只是不耐烦地翻了个白眼。"他们全都对'那个'感兴趣。"他冷笑道。这在我听来很奇怪，过了一会儿我才意识到，其实这句话我以前听过很多次，但从来都是从女人嘴里说出来，最多的是从仆人嘴里听到的：两个比较年轻的女仆在后楼梯旁边的器物柜里擦银器，这里也是我最容易爬上阁楼的路线。或者就是舞会时，另外一位奶妈跟玛格瑞塔聊天，她陪侍的是一个比我貌美，但是爸爸的权势更小一些的女孩。这句话暗含着的那份反感，跟他贵为帝王的身份不太相符，就好像他也曾感觉到那些饥渴的眼神投在自己身上的分量，曾有那种不得不时刻小心的感觉。

但在他年龄很小的时候，他妈妈就已经因为施行巫术被烧死了，他的哥哥那时候还活着，在朝臣眼中是个前程远大的年轻人。我依稀还记得，他哥哥很像这房间里出没的那些大块头男人。米纳修斯在丧母之后的少年时代，应该是宫廷中的弃儿，一个容貌过于俊美的、被处死的女巫留下的子嗣——直到一场严重的伤寒夺走了他爸爸和兄长的性命，两人相隔一天离世，他本人成了沙皇。也许促使他跟恶魔同谋的，并不仅仅是贪念，还有其他动机，才让他出卖自己，换来这顶皇冠。

如果是这样，我还能对他有一点点同情，但也仅有一点点。他自己的爸爸，还有哥哥，加上迪米特大公爵，他们并不是直接被恶魔当零食吃掉的。米纳修斯是故意制造了他们的死亡，换到了自己的皇冠和舒适的生活。这些都是他出卖所有那些被恶魔残害的人们的生命得到的，自从他让那只恶魔钻进他的喉咙，入驻他的体内。我可以确信这个冷酷的事实，我绝不是这些年来他投喂给壁炉里那只怪物的第一个人，那家伙总在不停抱怨着肚子饿、口渴。

舞会还在进行，我就从自己的位子上站了起来。因为天气阴沉，我说不清太阳到底何时落山。我不想充当怪物的下一餐，尽管米纳修斯已经同意了我的计划，但现在毕竟还没有取得火魔的许可。我不是特别相信他们俩中的任何一个。"我打算在睡觉前到处走走，认识一下宫廷里的人们——除非你又想把我锁在卧室里。"我对他说，故意说得像开玩笑一样。

"行啊，很好。"他非常简短地回答，手捧一杯葡萄酒，心不在焉。他在盯着我，透过舞厅特别不实用的大窗户。新雪正在悠然飘过，投向冰冻的白色地面。

在厨房，我命令略显困惑但乐于从命的仆人们给我做一篮食物。我带了它去觐见区，找到一个空房间，那儿有台竖琴放在众多座椅中间，等着被弹奏的机会。在墙上镶金边的镜子里，我看到了低矮的菜园围墙还有外面黑色的树影，那正是我离开的地方，我跨过镜面，去了林间小屋，挎着那只沉重的食物篮。

这边没有下雪，至少这个瞬间没有，但自从我上次离开，地上又有了新积雪。这儿跟立瑟瓦都一样：雪正在爬上房子侧面。我的脚踩在积雪上层的坚冰上。我站在晨昏分隔线上孤独的菜园里，就在它把房子一分两半的地方。我一时心动，从篮子里拿了一片面包，把它捏碎了撒在雪上。也许这边也有生物，看起来，它们也像立瑟瓦的松鼠一样，并不容易找到食物。

我进门时玛格瑞塔在睡觉，苍老的脸上皱纹密布，头发里闪着一根根银丝。少见的，她两手空闲，放在腿上，就像有人把她的编织活儿拿走了一样。火苗很低，但至少木柴箱还是满的。当我添上新柴，把火搅旺时，她嘟囔说："天还黑呢，回去睡吧，小艾丽。"就像我小时候早上醒得太早，想要起床时那样。然后她醒过来，责备我不该靠近火，坚持要自己烧火泡茶，自己切奶酪和火腿。她一直都不喜欢让我靠近火，也不愿让我用刀，以免有伤到自己的危险。

我又一次躺在小床上打盹儿，一面看玛格瑞塔的编织针在火光里闪动，就像我小时候，在我长大的那个小房间里一样。那个房间靠近楼顶，冬天冷，夏天闷。星魔王国的严寒侵入这个小房子，就像多年前的冬日里，同样的寒冷绕过窗框，透过屋檐钻进我的小房间一样。我还是更喜欢这里，超过喜欢沙皇的宫殿。

第十七章

我那位宝贝皇后午饭之后再次消失,事发地点在厨房和卧室之间的某处。到现在,我已经见怪不怪了。我也不反对她这样做。朝臣中的那帮老家伙,持续多年都在向我说教选对新娘子的重要性,现在却争先恐后地跑来祝贺我做出了明智的选择,尽管这女孩既没有丰厚的嫁妆,也没有重要的政治价值,跟他们推崇的类型完全不一样。这已经够烦人的了,更令人咋舌的是朝中那帮年轻傻瓜蛋们的表现,这帮人居然也蜂拥而来,祝贺我娶到了一位绝世美女,完全无视这位新娘长得像只灰耗子一样,还瘦得像根枯柴。

就连我身边最坚定的厌世派——雷诺爵爷都没能幸免。我本来会信心十足地赌一千个金币,相信他一定能想出极端恶毒的语言来评论我的新婚妻子——自然,他会用骂人不带脏字的隐晦方式表达。实际上呢,他却在夜色渐深时溜达到我的王座前,冷冷地对我说,我做了一个出人意料的精明选择,然后他环顾房间,问皇后哪里去了,那副故作随意的嘴脸让我相当恼火地意识到,这家伙极端渴望再看皇后几眼。

这足以让我纳闷，她提起她妈妈的魔力时，到底是不是在说真话。让愚蠢的人无视她的美貌，看起来更像是一种诅咒，而不是恩典，考虑到贵族中蠢货的超高比例，我有足够的理由确信，妈妈们并不一定懂得好歹，不管歌谣和故事里怎样说。也或许我的直觉才是对的，那份祝福其实跟她说的恰好相反。

但我的姑母费莉佳却是个反证，她绝对不蠢——我之前领教过，需要耗费极大量的魔力，才能扰乱她的判断。她离开之前，让伊利亚斯帮她挪动到我身旁，带着松了一口气的语调对我说："好吧，你的婚姻抉择也跟大多数男人一样，选了个脸蛋好看的新娘，所以好好享受婚床之乐吧，努力在一年之内，让我们有机会参加新生儿洗礼。"而且这是当着伊利亚斯的面，这家伙一直在挖空心思想要爬上我的床，甚至在他想好要去那里干什么之前就已经开始行动了——他写给我的骚扰性歪诗规模简直骇人听闻——反正他站在一旁，貌似随时可能放声大哭。

我想要站起来对他们所有人喊叫，说我妻子不仅不是貌美如花，甚至连丑都丑得没什么特色。她的谈话内容也完全是侮辱、恐吓，加上啰里啰唆的说教，我却没办法无视。而他们所有人都是大白痴，居然以为我的品位会差到这种地步，爱上一个无趣又庸俗的长脸恶妇。我没有服从这个冲动的唯一原因，就是那样做之后，我就得尴尬地向大家解释，我到底为什么娶了她。

"因为我的恶魔让我这样做"并不是一个通常意义上可以让人接受的解释，哪怕你头上戴着皇冠。如果我自己还是同谋，那就更容易招人嫉恨了。

通常情况下，如果我的"朋友"需要进餐，这个过程都持续不了太长时间。我只要捏住鼻子，封锁自己的意识，坚持到惨叫声停息就行了，然后把事情遮掩起来，偶尔向适当的地方送出一份补偿。我的确跟他谈过某些会带来不便的人选，比如贵族，或者小孩子的父母之类的。他并不情愿听劝，但还是做出了一点调整，但究其原因，就是他从前并不挑食。除非我做了蠢事，比如向一名侍女或者识趣的战士露出鼓励其更进一步的笑容，哪怕这事儿发生在大白天，在那种情况下，过几个晚上，我肯定会发现他们的尸体直瞪着眼睛出现在我床上。"你为什么不娶乌尔里希亲王的女儿？"好有道理的问题。他对这种恶行乐在其中——额外的乐趣，是让那些可怜的笨蛋以为自己将会风流快活一整晚，第二天还将得到丰厚的赏赐。我其实很害怕伊利亚斯哪天真的脑袋开了窍，使用贿赂手段潜入我的卧室，我姑母肯定不会满意那样的结局。至于乌尔里希的女儿，如果我真让朝臣们如愿，把我和她推到一张床上，那她事后一定会有很强烈的反对意见，就算之前没有过。

但貌似甜美天真的艾丽娜却毫无问题，她显然有胆一眼不眨地直视燃烧的恶魔化身。回想起来，我本不应该担心她会在朝臣们这里碰到任何麻烦；一个女人，她能有胆子跟火魔谈条件，在明知对方只想吞食她灵魂的情况下还镇定自若，她怎么可能被雷诺之流吓到呢？或者，更重要的是，她当然也不怕自己的丈夫。

我已经能预见到新鲜又丑陋的未来，正在我面前逐渐成形。我将不得不跟她厮守。我那只可恶的恶魔会伸出两爪抓紧她，费莉佳姑母也会很高兴有机会让伊利亚斯跟富裕的公主成婚。我的整个宫廷都已经认定她魅力非凡,而我的大臣们会真心感佩这位肯听他们报告税收状况的皇后,然后皇后就会替大臣们来找我,连续几个小时唠唠叨叨,因为我不能斥退她。所有人都将爱戴她,正如没有人真心爱戴我一样。

哦,从现在快进五分钟,她就肯定会通知我说,她想让这段关系真正兑现,以便她生出一两位继承人来,并得到更加广泛的赞誉。这之后,我将毫无意外地发现,某天早上有把刀刺透了我的胸膛。所有这些,都带着一种恐怖的确定性。我的一生,就是接连遭遇到各种怪物,他们一个接一个任性地把我丢来丢去。我的感知力已经被高度驯化,完全清楚下一轮大餐即将开始的感觉。

现在,又一场大型受虐活动就在路上。我喝掉了半瓶白兰地,眼看着舞厅窗外的太阳渐渐西斜,然后带了剩余的酒回到我的卧室。我完全不知道,仆人们以为艾丽娜这次又遭遇了什么,我也不在乎。如果她很闲,大可以自己去关心她的行为引发的那些流言蜚语。

只不过,我郁闷地意识到,这些流言肯定会不利于我。我将是传说中的恶棍,每晚都把妻子锁在某个密室里,如果等她决定了想要占有我的时候,而我不肯乖乖躺倒被骑的话,我还会成为可悲的、性无能的男人,面对其他人公认的天下第一美女,居然还不能让对方怀孕。

我回到自己房间独处的时候,心情已经十分"美妙"了,更"美妙"的是,我才刚刚喝下最后一口白兰地,那团火就从我颅骨根部爬出来，像提木偶一样把我揪起来。"她去哪里了？"他用我的喉舌发声来质问我，在我的意识和记忆中乱翻，却发现她已经再次逃脱，然后他就狂怒地尖叫，旋转着从我身体里飞出来，浮在空中，像是一条盘着我身体的火蛇。

"你为什么放她逃走？"他尖叫，并且不给我回答的机会。他把刀子一样的火焰塞进我的喉咙，我的惨叫声还没有出口，就被烧成了热气，然后他把我丢在地上，用火焰鞭疯狂抽打，每一下都让我的皮肤一阵剧痛。我毫无办法，只能承受。幸运的是，他把我推倒时，我是后背着地的：我早就发现，如果让眼睛盯紧房顶周围曲折的装饰线的话，疼痛会更容易忍受一些。恶魔今天的体力很足，我都已经把装饰线看过五圈，他才住了手，带着余怒把我抛在壁炉前的地面上。他盘屈着钻进噼啪响的火焰里，没好气地问我："什么交易啊？"所以，他已经从我脑子里找到这点信息了，尽管这并不能阻止它先把我毒打一顿。

只要身体稍微一动，我就会痛苦不堪，我的喉咙感觉已经血肉模糊，像喝了碎玻璃一样，但当然，这些感觉并不对应任何实际损伤。恶魔貌似始终感觉有必要遵守最初的约定，要给我美貌、皇冠和法力，不论环境如何变迁，我估计，把我打到遍体鳞伤并不符合约定。但这么多年来，他已经越来越擅长给我留下重伤未愈的感觉，而无须真正留下任何伤痕。

"用星魔族的国王，来换她本人。"我说，而我的声音听起来完全正常。我付出了巨大的努力，才让自己声音不发颤，这只恶魔喜欢眼泪和苦难，所以我尽可能不制造它们。我最不想要的，就是让他有兴趣继续折磨我。这些天来，我变得更像一个容易得手但极端无趣的目标，而不是令人兴奋的玩具。我已经找到了那条中间路线，不是他喜欢的奴颜婢膝，也不是会惹他暴怒的正面挑衅。之前已经有将近一年，他都懒得殴打我了。我是说，直到这个宝贝艾丽娜登场。如果是其他人惹得他丧心病狂，而我又是最近处可以攻击到的目标——我势必成为这个角色，那种情况下，我还真是没有什么办法可想。

我真的是完全不想多招惹他，但艾丽娜的提议影响极大：那只恶魔一下子从壁炉里冲出来，像只陶醉的猫咪一样盘在我身上。他的火焰还会烧到我的皮肤，但那只是意外，他不再故意伤害我。毕竟，我还是无法保护自己免受火舌的侵害，它们对我的衣服带来的损害可是实实在在的。我之前强调艾丽娜不能两次穿同一件礼服时，她非常轻蔑地表示不满。我估计她是宁愿对穷人们施予小恩小惠，或者去赞助某地一群啰唆的僧侣，这更符合她尝试对我灌输的"比你更高尚"系列处世哲学。但我实际上是费了很多心力，才给自己塑造了尽人皆知的"从不穿着同一套衣装"的声誉。我最不希望别人查问的，就是我喜欢的那条裤子哪里去了，或者我三天前穿过的昂贵皮靴为什么没再出现过。我宁愿别人把我当成挥霍无度的人，而不是黑魔法师——而如果我不让皇后跟自己保持一致的话，也会显得很奇怪。

"怎样做呢？"恶魔在我耳边问，火焰的尖爪扒在我肩膀上，他一用力，剧痛就传遍我全身。我咬住牙关，忍住一声哀号。如果我不激发他的兴趣，他很快就会放手的。"她打算怎么把国王交给我啊……？"

"她不肯说明更多的细节。"我吃力地挤出回答,"她说,是那个星魔国王让冬天延长的。"

恶魔喉咙里发出长长的吼叫声,又从我身上爬走了,他在地毯上留下冒烟的印迹,爬回到壁炉里。我闭上眼睛,呼吸了几下,才继续讲述。"她肯定在有些事情上说了谎,但她的确是藏到了某个神秘的地方。"我说,"而且春分以来,已经有过两次暴风雪,这的确不像是纯粹的巧合。"

"是的,是的。"他自言自语地噼啪响着说,一面无聊地啃一根木头。"冰魔王把那些人锁在积雪之下,小丫头逃去的地方我无法到达……但她真能把国王带给我吗?"

我尽管不怎么相信艾丽娜过于自作聪明的解释——我一秒钟也不曾相信她会把我的利益放在心上——但她的确说出了一些很好的理由。"就算她做不到,尝试一下,对我们也没有损失。"我说。"如果她真的做到,你确信能打赢他吗?"

他发出了那种火星四射的狂笑。"哦,那会平息我的焦渴,我能喝到畅快淋漓。"他咕哝着,"我只要他能被定住就好!用一条银链捆紧他,用一个火圈抑制他的神力……带他来,给我!"他向我嘶鸣。"带他来给我,再做好所有准备!"

"当然,她需要你的承诺。"我说。艾丽娜看似非常急于得到邪恶生物的承诺,尽管她很精明,又爱假作虔诚,但话说回来,她显然是认定了我是跟这只妖怪达成了交易才得到了皇冠,这样看来,妖怪是挺讲信用的,我毕竟是坐上了皇位,其间甘苦自知。在我自己看来,我其实是个反面教材,告诉大家许愿的时候务必小心。

"行啊,行。"恶魔说,"她会成为头戴金冠的皇后,不管她想要什么都能得到,只要她把那国王带给我就好!"

我猜的完全没错:我真的是有生之年都要陪伴这个令人"愉快"的宝贝艾丽娜,这件事从头到尾,似乎我都无权置喙。

我的小艾丽娜一早就回去见那个恶魔。我整晚都在编织,感觉时间过得太快。她走了以后,我用两手抚摸那些羊毛,手指头抖得厉害,干活的时候反倒没这样抖。我编织了花朵和藤蔓,这是适合婚床用的床罩,在我看来,每当我闭上眼睛,它们都会自动完成,进度比我的手还快。我把沉重的床罩盖在腿上,坐在火前睡着了,直到门关上,艾丽娜的手再次搭在我肩上。"小艾丽,你吓到我了。已经又到晚上了吗?"我问。

"还没有。"她说,"事情谈妥了,玛格瑞塔。他会放过我,接受星魔国王来取代我。来吧,我们马上就要出发去维斯尼亚。我们必须在两天内赶回那里。"

我跟她离开的时候,把编织活儿放在床上。或许其他人哪天会来到这座房子,用到这件东西。我没有争论。这一刻,她的脸上是她爸爸的样子,尽管她自己没有察觉,我知道跟这样一个人争论没有用。他当年出现在老公爵书房里的时候就是这样,把艾丽娜带去教堂跟沙皇成亲时也是这样：他一旦踏上自己选定的道路，就会一直向前，哪怕有其他岔路，也不会改变计划。她现在看起来和她爸爸完全一样。

我只希望再也不要这么冷了，她带我离开那片森林，回到皇宫。这个房间到处都是明亮的镜子，静悄悄的，放了把金色的竖琴，但无人弹奏。外侧窗台上堆着厚厚的积雪，这个黑暗的房间里也没有生火，没有地方可以暖手。现在也没有机会去找生了火的壁炉。我们走出房间时，整座房子都忙得发疯，仆人们在厅堂里快步奔走，但他们看到艾丽娜的时候不会跑，而是停下来向她鞠躬。她向每个人询问他们的姓名，等人离开了，她会把名字重述三遍——她爸爸也用这个办法，每次有新人加入他的军队他都用这个办法记住那些名字。但清洁女工和下等仆人对她能有什么用呢？她要面临的，是恶魔跟凶神之间的战斗啊！

我跟着她去了院子里。御用雪橇已经准备完毕，镶金的框架，新刷了白色油漆，或许是当天上午刷的。沙皇站在雪橇旁，身穿黑色皮衣，上配金色流苏，戴着红羊毛和黑色毛皮搭配的手套；哦，这个虚荣的孩子，他的眼睛在盯着我家姑娘，我又不能让她再躲起来。

"奶娘，沙皇是个黑魔法师。"她当时就对我说过：那年她才十岁，头发已经像一条黑色河流，我用银梳为她梳理，我们一起待在沙皇宫中的一个小房间里。

"沙皇是个黑魔法师。"她就是这么说的，平平淡淡，咬字清晰，就像这件事任何人在任何时候都可以说，不会带来任何后果；

就像一个女孩可以在餐桌上对全体朝臣这样说；就像她刚洗完澡跟自己的奶妈说一样。这女孩只是一位公爵家的小姐，而且她后妈已经肚子鼓起，怀孕了。

但情况比那还要糟：我用刷子拍了一下她的脸颊，告诉她不许乱说这种话，她用手捂着脸，脸红了一下，很快又消退了，她却瞪着我，认真地说："但我说的是实话。"就好像这事儿很重要似的，然后她又说："他在到处放死松鼠吓我。"

我们那次在考兰城期间，我没有再放她去过花园，尽管她的皮肤变得更苍白，整天坐在火炉前帮我纺线，表情变得无聊又疲惫。我用纺好的线轴贿赂每天清洗我们房间地板的女仆，让她告诉我什么时候沙皇离开餐桌：她是从她姐姐那里知道的，她姐姐比她年长两岁，被允许端盘子。为了得到上好的毛线，端盘女仆愿意在拿走沙皇的餐盘之后跑上半截楼梯，告知她的妹妹，然后这位清洁女工跑到阁楼上我们的房间，转告我们，只有那时，我才带艾丽娜下楼，在餐具被撤走之前的最后几分钟，赶紧吃点儿冷饭。

我们这样坚持了七个星期，每一天都很艰难，因为沙皇总是很晚上桌，在那儿耽搁很久；但每天上午，我们又冷又饿地在楼上等着的时候，我都会替艾丽娜刷头发，直到清洁女工跑来，告诉我们他已经离开。每天傍晚，我都让她替我梳羊毛，梳好后一把一把递给我，直到楼下安全了，我们才能下去吃点儿剩饭。

最后有一天上午，身体消瘦、脸色苍白的她从椅子里冲了出去，跑到窗前：冷风吹起，外面出现了当年第一次霜冻。她叫嚷起来："冬天都要到了，我想出门玩儿。"然后他就哭起来。我心都碎了，但我已经不再是不懂事的年轻女孩，害怕被永远困在一道门后面。我已经知道，门就是安全；我知道门不会永远关闭，所以我还是不许她出门。那天傍晚，她爸爸的仆人来了，爬了好多段楼梯之后很不耐烦，因为她爸爸没能在餐桌上找到我们。他没好气地对我们说，路面已经冻硬，我们明天一早就可以出发回家了。他离开之后，我感谢了所有圣徒。

我用七周的耐心，为她赢得了七年的安全，这代价并不高昂。但当我看到沙皇用冷如岩石的眼光看她时，我又感觉一切努力都白费了。七年已经过去，过得太快，我已经没有办法再用一扇门把他阻挡在外。某个比我更强大的力量已经硬把门推开。他伸出戴着手套的手，而艾丽娜放开了我的胳膊。她轻声对我说："去跟卫兵们乘坐同一架雪橇，奶娘。他们会照顾你的。"

他们都是年轻人、士兵，但她还是说对了。我是个老太婆了，白发苍苍，我的女主人又是他们的皇后。这些粗鲁的大男孩扶我攀上雪橇，给我盖了好几层毯子，在我脚边放了暖炉，还亲切地叫我婆婆，或者老妈妈，除此之外，他们并不会特别注意我。他们在聊维斯尼亚适合喝酒的好地方，轻声埋怨公爵家的伙食不够慷慨。他们以为我睡着了的时候，就会聊些关于女孩子的事儿。

他们纷纷揶揄其中一名卫兵，这是个身形高大的年轻人，留了小胡子，很帅气，足以让好多女孩为他痴迷不已。他没有说起过任何女孩，直到另外一个人笑着说："行啦，你们别烦帖木尔，我知道他的心在哪里：在皇后的珠宝盒里。"他们全都在笑，但适可而止，并没有一直逗他。我坐直身体打哈欠，让他们相信我之前确实在睡觉。我看清了那个年轻人的表情，他的眼睛里像是中箭受伤一样痛苦。他在朝赶橇人的前面看，遥望远处飞驰的另一辆雪橇，我也能看到艾丽娜的黑头发在她的白皮帽下面飞扬。

一路上，米纳修斯都尽量避免跟我说话，他的表情已经幽怨到了最大限度。"随您的便。"我告诉他我们应该马上出发去维斯尼亚时，他简短地回答，"那么这位星魔国王具体要在什么时间现身呢？我并没有无限量的耐心可以消耗，我相信你也清楚这个。"

"明晚，在维斯尼亚。"我说。

他表情难看，但没有争执。在雪橇上，他把我安置在身旁，然后就望着别处。中途我们停在又一位贵族的家里稍作歇息。这位贵族的全家人都出来向我们鞠躬致意，葛布琉斯亲王本人也在其中，他满头白发，神情傲慢。他曾跟老沙皇并肩作战，自己也有一位孙女在竞争皇后的宝座，所以在我刚被引见给他时，他有足够的理由显出反感，但当他盯住我看了一会儿之后，这反感就消失了，他握住我手的时间稍显过长，随后低声说："尊贵的皇后。"鞠躬的幅度也有点儿过。

整个晚餐期间，米纳修斯都带着怒气和绝望看着我，就像这件事已经快把他逼疯了，他完全不明白世上其他人究竟在我身上看到了什么。"不，我们不打算在这里过夜。"他在饭后极其粗暴地告诉亲王，几乎是硬把我拖到了雪橇上，我猜这表现很像是吃醋。他用力坐在座位一角，我们上路之后，他总是迅速地、一半不情愿地看我，就像他以为这样就可以出其不意地捕捉到我的神秘美貌，以免让它总是逃离他的眼睛。

过了不到一小时，他突然在森林里叫停，命令仆人给他拿画具盒来：这是一件精美的工艺品，由黄金和木料做成，展开就可以变成小画架，里面还有一本纸质精良的图册。他挥手让雪橇继续前进，自己打开了那本图册。他翻面的时候，我瞥见其中的一些内容，设计稿、装饰图，还有人脸肖像跃入眼帘，其中有些人面容娇美，而且脸熟，是他宫廷里的常客，但在有一面上闪过另一张脸，怪异又可怕。那甚至不是一张脸，我在它消失之后才想到，它只是分散开的几片阴影组成的，像烟火的幽魂，但那样就已经足以让人心生畏惧了。

他在接近末尾处翻到一张白纸。"坐直了，看着我。"他严厉地说。我照办，没有跟他争，自己也有点儿好奇。我也想知道，当人们看我画像的时候，那魔力还会不会保留。他画像的动作迅捷又自信，更多的时候只看我，不看纸。即便在雪橇飞驰中，我的面目还是很快出现在他的画纸上，他画完以后，盯着画像，然后怒冲冲地一把撕下来，举给我看。"他们能看到什么？"他质问道。

我接过那张纸，头一次看到自己戴后冠的样子。他在这页纸上仅用了少数线条，但在我看来，却比我在任何镜子里看到的形象更像我本人。他并没有刻意丑化，尽管也完全没有美化我的意思，他是用多个独立的部分组成我的形象的：薄嘴唇，瘦脸颊，浓眉毛，跟爸爸一样的短鼻头——仅有的区别是没有被打断过两次，还有我的两只眼睛，其中一侧略微高了一点点。我的项链被画成喉咙位置的一条弯线，后冠在头上，两根辫子搭在肩头，线条中表现出了它们的重量和浓密程度。这是一张普通的、不算漂亮的脸，但肯定是我的脸，而不是其他人的，尽管纸上仅有少数线条。

"是我本人。"我说着，把纸还给他，但他不肯接受。他在看着我，正在落山的太阳把他的双眼染红，随着太阳深入地底，他身体前倾，用烟一样的嗓间对我说："是的，艾丽娜，他们看到的是你本人，甜美又清冷，就像冰一样。"这语调透着谄媚，显然没安好心，"你会遵守诺言吗？把冬日国王带给我，我就会让你成为夏日女王。"

我两手握紧，画纸被捏得变了形，我回答之前先稳住语调。"我会带你去见星魔国王，让他暴露在你的法力之下。"我说，"而你要发誓不再打扰我，也不再打扰所有我爱的人。"

"好的，好的，好的。"恶魔说，听起来似乎有些不耐烦。"你将得到美貌、权力还有财富，三者全有。一顶金冠，还有高耸的城堡；我会给你一切想要的东西，只要快快把他带给我……"

"我不要你的其他承诺和礼物，而且我已经有了一顶后冠和一座城堡。"我说，"我会带他到你面前，是为了打破这反常的冬天，为了立瑟瓦王国，但我个人的愿望我会自己做主，你只要别打扰我和我爱的人们就好。"

他并不喜欢这个回答。我从画册里瞥见的那个形象，那个恐怖的阴影，皱紧了眉头透过米纳修斯的面孔看着我，我内心挣扎着，坚持不畏缩。"但你要得到什么呢?我要给你什么作为回报呢?"他抱怨似的说,"你愿不愿意接受永葆青春?或者,或者亲手使用火魔法的能力?还有蛊惑人心,令他们服从你的法力?"

"不要,不要,全都不要。"我说,"我什么都不接受。这样你就拒绝吗?"

他发出恶心的嘶嘶声,姿态很不正常地蜷缩在雪橇座位上,把米纳修斯的腿收到身前,胳膊抱住膝盖。他的头左摇右摆,像火苗在木柴上摇曳。他咕哝着:"但是她会带他来……她会带他来到我面前……"他再次瞪着我,两眼血红,嘶吼着:"我同意!我同意!但如果你不能带他来,我还是要饱餐一顿,吃掉你和你爱的所有人。"

"你再威胁我一次,我就带上他们一起去星魔王国里住。"我说,这纯粹是虚张声势,"你就会在没完没了的冬天里继续挨饿,直到你的食物全都消失,你的火苗减弱成余烬,变成死灰。明晚你就会得到你的星魔国王。现在你马上离开,到时候再回来。我讨厌你甚至超过讨厌他,这个已经很能说明问题了。"

他还在对我凶,但我的威胁或许蒙到了他害怕的点,也可能他也不喜欢面对我,总之他缩进米纳修斯身体里,像一颗火星渐渐消失,红光消隐。米纳修斯喘息着身体后仰,靠在软垫上,两眼闭合,直到他呼吸渐渐平静。他恢复正常以后,转过头来盯着我。"你拒绝了他。"他对我说,像是有些生气。

"我可不傻,怎么会接受恶魔的礼物?"我说,"你以为他的魔力从哪里来的?那些东西,都是要付出代价的。"

他大笑，声音有些尖利刺耳。"没错，窍门呢，就是让别人替你付出代价。"他说完，冲着前方的赶橇人喊道："考什克！找座房子停下，我们好过夜！"然后他又一次靠在软垫上，一手捂着脸。

他坚持要重新上路的时候并没有冷静考虑过，我对他的恶魔发表激情演说时也一样。现在唯一能找到的住处，是一位贫穷小领主的家，条件要比在葛布琉斯亲王那里借宿差很多。自然，领主让出了自己的卧室给沙皇和皇后，里面有张床，周围的布幔很厚实。但其他人都塞进房子里来，还真是为难。天又变得特别冷，冷到所有牲畜都不能放在露天里。也没人能在外面睡觉，马厩本来就小。这也意味着有些仆人要在我们房间的地板上睡觉，所以我没办法逃跑，尽管恶魔今晚不来，但我的丈夫还在。

我的新婚之夜发生了太多丑陋、怪异又恐怖的事情，以至于我都忘了跟一个陌生男人上床的常规恐怖。让我略微宽心的是，我可以告诉自己他并不想要我，且不管同床而卧本身有多么令人不快。当仆人们开始服侍他脱衣服，他发现我还没消失，他看床的眼光，也是一脸的听天由命。随后，蜡烛吹熄，我们身体僵硬地并排躺着，床幔在周围环绕，冬天的寒气还是会透进来，尽管有墙壁和炉火。他郁闷地长出一口气，转身朝向我，嘴闭得紧紧的，像是要上刑场的死刑犯。

我双手抵住他胸膛，阻止了他，在暗红如玫瑰的光线里看着他，我的心跳突然开始加剧。"怎样，我亲爱的妻子？"他苦涩地问，声音太大，这份略带嘲讽的假温柔，显然是演给我们的听众的。我也才意识到,他还是想要得到我。我无法思考,脑子一片空白。外面有四位仆人旁听,如果我说不要,或者我说现在还不行,又被他们听到的话——他的手已经掀起我的睡裙,把它撩过我的大腿,他的手指开始抚摸我的皮肤。

这让我吃惊不小,全身止不住发抖,我的脸颊又红又热简直难受。我故意大声说"哦,我的爱人!",同时两手放在他胸前,用尽全身力气,把他从我身上推开。

他没料到这个,本来也只用胳膊支撑身体,所以就倒了回去,他带着几分怒意撑起身体,尽管刚才也是一副视死如归的表情要做这件事。我靠上去,轻声对他说:"摇床!"

他瞪着我。我已经开始自己在床上动,足以让那些老木头发出咯吱声,给他演示该怎样做。他带着有些茫然的表情加入,直到我时不时叫唤一两声,做给观众听。他突然抓起一个枕头,把脸埋进去,没出声,但笑得浑身发抖。他抖得太凶,我一度以为他又被恶魔控制了。

他突然就开始哭,声音掩饰得太好,最开始,我在床幔里边都没听到,直到他不得不停下来吸气时我才察觉。如果房间里其他人听见他的声音,并不会发现什么破绽来怀疑我们的小剧场表演,他只是偶尔发出那种呻吟,其他声响都隐藏了。

我坐在那里,像个木偶一样一动不动;我不知道该怎么办。我不想有任何感觉,一开始我只是反感这件事,他居然在我面前哭,就好像指望我会关心他似的。但我以前从来没听过别人哭这么惨。我以前害怕过,受过伤害,也曾经难过,但我天生就不会这样哭。

如果他把我投喂给那只恶魔，他就会给我带来大量的恐惧、伤害和哀伤。也许，他本人也在这样被慢慢吞噬。

这只能怪他自己，我会这样说。我也的确这样对自己说了，恶狠狠地，一遍又一遍。我坐在那里，他的身体在我身边逐渐放松，像雪渐渐融化，直到他疲惫极了，像软瘫一样地安静下来。但我还是为他感到难过，尽管我不想这样，就像他在用魔法从我身上召唤同情心一样。我坐在那里，膝盖蜷在睡衣下面，两臂紧紧抱着它们，努力让它们贴近身体，直到我想起，或许他已经睡着了。我冒险绕过他的肩膀看去：他两眼还睁着，黯然无神，但那血红色已经在渐渐消失。他闭上眼睛，脸在枕头里埋得更深了一些。

第十八章

我原本担心，周围全都是冰天雪地，在我们离开那座房子以后，斯特潘和梅瑞姆的妈妈路上会走得很艰难。但实际上，雪已经被冻硬了，我们不会陷下去。只有谢尔盖陷过，而且是两次，我们帮他把身上的雪拍掉，以免化在身上让他着凉。而且，野路没有走太久，算上谢尔盖掉进雪里的时间，我们大约也就走了半小时，谢尔盖突然说："我觉得，我好像看见大路了。"他说的没错。我们已经走出树林，旁边出现一条河，冻得硬硬的，大路就在河边，雪面上已经有橇痕。

这天剩下的时间里，我们沿着大路向前走，路旁总有房屋和村庄。它们越来越密集，因为我们在靠近维斯尼亚城，梅瑞姆的妈妈这样说。我不明白，怎么会在距离我们这样近的地方，有那么多的房子。之前我们明明离大路那样远，那样深入森林，然后才找到那间小屋的。奇怪的是，我们在那里从未听到过任何人声，谢尔盖出去找木柴的时候，也没遇见过一个人。但眼前这些房屋和村庄都真实存在。一开始见到外人，我还有些害怕，但没有人特别注意我们。天快黑的时候，梅瑞姆的爸爸让我们在路边等，他去了前面一座房子里，那是一座农舍。他回来时带了一篮食物，说给了那里的人钱，对方允许我们晚上睡在畜棚上层。第二天我们走完了剩余那段路，到达维斯尼亚城，最后一天只走了几个小时。

我本来以为，维斯尼亚应该跟我们的村镇没什么两样，只是更大一些，但其实，这城市更像一座巨型房子。我们能看到的部分只有一堵墙，左右都延伸到你能看到的最远距离。它是用红砖砌成的，但盖得那么高，根本看不到墙里面。墙上也没多少窗户，只在最顶上留了很小很窄的窗，看上去特别小，里面的人恐怕得侧着脸贴上去，才能用一只眼睛往外看。仅有的能通行的门在大路尽头，它那么大，就连四匹马拉的雪橇装满了羊毛，也能直接进去。

没有其他路能到那道墙附近。墙根底下有人挖了一条大水沟。现在已经满是积雪，但我们还是能看出它，因为那里的积雪更低。雪里面还有些尖桩子冒出来，那些都是被砍掉枝条的大树，上头削尖了埋在土里。看上去，他们根本不想让任何人进城，永远都不让进。

但城门口还是有好多好多人等着要进去。我以前从来没见过这么多人。他们沿路排成长队，像一群首尾相接走路的鸡。当我们接近到足以看清那么多人和那道墙时，我靠近谢尔盖，斯特潘悄悄把他的手伸进我手里，握住不放。他有话憋着，直到我低头靠近，他才凑到我耳朵边小声说："我们不能回到那座小房子里去吗？"

但是梅瑞姆的爸爸看上去并不担心。"今天看来要等好长时间了。"梅瑞姆的妈妈说,"一定是有大人物来拜访公爵。看,他们在让所有人让开城门,等着大人物到来呢!"

"我听说了,是沙皇要来。"在我们前面排队的一个女人回过头来说。她穿了一件挺好的羊毛外衣,棕色,绣了花边,头上裹了条红围巾,胳膊上挎了个篮子。她的儿子高高的,不爱说话,耳后卷发的样式跟曼德斯塔姆先生一个样,所以他们应该也是犹太人。

"沙皇!"梅瑞姆的妈妈说。

另外那个女人点了点头。"他娶了公爵的女儿,上星期的事儿。这么快就回来探亲了!我希望这不是什么坏兆头。"

"那可怜的女孩一定是想家了。"梅瑞姆的妈妈说,"她多大了?"

"哦,她反正大到可以结婚了。"那女人说,"去年来城里的时候,我妹妹指给我看过她本人,当时她跟她的仆人们一起走着。要我说,她长得也不怎么好看,但是他们说,沙皇却对她一见钟情。"

"这个嘛,可能就是心有灵犀。"梅瑞姆的妈妈说。

我从来没听过她跟别人这样聊天。我以为她们以前一定认识,但过了一会儿,梅瑞姆的妈妈问:"你在城里有亲人吗?"那女人说:"我妹妹住这里,还有她丈夫。我们在海姆斯克经营农场。你们是从哪里来的?"

"我们来自港镇。"梅瑞姆的妈妈说,"离这儿一天路程。我们是来参加婚礼的,我外甥女,贝茜亚。"

那女人开心地叫起来,抱住她的肩膀。"男方是我外甥艾萨克!"她说。两人互相亲吻脸颊、拥抱,之后她们就开始聊其他人的情况,那些人名我都不熟——她们就这样自然而然地成了朋友。我不太懂,这么多人排长队,她俩怎么就那么容易碰到了一块儿。这看起来像魔法。

我们等了好长时间。我本以为,站着不动总比赶路容易,但实则不然。那女人篮子里有吃的,她坚持请我们吃一些,我篮子里也有一些,于是我们全部拿出来分享。我们抹掉路边树桩和石头上的雪,这样至少能坐一会儿了。

我们吃东西期间,身后地面上开始传来有节奏的马蹄声,又有铃铛声隐隐传来。有士兵从城门里出来,把人们从路面上赶开;他们来到我们面前时,凶巴巴地让我们站起来,准备鞠躬。他们腰上挎着刀剑——是真的刀剑,不是玩具。我们站着又等了好半天,铃铛声越来越响,突然就来到了我们身旁。我看到黑马身上有红黄装饰,还有一架长而低的雪橇,线条很夸张,金光闪闪,有个头戴银冠的女孩坐在里面。他们太快了,所以转瞬之间就已经过去。那架大雪橇进了大门,进入城市里的巨大建筑之间就消失了,始终没有减过速。"是皇后,是皇后!"我听到有些人叫嚷,但我们都忘了鞠躬,直到他们离开,我们再鞠躬,又太晚了,但这也没关系,因为还有需要鞠躬迎接的人:好多雪橇,载满布袋、箱笼和人,这么多人足够组成一座村子了,全都跟在沙皇后面,就像他不是一个人,而是所有这些人的总和,就像是很多人组成了一个角色。

等他们终于全都走了,整个沙皇的队伍都进了城,士兵们才开始放我们这些人通行。我们等这么久,就是为了让沙皇进城的时候不必等候。我们身后的队伍比前面还长。但一旦他们开始放人进城，我们只花了大概半小时，就来到了门口，而之前已经被迫等了好几个小时。我已经受够了干等，我只想快点到门口，但斯特潘走得很慢，慢到后面的人开始踩我们脚后跟，很不耐烦。他在看城门。

"要是我们再也出不来了呢？"他问我。

我不知道答案。我们靠得更近，我发现人们不是直接走过门口，带剑的士兵们在问他们问题，还会做记录。我突然感到害怕。要是他们问我们是什么人，来自哪里，来这里干什么，那该怎么办？我实在不知道该怎么回答这些问题。

但曼德斯塔姆夫人伸手握住我的另外一只手——斯特潘没有握住的那只，轻轻挤了一下，小声说："你只要不说话就好。"当我们来到门口时，曼德斯塔姆先生对一个带剑的男人说话，接着我看见他给了那人一枚银币，那人说："好的，好的。"然后，他就挥手让我们进城了。

我当时特别高兴，悬着的心放下了，放松下来一直走，什么也不想，就到了城里。那墙太厚了，要走二十步，才能从门洞开头走到末尾。我们向前走的路上，周围的声音越来越大。我们到了墙的另一边，天空重新出现在头顶，我们周围都是其他建筑，就好像城市也把它们吞进了肚子里，像吞掉我们和其他所有人一样。

斯特潘停下来，两手捂住耳朵，不想再去任何地方。我碰到他的时候，发现他在发抖。曼德斯塔姆夫人说："别急，我们离开这些繁华街道，周围就会安静一些了。"但他还是动弹不得，最后谢尔盖说："振作点儿，斯特潘，我背你走。"谢尔盖已经很久不这样做了，只在斯特潘很小的时候才背过他。而现在的斯特潘真的已经年龄够大，他的腿，还有曼德斯塔姆夫人送他的那双靴子，都在谢尔盖身边耷拉着轻轻摇晃，但他把脸埋在谢尔盖背上，一路上都没有抬头看过。

赶路并不容易。街道已经堆满雪有段时间了，为了方便通行，他们把雪从路的中央推开，在街道两旁堆出两道雪墙，上面挖出洞来通往每座房子的门。街道本来就不是很宽，昨天又刚下过雪，现在，道旁的雪墙已经比我们的头还要高，路上有些雪堆不到墙上去，跟泥土混在一起变成黑色，一半结冰，在我们脚下打滑。到处都有大房子，全都紧挨在一起，两边都没有空地。而且那房子特别高，我觉得它们像是探到街道上空，俯视着下面的我们。你无论往哪边看，到处都是人。就没有看不到人的地方。

我们跟着曼德斯塔姆夫人走。她对这里很熟。我不知道她是如何做到的。她每次转弯的地方，看上去跟其他转角都没有什么不同，但她还是走得沉稳自信，就像完全不用犹豫在哪里应该转弯，而她的确都选对了，因为我们最终来到又一道大墙前，这道墙没有第一道墙那样厚，上面也有一道门，还有两个人带剑把守。曼德斯塔姆先生也给了他们一枚银币，他们就让我们通过了那道门。我本以为现在是要离开城市了，但在这道墙后面还是城市。只是在这片区域，我们周围所有人都是犹太人。

除了梅瑞姆一家，我以前从未见过其他犹太人，仅有的例外是排队的女人和她儿子。现在，周围突然全都是犹太人，这感觉很怪异。我觉得，梅瑞姆不得不去星魔王国时，她的感觉可能跟现在的我类似：突然之间，你周围的人们都彼此相像，但所有人都跟你不一样。我想，梅瑞姆以前的处境其实也是这样。她在我们镇上，一直都是这种感觉。所以，或许这类转变对她来说也没那么怪异。

我在想梅瑞姆的事，想知道她现在怎样，我也是这时才意识到，曼德斯塔姆夫人是来找梅瑞姆的。我停在了街上。我之前都没问过他们为什么来。我在森林里见到他们和斯特潘，太高兴了，所以我心里只能容纳高兴，而没有容下任何疑问。但当然，这才是他们来城里的原因。她来找梅瑞姆，但梅瑞姆却不会在这里。

我必须继续走，因为曼德斯塔姆夫人还在向前走，如果我们走散了，谢尔盖、斯特潘和我将不知道该做什么。我不知道怎样离开这座城市。身在城里的感觉，就像进入了一座有上千个房间的大房子，所有房间的门还都一模一样。我们穿过一座又大又吵的市场，这市场在广场里，到处是买卖东西的人，然后我们转弯走上另外一条街，跟市场相比，这里算是安静的，但要跟森林里比，仍然很吵闹。很快，周围变得更安静，房子变大变宽，有很大的窗子，装了大块玻璃，这里的雪堆得更整齐一些，通往房子的台阶也都扫干净了，并没有雪。最后我们来到一座很大的房子前，这里有道拱门，还有院子，门口栓着马，好多人搬着东西走来走去，很忙碌的样子。

梅瑞姆的妈妈停在那座房子台阶前。她挽着曼德斯塔姆先生的胳膊。她的丈夫抬头看了下房门，我感觉他并不想走进那座房子，但随后他们就一起走上台阶，她回头招呼我们："一起来吧！"我们跟在他们后面，也进到里面。"瑞秋！"一个女人叫道，她的头发已经多半变成灰色、银白和纯白，我觉得她的五官跟曼德斯塔姆夫人很像，她们两人已经在拥抱亲吻。我心里想，这一定是梅瑞姆的姥姥了。梅瑞姆的妈妈也有妈妈健在。"还有约瑟夫！好久不见。进来，快进来，把厚衣服脱掉吧。"她说着，亲吻了曼德斯塔姆先生的脸颊。

我本来担心，曼德斯塔姆夫人会马上向她打听梅瑞姆的事，但并没有。更多的女人从厨房出来，她们互相问候、聊天，声音很吵。我一开始以为她们只是语速太快，所以我听不清楚，但随后才发现，她们说话用的有些词儿我完全不懂，又夹杂着我能听懂的词。这让我突然想要离开，想回到森林里那座小房子里去。原先坐在曼德斯塔姆夫人家里，吃掉梅瑞姆餐盘里食物的时候，我曾在心里悄悄想过——我不是有意的，但我也想过，或许我可以偷偷取代梅瑞姆的位置。现在我觉得，我以前根本就没有真正了解梅瑞姆的生活。我只看到其中一部分，远不是全部。这里也是梅瑞姆生活中的一部分，却完全不适合我。我根本就不喜欢这地方。

要是我知道该去哪里，我当时就会离开了。谢尔盖在我身旁，斯特潘从他背上下来，缩起身体靠着我，头贴在我身上，撩起我的围裙遮住脸。他们会愿意跟着我一起离开。但我们根本不知道该去哪里。这时我听到了自己的名字。曼德斯塔姆夫人把她的妈妈带到一旁，离开最吵的地方，私下聊着，她在说关于我和我们的事情，很小声地告诉她妈妈，后者一边听，一边带着担忧看着我们。我想知道她们在说什么，才会让老太太这样担心。我不知道如果老太太不欢迎我们，甚至不允许我们在这里过夜，我们又能怎么办。我们惹上了麻烦，而她跟我们素不相识。

但老太太没有说这样的话。她对梅瑞姆的妈妈说了几句话后，梅瑞姆的妈妈面带微笑地来到我们面前，那笑容仿佛在说"一切都好"，但她本人却不确定是否真的都会好。她带我们进入那座大房子的深处，里面有向上的楼梯，我们跟她去了楼上一条宽阔的走廊，走廊中间铺了地毯，走廊尽头又有一段楼梯。我们上了这段楼梯，之后又有一段，这次是木头阶梯，我们到了又一段比较窄小的走廊，地上没有铺地毯，只有普通木地板，走廊两边都只有两个房间，屋顶上还有个小门，有根粗绳子从上面垂下。她打开了左边那道门，带我们进入一个房间，有森林里那座小房子那么大。是的，这座房子就是那么巨大，在里面爬来爬去好半天，还能在顶上找到那种房间，只一间，就跟一座小房子一样大。这城市就更大了，里面有无数这样巨大的房子，每一座都跟其他房子没有多大区别。

这房子里有个窗户，就在门的对面，斯特潘放开我的手，跑到窗户前，把整张脸贴到窗子上，叫了一声。我以为他是被吓到了，但他随后说道："我们变成鸟儿了！旺达、谢尔盖，快看，我们像鸟儿一样啦！"我有点儿担心，来到他背后，我们都透过玻璃往外看，斯特潘说的没错：我们的确像鸟儿一样啦！我们已经爬到房子里足够高的地方，以至于可以俯瞰其他房子的屋顶，还能从上面往下看街道。从这里可以看见我们去过的市场，只不过它太小了，如果我把手放在窗户上，就能把它完全挡住。我还能看到城市的厚墙，它现在成了一条细线，像橙色的蛇一样围在外面——背上有白雪的橙蛇，而在"蛇"身的另一边，就是大片的森林，树木都变成了黑压压一片，上面覆盖了厚厚的白雪，看着刺眼。房顶上也都有白雪，街上的雪都脏了，黑黑的，但从这么高的地方看去，脏雪看起来都不那么难看。

"来，坐下休息会儿。"梅瑞姆的妈妈说。因为窗户的关系，我之前都没看房间。这里有三张床，真正的木头床，每张床都有床垫、毯子和枕头。屋里有个壁炉，里面没生火，但房间里很暖和，窗前有张桌子，桌前有把椅子，壁炉前还有两把椅子。它们上面都有椅垫，只不过略微有点儿旧了。"我知道你们现在一定饿了。我待会儿就让人送食物上来。很抱歉把你们安排在这么高的地方，还住仆人的房间，因为楼下所有的房间都已经住满了客人。但到明天婚礼之后，有些客人就会离开，家里就不会像现在这样拥挤了。"

我们都不知道该说什么，所以啥都没说，她离开了。我们各自坐在一张床上，互相对视。我以前就知道梅瑞姆的姥爷很富有，但我不知道富有意味着什么。富有意味着：这个有三张床、一张桌、三把椅子，还有玻璃窗的房间，给人住还要说抱歉。它其实比我最初感觉的还要更大，因为我们坐下之后我们彼此之间还有好大一片空间，那里没有做饭用具和大堆的柴火，也没有锅和斧头，墙上也没有扫把。我床的上方有幅画，画的是窗外城市景观，只不过画上是春天，草是绿的，空中有飞鸟。

过了一会儿，曼德斯塔姆夫人又回来了，还带了一个女孩——一个高大的年轻女孩，用头巾包住了头发。她端着好大好沉的托盘，上面全是食物，她把餐盘放在桌上，然后冲曼德斯塔姆夫人点头致意，就走了。我目送着她离去，心里想：那个女孩就是以前的我，这里甚至没有端盘子送东西的空闲位置给我。他们连那些位置也都有人了。

斯特潘和谢尔盖马上开始吃东西，但我不想吃。我是真的饿，但当我看那些食物，肚子里就会觉得难受。我对曼德斯塔姆夫人说："我们在这里，对你们真是没什么用。"我差点儿就接着说，我们应该离开，但我不能说，因为我们无处可去，除非我们真的变成鸟，展翅飞走。

曼德斯塔姆夫人吃惊地看着我。"旺达！"她说，"在你帮了我们那么多之后，难道我能说：哦，她现在对我还有什么用呢？"她伸出双手捧住我的脸，前后微微摇晃了几下。"你是个善良的好姑娘，做了那么多活儿还毫无怨言。自从你来我们家，我就再也不用忙那些杂事儿了。好多事我都还没想到，你就给做完了。我本来身体不好，但因为有你帮忙，我又恢复了健康。而你从来都没要求过任何回报。你接受的只有我们硬塞进你手里的东西。所以你现在必须要让我给你一点儿回报。"

"但你塞进我手里的东西，却比我给你的更多啊！"我说。因为事实并不是她说的那样，所以我觉得很难受。在她看来，仿佛我来帮她都是出于好心，而不是因为我想赚钱，想得到那份安全感。

我说道："那是因为你们拥有的不够，而我得到的已经超过自己所需。"她说："别说了，宝贝。你们的妈妈已经不在人世，但请允许我借用她的身份说几句话。听着，斯特潘跟我们讲了你们家里发生的事情。世上有些人跟狼一样，他们想要吃掉其他人，来填饱自己的肚子。你们一生，都是在跟这样一个人生活。但在这里，周围的人都是你们的兄弟，你们不会被别人吞掉，你们也不是那种贪婪的恶狼。你们以前相依为命，也保护自己没被恶狼吞食。其实在这世上，我们能为彼此做到的，就是把恶狼挡在门外。如果我的房子里一直都有食物能与你们分享，那么我会感到高兴——发自内心的高兴。我希望我们一直都能互相扶持。"

"好啦，别哭啦。"她说着，用拇指擦掉我脸上的泪珠，尽管那些眼泪来得太快，她擦也擦不及。"我知道你们现在害怕，也担心，但今天这里是要举办婚礼的。这是欢庆的时刻。今天，我们暂时把忧伤留到房子外面，好吗？现在，坐下来吃点儿东西，休息一会儿。等你不累了，又想帮忙，那你就下楼来帮我。下面还有活儿需要做，而且都是些快乐的任务。我们要给新娘和新郎搭起彩篷，我们要在桌上摆放丰盛的食物，我们会一起吃饭和跳舞，而且恶狼将无法进门。明天，我们再去考虑其他事情。"

我点了点头，什么都没说。我什么都说不出来。她向我微笑，给我擦掉更多的眼泪，最后她放弃了擦泪，直接从裙子兜里掏出一条手绢来给我，又抚摸了一下我的脸颊，出去了。谢尔盖和斯特潘坐在桌旁，盯着上面的食物。桌上有汤，有面包，还有鸡蛋，我坐到他们身旁时，斯特潘说："以前你带食物回家的时候，我都不知道它们是魔法变出来的。我以为它们只是普通食物。"

接着，我向他俩伸出双手。我一手拉着谢尔盖，一手拉着斯特潘，他们也握住我的手，他们两人也拉起手来，我们的手紧紧地握在一起。我们组成一个圆圈，两个弟弟和我一起，围着别人给我们的食物,而且房间里没有恶狼。

　　早上,米纳修斯早早就扯开床帏,令仆人们赶快退下,我都还没来得及从床上坐起来。他们用托盘给我们送来了热茶和温热的面包,配上果酱跟黄油,还有一盘是厚片的火腿跟奶酪,很实在的食物,肯定是他们这儿最好的,但也仅仅比农夫餐好一点点。他看着这些东西,脸色很难看,挑拣着吃了一点点。我迫使自己多吃,刻意垂下眼帘,不去看他刺绣繁复的睡衣、他的双手,还有他的嘴唇。炉火烤得我脸上好热,但我另一侧脸颊也在发烫。我总是想起他手指抚摸我的感觉,而我的戒指却不会吞掉这种热念。
　　他要求送来浴盆,我不得不忍受这个:仆人们把浴盆放在火前,两名侍女帮他清洗身体,我努力不去看她们的手在他身上活动,努力不产生类似于嫉妒的感觉。我并不是因为他本人而嫉妒,而是嫉妒他使我产生的那些感觉。那份悸动,本应该属于一个经我允许才触碰我身体的人。一个想要触摸我的男人,他应该是我真正的丈夫。我希望自己腿部的那种战栗是我从未期盼却又意外得到的赠礼。我想要看到他入浴,因此脸红,并且为此感到甜蜜。但是,我却不得不刻意移开视线,因为,如果我得偿所愿,今晚我就将把他丢进角斗场,面对一位星魔国王,让他俩同归于尽,然后让自己嫁给一个跟我爸爸年龄接近的粗鲁男人。

玛格瑞塔悄悄进来，她鼓起了勇气，也怀着畏惧，用银梳和发刷为我梳理头发，她按在我肩膀上的两手轻轻发抖，那个无声的问题我已经不知该怎样回答。她曾经用简短又直白的方式，跟我讲过男女之间的那些事。我那时还太小，觉得这事儿听起来很傻，毫不犹豫地就承诺不让任何男人对我做这个，直到我们结婚以后。"我这样说，并不等于你会被单独丢下跟任何男人独处。"她当时忙不迭地补充说，一面抚摸我的头发；她转述的，其实是很久以前别人对她说过的话；她用心听了这番话，并且一辈子照做了。

那之后又过了几年，等我年龄足够大，开始明白婚姻对一位公爵的女儿意味着什么，以及为什么我不会被允许跟任何男人独处，直到我一生所有的选择机会都已经失去。那时候，她才又跟我讲了一遍这件事，主要是为了让我放心，因为这件事只能忍：也没有那么可怕，只要几分钟时间就完，不会太疼，而且只有第一次会疼。但我那时候已经足够大，没那么容易被哄过去。我当时就知道她在说谎，尽管并不真正了解她具体哪个部分说得不对劲。也许这件事每次都会疼，也许会疼得很厉害，也许会持续特别长时间——总之，有很多令人不快的可能性。我甚至问过，她本人是怎么知道的，她涨红了脸，很尴尬地说："人人都知道的，艾丽宝贝，这事儿人人都知道。"也就是说，她本人并不真的了解。

但她从未跟我讲过其他可能性，还有她当初为什么让我许下承诺。现在我纳闷的是，她的一生里有没有感觉到过这样的饥渴，她又是如何消除那份渴念的，她往嘴里塞了怎样的面包屑来哄骗自己，以避免吞下灾难的种子。我坐在那里，她的手慢慢梳拢我的头发，我两手交叉放在自己大腿上，我的银戒指被火光变成了金色，跟我丈夫的皮肤色泽一样。他从浴盆里出来，带着水珠的身上泛着琥珀色的光泽。

他就像一尊雕像，立在我面前宽大的壁炉对面，侍女们用软布从他身上揩去水珠，那动作有点过分亲昵，我努力不去留意。两个女孩都很漂亮，这是当然了，她们是特地挑选出来让沙皇看着顺眼的。但他只是抖动了一下肩膀，像匹不耐烦的马在驱赶苍蝇，然后不耐烦地尖声说："我的衣服。"两名侍女草草了事，被宫里来的送衣服的随从们赶开。衣服是由丝绸和天鹅绒多层缝合的，像我爸爸的战甲一样做工精良，而他却还在不住地抱怨，说这里有褶痕、那里过于突出之类。

我已经穿好了衣服。米纳修斯打发仆人们离开，这些人先向沙皇鞠躬，然后转向我，玛格瑞塔正把后冠戴在我刚梳好的头发上面。他们默默地在我面前呆站了片刻，望着我又都再次鞠躬，这次更深。两名侍女也深深行礼，手拉手离开房间，她们另一只胳膊上挎着装有衣物和肥皂的篮子，一面充满幻想地聊天。米纳修斯观察他们所有人，表情甚至更加困惑和焦躁，然后他突然从墙边放着的皮袋里取出他的图画本。他甚至没有坐下，就快速地再次用带有怒火的线条，粗略地画下我的面孔，转向一名仍在来回运洗澡水的仆人问："你看看这个！这是一张美丽的脸吗？"

那个可怜的人当然很紧张，他看那幅画时，只想猜出沙皇想听到怎样的答案。他瞪大眼睛看了看，马上问："这是皇后吗？"他抬头看看我，再回头看看画，又无助地看看沙皇。

"怎样？"米纳修斯没好气地问，"这张脸到底是美还是不美？"

"美吧？"那人很小声地说，听起来特别绝望。

米纳修斯在咬牙。"为什么呢？这张脸到底是哪里好看了？你好好看然后跟我说实话，不要总是怯懦地猜我想听什么！"

那人咽下口水，吓坏了，他说："这画像，很像吗？"

"那你说呢？"米纳修斯反问道。

"啊，当然像，特别像。"那人回答，他发现米纳修斯在步步逼近，赶紧坚定了立场。"但我哪里懂这些啊，陛下！请你宽恕！"他低下了头。

"放他走吧。"我因为可怜他才说，"你可以问这里的爵士。"

米纳修斯皱起眉头看我，挥手示意仆人走开，但他的确把那张画拿给爵士，在门口硬把画塞进爵士手里，当时我们的随员正在挤入雪橇和雪车里。爵士和他的妻子看了看画，夫人还用手指摸了下，然后说："真美啊，陛下。"

"为什么美？"他没好气地反问道，马上转向她。"有哪些特征让你满意，你又为什么觉得美？"

夫人吃惊地看着他，再看画，稍后才回答说："为什么——其实我觉得，不是特定的哪一点美丽动人，陛下。但我看这张画的时候，会想到皇后的面庞。"她突然对着米纳修斯微笑。"也许我看到了您眼中所见的那份魅力。"她这样说道，语调温柔，满怀善意，但沙皇却转身就走，气到大声喘息，重重地坐进雪橇里，那张扯下来的画还在夫人手上。

他那天又画过我十几次,一张接一张,从他能找到的所有不同的角度去画。他粗暴地抬起我的下巴,让我头转向一边,再转向另一边,一副气急败坏的样子。我任他摆布,毫无怨言。虽然不情愿,我却总想起他无声的哭泣。他的画册里已经有我的好多幅画像,他让仆人们看,还让我们停下来吃早饭的那家领主看。我们在中午刚过时进入维斯尼亚城,雪橇停在我爸爸家的台阶前。我们还没停稳,米纳修斯就跳了出去。他甚至都没说一句问候的话,就把那画册塞进我爸爸手里,几乎是粗暴地质问:"怎样?"

我爸爸非常慢地逐页翻看那些画像,用他结茧的手指翻页。他脸上渐渐显露出奇特的表情。我已经在一名仆人的帮助下爬出雪橇,我的继母伽利娜正在伸出双手问候我。我们互相亲吻脸颊,我挺直身体,我的爸爸还在凝视最后一张画,那是我侧脸的轮廓。画中的我正望着外面积雪覆盖的森林,图中有一条线表示雪橇边缘,我的脸也是从侧后方看到的样子,只有眉毛、嘴角和头发的轮廓。爸爸说:"她的这幅画像,还真有些像她的生母啊。"他突然把画册还给米纳修斯,嘴巴抿成一条线,转身过来亲吻我脸颊。

我以前从未在爸爸家最豪华的那间卧室里睡过。我以前曾壮着胆子往里偷看过几次,趁家里没有贵客,玛格瑞塔允许我这样做的时候。在我眼里,它一直是个巨大到令人惊叹的房间。窗台都是雕花的石料做的,仅有的那座气派的阳台也用同样的石料砌成,从这里可以俯视远方的森林跟河流。"这里曾是老公爵夫人的卧房。"有一次玛格瑞塔曾告诉我。墙上挂着帐幔,玛格瑞塔曾帮忙缝补过它们，但我的针线手艺不够好，不能出现在这种场合。床上放着的众多天鹅绒软垫中，仅有两件我帮忙绣过一点点。那张床的腿儿是好玩的动物脚形状，我一直都很喜欢：上一位公爵的家徽图案是一只熊，家里有五六件旧家具还保留着动物脚的造型。

但现在，这房间突然显得太小，太狭窄，对我来说也太热，因为我刚刚见识过沙皇宫殿的那份精致的美。我出去站到阳台上，仆人们把我们用的东西搬进来，在我周围忙碌。凉风吹在我脸上，我感觉很舒服。现在天色将晚，太阳正在西沉。玛格瑞塔进了房门，一路责备那些搬我衣箱进来的仆人们，但随后她就默默地站在我身旁，双手握住我的一只手，轻抚我的手背。

趁其他仆人离开，我俩独处时，我小声说："你能不能找一个仆人，去打听一下穆赛尔先生的家在哪里？就在犹太人居住区里的某个地方。那里今晚上会有一场婚礼，车夫需要知道路线。另外，帮我找一件礼物带去。"

"哦，我的宝贝。"她轻声说，明显有点儿害怕。她把我的手放在自己脸颊上，然后吻了它一下，就去照我的吩咐做了。

米纳修斯的一名卫兵进入房间，他是从宫里跟来的士兵之一。他不是那种适合跑腿的下级小兵，跟房间里忙碌的其他仆人们不同，对他来说，我不是公爵的女儿，而是皇后。当我看他时，他向我深深鞠躬，停在了原地，等我的指令。我说："可否请你去告诉我爸爸，我想见他？"

"我马上去，陛下。"他说，声调里有份深沉的共鸣，像是乐器上最低沉的那根弦被拨动。然后他就出去了。

我爸爸来见我。他停在门口，我转过身，人还站在阳台上，挺直后背看着他。他的眼睛盯着我，目光凝重，像他一直习惯的那样打量我，衡量我的价值。过了一会儿，他穿过房间，跟我一起站在寒冷的石台上。在我们脚下，几乎连绵不断的白色森林和冰冻的河流，在积雪覆盖的原野中铺展开去。"今年的收成不会好。"我说。

我曾怀疑他会有点厌烦，甚至可能生气，因为我貌似随便地召见他。我以为他会跟我说难听的话——对他来说，我肯定只是个意外变得好用的小卒子而已。我本不应该自由自在地在棋盘上活动。但他只是说："是啊，田里的大麦苗都被冻坏了。"

"我很抱歉要害你承担一笔费用，但我们在此停留期间会举办一场婚礼。"我告诉他，"我要让瓦茜莉亚嫁给米纳修斯的堂弟伊利亚斯。"

他愣了一下，低垂的眼睛从浓眉下打量了我好半天，然后缓缓说道："我们能应付。她来之后，要多快办成这件事呢？"

"她来之后马上办婚礼。"我说。我们互相对视，我当时就知道，他完全理解了我的用意。

他若有所思，一手抹过嘴巴。"乌尔里希亲王的马队进城时，我会让伊多罗斯神父在小教堂里做好一切准备，随时待命。家里会比较拥挤，但你妈和我会把我们的卧室让给他们。她在楼上跟随从贵妇们一起住，我会住隔壁，跟你表弟达里乌斯一起。你丈夫带来的几位随从也可以跟我们挤一个房间，这样能多空出一些位置。"

我点了点头，也确信自己不必担心乌尔里希亲王会想出办法，把他的宝贝女儿从新郎身边抢走。

"卡什米尔王子会来吗?"我爸爸过了一会儿又问,他还在察看我的表情。

"他恐怕要到后天才能赶到。"我说,"我们派去他那里的使者出发太晚,那使者的马有点儿问题。"

我爸爸回头扫了一眼房间里。仆人们还在忙碌,但没有一个靠近阳台。"你丈夫的身体怎么样?"

"大致还好。但他有……情绪方面的问题,"我说,"我感觉,这个是他妈妈曾经有过的病状。"

我爸爸愣了一下,眉头紧皱:"这个会让他……倒霉吗?"

"据我所知,会的。"我说。

他沉默了,片刻之后才说:"等卡什米尔王子来了之后,我会悄悄跟他谈。他并不笨,是个有脑子的人,而且是个优秀的战士。"

"我很高兴你对他有这么好的印象。"我说。

我爸爸抬起一只手捧起我的脸颊,这举动太突然,我被惊呆了,毫不抗拒地定在那里。他压低嗓音,但情绪热烈地说:"我为你感到骄傲,艾丽娜。"然后他放开我,"你和你丈夫今晚会下楼来吃饭吗?"

"今晚不会。"我停顿了一下才回答。一开始,我感觉说话都很吃力。我之前都不知道自己想让爸爸为我感到骄傲。这件事看起来是不可能的,我也从来没意识到它对我如此重要。我必须很努力才能继续交谈。"还有一件事。是……另外的事情。"

他观察我的表情,然后点头:"告诉我。"

我默默地等着，直到房间里再次没有仆人在场。"这反常的冬天是星魔造成的。他们想把我们都冻死。"他身体僵住，本能地伸出手，够向我后冠上垂下的链条。"他们的国王想要一整个夏天都下雪。"

他眼神凌厉，瞪着我问："为什么？"

我摇了摇头："我不知道。但现在有办法能阻止这件事。"

我在那短暂的独处时间里，对他讲了那个计划，坦率直接，但极其简略。谈政治的时候，我完全知道怎样对他说清楚上千件事情，不必担心他无法理解我的用意，或者说出一句过于直接的话而被其他听到的人弄懂。但我要讲什么冬日领主和火魔，就完全做不到这样了。他们在我的叙述中出现，也像真正的他们在这个世界上的轨迹一样，带着无比可怕的风险。我说得那么快，不只是为了防止被人窃听，也因为我想尽快讲完。这故事听起来完全不可信，我们面临的是真实的石头墙，阳光照耀在雪白的石栏上，还有同样真实的致命的政治阴谋。

但我爸爸听得很专注，他也没有说"别傻了"，或者"这真是痴人说梦"。我讲完时，他说："城墙南端，原来有座守望塔，离犹太人区很近。我们围城时攻破了那座塔。后来我们重建城墙，把那一段捋直了。塔基和地下室留在了城外，上面覆了层土，我两名最可靠的部下跟我一起挖了一条隧道，从这里的地下室直接通往那里。那时候，城里被烧掉的一半还没重建呢。"我已经在迅速点头，懂了他的用意：他是留了一条逃出城市的后路——被围困时的脱身之路，老公爵就没能做好这样的准备。"每年一次，我会在深夜里走一趟那条地道，检查它的状况。我今晚会亲手把它挖通到地面，在城墙外边那里等你。你准备好那条锁链了吗？"

"是的。"我说，"就在我的珠宝盒里。还有十二根粗蜡烛，用它们来组成火圈。"

他点了点头。更多的仆人进来，我们一起闭了嘴。他们又取出两箱华丽的衣物，天鹅绒的，丝绸的，带花边的，林林总总。爸爸看着他们忙碌，却视而不见。我能看出，他脑子里正在抽丝剥茧般破解一个复杂的谜团，透过层层阻碍寻找来龙去脉。"您在想什么？"等仆人们再次离开后，我问他。

他停顿了一下才说："人类已经在这里生活了很久，艾丽娜。我的姥爷就在城外不远处经营过农场。星魔那时候也统治着森林，贪求黄金，会趁着冬季的暴风雪出来劫掠黄金，但他们那时候从不阻止春天来临。"爸爸用他冷静清澈的眼睛看着我，我知道他其实是在警告我，"你最好弄清楚：这是为什么？"

我已经得到了星魔国王的承诺，但我不想相信它。我心里还充满着在宝库中的那份恐慌。但我实在太累了，她们把我放进浴盆之后，我马上就睡着了。我估计自己想睡多久都可以，但就在打那个小盹的过程中，我像是梦到自己站在姥爷家的门槛上，整个房间都是空的，灯火昏暗，那个星魔在我身旁揶揄说："看来，你把日期搞错了。"

我被吓了一大跳,完全醒了,心跳得很快。有一会儿,我愣愣地看着房间对面的墙,脑子里一片混乱,这墙已经不再是透明的,而成了纯白色,显得更坚实了一些。我笨拙地爬出浴盆,裹着一条毯子走过去细看:其实墙并没有变,而是整个世界全变了;森林里覆盖了太厚的雪,以至于最近处的松树被埋得只剩一点点树尖,完全看不到一根暗绿色的松针。那条河也完全消失在雪下面,上面的天空几乎完全变成了珍珠白色。

我站在那儿凝望外面,两手紧握着那条毯子,想起我家乡那边下了那么多的雪,维斯尼亚城也一样,直到一名仆人在身后怯怯地问:"夫人,您要穿衣吗?"

点点、高姬和车夫都没在,仆人的工作显然已经不适合他们现在高贵的地位了,但他们走之前,已经安排好了我需要的一切。车夫命令另一名车夫为我准备好了出行的雪橇,还有人召集了一批新的仆人,这些人执行我的命令时,总是保持着肃静,而且特别利索,就好像他们的王国里已经有了某种传闻,改变了我在他们眼中的形象。

他们给我拿来一件厚厚的丝绸长裙,配了一件白色外套,锦缎上的花纹装饰着纯银,高领上有银色蕾丝边,肩头上有透明的宝石。他们把那顶沉重的金冠给我戴上——一开始这并不协调,但我在镜子里只扫了自己一眼就察觉了,金色突然闪过每一条银线,直到衣角,全部被变成了金黄。在我周围,女人们纷纷把手从丝绸衣服上拿开,眼睛回避我的脸。

我到了贝茜亚的婚礼上，会显得更加格格不入，就像一个过于夸张的玩偶，来自某些人的想象，创作者失去了理智，又能不计成本。但我没有让她们另拿一套衣服来。我要带这位星魔国王去做婚礼上的贵宾，同时却想在庆典中杀死他。我的衣服完全不值一提。如果我能幸运地逃过今晚，保住自己的小命和这身衣服的话，我会把它卖给某个贵妇人，换一套嫁妆来成就一桩真正的婚姻。我不相信在阳光照耀的世界里，我也能拥有化银为金的法力，但有了这身行头，我还是能一直富足地生活到人生尽头的。

我戴了那么重的王冠，还是昂起头，让它的重量促使我加快脚步又不失庄重地来到房间前部。高姬和车夫已经回来，正在那里等我，两人都拿了一个小盒子，里面装着白银制品：主要是小件首饰、一两个银杯、几件散碎刀叉和盘子，还有些银币填充在周围。他们也都换过衣服，现在穿着最浅的象牙白色服装。高姬把她旧衣上的金扣转移到了新衣服上面来。其他仆人一边向他们鞠躬，一边对两人侧目而视。

点点进来，也穿着象牙白服饰，带着自己的盒子，身边还有个小女孩跟着——一个星魔女孩。她是我在这里见到的第一个小孩，在我看来，她比成年星魔更怪异：她极为纤瘦，就像一根冰凌，也几乎跟冰凌一样透明，皮肤本身像薄薄的一层冰，能看到深蓝色的暗块和血管。她身边的星魔成人像是冰雪覆盖的山坡，而她就是还没有被堆上积雪的山的内核。她仰头看着我，不说话，却显得极为好奇。

"慷慨者啊，这是我的女儿，她现在也是您的铁卫。"点点轻声说，轻触女孩的肩膀，小女孩小心翼翼地向我躬身行礼。她手里拿了一根很细的银项链——很简朴的一件装饰品，但她显然不想跟其他东西一起放在盒子里，所以我伸手过去，先碰了一下它。

我略微动了一下念头，它就整体变成了温暖的黄金，小孩开心地发出惊叹声，让我觉得这能力更像魔法，超过我在宝库里做的所有工作。慢慢地，我转向点点的盒子，摸了下盒中那一小堆白银物品的顶端。所有东西马上都变成了黄金，跟刚才一样快速又轻易，似乎我已经把自己的特长练习到了新的高度——就好像现在的我真有能力去宝库里，把所有白银都转化成黄金，不必使用任何花招就能做到。我转化了高姬和车夫的白银，他俩对我轻易做到的样子都没有显出任何惊异。我完成之后问他们："现在对你们说谢谢可以吗，还是那样会不礼貌？"

"夫人，我们不会拒绝任何您愿意赐予的东西。"三人对视之后，高姬有点儿无奈地说，"但我们一直听说，在阳光照耀的世界里，凡人互相说谢谢，只是为了填补他们无法给出回报时的空缺，而你却已经给了我们那么多，让我们只能以终生效忠来回报了。您亲自赐给了我们名字，提升了我们的地位，还给我们手里塞满了黄金。在给了我们这么多之后，您再说谢谢，到底是什么意思呢？"

尽管我不认为那些名字也能算是给他们的礼物，但她这样一说，我还是不得不去想一想，如果不是纯粹出于礼貌的话，我说谢谢到底是什么用意。我不得不思索片刻，我的睡意已经被赶走，但我还是感觉反应迟钝，就像脑袋被掏空，又塞了好多羊毛进去。"我的意思——我们凡人说谢谢的用意——就像欠了一笔债。"我说着，突然想起了姥爷，"谢意就像礼物，可以互相赠与，我们从某些人手里接受他们当时能提供的东西，然后如果有能力，就在他需要的时候偿还。世上的确有骗子，也有些债没能被偿还，但其他债务可能得到超出预期的回报，足以抵偿损失。如果我们无须当时偿还所有欠债，每个人都可以做到更多。所以我的确想要感谢你们。"我突然补充说："因为你们赌上了一切来帮助我，就算你们认为我给的回报足够，我还是会记得你们承担过的风险，如果能够，我愿意为你们做到更多。"

他们瞪着我，过了一会儿，点点伸出一只手放在女儿头上，说："夫人，那我就提一个要求吧，如果您觉得这不过分的话，您能赐给我的孩子一个名字吗？"我当时一定显得很困惑，因为我内心同样困惑。点点垂下眼帘。"她出生时，她的生父不肯承担抚养她的责任，也没给她留下名字。"她轻声说，"如果我现在去问他，他会同意命名，但之后他就有权要求我嫁给他，而我已经不愿再嫁给那个人了。"

我并不了解星魔族内的婚姻法是什么样的，但我完全清楚自己会怎样看待那种让女人生下自己的孩子，然后又拒绝接受她们的男人。换了我也不会想要他的。"好的。我该怎样做呢？"我问道。她告诉我之后，我把手伸向小女孩，她跟我去了阳台远端，我弯下腰，在她耳边轻声说："你是点点之女瑞贝卡。"我想，这个名字是任何星魔都很难猜出来的。

她整个身体都亮了起来，就像有人点燃了她体内的火苗一样。她跑回妈妈身旁说："妈妈，妈妈，我有名字了！我有名字了！我可以告诉你吗？"点点跪下来，把她抱在怀里亲吻她，然后说："小雪花，你把这个名字记在心里，今天晚上只有你一个人知道它，明天再告诉我。"

看到她俩高兴的样子，我也觉得开心。我在那个瞬间觉得，我的确已经给了公平的回报，甚至包括她们跟我一样担惊受怕的一昼夜，如果我再也见不到她们，我也希望她们能照顾好自己。我的确感觉到沉重的内疚，因为我并不清楚，如果我的计划成功，让国王的位置空出来，被其他人抢占之后，到底会发生什么。那会不会意味着我的地位下降，他们也跟我一起被降级？但我希望，那样最多也就是让他们变成稍低等级的贵族。反正为了自己的同胞，我也只能冒险了，他们正在被我窗外无穷无尽的雪活埋呢。

我深吸一口气。"我准备好出发了。"我说，几乎马上，那道玻璃墙就打开了，我的丈夫走了进来——我的现任丈夫，就是我打算谋杀的这位。他当然是罪有应得，死不足惜，但我还是感觉有些怪怪的，当时也没有直视他的脸。我以前避免跟他对视，因为他看起来太过怪异凶狠，像一根巨大号冰凌成精了似的；现在我避免看他，因为他突然看起来像是某个人类。我之前曾拉着那个微型冰雕一样的小女孩，她现在成了我的教女，或者是很接近这个的某种角色。当我去看点点、高姬和车夫时，他们的脸被自己的小盒子里的黄金照亮，现在都是暖色调的，而且他们都是我的朋友——跟我共患过难的朋友，如果有机会，他们还会帮助我。他们这里的人不肯谈论善意，这又有什么关系？他们身体力行地善待我。要空话还是要行动，我很清楚自己会选择哪一个。

但他们却让我突然觉得，很难从星魔国王的脸上只看到冬天了。他不是我的朋友。他全身都是怪异又锋利的冰刃，想要把我的身体切开，让更多的黄金流溢出来，同时，他将吞噬我的世界。但他现在却是一只满足的怪物。我把自己逼到了崩溃边缘，给了他两座宝库的黄金，而他必须做出能匹配我成就的事情，来满足他自己的荣誉感，所以他穿了足以跟我本人匹敌的华美服饰来到我身边，就像他要表现得适合婚礼场合一样，而且他客气地向我行礼，就像我真是他的王后。"那就请动身吧，夫人，我们去参加婚礼。"他说，甚至突然对我客气了，偏赶在我想让他冷漠、狭隘、招人厌烦的时候。我觉得，我也不用感到意外，反正他从来也不会给我任何我想要的东西，除非我事先逼迫他，让他别无选择。

我最后又看了一眼我的朋友们，向他们微微颔首告别，跟在国王身后走出去。我们一起下到庭院里，雪橇在那里等着，上面堆了好多纯白无瑕的毛皮。我的衣物和王冠都太重，我伸手扳住雪橇侧板，想用力攀上去，但我还没用力，他就已经把我拦腰抱起，轻轻松松地放到雪橇上，然后坐在我身旁。

驭者抖了下缰绳，鹿向前跳出，山体迅速在我们周围退去。风吹在我脸上，强烈又甘甜，并不很冷。我们冲下通道，出了银色大门，又进入外面的世界，雪橇滑板在路面呼啸，鹿蹄声轻柔而有节律。仅仅几分钟后，我们就已经迅速冲向森林。鹿和雪橇滑过新雪表面，只留下浅浅的印痕。我们在树木之间飞驶，被雪埋住的它们看起来小得诡异。

我想要看出星魔国王会做什么，用什么样的魔咒或者法术打开前往阳光世界的通道,但他只是转过头来看我,也是那种试探性的眼神,就像他也在好奇,不知我会不会突然放出什么魔法。他突然对我说:"今晚我不会回答你的问题。"

"什么?"我惊到几乎失声。有一个瞬间,我以为他猜到了真相,知道了我的企图——我们现在并不是前去参加婚礼,而是去处死他。然后我才明白了他真正的意思。"我们谈好了条件的!"

"但那些条件涉及的,只有你的权利。你却没有给过我任何东西,补偿我放弃的权利。我当时没有给它们定价,现在我意识到,自己当时谈的条件并不明智——"他突然止住话头,转脸去看前方,缓缓问道:"你索要的回报,只是让我回答一些愚蠢的问题,是不是用这种方式来表达对我侮辱你的行为的不满?"他坐在那里,沉默了一会儿,我还没能纠正他,他突然就笑起来,像一长串铃声从雪地里传来,这声音还挺让人困惑的。我甚至从未想象过他也会笑。我张大嘴巴愣住,一半吃惊,一半震怒。然后他转过身,握住我的手,吻了一下,他的嘴唇接触我皮肤的感觉,像是人呼出的热气触到霜冻的玻璃。

他这个举动太出乎我意料,我一开始什么都说不出来,甚至都没能把手夺回去,只听他热烈地对我说:"我今晚会补偿你的,夫人,我会向你证明,我已经学会了更加珍视你,这次之后,我已经不再需要更多启示了。"他挥手向我示意雪橇外面,那片整个被冰雪覆盖的原野。

一开始我只是茫然四顾,不明白他是什么意思,但我们周围什么都没有,什么都看不到,只有深不可测的严冬。像是一百年的冬雪，突然在夏日里降落人间，在这个星魔族本应该被困在玻璃山中等待下一个冬天来临的时节。尽管以前，星魔族从来都不能让春天延误这么久。

一百年的冬雪，突然在夏日里降落人间。我突然觉得喉咙发紧，堵得难以出声。"这冬天并不是你带来的。"

"不是，夫人。"他说，还是用那种庆幸的眼神看我，就像他在阴沟里捡到了绝世珍宝一样——一批黄金宝藏，星魔族一直想要的那种。他们更多地劫掠我们，他们为了黄金更频繁地出现时，就是冬天越来越寒冷的开始。而现在，现在，山里已经有了两座宝库堆满了闪亮的、带着温暖阳光的黄金，夏日温暖被囚禁在冰冷的金币里，囤积在他的围墙深处，而我的家园则被冬日之雪掩埋。

他向我微笑，还握着我的手；他对我笑，转头向驭者说："走吧！"雪橇颠簸了一下，我们已经上了那条白色大道。国王之路，车夫曾这样称呼它。这也是我们偶尔会在森林中瞥见的星魔之路。它在我们前方延伸，就像它一直都存在一样。它也向我们后方延伸，直到我目光所及的最远处，一条无尽的、两侧都有树木护卫的长路。那种奇特的白树生长在道路两旁，枝条上挂着透明的冰粒和白色叶子，路面是平整的蓝白色坚冰，冰面下似有云雾缭绕。雪橇在路面上飞掠，突然之间，松针和树脂香味冲到我鼻端，像是生命在严冬之下拼死一战。透过头顶的白色枝丫，天空开始变化：灰色渐渐消失，头顶一半变作天蓝，另一半是金色与橙色交织，这是冬日森林上方的夏日天空。我知道我们已经滑行出他的王国，回到了我自己的世界。

他还把我的手握在他手里，我故意让它停在那里，想到茱迪斯用她甜美的歌喉，诱使霍洛法纳斯在他的帐篷里昏昏欲睡，还有那之前她在敌帐中承受过的一切。我可以忍受这个。我是那样愤怒，感觉自己变得相当冷酷。让他以为他已经制服了我，认定他只要抬一下指头，就可以掠走我的心；让他以为我会背叛自己的亲人和家园，只为成为他身边的王后。他如果想要，可以一路都握着我的手，作为他给我礼物的公平回报，那恰恰是我最想要从他那里得到的：我已经打消了最后一丝顾忌，完全下定决心要杀死他了。

第十九章

府里有几个仆人有时候要去犹太人区,比如伽利娜的侍女帕米拉,在女主人想买珠宝时,会去看看犹太人的货摊。以前她跟我谈话,总是一副不耐烦的样子,那时候我服侍的小姐还只是公爵前妻留下的不受欢迎的小丫头。府上大厅或者主卧里那些微妙的舞步,其实在我们狭小的走廊里也在上演。现在,我已经成了皇后的女仆,皇后对我重视到特意派人来接,所以,当我去敲响公爵夫人起居室的房门时,帕米拉丢下手里正在擦拭的珠宝站起来,亲吻我的两侧脸颊,还问我旅途是否劳累,让我坐在她自己的椅子上,背后那面墙的另一面是隔壁卧室的壁炉,所以无比温暖。她派下等侍女去倒了一杯茶回来。我满足地坐在温暖的墙壁前面喝茶,哦,我真是太累了。

"是那个银行老板吗?"当我说出穆赛尔这个名字,她马上反问道。"我不知道他住哪儿,但管家肯定会知道。乌拉,"她对端茶来的女孩说,"给我们取些小脆饼和樱桃来,然后告诉诺里乌斯先生，就说亲爱的玛格瑞塔来了，问他是否愿意来一起喝茶。她赶路那么辛苦，不能在府里到处跑着找人了。"这又是一点儿"跳舞"的技巧了，因为她想让管家跑来找她，通常情况下，管家肯定不会让她如愿，除非是我在这里。而我的确先来了这儿，背后的墙暖暖的，我又老到无法跟上她的舞步。所以我就坐在那儿喝我的茶，又喝掉第二杯泡了樱桃的茶，吃了一块口感爽脆、入口即化的小饼干；等到诺里乌斯先生果然屈尊赶来跟我们喝茶时，我向他说了谢谢。

"穆赛尔先生住在沃伦卡街第四座房子里。"我提到这个名字后，他有点冷淡、态度僵硬地回答。"皇后陛下是想要得到一笔贷款吗？我乐于帮忙安排。"

"贷款？皇后去贷款？"我反问道，有点困惑。艾丽娜说过，这个人住在犹太区，我想到的就是那种开小当铺的店主，戴副小眼镜观察你拿来的你妈妈留下的银戒指，借一点儿钱给你。钱数少到不值一提——跟那枚戒指对你个人而言的价值相比，但你那时候却急需那一小笔钱，因为曾经跟你一起躲在小黑屋里的某个女孩，曾经偷偷溜出去跟释放你们的一名士兵见面，现在她需要一位大夫，但是大夫要得到银币，才会半夜出诊。这就是那个名字对我来说的含义，某个在犹太区放贷的人。那种人，根本不配跟公爵及皇后交往。

诺里乌斯见我不懂这些事，有点儿开心；我就算成了皇后的使女，却还是一个蠢笨的老太婆，眼里只有这些鸡毛蒜皮的小事，而他却是公爵信赖的管家。于是他态度放松了一点儿，拿起一块小饼干，开始跟我讲，语调欢快，一副很懂的样子："不，不，穆赛尔先生拥有一座银行；他是个真正有实力的人，非常体面。战争结束的时候，就是他提供贷款帮我们修复了城墙，而且一点儿都没有走漏消息。爵爷曾经八次请他上门议事，每次都让我们待以上宾之礼。而穆赛尔先生却从来不会为此抬高身价。他每次都是步行来访，而不是乘坐马车。他府上的女人们衣装朴实，住所也并不奢华，从来都不要求爵爷给他任何特殊优待。"

我一直以为城墙就是士兵们修建的，不用花钱，但当然，也还是要为这种大工程付出代价，不管是购买石料、泥灰，还是负担工匠们的衣食。即便我想到修建城墙需要花钱，我也会认定这些钱来自某个储藏室，里面有个箱子装满金币——就像公爵或者沙皇会拥有的那种宝箱。我绝对不会想到，这笔钱会来自一个低调、衣着朴素、出门不坐车的人那里。

诺里乌斯欠身向前，以便让我明白他在告诉我一件私密事儿——只有他这样重要的人物才会知情的那种，然后他才郑重地说："爵爷还曾告诉他，如果他肯皈依正教，我们会给他想办法。"他身体后仰，耸耸肩，摊开手，"但他没有选择这样做，而爵爷对这个反应很满意。我曾听爵爷说，'我宁愿让一个安于现状的人替我办事，也不想用那些贪婪的家伙。我希望自己的冒险仅限于战场上。'如果皇后想要做些财务上的安排，我肯定会推荐这个人。"

"哦，不是那样的。"我说，"这完全是另外一回事。女人的事儿。穆赛尔的外孙女送给皇后一件礼物，皇后非常喜欢，所以想趁他家办婚礼的机会，送一件合适的东西回礼。她让我安排一件礼物带去。"

诺里乌斯看似有点儿困惑,扫了一眼帕米拉。他们当然认为是我搞错了,然而事实并非如此。他们没猜错,我知道我转述得并不准确。但细节不重要。外面这样传说就够了。这样就已经够奇特了。"是她婚礼之前收到的礼物。"我还是补充了一句,为了让这件事在他们眼里不再那样怪异。

帕米拉说:"哦!"语调很是谨慎。他们两个马上决定,还是不要继续追问这件事了。现在谈起旧事毫无益处,在走廊里偶遇的时候,他们两个都可能凶过我。那个时候,我和艾丽娜住在两个寒冷的小房间里,对公爵的女儿来说,楼层有点儿过高,那段日子里,就算有个犹太人的外孙女随便送她一件礼物,她都可能非常喜欢。这个犹太人女孩极其富有远见,比他俩睿智得多,她在适当的时候播撒了感激的种子,现在就要开花结果了。

"这个嘛,当然得是有价值的东西才行。"诺里乌斯坚定地说:不管是谁,那么早就认清了小姐价值的人一定要得到回报,否则,那些忽视她的人就将受到惩罚。"不能送珠宝,这是当然的,也不能给钱。也许应该送一件家里能用到的东西⋯⋯"

"我们应该问问埃迪塔的意见。"帕米拉说,她指的是女管家。诺里乌斯也很高兴叫她来,因为他本人已经屈尊前来。几分钟后,女管家也来了,喝着樱桃茶,问了我一些有关沙皇宫殿的事儿。

"对我这样的老太婆来说,宫里太冷了。"我说,"到处都是那么巨大的窗户!比这一整面墙还要高两倍。"我用手向他们比画,"还有那些墙,动不动就跟咱府里的舞厅一样长,而那还只是卧室。同时要点六个壁炉,这样才能让人不被冻死,而且全部家什都是黄金的,全都是:窗户框、桌子腿,还有浴盆,无一例外。要六个女仆专门清理那一个房间。"

他们都快意地赞叹,埃迪塔对诺里乌斯说:"我一点儿都不羡慕陛下的管家!要处理的事情太多了!"男管家一脸严肃地点头表示赞同。当然,他们心里都已经嫉妒得发了狂,但既然他们享受不到那份煎熬,也就乐得提醒自己,眼下也有一座大府邸由他们来管理,所以他们才比别人更懂得持家不易。

但这段谈话也不完全是犯傻——这让我们都得到一个很好的借口,在一起多坐一会儿,休息一下,反正房间里很暖和,有我背后那面墙上透过来的热力,我们四个近距离坐在一起,有热茶,有点心。我们有事儿需要谈,这是必要的借口,否则,我们就成了偷懒的坏仆人。公爵夫人不会容留坏仆人的。埃迪塔喝了一小口茶,若有所思地对我说:"那块桌布怎么样,亲爱的玛格瑞塔?你还记得吗?就是本来为男爵女儿婚礼准备的那块,然后那婚礼没能举行的那次,那做工特别好。"

我记得它,非常清楚地记得。男爵是个为公爵上过战场的军人,所以公爵想送一件精美的礼物给他。当时其他所有人都很忙,无论是公爵夫人,还是她手下的侍女们,在艾丽娜成长的那些年里,我渐渐放慢了做活儿的速度,小心翼翼地保护自己那双手。那时我常说:"哦,我要做那么多给她穿的衣物呢,真是抱歉。"我故意慢一点完成埃迪塔分给我的任务,这样她分给我的活儿就会少一些。但那年，艾丽娜已经十四岁了，所以他们把几篮羊毛和丝线拿到楼上我们的小房间里，埃迪塔微笑着说："艾丽娜也该学着做点儿精细针线活了，你可以边做边教她。而且这事儿必须在一个月内完成，玛格瑞塔。"

所以最终，她还是把我想要推掉的工作全都塞了回来。我独自纺线，眼睛和手指头都很疼，常常熬到深夜，我的小丫头睡着以后。因为她一直都不是那么漂亮，苍白的小脸瘦瘦的，鼻梁过于醒目，我担心她如果总是要眯起眼睛弯腰工作，再连续熬夜睡不够的话，会变得更丑。我当时觉得，她应该不会有什么美满姻缘，但以后至少能有个落脚的家园，也许嫁个上年纪的男人，被纠缠得少一点，她能得到一间不在楼梯尽头的卧室，成为那座房子里的女主人，而我也能有个角落容身，如果她有了孩子，我就能推推摇篮，只缝补些小东西。

我纺好了丝线，又用最细的针编织了公爵家徽上的藤蔓和花朵在上面，这样等到大喜的日子，桌布展开之后，看到的人就会想起他们的恩主给了他们如此慷慨的恩惠。当然了，这一切都没有发生；实际来临的是一波寒热病。男爵的女儿在婚礼之前染病身亡，男方娶了一位背景不那么显赫的新娘。我那么长时间的辛劳、那么多的艰辛得来的成果，就被人用纸包好，放进了公爵夫人的柜子里，等待下一次需要送礼的日子。

"谢谢你，埃迪塔，如果你肯把它拿出来的话。"我说。这的确是一份好意，向我示好，同时也是向我道歉，因为她当时没有那份远见，并没有来帮我一点儿小忙，把它变成我们两人合作的成果。这样一来，如果下次公爵夫人需要一件大礼，她将不会有一张用纸包好的上等桌布可用，到时候埃迪塔还是要去找人赶制礼品，而楼上不再有一双巧手供她随意使唤。现在，艾丽娜有了一件适合送出的礼物，她现在需要这件礼物，因为我当年保护了她的容颜，让她爸爸不至于把她留在楼上，成为弟妹们随意支使的帮手。她的爸爸把一顶闪亮的后冠放在我给她梳好的发辫上，给她找了一个恶魔做丈夫。

"啊，我当然愿意拿它出来，毕竟你为它受了那么多累。"埃迪塔说，她感觉到我已经接受了她的歉意，语调轻快了许多。他们都对我微笑，松了一口气，因为我显然已经太老，老到不愿意跟他们跳那种微妙的舞蹈，做出那种神气活现的样子，就因为我侍奉的小姐成了皇后。而且我也不会向他们索取太多来平息旧怨，毕竟旧债难偿。而且，哎呀，我真想爬回楼上，回到小房间里，把我的硬椅子搬到小火炉前面，关上门坐一会儿。但现在，已经太晚了。

我们喝完了茶，埃迪塔为我拿来了桌布，诺里乌斯给我画了一幅街道地图，标出那座房子的位置，我带它们回到楼上。公爵跟艾丽娜一起站在外面阳台上。他们面对面，身后是灰色的天空，他们的脸庞看上去都是一团暗影，就像刺绣出来的对称图案。女儿跟爸爸一样高，而且鼻子也跟爸爸相像。我低着头躲进角落待了几分钟，直到公爵离开。"谢谢你，奶娘。"她看到桌布被展开一半放在床上时，心不在焉地说。她取出自己小小的木头首饰盒，打开它，里面有一根粗重的银色链条和十二根粗大的纯白色蜡烛，全都铺在盒底，她把桌布放到最上面。她用手指触碰桌布，却没有真正看它。她现在没有考虑桌布、丝线，或者制造这件东西所花的时间。她不必回想。我当时让她好好睡觉了，所以现在的她可以考虑后冠和恶魔的事情，而且她必须想清楚，否则就会死。

沙皇带了一群仆人进入房间，她马上关闭盒盖。沙皇是来换衣服的。他冷冷地看了艾丽娜一眼。"你就没有别的衣服可穿吗？"他一边问，一边坐在椅子上，先后伸出两条腿，仆人们为他褪下靴子，然后他站起来，立在房间中央一动不动，而那帮仆人忙前忙后地为他脱掉上衣、腰带、衬衫还有裤子——所有衣物。

"还有那件蓝裙子。"我轻声告诉艾丽娜，之前我花了好多时间给她做这件衣服。婚礼之前那段时间忙，它一度被搁置一旁：反正也已经来不及放进她衣箱里充当嫁妆，而且也确实没有华丽到配得上一位皇后。我之前做这件衣服，就是让她穿到她爸爸餐桌前的，这颜色跟她的发辫比较配，也能让她的脸显得更有光彩。但之后，她就被放在沙皇的雪橇上，跟嫁妆一起被带走了，而我被独自留在寒冷的小房间里。我早料到，他们很快就会打发其他女仆来跟我同住，但我希望他们至少还能容许我继续留下来，所以我取出那条蓝裙子，继续赶工，尽管累得两手生疼。我想要把裙子做给公爵夫人穿，我会找准机会到楼下去，在公爵夫人能看到的时候，把它献给她，寄希望于这条裙子可以博得夫人的好感，留下我为她做针线活儿。所以裙子做好了。

艾丽娜冲我点头。我并没有自己去取。我到了房间外，找了一名侍女，让她到寒冷的小房间里去把裙子取下来，她照办了，因为我现在已经重要到足以跟帕米拉、诺里乌斯还有埃迪塔一起喝茶一小时。我重新回到房间，发现艾丽娜又一次站到了阳台上，望着远处的森林，而沙皇全身赤裸地站在火前，拒绝着仆人们献上的一件又一件外衣、衬衣和马甲，取出这些东西的箱子和包裹堆在地上，像是在房间里筑起了一座小堡垒。当然，我们都是微不足道的小人物，但他那份满不在乎，却好像跟我们卑微的仆人身份无关：就算是伽利娜和公爵，也不会总是那样一丝不挂地站在镜子前，让别人翻遍衣柜找合适的衣服，就像内心完全不会因为裸体觉得羞耻，也不需要任何东西蔽体一样。但沙皇站在那里的架势，却好像他完全可以以这副样子出门面对任何人，就跟衣冠楚楚的时候没什么两样。就好像他穿衣服只是因为爱美，如果没有他喜欢的衣服，他宁愿什么都不穿，让别人去尴尬地移开视线，或者装作他并没有裸体出现在大家面前。

但是我为艾丽娜扯开了一道屏风，在屋角圈出一块私密空间来，等到那女孩拿了蓝裙子下楼，我们就在那个黑暗的角落帮她换了衣服。我们帮她穿好之后，就把屏风收起，沙皇终于穿戴好了，或者说接近了吧：他穿了一件红丝绒上衣，一件红底绣银线的马甲，他们正在帮他穿上一双华贵的靴子，缝合线上有几行闪亮的红色宝石。他站起来，转过身，冷冷地看着艾丽娜，然后对我们所有人说："都出去。"我不得不离开，我在门口回头看了她一会儿，但她并没有显出恐惧；她沉稳地站着回望沙皇，我冷静的好姑娘，脸上没有任何表情。

他们稍过了一会儿出门了，那条裙子已经不再是原来的模样；它变得更宽大，更厚实，脚部的深蓝色越向下越淡，到裙边已经成了浅灰，像瀑布一样层叠的衬裙从外衣下面露出，每条褶线上都有银丝勾边，上面镶嵌着好多红宝石，熠熠生辉，那些可不是我缝上去的。艾丽娜拿了她的首饰盒，衣袖也变成了薄如蝉翼的半透明状，上面同样有红宝石组成美妙的线条，就像沙皇让成串的血珠从自己猩红的衣服上洒出，沾在了她身上。我在他俩经过时两手互握，垂首侍立，以免再看到这奇异的情形。我缝制这条裙子的辛劳跟之前制作那张桌布没有什么两样，承受过巨大的痛苦，花费了好长时间，我自己知道耗费了多少心血才做成了它们。所以我知道，沙皇现在让皇后穿上的衣服，又会有多么惊人的价值，我不愿去想象，他是如何承担这份代价的。

旺达和谢尔盖下楼去帮人准备婚礼了。"你要来吗，斯特潘？"谢尔盖问过我，但我想了一下就吓得直哆嗦，楼下那么多人挤在一起，房间里、街道上，数量那么多，我原以为全世界都没有这么多人。所以我说："不，不，不。"他们就没有逼我，但他们去了。过了一会儿，太阳落山了，我开始不喜欢一个人待在房间里。我独自一个人，没有别人，连山羊都没一只，旺达和谢尔盖还都不在。他们要是这次又走了怎么办？要是突然有人来抓他们，他们不得不马上逃命呢？我打开窗户，探出头去向下看，我这样做的时候，能听到遥远的地面传来声音。房子外面有很多人，也有几匹马，但地面上已经变暗了，尽管我这里是高处，太阳还在窗子里，反正我看不清任何人的脸。我看不到旺达和谢尔盖。下面倒是有个金色头发的女人，但我不能确定她是旺达。

我把头缩回来，房子里已经变得太吵闹，人也太多，就算是关上窗子，也能听到他们在齐声喊着什么。那声音透过壁炉和门板传来。声音越来越大，然后又开始演奏音乐了。这音乐很吵闹，人们开始跟着它的节奏跳舞。我不只是耳朵里，连脚下都开始感觉到声响。我坐在床上，捂住耳朵，但还是能感觉到声音从楼下不断传上来。

吵闹声就这么一直继续下去。外面已经一片漆黑，我现在真的害怕了，因为下面声音那么大，旺达和谢尔盖为什么还一直留在那里呢？当然是某种可怕的原因，让他们无法脱身。我把脸埋在膝盖上，两臂抱头，然后听到了敲门声。我没有请那人进门，因为那样就得把胳膊拿开，但曼德斯塔姆夫人还是进来了。"斯特潘，你没事儿吧？"她说。她是真心的，又不完全是真心的，我能看出来。她在想着另外一件事。但当我没有回答也没有抬头时，她开始真的为我担心了，她到桌边去取了她给我们留下的那根蜡烛，从上面挖了一大团蜡，用嘴吹气，让它变得没那么热，接着她说："这个给你，斯特潘，你可以用蜡塞住耳朵。"

我觉得这值得一试。我把手略微拿开一点儿，接过蜡。蜡还是温热的，很软。我把它塞进自己耳孔里，它挤到了里面比较窄的地方，感觉没那么热了，那一侧传来的声音也不再那样吵了。我身体还能感觉到房子里的喧嚣，但不会听到那样大的声音。我很高兴，又接过第二团蜡，这团也很有用。

曼德斯塔姆夫人把手放在我头上，轻轻抚摸着。

我喜欢这种感觉。但她又开始想另外一件事了。她环顾房间，似乎在找某件东西，并为它担心。"旺达和谢尔盖没事吧？"我问道，因为她的样子让我想起了自己担心的事。我刚刚因为噪音变小觉得高兴，以至于有一会儿忘记了担心。

"他们没事，都在楼下呢。"曼德斯塔姆夫人说，她的声音听起来怪怪的，像在远处说话，因为我耳朵里有蜡，但我还是能听懂她的意思。

这样一来我就高兴了，不再担心，但她还在担心，于是我问道："你在找什么？"

她站在那儿，环顾房间，又看着我。"实话跟你说，我自己都忘记在找什么了。你说我傻不傻？"她微笑道，但这笑不是由衷的，不是那种开心的笑。"你想不想下楼，吃点儿马卡龙面包？"

我并不知道马卡龙是什么，但我想，如果有人为了吃到这种东西，宁愿待在楼下那么吵闹的地方，那它一定非常好吃。另外，我也因为没能帮她想起要找的东西而感到抱歉。"好吧，"我说，"我去尝尝。"

她对我伸出手，我拉住她的手，我们一起下了楼。周围的声音变得更响亮，但并没有我担心的那样响。我们越靠近声音来源，它们就越清楚，不再是牙齿里的钝响了。我现在能听出乐器声，还有人们唱歌的词儿，尽管耳朵里的蜡让我听不清楚每个字。反正听起来很开心。曼德斯塔姆夫人带我进入一个大房间：这里空间大，但是人也特别拥挤。我又开始害怕，因为其中一些人脸庞通红，嗓门变大，满嘴酒气。但他们并不显得生气，他们在微笑，或者大笑，或者就一起跳舞，大家拉着手组成圆圈，其实那圈也不圆，因为房间不够大，所以总是人挤人，互相踩到脚背，但他们看上去也不介意。我想起之前在楼上，跟旺达和谢尔盖手拉手，那感觉挺好的。谢尔盖也跟他们在一起，那个圈子中央有个年轻男人在跳舞，其他人轮流进入圈子，跟他一起跳。

我们进入旁边的房间，这里有好多女人在跳舞，有个女人在中间，穿了一条红色绣银线的裙子，戴了一条面纱，几乎一直垂到地板上，她在笑，很好看。曼德斯塔姆夫人带我去靠墙的一张桌子，桌旁还有空位，上面有个盘子里装了好多糕点，它们又轻又甜，像是有谁烤了一团美味的云。她把糕点盘放在我面前，还给了我一些其他吃的，好吃的东西真多啊：有一种厚片肉软嫩可口，我以前从来没吃过，她说是牛肉，还有烤鸡、炸鱼、蒸土豆、小胡萝卜、汤饼，还有小碟绿色蔬菜，另有一大块撕开了的又黄又软的甜面包。我坐在那里，不停地吃啊吃，周围的人都很开心，我也很开心，只有曼德斯塔姆夫人坐在我身边，她并不开心。她总是在房间里张望，找她想要找到的东西，但那个东西又不在。总有人过来跟她搭话。有人来的时候，她的注意力会被转移，忘记自己在找什么东西，但那些人走了以后，她就会想起来，重新开始寻找。

"旺达在哪儿？"我问她。

"旺达在厨房，亲爱的。她在帮忙上菜。"曼德斯塔姆夫人说着指了一下。我果然看到了她，所以她在找的并不是旺达。夫人在看新娘了，新娘又在跳舞，夫人想笑，但总是笑一下就停住了。

所有人开始一起拍手，男人们正在进入房间，新郎被拥在最前面。所有坐着的人都站起来，把桌子和椅子都推到紧靠墙的地方。围成圆圈的女人们正在腾出位置，让男人们也可以进入她们的圈子。有个男的搬过一把没人坐的椅子，放在他们圈子中央，新郎坐在了上面，有个女人也在圈里给新娘放了另外一把椅子。我在等着看他们接下来要做什么，但他们什么都没做。大家突然停了下来，因为有人在敲门。

其实房间里非常吵，所有人都在唱歌，欢笑，那么大声地讲话，听起来简直像喊叫，否则就互相听不到，一旁还有乐队在演奏。但那敲门声，却比所有这些声音更响。它那么响亮和沉重，甚至完全穿透了我耳朵里的蜡，把它们全都震落在了地上。但是蜡块落地之后，房间里的吵闹声并没有开始折磨我，因为敲门声响起之后，就不再有别的声音了。没有人说话，音乐声也停止了。

这房间的侧面有两扇巨大的门，通往院子，敲门声就是从那里传来的。过了一会儿，又有一下敲门声，感觉像是在楼上听到楼下的音乐，带着一份低沉的回响。它震动着我的骨骼，让我感到害怕。

曼德斯塔姆夫人突然站起来，跑过房间，推开所有其他人，曼德斯塔姆先生也在从男人堆里冲出来，他俩抓住两扇门，把它们拉开。没有人阻止他们。我想要喊"不，不，别开门！"，却说不出一个字。我想要埋起头不看，但我觉得这样只会想象出更可怕的场景，不管真实世界将会发生什么事。

但其实我想不出更可怕的东西了，因为来的是星魔。

谢尔盖和旺达就在我身旁。他们听到敲门声就到我这里来了，现在站在我旁边，谢尔盖一手扶在我的椅背上。他个子那么高，足以从所有人头顶上看到对面，我听到他倒吸寒气，知道他在害怕。我也害怕。所有人都怕。来的可是星魔。他们总共有两个，头上戴着王冠，一王一后。他俩还牵着手。那国王跟谢尔盖一样高。王后没那么高，但她的王冠特别高，几乎足够弥补和国王的身高差距了。王冠是纯金的，她穿的衣服也是金银两色。他们站在门口，其他人都不敢动弹。

然后有个男的从人群里走出来。他年龄很老，白须白发。他站在星魔国王面前说："我叫艾荣·穆赛尔。这里是我家。你们来这里想做什么呢？"

老人报上姓名之后，星魔国王退后一步，垂目打量老人。我担心星魔国王会对他做不好的事情。我觉得他可能只要伸手一碰，这老人就会倒在地上，变得跟谢尔盖那同躺在森林里一个样，就好像丢了魂似的。但相反，星魔国王回答了他："我们是应邀而来，为践行隆重的承诺，来我夫人表姐的婚礼上跳舞。"

他的声音，听起来就像挂着冰凌的树枝吱嘎作响。他转向那位王后，只听曼德斯塔姆夫人出了声，我才意识到，那根本就不是星魔族人，而是一个戴了王冠的普通女孩，而且她在哭呢，曼德斯塔姆夫人也在哭。我想，这女孩是她的女儿。我这时候终于回想起一切：曼德斯塔姆夫人曾有个女儿。她从前是有个女儿的，女儿的名字叫梅瑞姆。

所有人都还不敢出声，老穆赛尔先生说："那就请进来，不要拘束，跟我们一起欢庆吧。"我心里想的又是"不，不，这不行"，但这不是我家，是他的家，于是星魔国王跟梅瑞姆一起进来了。有两把椅子对着刚才跳舞的人群，他们就坐在那两把椅子上。即便在他们落座之后，还是没人动，没人说话。但穆赛尔先生对乐师说："这可是婚礼啊！奏乐！继续演奏欢呼曲！"他很威严，也很激动。乐师们开始轻声演奏，他开始击掌打拍子，还回头面向房间里的其他人，让我们看到他在拍手，渐渐地，所有人都开始击掌、跺脚，就好像他们特意要发出足够大的声音，以跟刚才的敲门声抗衡。

我觉得那声音无论怎样都是比不了的。我们只是普通人类而已。但随后乐师们提高了音量，所有人又开始唱歌，歌声越来越大，我们周围所有人都站了起来，加入那些已经站起来的人。他们手拉着手，重新开始跳舞，所有人——就连比我还小的孩子们也站出来跟着跳舞；很老的人也一样，他们留在外围，主要在拍手，但其他所有人又一次围成大圈，很快地跳舞，男人们一圈，女人们一圈。新娘和新郎都在圈子里，就好像其他人都在努力保护他们。

围圈子的人们全都拥向中央，所有人一起同时举手，然后再一起后退。所有人都在跳舞，只有我、旺达和谢尔盖例外——我们在外面看，而且感到害怕。而在圈子对面，星魔国王和梅瑞姆就坐在椅子上，也在看。国王还握着梅瑞姆的手。那圈子在我们身边经过，里面有那么多我们不认识的怪人，但随后我看到曼德斯塔姆夫人向我们这里靠近，她放开身边那个女人，伸手过来，旺达握住了她的手。

曼德斯塔姆先生在另外那个圈子里,也在向我们靠近。但我并不想加入什么圈子。我想爬到桌子底下躲起来,但曼德斯塔姆夫人在邀请我们。她想让我们加入,来强化那个圈子。我当时觉得害怕,不想加入,但旺达却站起来加入了。我不能让她独自一人参与,所以,当曼德斯塔姆先生伸出手时,我握住了他的手,又拉住了谢尔盖,也加入了舞蹈。

这样一来,整座房子里的人们都在跳舞,只剩下星魔国王和梅瑞姆。但圈子还在继续运动,曼德斯塔姆夫人一只手伸向梅瑞姆。我并不想让她伸手,我不想跟星魔国王还有他的王后跳舞,就算女方是曼德斯塔姆夫人的女儿也一样。但夫人却伸出了手,梅瑞姆也握住了那只手,然后她站起来,被扯向圈子,但是星魔国王却没有放开她的另一只手。他也站了起来,跟她一起跳舞。

他开始跳舞之后,出了一件怪事。我们本来围成了两个圈子,但他一加入,不知怎么回事,圈子就只剩一个了。我们所有人都在其中,我现在拉着的是旺达的手,尽管我一直都没放开曼德斯塔姆先生的手。舞蹈继续,本来待在圈外的老人们也开始加入进来,尽管他们都很老迈,但也在跳舞,就连那些年龄特别小、站在地上够不到我们手的小孩子们也在跳舞。

空间大到足以容纳所有人,尽管在这之前,我们就已经觉得很挤了。我们已经不在室内了,头上也不再有房顶。我们到了外面,在一片积雪覆盖的空地上,周围全都是白树,那些白树就跟妈妈的树一个样,我们头上还有好大一片圆形的灰白色天空,看不出是白天还是夜晚。我忙着跳舞，顾不上害怕和寒冷。我本来不会跳舞，也不会唱那首歌，但这些都没关系，因为圈子里的所有人都在帮助我，带我一起跳舞，最重要的，就是我们决定了要加入。

新娘和新郎还坐在圈子中央的椅子上，彼此紧握着手。我们踩着舞步向内靠近他们，再向外退开，接着有几名男子脱离了圈子，但并不是要停止舞蹈，而是来到中央，弯腰握住椅子，把它们举了起来，新娘和新郎都还在椅子上坐着，这些人开始抬着两人一起走，上下颠动他们，同时继续唱那首歌。歌声是那样嘹亮，真的比星魔国王刚才的敲门声更响。那声音太大，我觉得自己整个身体都被它震到了，但却不像之前的吵闹声那样让我害怕。我现在并不介意它在我身体里回响，感觉我自己的心也在跟歌声一起跳动，我呼吸困难，但心里却很高兴。一切都在摆动。连树木都在跳舞，它们枝条轻摇，叶子发出歌唱一样的声音。

我们继续跳舞，速度加快，但我却不觉得累。那些抬椅子的人的确会累，但其他人跑上来，取代体力下降的人，继续抬着新娘和新郎巡游。就连谢尔盖也上前帮着抬了一轮，我看到他去，之后又眼看他回来。我们都在继续跳舞，没有人想停下。我们一直在那片灰色天空下跳舞，一直跳，我以为我们会永远那样跳下去，但天空开始变暗了。

那不是太阳落山那种变暗。它变暗的方式更像是冬天夜晚云层散去，一开始，有一小块云被风吹走，露出一点幽暗的天空，然后又有一点云被吹走，这样继续着，直到头顶只剩下好大一片晴朗的夜空，所有的星星都在我们头顶那片夜空里闪亮，但那些星星不是春天该有的,它们是冬夜的星辰,在晴朗的夜空里极为明亮,而我们脚下的雪和树上的白花也在反射它们的银光。我们全都停止舞蹈,站在那里一起仰望它们,转眼我们就不在室外了,我们已经回到那座房子里,所有人都在大笑,鼓掌,因为我们唱完了那首欢庆之歌。尽管有星魔上门,尽管有严寒逼迫,我们还是唱完了那首歌。

此刻传来巨响,像是教堂的钟声那样,只不过很近,就在门外,我们都不再笑了。这钟声像是宣告了午夜来临。白昼已经过去,歌声也已经被终结。音乐停止了。婚礼完成,但星魔国王还在。我们坚持唱完了那首歌,尽管有他这样的不速之客,但歌声并没有把他赶走。他还站在房间正中,而且还拉着梅瑞姆的手。

他转身对梅瑞姆说:"走吧,夫人,舞已经跳完了。"他说话时,所有人都从他身边退开,避到那个房间里尽可能远离他的地方。我和谢尔盖也想避开的,但我们试了一下就停住了,因为旺达拉住我们的手,把我们扯了回来,她并没有避开。

曼德斯塔姆夫人还拉着梅瑞姆的另外一只手,她紧紧握住,而且没有走开。她跟梅瑞姆站在一起,不肯放手,曼德斯塔姆先生则拉着她,梅瑞姆也不想放开他俩。星魔国王看看她们一家,皱着眉,整个脸都变凶了,他的眉骨看上去就像锋利的冰凌一样闪着寒光。他说:"放手,凡人,放手。她从我这里买到的,只是一个夜晚的舞蹈而已。你们不能留下她。她现在是我的妻子,已经不再属于阳光照耀下的世界。"

但是曼德斯塔姆先生没有放手,曼德斯塔姆夫人也一样。她瞪着星魔国王,脸色煞白,很不舒服的样子,她什么都没有说,但是她微微摇了摇头。星魔国王举起一只手,梅瑞姆叫嚷起来:"不要!"她想要把手从曼德斯塔姆夫人那里缩回来,但曼德斯塔姆夫人还是不肯放手,房间侧面的门突然一下子被打开了,开得那么快,旁边的人都得跑着、跳着回避。门砰的一下撞在墙壁上。

门口又出现了一对夫妻——沙皇和皇后。这次只有皇后戴后冠,但我知道那男的也是帝王级别的身份,因为他们就是我们今天见过的乘坐雪橇的沙皇和皇后,我们等了那么半天,他们还是优先进了城门。沙皇看看房间里的星魔国王,就大声笑起来,笑声像是火焰发出来的,星魔国王突然一下子僵住了。

"艾丽娜,艾丽娜,"沙皇说,"你已经履行承诺,他果然来了!把链条给我!"

皇后打开首饰盒,取出一条银链给他。沙皇走进房间,呲出一嘴凶牙。我们没有人敢阻挡他。我们全都挤在墙边,尽可能躲远。

但是星魔国王突然开了口,非常凶:"你以为那么轻易就能抓到我吗,吞噬者?我以前从没见过你的脸,但我知道你的名字:切诺伯格,火魔。"他向前跳来,两手抓住链条中央。整根银链突然结冰,长长的冰凌从它表面长出来,就像暴风雪在瞬间扫过,而且冰凌还一直蔓延到沙皇两手,爬上他的躯体。沙皇哀号一声,放开银链。星魔国王重重地把链条摔到身后的地面上,然后用手背抽了沙皇一记耳光。

爸爸有时候会这样打我,也打旺达,甚至谢尔盖。爸爸生前既高大又强壮,但就算是他打我,我最多也就是摔倒在地上。但当星魔国王打中沙皇，感觉他就像打中了稻草人一样。沙皇的两脚飞离地面，即便是在重重摔到地板上之后，整个身体还继续向前滑行，直到撞上舞台，撞翻了几件乐器，在他周围发出可怕的巨响。

我以为他死定了，因为被人打得这么狠。爸爸拿起铁通条要打旺达的时候，我觉得要是用这东西打她，她一定会被打死，但就算是用上铁通条，也不可能把旺达打得整个身体飞过房间，滑出那么远。但沙皇却没死。他甚至没有乖乖躺在地上，庆幸自己没死，努力避免继续被毒打。相反，他又站了起来。他不仅站了起来，方式还特别奇怪，整个身体像是已经扭曲了，而且嘴角有血流下，牙齿都变红了，他向星魔国王怒吼，当他怒吼时，血开始冒烟，被蒸发掉了，他的两眼也已经变得血红。

"出去！"沙皇带来的皇后突然叫起来，"每个人，所有人，全都快走，离开这座房子！"

其他人像是得到了赦免一样。所有人都争着离开房间。有些人从皇后身旁跑过，穿过那道已经打开的门进入院子；有些人转身向后，逃到刚才男人们跳舞的大房间；也有人走厨房那道门，新娘和新郎就是手拉手向那边逃的。孩子们被抱起来，老人由其他人搀扶，所有人都在逃。

我以为我们也应该逃的，但旺达却不肯。梅瑞姆在试图劝说曼德斯塔姆夫人跟其他人一起逃，但她也不肯逃走。她两手并用拉住梅瑞姆的手，死也不肯松开。

"爸爸，求你了！妈妈，他真的会杀死你啊！"梅瑞姆说。

"我们死了更好！"曼德斯塔姆夫人向她哭诉。

"你走,你先逃。"曼德斯塔姆先生说道。他想要抱住梅瑞姆。

梅瑞姆摇摇头,转过身,又叫嚷起来:"旺达!旺达,求你了,帮帮我!"

谢尔盖和我不会逃,因为旺达真的跑去帮她了。梅瑞姆把她妈妈推向旺达,说:"拜托你,带她走吧!"

"我不走!"曼德斯塔姆夫人说,还是紧紧拉着女儿。

我能看出,旺达不知道该怎么做。她想要按梅瑞姆的想法去做,又想遵从曼德斯塔姆夫人的想法。两件事她都很想做,以至于她无法离开那个房间,这样一来,我也走不了了,因为我不能丢下旺达跟谢尔盖在这里,自己离开。

他们争执期间,沙皇和星魔国王一直在打。但沙皇打架的方式并不像沙皇。我一直觉得,沙皇应该是用剑作战的。谢尔盖有时候会给我讲故事,说骑士怎样杀死妖魔,那是妈妈生前给他讲的。以前也曾有一名骑士骑马经过我们那条路,我当时在放羊,隔着好远的距离就看到他了。我并没有看到他用剑,但为了看清他的样子,我还是尽可能远离大路跟随着。我看了好久,因为他骑得并不是很快。他带了一柄剑,全身盔甲,还有两个步行的年轻随从,为他牵着一匹马和一头驮行李的骡子。我看到他,知道骑士是什么样子之后,有时候我会趁着放羊,在野外练习用剑打仗。我的"剑"不过是木棍而已,我装作那是宝剑的样子。

我觉得,沙皇应该跟骑士接近,只不过他的盔甲会更华丽,剑也会更大,但这位沙皇根本就没穿盔甲。他穿了一件红丝绒外衣,本来倒是挺好看的，现在已经被扯破、沾湿、烧坏了。他手里也没有剑。他赤手作战，试图抓到星魔国王，却总是抓不着。我不知道他怎么就抓不着的，因为星魔国王就在那儿，但他扑上去一抓，星魔国王就不在原来的地方了。而且，要是他抓到阻挡去路的椅子、桌子或者手接触地板，我就会闻到烟味儿，等他把手拿开之后，就会留下一个手形的焦痕。他的脸有一种奇怪的感觉，让我不敢盯着看太长时间，否则我就会觉得他正在用燃烧的手掌伸入我的身体，探到我的脑袋里。

我想，他应该并不是真的沙皇。他是切诺伯格，就是星魔国王之前说过的那个名字，他跟星魔国王是一路货色，反正就是代表某种妖魔。我当然不希望星魔国王打赢，但我也不想让切诺伯格赢。我的希望，或者是他们永远这么打下去，或者至少搏斗足够长的时间，让我们都有机会逃走。但我能看出，星魔国王就快赢了。切诺伯格的确是个妖魔，但他毕竟是附在凡人身上的。每次他扑空，星魔国王都会反击，就像双方轮流出手一样，沙皇渐渐变得浑身是血。他已经面目全非，皮肉肿起，让我想起热粥泼在爸爸脸上的样子。我不想看沙皇的脸，可是又控制不住自己。我担心，如果自己不看，星魔国王就会趁机赢得战斗，然后星魔国王就会冲过来，杀死曼德斯塔姆夫人和曼德斯塔姆先生。我并不认为简单的围观能够阻止他，我也并不想见证这样的惨事，但我同样不想转头不看，再回头时，我发现惨事已经发生了。

皇后绕过战场，来到梅瑞姆身旁。"那根银链！"她说，"我们需要一根银链来捆住他！"

曼德斯塔姆先生转身从地上拣起那根银链。链条已经断作两截，长度都不足以绑住星魔国王。但皇后抬手到颈后，摘下了她的项链。那项链是银的，闪闪发光，特别好看，像窗外飘过的雪花一样。她让项链一头穿过第一段链条，又让另一头穿过第二段链条，再把项链扣上，这样就又有了一根完整的银链，从头至尾完整无缺。然后，曼德斯塔姆先生拿起了链条。

沙皇又一次吼叫着冲向星魔国王，尽管他的脸上全是鲜红的血。他有几根手指已经被折断，两腿也一瘸一拐，像是断了一大半的树枝，但他还是两臂向前甩出。星魔国王快速避开，感觉就像你去抓苍蝇，以为自己抓到了它，但摊开手一看，它并不在那里，然后它又开始在你耳边嗡嗡叫。但星魔国王可不是苍蝇。他已经站在壁炉旁。他们开始搏斗时，都在巨大房间的中央，现在已经打到了房间边缘。整个搏斗过程中，星魔国王都在引导着沙皇向壁炉方向靠近。他这么做是早有图谋的，现在他们已经到了预想的位置，沙皇这次扑空之后，星魔国王反而抓到了他。

嗞嗞的响声中，大团蒸汽从星魔国王两手中升腾起来，他看上去很疼，但还是抓着沙皇，他把沙皇丢进壁炉里，说："回归本所，切诺伯格！以汝之名，令汝从命！"

沙皇嘴里发出可怕的剧烈的噼啪声，当他张开嘴巴和眼睛，我看到他体内全是火焰，但他全身的其他部位都已经软瘫。那噼啪声变作一个怪异的嗓音，叫嚷着："快起来！起来！"就像他在对自己说话，但他却没有听从自己的话，并没有起来。他就躺在壁炉里，一动也不动。

星魔国王站在他旁边，两只手掌相对，观望着，看他还能否逃出壁炉。就在这时，曼德斯塔姆先生跑向他，试图用银链将他缚住。

我没有看清这段，因为他一开始跑，我就不敢看了。我以为星魔国王会杀死他，我发现自己还是不想看他死。所以我低下头，两臂挡在眼前，曼德斯塔姆夫人叫出了声："约瑟夫！"接着是梅瑞姆说："不！"这一来我就忍不住又看了。曼德斯塔姆先生躺在地上，不再动弹。我以为他已经死了，但之后他就有了动作，那根银链也没有套在星魔国王身上，而是在远离他的地板上。曼德斯塔姆夫人跑向曼德斯塔姆先生，跪在他身旁。梅瑞姆跑过去挡在星魔国王面前，她突然把王冠从头上摘下来，重重地摔在地上，金属落地的声音特别响亮，她很大声地说："要是你敢伤害他们，我就永远不跟你回去！我宁死也不去！我发誓！"

星魔国王本来已经抬起手，好像要对曼德斯塔姆先生做什么的样子，但梅瑞姆这样一说，他就停下了。他并不想停下，所以他很生气。"你像夏天的雨一样烦人！"他冲着梅瑞姆吼叫，"他拿了链子想要捆住我！我却不能还手吗？"

"是你先闯入了我们的生活！"梅瑞姆也吼他，"是你先抢走了我！"

星魔国王还是很生气，但过了一会儿，他哼了一声，放下那只手。"哦，好吧！"听起来，他还是不太喜欢现在的安排，但已经懒得动手杀死曼德斯塔姆先生了，他向梅瑞姆伸出手。"现在你跟我走。时辰已晚，吉期已过，我再也不会带你回来，承受这些无能之辈的羞辱，他们居然以为能从我这里把你夺走！"

379

他另一只手向门一挥。门再次打开，外面不再是庭院，而是我们曾经跳舞的那片森林，但现在天上已经没有星星了，只剩灰色的天空，还有那辆雪橇，加上拉雪橇的怪物，等着带他们离开。

梅瑞姆显然不想跟他走。换作我也不会愿意跟他走的，我为她感到难过，但我还是希望她离开。我想让她握住星魔国王的手，因为这样一来，星魔国王带走的将只有她一个，而且也不会再回来。切诺伯格会被困在壁炉里，星魔国王也走开了，我们所有人都会很安全。曼德斯塔姆先生和曼德斯塔姆夫人也都不会死。我真的特别、特别希望她走。

她转身看自己的父母，我也看到了她的脸，我觉得心里大大地松了一口气，因为我看出她就要跟着星魔国王走了。我也觉得难过，因为她在哭，这让我觉得肚子不舒服，就像肠子打了结一样难受。我在想，如果她是我，曼德斯塔姆夫人是我妈妈，我不得不跟着星魔国王离开的话会怎样。但总体来说，我还是高兴的。我当时还有点害怕，想着万一她改变主意怎么办，但她并没有。她只是最后回头看了一眼父母，就转身面向星魔国王，尽管她在哭，但还是向星魔国王迈出了一步。

"不要！"曼德斯塔姆夫人叫起来，但她现在并没有拉着梅瑞姆的手。她跪在地板上，曼德斯塔姆先生的头枕着她的腿，距离太远。但她还是伸出手叫着："梅瑞姆，梅瑞姆！"

星魔国王生气地开了腔。"你还敢这样！"他恶狠狠地对曼德斯塔姆夫人说。"你以为你能约束她吗？今晚我已经大获全胜，吞噬者一败涂地！从现在开始一代人的时间里，我会封闭白路，禁断我的王国，直到知晓我夫人姓名的人们全部死亡，我会抹除你们有关她的全部记忆，让你们没有任何办法抓到她！"

他伸手拉起梅瑞姆的手，拖着她走向那道门，我对他的做法非常满意，甚至没有察觉旺达在做什么，没来得及害怕，也没来得及移开视线，这时，我亲眼看见旺达用链条套住了他。

我这次看清了他上次是如何避开的，因为他差一点儿就故伎重施。他扭转身体，想要从链条下面闪过去，但这一次，梅瑞姆瞅准时机扑倒在地上，因为星魔国王拉着她的手，也被她牵扯得打了个趔趄。旺达迅速向下甩臂，把链条紧紧套在他身上。所以当他挺直身体时，他还在链条的束缚里。他的表情那样愤怒，以至于脸上闪过一道白光。他还没有放开梅瑞姆的手，但他伸出另一只手，抓住银链，用力拉扯。

他险些就把旺达拽倒了，但谢尔盖跑过房间，到了她身边，也抓住了银链。谢尔盖扯住银链一头，旺达扯住另一头，两人都紧紧握住，两脚踩住地面，就像在用力拔出一根树桩，只不过这根树桩也在拉扯他们，现在更接近于把他俩拽倒，而不是他们把"树桩"拽出来。我当时很害怕。我太害怕了，但我想，这跟刚才跳舞一个样，我从桌子底下爬出来，跑过房间，抓住旺达围裙上的结，还有谢尔盖破旧的束腰绳，跟他们一起结成了小圈。

我这样做的时候，星魔国王发出一声尖啸，就像冬季临近结束时，河面上的冰破裂的声音。那声音很可怕，让我耳朵疼，但我还是坚持拉扯，然后他就不再出声了。他站在那儿直跺脚，气愤地对旺达说："很好，你们现在捆住了我！你们要得到什么，才能放我

381

走呢？"

我们愣在那儿，旺达回答："放开梅瑞姆，离开这里！"梅瑞姆还在地上，想要摆脱他，但他仍然拉着她的手。

星魔国王愤怒地瞪着她，眼冒凶光。"不行！你们的确用银链缚住了我，但你们的臂膀却没有那份力量一直困着我。我不会交出我的妻子！"

然后他再次用力拉扯银链，想要逼我们放手。但现在已经不再只有我们跟他角力了：曼德斯塔姆先生已经从地上爬起来，抓紧了旺达那头的链条，曼德斯塔姆夫人在谢尔盖那边拉，而且她和曼德斯塔姆先生还拉起手来，揽在我身后，帮我用力。我们都竭尽全力，虽然他还是差一点儿就摆脱了，但他毕竟没有摆脱掉。他停下来，更生气了，他对旺达说："你到底想要什么才会放开我？换一个要求，否则等你们累了，我绝不会轻饶你们！"

旺达摇着头说："你放开梅瑞姆！"但他又一次发出冰层破裂那样的可怕啸声，吼叫着说："绝不！我不会离开你，我的王后，我贵如黄金的夫人。我曾经错过一次，但绝对不会再错过第二次！"他再次用力挣扎，这次的力度大到足以把我们拖过地板，我们所有人都脚底打滑，几乎跌倒。我想，我们真的没办法坚持更长时间了。我能看出旺达的手和谢尔盖的手都在银链上打滑。他们本来是用手指抠住链条的，但他们手上在出汗，链条一节一节滑脱，他们又不敢倒手移动位置，否则可能星魔国王马上就脱困了。

但这次，我们还是挺过去了，他停止了用力，大声喘息了三次。他喘息时，大团的水雾从他嘴唇里冒出来。他身体挺直，显得特别高，身上开始有冰块生长。这些冰从他身体的棱角位置开始产生，最初只是薄薄一层，透过它还能看见星魔国王原貌，然后在新出来的冰层上又多了薄薄一层，但比第一层更薄一点儿。这件事一遍又一遍发生，冰面变得更锋利、更尖锐，我能感觉到可怕的寒冷扑向我的脸。谢尔盖和旺达都在仰身避开这寒气，而且冰层已经在沿着链条，向他们的手指接近。

星魔国王这次没有对着旺达尖啸。他这次开口时，声音听起来很柔和，就像你在大雪刚过的时候出门，周围都特别安静那样。"放手吧，凡人，放手，你可以向我要求另外一种奖赏。"他说，"我愿意给你大量珠宝，或者长生不老药；我甚至愿意把春天归还给人间，这是你们坚持战斗的合理回报。但你们要我献出王后，却是目标过高，胆大妄为。你们要是胆敢再挑衅我一次，我就会让冬天侵入你们的肉体，剥出你们的心脏，让你们鲜红的血冻结在那片雪地上。因为你们没有高级法力，没有真正的魔法天赋，只有爱，并不足以给你们束缚我的力量。"

他那样说的时候，我知道他没有说谎。我们全都知道。梅瑞姆再次站起来。她已经不再试图挣脱，星魔国王的手还在她手腕上紧握着。她说："旺达！"她的意思是我们应该放星魔国王走了。

但旺达看着梅瑞姆，她的回答是："不！"这是同一个"不"字，她曾经对我们的爸爸说过——在我们家，当他恨不得把她吃掉的时候。

那天，我并不想对爸爸说"不"。我以前从来没有对他说过"不"，因为我知道，如果我们这样做，他就会伤害我们。他平时就在伤害我们，所以我知道，如果我们拒绝他，伤害就会更猛烈。不管他做什么，我甚至都想不到对他说"不"的可能，因为他总能做得更过分。当旺达对他说"不"，我实际上也开始对爸爸说"不"，但我并不是真的下定决心那样做，我就是说了而已。但现在，我觉得，我当时那样说，是因为他能对我造成的最大伤害，就是用那根通条不停地殴打旺达，直到她死，而我只能旁观。如果他真打算那样做，我也宁愿去死，因为那跟眼睁睁看着一样糟糕。

现在旺达说"不"，因为星魔国王能对她造成的最大伤害，也就是掠走梅瑞姆。我并不确定自己是不是这样想，但随后我想到，如果我放手，就等于迫使曼德斯塔姆夫人和曼德斯塔姆先生也放手，因为他们的胳膊都搂着我呢。如果我对曼德斯塔姆夫人做出这样的事，事后她看我的眼神，会让我比死还痛苦。

但是星魔国王也真的没有说谎。这次跟爸爸那次还不一样，因为当时谢尔盖还能冲进来，他比爸爸强壮，能把他推进火里。现在的谢尔盖已经竭尽全力帮忙，而我们中间没有任何人像星魔国王一样高大强壮。所以我们都会死。我们不想死的话就只能放手。而现在又不能放手。

忽然，有个沙哑、可怕又潮湿的声音说："一根银链将他紧紧束缚，一个火圈消减他的法力。"在我们周围，十二根大蜡烛一起点亮了。我回头看，发现沙皇再次站起：是皇后把十二根蜡烛摆在我们周围，就在我们努力缚住星魔国王期间，她去了沙皇那里，把他扶出了壁炉。她现在扶着沙皇，后者刚说了这番话，用他严重受伤的嘴巴，尽管口角还在冒出猩红色泡沫。他一手向外甩出，尽管手在发抖,手指头被扭成各种可怕的角度,但他只用一根手指虚点,所有蜡烛上面就一起腾起了火焰,火苗几乎跟蜡烛一样长。

在银链的束缚下,星魔国王发出了被窒住的惨叫声,他身上的冰盔甲碎成了大块,掉在地上发出脆响。他全身都变成了惨白色。沙皇大声狂笑,只不过这笑声不属于沙皇,而是切诺伯格,这是妖魔的笑声。这声音很可怕,像火焰哔啵响着燃起,与此同时,他那被拧成奇怪角度的几根手指恢复了挺直。他再跨出一步,刚刚被扭伤的肩膀"咔嗒"一声复位,他被打断的鼻骨也已经复原,一点一点地,在他步步靠近的过程中,他全身又都恢复了健全,直到他的脸完美无瑕,就连被撕毁的红外套都平整如新,甚至都没留一点血迹。但他真的很不对劲,他全身上下就没有一点正常的地方,而他正在向我们走来。

他抬起一臂,手掌在空中一摆,银链从旺达和谢尔盖手里挣脱了,紧紧捆在星魔国王身上,把他两臂缠在体侧。梅瑞姆的手挣开了星魔国王的掌握,从他身旁跳开,我们全都惊慌地后退,尽快远离切诺伯格。但他却丝毫没有理会我们。他只顾着站到星魔国王面前,对他微笑。左侧链条的最后一环自行张开,像一张巨口一样咬住了对面的另一环节。右侧链条的最后一环也跟同侧的链条连接,星魔国王被捆了个结结实实。

"我抓到你了!我抓到你了!"切诺伯格得意得直哼哼。他抬手竖起一根手指接触星魔国王的脸,沿着他的脸颊向下划,掠过他的喉咙,蒸汽腾在空中。星魔国王咬紧牙关,显然非常痛苦。切诺伯格眯起眼睛发出轻笑,显然非常得意,只不过他一定是为了某种邪恶的想法在笑。我想让蜡团重新回到自己的耳孔里，但我不知道它们哪里去了。我当时紧握住旺达的手，谢尔盖站在我们前面，梅瑞姆和她的爸爸妈妈紧紧地拥抱在一起。

"告诉我，"切诺伯格对星魔国王说，"告诉我你的名字。"然后他抬手，再次触摸星魔国王。

星魔国王全身都在战栗，但他轻声回答："绝不。"

切诺伯格气急冷笑，整个手平放在星魔国王胸口。他手的周围腾起可怕的白雾，旋卷着围绕两个怪物，星魔国王大声惨叫。"你的名字，你的名字！"切诺伯格叫嚷着，"你被捆住了，我抓到了你；我要得到你的一切！告诉我你的名字！我以这束缚的名义命令你！"

星魔国王已经闭上了他可怕的双眼，正在银链中发抖，他脸部收缩，看上去所有的棱角都特别突出，就像被扯紧了似的。他的呼吸声听起来，就像是只能呼吸，也只能想到呼吸，任何其他事情都做不到，但随后，他不再只顾呼吸，而是再次睁开眼睛，用细微的声音回答："并不是你缚住了我，切诺伯格。你只是握住了捆我的银链，而我却无须向你屈服。我的被缚，既非受于你手，也不是中了你的诡计。你并没有为这次胜利付出代价，你是个冒牌货、骗子，而我不会白给你任何东西。"

切诺伯格发出巨大的嗥叫声，转身面向我们——是面向皇后。"艾丽娜，艾丽娜，你到底想要什么？说出一件礼物，马上就能得到它，你甚至可以指定两件或者三件！但务必要从我这里得到一样报酬，这样才能把他真正交到我手中。"

但是皇后却摇头拒绝。"不要。"她说,"我已经履行承诺,把他带到你面前了,我的承诺到此为止。我不愿意从你这里得到任何东西。我做这些是为了立瑟瓦王国,并非出于贪念。他不是已经被束缚住了吗?你还不能破除他制造的冬天吗?"

切诺伯格非常生气,他开始绕着星魔国王暴走,一路咕哝着,吼叫着,自言自语唠叨着,但他没有说"不"。"我会每天把你当大餐吃。"他绕在星魔国王周围嘟囔,伸出一只手,用手指划过星魔国王的脸,留下更多深深的、冒气的线痕。"每吸一口都甘甜凉爽。每一次都会烧得你痛苦难耐。你能在我面前挣扎多久?"

"直到永远。"星魔国王轻声回答。"就算你吞噬我直到世界末日,我也永远不会解锁我王国的大门,你从我这里得到的一切,都将只能来自偷窃。"

"我会偷走你的一切!"切诺伯格说。"我已经把你缚住,你根本就无法摆脱。我会偷走你白树上所有的果实,把它们整个儿吞食。我会吸干你的仆人们还有你的王国,我会把你所有的山峰夷平!"

"即便到那时,"星魔国王说,"即便到那时我还是会拒绝你。我的人民即便被你的火焰吞没,也会把真名实姓锁在心底里。你不会得到他们的名字,正如不会得到我的名字一样。"

切诺伯格愤怒地狂吼,两手捂在星魔国王脸的两侧,星魔国王这次的嚎叫跟之前类似,只不过更惨,就像爸爸被粥扣在头上的时候发出的声音。我把脸埋在旺达的裙摆里,捂住了耳朵,但还是没法把声音挡在外面,虽然她也把手放在我耳边,跟我一起用力捂住。那声音停止时,我已经在哆嗦。星魔国王已经跪倒在地上,银链还缠在他身上。切诺伯格站在他面前,两手滴水。他把一只手抬起来,用舌头舔它,舌头舔过的地方,马上就干了。"哦,味道好甜美,凉意真持久啊!"他说,"冬日之王,冰之王,我会一直吸吮你的精华,直到你变得足够小,能被我用牙齿一口咬碎,到时候,你的名字还有什么价值?你就不能现在把名字告诉我,在你仍然形象伟岸的时候葬身火海吗?"

星魔国王全身战栗,但随后他还是说:"不。"很小声,很简短,跟我们曾经说过的"不"一个样。这个"不"字表明,不管切诺伯格对他做什么,都不像星魔献出他的名字那样可怕。

切诺伯格发出了失望的干笑声。"那么我就会用银链和火焰一直困着你,直到你改变主意,说出你的名字。叫他们来!"他大叫,"叫他们来,带他走,带他离开!"突然他打了个趔趄,几乎跌倒,撞倒了几把椅子,直到他扶住一把椅子,这才没有摔倒,尽管他全身颤抖,还是被这把椅子撑住了,他就垂着头站在那儿。皇后突然跑过房间来到他面前,沙皇看着她,这次是以人类看别人的方式,沙皇已经不再是切诺伯格那种怪物了。他过了一会儿才说话,声音几乎听不清,"叫卫兵。"他的嗓音很美,像音乐,尽管他的声音是那样细小。

他转身,一手指向门,像之前他指蜡烛那样,只不过这次他的手指完美无缺,门也打开了。雪橇已经不在门外,外面又是空空的庭院。"卫兵!"沙皇大声召唤,士兵们纷纷冲进院子。他们是真正披甲带剑的军人,但当他们看到星魔国王时还是停住了脚步,显得很害怕，瞪目而视，还在身前画着护身符。

沙皇准备对他们伸手，就像之前对蜡烛和门挥手一样，但皇后突然伸出手按在他手臂上，把那只手臂压了下去。她对那些军人们说："鼓起勇气来！"所有人都仰头看着她。"这个是星魔族的首领，就是他把这可诅咒的寒冬带到了我们的国度，由于众神保佑，我们已经捕获了他。我们现在必须把他关起来，才能让春天重回立瑟瓦王国。你们都是敬畏神明的人吗？那么请求上帝的保佑吧！你们每个人拿一根蜡烛在手里，用蜡烛始终围住他！我们还必须找到一根绳子，连在捆他的链条上，牵着他走。"

这些卫兵看上去都很害怕，但其中有一个人特别高——跟谢尔盖一样高，他留着浓密的大胡子，这人对皇后说："陛下，为了您，我愿意冒死一试。"他去外面找了一根绳子回来，径直走到星魔国王面前，很快把绳子接在链条上，然后他退开，脸上的肌肉在抽动，我看出他指尖已经受了伤，那里的皮肤全是白的，毫无血色，像是被冻伤了一样。但他手里握住了绳子，其他人走上前来帮助他，大家一起拉绳，星魔国王站起身，以免被横拖过地板。其他卫兵上前来拿起蜡烛，围在他周围。

但当这些人想要拖走他时，他并没有马上跟着离开。相反，他转过身，看着梅瑞姆。梅瑞姆站在父母身边，正在直勾勾地看他。父母两人都搂抱着她，她脸上是愁苦病弱的模样，就像星魔国王被缚之后她还在担心。但星魔国王并没有试图冲向她。他只是在说话，看上去很意外的样子，"夫人啊，我那时以为你无力报复，当我未经你的允许就带你离家，还只为你的才能提供了代价。但我这次已经受到了应有的惩罚。你受到了折辱,就用超过三倍的强度完成漂亮的回击,这也证明了你本人的价值:高于我的生命加上我的整个王国以及国土上的所有子民。就算你把我的人民全都投身火海,我都不应为此向你报复。你的做法完全公正合理。"

他向梅瑞姆躬身行礼,非常深地鞠躬,然后转身,跟卫兵们一起离去,去他们带他去的地方。梅瑞姆两手扶额,发出的声音听起来像是想哭:"我还能做什么?接下来我该怎么做?"

第二十章

我那个宝贝皇后她老爹居然有一座藏在城墙外面的地牢,埋在一堆乱草和秸秆之下,这事儿真没让我觉得特别意外。这完全是我渐渐习惯的奇葩皇后的风格:处心积虑,有条不紊,滴水不漏。当然是有其父必有其女。

环绕犹太人区的城墙上有道门——很窄小的门,藏在小巷尽头,两座房子中间,距离办婚礼的那家人不远。艾丽娜带我们所有人去到那里,星魔国王一声不出,简直像是用盐刻成的雕像,卫兵们手执蜡烛包围着他,我跟在队伍最后。我们走在路上,肯定是一副邪魔派头。我肚子里盘踞着那只恶魔——切诺伯格,终于知道这个乘客的名字了,感觉还挺好;这么多年之后,我们终于开始互相了解——他还在绕成一圈,得意得直呼噜。还好时辰已晚,街上除了酒鬼跟乞丐,已经别无他人。

到了墙边,艾丽娜推开帘幕一样的常春藤,从衣兜里取出一把钥匙开了门,在她的指引下,一半的卫兵顺次退开,让蜡烛组成的包围圈继续环绕着我们沉默的俘虏,那位高大、帅气、极为勇敢的卫兵头领牵动绳子带他进门。星魔国王毫不抗拒地进入,虽然他是不可能被强行拖拽过去的。我全身被星魔国王击中过的地方,还会有些幻觉式的痛感,每一下都像是被重锤敲打,就好像我是被锻打得几乎成形、需要被拍成薄片的金属一样。

但那只恶魔却一直控制着我向他扑击,用我骨断筋折的手指在空中乱抓,即便在我的肋骨刺穿肺叶、髋骨开裂、两腿失控、下巴脱臼、牙齿像鹅卵石一样纷纷掉落时。就算我被打成酒糟状,我估计切诺伯格还是会让我漫过地板,用我的血弄脏对手的靴子。当星魔终于把我们推入壁炉,告诉恶魔待在那里的时候,我几乎感激涕零,终于得到了解脱——假如他当时能开恩地补上一脚,把我的头颅踩碎,终结我所有痛苦的话。

但他就把我留在了那里。然后我亲爱的艾丽娜赶来,张开两臂搂抱我,似乎想要表示安慰。假如她真想给我慰藉,正确的做法应该是马上割断我的喉咙。但她还想利用我,她也是要利用我的,我真的是……好有利用价值啊!她跪下来,焦急地对我说:"火圈,你能点亮蜡烛吗?"一开始,我觉得我只是对他哭了一声,或者是苦笑了一下,反正是尽可能用嘴巴发出了一点点声音。这段记忆在我脑子里相当模糊。但随后她扳起我的肩膀,非常激动地说:"如果我们不能阻止他,你将永远被困在这里!"然后我才清醒过来,又惊又怕地意识到,她说的完全没错。

哦,我还以为自己已经很了解何谓"生不如死"。以前的我真是太傻太天真了。我还没有伤到足以死去,只够躺在灰烬与残火之中。我想象整座房子的人四散逃走，临近房子的居民也闻风逃窜，为了躲避我在壁炉中被烧到畸形的丑陋残骸。他们会用木板封闭这座房子的门窗，也许他们会把整座建筑烧掉，把我埋在一堆熏黑的木料之下，我会永远躺在那里，恶魔还在我耳边咆哮不休，不断吞噬我，因为它无法再转移到其他人身上。

所以我当时还是站了起来，哑着嗓子吃力地念出咒语，使用了我的恶魔给我的些许魔法，那只能算是赏给一条足够听话的狗的一点肉渣。总之我帮助自己深爱的皇后和主人抓到了那位星魔国王。现在我已经得到了奖赏：我的身体恢复完整了！我现在能呼吸，而且不会有大批血浆涌进喉咙里！我能站立、行走，还能用自己的眼睛观看，哦，我对这些是多么感激啊！只不过我自己心里明白，其实我什么都没逃过。我只是把灾难延迟了一点点。切诺伯格永远不会放过我，哪怕是到我死了。他为什么要放过我呢？他没必要这样做。出卖我的那份契约是毫无保留的，没有什么繁琐条文和细则保护我的权益。我对这件事能够施加的影响，也是我一直在做的，就是什么都做不了。我完全无能为力，只能抓紧一切机会体会偶尔得到的一点生活，贪婪地吞噬它们，事后舔自己的手指，在有机会的时候说服自己，试图相信生活仍然可以承受。

所以我允许自己呼吸夜间清凉的空气，欣赏自己再度完好的双手，跟着我的皇后和卫兵们穿过大街小巷和狭窄的门，只要切诺伯格还有这只星魔可吃，我就不需要担惊受怕。他在我肚子里，感觉沉重又慵懒，是个满足的恶魔，因为惬意，几乎有点宽容了。真心希望他能这样子多睡一段时间。

出了城墙,艾丽娜带我们进入山野,到了某棵枯树旁的一片空地,她让卫兵们放下蜡烛,排成圆圈围住星魔国王,她说:"你们今晚为立瑟瓦王国和上帝做出了贡献。你们的勇敢将得到回报。现在回城里去吧,回宫之前,直接去教堂感谢神恩,不要把今晚的见闻告诉任何人。"

他们都马上逃走了,显然,大家都是精明人。我们那位勇敢的英雄当然是例外,他把绳子小心地放在蜡烛圈中间,问艾丽娜:"陛下,我可以留下来为您效劳吗?"

艾丽娜看着他,问道:"你叫什么名字?"

"我叫帖木尔·卡里莫夫,陛下。"他说。他相当急切地愿意为她效劳,这真是过于明显,尽管他早晚会要求回报的,我能想象。不过,我刚想到这些,就意识到他本人也有些鞑靼血统:深色皮肤,面容俊美,肩膀宽厚,从须色判断,毛发应该也是深黑色,跟浅色眼睛很搭。如果艾丽娜并不坚持让我提供配种服务的话,总归还需要有人完成这件工作。

"帖木尔·卡里莫夫,你已经展示了你的价值。"我说。这把他吓了一跳,他这才注意到——没错,女方的丈夫就在现场,女方的丈夫碰巧还是沙皇,有权挖出他眼睛、割掉他舌头、砍掉他脑袋以及把他的双手钉在城门上,而且只要动动嘴下令就行了。他要是显出一点儿紧张的话,我也能得到些满足感,但相反,他看到我之后就蔫了,嫉妒心让他的样子很可怜,就好像他原本就没有幻想过要得到任何垂青,他只想安静地待在一段距离之外向往他的真爱,刚刚只是暂时忘记了这位心上人可望不可即。好吧,我或许能治好他的野心不足症。"我在此任命你为皇后贴身侍卫长,日后希望你能一直表现出过人的勇气,保护我最最珍视的人,就像今晚一样。"

显然,我这个姿态做过头了,他扑向前,单膝跪倒在我脚边,抓起我的一只手亲吻。"陛下,我以自己的生命起誓。"他说着,声音已经开始哽咽,就像舞台剧演员一样,仅有的区别,是他听起来真的就要哭出来了。

"好吧,很好。"我说,赶紧把手抽离。艾丽娜眉头微蹙看着我,就像不理解我的动机似的。我意味深长地看了一眼那位帅哥勇士低垂的脑袋,她脸色骤变,毫无道理地现出一抹少女式娇羞。就好像她跟我讲王位继承大道理的时候,自己却完全不懂相关细节一样。"下面呢?"我问她。我完全不介意帖木尔在旁边;他不会把我们的秘密泄露给任何人,他才不会背叛他心爱的美丽皇后呢。

艾丽娜自己也一定是想到了这点,因为她很快就指引他来到星魔国王脚边的一个点,说道:"从那里挖下去。"

没花多少工夫,下面就现出了石块和翻板门,我们清理好入口之后,艾丽娜在门上敲了敲,门向下翻转打开,我老丈人的脸从下面的黑暗里浮现出来。他向艾丽娜点头,让出位置,让我们带星魔国王下去。原来他也一直在忙:他用镐头在地牢里挖出一道圆形沟槽,里面填了煤块。另外还有一圈蜡烛在槽外,构成第二道防线。更多的蜡烛堆放在屋角的手推车上,随时可以用来替换。一切都井然有序。

帖木尔牵着星魔国王的缰绳,把他带进煤炭圈儿,自己爬出来，把绳子丢回到星魔国王脚边。星魔国王无视这一切；他站在圈子中央看我们，冰凌组成的那张脸冷漠而平静，他高昂着头，非常傲慢，尽管身上缠绕着那根银链。这事儿真是怪异得可以，我们要锁进地牢的，可是冬天的本体啊。他看上去不完全像是活物。他的脸有一种特色，就是总有小的变化，每两次看都不是同一个样子，就像他的边缘总在持续融化然后又重新凝结一样。他并不英俊，他很吓人，但随后他又变得英俊，接着是又吓人又英俊。我总是无法判定某个瞬间的他是什么类型。

这让我的脑子里起了怪念头；我想画他的样子，用笔墨捕捉他的形象，而不是仅仅用火与银困住他。我在地牢的阴影里看艾丽娜，星魔国王身上冷蓝色的光芒有一部分反射在她脸上、白银后冠上，还有她银色衣裙上装饰的红宝石上。我突然想到，这个就是别人看她时所见的魅力：她在凡人眼里就像一只星魔，只不过又足够接近人类，可以接触。

在我体内，切诺伯格觉醒过来，略微挪动，打了个小嗝，我从未有过这样的感觉，怪异又难受，然后他略微抽打了我一下。我咬紧牙关，向那一圈煤炭动了下手指，让它们烧成红火火的一圈。帖木尔惊慌后退。星魔国王并没有明显地畏缩，但我能看出，他其实很想后退，如果不是感觉那样太过于丢脸的话。我勉强抑制住，没有对他说，想怕尽管怕。在我看来，切诺伯格并不在意别人的尊严，也不介意对方毫无尊严。无论怎样，他都只顾自己开心。

"我们是不是该走了？"我对艾丽娜说，"我也不想错过这地方显而易见的各种诱人美景，但明天我们的确还要参加另外一场婚礼，对吧？这个季节婚姻市场好繁忙。"

艾丽娜转身不去看星魔国王。"是啊。"她闷闷不乐地说。她这个计划非常漂亮，但她对最终的结果似乎并不是特别满意，尽管在我看来，这一切都进行得天衣无缝。当然，除非事情还有另外一面，她没有完全坦白告诉我的——比如说，计划的另一个分支是让我被永远困在壁炉里，或者用金链捆缚、用冰环绕之类，这倒是个富有诗意的对称。好吧，我想得越多，越是认定了她一定有类似的安排。哈，我可真是太傻——曾经太傻。我背后的这把刀，现在仍然在接近着呢。

"这人可靠吗？"公爵问艾丽娜，一面向帖木尔示意。她点点头。"很好。他待会儿跟我一起上去，封闭上面的入口，并且在此守护。你们沿着隧道一直走就好。不用转弯。路上会经过几条老旧的臭水沟。"

这还真是相当委婉地预告了我们这段行程中的景观。我对艾丽娜微笑，耗尽了内心里正在萌发的对她的真情实感，我郑重地伸出胳膊给她。她看看我，再一次变成迟钝的、面无表情的铁石人模样，一手搭在我的臂弯上。我们离开，留下沉默的星魔国王，独自置身于火焰和白银的禁锢之中。我们一起下行，穿过恶臭又漆黑一团的黑暗隧道，那里到处是诡异的轻微叫声和挂满蛆虫的老树根。我途中召唤出一团小火握在掌心里，红光跃动在土墙上。

"有这么个通道用来仓皇逃窜，还真是相当方便呢！"我说，"我要不要好好记住这个路线，以防哪天你老爹谋反呢？我估计，他现在不太可能造反了吧——还是正在做准备啊？"她只是默默地

397

看着我。"我觉得,你是把我当白痴了。"我没好气地对她说。她沉默的时候,比喋喋不休时还要烦人。我自己根本不想惹这些麻烦的:本来就不是我想迎娶她,我也没想帮她活下来,我更不想因为她被人打成碎蛋壳。切诺伯格盘踞在我肚子里,像被吞下的火炭一样令人不安,他现在肥壮又满足,对自己相当满意——也很满意她的表现,这是肯定的。我甚至不能把她推进一条臭水沟,把她留在黑暗里自己一走了之。

"你没事吧?"她突然问我。

我冷笑,这话听起来太荒诞。"无非是身心受点儿创伤,算不上什么事儿,"我故作轻松对她说,"真的,我并不介意这些。我随时乐意为您效劳。嗯,乐意——这样说准确吗,还是应该换个什么别的说法?我还需要再考虑一下。话说,你到底对我有什么期待呢?你觉得我应该感激你吗?"

她愣了一下。过了一会儿,她说:"严寒会结束。立瑟瓦王国会——"

"少跟我说什么立瑟瓦,"我狠狠地对她说,"我们在这儿演戏,难道是给虫子看吗?还是你想练练手,以免在大众面前表演的时候技艺生疏?立瑟瓦不过是上一轮争斗杀伐之后的停战线而已,别说得它好像有什么其他含义一样。我为什么要关心立瑟瓦?贵族们会乐于割断我的喉咙,农民们反正也不清楚谁在统治他们,泥土当然也不关心,而且我也不欠他们任何东西,同样不欠你的。在权力的棋盘上,我不能禁止你在我周围上蹿下跳,但我并不会因为你利用了我,就低三下四地对你表示感谢,像上边那只打躬作揖的雄性人猿那样。别装了,你其实宁愿我被打成肉酱,躺在地上不再起来。你不是早就准备好下一任沙皇的人选了吗?这种事,看起来像是你预先准备以防万一的常规做法。"

谢天谢地,她还真是沉默了一会儿,但并不像我想要的那么久。我们到了隧道尽头,穿过一道拱门,周围是石墙:这让我们进入某个黑暗又拥挤的小房间里,墙壁上有道设计巧妙的机关,通向酒窖。我们出了暗道,我把墙壁归位之后,甚至很难发现入口就在这面墙上。我用手指抚摸砖块,也只能隐约感觉到入口边缘,和正常墙壁仅有的区别,也只是那里没抹灰浆。半醒半睡的切诺伯格满足得直哼哼——他明天就会去,他会再去美餐一顿……

我转身,发现艾丽娜在黑暗中看着我。我已经合掌熄灭了火焰,只有一点灯光从楼梯上方投下,反射在她漆黑的眼眸里,隐隐现出她的面容。

"你的确对这个王国的一切毫无感情,"她说,"但你还是为得到皇位跟恶魔谈了条件,取代了你哥哥——"

这感觉,跟妖魔打折了你的肋骨,直接刺穿心脏差不多。哦,我可真恨她。"亲爱的姑娘,你恐怕也不会特别喜欢卡罗利斯。"我咬牙切齿地说,"你以为是谁教我杀死松鼠的?没有其他人愿意理会女巫的后代,除非他本人就——"

我住了口,对这件事,我还是做不到轻描淡写。这件事我做不到。切诺伯格甚至也挪动了一下,伸出他的长舌头探入我的头脑,懒洋洋地舔掉那一抹美味的痛苦,我意外感觉到的心痛让他很受用。好棒,即便在他吃得那样饱的时候,我还能让他感到满足。

她瞪着我："你曾经很爱他，但还是跟恶魔谈了条件？"

"哦，才不是。"我气急败坏地回答，"我从来就没有机会谈条件去卖任何东西。要知道，我妈妈并不像你那样幸运，亲爱的艾丽娜。她没有得到什么现成的后冠，她也没有魔力带来的美貌，她还没有星魔国王能拿来换取她想要的。所以她的做法，就是签了一份远期契约，我甚至还没有出生，那份出售我的契约墨迹就已经干透了。"

艾丽娜回来时，我正用我最快的速度在卧室一角做针线活儿。我去找过帕米拉，告诉他沙皇不允许艾丽娜一套衣服穿两次，如果她有礼服裙给我，我就能改成艾丽娜的尺寸，让她第二天穿。我会给帕米拉那件镶红宝石的蓝色裙子，她可以改给伽利娜穿。伽利娜不会知道这些宝石是从哪里来的，帕米拉也不会知道。她们最好别知道。在她们眼里，这些只是普通珠宝，富丽堂皇，有人付出了金钱买下它们，而不是付出过血的代价。我想让这些宝石远离它们赖以诞生的邪恶事实，只作为美丽的东西存在。这样我晚上也会有事可做，夜晚会很漫长，我独自坐在灯前，不知道艾丽娜还能不能活着回来。

"但必须是特别美的衣服，"我说，"否则就没用了：你也见过他穿衣服的方式！沙皇不能接受皇后比他寒酸。"于是帕米拉给了我一件礼服裙，饰有翠绿色花边和极浅的绿色丝绸，上面有特别多的银丝，配了小颗翡翠来装饰。我不得不找了一个年轻侍女帮忙，才能把它拿回房间去：这些小宝石的价值比不上红宝石，但数量极多，所以这件衣服在灯下显得珠光宝气的。伽利娜第一次结婚前穿过它，那时她还是小姑娘。现在对她来说，这件衣服太小了，但她还是一直保存着，准备将来送给女儿或者儿媳。在此之前，她没曾打算送给继女，但用不了太多工夫，我就能把它改成艾丽娜的尺寸。她只是胸部没那么大。艾丽娜回屋时，我已经几乎把乳褡改好了。她脸色煞白，对自己身上红宝石一样艳红的血渍视而不见。

沙皇去到火旁，没好气地喝斥他的仆人们，这些人慌忙醒来，去给他拿葡萄酒。他伸出双臂，让这些人为他脱下红丝绒外衣，就好像并没发生什么大事。我走上前去，想要握住我家姑娘细瘦的手，但她不肯让我看她的手，也不肯解开斗篷。于是我用手臂揽住了她，带她到我自己的椅子前，让她坐下。她并不冷，也没有发抖。但她的表情却像雪原一样茫然，而且她头发里有一股浓重而可怕的烟味儿。当她坐下时，我发现那条蓝裙子上也有血——真正的血，干掉之后颜色更深，她手掌上和指甲下面也有血迹，就像她穿着那么漂亮的裙子去当了屠夫似的。我抚摸她的头。"我会去打洗澡水，"我轻声对她说，"我会给你洗头。"她什么都没说，于是我去跟男仆们说，让他们送洗澡桶和热水来，另外送些冷水来洗裙子。

仆人们重新暖床期间，沙皇已经换上睡衣，悠闲地喝上了酒，等到洗澡的东西全都备好，他已经上了床，合上了床帷。我把其他所有仆人都打发走后，从艾丽娜头上摘下后冠——她吓了一跳，伸手要夺回它,这才看到床上的沙皇已经睡着了,就任由我摘下后冠。她的项链已经不见了,我并没有问它的下落。

首先,我用盆里的水洗净她的双手和胳膊。光线比较暗,所以水只是显得黑而且浑浊,并不红。我端起水盆,哆嗦着去了阳台上,把水泼出去,洒到下面很远处的石板地上。公爵手下的军人们平时就在那片广场操练,他们不会察觉石板上多了一点血迹。我给她脱掉那条蓝裙子,把它泡在冷水里。那些血渍染上的时间还不长,能洗掉。

然后我帮艾丽娜坐进浴盆,我为她洗了头发,用了我从以前居住的房间壁柜里取来的迷迭香。它的枝叶都有甜美宜人的香气,我把她的头发洗过三遍之后再放到鼻端去闻,终于只能嗅到迷迭香味儿,不再有烟味儿了。我帮她从浴盆里出来,用毛巾为她擦干身体,让她坐在壁炉旁,替她梳理头发。火苗已经在变弱,但我没有添柴,因为房间里还没觉得冷。她坐在椅子上,两眼已经在打架了。我一边给她梳头,一边哼歌给她听,当我最后一下顺畅地从发根梳到发梢时,她头靠在椅子边缘,睡着了。

蓝裙子上的血渍已经脱落。我把滴水的衣服取出来,又一次把水盆拿到阳台上泼掉。但这次我出去时,就没有觉得冷。暖风吹在我脸上,空气里还有树木和新鲜的泥土气息,这是春天的气味啊!我几乎已经忘掉了,因为上一个春天似乎已经过去了很久。我站在那里,盆里全都是红色的水,我忘情地呼吸,直到两臂开始发抖;那盆太重,我端不了很久。我吃力地把它端到石栏杆旁边,把水倒掉,然后回到房间里。我没有着凉,而是感觉到春的气息进入了房间。我的好姑娘、我勇敢的女孩做成了这件大事。她义无反顾地出门，回来时一身血迹，她给我们带回了春天。而且她安全回来了，对我来说，这比所有的春天都更加宝贵。

我刷洗那条蓝裙子，直到最后的污迹都去掉；我当然一直都很小心，那些红宝石镶得很结实，全都没有脱落。我拿了裙子，搭在椅背上，把椅子放到室外晾干。我稍后会把它交给帕米拉，她永远都不会知道裙子被弄脏过。当我转身想要回屋时，艾丽娜已经站在了椅子旁，她身上裹着毯子，看着窗外。她的头发披散着，已经快要干了。外面天将放亮，太阳快出来了，她光着脚走到阳台上。我差点儿就说："你这样会着凉的，乖宝贝。"但我忍住了这句话，还挪开了那把椅子，这样她就能一直走到栏杆旁。我站在她身边，伸开双臂抱住她，以免她瘦削的身体受凉。远处有响亮的鸟兽鸣叫声，每一刻都在接近，越来越近，直到突然一下子，那声音已经遍布我们周围，无处不在。我才看到松鼠的小身影在下面花园的枝叶间闪过，阳光就照在了绿叶上——柔软的新叶子。艾丽娜和我，还有那么多欢乐的鸟儿一起，目睹了太阳爬上天空，照耀着绿色的原野，而不再是莽莽雪原。

我抚摸着她的头发，轻轻告诉她："一切都好了，小艾丽，一切都好了。"

"玛格瑞塔，"她问话的时候没有看我，"米纳修斯，他一直都那么好看吗？就连幼年的时候也一样好看？"

"是的，一直都好看。"我回答。这问题我不用思考，我记得。"他一直都好看，在摇篮里就是个特别漂亮的宝宝。我们去参

403

加过他的洗礼，那时候他两眼像明亮的宝石。你爸爸曾考虑过收他为养子——那时候你妈妈还没有生过孩子，他觉得米纳修斯或许会更愿意选择你家，胜过那些有很多儿子的家族。但你妈妈却不肯抱那个孩子。她像尊石像一样站在那里，不肯抬手。保姆甚至都没办法把孩子塞到她手上。哦，你爸爸当时可相当生气。"

我摇摇头，回想起那个情形：公爵如何大喊大叫，命令她第二天一早必须去抱那孩子，他夸奖孩子的容貌，说她不肯要自己的孩子是多么不幸的一件事。而希尔维娅却始终垂头站在公爵面前，一句话都不说——

我突然想起后面的事，像油珠浮上水面一样：公爵叫嚷了好久，等他不再叫了，希尔维娅抬起她温柔的眼睛看着丈夫，轻声说道："不。另外有一个孩子将要降生在我们家，这孩子会戴上冬天的皇冠。"公爵当时就不再叫喊，握起夫人的双手，亲吻它们，之后再也没提收养王子的事。但艾丽娜直到四年之后才出生。她降生的时候，我已经把夫人说过的那番话忘掉了。

现在的艾丽娜站在那儿眺望春光，她是我们的皇后，头戴冬之皇冠，跟她爸爸一样有鹰隼一样的眼眸。她的脸色还是那样苍白，我轻轻捏了一下她的手掌，想要安慰她，不管她是因为什么受到这么大的伤害。"到屋里去吧，乖孩子，"我轻声说，"你的头发已经干了，我给你梳成辫子，你应该睡会儿觉，躺在长沙发上就好。我不会让任何人进来。你也不用跟他一起待在床上。"

"是啊。"她说，"我知道，我不必跟他躺在一起。"

她进了屋，我给她编好发辫之后，她躺在长沙发上，我给她盖上毯子。我出门到走廊上,告诉外面的男仆说,沙皇和皇后春宵之后非常疲乏,任何人都不得打扰。然后我拿了那件绿裙子到窗前,在春天的空气里完成我的缝纫活儿。

第二天上午我在姥爷家里睡醒时,房间里特别闷热。我睡眼惺忪地晃悠到窗前,开窗放一点新鲜空气进来。爸爸妈妈还没起床,我光脚踩到了那件镶金丝的礼服裙,它乱糟糟地摊在地板上。昨晚,我像褪蛇皮一样把它从身上扒下来丢在床边,那时我父母还在对我说话,但我已经听不清他们讲的内容。后来他们不再说话,只用手抚摸我的头。他们轻声唱歌给我听,我就睡着了,鼻子里闻到熟悉的柴火和羊毛味儿,我又一次有了温暖的感觉,终于又感到温暖了。

我打开窗,暖风吹在我脸上。我在姥爷家比较高的楼层,能看到城墙外的原野和森林,到处都是绿色:绿色的大麦挺拔茂密,就好像它们已经在春天生长了四个月;绿色的新生树叶,颜色已经开始变暗,显出入夏的样子;还有那么多野花,突然一下子全都盛开了。姥爷家花园里的果树也都在开花。梅子树、樱桃树、苹果树同时开花,就连窗口小花坛里也有花朵,空气里隐约传来嗡嗡声,就像全世界的蜜蜂全都忙碌了起来。地上根本就没有一点点冰雪的痕迹。

我吃了一顿完全没有味觉的早餐,把那件金银两色的礼服裙折起来用纸包好。我带着自己的包裹上街,路上人潮汹涌。我经过犹太教会堂时,听到有歌声,里面全是人,尽管上午已经过半,今天也不是周末。市场上没人干活儿。他们都在讲各种故事:上帝如何出手干预,把星魔国王交到了沙皇手中,打破了巫术造成的寒冬。

那件礼服裙让我顺利进入公爵府大门,我让仆人看了衣角就成了,但我还是不得不在仆人入口外坐等了一个小时,才有人终于禀报了艾丽娜,另有仆人带我上了楼——因为她是皇后,拯救了王国的皇后,而我只是一个微不足道的放贷人,来自犹太区,身上只穿了一件不起眼的棕色羊毛布衣。但当她得到消息之后,她的确马上派人来找我了,来人是她的老奶娘玛格瑞塔。她有点紧张,总是侧目观察我,就好像怀疑我的衣服和简单的发式都是某种伪装,但她还是带我上了楼。

艾丽娜在她卧室里。四个女人一起坐在炉火旁,疯狂赶工改做一条长裙,几乎跟我带来的怪东西一样华丽,貌似就在当天,她还要去参加另一场婚礼。但她本人在阳台上,正在撒面包屑给大群的鸟儿和松鼠吃:它们也活跃起来了,跟街上那些人一样,鸟兽熬过漫长的冬天之后又瘦又饿,为了吃的宁愿冒险到人类面前。她撒出一把食物之后,这些家伙都冲到她脚边,抢夺较大的面包块,迅速逃开吃掉,接着再跑回来等下一拨。

"我需要见他。"我对她说。

"为什么?"她问我,语速很慢。

"我们做到的，不只是阻止了他！"我说，"如果你留着他，任由——"我回头看了下房间里忙碌的那些人，没有说出那个名字，"——那家伙吞噬的话，被终结的就不只是冬天，这还会毁灭他的整个王国。所有的星魔族人都会死，不只他一个！"

艾丽娜已经散发完她所有的面包，向我摊开空空的手：她手上别无装饰，只有那枚用星魔银做成的戒指在闪亮，即便在明亮的阳光下，仍透出丝丝寒意："但是你还想让我们怎样做呢？"我困惑地瞪着她。"梅瑞姆，自从人类在这里定居，星魔就一直在这片国土上到处掠夺。他们把我们当成自己森林里的害虫一样对待，甚至比对害虫还残忍。"

"那只是他们中的少数！"我说，"他们中的大多数都来不到这边，就像我们不能随意到达他们的王国一样。他们中间只有少数有权势的人才能开启通道……"我停住了，意识到我这样说于事无补，甚至会把事情搞得更糟。

"而这些人有权替其他人作出决定。"艾丽娜说，"我想到星魔族全体灭绝，也并不会感到开心，但他们的国王发动了这场战争。是他偷走了春天，他本想让我们全体人民、整个立瑟瓦王国全部饿死。你难道是想跟我说，他不知道自己在做什么吗？"

"不是，"我沉痛地说，"他早就知道。"

艾丽娜微微点头。"昨晚之后，我也不觉得自己两手是干净的。但我不能用同胞的血去洗刷自己的歉疚。时至今日，我想不出我们还能做什么。"

"如果他们向我们提议停战，以此换取他活命的话，他们会守信的。他们从不食言。"

"可是由谁来提出那项和约呢？"艾丽娜问道，"就算有提议……"她望向卧室，她的卧室——这个房间属于她，还有沙皇，以及一个生活在沙皇体内、时刻饥饿的烟火怪物。她面容愁苦。"我不想伪装，做出一副对你我此前计划的结果特别满意的样子。但今天，立瑟瓦至少是迎来了春天，而到今年冬天，每个农夫家里都能有面包可吃。"她回头看着我。"我愿意为他们换来这一切，"她平静地说，"哪怕代价超过了我想要付出的程度。"

于是我只能离开，这次拜访没有任何值得一提的成果，只有一肚子忐忑。离开的途中，她的保姆在房间里拦住我，问我那条裙子想卖多少钱，但我只是摇摇头，就放下裙子离开了。丢下它也没什么帮助。我可以丢下星魔王后的礼服，而我做王后太长时间了，没办法轻易忘掉这个角色。但我无法告诉艾丽娜她做错了，我甚至不能说她自私。她的确是要付出代价——之前我自己不愿付出的那种，她要躺在那只恶魔身旁，就算她不肯让恶魔染指她的灵魂，但肯定会感觉到他的指爪扒在自己的皮肤上。

付出这份代价之后，她为我们换来的不只是春天，她会给我们带来春天、夏天，还有冬天；以后的冬天不会再有星魔之路在林中闪现，不会再有白斗篷的骑士来抢夺我们的黄金。相反，我们的伐木工、猎人和农夫可以到森林里去，带上斧头，还有捕兽夹，去猎捕纯白毛色的兽类。她为我们换来了森林和河流，这些都会变成原木和粮食。十年后，立瑟瓦将成为一个富庶的国家，而不是一个小而贫穷的国度。与此同时，在地底深处某个黑暗的房间里，切诺伯格将会小口吞噬星魔族小孩，这是我们所有人类享受温暖的代价。

我回到姥爷家。我妈妈焦急地在外面等我，她坐在门口台阶上，就好像无法承受我离开她的视野。我上前坐在她身旁，她张开双臂拥抱我，亲吻我的额头，让我的头靠在她肩上，用手抚摸我的头发。我们周围有好多人进进出出：婚礼来宾带着平静的笑容回家。他们已经忘记了那个在白树下跳舞的夜晚，也将忘记冬日之王和那个燃烧的阴影跟我们同处一室的时刻。

只有我姥爷还记得一点点。那天早上父母酣睡时，我曾经离开卧室下楼去，想到厨房喝杯茶，吃一点儿面包，我当时心神恍惚，觉得心里又冷又空。天色还早，家里仅有几位仆人起床活动，开始把食物摆上餐桌，准备招待很快就将起床的客人们。但过了一会儿，就有仆人来跟我说，姥爷找我。我上楼去了他的书房。他站在窗前，皱着眉看外面的春光，又看着我的脸，突然问："怎样，梅瑞姆？"我以前来给他账本时，他也会这样问。以前他的意思是账目是否干净、收支是否均衡，这次，我却发现自己无言以对。

于是我才去了公爵府。现在我回来了，却并没有找出更好的答案。星魔国王本人跟我说过没问题：他向我躬身行礼，没有仇恨，甚至都没有一句指责，就好像我有权那样做，因为他想用冰封冻我的世界，我就可以用火毁灭他的王国。也许我已经酿成了这场惨剧，但我本人并不是星魔。我曾经对点点、高姬和车夫说过谢谢，我还给那个现在不愿回想的小女孩起了名字。就算那个王国其他所有人都不值得我关心，至少她是我理应在意的一个。

"我们明天就走，"妈妈轻声在我头发边说，"我们回家，梅瑞姆。"这曾经是我仅有的梦想，是这个愿望一直在给我勇气，但现在，我却不敢想象这件事。它变得特别不真实，就像那座玻璃山和银色大道一样。我真的要回到自己狭小的城镇，喂我的小鸡和小山羊，让那些被我拯救的人在我背后指指点点吗？他们无权痛恨我，但他们还是会那样做。星魔只是冬季长夜里的传说，而我却是他们生活中真正的恶魔——他们能看到、能理解、想要打倒的对象。就算他们听到我的故事，也不会相信我做过任何帮助他们的事。

他们这样想也对，因为我做过的事，根本就不是为了他们。艾丽娜拯救了他们，他们也会为此爱戴她。我是为自己做的，为自己的父母，还有眼前这些人：为我姥爷，为贝茜亚，也为我的远房表妹伊莱娜，她正走下台阶，上车前亲吻了我们的脸颊，她要回去的那个家也在一个小村子里，那里还有七户人家，周围所有村子的人都仇恨她们村的每一个人。我做的事，只为我姥爷门口街道上来往的这些人。立瑟瓦对我来说并不是家园。它只是我们居住地旁边的大河，我们一起蜷缩在河岸上，有时候浪头会扑上岸来，把我们中的一些人拖入水中，任鱼虾吞噬。

我没有什么国家可以为之效劳。我只有我的族人。那么那些人呢：点点、高姬和车夫，这些跟我的生活联结在一起的人们，还有那个小女孩，我给了她一个犹太人的名字，当成礼物送给她，然后我转身离开，就要去毁掉她的家园吗？

但我已经这样做了，而且看起来已经无力挽回。我在这边不是什么大人物。我只是个普通女孩，一个放贷人，来自偏远小镇，银行里存了一点点黄金，之前在我看来是一大笔财富，但现在看，只是区区几枚金币，甚至还不如星魔国王宝库里的一个小箱子。

那天上午，我拿起一根银叉，握在手里，自己也不确定要发生什么事。但我想怎样并不重要，反正什么都没发生。那叉子还是银的，不管我曾拥有怎样的魔力，都只在那个冬日王国有效，而我再也不会去那里了。那王国很快就会彻底消失，被埋在一片白色苍茫中。而我已经无力施加任何影响。

我跟妈妈一起进入房子，回到我们的卧室。我们把爸爸妈妈从家里带来的东西打成一个小包裹，然后我们下楼去帮忙：房子里还有那么多人，有些我从没见过，但毕竟都是我们的亲人和朋友，厨房要做饭，饭后需要刷洗碗盘，餐桌要摆放食物，餐后还要收拾，小孩需要喂饱，还有些小婴儿需要抱抱。大群的妇女在我周围，做没完没了的女人的活儿。这些工作一成不变，不管你给它们多少时间，都会被吞掉，还不够用，又是另一条贪得无厌的大河。我让自己浸泡在里面，像一场浸礼，乐于让它们吞没我的头脑。我想要用它掩口、闭目、塞听。我可以操心这些琐事：食物是否足量，面包发酵得好不好，烤牛肉的时间到了没有，桌边的椅子是否足够——这些都是我能影响到的事。

没有人看到我觉得意外。没有人问我去了哪里。他们刚见到我时都会亲吻我，说我现在长这么高了，有些人会问何时才能在我的婚礼上跳舞。他们很高兴见我在场，乐于有我帮忙，但与此同时，我又无关紧要。我跟其他任何表姐妹毫无区别。我本人没有任何特殊之处，而我为此感到高兴，特别高兴，我终于又可以普普通通了。

我终于坐在桌边，装满自己的餐盘，被烹饪和送上食物的工作累到筋疲力尽,累到不会思考。这一餐接近尾声,客人们正在纷纷离去,已经响起话别声,人们接连出门。我还在深水里,像鱼群里的一条,难以辨认。但突然之间,人流被抑止。人们避开房门,那里有一名男仆穿了红黄黑三色的皇家号衣,眼高于顶地睨视我们这些人,带着一副狐假虎威的虚荣劲儿。

他进门时,我站了起来。其实我不该出来答话的,在姥爷家,轮不到我这样一个没出嫁的女孩站出来,但我还是站起身,隔着餐桌凶巴巴地问他:"你来这里干什么?"

他愣了一下,看看我,皱了下眉头,很冷淡地说:"我有封信,要交给旺达·维库斯。这人是你吗?"

那天整个下午,旺达都"游"在我身旁,在大群的妇女中间;她总在搬运大叠的盘子、大桶的水,我们几乎没有说过话,但我们会彼此对视,一起忙碌,做这些安全又简单的工作。她这时正在房间远端,厨房门里面一点。过了一会儿,她走上前来,用围裙擦了一下水湿的通红的手,男仆把信交到她手里:一张叠起来的厚纸,上面有一大团红蜡,旁边沾了几滴散开的蜡油,像血滴一样凝结在附近。

她双手接过这封信,打开,看了好半天,之后掀起围裙捂住嘴,双唇紧闭。她突然点了两下头,把信折起来,紧紧握住,压在胸口,转身走向楼梯方向。皇家男仆轻蔑地扫了我们一眼——我们都是小人物,不值得理会——他转身,跟到达时同样突然地离开了。

我还站在桌旁。周围的人们又开始谈话,客人们也继续离开。你下次什么时候来城里啊?你家老大几岁了?你老公生意好吗?平静的常规波浪，但我没再浸入那片水中。我把椅子向后推开，上楼去了姥爷的书房。他在那里跟其他几个老头子一起，所有人都压低了嗓子说话，他们在抽烟斗或纸烟，谈生意上的事。他们皱着眉头看我：我不该来，除非是给他们送白兰地、茶或者食物。

但我的姥爷没有皱眉。他只看了我一眼，就把他的酒杯和纸烟放在一起，说道："跟我来。"然后他就带我去了书房隔壁的房间，他在那里存放自己最重要的文件，把它们锁在玻璃柜门的后面。他带我进门，把门锁好，看着我，等我开口。

"我欠了一笔债，"我说，"我需要设法偿还。"

第二十一章

到第二天早上，我手上跟谢尔盖和斯特潘一起握住银链的地方开始出现红肿。昨晚皇后离开之前曾问我："我该怎样报答你呢？"我当时不知道该跟她说什么，因为我自己就是在报答别人，我是在还债。梅瑞姆为了六个银币把我从爸爸家里带出来，而在我爸爸眼里，我只值三头猪，他还从梅瑞姆的亲人那里撒谎骗钱。她的妈妈给我餐盘里放上面包，让我心里开始有爱。她的爸爸用歌声祝福那些面包，再给我吃。我听不懂他在唱什么，但这并不重要。他们给我这些恩惠时我并不理解他们，还当他们是恶魔。梅瑞姆付给我铜币作为工作报酬。她向我伸出友爱之手，也握住了我的手，把我当作一个能为自己做主的人，而不是从我爸爸那里偷窃的贼。她家人养育了我。

然后那只星魔就跳出来，毫无理由就要把她抢走。星魔国王迫使梅瑞姆送给他黄金，否则就要她的命，把她当奴隶一样对待，只因为他有能力杀死她。我爸爸也有能力杀死我，但这并不意味着我属于他。他为了六个银币出卖我，为三头猪也肯，甚至为了一罐烧酒也会。他一次又一次出卖我，就好像无论出卖我多少次，我还是属于他的。那只星魔也是这样想的。他想要占有梅瑞姆，想要从她身上榨取更多的黄金，她本人的意愿完全不被重视，只因为星魔国王自以为强大。

但我也很强大。我强大到足以让曼德斯塔姆夫人身体变好，我强大到足以学会魔法——梅瑞姆的魔法。我用这种魔法，把三条围裙变成了六个银币。我在谢尔盖和斯特潘的帮助下，强大到足以阻止我的爸爸，让他无法出卖我，也不能杀死我。昨天晚上，其实我不知道自己是否强大到足以阻止星魔国王，哪怕有那根银链，有谢尔盖和斯特潘，甚至还加上梅瑞姆的爸爸妈妈帮忙。但之前也是一样的，我都不知道自己有那样的力量。我必须先去做事，哪怕心里没把握。事后，斯特潘把脸埋在我围裙里哭了，因为他觉得后怕。他问我怎么知道皇后会施法阻止星魔国王杀死我们，我不得不告诉他，我事先并不知道。我只知道，你只能先做事。

所以，当皇后问我该给我怎样的报答时，我不知道该怎么说。我做这件事并不是为了她。我之前都不认识她。她也许是皇后，但我甚至不知道她叫啥名字。我十岁那年，有一天邻居来串门，说沙皇死了，我问他们这意味着什么，他们说以后会有新的沙皇。所以我并不觉得沙皇有多么重要。现在我亲眼见过了沙皇，也不想跟这样的人有任何关系。他很吓人，浑身都是火焰。我本想对皇后说，我要的报答就是让沙皇走开，可是沙皇已经跟卫兵们一起，押着星魔国王离开了这座房子。

梅瑞姆的爸爸听到皇后问我的话，也看出我不知道该说什么。他的脸颊肿起好大一块，跟我一起拽紧银链的两手也明显受了伤，止不住发抖。当时他正在跟曼德斯塔姆夫人一起坐在地上，双臂抱着梅瑞姆，亲吻她的额头，抚摸她的脸颊，就像对他们来说，女儿比银币宝贵，比金币难得，比他们拥有的其他一切都更重要。但当他发现我不知所措时，他又亲吻了一下梅瑞姆的额头，然后站起来，一瘸一拐地来到皇后面前，对她说："这女孩和她的两个弟弟跟我们一起进城来，是因为她们在家里遇上了麻烦。"然后他用手拍拍我的肩，轻声说："你去坐下休息吧，旺达，我会跟她说那件事的。"

于是我走开去，跟谢尔盖和斯特潘一起坐下来。我伸开胳膊揽住他们，他们也抱着我。我们距离太远，听不清曼德斯塔姆先生说了什么，因为他声音很小。但他跟皇后谈了一会儿，又瘸着腿儿来到我们面前，说一切都会好的。我们相信他。皇后那时候已经在往外走了。她走出那两扇巨大的门，外面有更多的守卫等着她，其中两个人伸手进来，把门关上。我们留在房子里，看不见那些人了。

房间里乱糟糟一片。旁边还有些桌子上放着食物，现在已经开始坏掉，好多苍蝇围在上面飞。到处都有被撞翻的椅子，壁炉前的地面上有灰烬，上面留着一个男人的脚印，就像踩过积雪留下的。梅瑞姆之前戴过的巨大金冠掉在壁炉前的地上，已经完全变形，几乎被熔化掉。现在没有人能再戴上它了。不过这也没关系。我们看看梅瑞姆一家，他们看看我们，我们全都站起来，曼德斯塔姆先生揽住谢尔盖，我抱着曼德斯塔姆夫人，我们所有人组成一个圈，六个人——我们是一家人，我们又一次把恶狼挡在了外面，我们又在群狼的威胁下撑过了一天。

然后我们就上楼睡觉去了。我们没有清理零乱的现场。我睡了好长时间，在楼梯尽头那间又大又美、特别安静的房间里。我醒来时外面已经是春天，看着到处都是春天的样子，感觉外面的春光也到了我心里。尽管我手上有红肿，身体却感觉特别有力量，一点儿都不担心我们的未来。我亲吻谢尔盖和斯特潘，下楼帮家里的其他女人们忙家务，我也不再介意听不懂她们说话的事。如果有人用我听不懂的语言对我说话，我只要对她微笑就好，然后她就会对我笑，说道："哦，我都忘了！"接着她会把刚才的话重新说一遍，只不过这次用我能听懂的语言。

我端盘子送到餐桌上。所有房间里都有桌子，供人们坐下来吃饭，今天的人没有昨天那么多，但还是挺多的，周围的椅子也排得很挤。另外，昨晚跳舞的那间大厅里也有餐桌。其他人清理了零乱的现场，我看不到地面被熏黑的痕迹，因为有人铺了很大的地毯在那儿，还摆了桌子。壁炉里也没有火，因为天已经太热，需要开窗纳凉了。屋里也没有了烟味儿。

到处都是吃的，食物太多，几乎找不到地方放新的餐盘，所有空间都被食物占据了。我饿的时候，就坐在桌旁吃饱为止，然后继续给桌上送来更多食物，给更多人吃。我不停地忙碌。那天晚些时候，梅瑞姆和她妈妈也来了，我们所有人一起忙。

但后来，我从城市喷泉那里取了水回来，刚放下两只水桶，就听到外面摆放餐桌的房间里有嘈杂声，然后我听到梅瑞姆在质问，

417

声音严厉又清晰:"你来这里干什么?"就像又有人来伤害我们似的。我冲出厨房,到了门口,只见有个侍卫,带着剑,衣服很高级,在说我的名字,说他有封信给我。我有点害怕,但我觉得,我在一座友好的房子里,周围还有这么多人呢,而且我自己也强大到敢于面对这个。所以我走上前去,伸出手,让他把信交到我手上。

信上粘了一块挺有分量的蜡,红得跟血似的,上面扣着巨大的王冠形印迹。我把蜡封打开,看上面的字。我知道怎样念它们,因为梅瑞姆教过我。我默念那些字,一个接一个读下去。信上写的是:

通告立瑟瓦国境内所有人民,奉沙皇敕命,名为旺达·维库斯的女子及其弟谢尔盖·维库斯、斯特潘·维库斯,此前如有任何犯罪指控,在此全部予以赦免。任何人均不得对上述人等施以伤害,我国全体臣民均应对其致以礼敬,因为他们曾勇敢地为皇室和立瑟瓦国家效力,做出过巨大贡献。此外,沙皇还恩准他们进入大森林,在任何地点自由设立居住地,可选择任何未开发区域耕种及圈占放牧,其选择范围即为其所有。占地有效期限为三年,地权期限为上述人等及其直系后代终生。

这些话的后面是大而潦草的一团墨迹,那些不是一句话,而是一个名字:米纳修斯。再后面写的是:立瑟瓦和劳森沙皇,考兰、伊昆、图蒙叶兹和塞维诺大公爵,摩拉里亚、罗佛那和萨摩托里亚之王,马坎山与东部大道主人。然后在列表的最后面是:北方大森林的主人和拥有者。

我看着那封信,终于明白为什么沙皇重要了。这也是一种魔法,跟梅瑞姆的魔法是一个类型。那个沙皇,那个可怕的沙皇,可以给我这么一封信,由此我们就安全了。我从此完全不必再害怕。家乡小镇的那些人只要看到这封信,就再也不会想要吊死我或者谢尔盖。他们会看到信上沙皇的名字,害怕他,即便他在很远的距离之外。

而且啊,我们甚至都不会回到那个小镇上。我们也不必再回爸爸的那座房子,或许他还躺在那里的地板上。我们不用再回到那个种什么都没有多大收获,税吏还每年都来的地方。这封信说,我们可以进入森林,占据我们想要的任何土地——可以是我们找到的最好的土地。那里可以到处是大树,我们可以砍下来卖很多钱。我知道大树很值钱,因为我妈妈死之前的那年,我们邻居家地里有很大一棵树,那年树倒了,他特别勤快地赶早动手,在领主的手下来之前就把树锯开,藏了两大块木头在森林里。爸爸看见了,回家吃饭的时候,就说了他看到的情形,还酸溜溜地补充说:"那家伙真精明,他藏起来的木头,能卖十个银币。"

但妈妈摇摇头说:"这不是他应得的财物,会有麻烦的。"爸爸打她耳光,还说:"你懂什么?"但第二天,领主的手下赶了大车来,把锯开的木料装进车里,他们中有个人看了所有的木块,不知道怎么就看出有些部分没在,他们狠狠打了我们家邻居,直到他说出隐藏木料的事。那些人把木料全装上车,留下他血淋淋地躺在地上。他因为这事儿病了很久,他的老婆不得不自己努力耕种,因为他连路都走不了了。那年冬天，有一次他老婆来家里求食物，妈妈给了她一些，爸爸那天夜里为这事打了妈妈，尽管她的肚子已经在变大。

但将来不会有人因为我们砍树打我们，因为在信上，沙皇等于说了我们可以砍。他说那些树是我们的。他说所有那些土地，只要我们能照管，都属于我们。我们可以养山羊、小鸡，也可以种大麦。

我们甚至都不用盖房子。我们可以去那座小房子——那座救了我们命的小房子，那儿已经有了一片菜园和一座畜棚，我们可以在周围开辟农场。这文件等于说了我们可以这样做，因为那儿现在没有人居住。我觉得我们可以去那里，住进那座房子，承诺好好照顾它，我们还可以许诺，如果在那里住过的人想回来，我们会给他们最好的床，吃的管够，随便他们愿意跟我们待多久都可以。

然后我想，随便什么人来到这座房子——随便哪一个饥饿、困顿的人——我们都会容许他留下。他会在我们的房子里得到食物，我们会因此感到开心，就像曼德斯塔姆夫人那样。这就是那封信说的内容，我们可以拥有一座像她家一样的房子，我们可以招待所有上门的人。

我带了那封信上楼，给谢尔盖和斯特潘看。谢尔盖之前在帮这里的人侍弄马。斯特潘也帮了他一会儿，尽管周围还是很吵，但随后他就不得不上楼，因为他还是觉得害怕，谢尔盖也跟他上楼去了。我上楼之后进到房间里，给他们看了那封信，他们不知道该怎样读那封信，但他们看到了那个大大的印签，他们可以触摸沉甸甸又很柔软的纸，我小心翼翼地给他们念了上面说的内容，又问他们是否愿意做我想做的事，我问他们是否愿意去森林里的小房子里住下，在那儿开辟一座农场，让所有人有麻烦时都可以来找我们。我并没有说"我们就这么做吧！"，尽管我真心想要那样，但我还是问他们是否愿意这样做。

谢尔盖小心地伸出手，把那张纸捏在手里。他很轻地触摸信上的字母，就是想看看它会不会脱落。那字母一点儿都没脱落。"行。"他轻声说，"我愿意。"

斯特潘说："我们能不能要求他们跟我们一起住呢？"他的意思是梅瑞姆一家。"我们能不能请他们来？而且我还可以播下那颗坚果，这样妈妈也在那里了。我们所有人都在一起，这样就是最好最好的了。"

他这样一说，我就开始哭，因为他说得完全对，那会是最好最好的，好到我甚至不敢想象。谢尔盖揽住我的肩，他对斯特潘说："好啊，我们可以请他们搬来。"我擦掉脸上的泪水，很小心地揩干净，因为我不希望有泪洒在那封信上。

我离开姥爷的书房以后，就去了父母的房间。他们一起坐在炉火前，旺达和她的两个弟弟下楼来找他们了。旺达带了沙皇的书信，给我爸爸看，爸爸看上去一脸的意外。"我们可以回村带上那几只山羊，"旺达正在对我爸爸和妈妈说，"还有那些鸡。现在天气暖和，我们能在入冬之前把那座小房子扩建一下。我们可以砍掉一些树。会有足够的房间的。"我走过去看那封信，见沙皇的签名里面自称北方大森林的主人，我就明白了——艾丽娜已经出手。她赐给了旺达一座农庄，换来的是强健的她带上两个弟弟一起率先进入大森林，建造房子和牲畜栏，以后会有很多人步他们后尘。

"离开我们现在的家吗？"我妈妈缓缓地反问，"但我们已经在那里住了很久了。"我这才明白，旺达也在邀请我父母跟他们一起住，在沙皇赐给他们的农场里。她想让他们离开我们的家乡小镇，离开我们的房子，离开我们在河中沙洲上的狭小容身处，因为那里始终都有被吞没的危险。

"可是那里有什么值得留恋的？"我问，"房子不属于我们，属于地方领主。我们不管怎么改建那座房子，都是替他白忙，自己什么都得不到。就算我们想买下那座房子，都不会得到许可。但森林那边就不同了，如果小房子那里有更多人帮忙，谢尔盖和旺达就能开垦更多土地，让农场变得更加富庶。你们当然应该搬去。"

他们都看着我，也听清了我刚才说的话。我妈妈愣住了，她伸手握住我的手说："梅瑞姆！"

我心情沉重，强行咽了一下口水。已经涌到我嘴边的话是：明天再走，我们再待一天。但我想起了瑞贝卡，她瘦得像一根蓝色冰凌。她能撑多久，就会被融化掉呢？"你们应该马上就走。"我说，"今天就走，赶在日落之前出城。"

"不行。"我爸爸一口回绝，还站了起来——这是我生性温和慈爱的爸爸,他终于被激怒了。"梅瑞姆,这样不行。这个星魔国王——他自己说的没错!他的遭遇完全是罪有应得!坏人就应该受到这样的报应。"

"那边还有个小孩。"我说,感觉喉咙酸涩难受,几乎哽住。妈妈握紧了我的手。"我给她起了名字。只因为这边有一个坏的星魔,我就应该任由恶魔吃掉她吗?"

"每个冬天,他们都会从冰雪王国里跑来袭击我们,偷窃,杀人,残害无辜。"爸爸停了一会儿才说,他的话跟艾丽娜很像,然后他带着恳求的语气问我:"想想吧,他们中间能有十个好人吗?"

我深吸一口气,仍然害怕,但内心也感到几分解脱。这样一来,答案反而清晰了。"我能确定的好人有三个。"我说,我把另一只手也放在妈妈手上,轻轻握住她的手。"我必须这样做。您知道我别无选择。"

我把那顶金冠拿到艾萨克的首饰摊,他的弟弟在帮他打理生意,那男孩小心地把整个金冠熔铸成表面平滑的金条,然后我把这些金条藏在布袋里,去了城市中央的大市场。我用这些金条完成了一次次交换,并不在乎每次交易是否划算,只要求快速成交。我得到一辆马车,还有两匹拉车的马,加上一箱小鸡、一把斧头、一把锯子、几柄锤头,还有好多钉子。我还买了犁铧和两把锋利的镰刀,加上几袋大麦和黄豆种子。谢尔盖和旺达跟我一起,他们把所有东西装进大车,堆得好高。最后,我买到两件长长的连帽斗篷,式样完全相同,都是暗灰色:这两件衣服真的很划算,比昨天的售价低很多，摆放它们的桌上堆满了其他待售的厚衣服。

我们花了很长时间．才把满载的大车赶回姥爷家：路上挤满了车辆行人，几乎动弹不得。我们向前行进时，旺达说："那边有人办婚礼。"我沿着一条窄巷看到大教堂门口，有一位公主正在走下台阶，头戴纤细的王冠，身上穿的正是我那件金银装饰的星魔王后礼服；她面带微笑，一副春风得意的样子，她身边的丈夫也一样，周围都是锦衣华服的显贵。那件裙子的确更适合这种场景，比出现在我姥爷家更协调。我寻找艾丽娜，发现她已经在台阶下，身边就是沙皇，她正在登上敞篷马车。阳光照在皇后的银色后冠上，沙皇一手支颐，看上去无精打采，有些不耐烦，看不出有恶魔在他体内潜伏。我赶紧转开视线。

我们回到姥爷家时，天色已经渐晚，但太阳还没有完全落山：毕竟是快到夏天了。我们没有等着吃晚饭。现在轮到我们离开了，跟渐渐减少的其他亲人告别。我亲吻了餐桌旁的姥爷和姥姥，姥爷拉我靠近，亲吻我的额头。"你记清楚了？"他小声问。

"是的，"我说，"在阿姆塔尔家后面那条巷子里，靠近犹太会堂。"他点头。

我们爬上马车，在所有人的注视下挥手作别，离开了姥爷家。谢尔盖和我爸爸坐在前排的座位上：这两匹马很贵，但它们的确是好马，训练有素；赶它们拉车并不难。我披着那件斗篷，坐在后排，用帽兜遮住脸。即便是这个时间，街上还是有很多人：路边的饭馆还把桌椅摆到露天里，以便让客人们享受外面的温暖。我们不得不转到更狭窄的、只有民居的小巷里，这儿的孩子们都被叫回家吃饭了。我们沿着巷子走到一半，有一会儿，周围完全没有其他人，我妈妈用第二件斗篷盖住车底板上的几袋粮食，就好像我躺在那里睡觉一样。斯特潘脱下他的靴子——我穿过的旧靴子，让它们从斗篷下面露出来。这时我就偷偷溜下了车。

我站在两座房子之间的黑暗处，目送马车走完那条小巷，转向犹太区大门。在那里，以及在大城门那里，守卫都会问我爸爸所有乘客的姓名，他会把我的名字跟其他人一起报上，会缴纳所有人的通行费，顺便多给一点儿钱，以加快通过。如果艾丽娜起了疑心，明天派人找我，问我是否知道星魔国王逃走的事，所有人都会老老实实地报告说，我在入夜之前就跟家人一起出了城。他们会在自己的城门守卫那里看到相关记录，没有人会承认当时只是仓促地看了一眼，自己还从中捞了一些油水。

马车不见了之后，我把帽檐拉低，躬起身体，像个老婆婆一样穿过小巷，一直来到犹太教会堂。我问一位要去那里祈祷的年轻人阿姆塔尔家在哪里，他给我指明了地点。那座房子后面小巷里的鹅卵石年代久远，已经磨损严重，上面有深深的车辙，还有很多散落的石块，灰浆地面上也有些坑坑洼洼。房子后墙的中央开了一条窄缝，宽度只够一个人通过，而且还有几个装废品的袋子堵在那里。但我绕过这些袋子之后，老旧的下水道格栅上方反倒没有东西。我轻易地拉开了它，里面有架梯子等着我爬下去。在如此靠近犹太会堂的位置，它也在等着很多其他人从这里爬下——假如有一天，外面的人打着火把，挥舞斧头冲进犹太区，就像在西方世界，我姥姥的姥姥还是小孩的时候。

我钻进去,把头顶的格栅门放回原位,才一步步爬下,进入排水隧道里。我头上只有昏暗的夕阳投下一圈微光,越向下爬,光线越暗。我没有带灯笼或者火把,但我也不想要这类东西。照明设备会让别人远远就能看到。这条路我只能在黑暗中通过。

我转过身,背靠梯子,两手伸出,在周围墙面摸索,直到发现那个星形小洞——它有六个尖角,我可以用手指辨认它们。我一手按住它,开始缓缓地径直走向黑暗,让手指张开,保持在那个高度,等我数够十步之后,我找到了下一颗星星。

这些小洞引导着我。我感觉走了很长一段路,尽管实际路程肯定不长,犹太会堂距离城墙本来就不远。但下水道入口处的微光很快就消失在我身后,我感觉像双目失明,呼吸困难,又觉得自己的换气声响到刺耳。但我坚持每次数十步,如果还是没有找到星星,就在墙上摸索,直至找到,否则我就后退一步,在那个位置继续摸索。有一次我不得不后退两步,手边仍然只有空空的墙壁,我提心吊胆地又向前走了四步,才终于找到那颗星星。然后星星标记消失了,墙也在我的指尖消失了,我被地上的土墩绊倒,两手按在湿湿的水洼里。我重新站起来,用斗篷擦拭身体,摸黑后退,直到用指尖发现了隧道转弯处,还有泥土隧道的墙壁。

"上次围城战斗之前,这段城墙上有一座高塔。"我姥爷在他的小小密室中,压低了声音告诉我。

"公爵手下的士兵们进城时,攻破了这座塔。战后公爵重建城墙,他并不想重建这座塔。当时塔基仍然坚固,他也有足够的钱重建。但他选择不建。为什么呢?"我姥爷当时摊开双手,耸耸肩，撇了下嘴。"建一座高塔守护后城，何乐而不为？所以，在城墙建成，所有工人离开之后，我哥约书亚和我一起带了长绳潜入下水道，在确保不迷路的前提下搜索了一番。当时我们就发现了他挖掘的隧道。"

"这件事没有其他人知道，只有你大姥爷、我和你姥姥、阿姆塔尔和寺里的拉比。阿姆塔尔负责保持那块格栅畅通。我付钱给他，我还帮他付房租。等将来他老了，会把这件事告诉他儿子。我们从来不用这条通道——从来不用它走私货物，也不用它来逃避过路费。没有人知道我们了解这条秘道。你的这位丈夫，就被他们关押在那里——那条隧道尽头的塔里。"

"现在你必须告诉我，梅瑞姆。你懂得这条隧道意味着什么。这是一条事关生死的通道。如果他们的囚犯逃走了，即便你本人没有被抓，这些大人物——公爵啊，沙皇啊，他们不会耸耸肩说：'好吧，算啦。'他们会追问事情到底是怎么发生的。他们会搜寻足迹。也许他们会封闭通往下水道的那条通道。甚至他们会沿着通道搜寻，打到那块格栅门。也许他们甚至会从那里钻到地面上来，发现阿姆塔尔的房子，然后将刀放在他家孩子的喉咙上，接着阿姆塔尔就会告诉他们，是谁付钱让他保持那里畅通的。"

"我说这些是希望你能了解，这件事有很大的不确定性。如果他们来到这里，即便是阿姆塔尔说出了我的名字，我还是能想出各种办法。我有很多钱，而且我对公爵也有利用价值。他不会急于发怒并消灭我，他也不是这种人。还有一种可能，就是他们根本不会做前面提到的追查。他们可能会说，星魔本来就会魔法，他肯定是飞走了！他才不会钻什么下水道！密道可能会保持原样。"

"所以我并不是说，你需要考虑我和你姥姥的生命安全。我跟你说的是，这件事有风险。有些方面的风险比其他方面更大。你要权衡它们，考虑所有的因素，清楚你可能会付出的代价。然后你本人必须做出判断：你欠的有没有这么多？你有没有欠那个星魔国王这么大的债？毕竟是他自己闯来，在没有得到你本人和我们许可的情况下就把你掳走，违背了人间律法，不是吗？他这些行为招致的后果，应该由他本人负责，而不是算在你头上。如果抢劫犯抢到一把刀，却被这把刀砍伤了，他不能大喊大叫，抱怨经常磨刀的那位女主人。"

他没有等我回答，只是用手轻拍我的脸颊，就又出去了。现在，我站在那个转折点上，停留了一会儿，指尖下面，就是公爵逃生通道的泥土墙。这是一条求生之路，我为了拯救这个星魔国王，可能会让我的同胞们永远失去它。如果隧道尽头还有卫兵，我自己也有可能被抓住，那样对任何人都没好处。我已经回答过外公的问题，但我沿着这条通道每走一步，都会一直回答同一个问题，直到终点之前，我都会一直不停地对自己发问。

梅瑞姆下车以后，我脱下靴子，把它们放在斗篷下面，露出一点鞋尖。我并不介意脱掉靴子，因为天气很暖和，而且我反正也坐车。我特别高兴，终于能离开这可怕的城市。现在它比之前还可怕。街道上到处都是人，因为没有雪了，他们都想出来透透气，所有人都想开口说话发声。我躺在车底板上，跟那些假装是梅瑞姆的袋子并排，努力假装自己只是一只麻袋。但我不是麻袋，我只能躺在那里，捂住耳朵，等着出城。我们过了好长时间才到达巨大的城门口，曼德斯塔姆先生下了车，给守门的士兵付了一些钱。这城市太可怕了，我们要付钱才能离开。

但之后，谢尔盖就接过缰绳，像个真正的车夫一样驾马前行。我们开始加速，离开了城市。有一会儿，我们所有人都安然无恙。谢尔盖沿路赶车，直到我们转过一个大弯，这时候就算站到车尾向后看，也看不到城门了。我在他停车的时候试了一下，真的看不到，尽管我还是能看到烟气上腾，来自那里面住着的那么多人。然后，谢尔盖把缰绳交给曼德斯塔姆先生，爬下车，仰面看看我和旺达，还有其他人，点头向我们告别。他要绕回城墙那边去，藏起来，直到梅瑞姆顺利出城，如果她能安全脱身的话。

我不喜欢把谢尔盖留在后面。要是梅瑞姆没能逃出来怎么办？要是那只星魔自己脱逃怎么办？他可能会杀死谢尔盖的。他可能会让谢尔盖倒在地上人事不知，跟上次一样。或者，要是沙皇出来了怎么办？那样结果会同样糟，甚至更糟糕。

但之前，曼德斯塔姆先生曾想替梅瑞姆去冒险，又说要跟梅瑞姆一起去，梅瑞姆两次都拒绝了他。一开始她说，因为星魔国王不会伤害她，又说别人不能去，因为如果现场有卫兵，一个人动静最小。之后她又强调，我们如果少了两个人，就很难骗过城门守卫。

但这些都不是真正的原因。真正的原因是曼德斯塔姆先生已经受了伤,他浑身都是青一块紫一块的。

我知道这个,是因为我能看到他脖子那里,衫衣领口那边有紫色的瘀痕,尽管星魔国王并没有直接打中他那个位置。我知道别人要打你打到多狠,才会在没被打的地方出现瘀痕。星魔国王打他,下手就重到那个程度,我知道,他衣服下面肯定到处都是伤,就算我没想到这些,也能看出他受伤不轻,因为他走路都是瘸的,时不时还会把手放在身体侧面,放慢呼吸,就好像连喘气儿都疼,而且这一天里,他已经突然睡过去两次了。

但梅瑞姆没有说这些,她说的都是其他理由。最后,曼德斯塔姆先生说:"那我在城外等你。"梅瑞姆对这个也是拒绝的,曼德斯塔姆先生很坚定地摇头。他之前容许女儿拒绝了自己几次,这次不会再让步了。他还指出,梅瑞姆甚至不知道森林里那座房子在哪里。

谢尔盖就是这时候对曼德斯塔姆先生说:"我来等她吧。您现在走不快。我可以带她去那座房子。"曼德斯塔姆先生还是担心,但谢尔盖已经比他更高更壮,而且又没受伤,梅瑞姆说:"他说的没错,我们俩能更快一点儿。"所以就决定了让谢尔盖去等梅瑞姆,同时我们继续赶路。这样一来,假如有人在他们回到小房子之前就来查问他俩的行踪,我们就可以装作很忙的样子,说梅瑞姆跟谢尔盖已经回老家去赶山羊了。

梅瑞姆说:"但在那之前,我们早就回去了。"就像一切都很有把握一样,就好像她和谢尔盖唯一的考验,就是走回小房子。

但她自己并不那么认为。一开始我觉得,她是在犯傻,因为她根本就不能确定自己能安全脱身。她并不是真的傻,她只不过不得不那样说。我能明白这一点,因为后来我们回楼上收拾东西的时候梅瑞姆来找我们,还对谢尔盖说:"谢谢你。但你还是不要到城墙边上来。等你离开马车之后,就在大路旁的森林里等着。如果我能做到,就会去那里找你。"

那时候我就知道了,她对爸爸说的不是实情。她本人也不知道自己能不能安全脱身,她很高兴谢尔盖能自告奋勇等她,因为她不想让自己的爸爸受伤害,而且她知道曼德斯塔姆先生不会同意在城外树林里等。但她却让谢尔盖在树林里等,我很高兴她这样说。然后谢尔盖看着她说:"我还是会到城墙附近等你。你说不定需要有人帮忙呢。"

梅瑞姆摊开双手说:"要是我真的需要帮忙,那就不是一星半点的小忙。如果不需要,那就是不需要。"

谢尔盖耸耸肩说:"我说了,我会去等你的。"所以就只能那样定了,他会到城墙附近等着,可能会有星魔国王、恶魔或者手持刀剑的凡人从城里面出来。那些在高楼宅院里带走星魔国王的手持刀剑的人全都跟谢尔盖一样高大强壮,而且他们有刀剑,有盔甲,看上去就是一副不那么容易被砍翻的样子,即便他们不像星魔国王和沙皇一样坏,但都已经足够可怕了。我不想让谢尔盖被他们中的任何一种人杀死。我也不想梅瑞姆被任何人杀掉,但我并不是那么了解她,所以我主要还是希望曼德斯塔姆夫人不要太伤心,这个对我来说也是相当重要的事情,但还没有重要到超过我对自己的关切,所以,我主要还是为谢尔盖担心。

我觉得太累了,一天到晚都要那么担惊受怕,感觉我好像一直在没完没了地担惊受怕。我之前甚至都不知道自己怕到什么程度,直到那天早上,我有一会儿什么都不怕了,就是旺达上楼来,带了沙皇写的那封神奇的信,我以为一切都结束了,我觉得从此什么都不用再害怕了。我丢下所有的恐惧,感觉太好了,特别幸福。可是现在,我又得开始害怕。

但这事儿我决定不了,取决于谢尔盖,而他不会老老实实在树林里等。所以,当曼德斯塔姆先生赶车时,我在车里坐起来,看到谢尔盖离开大路,走进树林,但他进入树林的路线,是可以绕到城后面、城墙根儿底下的那条,又要接近那座可怕的城市。我看着他,直到再也看不见。然后我躺在车底那些麻袋旁边。它们现在不用装作是梅瑞姆了,所以曼德斯塔姆夫人把毯子给我盖上,让我把头放在袋子上,把它当枕头。我把一只手伸进衣袋里,握住妈妈给我的坚果,告诉自己一切都会好起来的。我们能顺利回到小房子,谢尔盖也能安全回来,我会把坚果种下,这样妈妈也能跟我们在一起,我们所有人都不分开。

我们在城里,跟那么多人一起挤的时候,车子走得特别慢,但在城外的大路上,它却很快。大路上没有积雪,给人的感觉很奇怪。现在哪儿都没有雪。我们看到好多动物,像松鼠、鸟儿、小鹿还有兔子,全都到处乱跑,特别开心的样子。它们在吃草和树叶还有橡子,兴奋到没空理会我们,懒得理任何人。甚至连路边的兔子都只是看看我们,就继续吃草,它们太饿了,顾不上害怕。我看到它们很高兴。我觉得，我们也帮助了它们。这就像旺达之前说过的，要把我们的家园变成能够招待其他人的地方。我们甚至给野兽提供了食物。

我们知道已经接近林中小屋，因为看到了路边的另外一座房子，我们记得它的模样，它的牲口棚前面塞了一个巨大的车轮，侧墙上画着花儿。我们之前只看到过花儿的顶端，因为雪把下半截全都埋住了，现在雪化了，我们看到了完整的花朵。它们又高又美，有红蓝两色。那座房子的男主人站在牲口棚旁边，正在看他的田里返青的大麦。他看到我们，我向他挥手，他也向我挥手，还微笑着。

"我们应该没办法一直赶车到房子前面。"曼德斯塔姆先生说，因为房前没有大路，我们步行过来的时候，看到好多树木之间的距离很小，但事实上，他却没有说中，或者就是我们都记错了。我们看到了之前走出森林的窄路，现在有两棵大树分立两旁，中间的距离足够让马儿们通过。这马车挺大的，我们一直前进，到处都能顺利通过，尽管路也没有特别宽阔。天快要黑了，曼德斯塔姆先生说："也许我们应该停下来过夜，免得走过头。"但旺达就在那时候说："我看到房子了。"我也看到它了，我从车尾跳了下来，绕过车，跑到马前面，一直跑到院子里，那座房子真的在等着我们。

如果谢尔盖也在，这就已经是最好的情形了，但现在也很好。我帮着曼德斯塔姆先生给马卸下挽具，我们为它们刷洗身体，喂它们食物。我几乎都能够着马背了，但有那么一点儿吃力，在我伸长胳膊刷它们身体的时候，它们很安静。我从菜园里拔了两只胡萝卜给马吃，它们很喜欢的样子。我帮着卸车，把里面的东西存放好，旺达把所有小鸡放出来，让它们到处奔跑，刨食。明天我们可以给它们搭一个小窝。与此同时，曼德斯塔姆夫人在屋里做饭，温暖香甜的味道从房子里飘来，灯光从窗子和她打开的门里透出来。

"吃饭之前去洗洗手，斯特潘。"曼德斯塔姆先生对我说，我去了房子后面，那里有个大浴盆，里面装满了水。我用碗舀了水出来正准备洗手，忽然想到，如果我洗了手，就不想再弄脏它们了，我就会去吃饭，吃过饭就要睡觉，那时候天就晚了。我已经不想再等。

所以我没洗手，带了碗回到房子前面，就在屋门旁边，我在地上挖了一个小坑，把那枚坚果从我口袋里掏出来，把它放在洞里。我轻轻地把它放在土里，抚摸着说："我们安全了，妈妈。现在你可以在这里生长，跟我们一起。"我正准备给它覆上土，浇上那碗水，但我却感觉有什么事情不对劲。我低头看那颗白果子。它躺在温暖的棕色土壤里，看上去很不自在。这情形，就好像我播下了一枚硬币，准备让它发芽长成一棵树，像结水果一样结出更多的钱。但硬币是长不成一棵树的。

我把坚果捡起来，擦掉尘土，把它捧在手心里。"妈妈？"我问坚果。过了一会儿，我感觉像是有人把手放在我头上，但只是轻轻抚摸了一下，就好像那人无法真正接触到我一样。我完全没有听到任何回答。

第二十二章

瓦茜莉亚来参加她自己的婚礼时怒气冲冲，这是当然；她几乎跟她爸爸一样愤怒。她本指望能做皇后的，因为她跟沙皇联姻，的确有很多合理且适宜之处。而我却抢走了她的荣耀，她的下一顺位丈夫候选人，是个不讨人喜欢的大公爵，三十七岁，在她之前已经埋葬了两任妻子，她已经无法得到嫁给英俊迷人的沙皇，并获得附赠后冠的待遇了。

这已经够糟糕的了，而现在，我又迫使她冲风冒雪赶到维斯尼亚这座又小又破又落后的城市，远在她爸爸领地的西面，城墙蠢厚，主城堡都是用无趣的红砖建成的，而且她完全清楚自己为什么会受到宣召，因为她知道，如果她跟我易地而处，会做出什么事来。她会趾高气扬地走过全国所有公主和贵族小姐们的面前，昂起头炫耀她的后冠；等我们来赴宴时，她会时不时微微侧一下头，带着不失礼貌的疏远，搭理一下我们中间最善于拍马屁讨好她的人——我肯定不是其中之一。所以她认定，我召她来，就是为了迫使她向我鞠躬致敬，尊称我为陛下，这样我就可以报复她往日或当面或暗中的嘲讽与讪笑。

她把一切都预想得太彻底，以至于当她盯紧头戴后冠的我，爬上台阶走到我面前时，已经两手握拳，准备好承受屈辱了。而当我走下王座迎接她时，她甚至有些手足无措，我没有给她反应时间，就已经在拥抱她，亲吻她的脸颊。"我最亲爱的瓦茜莉亚，"我说，"我们已经太久没见面了，你能来我真高兴。亲爱的乌尔里希叔叔。"我一面招呼，一面转身面对亲王，他愣在我上方的台阶上，面对着米纳修斯和我爸爸。他看着我的脸，我伸手给他，他有一会儿竟然忘记了生气。"请您原谅我：让女孩子远离朋友们生活真是太难了。请您务必允许我们跳过这些繁文缛节好吗？我们都进府里去，请您喝一杯接风酒。然后，让我把您的宝贝女儿偷走一会儿。"

我带她上楼，去了大卧室，阳台开着，我把所有仆人支走，告诉她立瑟瓦王国一定要有个继承人，越早越好，米纳修斯的确结了婚，但这或许还不够；我点到为止，剩下的让她自己去想象。然后米纳修斯和我爸爸一起进房，后面跟着愁眉不展的伊利亚斯。我握起瓦茜莉亚的手，米纳修斯用半死不活的语调说："已婚夫妇的乐趣实在太多，我们决定了要成全更多的眷属。伊利亚斯，我亲爱的表弟，请允许我向你介绍你的新娘。"

婚礼时他站在我旁边，嘴角始终挂着嘲讽的笑。瓦茜莉亚很幸福，她也理应感到满意——我还把梅瑞姆的黄金礼服裙赏给了她，那衣服太华丽了，她看起来比我更像皇后，而且她要嫁的是位英俊的年轻男士，今晚两人洞房，这位至少还能提供些许温存。我爸爸早就注意到了伊利亚斯那副苦相，把他带到阳台上告诉他，如果他想在这件事情上扮演白痴，我们可以另找一个男人。如果相反，他能像个有头脑的男人一样去做，把这位富可敌国的女继承人侍候好并顺利娶为妻室，他就可以不再充当妈妈的跟屁虫，等乌尔里希岳父一死，他就能成为一个真正的男人，一位真正的亲王。他们从阳台回来之后，伊利亚斯亲吻了瓦茜莉亚的手，比较成功地拍了一通马屁。事实证明，就算是极为炽热的激情，也是可以通过其他渠道满足的。

乌尔里希接手了女儿那份怒火，气到脸膛发紫，怒气远远超过两人份，这可以理解，不过他也无法阻止这件事。我们丝毫没耽搁，直接就把这对新人从卧室带到了大教堂，米纳修斯动用君主权威，亲自扮演了把新娘交付出去的角色。与此同时，我挽起乌尔里希的胳膊跟他聊天。就算他本来有心硬抢出女儿，在手下官兵的护卫下冲出重围，也无力抵挡我额头上的银色光芒。他只要看着我，就会忘记自己心中的怒火，而且到这时候，城里已经开始有传言，他的手下们肯定也听说了——据说寒冬已经被魔法驱离。

宴会还算丰盛。就算没有别的亮点，桌上充足的绿色菜也足以让我们所有人满意了——就连大公爵，过去几个月也没尝过新鲜莴苣的味道。桌上还有堆成高塔的草莓，这是我爸爸动用全部可能召集的人手去森林里采来的，尽管草莓还小，但颜色鲜红，入口甘醇。米纳修斯让仆人给他送上满满一盘，一颗一颗吃得特别沉醉，同时一直嘴角下撇，观察着房间里的一切。他没有对我说话，我也没对他说什么。我看到他时能想到的，只有他在地下室冲我喊叫时的尖嗓门。

之前我也觉得自己的妈妈不太真实。我不记得她抚摸过我，也不记得她的语调。我的这类记忆全部来自玛格瑞塔。但我的妈妈也曾数次帮我脱险；她十月怀胎，直到我可以呼吸，然后把细若游丝的一点魔力传续到我的血液里，足以让我穿过镜面，逃到那个严寒国度。我从她那里得到了这些赠礼，却一直感觉理所当然，我都没想到过应该对此心怀感激。我对为人尖刻、野心勃勃的爸爸就更不欣赏了，他会毫不犹豫地把我交给一个粗暴的丈夫，甚至是邪恶的巫师。我以前从来都不相信，他在利用我谋取私利方面会有任何顾忌，但回想起切诺伯格在壁炉里噼啪燃烧，浓烟滚滚，血红的火焰升腾，我突然极为确信：我的爸爸，曾经明确说过为我感到骄傲的爸爸，绝对不会把我的灵魂卖给恶魔，以此换取一顶后冠。

单纯就这一点点顾忌，也不能说包含很多的善意。我这一生都深感人情冷漠。但我的所得，还是超过了米纳修斯。我很难继续责难他的冷酷心性。他又有什么理由来在意任何东西呢？其他人都不肯为女巫之子多花一分钟，他这样说过。这是他评价别人时，仅有的一次正面言论，说到的是唯一善待过他一点点的人。

正常来说，被处决的妻子留下的后代，应该被藏在一座奢华的修道院里，以免他生出令人难堪的子孙来。一旦他的兄弟登上皇位，不再需要后备人选，就没有人再需要他继续存在。我从前以为，他就是为了要逃避这样的命运，因为这个和其他的动机，才跟恶魔做了交易；这样的话，他的遭遇就是野心家受到了应有的惩罚。但是显然，事实并非如此。这人从恶魔那里得来的魔法，只会用于自己的穿衣打扮，他花了更多时间画速写，却不肯关注税收状况，这样的人，会宁愿选择隐居的生活。米纳修斯会愿意把一生消磨在笔墨和华丽的衣饰中间，沉溺于浮华，心满意足。相反，他的恶魔却杀害了他喜爱的兄长，把一顶他从未渴望的皇冠扣在了他的头上。

而现在，我又拖着他继续我的计划，像个没心没肺的小孩，把破旧的玩具拖在身后。我跟他腹中的恶魔讨价还价，为了一个他完全不在乎的王国，完全当他本人不存在。就好像他完全不重要，一如既往，完全没有人在乎他。难怪他会因此恨我。

这并不会让我后悔自己做过的事。我已经后悔过一次了。梅瑞姆已经痛切地向我讲述过这件事的可怕后果，我们俘获了一个牺牲者并把他关在旧塔基座的地下室，他会一遍一遍地被火魔吞噬，不用她说，我也知道这件事有多邪恶。但我的后悔，只能是爸爸那种"深表遗憾"。我的确同情那些星魔小孩，如果我有其他选择，我会尝试用不那么残忍的方法来阻止他们的国王。如果我有机会，我甚至会解放米纳修斯，而不是让他已经被奴役的生活雪上加霜。但我置身其中的，并不是我理想的那种世界，如果我一定要等到能解决全部问题的时机才出手的话，我会永远也做不了任何事情。

我甚至都不能向他道歉。他反正也不会相信我，他也的确不该相信。立瑟瓦王国依然危机四伏，恶魔仍然占据着我们的皇位。我很高兴能够终止严冬，且不管是怎样做到的，但我没有愚蠢到指望跟切诺伯格这种妖魔结盟的程度。昨晚的局面，是要么选择帮助他，要么就让星魔国王用冰雪掩埋我们所有人，所以我做出了选择，并不是两害相权取其轻，而是先处理迫在眉睫的灾难。但我早就知道，一旦切诺伯格把星魔族吞噬罄尽，他就会转回头来对付我们，而我不能让立瑟瓦王国毫无防备。

所以到了明天，等卡什米尔亲王怀着比乌尔里希更强烈的怒火到来时，我爸爸会悄声在他耳边许下反叛性的承诺。等到囚禁于地下的星魔国王终于被吞噬罄尽时，他们会跟乌尔里希一起去找那些二十年前取出圣链烧死皇后的修道士们谈谈。那天黎明，等到恶魔为了躲避太阳潜藏起来之后，他们就会带我的丈夫上火刑柱，像当年烧死他妈妈一样烧死他，这样我们就可以一起摆脱恶魔的掌控。

我早知道这一切都会发生，即便现在我知道米纳修斯是无辜的，也不愿出手去阻止它。我不会为了解救活受罪的他，让整个王国代他受火魔荼毒，就像我不会为解救星魔族的孩子们，就让自己的同胞受难一样。我可以足够冷酷，做所有别无选择的艰难决定，来拯救这王国。

但这也会让我心寒。我看向瓦茜莉亚和伊利亚斯，后者正侧身过去，在她耳边小声说了什么，让女方脸泛红潮。我嫉妒她，到了足以让她心满意足的程度。现在我已经不敢让自己怀有任何梦想，即便是心有不甘，也不能再指望自己的婚床上有任何温存可言。我能为米纳修斯做到的，只剩这一点点。我不能再装出对他热情的样子。我不会再向他要求感激、原谅还有礼貌。我不能看着他，还继续为自己贪求什么，就像我是另一匹饥饿的狼，在他已经血肉模糊的肢体上继续撕咬。

所以我在用餐期间很少说话，除了偶尔招呼一下坐在我另外一侧的乌尔里希，什么都给他最好的，尽我最大努力奉承他、安抚他。当时辰渐晚，窗外的太阳开始落山，米纳修斯站起来，我们一起把幸福的新婚夫妇送入新房——就跟我们卧室在同一条走廊上。乌尔里希眼见米纳修斯家的其他男人们入住走廊另一侧，瓦茜莉亚又眉开眼笑地看着伊利亚斯，后者已经把她的手扯过去，逐个亲吻她的指尖，两人都脸颊绯红，一半因为美酒醉人，一半因为新婚得意。乌尔里希暗自咬牙叫苦，但他还是接受了我爸爸的邀请，要去我爸爸的书房一起喝几杯上等白兰地，预祝两人都早抱外孙，所以至少他是暂时放弃了挣扎，尽管心里还有些不情愿。

"但是很遗憾，我亲爱的宝贝新娘，今晚你恐怕只能独守空床了。"我们独处时米纳修斯的这句话，对我们两人都是辛辣的讽刺。他摘掉自己的环形皇冠，把手上的戒指胡乱丢在梳妆台上。阳台外，太阳正在迅速下沉。"除非你想派人去找我那位热情似火的卫兵来。如果那样，你们倒可以有几个小时寻欢作乐。步行到那个地方再回来很耗时间，而且我估计，我那位朋友用餐时间应该会很长。"

我任由他咬牙切齿地对我说这番话，没有反驳。他皱起眉头看我，然后突然开始微笑，两眼变作血红。哦，我才意识到，我宁愿看他本人皱眉。"艾丽娜，艾丽娜，"切诺伯格拖着长腔对我说，烟火气味熏人，"我要再问你一次：愿不愿意从我这里得到些珍贵的赠礼，让我表达捕获冬日国王的谢意？你只要把他给我，就可以随意开价，你要什么我都给！"

这种话对我完全没有蛊惑力。米纳修斯的遭遇，让我永远都不会掉进这类陷阱。看着那只恶魔从没有表情的脸孔后面对我微笑，我觉得世上永远不会有任何东西，能让我贪婪到愿意从他手里接受。我试着想象有没有什么情况会让我觉得逼不得已：一个从未谋面的小孩子，即将惨死在自己怀抱里；战争将会吞噬整个立瑟瓦王国；敌国的铁骑在远方出现，我本人即将死于非命。就算是那种时候，或许我还是不会接受。这些苦难，至少都还有尽头。我摇头说道："不。你只要别招惹我们——包括我和我在意的人们。我对你别无他求。你走吧。"

他嘶鸣着，咕咕哝哝，涨红了脸瞪着我，但他还是怒气冲冲地出了门。他刚一离开，玛格瑞塔就闪身进来，就像她一直躲在门外某个地方等着似的。她帮我脱掉正装，收起后冠，叫了茶。茶送来之后，我坐在她身边的地板上，头枕着她的大腿休息，我小的时候总是没有机会这样做，因为她总是要忙着干活儿。但今晚她没有任务，终于有一次可以不用缝补任何东西，她抚摸着我的头发，柔声告诉我："小艾丽，我勇敢的孩子。你不用那样难过。冬天已经过去了。"

"是啊，"我说，同时觉得如鲠在喉，"但冬天之所以过去，是因为我让火烧得更旺啊！奶娘，它会一直都要求更多木柴的。"

她弯腰亲吻我的额头。"先喝点儿茶，小乖宝。"她说着，把我那份茶弄得特别甜。

墙上不再有星星给我指路，路线也只是笔直向前，但我走得很慢。我努力待在土隧道的正中间，脚步尽可能轻，还故意让斗篷拖在身后的地面上，擦掉我的脚印：其实斗篷本来就长，刚刚又在脏水里浸湿了下摆。我没有走太远，黑暗就开始被刺破，远远的转弯处亮起微光，让泥土墙壁的轮廓显现出来，那里有好多卵石和树根，这景象令人安心，我终于不再是盲目赶路了，而且我鼻子里感觉到越来越重的烟火气。又向前走一百步之后，我已经能看见远方的烛火了，它们像夜空里的星星。

在漆黑的隧道里，烛火显得极其明亮，我已经看不到其他东西了。我开始向着火光靠近。光线越来越强，我的脚步越来越慢；每走一步，心里那个需要解答的问题就变得更加紧迫。当我跟父母一起待在安全的房间里，我说自己必须勇敢，那还真是容易一些，毕竟我妈妈还握着我的手呢。之前站在星魔国王对面，拒绝向他低头，也同样不是很难。至少我当时很愤怒；绝望和报复心都给我壮了胆，而且当时的我，已经不怕再失去任何自己珍惜的东西。但现在，天平上却有一块沉重的砝码：我的同胞、我姥爷、我的家人；旺达和她的两个弟弟——他们救了我。还有我自己这条命，我拼尽全力赢回来的这条命。我并不是必须做这件事。我可以转身向后，走出这条隧道，然后我还是我，仍然可以自称勇敢又机智。

但我却还在慢慢接近目标,近到开始看到隧道尽头那个房间的石头墙,还有稳稳照耀石墙的烛光。突然,我感觉到背后有热风涌动,房间里的烛火随之摇曳不定。我被这风吹得浑身不自在,知道背后来的是什么,是谁在我身后打开了另外一扇门,目前正在进入同一条隧道,也要来这个房间。

我还有一点点时间,可以把那个问题再问一遍。我现在的位置已经在城市另一端,但从这里退回到下水道的话,距离并不远,而那个位置离公爵府的距离,就要远很多。我还有时间转头跑回去,没有人会知道我来过这里。但相反,我却加速向前,尽可能不出声,到了石室拱门那里。我迅速扫视四周,没有看到有卫兵值守,只有那圈蜡烛的部分弧线,烛泪盈盈,烛身渐短,在这个圈子外面,地上还有一圈缓缓燃烧的炭块在发光。空气里有烟火味儿,但不像我预料的那样呛人:这里有通风口通往地面。

我深吸一口气,迈步进入房间。星魔国王转过身,看到我。他有一会儿吃惊到动弹不得,然后他朝我微微点头。"夫人,"他说,"你怎么来了?"

他当时站在煤火圈子里,火光舔舐着他周身。那条银链紧紧缠绕在他身上,深陷到足以在银色衣服上印下痕迹。我还想继续恨他,但谁都很难恨一个被锁链缚住,等着隧道里那个怪物来折磨的人,不管他是谁。"你还欠我三个问题的答案。"我说。

他愣了一下,说:"看来,你说的没错。"

"如果我放你走,"我说,"你能承诺不再带回冬天吗?能否不再伤害我们的人民,不再试图把我们全部饿死?"

他身体一震,拉开与我的距离,挺直了闪亮的身体,冷冷地回答:"不能,夫人。我不能给你那个承诺。"

我瞪着他,愣住了。我这些问题都是经过深思熟虑的,黑暗中赶路期间一直在想。三个问题:一个让他结束冬天,一个让他放过我,还有一个让他承诺永远结束所有的袭击和掠夺。我现在谈条件的起点好到极致。我甚至都没想象过,直到现在——他都已经被人制伏了,这样待下去只有死路一条,他们的种群会全体灭绝——他却还是不肯服软。"所以说,你真是那么想大家一起死喽!"惊惶之下,我结结巴巴地说,"就算是为了解救自己的同胞也不肯让步,你对我们恨到那个地步?宁愿自己死在这里,被人一点点吞噬?"

"解救我的人民?"他提高了声调。"你以为我耗尽自己所有的力量,花掉王国金库中的最后一枚金币,甚至自己迎娶一个当时被我认为配不上我的凡人,"即便在盛怒之下,他还是停顿了一下,向我低了一下头,重新致歉,"要不是为了解救我的人民,还能是为什么?"

我住了口,无言以对。他瞪着我,继续恨恨地说:"而在我做过所有这些事之后,你现在却跑来,问我一个只该问懦夫的问题,问我愿不愿意为了保住自己的性命,就承诺站到一边,任由他吞噬其他所有的人民?绝不!"他已经在嗥叫了,那番话像石头一样向我砸过来。"我会用尽所有的力量抵制他,等我力气用尽,等我无法再保证大山不受他火焰的侵袭,至少我的人民会知道,我已经在他们之前牺牲,直到生命尽头,都保守着他们的名

445

字不曾吐露。"他猛甩头，"而你却跟我谈什么仇恨。是你们选择了仇视我们！是你们给吞噬者戴上了皇冠，把他定为你们的皇帝！如果没有你们充当后盾，切诺伯格根本就没有力量攻破我们的山峦！"

"可是我们不知情啊！"我不由自主地回答，恐惧让我找回了答话的能力。"我们没有人知道，沙皇跟恶魔签下了契约。"

"那么，你们是蠢到那种地步了，不知情的前提下，就能给一个恶魔那么大的权力？"他轻蔑地说。"你们会自食恶果的。你们以为他会信守承诺？他附着在某个凡人身上，只是为了得到保护，等他看到机会能填补饥渴，他会毫不犹豫地吞食原来的寄主。等他把我们吞吃殆尽，他就会转而与你们为敌，把你们的夏天变得炎热和干旱，到时我会幸灾乐祸，知道你们祸害了我和我的人民，自己也没有好结果。"

我用双手按住太阳穴，两掌放平压在那儿，我脑子里全是恐惧和烟火气息。"我们不都是傻瓜！"我说，"我们是凡人，我们没有什么魔力，除非被你们硬塞到身上。米纳修斯被加冕，是因为他爸爸生前就是沙皇，他哥哥又早死。他是第二顺位继承人，仅此而已。我们凡人看不出有恶魔藏在沙皇身体里。我们没有什么高级魔法护身，不管我们是不是真心想要！你不需要知道我的名字，就能威胁我，把我从自己家里劫走，你还觉得那样的婚姻是我配不上你，而不是你不配！"

他畏缩了一下，像被我打了一记耳光，在他的魔法禁锢下，声音变得更尖锐多刺。"你已经揭穿我的谬误三次之多。"他稍过了一会儿才说,他咬牙的声音像冰块刮擦一样,"我现在不能说你撒谎了,不管我自己多想这样说。但我的答复还是一样:不行,我不会做那种承诺。"

我努力去想,在绝望中寻找出路。"如果我放你走,"最后我说,"你能不能承诺在切诺伯格离开王位之后马上结束冬天,并且帮助我们设法除掉他呢?皇后会愿意帮我们的!"我又补充说道:"她自己也想除掉沙皇。你也看到了,她不肯接受沙皇的任何恩惠。只要结局不是把我们所有人一起冻死,她肯定会愿意帮忙的。立瑟瓦王国的所有领主们都会愿意出力,只要能结束这漫长的严冬。你愿不愿意帮助我们对抗他,而不是杀死我们所有人,只为了让他没有可以吞噬的对象?"

在那条银链的约束下,他无法动弹,所以只能跺着脚,恨恨地说:"我都已经打败他了!我已经打倒了他,用他自己的名字约束住他!是你们的行为,导致他又一次逃脱的!"

"那是因为你硬要把我拖走,余生里都为你制造更多的寒冬,还威胁要害死所有我爱的人!"我也对他吼。"我不许你说这又是我的错——你怎么有脸说这些都怪我们!沙皇加冕仅仅是七年之前的事情。你们的骑士到人间来劫掠黄金,却是自有人来这里定居时就已经开始的,而且他们抢劫的时候顺便杀人奸淫,又有谁来管过?我们之前一直没有力量阻止你们,所以你们高高地坐在玻璃山顶俯视人间,认定我们这些凡人无关紧要!活该你被困在这里,任由恶魔吞食!但是点点的女儿不该落到那样的下场!就算是为了她,我也会救你,只要你也愿意帮我拯救这边的孩子们。"

他刚准备说什么,就犹豫了一下,朝隧道方向看。我也朝着那片漆黑望去。那边有片红色微光正在向这里靠近,那是一团火,正在形成。他转向我,说道:"好吧!你放了我,我会做出以下承诺:一旦切诺伯格被推下皇位,我的人民不再受他威胁,我就不再延续冬天,并且帮助你们打败他。但在我的前提得到满足之前,我不做任何保证!"

"成交!"我马上回答。"还有,如果我放了你,你能否承诺——"我顿住了,突然意识到我今天只剩下一个问题,而不是两个。匆忙中我把问题改了改,继续说完这句话:"你能否代表你本人和所有星魔一起承诺,不再骚扰我和我族人民,也就是整个立瑟瓦王国呢?不许再劫掠,不许再为了得到黄金或其他动机而闯入人间奸淫、杀人……"

他看了看我,说:"如果你放了我,我会做出下述承诺:冬风起时,吾辈将不再袭掠你族人民,我们还会来,在森林与雪原中疾驰,猎取白色皮毛的动物,因为那些属于我们。如果有愚蠢的人胆敢阻挠,或者闯入我们的领地,他们就会被消灭,但我们不会主动猎杀人类或者抢夺人间财富,甚至包括像阳光一样温暖的黄金,除非我们事先受害,理应索取公平的补偿。我们也不会违背其意愿强掠人间女子。"

"你本人也不例外!"我特地补充说。

"我已经说过了!"他又在朝着门的方向看,那光已经变得更亮了,红彤彤的,在墙上跃动。那家伙正在快速接近。"快打破那火圈!"

我弯腰想要吹灭其中一根蜡烛,但那火焰只是晃动了一下,却不肯熄灭。整根蜡烛芯被厚厚的一层蜡粘在地上,我甚至没有办法把它拔出来。我只好跑到隧道入口,两手抓土来埋蜡烛芯,就像厨房里热油着火时的处置办法一样。但就算那样,它熄灭前还是烧伤了我的手。外圈的炭块实在太热,我两手并用抓下好多土,还是不能阻止它们燃烧,所以我脱下那件斗篷,把它折叠起来,潮湿的一面冲下,把它丢在煤炭圈上。

"你只能把我拖出去了!"他说。我把手伸过炙热的煤火圈,抓起那根绳子,把他从斗篷上方拖过来,一点儿多余的时间都没有。他出来的时候斗篷已经着了火。

火势凶猛,焰头烧着了他弯翘的靴子头。整个靴子突然变作一团浓烟和火焰,从他腿下掉落下来,他喘息着撞在我身上,仿佛痛到难以呼吸。我险些被他的身体推倒,用尽力气才让他靠在墙上。他在打哆嗦,两眼几乎完全闭合。浅淡的红色线条像蜘蛛网一样出现在他整个脚上,向上直达膝盖,他被烧坏的裤子末端悬在那里,还在微微冒烟。

我抓住那根银链,想要从他头顶把它摘下来,又尝试着把它向下按,但即便我用尽了力气,那链条仍纹丝不动。我绝望地四顾,旁边有根铁锹,插在近处一辆装满了煤块的手推车上。我扳住他的肩膀,把他放倒在地上,这样我就能把铁锹尖端放在银链的一环上了。我用脚向下踩,就跟别人挖土的姿势一样。那链条一边是坚韧的铁锹,一边是硬实的地面,但还是没被切开——它就是不开,而我听见,在我身后有愤怒的嗥叫声传来。

我没有朝那边看——现在看有什么用？我举起铁锹，用尽力气又铲了一下，还是没用。我丢下铁锹，跪在地上，两手抓起那根银链。我试着把它变成金的。我闭上两眼，想起藏宝库里的那些宝箱，想起银币在我手下变成黄金的那种感觉，整个世界在我手指尖变得柔软可塑，因为我想让它那样。但这根链条只是在我手中变烫，几乎灼人。隧道那边响起了脚步声，向我们这里接近，周围的煤炭突然开始熊熊燃烧，连手推车里的那些都不例外，我们周围腾起滚滚浓烟。

突然我两手按压下的他动了一下，只听他轻声说："用铁锹，快一点儿。把刀口对准我喉咙。杀了我，他就没办法通过我吞噬我的人民了。"

我惊恐地看着他。我是曾经盼望他死掉，但不是这么血腥地死在我本人手下。我本来不想那么像茱迪斯的，要亲手切掉一个男人的脑袋太夸张了。"我做不到！"我哑着嗓子说，"我做不到，看着你，还要用铁锹铲断你的脖子！"

"你说过你想救那孩子的！"他对我说话的语调居然是幽怨的。"你说过你想的！那个火魔是冲着你我两个人来的。你愿意到死都是一个说谎者吗？"

我被一口浓烟呛到——又黑又烫的烟，让我的嘴巴、鼻子和喉咙都被灼痛，眼泪一下子涌了出来。我不想死，我同样不想杀人；我也不想临死还杀了别人，两手沾着血腥离开这世界。相比之下，被当成骗子还不是那么严重。但他反正是要死的，死得更惨，而且所有的星魔族人都跟他一起死。世上可能有上千种死法，的确并不是所有的死法都同样糟糕。我低声说:"你转下身,脸朝下。"我再次拿起那根铁锹,握着它站起来,两眼流着泪。烟雾中,他翻转身体——

透过黑烟,有一道明亮的微光在他的背后闪亮:那是月色一样的冷光,泛着雪夜里的那种微蓝,那是艾丽娜用她的星魔银项链连接银链的地方。我丢下铁锹,伸手去抓它。突然有只手从背后抓住我的头发,头发烧焦发出恶臭,但我极力伸手,还是用指尖触到了那根项链,它一触到我,就变成了黄金。

那只手放开我的头发,我倒在地上咳嗽,恶心,头发还在冒烟,又一声怒嗥响起。但那声音突然变得尖厉起来,因为一阵寒风吹过房间,跟之前的火焰一样猛烈,一样虐人,在我周围,房间里所有的火焰一起熄灭:煤炭变成了冷硬的黑块,蜡烛全部熄灭,到处是一片漆黑,只有两只狂野的眼睛微微放出红光。

我现在吸入的空气清新又凉爽,就像一场风暴之后寒冷的空气一样,这让我被灼伤的皮肤和呛到的喉咙都感觉好了一点儿。黑暗中,我听到星魔国王说:"你的束缚已经被打破了,切诺伯格;借助高级魔法和公平交易,我已经重获自由!"他的声音在石壁之间回响。"此时此地,你已经无法留住我。你是要逃走呢,还是要等我永远地熄灭你的火焰,把你埋葬在泥土里?"洞中又响起一声郁闷的嗥叫,那双红眼睛消失了。沉重的脚步声沿着隧道远去,我闭上眼睛,蜷缩在冰冷的石头上,贪婪地大口吸入冬天的空气。

玛格瑞塔哄我躺下之后，我还真睡了一会儿；我当时感觉很累，浑身酸疼。但当一阵冷风从阳台那扇开着的门灌进来的时候，我还是醒了，我站起来，去看外面。除了城堡外墙上的火把照亮的地方，什么也看不清。吹在我脸上的风又变冷了，我突然明白，那个星魔国王一定已经重获自由。我也马上就认定是梅瑞姆干的。我不知道她具体做过什么、怎么做到的，但我确定是她。

我当时并不觉得生气，只感到恐惧。我理解她做的选择，尽管我们处境不同，她不想被火魔吞噬，我同样不想，但她去释放了冬天，以免自己的手上沾染血污。大雪还会来临，不在今夜，就在明晨，所有已经长出来的绿色，届时都将死亡。

其他的尸体也会接踵而至。今天早上那些牲畜来找我吃面包屑的时候，我已经看到了它们瘦弱的身体，它们已经撑不了太久。仅仅是因为莓果和绿叶菜突然变充足，才让我爸爸的餐桌配得上他的地位，尽管他做了那么多的努力。昨晚没有整只的烤猪或者烤牛来炫示富足，因为不管是野味还是家畜，都瘦得无法让人赞叹。要准备与往年同样的盛宴，大致需要宰杀两倍数目的牲口，我看见过府里的乐师把面包泡在稀菜汤里好半天才吃，因为面包很不新鲜。这还是在公爵府里，有公主成婚的大宴上。

我知道对城外那些更贫穷一些的家庭来说，这意味着什么。但我不知道该怎样做。我们能抓到星魔国王，完全是靠了梅瑞姆的帮助，就算那样，他还是差一点儿就能击败我们。他不会再犯那么愚蠢的错误了。我宁愿相信梅瑞姆跟他达成了某种共识，像她说过的，保证严冬结束的那种。如果明天再下雪，冻死了所有麦苗，今天城市里的欢腾就会变成平民暴动，只要求街道上的雪化掉。而如果雪一直不融化，我们就会全体被困在自己的房子里饿死，埋在自己家里，不管是简陋的木屋还是奢华的宫殿。我们能制造一面足够巨大的镜子，让我们所有部队都穿越到那个冰雪空间吗？但星魔本来就是寒冬里的猎手，他们来劫掠的时候，带着银光闪闪的武器，像割麦子一样斩杀凡人。我们或许能留下一段歌谣，讲述这群向冬天开战的勇士，但我们幸存下来的人民，也不能拿音乐当饭吃。

玛格瑞塔给我披上皮大衣。我俯视她。她脸上也全都是伤感和恐惧。她也感觉到了这份寒冷。"你的继母会感到荣幸的，如果你能屈尊去她房间一下的话。"

她的意思其实是：我们赶紧离开这个房间吧，沙皇回来的时候，最好别待在这个地方。切诺伯格当然也会一起回来，愤激，狂野，怒气冲冲。冰与火两种威胁都近在眼前，而我的小松鼠王国就在它们冲突的战场中央。但沙皇也是我拯救这个小王国的唯一希望所在。

"你去爸爸那里，"我说，"告诉他，我想让他把伽利娜和弟弟们送走——今晚就走，马上就走，到西方去度个假。马车上要备好雪橇。告诉他我想让你跟他们一起走。"

她握住我的手："一起逃吧！"

"我不能逃，"我说，"我有一顶后冠。如果它有含义的话，就是这时候不能逃走。"

"那就丢下后冠。"她说,"丢下它吧,小艾丽。后冠只会让悲惨的生活更凄惨。"

我弯下腰来,亲吻她的脸颊。"帮我戴上后冠吧。"我轻声说。她去把后冠拿来,眼里含着泪,又把它戴回我头上,我轻轻把她推向门口。她快步离开,佝偻着身体。

我身后的寒冷在迅速加剧。壁炉里的火已经熄灭了,但空气中开始有焦糊味儿,一开始就像是久不通风的房间里残留的那种,像是有人在短时间内烧了太多木炭,随后我就听见走廊里有沉重的脚步声传来,有人在跑,门随后猛地被打开了。切诺伯格进入房间。他两眼暗红,热力线透过米纳修斯的皮肤纹路显现出来,但转眼之间,门就已经在他身后被摔上,他用尽全力对我吼叫,恍惚间可以看到黄色的火焰在他喉咙里燃烧。"他不见啦!他逃走啦,远走高飞!是你违背了诺言,放他逃走的!"

"我没有违背任何诺言,"我说,"我答应了带他来,我也的确做到了。他重获自由这件事也跟我无关,而且我还努力避免它发生呢。我也不想让他逃走,给立瑟瓦王国重新带来寒冬。我们该怎样才能重新禁锢他呢?怎样才能阻止他?告诉我,现在能做什么?"

"他已经逃啦,跑远啦!去了我不能去的地方!他把自己的王国封锁在冰雪后面,让我无法得到美餐!"切诺伯格只顾着对我吼叫。他开始扭动肢体,蠕动式地在房间里拱来拱去,那种动作节奏就像火焰。"他现在自由了,还知道我的名字,他都已经制伏过我一次……我险些就被困在冷硬的石头上饿死，到时候除了烂骨头，什么都没的吃……我去不了他的王国！"说到这里，他停顿了一下，浑身发抖，啐了一口，声音像是火焰烧爆了一段木头，"我品尝过他，极深入的那种。他太强大，他在漫长的岁月里成长为过于伟大的那种妖精。他的两手满是真金。他会用冬天使我窒息，他会用无尽的寒冷熄灭我的火焰。"他目露凶光并转向我，"艾丽娜，"他用不怀好意的语调对我说，"艾丽娜，甜美又有银色凉爽口感的女孩啊，是你辜负了我。你没有给我带来冬日大餐。"他向我逼近了一步，"所以我要恩怨分明，说到做到，下一顿大餐要吃的就是你了，我要吃你，还有你爱的所有人。如果我吃不到冬日之王，我的舌头至少还可以品味你的甜美。吃掉你，会让我全身充满力量！"

"等一下！"见他还在向我逼近，我厉声喝止，抬手阻止他。"你等等！要是我能带你进入到星魔生活的冬日王国，你能在那里打败他吗？"

他愣住了，两眼开始放光，就像是小火苗里被人添了一把干稻草。"你终于要说出你的秘密了吗，艾丽娜？"他气哼哼地说，"你现在终于肯说出你走的那条路啦？你打开那道门，让我进去，到时候我哪里还会在乎能不能吃掉一个国王？我会在他宫廷里大快朵颐，直到他本人的魔力开始下降，最终我还是能吃掉他们所有人。"

我深吸一口气，看着自己身边那块穿衣镜，那里是我最后的避难所。一旦被他知道，我就再也没有退路了。但我现在只剩两个选择：我可以独自逃过去，留下他在这边，肆意吞食所有人；或者带他到冬日世界，尽管明知道他还是有可能饿着肚子回来，到时候还是要吃掉我。我伸出一只手。"那就来吧，"我说，"我会带你去那里。"

他伸出他的手，形态上还是米纳修斯的手，修长而且线条优美的手指握住了我的手。他的皮肤是温暖的，跟常人没什么两样，只不过手腕那里有好多烟笼罩着，像一副大号的手铐。我转身朝向穿衣镜，他转头看去，突然深吸一口气，我就知道他已经看到了我所见的景象：冬日王国明明白白出现在镜子里，雪花厚厚地堆积在黝黑的松林里。我去到镜子前，拉他跟着我一起进入那片冰深雪厚的森林。

但他穿过镜子以后，却变成了灰烬与火焰的形体，一张嘴，牙齿之间全是血红的线条，后面长了一根黑色的舌头，就好像米纳修斯只是一层皮，他可以随时脱掉，他现在的整个身体就像是获得了生命力的火炭包裹在浓烟里。寒冷像一阵风一样扑到我脸上，这是夹杂着冰雪的冷风，我身边的切诺伯格惊呼了一下，就被那冷风吹成了潮湿的黑色煤块和飞灰。但他只挣扎了一下，红色的热火就又一次从他皮肤下面涌出：他的燃烧太深入、太炽烈，不可能那么容易被熄灭。相反，寒冷从他周围退开，我们周围开始出现越来越大的不下雪的空间。我们当时站在一座小房子后面，就是上次我离开这个世界的地点。我低头就能看到那个装满水的大浴盆，它表面的冰已经碎裂，变成小块，并且迅速融化。

切诺伯格在大口吸入周围的空气，带着一种做梦似的贪婪的表情。"哦,好冰爽,"他快意地感叹着,"哦,我将吸食到多么甘美的魔法生灵。这里的美食多到数不清……艾丽娜,艾丽娜,亲爱的艾丽娜,请务必让我感谢你吧,在我出发去享用美食之前!"

"不必了。"我说,语调冷酷又轻蔑。他看上去好像觉得自己能无限次背信弃义,却没有人能发现他的卑鄙。米纳修斯的妈妈跟他做交易,结局没多少让人羡慕的地方,尽管她的确是到死都戴着那顶靠出卖了亲生儿子换来的后冠。"我还是不想从你这里得到任何东西,只要你别去祸害我和我爱的人们。"

他再次发出抱怨声,但这次完全心不在焉,并不在意我的态度:冷风如刀,直刺他的面孔,他转身反扑,就像是能用双手抓住它一样。也许他就是能抓住,因为他扑出去的时候两臂张开,就像是要拥抱空气,而我站在他身后,的确感觉到吹过来的已经是热风。他穿过林木之间的空隙飞向那条河,他的两脚留下间距极大的印迹,融化积雪,直到露出下面新生的绿草。他每踏出一步,都会有新鲜的、春天的气息留下。即便在他跑出我的视野之后,那些融化了积雪的脚印还在不断扩大,吞食着周围的冬天。

第二十三章

星魔国王把我抱在他的臂弯里,或者是一阵寒风裹挟着我,反正我就像一片雪花似的被卷了起来,穿过那道方形翻板门,来到一处山坡,城市围墙离我们不足百尺,城市里的灯光在城墙里面闪烁。不管是什么托着我的,反正它又把我丢了下去,"砰"一下掉到地上,非常没风度。我躺在地上,痛得龇牙,喉咙刺痛——地面是暖的,长满绿草,尽管在星魔国王跪地的位置周围有一圈银色霜冻。他的皮肤闪亮,到处都有水珠,就好像他准备融化似的。

他摇摇晃晃地站起来,还赤着一只脚。他举起双臂,两眼里光芒乍现,那圈霜冻就向四面延展,周围的草叶卷曲下垂,在新的冰霜覆盖下收缩起来。我身下的土壤也变得又冷又硬,就像他一旦重获自由,就又能重新召回被我们驱走的严冬一样。"你等一下!"我叫嚷着表示反对,一面吃力地站起来。

他居高临下地瞪了我一眼,凶巴巴地说:"他已经在吸食我的人民!我不能任由他——"

他突然打住，疾速转身，但还是慢了一步。我情不自禁地尖叫起来，因为眼看着一柄剑刺穿了他的身体，剑刃从他身体前侧肋骨那里刺进去，又从他背后穿出来，挂着白霜，还把一团白雾释放到周围空气里。这是一名沙皇侍卫，就是那个特别勇敢、在姥爷家率先拿起绳子带走星魔国王的男人。他一定是留在塔外担任警戒的。其实他现在也吓得脸色发白，但意志坚定，圆睁双目，咬紧牙关，两手紧握剑柄。

他试图把剑从星魔国王身体里抽出来，却没能成功，霜冻迅速沿着剑刃向他戴了手套的双手延展。霜冻到达时，他的手指几乎是自动撒开的，星魔国王重重地倒在地上，两眼迷茫，变作雾白色。那士兵站在原处瞪目看他，浑身发抖，一面扭着自己的双手，他的铁掌套尖端已经挂上了白霜。我也在瞪大眼睛看，两手捂着自己的嘴巴，没有再次尖叫。那把剑完全洞穿了星魔国王的身体。我当时觉得他肯定活不成了。那伤口简直看着不像真的——完美，致命。我只觉得脑子一片空白，根本就无法思考。

但星魔国王就那么盲目地摸索着，找到了他身体上竖着的剑柄，被他触到之后，那剑变作纯白，一层层冰霜在上面凝结。整把剑都被冻了起来。侍卫和我都赶紧开始行动，他从腰带里拔出一把长匕首，而我又一次大叫："你等一下！"我急叫着挣扎起来，抓住他那只胳膊。"听我说！我们必须阻止那个火魔，不是他！"

"住口，巫婆！"侍卫对我吼叫，"都是你干的好事，是你释放了他，来破坏我们圣洁的皇后达成的伟业。"他用另一只攥紧的拳头照着我脸上来了一下，完全是普通攻击而已，就已经让我觉得牙床松动，全身战栗。我晕乎乎地倒地，马上感到恶心。他转身要去刺星魔国王。

此刻，谢尔盖从黑暗中冲了出来，来到我们中间，抓住他那只胳膊阻止了他。这两人在星魔国王上方扭打起来。谢尔盖本来是个高大又强壮的男孩，而且真的，我现在特别感谢妈妈给他的每杯牛奶、每只鸡蛋和每片面包。其实以前我在脑子里抱怨过，计算过这样子要多花费多少铜币，到现在才为时已晚地希望当时的自己更慷慨一些：要是我不那么算计，如果我给他餐盘里放更多的食物，督促他全吃光，也许他现在就会足够强壮。但实际上他没有，他还只是个少年。而那个侍卫正当盛年，穿了锁子甲，还受过专业训练，专门替沙皇搏杀。侍卫用沉重的军靴踩踏谢尔盖只穿了稻草鞋的可怜的双脚，身体一扭，就把他摔倒在地上，一下子就让自己握着匕首的手重获自由。

但随后，那侍卫就停在了他站的地方。一层怪异的、带点儿圣洁感的灰白色爬上他的盔甲，又覆盖了他的脖子和脸颊。刺穿星魔国王胸膛的那把剑已经碎裂成大块冰冻的顽铁，泛着蓝白光泽散落在星魔国王的身体周围。星魔国王闭着双眼平躺在地上，蒙着白霜的睫毛下面，脸颊泛出不健康的紫灰色，但他还是伸出了一只手，抓住了侍卫靠近他身侧的一条腿。冰层就是从被他接触的地方开始扩展的。霜冻沿着靴子向上，经过双腿，一直传遍侍卫的整个身体，把他冻在了原地。

侍卫脸上的颜色开始变深，他颧骨上面的皮肤绽开，在霜冻影响下变成黑色卷曲起来。我两手捂住脸，不让自己去看，直到一切结束，他只剩下散落四周的一堆冰块。那把匕首仍旧闪着致命的寒光，掉在地上。

我爬起来，恢复成跪坐姿势，脸很痛，不敢碰。谢尔盖也已经坐起来，表情痛苦，两手握着脚。星魔国王躺在地上，还是浑身冒水。他周围的霜冻仍在扩散，草叶上挂着一层薄如蝉翼的霜花，他已经在呼吸了，他身体被剑刺穿过的地方盖着一层厚厚的冰，就像他用雪压实了盖在那里一样，但他并没有坐起来。谢尔盖惊异地看看他，然后看着我。"现在我们咋办？"他问我，声音小到勉强能听到。我同样茫然地看他。我也毫无头绪。我还能怎么办啊？他就那么躺在地上，寒冬就在他周围自动扩散，跟墨汁被滴到水里一样。

我俯身靠近他，他睁开双眼，迷茫地看着我。"你能召唤你的路吗？"我问他，"还有你的大雪橇？让他们来接你回去。"

"太远了。"他声音细微，"太远了。我的路不能在绿树下延伸。"他又一次闭上眼睛，一动不动地躺在那儿，显得很无助，受了伤，甚至有可能死亡，还刚好赶在我改了主意，不想再让他死的时候。他这是铁了心地保持对我的利用价值。我想摇他，想逼迫他起来，只不过我怕一摇，他就会沿着被剑刺出的裂纹碎裂开，变成一堆冰块。谢尔盖还在看着我，我沉着脸说："我们只能抬他走了！"

谢尔盖死也不愿直接接触他的身体，我真不能怪他。我脱下那件湿了的又沾了不少煤灰的斗篷，把它铺在地上，小心翼翼地依次把星魔国王的两条腿放上去，又搬他的肩膀，接着推他身体的中段，把他整个移上去。他甚至都没动弹过。"好啦，"我说，"你抬前头，我抬后头。"这时候，星魔国王有了一点儿动静，谢尔盖去抓斗篷前端的时候，星魔国王虚弱地抬手，似乎要攻击他。

谢尔盖吓得赶紧逃开，我"砰"的一下丢下自己那一端的斗篷。"你在搞什么？"我质问道。

他转头向着我，虚弱地说："他在我没有提出要求的时候跑来帮我，我并不想让他帮忙！我能让这个懦弱的臭小子、这个鬼鬼祟祟的小偷，无端占据上风，让我欠下无穷之债，从此只能满足他的任何要求吗？"

我当时真想拿起那把匕首杀了他完事儿。"切诺伯格还盘踞在城堡里，随时准备吞食我们所有人，你现在半死不活地躺在地上，就别再时时刻刻想着自己的尊严了好吗？你等他被消灭了再继续保持骄傲好吗？"

但他只是理直气壮地看着我。"夫人，那种时候我会感到骄傲。"他说，"但现在同样要保持傲气，我对自己的傲性不加任何约束。"

我咬咬牙，对谢尔盖说："你，管他要点儿东西！"谢尔盖瞪大眼睛看着我，似乎觉得我疯了。"你现在要帮他忙，那么你想要点儿什么报酬呢？要价不能低哦。"我报复式地补充说，"反正他那么急着保持骄傲。"

谢尔盖想了一会儿才开口说，语速很慢，就好像不完全相信我。"我——我要我们的庄稼永远不被霜冻祸害？"我点头，星魔国王也没有马上开始尝试杀掉他，于是他胆子壮了一点点，继续说:"我们的牲畜不再因为暴风雪走失?还要——"我还在给他鼓劲儿。"能狩猎森林里白色皮毛的动物?"

听到最后这句,星魔国王皱了下眉头,所以谢尔盖赶紧打住。但我觉得这条件也差不多了。"想想看!"我对他说,"这些条件成不成?你是接受这些,作为帮你赶往安全地带的代价呢,还是宁愿继续躺在这里,等着春雨把你彻底融化掉呢?"

"他要价挺高的,以他这种低贱的小贼身份来说。"星魔国王咕哝说,"但他就是交上了好运。好吧,我同意。"他头往后仰,身子沉在斗篷里面,一下子放松了。谢尔盖极缓慢地挨到斗篷旁边,伸手的动作更慢,两眼始终紧盯着星魔国王。"现在没事儿了,"我告诉他,"他刚刚已经同意让你帮忙。"但谢尔盖慌乱之中仅仅瞥了我几眼,好像在说:我反正觉得要特别慎重,谢谢您的意见,但我现在不想参考。

我们终于把他抬起来,摇摇晃晃地走起来,他的身体因太重而在我们用斗篷做的简易担架里摇摆。他这个大号行李还真是挺难搬运的,我们走了十分钟,他没有再召唤一场暴风雪,也没有再想杀了谁,甚至没有坐起来说过一句话。谢尔盖低声对我说:"等一下,我还是扛着他走吧。"我们把他扶着站起来,我帮着谢尔盖把他的身体横着扛起来,谢尔盖被他的重量压着,晃悠了几步,冷得打了一两个寒战,但之后,我们行进的速度就快了不少。

我们周围的空气有些凉,能刺痛皮肤,不能说特别冷,但也肯定不算是暖春天气。当我朝身后看,发现我们后面的路上留下一道白霜,头顶树上新长出的叶子也被冻得卷曲起来,蒙了一层白。任何人都能轻易跟踪我们。我害怕那个恶魔，我也害怕更多的沙皇卫兵，我甚至害怕遇上一堆狂躁的普通人，假如他们急着要杀死冬天的话。但实际上那天没有人跟在我们后面，然后我们听见有车轮声沿着另一条路向我们靠近。我们停下来，急忙躲进树丛里隐蔽。其实这样藏也不是那么有效，因为我们所到之处，白霜都会像巨大的白花一样绽放开去。但至少天还黑着。那马车行驶过来，经过我们的位置，上面的灯光在树木之间穿过，然后它停下来，我听见爸爸的声音在叫："梅瑞姆？"声音很轻，在黑暗中隐隐传来。

我们出来，把星魔国王放进马车。我坐在他身边，爸爸和谢尔盖调转马车，载着我们继续前进，车轮发出咯吱声，霜冻覆盖了它们，车上的木板也蒙了一层白。马儿们不安地抖动耳朵，听着后面的动静，自动加快了步伐。但它们逃不了。我们自己车上就载着冬神本尊。幸好车程很短：听我爸爸描述，我还以为那儿距离维斯尼亚挺长一段路呢。但感觉也就不到一小时，我们就走出了密林，来到一座小房子旁边，周围有一片菜园，菜园外围是低矮的石墙，他们让马停了下来。

旺达出来，为我们打开大门。谢尔盖爬下车，把马牵到小棚子里去。我把星魔国王摇到足够清醒，对他说："同样的条件啊，对应这房子里将会帮助你的所有人。"

他的白眼睛眯成一条缝看着我，咕哝着说"可以"，就又晕过去了。

"我们把他放床上吗？"我爸爸问道。他站在车后面，仰头看我，但我摇头。

"不行,"我说,"应该把他放在我们能找到的最冷的地方。这儿有冰窖吗?"

谢尔盖已经放下马回来,听到我这么问,耸耸肩回答说:"我们可以给你找一个。"就好像他认定了这儿会突然出现一个冰窖。他提了盏灯出来,到房子后头找,又去马棚后面找,之后,他压低了声音招呼我们:"这儿有个门。"

我爸爸替他拿着灯,谢尔盖把那扇门揭起来撑住——迎接我们的是一股子寒气,夹杂着冻土的气息。我们借助里面的梯子把星魔国王搬下去。这里空间还挺大,墙壁就是泥土,地面铺了石板,摸上去还是冰凉的。我们把他放在石板地上,揭去斗篷之后,霜冻迅速覆盖了他全身,现在我们不再搬动他,霜冻积聚得更快一些,转眼他身上就是厚厚一层白。我爸爸扯去斗篷的时候碰到了一点儿白霜,低声惊叫了一下。

我们退开一点儿,低头看星魔国王:他脸色很难看,眉头紧锁,很痛苦的样子,棱角分明的颧骨上最开始还有水珠,但就在我们观望期间,那些水又凝成了冰,我感觉他的呼吸更顺畅了一些。

"也许来点儿水更好。"我想了一想说。旺达从外面给我们吊了一桶水下来,里面还有只木杯。我舀了一点儿水,扶着星魔国王的头,把水杯放在他嘴边。他恢复了一点儿知觉,喝了很少一点儿水。被他嘴唇碰到之后,杯子表面很快结了霜,我把它拿走时,里面的水已经结了一层薄冰。我看了下他赤裸的、被烧坏的脚掌,有些地方变形严重,只是勉强还能看出原来的样子,就好像是融化掉一半的雪人。我把水面上那层薄冰捞出来，放在他伤损最重的位置，那冰下沉到他肌肉里面，让那里鼓起了一点儿。我抬头看旺达，她还在洞口俯视我们。"这儿还能找到冰吗？河水还有结冰的地方吗？"

但她之前就已经去过河边取水，所以她摇头。"全都化掉了，"她说，"整条河都是水，从这边到那边。"

"我们可以把他用稻草包起来，"我爸爸不是很有底气地建议，"就像夏天保存冰的办法那样。"

"我们的当务之急，是送他回自己的王国。"我说。如果切诺伯格发现我们在这儿，他这次不会需要任何人帮忙用银链和火圈困住星魔国王。他这次完全可以自己打赢，或许他还真能够逼迫星魔国王说出自己的真名，放弃他全部的臣民。但我不知道现在该怎么做。他的魔法路不能延伸到绿树下面，整个立瑟瓦王国仅剩的一点儿冬天，都在我们这座地窖里了。我们爬出来的时候，旺达伸手帮我，梯子上的铁钉和门上的铁边儿都蒙着白霜，碰上去都会觉得手疼，地窖上方的草都已经冻死，一碰就断，我们脚下的地面也变得又冷又硬。

但当我站在地窖口俯视他，看他像灰白色的棺板浮雕一样，躺在一圈白霜里时，突然感觉到一阵温暖的强风从林木之间吹过来，掀起我的头发。当我回头看大路，我们留在路面上的白霜都已经融化、消失，像早晨的露水一样不见踪影。等到天亮时，升起的将是夏日骄阳。

我曾经盼望他死，我现在还想继续怨恨他。他对我做过那么多坏事，他甚至都不为自己做过的事情感到愧疚。他后悔的，只是事先没料到我会让他付出代价。但我走过那条黑暗的隧道，想要拯救的是瑞贝卡、点点、高姬，还有车夫，而他也在为了同样的事情，走过另外一条黑暗之路。他曾任人宰割，甘愿牺牲自我，也是为了保护同样一群人，而且他真的曾经放下他铁硬的尊严，迎娶一个凡人，不是为了给自己囤积财富，也不是为了开拓疆土，而是为了拯救他的人民不受一个可怕强敌的荼毒。现在他躺在那里，半死不活，这些想法却让我心乱如麻，我不想眼睁睁地看他融化，归于虚空，不想看他和他的族人就这样消逝，就像他们从来没有从黑暗中赢得自己的冬日王国。

很怪异，我头上的白银后冠变烫起来。我裹紧白色皮衣，目送切诺伯格变成的那团红光渐渐远离，是我释放了这团魔火，来危害这个曾经庇护我的银色王国。吹在我脸上的风里全是灰烬和木头燃烧的气息，不再是白雪，我感到的那份失落，一定和之前的梅瑞姆没有什么两样。但我明知道自己没有其他选择，也知道自己现在还必须做些什么。我必须回到自己的王国，召集我的爸爸，派人去请祭司们，并取来那根神圣的锁链。我不知道所有的星魔能让切诺伯格满足多久，但不管他什么时候结束，他都会向我们反扑。而在白天，当他蜷缩起来藏在米纳修斯的身体里，我们就可以用锁链套住他，把他烧出来，用一种火毁灭另一种火。

我回去得越快越好，我们需要在他从冰雪王国回来之前做好准备。但我还是站在那里，目视那火焰腾起，说："对不起。"尽管没有任何应该听到道歉的人在场。我独自站在一片菜园里，周围一半是雪，一半是绿草。并没有一脸委屈的星魔族小孩站在我面前，甚至连我那位身不由己的丈夫也不在场，视野中仅有的生物是一只松鼠，跑出来翻吃我前些天撒下的面包屑。如果真有其他人在场的话，我可能什么都不会说。其实我内心是否在意这些，是否感到抱歉，这一点儿都不重要，重要的是我不得不做什么，实际上愿意做什么。

"如果我能够，我也会拯救你的王国。"我对那只松鼠说，但它对我毫不在意，它在乎的只有面包屑，那东西至少对一只小动物有用，不像我的道歉，对任何生物都毫无意义。我回到那个贮满了水的浴盆前，俯视水面，看到的是我的卧室，镜子前的梳妆台上散落着米纳修斯随手乱丢的众多宝石戒指，还有他随手脱下的精美外衣。我在自己身后已经燃起了一团死亡之火，面前还有一处等着我去引燃。我闭上眼睛，无用的眼泪滑过脸颊，滴落在水面上。

我盲目地伸出一只手穿过水面，想要回到那边去，但我的手感觉到的，并不是卧室里温暖的空气，而是冰凉刺骨的水，而且在水面以下，另一只手跟我的手接触，并且把一件东西交在我手里。我被这个突然接触吓到，向后跳开，惊异地看自己的手心。那是某种奇怪树木的果实，椭圆形，表面光滑，奶白色，很新鲜的样子，侧面沾了一点点泥土。我再次去看水面，卧室的景象还在，等着我回去。我试探性地把另一只手伸过水面，这次没有感觉到水，而且看到我的手在另一边出现。

但我缩回了手，而没有就势伸出去。我再次看手里的那枚果实。我慢慢转身，回到房子前面。门口附近有一小块空地，就在黄昏与黑夜的分界线上，那里也是雪开始融化的界线。看起来，这里的地面甚至也是刚被人挖过的样子，土壤被翻松了。我当时想，也许这种子值得尝试播种一下。我想不到更好的处置方法，而且它也的确是被特地送到了这个星魔王国，我不认为应该简单粗暴地把它带回去。

我把果实放在地上，开始挖坑，但我还没挖完，那只松鼠突然就连蹦两下到我面前，抓起了果实。"不行！"我喊道。其实我不知道种下这颗果实的决定是否正确，但我非常确信，它这么神奇地出现，绝对不是为了给松鼠当零食吃掉的。松鼠跳开的时候，我想去揪住它的尾巴。这想法很蠢，当然也没能成功。但松鼠也只跑到一半被雪覆盖的菜园门那里，停下来，开始在雪里挖洞。

我站起来，努力在不惊动它的情况下靠近，尽管我在积雪里走起来极其吃力。没有彻底融化的地方，雪也已经变得湿而且重，沾在我的裙子和皮衣上。在门口附近，雪的深度还是超过我的膝盖。但当我靠近时，松鼠已经把果实放进自己挖好的洞里，自己逃进树林里去了。松鼠在深雪里挖洞的进展并不顺畅，但在那个小雪窝里，那颗果实表面浮起月晕一样的光彩，几乎就像星魔银，它简单的表面下，似乎隐藏着某种全关重要的力量。

这次，我把果实藏在口袋里，开始把雪向两侧推开，在自己开出的空隙里向下挖掘。我的手指刺痛，像灼伤一样，我的两脚和膝盖也都被雪水浸湿，寒气渗入我的皮肤。我试过用皮衣把两只手包起来再挖，但这样会减慢速度。我放弃了这个做法，直接用手去挖，同时觉得两手麻木，手指像在变粗，尽管我能看到它们还是原来的尺寸，只不过被冻成了灰白色。

我终于挖到了地面——冻得挺硬，到处是碎石。我只好去房子中的木柴箱里找到一根木棍，把比较大的石块掘出来，能敲碎的就敲碎。我的指甲断裂，血滴在被我掘开的泥土里。但我一直努力，直到在冰冻的地面挖出一个小坑，也不是特别深。我用带血的双手取出那颗果实，把它放进小坑里，再次覆上土，把它盖在冻土和积雪的下面。

我站起来，等着看还有什么事情发生。并没有出现任何其他变故。森林又变得一片寂静，我也没再看到松鼠或者鸟类出来活动，甚至连切诺伯格的红光也已经消失在远方。我不知道这意味着什么。其实我希望这个带有某种寓意，我希望有某个人，或者某种神奇生物听到了我的忏悔，给了我一种办法，可以做出弥补。我希望至少能满足自己面前的一只小松鼠。但或许那只松鼠仅有的愿望，是这个地方将来会长出一棵坚果树，将来它可以来吃个饱；也或许，我就是无法知晓自己的行为会带来什么后果。我无权要求答案和解释，我来这里，实际上等于带了一支侵略军。

我手脚刺痛，全身都已经被冻僵，我不能再待下去了。我转身，穿着那身湿衣服艰难地穿过雪地，到了房子后面，跨入那只浴盆。当我从那面镜子里走出来时,玛格瑞塔跑上前来,惊惶地叫嚷着,奇怪我的手为什么那么脏,带着血,还有冻伤。她带我去脸盆那里,一遍遍往上倒水,把它们洗干净。

我站在那里,俯视我那只睡着了的星魔。旺达把手轻轻搭在我肩上说:"进屋吃饭吧,我们回头弄点儿凉东西放你脸上,你也许会感觉好点儿。"

我们一起往小房子方向走。我还在想下一步该怎么办,忽然我慢下来,停在院子里,愣愣地看着周围的一切。我又回头看马棚——那个小小的、熟悉的马棚——又看小房子。倾斜的稻草房顶上已经不再有那么多积雪,但形状还跟原来一样,屋里也同样有温暖的火光,召唤我们回去。

其他人已经超过我走了几步,才发现我没有跟上,他们困惑地看着我。但我已经转过身,迅速到了屋后,找到了那个深深的大浴盆——艾丽娜试图带我穿行的那个。我往水面上看,只能看到自己的倒影。"这是同一座房子。"我大声说。旺达跟过来,看看水面,又看看我。我告诉她:"这座房子,在星魔的王国里也存在。它同时位于两个不同的世界里。"

旺达开始没说话,愣了一会儿才说:"其实之前,我们在这儿也老是找到新东西,都是我们需要的,前一天晚上还没有呢,突然就会出现。而且有人替我纺线，还吃了我们做好的食物。"

我想到了艾丽娜的老奶妈玛格瑞塔，我们曾让她藏在这座房子里，躲避那个火魔。"当初是你们做了那些粥吗？"我问她，旺达点头。

我不知道这些事情能有什么帮助，在另一边的世界，会有更多雪，房檐下会有冰凌。但我没办法伸手过去抓住它们。我回到冰窖里，星魔看上去略微好转了一点点，他脸颊上有过的那点颜色正在褪去。"这里就是那座房子，"在他睁眼看我时，我告诉他，"就是你跟我讲过的，那个巫婆的小房子。它是同时处于两个王国的小屋。有没有什么办法，从这儿穿回你的王国去？"

他呆望了我一会儿，才理解我说的意思，低声说："我早就把通道封闭了，现在只剩一些裂缝。我当时不想再有凡人意外闯入。这通道，看来必须重新打开了……"

"怎么打开？"我说，"用什么打开？"

他闭上双眼，深吸一口气，再次睁眼，说道："扶我起来。"

我们一起努力，到了梯子旁边。他抬头看了下上面四角的方孔，深黑的夜空里闪着好多星星，他微微打了个寒噤。"你如果出去，会不会身体变得更糟糕？"我问，"外面还挺热的。"

"很快就会更热的。"他说，"从现在开始，我的法力会越来越弱，而不是变强。我必须抓紧时间，好好利用我残余的这点儿法力。"

他慢慢地，分几次才爬出地窖，缓缓挪向小屋，一手按着身体侧面，但他停在了门外，瞪着壁炉里闪耀的橙色火光，面无表情，我想起之前车夫看到火的时候那副表情。"你等一下。"我说完，赶紧自己先进屋，铲了一锹灰，把火灭了，接着关上炉子门。然后我转回身环顾房间，就愣住了：我妈妈和爸爸手拉手站着，戒备地看着门口，旺达在他们身旁，谢尔盖已经拿起一根铁通条。斯特潘本来已经裹着大衣当毯子蜷在炉台上，现在也抬起了头。在所有人的注视下，星魔弯腰钻过对他来讲太低的门楣，进入小房子。

但他没有回看任何人。相反，他环顾整个房间，抬起双手，又无力地垂下了手，似乎很绝望。他左手边的一个橱柜，打开了柜门。我妈妈瞪大了眼睛，"那地方，有橱柜吗——"她问我爸爸，但星魔已经把两扇门全都打开，翻查里面的东西，一边拉开抽屉，一边不耐烦地把好多东西丢在地上：一条绿宝石项链；一顶深红色的斗篷，被扯得破破烂烂，上面还有血迹；一束已经凋零的玫瑰；一小袋干豆子，袋子破碎，豆粒儿在地板上到处滚⋯⋯

他回过头，看我们都在傻看，就没好气地说："帮我啊！否则你们就是没有履行诺言，尽到协助我的义务！"

"那我们要找些什么呢？"我问道。

"来自我王国的东西！"他说道，"要找属于冬日王国的东西，帮我打开通道。"

旺达愣了一下，马上去壁炉旁边略微看了下，那里有些置物架，但上面东西很少。"没什么其他地方可找了。"她说。

星魔不耐烦地应了一声。"那里！"他说，"还有那里。"他指了一下火炉两旁的墙壁。现在看去，那两处各有一道门。

我们全都瞪大了眼睛：我们不可能对这么大的门视而不见。但

473

星魔只顾转身回去查那个橱柜,继续疯狂地往地上丢杯子、手绢、勺子之类的东西,很焦急的样子。过了一会儿,旺达去拉开了墙壁左侧的门,门后面是另一间卧室,宽敞到根本不可能塞进这么狭小的房子里。里面有好大一张床,周围挂了床罩,床的两边各有一个巨大的衣橱。另一扇门后面隐隐传来锤击声,我爸爸小心翼翼地打开门,发现后面是一间储藏室,房顶上挂着成串的干大蒜,夹杂着一碰即碎的古老的迷迭香串,房间正中是一张沉重的木桌,上面有药钵和捣药杵,而且药杵在钵口那儿微微晃动,就像刚刚还有人用过,空气里也弥漫着被捣碎的草药味儿。

"应该留一个人把门。"我们进那些房间搜寻时,我妈妈警觉地说。于是旺达留在卧室门口,我们进去搜查衣橱,还有床头的木箱。里面都是些无用的普通卧具,还有些古老的衣服,衣兜里全都是土,加上腐坏的旧靴子、斗篷跟毯子。但在一件看似很厚重的衣服兜里,我找到了一个表面平滑的黑色石块,它有奇异的光泽。我带了它跑出来,但星魔国王只是不耐烦地说:"不是这些!这东西有什么用?我或许会被困在小妖精的迷宫里面,走上一万年都找不到出路,快把它拿开。"

在枕头下面,我妈妈发现了一枚古铜币,同样被他否决了,他说的是:"我靠做梦,也是回不到家的!"在储藏室,我们在架子上找到一个漂亮的小玻璃瓶,里面像是香水,密封得极好,还剩了几滴,但他也只是耸耸肩说道:"这个或许是剧毒,或许是长生不老药,现在还有什么区别?"他说着,又拉开一个抽屉,三只灰老鼠从里面跳出来,逃过地板,冲出房门。远方的天空略微有点放亮，他那条袒露着的伤腿在木地板上留下了一点水迹。

"也许根本就没有你要找的东西啊！"我说。

他垂着头，停下来，靠在门上。"真的有东西！"他说，"真有。我能感觉到来自我王国的风吹在我脸上，它的声音在我耳边，在各种角落里发出轻响，尽管我不知道它从哪里来的。我们必须找到它。"

"我可没有任何神奇的感觉，除了热。"我说，"尽管现在，壁炉里的火已经熄灭了。"

他沉默了一会儿，然后他再次抬起头，脸上有一种可怕的、备受折磨的表情。"是的，"他语调空洞，"那风，现在是热的。"

我瞪着他。"那意味着什么？"我小心翼翼地问。

"切诺伯格在那边。"星魔国王说，"他已经闯入了我的王国。他就在那里！"他突然转身，又一次绝望地翻找橱柜最上方那些小抽屉，把它们整个儿丢在地上，其中一半都被摔碎，木片到处飞：弹子球、铅笔头、小手绢、破布缝成的小娃娃、缠成一团的线、几便士硬币、小包的过期糖果、几团梳好的毛线……总之，一堆乱糟糟的小物件，被随意塞在一个小角落里，但没有一样来自冬日王国。

"我们找不到其他东西。"我妈妈轻声对我说，她疲惫不堪，灰头土脸地从卧室里出来。"所有的角落我们都找过三遍了。除非他还能再给我们指出其他能找的地方。"

"它就在这儿！"星魔国王凶巴巴地转身朝向她，"它就藏在某个地方！"

475

我摊开双手，感到很无助，妈妈被吓了一跳，只好退开。一直躲在壁炉上的斯特潘，突然很小声地说："我有这个东西，但我没有办法让它长大。"

我们一齐转身看。旺达和谢尔盖突然变得极为安静，狠狠地盯着斯特潘：他的手里，拿着一颗浅白的坚果，形状像是新鲜的绿胡桃。星魔国王看到它，惊叫了一声，跳向前来质问道："你是怎么得到这个的？谁给你的？"

他已经在伸手，就像要把那果实抢过来一样。斯特潘的小手抓紧了果子，缩了回去。旺达站出来，挡在他俩中间，激动地说："是妈妈给他的！这果子来自妈妈，是妈妈的树上结出来的，这果子是他的，不是你的！"

星魔国王停下来，看着她。"凡人的生命气息，根本就不足以令雪树结果！"他说，"就算你把一个、两个、三个凡人都献给它，也只能勉强让它长出叶子而已。你们是用什么养出了这颗果实？怎么证明你说的是真的？"

"爸爸把五个死孩子全都埋在那儿了！"旺达说。她脸色煞白，我从未见过她这样坚定而又愤怒。"我那五个夭折的弟弟，最后再加上妈妈自己。她把果子给了斯特潘！那是他的果实！"

星魔国王看着她，又看看谢尔盖和斯特潘，就像在参考他们的状况估测不幸缺失的六条生命：五个从未成年的弟弟，加上一位妈妈。他将两手垂到了身侧，脸上光彩全失，表情瘆人，他盯着看那颗白色果实，尽管它被斯特潘的手指掩住了一半。他轻声说："果子属于他。"他在表示同意，只不过听起来，像在认同自己的死刑判决。

他放弃得如此彻底,以至于旺达甚至都没有继续生气。我们一起站在那房子里,那颗白果放出微光,跟星魔的白银一个样。星魔国王只是特别绝望地看着它,一句话都不说,就好像他甚至想不出能拿什么来交换。随便谁,又怎么可能拿得出公平的代价?你怎么给一家人全部的痛苦定价?你怎么衡量那么多年的伤悲?就我本人来说,给我一千个王国,我也不会放弃自己的妈妈。

斯特潘又一次低头看自己手里的果实,默默地把它递过去。但星魔国王只是瞪着那果实,瞪着他,完全惊呆。他没有伸手去接,就好像哪怕别人白送,他都不能接受一样。

我妈妈欠身向前,亲吻斯特潘的额头。"她会为你感到骄傲的。"说完,她自己把果实从斯特潘手里接过来,转递给星魔国王。"把它拿去,拯救星魔一族的孩子们。世上还能有什么更好的用途吗?"

星魔国王仍只是盯着我妈妈,完全不动。直到我伸手接过果实,这时候,他又一脸茫然,无助地看着我。"我们该怎样做?"我问他,"这东西怎么用?"

"夫人,"他说,"这个你只能自己随意处置。它不属于我。"

我有些不满地瞪着他。"假如它属于你的话,你将会怎么做?"

"我会把它放在土壤里,用魔法召唤它成长,"他说,"然后在它的枝条下面开出我的道路。但现在我不能那样做。我对这颗种子毫无支配权,它现在也不会对我的声音作出回应。我也不知道你们能怎样做。雪树不会在春天里生根,而你双手的法力,也倾向于太阳一样温暖的黄金,而不是冬天。"

他还是继续盯着我,并且充满期待,就好像之前我已经有太多次出乎他意料的举动,以至于他这次又等着我这样做,其实我却一点头绪都没有。"那我们再尝试一次播种它。"我说,因为我也想不到更好的办法。"你能出来冷冻一下地面吗?"

他微微点头。但当我们打开门,他却打了个寒噤,退了回来,几乎是被迎面而来的热风给吹回来的,那风甚至比房子里更热,风里透着春日潮湿又松软的泥土气息。他还是挣扎着走出了房子,弯腰用力的样子,很像人类冲入呼啸的暴风雪中的样子。

我们在房子侧面找到了斯特潘之前想播下树种的那一小堆土,这位置倒挺好,树长大了,就可以把房子遮在树荫下,但当星魔国王触碰地面时,他的指尖仅有一点点小霜花,而且马上就消失了,就像冬天的气息扫过冷玻璃一样。我把果实迅速放回土里,试着用他的双手按实,他的指尖只泛出一线银光,而且转瞬即逝。

他抽回了手,我们看了一会儿地面,他摇了摇头。我又把果实挖出来,拿在我手里,试着动脑筋思考。它不肯在春天里生根——此刻我突然想到切诺伯格是怎么闯入了星魔王国,偏偏现在就做到了,之前他都只能在远处略微靠近一点点。

我站起来,跑到房子后面,站到那口深深的大浴盆旁边。我低头看它。木头做成的椭圆形大盆,里面装着的只是水,但在另一面,它却可能有更多的魔力,如果艾丽娜站在对面,戴了她的冬日王冠的话,想来她应该是为了拯救立瑟瓦王国不被我释放的冬日国王摧毁,而把切诺伯格带到了星魔的世界里。

我并不知道她在不在那边,也不知道如果她有能力,会不会愿意帮助我。就算她就在对面,而且愿意帮忙,我甚至都无法说明我想让她做什么。但我知道,我在这边独自一个人,已经做不到更多了。我想起那些神奇的门,它们突然出现在之前明明不存在的位置,还有那些无中生有的橱柜,于是我闭上双眼,把一只手伸进了水里,去寻找希望,寻求帮助。

我的指关节并没有触到盆底。我继续向下伸手,越来越深,有一瞬间,我感觉到另一边有一只手,也向我伸过来。我握住那只手,把那颗白色坚果塞到那只手里,然后我把胳膊从水里收回来,看着自己空空的手掌。我也向浴盆的水里观望,那颗坚果已经消失了。透过水面,我能清晰地看到浴盆底,水里什么都没有。

我继续盯着浴盆底看了一会儿,几乎觉得难以置信,这办法居然能成功?我跑回房子前面。所有人围成一圈,都在盯着星魔国王看,他背靠小房子的墙,身体变得细瘦,体表水光闪亮,像在出汗,脸上是惨烈到足以令人失去理智的痛苦表情。我抓住他的双臂。"果实穿过去了!去了那一边!我们还能做什么?"

他睁开了眼睛,但我感觉他应该是没看见我。他目光迷离,眼睛表面像蒙着一层蓝白色的雾。他轻声说:"召唤它成长。如果你能做到,就召唤它快些成长。"

"具体怎么做呢?"我问道。但他已经闭上眼睛,什么都没再说。我坐下来,脑子一片空白。

这时,我爸爸叫我。"梅瑞姆。"他语速很慢。我绝望地回头看着他。"现在这月份不对,但之前也有过树木不肯开花、结不出果实的情况,我们就给它们念祝福咒。"他看了下斯特潘,又看向旺达和谢尔盖,温和地补充说:"有人甚至说,这咒语能帮助那些灵魂留连在这个世界,寄居在果实或者树木里的人,帮他们继续前行,到下一个世界里去。"

他伸出一只手给我,另一只手伸向我妈妈。我们像往年祝福院子里那棵小苹果树一样站起来,一起念诵祝福词。"Baruch ata adonai, eloheinu melech haolam, shelo hasair b'olamo kloom, ubara bo briyot tovot v'ilanot tovot, leihanot bahem b'nai adam。"这是促使果树开花的祝福语。我一直都喜欢说它:它意味着希望,带来一份深深的解脱感;它意味着冬天已经过去,很快就会有美味的水果可吃,有一个到处丰饶的世界。小时候,春天才刚到,我就每天一大早跑到院子里,去看苹果枝上有没有开花的迹象,如果感觉到了该说这套祝福语的时候,就跑回来告诉爸爸。但这次,我比以往任何一次说得都更激动,努力把每一个词牢牢印在脑子里,一边说,一边想象它们都是用白银写成的,经我念诵之后,就变成了黄金质地。

我们念完之后,全都默然站立。一开始,在我们看来,什么都没发生。但是斯特潘突然大叫一声,从我们身旁跑开,冲向院门,同时挥舞双手,驱赶一只刚刚落下来啄食的小鸟。他攥着双拳站在那儿,俯身盯着地面,直到旺达、谢尔盖还有我们其他人都到了他身边。一棵小小的白色树苗正在钻出土壤,就像一只身体柔软的小爬虫刚刚露头一样。

我们都盯着它看。我以前也见过小苗出土,比如豌豆苗生长的过程，但这个来得更快，短短一会儿的工夫，就像整个春天都在我们面前过去了。它迅速挺直，长成了细长的白树幼苗，开始向上生长，一顿一顿的，就像有人在努力攀爬绳索，时不时停下来喘息一下，再继续向上。一丛小小的白色叶片在树冠那里披散开来，像许多面小旗子。它们是怪异的灰白色，叶片开始摇摆，也焦急地向上伸展，一直向上。当它长到我膝盖的高度时，就开始长出细枝，像小鞭子一样从侧面弹出来，更多的白色叶子展开。我们不得不后退，给它留出生长空间，而它还在长大，现在的进展更平顺，稳稳地越长越高。

我转身跑回到星魔国王身旁。他没有醒来，也没有动弹，倚在房子墙壁上，变得特别细瘦，颜色化为深蓝，就像他的某种内核褪去了冰壳，正在渐渐显现。当我触碰他时，我的两手都是湿的。旺达跟过来帮我了。我们一起把他挪到那棵树下，放他躺在白树下面，转眼之间，他身下的地面上就已经布满白霜，沿着小白树的树皮向上延展，也覆盖了他本人的皮肤，那深蓝色又消失在新的冰冻层下面。他呼出冬天的气息，睁开双眼，看到白树正在四处扩展的枝叶，他哭了。我几乎没法判断他是不是在哭，因为他的眼泪迅速就在脸上凝结了，仿佛只是从他身体里流出了一些闪亮的东西而已。

他站了起来，在他站立过程中，小树已经长到了足够让他在树下站立的高度，尽管刚才它看上去还没有那么高。当他把双手放在树干上，那树马上开出众多夹着金色条纹的银花。他伸手向上，用指尖触碰一朵银花，饶有兴味地看它。

"它长大了,长大了。"斯特潘说。他也已经在哽咽,他在哭,就好像不知道自己是高兴还是难过,我妈妈两手抱着他细瘦的肩膀,跪在地上,抚摸着他的头发。

星魔国王离开小树,一手放在院门上,当他把院门打开时,门外就已经出现一条白色大道——一条白路,两旁长满了其他白树,但它并不是一直延伸到冬日世界——另一端是一团黑暗,云雾一样的大片烟与火。他脸色凝重地看着那个方向,迈步出门,沿路走了一小段距离,一只白色公鹿跳跃着从密林里跑出来。我们之前都跟着他到了院门口,但当白鹿出现时,我的家人们都后退到院子里了。有一会儿,我看白鹿的视角跟他们是一样的,会特别注意它尖利的蹄爪、上颚的尖牙、血红的舌头,但随后,我就觉得它不过是一只鹿。他走向那只鹿,跨上鹿背的同时,他那只受伤的脚就已经不再赤裸,一只银色靴子把它包裹起来,他变成了一身银白,穿盔戴甲,还披了白色披风的骑士,俯视着我。

他伸出一只手给我,说道:"切诺伯格在我的王国里。我承诺过的,我一定会去做。如果他能够被驱逐,我的人民转危为安,我将不会再给人间带来寒冬。你曾向我提出,要齐心协力达成这个目标。尽管他已经不在你的世界里,但你还愿意跟我一起前去,协助我们吗?"

我仰面看他,想要质问他,一半是因为生气:他以为我是什么人,直面一只强大的火魔,还能有什么战斗力?我手指甲里还有泥土,我脸上还痛着,面颊肿大,是之前被那个人类侍卫打伤的,我现在很累,说到底我也不过是个吹牛太多又不幸被他听到的人类女孩。但我看了下耸立在我身旁的白树，它枝繁叶茂，挂满白花，我知道现在问他什么都没有用。他只会耸耸肩，继续充满期待地看着我，等着我使出新的高级魔法：这种魔法只有一种情况下有效，就是你用空话和承诺塑造出一个比你本人更强大的形象，他把这番话当真，并想方设法去实现它。

"行！"我说，"我跟你去，尽我所能帮忙——前提是，事后你要带我回来！"

"我的路还是没有办法在绿树下延伸，夫人，"他说，"而且你已经让我承诺过，如果我们获胜，就结束魔法带来的严冬。但夏天不会永久持续，就算我想干预，都改变不了这个事实。我至少可以做出下面的保证：下次下雪之后的第一天，我就会把自己的魔法路开通到这里，带你回到家人身旁。"

我转过身，看到我的爸爸妈妈都站在院子里，他们并不孤单。旺达、谢尔盖和斯特潘跟他们在一起，他们身后的房子里，现在也有了足够多的房间。他们会很安全——所有人都会很安全，就算我这次勇闯冬日王国以后都没办法回来，他们也有彼此，可以相互信赖、相亲相爱，一起分享快乐和悲伤，用他们的方式互相帮助。

这些在我看来，已经有那么几分遥远了，虽然只是几步之遥，但他们看我时，那些面庞已经变得像梦境一样。我迅速跑到他们身边，亲吻他们每个人，并且轻声告诉我妈妈："冬季的第一天，留意我回来的迹象。"她的手指滑过我的手心，我转身出了院门，握住星魔国王的手，让他把我拽起来，坐在他身后。

第二十四章

　　我们沿着白路奔驰，雪花与灰烬一起随风扑打在我们脸上。火星儿刺痛我的胳膊，但我们跑得很快；雄鹿每次向前飞跃，我都感觉那白路变成了模糊的一团银色，速度快到恰如星魔国王心愿，也就是最快速度。一次奔跃之后，我们已经到了燃烧的松树下，头顶是可怕的、鲜红色的烈火；下一跃我们已经离开那树下，飞驰在那条河边。

　　但这次却是春天的河，它咆哮着，水面到处是碎冰凌，载沉载浮，彼此撞击着向下游漂去，其间有零散的银币在水里放光。星魔国王惊叫一声，因为他看到了前方的瀑布：它现在是轰鸣着的急流，从山体一侧倾泻而出，在水雾里向下疾冲。在瀑布下方，切诺伯格双臂高举在空中，尖叫着狂舞。他不再是浑身烟火的形象，他已经膨胀到远远超过人类体态，变得极为巨大，像是灰炭做成的巨人，全身覆着厚厚的灰烬，表面有很多深深的裂痕，热力从那些闪亮的红色脉络里涌出，他身上仅有几处挂有明火。他把脸伸到瀑布里，贪婪地大口喝水，体态又扩大了一点，就像他在让自己的身体变大，以便有更多的材料可烧。星魔银币在他脸上和肩膀上闪亮，像是某种甲壳，那些银币是被瀑布冲下来的。

他并非独自一人，有几位星魔骑士试图向他挑战，他们站在瀑布下渐渐扩大的水潭边，向火魔投掷银色短矛，却根本伤不到他。水面上密密麻麻漂了好多短矛，都是被他坚实的身体弹开的，烤得半焦。他甚至懒得停下，还在贪婪地喝水。

星魔国王跳下雄鹿，向我喊道："不能让他攻进山里，想办法阻止他！"他拔出一把银光宝剑，冲到水潭边，伸出一只脚踩在水面上。他落脚的地方，马上就有坚冰形成，他就踏着这样一条闪亮的白路冲向火魔。火魔太饥饿、太贪婪，没有看到他靠近。星魔国王举起长剑，重重地砍在那怪物的腿上，伤口极深。切诺伯格怒极狂吼，水潭表面正在扩张的冰层开始碎裂。

我沿路跑向山体侧面高大的银门，捶打它。门被关了，还上了闩。"放我进去！"我叫嚷起来。突然之间，门边传来刮擦声，车夫出现了，他举起了一根巨大的银色横梁，把门推开到正好足够的宽度，让我挤进去。一阵冷风从山里吹出来，像要逃走似的，冷到足以让我意识到外面已经有多热，即便只是在打开的门缝那里站了一会儿，车夫的脸上就已经开始泛出亮光，有冰开始融化。他放我进去之后又把门关严，重新把门闩放回原位，颓然倒地，脸色灰白。

"车夫！"我一面叫，一面努力扶住他，不让他跌倒。他并不是独自一人。在他身后，守在门口的，还有好多星魔骑士和领主

485

们，他们全都带了透明蓝冰做成的镶银边儿的长盾，这些盾彼此交叠，组成了一堵墙。门被打开时，他们都已经后退了好远，但门一关上，他们就又冲了上来，有些人伸手帮助我们躲在那堵盾墙后面。车夫擦去脸上的水迹，挣扎着重新站稳。

我着急地抓住他一侧的胳膊。"车夫，这座山山体裂开，瀑布涌出来的地方，你知道是在哪里吗？能不能带我去那里？"

他愣愣地看我，脸上湿漉漉的，意识好像也不完全清楚，但他点了点头。我们一起沿路向上走，进入大山的心脏地带，一路上几乎每步都要打滑；冰面已经变得湿滑，有些地方甚至有细微的水流出现。等我们终于到达巨大的拱顶区域时，头上的空间已经感觉有些变小，就像房顶向地面靠近了一样，树园里到处都是星魔妇女，她们聚在一起，蜷缩在白树下面，像是自己组成了一个防御堡垒。我在她们身躯之间的空隙里，看到一些深蓝色的小孩子，她们被围在中间，远离越来越高的温度。我跟车夫一起经过时，她们抬头看，脸上全都是绝望的表情。脚下的地面在变软，白树枝条无力地垂下，那些细流从源头出来，汇集在一起，穿过树园，涌入对侧的山壁里。

车夫带我钻进一条隧道，这里跟水流方向平行，深色晶体墙在我们周围放出雾气，到处都是低沉的破裂声，像是早春湖面快要解冻时的声响。但这条路突然到头，前面是另一条隧道，这里的四壁非常平滑，河水变宽，沿着这条通道向下涌流。他停在水边，俯视下面的流水，脸上又是恐惧，又是为难。于是我说："我从这里开始顺着水流走就可以了！你走吧！"

我踢掉鞋子，踏入水中，顺水沿着暗沉沉的隧道向前走，我蹚水向前，直到隧道尽头，那边是那座巨大的、空着的藏宝库。我跑过宝库，进入另一端的隧道，继续手脚并用，穿过窄小又崎岖的空间，这里到处是水，还有很多被水冲散的银币，成堆的银币被水流推向前方。前方传来瀑布的咆哮声。我渐渐靠近它的源头，从这里看去，切诺伯格就是个跃动的模糊影子，它在半透明山壁的另一侧，灰色身影里有些火炭似的鲜红色斑。我吃力地爬上一段由银币组成的斜坡，这些银币被卡在通往出口的裂缝里，而裂缝就像一张狂野的玻璃巨口，边缘布满被磨钝的獠牙。米纳修斯登上帝位已经七年，玻璃山就在他即位时首次破裂。

我想象着，应该是有一场地震，或者一个巨大的冲击波，扫过整个的星魔国度，这个本来就存在的裂痕被打开，把夏天的热力放了进来。我甚至能看出他们以前做过的努力，试图修补这伤痕，或者把它完全堵住，但是水流一次又一次从这里冲破山壁，让裂痕越来越宽，每年都会带走更多一点魔力，切诺伯格可以利用它掌握的王位，吞食这些力量。所以星魔国王想到的对策，就是每年推迟夏天的来临，尽其所能，拖得越久越好；他从我们那里偷走金币，也就等于偷走了越来越多的阳光，这样他就可以在春秋两季召唤出暴风雪，让河流封冻。起因就是他无法让玻璃山完全封闭。最终他甚至来找我这个凡人女孩，就因为我吹牛说自己能点银成金，如果真是这样，他巨大的宝藏库就能转变成所向无敌的力量来源。

但现在，银币正像欢跃的鱼儿一样随水而去，它们伴着碎冰一起流走。这份财富的价值，跟水本身相比，已经变得不值一提。

那些清凉的水，才是生命本身，是他们所有这些魔法生灵的生命，现在却正流出山壁，去满足一份永远无法餍足的饥渴。切诺伯格要喝掉整座山，连同里面所有的星魔，然后他会回到立瑟瓦王国，再把那里的人全部都吸干。就算是星魔国王没有这样告诉过我，我也能想到。我认得那份饥渴：那是一种吞噬性的怪物，会乐于吞下任何生命，只是装作在意法律和公正，他只会畏惧那些拥有更强大的靠山，因而无法被轻侮的事物，那类妖魔，是永远、永远不会满足的。

星魔国王在下面，他所有的骑士都跟他一起，站在环形的冰面上——国王用法力让它冻结在切诺伯格周围。他们在并肩作战，众志成城，他们的银剑砍中敌人时，对方身上就会覆盖冰霜，但他们却无法熄灭对手的火焰。切诺伯格在暴怒中尖啸，他身上的冰霜瞬间化为蒸汽，新的火焰又一次从伤口里喷溢出来。星魔们无法攻击到他的本体。他已经长得太大，而且他还在生长——即便在星魔努力反抗他的同时，他也在吸食这些人的精髓。他两手伸到瀑布下面，把大口的清水送到嘴边饮下，他仰首向天，发出恐怖的狂笑声，每喝一口，他都会再长大一些。

我小心翼翼地扳住山边裂缝的边缘，欠身出去，大声叫嚷："切诺伯格！切诺伯格！"他仰面看我，眼睛像是熔炉里红热的钢铁，我向下喊道："切诺伯格，我向你保证！我现在要用高级魔法封闭山上这条裂缝，把你永远挡在外面！"

他瞪大眼睛。"休想，你休想！"他向我尖叫，"这座山是我的，我的！它是我的魔力源泉！"他扑在山体侧面，开始向我所在的位置攀爬。

我迅速离开那个出口,退回到隧道里,爬过银币组成的小山和谷地,一直等到他的眼睛出现,在黑暗里搜寻我。他透过裂缝向我狂笑,用拳头重击裂口边缘,打碎了更多的玻璃山外壳,让裂口变大。"我一定会进山,我会喝个饱!"

他扭动身体钻入裂口,来追赶我,他挤过隧道的过程中,大团的蒸汽从他手上和肚子上升腾起来。他把脸埋进溪水里,大口痛饮,畅快地把头向后甩,这样有助于吞咽,他让一部分水顺着嘴角流下,一边恶意地对我笑,一边向前爬。我沿着隧道不停地后退,直到我爬过最后一座由银币组成的小山,身后就是藏宝库大门。他还在逼近,看上去是隧道里渐渐加强的一团红光。他周围的水在沸腾,嘶嘶作响,沿着洞壁向上蹿;他身后只剩下那些银币,仍是一条河流的样态,还有好多银币粘在他爬行的身体上,他的胸膛上、肚子上,还有腿的前侧,这些银币边缘有些变形,但并未熔化。他又一次狂笑,声音在洞中回响。他从水里举起一只手,上面沾了好多银币,像一层甲胄似的。他向我挥拳挑衅:"星魔人的王后,凡人女孩,你以为还能靠一根银链来阻止我吗?"

"制伏你,当然不用白银,"我说,"但有位朋友跟我说,你不是很喜欢太阳。"我放下一只手,去触碰放在我面前的最后一堆银币,这些银币已经变烫,也就勉强还能碰。这堆银币无一例外地,都被我瞬间变成了黄金。

他惊恐地大叫,周围的银币都在转变,他身下的银币马上开始熔化,外形模糊,变成一条金汁小溪。银币变金之后熔化,像是很多水滴汇在一起，隧道里突然充斥着耀眼的阳光，它们从金币里面逃逸出来，亮到让我眼泪直流。阳光射透整座山的晶体墙，到处都变得极为明亮。他再次尖叫，两手向后抓捞，开始拼命地沿着隧道向后转身，想要逃走。

到处都有强光照射，他身体上的灰烬和黑炭开始剥落，露出下面红热的火焰。之前粘在他头上和肩膀上的银币开始熔化，变成厚实的、蛛网一样密集的金汁流，淌得他一身都是，它们释放出更多的阳光，熔化的金汁完全覆盖了他的腹部。在强光照射之下，他的身体大块大块地掉落，四肢也开始出现裂缝。他挣扎、狂叫，沿着隧道倒退逃离的过程中，身体也在不断缩小。那水还在不断流过来，流过我腿边，却已经无法再给他能量：水在给暗色的、被熔化的黄金降温，大团的蒸汽腾起，又在山壁上凝成水珠，根本到不了他的位置。

水雾密集，我已经几乎看不到他了。他收缩到足以自如地掉转身体，他的表层继续大块地掉落，他的四肢现在变得枯瘦颀长，末端新出现了手指脚趾，但这些部分也马上开始炸裂、折断，自动起火，烧成了灰。我已经快到裂缝位置了，当他看到巨量的金币堆在面前，我听到他的悲泣呻吟，而在他周围的隧道里，光线比夏天正午还要强烈许多——这是上百年的夏日阳光，一瞬间全部释放了出来，这光线在玻璃山内部经过多重反射和折射叠加，威力愈加可怕，他每个瞬间都在收缩。

他在绝望中拼死挣扎，沿着斜坡疯狂地向裂缝口爬行，周围的黄金还在熔化，变成一片强光的汪洋。他挤过边缘凹凸不平的裂口时，等于自己把裂缝给补上了，因为那边缘从他身体表面刮掉了许许多多被熔化的金属，他的身体也有更多的小块掉落，在空中起火燃烧，玻璃山的外壁本身也在融化，产生了一些半透明状闪亮的液体。绳索一样的细流滴入裂缝中，渐渐将出口封闭。这时切诺伯格身上又有一大块东西脱落，他惨叫着从山体侧面下跌，残破的身体在空中乱扭。

我在半液态的金属组成的河床边站着，呼吸非常困难，周围有些没有完全熔化的黄金，一坨一坨地散落，水像雨点一样，在隧道那里滴落。随着金色阳光在山体中渐渐消逝——我希望它们逃回了自己的来源地，流过我身边的金水水位渐涨，爬上斜坡，到达原来的裂口，又一次腾起许多蒸汽，让山上的晶体和来自人间的金属都再次凝固，山的侧面被夹着金丝的晶石封闭。

隧道里的空气迅速开始变凉，足以让一度浑身汗湿的我感觉到寒冷，四壁流下的水流已经开始冻成白色，河面开始结冰，隧道顶上也开始出现倒挂的冰凌。我转过身，吃力地蹚过已经开始结冰的积水，回到空的藏宝库。等我到了那儿，周围所有的河水都变得冰凌矗立，乱糟糟的，像好多碎玻璃被丢在一起，起起伏伏，呈现被凝固的波浪状态，藏宝库的大门突然打开，星魔国王闯了进来。

他伸手向下，揽住我的腰，把我捞上了岸。他呼吸急促；在之前的战斗中，他也失去了身体表面的一些棱角，那些地方被融化，外形变钝，显露出一点儿里层的深蓝，但他身体表面已经开始有新冰形成，跟周围的冰河一样，恢复很快，而且他肩膀上已经在长出新的冰凌，一簇一簇的，一开始有些发白，但逐渐变透明了。

他站在那里，揽着我的腰，时间比必要的长度略长了一点儿，当他看到那条隧道，看到被熔化的金属形成脉络，跟晶体一起封闭了裂口，他的表情几乎是震惊的。他转回身，激动地握着我的两只手，紧紧握住，俯身凝视着我，眼睛里泛出一种光芒，就像刚刚登场过的阳光一样炽烈。我也愣愣地看着他，有一瞬间我以为——他放开我的双手，后退开去，优雅地深鞠一躬，并过渡成单膝跪地的姿势，垂首致敬，并且说："夫人，尽管你选择了在阳光世界安家，但您堪称冰雪王国真正的女王。"

我可怜的小艾丽娜头发散乱，好多发丝缠成一团，又凉又潮，里面还有好多土；她有几个指甲裂开了，里面有同样的土，两手冻伤，青一块紫一块的。我把后冠从她头上拿下来，放在一旁，好好地给她洗手，直到把尘土跟血迹都完全清除，她的皮肤也不再那样苍白。她有点萎靡，弯腰弓背的样子。我正在给她手上缠绷带，她却猛然抬头看镜子，一脸苍白。

"艾丽娜，出了什么事？"我小声问道。

"是火，"她说，"那团魔火又回来了。玛格瑞塔，快点儿逃——"

但已经晚了，一只手从镜子里伸了出来，样子很可怕，像一只妖怪鱼突然从平静的水面冒出来，那只手的指尖抓住了镜框。它看上去像一根快要熄灭的木柴，表面一层白灰，下面是炭黑色的被烧焦的部分，内核还有火焰。另一只手伸过来，两手一起用力，把恶魔的头和肩一下子送了过来。我动弹不得。我像一只野兔或者小鹿，停滞在森林里，想让自己显得渺小，一动不动，生怕被发现。我感觉自己像是又躲到了地下室，藏在门后面，希望没有人听到我们的动静。我也无法出声。

那恶魔出现得太快，又没有任何人形充当掩饰。他爬出镜子，速度快到可怕。他爬到地板上，烟从他背上腾起来，两腿焦黑，拖在身后，他抽搐的手扶着旁边一张桌子，借力把自己拉扯起来。那张桌子上放的，就是那顶有魔力的后冠。"艾丽娜，甜美的小可人儿，你这次背叛害得我好惨！"那东西一边逼近，一边叫嚷。"我再也不能去冬日殿堂大吃大喝了！他来了，他来了，那个冬日国王，还有那个王后，把山完全封闭，我再也进不去了！他们把我逐走，他们削弱了我的魔力，她还盗用我的魔火，修补他们的城垣！"

它扭转身体，烟火的胳膊一挥，就打倒了镜子和桌子，镜子碎裂，残片到处飞散，后冠滚过地板，停在了床下。为了保护我，艾丽娜行动起来，她把我推向门口，但那恶魔的行动却比我们更迅捷，尽管两腿受伤，他还是一下子就冲上来，挡住了我们的去路。他重重地踩踏地板，他大腿上有一点火焰腾起，变作血红色，脚上也有几点火星闪亮，像是有人搅动炉火，让它烧旺了一些的样子。"我太饥渴了，我嗓子干得要命！"恶魔说。他抱怨着，声音尖厉。"我必须再畅饮一次！我想要吞吃点儿值得回味的东西，艾丽娜，就你啦！你的美味会让我流连多久啊？但至少在你死之前，为我哭一次吧，亲爱的艾丽娜，让我享受一下你的痛苦。"

我自己已经在哭，我真的害怕。但艾丽娜站在我前面，身体挺直，语调冷得像冰一样，直面那只恶魔，对他说："我已经把星魔国王带到你面前了，切诺伯格，正如我承诺过的，之后我还带你去了星魔的世界。而且我已经哭过一次了，为你可能在那里做出的暴行。你要求的一切，我都已经给过你了。现在，我不会再给你任何东西。"

恶魔嗥叫着向我俩扑来。我吓得两腿一软，向下瘫倒，正好倒在长椅上。我甚至都不敢移开视线，眼看着他冲过房间，抓住了艾丽娜的胳膊。他炽热的呼吸像一阵热风，吹在我们脸上，那是恐惧的气息——但这之后，他却惨叫着退缩了回去，就好像他跟艾丽娜接触，被烧伤的却是他。他向后跳开，两手抱在胸前，很疼的样子。

那两只手，现在看上去像是冰冷的木炭，刚从炭堆上取下来，根本没见过火似的。他呻吟，怒骂，因为那双手干嗥，他的手伸开又攥紧，像我们干了一天活儿觉得麻木时那样做。一团团的蒸汽腾起，直到火焰从他手中升腾，那两只手又变成了炉火一样的艳红。他的眼光从手上抬起来，暴跳如雷地瞪着艾丽娜，吼叫着："不！不！你是我的！是我的美餐！"他气急败坏地跺脚，然后转身看我。我终于能尖叫出声了。他向我扑过来的时候，好像我的嗓子才恢复了畅通。

仅仅一个瞬间，我就感觉到他可怕的手指碰到了我的脸，我的脸像高烧一样发烫。但感觉就是别人在发烧，并没有传导到我身体上。恶魔又惨叫了一声，从我身旁跳了回去，那些手指头又变成了死灰一样冷。他张大嘴巴，怒气冲冲地俯视我，他喉咙里面像巨大的火炉一样，有邪火涌动。艾丽娜一手扶着我肩膀，缓缓地说道："你不能伤害我和我爱的人，切诺伯格。你做过承诺的，而且我没有对你提过任何其他要求。"

恶魔正在瞪着艾丽娜，这时候房门开了。有个清洁女工小心翼翼地往里看，可能是听到了我的叫喊声，来看看有什么状况。她看到恶魔，瞪大眼睛，张开嘴巴，同样是吓到出声不得，她跟我似的，也像小动物一样被吓傻了。恶魔回头看到了她；一开始他是猛扑的，但随后警觉了起来，中途停下，仅用一根手指去碰她柔软的面颊。女工吓得转头避开，同时伸出两手往外推他。

我两手捂住嘴巴，几乎再一次尖叫出声，但我身旁的艾丽娜，甚至连动都没有动一下。她稳稳地站定，显得高大又傲慢，用她冷漠又清朗的眼睛看着房间对面的恶魔。她脸上始终没有吃惊的表情。恶魔再次惨叫，转身回来，又冲到我们面前，怒气冲冲，但他还没有发狂到再次对我出手的程度，尽管他想要这样做，但还是控制住自己，停下来用力跺脚。"这不对！"他嗥叫道，"这不对！我只承诺了保证你本人和你爱的人安全！"

"是啊，"艾丽娜说，"她也是我爱的人，她们所有人都享有我的爱，是我的子民；立瑟瓦王国的所有人我都爱。你不能碰他们中间的任何一个。"

恶魔呆站在那里，瞪着她，肩背起伏，但说不出话。他的眼睛里燃着火焰，牙齿像黑炭粒。他咬着那些怪牙，啐了一口。"你说谎！骗人！你害我失去了美食！你偷走了我的王座！但我不会就此罢休的。我会找一个新的王国，我们会找个新壁炉，我会找到办法，继续痛快地吃喝！"

他整个身体都在打战，身体里的火焰也减弱了些，身体表面有火的裂纹也闭合起来，沙皇的脸像面具一样，出现在那恐怖的家伙表面，甚至连他的华服也渐渐成形，丝绸、天鹅绒、蕾丝，质料都非常真实。我捂住脸不敢看，他在这时转过身，走向门口，直到艾丽娜放开我的肩膀。她很严厉地说："这个男人也是我的，切诺伯格。你也得放过他。"

我惊恐地抬头看：艾丽娜已经挡住了恶魔的去路。恶魔停下来，瞪着她，红火闪现在沙皇那双宝石一样美丽的眼睛里。"不行，"他恨恨地说，"这不行，我不接受！他是别人承诺了送给我的，是我公平交易所得，我不需要把他给你。"

"但你已经把他给我了，"艾丽娜说，"就在当你逼他跟我结婚时。妻子的权利比妈妈更优先。"她从自己手上摘下那枚银戒指，迅速伸手抓住了火魔化身的那只手。火魔想要扯回去，但艾丽娜抓得很紧，硬把那枚戒指给他套上，直到指根。

他低头看，脸上全是红热的忿恨，他张开嘴巴，还想叫嚷，但这次却没能出声。恶魔的整个身体都弯了下去，像被拉开的弓。他肚子深处有亮光，现在正向上移动。红光越来越强，就像有人在黑暗里拿了蜡烛，正在靠近，即将转过前方的拐弯处，然后沙皇的身体突然向前弹出，一团巨大的红色火炭从他喉咙里涌出，被喷在壁炉前的地毯上。它变成一团跃动的橙色火焰，冒着烟，嗞嗞作响，又向着我们发出一阵"嗞嗞嗞，噗哧哧，噼里啪啦"的不知所云但显然非常愤怒的声响，一张红色嘴巴张开，似乎想要吼叫。

但是，我们的清洁女工即便是半蹲在墙边，带着一脸惊惧，还是本能地行动起来，马上冲到壁炉后常备的铁桶那里，把整桶的沙子和冷灰全都倒在那团火焰上，熄灭了火之后，她还顺手把铁桶倒扣在上面。

她让铁桶留在原地，急忙退开。桶边还有细细的几缕烟冒出，地毯上沿着桶边有焦黑的痕迹，颜色慢慢变深了些，但并没有扩展。过了一会儿，就连那点儿烟也都消失了。清洁女工盯着铁桶，呼吸急促，她瞪大眼睛看我，似乎吓了一跳，随即抬手去摸自己的脸颊，那儿只有指头大的一点儿灰。但她的两只手上全是烟灰，用手摸脸之后，手和脸就一个样儿了。

我全身都在发抖，眼睛没办法从铁桶上移开，我吓傻了，好半天都摆脱不了那种状态。直到最后一缕烟消失，我才一激灵地回过神，抬头看我家丫头——我们的皇后。沙皇正捧着她的双手放在自己胸前，他手指上的银戒指放着微光，就像他脸颊上的泪水反射的微光一样；他那双绿宝石一样的眼睛带着无限爱慕俯视着艾丽娜，就好像整个世界只有她最美丽。

第二十五章

三周后，我和谢尔盖回了一次港镇，那时候曼德斯塔姆先生的伤已经好多了，我们不在期间，他和斯特潘能看管好那些果树。它们长得特别好。此前，谢尔盖沿着大路走回去一段，请那个在畜棚边种了花的农夫来帮他砍了些树，给的报酬是收获的一部分木柴，这样他们就能清理出一些空间来。我们把木柴运到维斯尼亚城，在那边的市场卖出木柴，买来这些果树苗：有苹果树、梅子树，还有些樱桃树。它们都已经开花了。

曼德斯塔姆先生康复期间，他写了好多信给我们带去，给他的所有债户每人一封。"我们一家人很幸运，"他写道，"也愿意对别人慷慨一下。您的债务从此一笔勾销。这个冬天，每个人都不容易。"我觉得他应该也想到了，我们带着这样的信回家乡，镇上的人们会比较高兴看到我们，而不会那么想要吊死我们了。我们也带了沙皇的信，但我们那儿毕竟是天高皇帝远。我们倒不用担心他们跑来追捕我们，因为没有人花时间追查我们的下落：本来应该在春天里做完的农活儿，都积存到现在才能去做，时间特别紧张，因为夏天马上就要到了。

当我们驾着马车回到镇上时，还是被吓了一大跳。柳德米拉夫人当时站在她家院子里打扫，她大声招呼我们："你们好啊，外乡人！要不要吃点儿东西再上路啊？"我们跟她对视，她这才认出我们俩，然后就挥舞着胳膊大声尖叫起来。有些人跑着赶来，他们都愣在了近处，傻傻地看着我们，其中一个说："你们居然没死！"就好像他认定我们绝对已经死掉了一样。

"是啊，"我说，"我们不但没死，还被沙皇赦免了。"我取出那封信，打开来给他们看。

周围一片人声嘈杂。幸亏我这次没带斯特潘一起回来。神父来了，税务官也来了。后者接过那封信，大声朗读出来，镇上所有人都听到了信上的内容。税务官把信还给我，鞠了一躬之后说："好吧，我们都应该为你们的好运举杯庆祝！"他们从酒馆和柳德米拉夫人的客栈里搬出桌椅，取来成罐的蜜酒和果子酒，所有人都举杯祝愿我们健康长寿。卡居什没来，他的儿子也没来。

我始终很好奇他们为什么认定我们都已经死了，但当时也不想去问。我取出了曼德斯塔姆先生的信，交给那些到场的收信人。至于没来的那些人，我把信交给了神父，请他转交。所有人都真的开心起来，他们甚至还举杯祝愿曼德斯塔姆先生健康快乐。

那之后我们去了曼德斯塔姆家，把所有东西装上了马车。盖芙莱特夫人是唯一不愿意见到我们的人。我感觉她本来想蛮不讲理地对曼德斯塔姆夫人说，现在那些山羊和鸡都是她的了，一只都不归

499

还。但现在，她和其他人一样，都知道了沙皇亲笔信中的内容，所以，当我和谢尔盖到了她家，她只是说："好吧，那几只是她们家的。"她向我们指着几只病恹恹的山羊。

我直视她，当面说："你这样说谎，应该感到羞耻。"我去了羊圈，挑出了真正属于我们的所有山羊——我家的，还有曼德斯塔姆先生家的，我们把羊拴在车尾。我还去找出了所有我们的鸡，把它们装进笼子里。我们搬出家具，把置物架上所有的东西小心翼翼地打包；至于账本儿，我用毯子仔细包好，放在了赶车人的座位下面。

我们忙完之后，已经可以回去了，但谢尔盖闷闷地坐在赶车座上，却没有让马立刻出发。我看着他，他说："你觉得，会有人埋葬他吗？"

我当时什么都没说，其实我不愿去想跟爸爸有关的事儿。但谢尔盖已经想到他了，所以我也开始惦记这事儿。我会一直记得他躺在老房子的地上，没有被掩埋。斯特潘或许也会开始惦记这事儿。所以，在我们脑子里，爸爸会一直躺在那地上，就算他本人已经不在了。"我们去看看。"我最后说。

我们赶着马车，去了我们家的老房子。大麦已经返青，因为没有人照管，地里长了好多野草，但麦苗还是绿油油的，蹿得好高。我们把马车停在麦田里，这样羊和马可以啃点儿麦苗吃，然后我们去了那棵白树下。我们都把手放在树干上。白树静默无声。妈妈已经不在这里，我们老家房子外的这棵树没有对我们说话。但妈妈已经不需要从树干里对我们说话了，因为我们现在有曼德斯塔姆妈妈妈,她会代替妈妈跟我们说话。

那棵树的枝条上开了些白花。我们摘了五朵下来,放在妈妈坟墓上,每朵花代表一个夭折的娃娃。然后我们去了老房子。的确没有人安葬爸爸,但情形也没有那么糟。有些野兽来过,地上只剩一些骨头和被扯烂的衣服,也没有什么恶臭,因为门一直开着。我们找了个布口袋,把所有的骨头放进去。谢尔盖拿了铁锹,我们把口袋拿回白树那里,挖了一个墓穴,把爸爸埋在那里,就在他自己挖掘的其他坟墓旁边,我在坟堆上面放了一块石头。

我们没有从老房子里拿任何东西。我们回到马车上,直接回到了镇子。当时天色已经晚了,但我们感觉还能继续赶路。我们可以在下个镇子上过夜。那个镇子在十英里以外,但现在路上没有冰雪,这天气晚上驾车也很舒服。太阳还没完全落山。我们出镇子的时候,迎面来了另一辆马车,一匹马拉着它。那辆车是空的,赶车人让在一旁,让我们先过,因为我们车上装了好多东西。我们靠近,从那车旁经过的时候,我看出那个驾车的人是艾吉斯——奥列格的儿子。我们愣了一下,看着他,他也跟我们对视。我们双方都没说话,但我们都明白过来,知道他没有跟别人说起过我们在哪里。他直接回了家,根本就没有跟别人说他见过我们的事。我们对他点点头,谢尔盖抖动缰绳,我们继续前进。我们赶着回家。

玻璃山的外壳已经转危为安，但在山里边，整个夏天和秋天都很艰难：切诺伯格袭击期间，低处的很多鱼池都干涸了，葡萄园和其他果树园枯死的树木更多。但我们会先把孩子们喂饱，大家再分享剩下的那点儿食物。星魔国王对我说："等到冬天来临，这儿又会富足起来。"那时候我们一起在山脚通道巡视，察看损失情况。

我们已经掩埋了死者，还要救治伤员。受伤的人被放在白树下，安安静静地躺成一排。国王小心地从溪流源头取来冰片，放在伤员的伤口上，把手放在冰片周围，用咒语促使它们生长，跟伤者的身体融合。有些洞窟封闭了，就像乌龟缩回硬壳里一样，那些也要重新打开；在下面的田园里，我们清除死掉的藤条和树木，从幸存的树上剪枝扦插，准备过段时间再种植它们。

至少，我现在能自由行动了。要么我是在不知不觉中学会了在这里穿行的法术，要么就是玻璃山本身对我怀着感激，反正当我想找到某个房间或者洞窟时，正确的门就会悄然打开，让我通过。在日常的忙碌中，我找到了自己可以发挥作用的很多空间。星魔族对文字记录一无所知，我觉得这也难怪，在他们平时的生活里，好多房子都可以悄没声地溜走，你得叫它们回来，就像唤回一只离开家出去野的猫。

但现在这段时期，一切都乱作一团，我们需要有超越传统的更好办法。我不得不从他们中间的诗人们那里征用纸笔，用来记录所有的地块和鱼池状况，以及计算我们的预期收成如何让我们撑到冬天。我把补给物资分成若干份，量入为出，确保所有人都能坚持到最后，而不至于饿肚子。

那段时间的日常事务，一开始我感觉极度繁杂，但每个小时都很充实。到后来，每天都过得飞快，以至于当我某天早上醒来，发现山外的树上结满白霜，今年的第一场雪已经落下时，我完全是震惊的。我知道国王之路已经重开。我也想念爸爸妈妈，特别急着告诉他们我一切都好，但我还是站在那儿愣了好半天，才摇铃叫仆人们来帮我做回去的准备。

我没有用太多时间。日常的记账方法，我之前已经教过点点和高姬，而且我的账目极度清晰精准，就算是姥爷来了，也挑不出任何毛病。我打了一个小包，里面只有很少几件东西，但对我来说特别丰富：几朵银色压花；一双缝制得特别笨拙的手套，是瑞贝卡做给我的；还有我在夏至日舞会上穿过的长裙，这个不是特别华丽奢侈的礼服。那次是大家死里逃生之后的庆祝会，在我们埋葬死者之后几周举行的，大家没有时间和精力准备那些浮华的东西。那裙子式样简单，近乎常服，但料子是清凉的银色丝绸，触感像是水流过指缝，而且会在穿透山壁的微光里闪烁。我穿了这件裙子，挽起发髻，头戴花环，跟我的朋友们挽起手来跳圆圈舞。有新朋友，也有老朋友，他们都是跟我一起奋战过的人。最后，国王来到我面前躬身邀请，我们一起带了两队舞者穿行到树园，在白树的枝条下翩翩起舞，树枝上最后的几朵白花正在悠然飘落，到下次有雪的天气才会再度盛开。

他当然会履行诺言，他对我再没有任何主导权。树园里，雪橇已经做好了准备等着我。我最后深吸一口气,转身离开自己的房间,沿着狭窄的阶梯下行。今天早上,白树又变得生机勃勃,满树是叶子和花朵。原本排列成环状的树林里还有一些空缺,因为切诺伯格来袭时有些树死掉了。但在所有的这种空缺位置,都有一位倒下的骑士埋葬在那里,胸口放了一枚银色的种子,在我用祝祷词召唤它们之后,已经有新的小白树苗从那里萌生出来。即便在我离开之后,它们还将继续生长。这让我想起来就觉得欣慰,我在身后留了一些蓬勃生长的东西。

但当我下到足够低的位置,能看到树叶下面时,却愣了一下,眼睛里感觉热辣辣的。雪橇后面,聚集了一大批星魔居民,他们纷纷骑乘着尖角驯鹿,规模大到让人吃惊。骑士和贵族们的铁掌套上,还停着白色猎鹰,白色猎犬跟随在坐骑后面,皮革鞍具上面的银丝和各色珠宝异彩纷呈。其中很多人是我在战时的大门口见过的勇士,还有些是我在白树下照顾过的伤员。但来的不只是他们,甚至有些农夫也赶来了,他们既兴奋,又有点儿紧张的样子。显然,这些人有点儿害怕进入阳光下面的世界,但他们还是穿上最体面的衣服,来给我送行,他们的头发里插着银发簪。而在前排,紧跟着雪橇的位置,站的是点点、高姬和车夫。瑞贝卡也来了,她紧张地瞪着大眼睛,坐在她妈妈前面,细长的手指紧握着缰绳。

我下到树园,星魔国王伸手过来,帮我坐上雪橇。我在里面多站了一会儿,扶着他的手维持平衡,环顾他们所有人,最后看他,为的是在冬日王国的大门在我身后关闭之后,我还能铭记他们的模样。

我坐下来，用力眨眼，忍住泪水，他坐在我身旁，雪橇向前飞驰，掠过雪原。几乎是马上，我们就出了那座山，我们面前那条闪亮的道路两旁，白树纷纷向后飞掠，头顶悬挂着银色的闪亮冰凌。我们沿路飞驰，冷风扑面，身后是大群的冬日骑士跟随，时不时有猎号声响起，清脆得像是冬日鸟儿们的歌声。立瑟瓦王国的人们再也不必害怕这原本动听的号角声了，星魔族再也不会闯入他们的生活。它将作为冰雪森林里隐约的低语，在人类的记忆里渐渐模糊。也许某一天，我也会有自己的女儿，等我在寒冬的夜里听到窗外树林中响起这令人遐想联翩的声音，我会给她讲很多故事，故事里会有一座闪闪发光的玻璃山，山里居住着神奇的居民，还有我跟他们的国王一起并肩战胜恶魔的事。

我看了看坐在我身旁的那个他。过去这几个月里，他总是穿着粗陋的衣衫，跟随便哪个体力工人一样，尽管这些衣服依然会是最纯净的白色，因为他一直在施法重开那些最幽深隐秘的洞窟，修复那些倒塌之处，他在治疗大山的伤痛，就像治疗他的臣民们一样。但今天，他也像其他人一样衣着光鲜华美。他神情高傲，光彩照人，雄赳赳地手握缰绳坐在那里。他一点儿都没有故意耽搁，整个旅程很快就结束了。感觉我们才刚刚离开起点，就有明快清新的风儿迎面吹来，夹着一股松香味儿，两旁的白树消失，眼前是一片更开阔的林中空地，视野里只有一棵小树挺立在前方，它样子还很稚嫩，但依然美丽，树上挂满了白色叶子，隔着一道木门与我们相望，树后面有座小房子，上面覆着薄薄一层新雪。

我看到小屋那一刻，就禁不住微笑起来：他们已经做了那么多的改进。我两眼湿润，门窗里透出的金色光线都随之变得模糊了。三只烟囱里冒着友善的柴烟，也就是说，房子两端的各处小房间现在都装了壁炉，柴棚旁边，现在有了一座正经的畜栏。我看见一个大鸡窝、几座粮囤，还有几只山羊在院子里游荡；就在房子后面，幼小的果树苗排成果园的雏形，门边柱子上挂了一盏灯笼，把灯光投射到直通院门的卵石路上，路面打扫得很干净。

雪橇停在门口，就在那棵小树旁。星魔国王先下了雪橇，伸手来扶我。猎手们还集结在我们身后，但点点、高姬跟车夫都已经下了鹿，另有人帮他们牵着坐骑。他们都向我鞠躬。我深吸一口气，轮流走到他们每个人面前，亲吻他们的脸颊，然后我抬手摘下自己戴的金项链，把它戴在瑞贝卡的脖子上。她用手掌托起它，对我说："谢谢你，慷慨者。"她的声音有点儿小，听起来怀着几分犹豫。点点畏缩了一下，似乎不确定自己是否应该为此担心。我弯下腰，亲吻小女孩的额头，对她说："别客气，我的小雪花。"然后我转身走向院门口，把手放在门上面。

我刚一碰，那门就开了。院子里的一只山羊，原本在门口灯光下的雪地里找吃的，被吓了一跳，"咩"的一声大叫，表示不满，飞快地逃向畜栏，很可能不太高兴，因为有个神秘的陌生人从天而降，如此冒昧地闯进了它舒服的小院子。房门也马上就开了，我妈妈就站在门口，肩上披了一条围巾，脸上写满了希望，就像她一直在期待着这一刻。她叫了一声，马上冲着我跑过来，围巾在她身后飞落，掉在雪地上。我也跑向她，叫着笑着扑进她怀里，我感觉太幸福了，瞬间忘掉了所有的遗憾跟不满。我爸爸跟在我妈妈后面，还有旺达、谢尔盖跟斯特潘。他们都围在我身边，我的父母、我的姐姐、我的弟弟们，后面甚至还有一只毛发蓬松的牧羊犬，兴奋地围着我们转圈圈，我甚至都没见过它，它却热情地想要同时舔到我们每一个人。然后它突然停住，俯身吠了两声，接着又怕了似的惊叫，跑回到谢尔盖脚边，改成了躲在壮汉身后偷看。

我转身看，原来他们还没有消失，就是那支神采非凡的出猎队伍。星魔国王跟在我身后进入了院子，他像一部冬天的童话，看上去有几分不真实，因为站在了温暖的灯光里，只有他身后幽蓝的雪影，让这一幕还有出现的可能。我妈妈和爸爸拉着我的手紧了一紧，警觉地看着他，但我早已得到了他的承诺，所以并不担心。我咽了下口水，迫使自己抬起头，对他微笑。"请问您能否允许我对您表示感谢呢？因为你送我回了家，下不为例啊！"

他摇头，并且说："夫人，我不会自甘堕落到用这种招数来约束你的。"他转身做了个手势，点点、高姬和车夫依次走进院子，每人抱了个大箱子；瑞贝卡跟在他们后面，拿了个小盒子。他们把东西放在地上，全都打开：两大箱银，一大箱金，还有一小盒晶莹剔透的宝石。星魔国王转向我父母，在二老的瞪视下说："两位有个女儿尚未出嫁，我愿正式向她求婚。我是冬日森林的王者，玻璃山的主人，我如今特地赶来，并请我的臣民们见证，宣告我的意愿，这些礼物送给您的家族，以证明我并非泛泛之辈，我在此请求两位允许我向她本人求爱。"

我父母二人全都警觉地看着我。我也是当场无语。我太忙了，忙着可劲儿瞪他：都六个月了，他一个字儿的风声都没有对我走漏过；这是因为他下定了决心，要严格遵循星魔族国王求婚的古怪程序。我觉着吧，即使他中间抽空去屠个龙，或者请一两位不老天仙出席婚礼，顺便发动一两场战争，恐怕都是必备程序。我不要，谢了。

"你要是真心想跟我求婚，"我说，"就得按照我们家的规矩来，结婚的程序也是一样。谅你也做不到。所以，省省吧！"

他愣了一下，看着我，眼里突然有了光彩。他向我跨近一步，伸出一只手，焦急地说："如果我愿意呢？不管你们的规矩是什么，我都想冒险尝试，只要你给我一点儿希望。"

"哦，那你听好啦！"我说着，两臂交叉，料想等我说完，这事当然也就结束了。我也不会为此难过。我不可能难过的。任何不愿意做到那些的人，错过了我都不会觉得遗憾，不管他是什么身份，能给我什么条件。这些一直都是我内心最坚定的立场，也是我对我所有同胞的一个承诺：我的儿女将来也会是犹太人，不管他们生活在哪里。即便在我内心深处某个秘密的小角落里，我也想过那么一两次，要是真的可以得到一个宁愿死掉也永远不会对我撒谎、不会欺骗我的丈夫也不错，但如果他在意我还比不上在意自己的尊严，那就算了。我不会把自己看得那样轻贱，嫁给一个不把我看成全世界最重要的男人，哪怕他拥有一个冬日王国。

所以我就跟他讲了那些规矩，讲的时候也不觉得难过。等我讲完，他沉默了一会儿，一直看着我。然后我妈妈说："而且她还得有办法回家，在任何她想见到自己家人的时候！"我吃惊地看着她，她紧紧拉住我的手，凶巴巴地瞪着这个外来的男人。

他转向我妈妈，说道："我的魔法之路只有冬天才能畅通，但在此期间，我会顺应她的意愿，随时带她回来，这样的安排，您能满意吗？"

"那你还要保证，不能因为想要扣留她，就让冬天消失！"我妈妈严厉地说。我突然想大哭一场，想要抱住妈妈不放，与此同时，我又觉得特别幸福，甚至想要放声歌唱。当他——我的国王，再次把视线转向我时，我主动握住了他的手。

两周后我们结了婚：一场小型婚礼，就在那座小房子里举行，我的姥姥姥爷坐了公爵本人的马车，载了拉比来，他们还带了一样礼物，是一面高高的金框银镜子，这个是从沙皇的考兰宫里送来的。我的丈夫在婚礼帐篷下握住我的手，跟我喝了交杯酒，并且打碎了玻璃杯。

而且在我们的婚礼契约上，当着我、我父母、拉比，还有旺达和谢尔盖这两个见证人，他用银色墨水写下了自己的名字。

但我永远都不会告诉你，他的真名是什么。